人文传统经典

唐宋八大家文选

邓子勉 选注

人民文学出版社

图书在版编目（CIP）数据

唐宋八大家文选／邓子勉选注. -- 北京：人民文学出版社，2023
（人文传统经典）
ISBN 978-7-02-018237-4

Ⅰ. ①唐… Ⅱ. ①邓… Ⅲ. ①唐宋八大家-古典散文-散文集 Ⅳ. ①I264.2

中国国家版本馆 CIP 数据核字（2023）第 175274 号

责任编辑　张梦笔
装帧设计　陶　雷
责任印制　张　娜

出版发行　人民文学出版社
社　　址　北京市朝内大街 166 号
邮政编码　100705

印　　刷　三河市延风印装有限公司
经　　销　全国新华书店等

字　　数　324 千字
开　　本　880 毫米×1230 毫米　1/32
印　　张　14.625　插页 2
印　　数　1—5000
版　　次　2023 年 10 月北京第 1 版
印　　次　2023 年 10 月第 1 次印刷

书　　号　978-7-02-018237-4
定　　价　65.00 元

如有印装质量问题，请与本社图书销售中心调换。电话:010-65233595

目　　录

柳宗元

欧阳修

前　言

　　唐宋八大家指的是唐代的韩愈、柳宗元和宋代的欧阳修、苏洵、曾巩、王安石、苏轼、苏辙。

　　唐宋八大家的出现，是和唐宋古文运动的发生相关联的。所谓古文，是相对于骈文而言的，韩愈在《师说》、《与冯宿论文书》、《题哀辞后》、《考功员外卢君墓志铭》等文中提出了古文这一概念，他把奇句单行、上继先秦两汉文体的散文称为古文，与六朝以来流行已久的骈文对立。骈文始于东汉末，盛行于南北朝，流行于以后的各个朝代，然而骈文一味地追求典雅工整，逐渐变成一种僵化死板的官样文体，不似古文那样散句单行，抒写自由，不拘格套。

　　唐代古文是伴随着儒道的复兴而出现的，安史之乱后，唐王朝由盛转衰，从维护和巩固唐王朝统治的利益出发，韩愈提出了用儒家思想一统人心。而宣传和传播儒家的道统学说，骈文成为了阻碍，革除骈文陈腐的习气，初唐以来不少人士就意识到了这个问题。唐玄宗天宝以后，萧颖士、李华、元结、独孤及、梁肃、柳冕等人继起，以儒家思想为依归，尝试着古文的创作，成为中唐古文运动的先驱。至唐代中期，韩愈高举复兴儒学的大旗，并基于此推崇古文，反对骈体，力求改革文风。韩愈《题哀辞后》云：

　　　　愈之为古文，岂独取其句读不类于今者邪？思古人而

1

不得见，学古道则欲兼通其辞，通其辞者，本志乎古道者也。

学好儒道就得通达古文，道是目的，文是手段。不过在当时，韩氏的努力受到的非难和阻力还是不小的。德宗贞元年间，在韩愈的努力下，古文产生了广泛的影响。宪宗元和时期，柳宗元成为韩氏的有力支持者。从贞元到元和的二三十年间，古文逐渐压倒了骈文，成为一种主流文体，这就是所说的"古文运动"。在古文创作方面，韩氏提出的要求主要有二：一是文从字顺，一是唯陈言之务去。前者是通俗化的问题，后者是创新性的话题。遗憾的是，韩门弟子们的文章或惟求平易，或只图奇诡，成就不高，自韩、柳去世后，古文的地位又逐渐为骈文所取代。

从晚唐五代到北宋初年，古文的创作趋向衰落，骈文依然风行，其中有所谓"三十六体"者，指的是晚唐的李商隐、温庭筠、段成式，三人排行均为第十六，所作诗文以俪偶相夸，故云。三人大力提倡以四字、六字相间为句的四六文，讲究辞藻典故和声韵偶对，风格更趋向华美艳丽。北宋初期，因学李商隐得名的西昆体风靡一时，其间也有反对者，代表人物有柳开（947—1000），以提倡韩、柳古文为己任，他在《应责》云："吾之道，孔子、孟轲、扬雄、韩愈之道；吾之文，孔子、孟轲、扬雄、韩愈之文也。"提出了道统与文统的合一，因其文章质朴枯涩，没有产生多大的影响。继柳开后，提倡复兴古文的还有姚铉、穆修等，穆修不顾流俗的诋毁，在京师刻印韩、柳二人文集数百部出售，以提倡韩、柳文自许，但创作成就并不高。其后又有石介（1005—1045），撰有《怪说》三篇，对西昆体表达了不满，口诛笔伐，不遗馀力。石介反对西昆体的浮华淫巧，讲究文风朴素，但矫枉过正，文体怪诞诋讪，流荡猥琐，号称"太学体"。太学，是京城的最高学府,即国子监。石介曾任国子监直讲,其主张在太学生中影响很大,太学体的风行,既无古文的平实质朴,又乏骈文的典雅华丽,也不是一种健康的文体。作为北宋古文运动的先驱,柳开、穆修、石介等所起到的作用是有限的,其重任就落到了欧阳修身上。欧阳修在《记旧本韩文后》一文中,叙写用心振兴古文的苦心,也是以继韩愈之学为己任的。欧阳修在宋仁宗嘉祐二年(1057)知贡举时,通过科举考试,提倡平实朴素的文风,排斥和抑制西昆体及太学体,使"场屋之习,从是遂变"(《宋史》本传),在他锐意改革的努力下,以西昆体和太学体为代表的不良文风遭到重创,失去了其影响力。苏轼《六一居士集叙》云:

> 自欧阳子出,天下争自濯磨,以通经学古为高,以救时行道为贤,以犯颜纳谏为忠。至嘉祐末,号称多士,欧阳子之功为多。

濯磨就是不断地加强自我修养,以期有所作为。仁宗天圣至嘉祐(1023—1063),凡四十馀年,在欧阳修的着意引导下,在朋友及门生诸如尹洙、苏舜钦、梅尧臣、王安石、曾巩、苏洵、苏轼、苏辙等人的支持下,读书人强化修养,黜华崇实,儒道得到重视,古文又得以复兴。

元明以来,对唐宋八大家散文的编选和评批开始盛行。元代后期有位名叫朱右的人,选编八大家文章为《六先生文集》,其中三苏父子合并为一家,称六先生,实则为八家,这是已知较早对唐宋散文八大家的称呼。朱右(1314—1376),字伯贤,一字序贤,自号邹阳子,其先河南偃师人。以《书经》应进士举,不得志。授庆元路慈溪县儒学教谕、萧山县主簿等,明太祖洪武三年(1370)召至京师预修《元史》,特旨授翰林国史院编修官。著有《白云稿》。《白云稿》卷五有《新编六先生文集序》,自云年将五十,以教授孩子读书之馀,取八家全集,编辑成书。自序云:"文所以载道也,立言不本于道,其所谓文者,妄焉耳。"主文以载道之说,又云:"其所成就,实有出于千百世之上。故唐称韩、柳,宋称欧、曾、王、苏,六先生之文,断断乎足为世准绳而不可尚矣。"所选是以载道为本,全书凡十六卷,收韩愈文三卷六十一篇,柳宗元文二卷四十三篇,欧阳修文二卷五十五篇,曾巩文三卷六十四篇,王安石文三卷四十篇,三苏文三卷五十七篇,共计三百二十篇。其书对八家散文在明以后的评选和风行是有影响的,惜清代中期已不存。

明代中叶以来,文坛上掀起了复古风,著名的有前后七子,提出"文必秦汉、诗必盛唐"的主张,即文章以两汉及其以前为学习对象,诗歌以盛唐作家为楷模。对此,也有持不同观点的。在文章方面则有唐宋派,这是嘉靖年间出现的一个散文流派,"文宗欧曾,诗仿初唐"(《明史·文苑传序》),他们既推尊三代两汉文,又承认唐宋文的继承发展,代表人物有王慎中、唐顺之、茅坤、归有光等。唐顺之编有《文编》,凡六十四卷,选取周至宋代的散文,分体编排,其中唐宋只选八大家之文。唐氏自序(嘉靖丙辰)云:"然则不能无文,而文不能无法。是编者,文之工匠而法之至也。"强调的是作文的法则,《四库全书总目》"提要"云:"故是编所录,虽皆习诵之文,而标举脉络,批导窾会,使后人得以窥见开阖顺逆、经纬错综之妙,而神明变化,以蕲至于古。学秦汉者,当于唐宋求门径;学唐宋者,固当以此编为门径矣。"作为提供习作文章的范本,偏重于技巧的运用。其后茅坤编有《唐宋八大家文钞》,进一步确定了八大家散文的地位。茅坤(1512—1601),字顺甫,号鹿门,归安(今浙江吴兴)人。嘉靖十七年(1538)进士,官广西兵备佥事。著有《白华楼藏稿》、《茅鹿门集》。《唐宋八大家文钞》凡一百六十四卷,录八家散文一千三百七十六篇,较朱右所选,多了千篇。茅氏自序(万历己卯)云:"予于是手掇韩公愈、柳公宗元、欧阳公修、苏公洵、轼、辙、曾公巩、王公安石之文,而稍为批评之,以为操觚者之券。"其中每家前有引言,略为评议,每篇文章前又有评批语一二。《四库全书总目》"提要"云:

> 世传唐宋八家之目肇始于是集,考明初朱右已采录韩、柳、欧阳、曾、王、三苏之作为八先生文集,坤盖有所本也。然右书今不存,惟坤此集为世所传习,凡韩愈文十六卷、柳宗元文十二卷、欧阳修文三十二卷附《五代史抄》二十卷、王安石文十六卷、曾巩文十卷、苏洵文十卷、苏轼文二十八卷、苏辙文二十卷,每家各为之引说者。……其书初刊于杭州,岁久漫漶。万历中,坤之孙著复为订正重刊,始以坤所批《五代史》附入欧文之后,今所行者皆著重订本也。自李梦阳《空同集》出,以字句摹秦汉,而秦汉为窠臼;自坤《白华楼稿》出,以机调摹唐宋,而唐宋又为窠臼。

茅氏所编,参照了唐顺之选本,其书明代多有刊刻。李梦阳为前七子领袖,所谓"以字句摹秦汉",是追求形似,"以机调摹唐宋",是追求神似。茅氏编本的行世,进一步扩大了唐宋八大家散文的影响。其后编选评批本陆续问世,如钟惺《唐宋八大家文钞选》二十四卷,是据茅氏辑本编选的。另有署名归有光辑《唐宋八大家文选》八卷,有日本明治十二年(1879)刻本。按:钟惺是明代竟陵派的领袖,与其前以袁宗道、袁宏道、袁中道为代表的公安派一样,反对前后七子,主张抒写性灵,推崇苏轼作品,均以小品文闻名于世。

明人推崇唐宋八家散文的用意及行为,入清仍在发酵。就选本而言,有孙慎行《孙宗伯精选唐宋八大家文钞》六卷、储欣

《唐宋八大家全集录》五十一卷和《唐宋八大家类选》十四卷、汪份《唐宋八大家文分体读本全编》八卷、孙琮《山晓阁选唐宋八大家文》二十卷、沈德潜《唐宋八大家文读本》三十卷、张伯行《唐宋八大家文钞》十九卷等，其中多属清康熙至乾隆时编选出版的。这类选本的盛行，与科举有关。《四库全书总目》"提要"谓茅坤选本"大抵亦为举业而设"，意指《唐宋八大家文钞》是为参加科举的读书人习用而评选的，明代是如此，清代也是如此。八股文是明清科举考试的一种文体，又称制义、制艺、时文、八比文、四书文等。是就四书五经取题，据题立论，诠释经书义理，不能自由发挥，格式严格，限定字数，其重要体裁特征就是对偶。古文是与时文相对的，就如唐宋时与骈文的关系。入清以来，大力提倡古文的是桐城派文人，桐城派是清代最大的散文流派，也称桐城古文派，方苞、刘大櫆、姚鼐被尊为此派"三祖"，师事、私淑或追随者，多达千馀人，主盟清代文坛前后长达二百馀年，其影响一直延及近代。

方苞（1668—1749），字凤九，一字灵皋，号望溪，安徽桐城人。清康熙四十五年（1706）进士，历官内阁学士、礼部侍郎等，著有《望溪先生文集》等。戴钧衡《重刻方望溪先生全集序》（咸丰元年）云：

> 六经四子，皆载道之文，而不可以文言也。汉兴，贾谊、董仲舒、司马迁、相如、刘向、扬雄之徒，始以文名，犹未有文家之号。唐韩氏、柳氏出世，乃异以斯称。明临海朱右取欧、曾、王、苏四家之文，以辈韩、柳，合为六家，归安茅氏又析而定之为八，而后此数人者相望于上下数百年，若舍是，莫与为伍，自是天下论文者，意有专属。若舍数人，即无以继贾、马、刘、扬之业……我朝有天下数十年，望溪方先生出，承八家正统，就文核之，亦与熙甫异境同归。

熙甫即归有光。方氏为桐城派的奠基人,继承明代唐宋派的古文传统,提出"义法"主张,"义"即言之有物,"法"即言之有序。"学行继程朱之后,文章介韩欧之间"(王兆符雍正癸卯序)。桐城派至姚鼐,影响更加强大与广泛。姚鼐(1732—1815),字姬传,一字梦谷,人称惜抱先生。清乾隆二十八年(1763)进士,历官兵部主事、刑部郎中等。著有《惜抱轩全集》等。姚氏编有《古文辞类纂》,凡七十五卷,依文体分十三类,选文约七百篇。所选文章,以唐宋八大家之作为主,其前选《战国策》《史记》、两汉散文家,其后选明代归有光,清代方苞、刘大櫆等的古文。这是代表桐城派古文观点的一部选本,颇为流行,以至出现了所谓"家家桐城"、"人人方姚"的局面。

桐城派的文章在思想上多为"阐道翼教"而作,内容多是宣传儒家思想,尤其是程朱理学,这与唐宋古文载道是一脉相承的。桐城派提倡古文,虽与时文(即八股文)相对,但二者多有相通之处,如在思想内容方面均恪守孔孟之道、程朱义理,在艺术手法上,主张彼此互相借鉴。方苞编选有《古文约选》,有感于时坊刻绝无古文善本,"乃约选两汉书疏及唐宋八家之文刊而布之,以为群士楷"(序例),又编有《四书文选》,将古文与时文相关联,而不是排斥其一。李元度序《古文笔法百篇》云:

> 古无所谓古文,自韩退之氏以起衰自命,力矫俪偶之习,始杰然以古文鸣。古文者,别乎时文而言也。近代选家如茅鹿门、储同人、汪遄喜之徒并有评本,识者谓未能脱尽帖括气习。然余论古文之极致,正以绝出时文蹊径为高;而论时文之极致,又以能得古文之神理、气韵、机局为最上乘。明之震川、荆川、陶庵,昭代之慕庐、百川、望溪,皆以古文为时文者。功令以时文取士,士之怀瑾握瑜者宾宾然争欲自泽于古,有能导以古文之意境,宜莹然而出其类矣。

《古文笔法百篇》是清光绪年间李扶九选编的。此序提及的茅鹿门、储同人、汪邅善即茅坤、储欣、汪份，其选本详前。震川、荆川、陶庵即归有光、唐顺之、张岱，前二者为明唐宋派成员，张岱为明末清初人，以小品文著称于世。检方苞《望溪先生文集》卷十七有《兄百川墓志铭》，云："兄讳舟，字百川……入邑庠，遂以制举之文名天下。慕庐韩公见之，叹曰：二百年无此也。自以时文设科，用此名家者仅十数人，皆举甲乙科者。以诸生之文而横被六合，自兄始，一时名辈皆愿从兄游。"知慕庐、百川即韩菼和方舟。韩菼（1637—1704），字元少，号慕庐，长洲人（今江苏苏州），清康熙十二年（1673）状元，授翰林院修撰，官至礼部尚书兼翰林院掌院学士，著《有怀堂文稿》、《诗稿》等。由此知，不论是古文的提倡与实践者，还是古文的编选者，均强调了士子撰写时文时，能济以古文的技巧等，是可以为文章增色添彩的。明清以来，以时文标准选编、评点古文的选本有不少，其中所选多以唐宋八大家文章为主，这类选本的盛行，其初衷是为参加科举考试而猎取功名的读书人提供一个范本，以韩、柳为代表的八大家的创作，用散行的句子，自由地抒写，尚通俗，主实用，给俪偶文体主导下沉闷板滞的文坛，注入了新鲜的空气，并能张扬出强烈的个性，为后代文人所追慕，八家散文在中国文学史中承上启下、继往开来的作用及影响，是不言而喻的。

与古代主要为士子提供习作的范本不同，如今的选本，主要还是以品读赏析为主。通过品读古人的作品，一则可以增广见闻，诸如历史、地理、政治、文化、语言、宗教、经济、社会、风俗等方面的知识；二是可以体悟人生，通过品读古代的作品，可从中获得或多或少的启迪。诸如面对着得与失、进与退、升与黜，咀嚼生活里的酸甜苦辣，品味人生中的喜怒哀乐，其间执着、自信、坚毅不时流露，这在韩、柳二氏文中表现得较突出。又如审视社会,解读人生,发论堂堂正正,洋溢着强烈的使命感、责任感和正义感,这在宋六家文中可感受到。至于如何能做到善于处世,保全自身,这也是宋人文章中常流露出的思想情感。

本编选录的散文作品凡一百十七篇,相对于八大家现存的篇章,数量是有限的。在品读与赏析中,既可窥见八家文章面目之一斑,又可增广见闻、感悟人生。至于各家行文的具体风格及特色等,已散见各篇评析中,此不赘。

邓子勉

2020 年 5 月 23 日

韩　愈

　　韩愈(768—824),字退之,河南河阳(今河南孟州西)人。自谓郡望昌黎郡(今河北昌黎县),自称昌黎先生。唐德宗贞元八年(792)进士,任国子博士、刑部侍郎,曾上疏谏迎佛骨,触怒宪宗,被贬为潮州刺史。穆宗时,召为国子监祭酒,历任京兆尹及兵部、吏部侍郎。卒谥文。此据《四部备要》本韩愈《昌黎先生集》录文十七篇。

原　道[1]

　　博爱之谓仁[2],行而宜之之谓义[3]。由是而之焉之谓道;足乎己,无待于外之谓德。仁与义为定名[4],道与德为虚位[5],故道有君子小人[6],而德有凶有吉[7]。老子之小仁义[8],非毁之也,其见者小也。坐井而观天[9],曰天小者,非天小也。彼以煦煦为仁[10],孑孑为义[11],其小之也则宜。其所谓道,道其所道,非吾所谓道也[12];其所谓德,德其所德,非吾所谓德也[13]。凡吾所谓道德云者,合仁与义言之也,天下之公言也;老子之所谓道德云者,去仁与义言之也,一人之私言也。

　　周道衰[14],孔子没,火于秦[15]。黄、老于汉[16],

佛于晋、魏、梁、隋之间，其言道德仁义者，不入于杨则入于墨[17]，不入于老则入于佛。入于彼必出于此，入者主之，出者奴之；入者附之，出者污之[18]。噫！后之人其欲闻仁义道德之说，孰从而听之？老者曰："孔子，吾师之弟子也。"[19]佛者曰："孔子，吾师之弟子也。"[20]为孔子者习闻其说，乐其诞而自小也[21]，亦曰吾师亦尝云尔。不惟举之于其口，而又笔之于其书。噫！后之人虽欲闻仁义道德之说，其孰从而求之[22]？甚矣，人之好怪也，不求其端，不讯其末[23]，惟怪之欲闻。古之为民者四，今之为民者六[24]。古之教者处其一，今之教者处其三[25]。农之家一而食粟之家六，工之家一而用器之家六，贾之家一而资焉之家六[26]，奈之何民不穷且盗也！

　　古之时人之害多矣，有圣人者立，然后教之以相生养之道，为之君，为之师[27]，驱其虫蛇禽兽而处之中土[28]。寒然后为之衣，饥然后为之食，木处而颠[29]，土处而病也[30]，然后为之宫室。为之工以赡其器用，为之贾以通其有无，为之医药以济其夭死[31]，为之葬埋祭祀以长其恩爱[32]，为之礼以次其先后，为之乐以宣其壹郁[33]，为之政以率其怠倦[34]，为之刑以锄其强梗[35]。相欺也，为之符玺、斗斛、权衡以信之[36]；相夺也，为之城郭甲兵以守之[37]。害至而为之备，患生而为之防。今其言曰："圣人不死，大盗不止，剖斗折衡而民不争。"[38]呜呼！其亦不思而已矣。如古之无圣人，人之类灭久矣。何也？无羽毛鳞介以居寒热也，无爪牙以争食也〔39〕。是故君者，出令者也〔40〕；臣者，行君之令而致之民者也；民者，出粟米麻丝、作器皿、通货财以事其上者也。君不出令，则失其所以为君；臣不行君之令而致之民，民不出粟米麻丝、作器血、通货财以事其上则诛。今其法曰："必弃而君臣〔41〕，去而父子，禁而相生养之道。"以求其所谓清净寂灭者〔42〕。呜呼！其亦幸而出于三代之后，不见黜于禹、汤、文、武、周公、孔子也〔43〕，其亦不幸而不出于三代之前，不见正于禹、汤、文、武、周公、孔子也。

帝之与王〔44〕，其号名殊，其所以为圣一也；夏葛而冬裘〔45〕，渴饮而饥食，其事殊，其所以为智一也。今其言曰："曷不为太古之无事〔46〕？"是亦责冬之裘者曰："曷不为葛之之易也？"责饥之食者曰："曷不为饮之之易也？"《传》曰："古之欲明明德于天下者先治其国，欲治其国者先齐其家，欲齐其家者先修其身，欲修其身者先正其心，欲正其心者先诚其意。"〔47〕然则古之所谓正心而诚意者将以有为也，今也欲治其心而外天下国家，灭其天常〔48〕，子焉而不父其父，臣焉而不君其君，民焉而不事其事〔49〕。孔子之作《春秋》也，诸侯用夷礼则夷之，进于中国则中国之〔50〕。经曰："夷狄之有君，不如诸夏之亡。"〔51〕《诗》曰："戎狄是膺，荆舒是惩。"〔52〕今也举夷狄之法而加之先王之教之上，几何其不胥而为夷也〔53〕。

夫所谓先王之教者何也？博爱之谓仁，行而宜之之谓义。由是而之焉之谓道；足乎己，无待于外之谓德。

3

其文《诗》、《书》、《易》、《春秋》，其法礼乐刑政[54]，其民士农工贾，其位君臣、父子、师友、宾主、昆弟[55]、夫妇，其服麻丝，其居宫室，其食粟米、果蔬、鱼肉。其为道易明，而其为教易行也。是故以之为己则顺而祥，以之为人则爱而公，以之为心则和而平，以之为天下国家无所处而不当。是故生则得其情，死则尽其常[56]。郊焉而天神假[57]，庙焉而人鬼飨[58]。曰："斯道也，何道也？"曰："斯吾所谓道也，非向所谓老与佛之道也。尧以是传之舜[59]，舜以是传之禹，禹以是传之汤，汤以是传之文、武、周公，文、武、周公传之孔子，孔子传之孟轲[60]，轲之死，不得其传焉。荀与扬也[61]，择焉而不精，语焉而不详。由周公而上[62]，上而为君，故其事行；由周公而下[63]，下而为臣，故其说长[64]。"然则如之何而可也？曰：不塞不流，不止不行[65]。人其人，火其书，庐其居[66]。明先王之道以道之，鳏寡孤独废疾者有养也[67]，其亦庶乎其可也。

【注释】

〔1〕原道：推究儒家道统的本原。原，推究本原。

〔2〕"博爱"句：《论语·颜渊》："樊迟问仁，子曰：'爱人。'"仁，仁爱，相亲。按：仁是古代一种含义极广的道德观念，其核心指人与人相互亲爱，孔子以之作为最高的道德标准。

〔3〕宜：适宜，指符合人情事理。

〔4〕定名：有确定内容的名称、概念。

〔5〕虚位：空名号。

〔6〕"故道"句：《周易·泰·象传》："君子道长，小人道消也。"君子

本指统治者和贵族男子,小人本指平民百姓,被统治者。该句谓道以有无仁义的内涵而有君子、小人之分。

〔7〕"而德"句:《左传·文公十八年》:"孝敬忠信为吉德,盗贼藏奸为凶德。"吉德,即美德,高尚的品德。

〔8〕"老子"句:《老子》:"大道废,有仁义。"又:"故失道而后德,失德而后仁,失仁而后义,失义而后礼。"老子,姓李名耳,字聃,亦称老聃。相传为春秋时期思想家,被奉为道教之祖。著《道德经》五千言,又名《老子》。小,轻视。

〔9〕"坐井"句:唐欧阳询《艺文类聚》卷一引《尸子》云:"自井中视星,所见不过数星;自丘上以望,则见始出也。非明益也,势使然也。私心,井中也;公心,丘上也。"此化用其意。

〔10〕煦煦:惠爱貌,和悦貌。

〔11〕孑孑:细行,小惠。

〔12〕"其所谓道"三句:《老子》:"有物混成,先天地生,寂兮寥兮,独立而不改,周行而不殆,可以为天下母,吾不知其名,字之曰道,强为之名曰大。"又:"人法地,地法天,天法道,道法自然。"按:《老子》原文上篇"德经"、下篇"道经",不分章,后改为《道经》在前,《德经》在后,分为八十一章。故又名《道德经》。《老子》的"道",是指构成宇宙的实体与动力,是宇宙万物的本原,或是本体。韩愈推崇的"道",是指儒家的政治主张和思想体系。

〔13〕"其所谓德"三句:《老子》:"道生之,德畜之,物形之,势成之。是以万物莫不尊道而贵德。"又:"上德不德,是以有德;下德不失德,是以无德。上德无为而无以为,下德为之而有以为。"按:《老子》的"德",是指无形无迹的"道"显现于万物,或作用于物,万物因"道"所得的特殊规律或特殊性质。韩愈推崇的"德"是指品德、品行。

〔14〕周道:周代治国安民之道。

〔15〕火于秦:据《史记·秦始皇本纪》载:秦始皇三十四年,丞相李斯反对儒生以古非今,以私学诽谤朝政,建议除《秦记》、医药、卜筮、种树书外,民间所藏《诗》、《书》和诸子百家诸书一律焚毁,谈论《诗》、《书》者处

5

死,以古非今者族诛。始皇采纳了这一建议。

〔16〕黄、老:黄帝和老子的并称,后世道家奉为始祖。

〔17〕"不入"句:《孟子·滕文公下》:"杨朱、墨翟之言盈天下,天下之言不归杨则归墨。杨氏为我,是无君也;墨氏兼爱,是无父也。无父无君,是禽兽也。"杨朱,战国时魏国人,主张"贵生"、"重己",重视保存个人的性命,反对他人对自己的侵夺,也反对自己对他人的侵夺。其见解散见于《庄子》、《孟子》、《韩非子》、《吕氏春秋》等,又《列子》中有《杨朱篇》。战国时期,有"天下之言不归杨则归墨"之说,可见其影响之大。墨翟,即墨子(前468?—前376),春秋战国之际宋国人,一说滕国人。墨家学派的创始人,著有《墨子》一书,主张"兼爱"、"非攻"、"节用"等。入,接受,采纳。

〔18〕"入者"四句:指学说被相信的就视作主人,被反对的就视同奴仆;相信的就附和,反对的就污辱。

〔19〕"老者"三句:关于孔子向老聃问学一事,见《史记》的《孔子世家》和《老子传》,《礼记》、《孔子家语》、《孔子集语》、《庄子》、《吕氏春秋》等也有记载。《高士传》、《水经注》云孔子年十七适周见老聃。《史记·孔子世家》云孔子曾与南宫敬叔适周见老子问礼。按:《庄子·天运》:"孔子行年五十有一而不闻道,乃南之沛,见老聃。"老聃即老子。

〔20〕"佛者"三句:唐释道宣《广弘明集》卷八引《清静法行经》:"佛遣三弟子震旦教化,儒童菩萨,彼称孔丘;光净菩萨,彼称颜回;摩诃迦叶,彼称老子。"又卷十二引《清净法行经》云:"儒童菩萨化作孔丘,儒既是大心,孔丘复有兼济法行之说,理岂虚哉?"佛者,谓佛教徒。

〔21〕"乐其诞"句:谓乐于相信荒诞的说法,小瞧自己。

〔22〕孰从:从孰,向谁。

〔23〕"人之好怪"三句:谓人们只喜求闻怪异的事情,却不探求事实的始末原委。

〔24〕"古之为民"二句:旧称士、农、工、商为四民,加上佛、道为六。

〔25〕"古之教者"二句:古之教者指士,加上僧、道为三。按:士作为一个阶层,后泛指读书人或知识阶层。

〔26〕"贾之家"句:谓商贾只是一类,依赖商贾买卖而获取财货的却有六类人。贾(gǔ),古代指开设店铺做买卖的商人,后泛指商人。又指做买卖。

〔27〕"为之君"二句:谓为人们设立君主,设立教师。

〔28〕中土:中原地区,广义指整个黄河流域,狭义指今河南一带。此指前者。

〔29〕木处:即巢居,谓上古或边远之民在树上筑巢而居。《庄子·盗跖》:"古者禽兽多而人民少,于是人皆巢居以避之。"颠:坠落,颠覆。

〔30〕土处:即穴居野处,指人类未有房屋前的生活状态。《易·系辞下》:"上古穴居而野处,后世圣人易之以宫室,上栋下宇,以待风雨。"

〔31〕济其夭死:救助因短命而死的人们。

〔32〕长其恩爱:延长对逝者的恩爱思念之情。

〔33〕壹郁:沉郁不畅,多指情怀抑郁。

〔34〕率:劝导。怠倦:松懈倦怠。

〔35〕强梗:骄横跋扈。又指骄横跋扈、胡作非为的人。

〔36〕符玺:印信。斗斛:两种量器,又泛指量器。十斗曰斛。权衡:称量物体轻重的器具。权,秤锤。衡,秤杆。

〔37〕城郭:城指内城的墙,郭指外城的墙。

〔38〕"圣人"三句:见《庄子·胠箧》。

〔39〕"无羽毛"二句:谓人没有羽毛鳞甲防寒保暖以居住在寒冷或温热的地带,没有利爪尖牙以争夺食物。

〔40〕出令:发布命令。

〔41〕而:你,你的。

〔42〕清净寂灭:指道教的清净无为与佛家的涅槃寂灭之说。

〔43〕黜:摈弃,贬斥。禹:姒姓,名文命,又称大禹、夏禹。原为夏后氏部落领袖,奉舜命治理洪水,后被选为舜的继承人,舜死后即位,建立夏朝。汤:商王朝的建立者,又称成汤、天乙等,姓子,名履。至盘庚迁都殷,所以商王朝又称殷朝。文:指周文王,姓姬名昌。商纣时为西伯侯,建国于岐山之下,积善行仁,因谗言而被囚于羑里,后得释归。其子武王有天

7

下后,追尊为文王。武:指周武王,周王朝的创建者,姬姓,名发,周文王的次子。谥号武王,庙号世祖。周公:西周人,姓姬名旦,也称叔旦,周文王子,武王弟,辅佐武王灭商。成王年幼,周公摄政,天下大治。

〔44〕帝之与王:帝指尧、舜,王指禹、汤、文、武。

〔45〕葛:用葛藤皮所制成的布衣。裘:用狐类毛皮制成的皮衣。

〔46〕太古:远古,上古。无事:指无为。道家主张顺乎自然,无为而治。《老子》:"取天下常以无事,及其有事,不足以取天下。"

〔47〕"古之"五句:见《礼记·大学》。明明德,昭明光明正大的德性。齐,整治,整理。正心,使人心归向于纯正。诚意,使心志真诚。

〔48〕天常:天的常道。又指封建纲常伦理。

〔49〕"子焉"三句:谓做儿子的却不把他们的父亲当作父亲,做臣子的却不把他们的君主当作君主,做百姓的却不从事他们应该做的事。

〔50〕"孔子"三句:孔子编写《春秋》,严华、夷之辨,诸侯用夷礼的则视作夷(即古代中国东部的少数民族),夷人知慕中国风俗礼节的,则视同中国。中国,上古时代,华夏族建国于黄河流域一带,以为居天下之中,故称中国,而把周围其他地区称为四方。后泛指中原地区。

〔51〕"经曰"三句:见《论语·八佾》。夷狄,古称东方部族为夷,北方部族为狄。常用以泛称除华夏族以外的各族。诸夏,周代分封的中原各个诸侯国,泛指中原地区。也指中国。

〔52〕"《诗》曰"三句:见《诗经·鲁颂·閟宫》。戎狄,古民族名,西方曰戎,北方曰狄,后以泛指西北少数民族。膺,伐击,抵抗。荆舒,指春秋时的楚国和舒国。舒在今安徽庐江县境内,时为楚之盟国,故连称。

〔53〕几何:犹若干,多少。胥:皆,都。

〔54〕"其法"句:谓法规有礼节、音乐、刑法、政令。

〔55〕昆弟:兄弟。

〔56〕常:纲常,伦常。

〔57〕郊:古帝王祭祀天地。冬至祭天于南郊,夏至瘗地于北郊。假(gé):通"格",至,到。

〔58〕庙:旧时供祀先祖神位的屋舍。此指祭祖、祭祀。人鬼:此指祖

宗。飨：通“享”，神鬼享用祭品。

〔59〕尧：姓伊祁，名放勋，初被封于陶，后迁徙到唐，所以又称“陶唐氏”，是五帝之一。舜：名重华，生于姚墟，故姓姚。以受尧的禅让而称帝于天下，国号为有虞。

〔60〕孟轲：即孟子（前372—前289），名轲，战国时期邹国人，著有《孟子》一书。孟子继承并发扬孔子的思想，推崇孔子，成为仅次于孔子的一代儒家宗师，有“亚圣”之称，与孔子合称为“孔孟”。

〔61〕荀与扬：即荀况与扬雄。荀况，即荀子（约前313—前238），名况，时人尊而号为卿，战国末期赵国人。汉代因避宣帝刘询讳，又称孙卿。曾三次出任齐国稷下学宫的祭酒，后为楚兰陵令。扬雄（前53—18），一作杨雄，字子云。西汉时蜀郡成都人。成帝时任给事黄门郎。王莽时任大夫，校书天禄阁。著有《太玄》、《法言》等。

〔62〕由周公而上：指尧、舜、禹、汤、文、武。

〔63〕由周公而下：指孔子、孟轲。

〔64〕长：流传久远。

〔65〕“不塞不流”二句：谓不阻塞佛道思想的传播，儒家学说就不会流传；不制止佛道思想，儒家学说就不能推行。

〔66〕“人其人”三句：谓使出家的佛徒道士还俗成为普通的百姓，焚烧佛道著作，把寺庙道观改成民居。

〔67〕鳏（guān）寡孤独：《孟子·梁惠王下》：“老而无妻曰鳏，老而无夫曰寡，老而无子曰独，幼而无父曰孤，此四者天下之穷民。”鳏，成年无妻或丧妻的人。

【评析】

　　本文是韩愈撰写的“五原”之一，“五原”即《原道》、《原性》、《原毁》、《原人》、《原鬼》，是对儒学道统、人性等问题的探讨。排斥佛老学说，推尊儒学，用儒家思想一统人心，是韩愈在政治上积极作为的表现，这是《原道》一文的主旨所在。

　　仁、义、道、德，是古代四种基本的价值观，为儒家所推崇和

9

重视。文章的开篇即对这四种概念进行了解读,指出博爱称作仁,施行并且适宜就可称作义,而"道"是通过对仁、义的涵养而获得的,与老子所宣称的"道"是不同的。开篇既然明确了儒家对仁、义、道、德四种价值观的定位,后文就是正本清源的话题。文中指出,"圣人"是儒者推崇的楷模,如尧、舜、禹、商汤、周文王、周武王、周公,以至孔子和孟轲;圣人的出现,确立和完善了礼仪法规,明确了人与人相处的诸般伦理关系,社会因此和谐,得以进步。而佛道的主张却相反,泯灭人伦大防,搞乱了人心。为此作者提出了儒家道统,即儒家学术思想授受的系统,这个体统是由尧传给了舜,舜传给了禹,禹传给了商汤,商汤传给了周文王、周武王、周公,周文王、周武王、周公传给了孔子,孔子传给了孟轲,孟轲死后,这种学说就不得其传。至于荀子与扬雄,"择焉而不精,语焉而不详",已经不属于纯粹的儒家思想了。因此承继孔、孟之后,弘扬儒家道统的重任,就落在韩愈自己身上了。文中叙说了佛道学说盛行后,一方面造成世人对儒家思想认识的混乱,另一方面大量男性劳动力的出家,加重了社会的负担,以致百姓"穷且盗",这样就会动摇统治的基础。因此要严华夷界限。作者视佛道为异端邪说,主张要严加防范,以免佛道之泛滥危害王朝的统治基础。

面对儒家思想的弱化,为了李唐王朝基业的巩固和强化,文章最后提出了解决的措施:其一,"不塞不流,不止不行"。也就是说只有阻塞佛道思想的传播,才能促使儒家学说的流传;只有制止佛道思想的泛滥,才能促使儒家学说的推行。其二,"人其人,火其书,庐其居"。使出家的佛徒道士还俗,焚烧佛道著作,把寺庙道观改成民居,意在用以促进唐王朝经济的恢复和发展。其三,"明先王之道以道之,鳏寡孤独废疾者有养"。弘扬儒家学说以教导人们,使失去亲人的老幼或有残疾的人都能得到养育,体现了民本思想。

文章旗帜鲜明,态度决绝,体现出极强的原则性。又多用排偶句式,吞吐往复,结构严谨,层次感强。全文气势宏大,论说透彻。

原　毁

古之君子,其责己也重以周[1],其待人也轻以约[2]。重以周,故不怠;轻以约,故人乐为善。闻古之人有舜者[3],其为人也,仁义人也。求其所以为舜者,责于己曰:"彼,人也;予,人也。彼能是,而我乃不能是?"早夜以思去其不如舜者,就其如舜者[4]。闻古之人有周公者[5],其为人也,多才与艺人也[6]。求其所以为周公者,责于己曰:"彼,人也;予,人也。彼能是,而我乃不能是?"早夜以思去其不如周公者,就其如周公者。舜,大圣人也,后世无及焉;周公,大圣人也,后世无及焉。是人也[7],乃曰:"不如舜,不如周公,吾之病也[8]。"是不亦责于身者重以周乎?其于人也,曰:"彼,人也,能有是,是足为良人矣;能善是,是足为艺人矣。"取其一,不责其二;即其新,不究其旧[9]。恐恐然惟惧其人之不得为善之利[10]。一善易修也,一艺易能也。其于人也,乃曰:"能有是,是亦足矣。"曰:"能善是,是亦足矣。"不亦待于人者轻以约乎?

今之君子则不然,其责人也详,其待己也廉[11]。

详,故人难于为善;廉,故自取也少^{〔12〕}。己未有善,曰:"我善是,是亦足矣。"己未有能,曰:"我能是,是亦足矣。"外以欺于人,内以欺于心^{〔13〕},未少有得而止矣^{〔14〕},不亦待其身者已廉乎?其于人也,曰:"彼虽能是,其人不足称也;彼虽善是,其用不足称也。"举其一,不计其十;究其旧,不图其新^{〔15〕}。恐恐然惟惧其人之有闻也,是不亦责于人者已详乎?夫是之谓不以众人待其身,而以圣人望于人^{〔16〕},吾未见其尊己也。

虽然,为是者有本有原,怠与忌之谓也。怠者不能修,而忌者畏人修。吾常试之矣,尝试语于众曰:"某良士,某良士。"其应者,必其人之与也^{〔17〕};不然,则其所疏远不与同其利者也;不然,则其畏也。不若是,强者必怒于言,懦者必怒于色矣。又尝语于众曰:"某非良士,某非良士。"其不应者,必其人之与也;不然,则其所疏远不与同其利者也;不然,则其畏也。不若是,强者必说于言^{〔18〕},懦者必说于色矣。是故事修而谤兴,德高而毁来^{〔19〕}。呜呼!士之处此世而望名誉之光、道德之行,难已!将有作于上者,得吾说而存之,其国家可几而理欤^{〔20〕}!

【注释】

〔1〕重以周:严格而详尽。

〔2〕轻以约:轻易而简约。

〔3〕舜:详韩愈《原道》注〔59〕。

〔4〕就:趋向。

〔5〕周公:详韩愈《原道》注〔43〕。

〔6〕艺:谓技能。

〔7〕是人:指开篇提到的"古之君子"。

〔8〕病:谓心病。

〔9〕"取其一"四句:谓选取别人一方面的长处,不要求全责备;称赞别人新近的成就,不要去深究其昔日的过错。

〔10〕"恐恐然"句:谓惶恐不安,惟恐别人的长处得不到称誉。恐恐然,惶恐的样子。

〔11〕廉:少,此指要求低。

〔12〕自取也少:谓自己得益的就少,即少见进步。

〔13〕"外以欺于人"二句:谓外表欺骗别人,内心欺骗自己。

〔14〕少:通"稍"。

〔15〕"举其一"四句:谓抓住别人的一个缺点,却不考虑其他的优点;追究别人过去的失误,而不考虑其新取得的进步。

〔16〕"夫是"二句:谓这大概就是所说的不以对待众人的要求对待其自身,而以达到圣人的境界责望于他人。

〔17〕与:党与,朋友。

〔18〕说:通"悦"。

〔19〕"事修而谤兴"二句:谓事务得到治理的反而招致诽谤,德行趋向高尚的反而引来诋毁。

〔20〕几:庶几,差不多。

【评析】

《原毁》为"五原"之一,是就社会上出现诋谤他人的现象及其原因进行探讨的文章,全文由三部分组成:其一,古人的做法:"其责己也重以周,其待人也轻以约。"严于律己,才能看到不足,不断地加强自身的修养;宽以待人,才能包容一切。文中以舜与周公为例,说明能成就大事业,成为圣贤,固然能严于律己,更重要的是能宽以待人,"取其一,不责其二;即其新,不究其旧",对他人,要多看优点,不能抓住某一过错大做文章,如此方能得人心。其二,今人的做法:"其责人也详,其待己也廉。"即对他人求全责备,对自己要求不高。对他人要求过高,就会"举其一,不计其十;究其旧,不图其新",自己不长进,又见不得别人在进步,这是妒忌心在作怪。其三,探究诋毁别人的原因,就在于"怠"和"忌"。"怠者不能修,而忌者畏人修",即懒惰不能自觉地加强修养,妒忌害怕别人品行的高尚。诋毁他人是因为妒忌,妒忌却源于懒惰。

文章紧紧围绕着社会上出现诋毁他人的现象展开论述,援引古圣贤严于律己、宽以待人的事例,比照当世对人求全责备、待己从宽,以见世风日下,人心不古。"事修而谤兴,德高而毁来",妒贤嫉能,这不仅仅是人品的问题。小则属于个人修养有欠缺,大则会给集体、社会的进步带来危害。而处理好待己待人的态度,是关系立国根本这一大是大非的问题,文章的思想内涵得以升华。文章用语平易,却写得有气势,就在于排比对偶句式的大量运用,以及对比手法的广泛运用,其中正说反论,相反相成,曲尽人情世态。

杂 说 四 首(之四)

世有伯乐[1],然后有千里马。千里马常有,而伯乐不常有。故虽有名马,只辱于奴隶人之手,骈死于槽枥之间[2],不以千里称也。

马之千里者[3],一食或尽粟一石[4]。食马者不知其能千里而食也[5],是马也,虽有千里之能,食不饱,力不足,才美不外见,且欲与常马等不可得,安求其能千里也〔6〕？

策之不以其道〔7〕，食之不能尽其材，鸣之而不能通其意，执策而临之曰："天下无马。"呜呼！其真无马邪〔8〕？其真不知马也。

【注释】

〔1〕伯乐：春秋秦穆公时人，姓孙，名阳，以善相马著称。后用以比喻有眼力、善于发现、选拔和使用出色人才者。

〔2〕骈（pián）：两马并驾，此指并列。

〔3〕之：往，至。

〔4〕石（dàn）：量词，计算重量的单位，一百二十斤为一石。

〔5〕食（sì）：此用作动词，喂养。

〔6〕安：怎么，岂。

〔7〕策：马鞭，此用作动词，鞭打，驾驭。

〔8〕其：岂，难道。

【评析】

《杂说》凡四篇，即龙说、医说、鹤说、马说。此为马说，为寓言小品文。伯乐善于相马的故事见于先秦多家文献的记载。汉代韩婴《韩诗外传》卷七云："使骥不得伯乐，安得千里之足？"骥就是骏马的意思，韩愈就是基于这一点而展开论说的。

文章开宗明义，指出天下不缺人才，关键是否有能识别和任用人才的人。而现实情况是，千里马处境悲惨。其一，不能按习性饲养，千里马就得不到健康地成长，其潜能也就不可能有效地被发掘。其二，不懂驾御千里马的方法，"策之不以其道"、"鸣之而不能通其意"，既不能通达心意，又任用不当，就等于不用。文章为比喻体，千里马比喻贤士，伯乐比喻贤相，矛头所指，当权者、在位者难辞其咎。先说千里马常有,而伯乐不常有,怀才不遇之感油然而生,为全文定下了基调。然后围绕着千里马饲养是否得当、任用是否适宜展开,感知遇之难,为天下屈才者抱屈,也为自己抱屈。文章篇幅不长,于尺幅之内腾挪跌宕,变化多端,给人以千里之感。

师　说[1]

古之学者必有师。师者,所以传道、受业、解惑也[2]。人非生而知之者,孰能无惑?惑而不从师,其为惑也,终不解矣。

生乎吾前,其闻道也固先乎吾[3],吾从而师之;生乎吾后,其闻道也亦先乎吾,吾从而师之。吾师道也,夫庸知其年之先后生于吾乎[4]?是故无贵无贱,无长无少,道之所存,师之所存也[5]。

嗟乎!师道之不传也久矣[6],欲人之无惑也难矣。古之圣人,其出人也远矣[7],犹且从师而问焉。今之众人,其下圣人也亦远矣,而耻学于师。是故圣益圣,愚益愚[8],圣人之所以为圣,愚人之所以为愚,其皆出于此乎[9]?

爱其子,择师而教之;于其身也,则耻师焉,惑矣!彼童子之师,授之书而习其句读者[10],非吾所谓传其道、解其惑者也。句读之不知,惑之不解,或师焉,或不焉,小学而大遗[11],吾未见其明也。

巫医、乐师、百工之人不耻相师〔12〕。士大夫之族曰师曰弟子云者,则群聚而笑之。问之,则曰:"彼与彼年相若也,道相似也〔13〕,位卑则足羞,官盛则近谀〔14〕。"呜呼!师道之不复可知矣。巫医、乐师、百工之人,君子不齿,今其智乃反不能及,其怪也欤?

圣人无常师〔15〕,孔子师郯子、苌弘、师襄、老聃〔16〕。郯子之徒,其贤不及孔子。孔子曰:"三人行,则必有我师〔17〕。"是故弟子不必不如师,师不必贤于弟子,闻道有先后,术业有专攻〔18〕,如是而已。

李氏子蟠〔19〕,年十七,好古文,六艺经传皆通习之〔20〕,不拘于时。学于余,余嘉其能行古道〔21〕,作《师说》以贻之。

【注释】

〔1〕说:古代文体名,指用来阐述道理或主张的文章。

〔2〕传道:指传授圣贤之道。受业:即授业,传授学业。解惑:解除疑惑。

〔3〕闻道:明白道理。

〔4〕庸:岂,难道。

〔5〕"道之所存"二句:谓有圣贤学说存在的地方,就会有老师存在。

〔6〕师道:为师之道,尊师之道。

〔7〕其出人也远:谓圣贤的智慧远远超出众人。

〔8〕"圣益圣"二句:谓圣贤更加聪明睿智,愚昧的人更加浅陋笨拙。

〔9〕其:指代"圣益圣"四句的情况。

〔10〕句读:指文辞休止和停顿处。古人诵读文章,分句和读,短的停顿叫读(音 dòu),用点(、)来标识;稍长的停顿叫句,用圈(。)标识。

〔11〕小:指句读之学。大:指圣贤之道。

〔12〕巫医:古代巫师兼用一些药物来为人消灾治病。乐师:周代官名,为大司乐之副。又指以音乐为职业的人。百工:各种工匠。

〔13〕道相似:谓学识相似。

〔14〕"位卑则足羞"二句:谓向职位低贱的人求教就足以令人觉得羞愧,向权势炙手的官员求教就近于谄媚。

〔15〕常师:固定的老师。

〔16〕郯(tán)子:春秋时郯国的国君,己姓,传为古帝少皞氏之后。郯子朝鲁,孔子曾向他问学。苌弘:周景王、敬王时大夫。孔子到周,曾向他问乐。师襄:春秋时鲁国的乐官,擅击磬。孔子曾向他学琴。老聃:详韩愈《原道》注〔8〕,孔子曾向他问礼。

〔17〕"三人"二句:《论语·述而》:"子曰:三人行,必有我师焉。择其善者而从之,其不善者而改之。"意思是说别人身上总有可供自己学习或借鉴的东西。

〔18〕"闻道有先后"二句:谓领悟道理是有先有后的,学业研究是有专门的领域的。术业,学术技艺,学业。

〔19〕李蟠:韩愈的学生,德宗贞元十九年(803)进士。

〔20〕六艺:指儒家六种经典,即《礼》、《乐》、《书》、《诗》、《易》、《春秋》。经传:指经文与传文。传是阐释经文的著作。

〔21〕古道:古远之道。泛指古代的制度、学术、思想、风尚等。

【评析】

本文当是韩愈任四门博士时所写。文中论述了从师求学的必要性与重要性,涉及为师的理念、求教学习的态度和方法等。

文章一开篇就教师这一职业作了定性,即"传道、受业、解惑"。传道是核心,是受业和解惑的终极目标。从师求学,首先态度要端正。解除疑惑,探索未知,凡此都离不开向人求教。如何向人求教,能否有所得,态度就显得重要了,所谓"无贵无贱,无长无少,道之所存,师之所存",即不论对方身份地位如何,不论长幼,只要有知识可得,就应不耻于问,抓住机会,提高自己的水平,这是明智的选择。其次,解析"师道"不能传承的表象及其原因,详细地解读了不同阶层的人士求教的态度及其得失,指出社会上耻于从师问学的人,恰恰是那些自以为是的士大夫们,这些人自以为高人一等,鄙视从事各种技艺的劳动者,不思进取,成为"师道"不得广为传承的阻力。而"巫医、乐师、百工之人",他们虚心求学,是生存之必需。最后,提出了"弟子不必不如师,师不必贤于弟子",尊重知识,崇尚真理,体现了先进的教学理念,点明写作此文的意图。

文中善于用对比手法,既有古代圣贤与今世士大夫对从师求学认知的不同,又有当世士大夫与百工对待求知反应的不同,针对性极强。柳宗元《答韦中立论师道书》一文云韩氏作《师说》"抗颜为师",引起一些士大夫责怪谩骂,韩氏不为流俗所左右,身体力行,敢为人师,体现了勇于担当、坚持真理的意志,对今天仍有借鉴意义。

进 学 解 [1]

国子先生晨入太学[2],招诸生立馆下[3],诲之曰:"业精于勤,荒于嬉;行成于思,毁于随[4]。方今圣贤相逢,治具毕张[5]。拔去凶邪,登崇畯良[6]。占小善者率以录,名一艺者无不庸[7]。爬罗剔抉[8],刮垢磨光[9]。盖有幸而获选,孰云多而不扬?诸生业患不能精,无患有司之不明[10];行患不能成,无患有司之不公。"

言未既[11],有笑于列者曰:"先生欺余哉!弟子事先生于兹有年矣，先生口不绝吟于六艺之文，手不停披于百家之编[12]。记事者必提其要[13]，纂言者必钩其玄[14]。贪多务得[15]，细大不捐[16]。焚膏油以继晷[17]，恒兀兀以穷年[18]。先生之业，可谓勤矣。抵排异端[19]，攘斥佛老[20]。补苴罅漏[21]，张皇幽眇[22]。寻坠绪之茫茫[23]，独旁搜而远绍[24]。障百川而东之[25]，回狂澜于既倒[26]。先生之于儒，可谓有劳矣。沉浸醲郁[27]，含英咀华[28]。作为文章，其书满家。上规姚姒[29]，浑浑无涯[30]。周诰殷盘[31]，佶屈聱牙[32]。《春秋》谨严[33]，《左氏》浮夸[34]。《易》奇而法[35]，《诗》正而葩[36]。下逮《庄》、《骚》[37]，太史所录[38]；子云、相如[39]，同工异曲[40]。先生之于文，可谓闳其中而肆其外矣[41]。少始知学，勇于敢为；长通于方[42]，左右具宜[43]。先生之于为人，可谓成矣。然而公不见信于人，私不见助于友。跋前踬后[44]，动辄得咎[45]。暂为御史，遂窜南夷[46]。三年博士，冗不见治[47]。命与仇谋[48]，取败几时？冬暖而儿号寒，年丰而妻啼饥。头童齿豁[49]，竟死何裨？不知虑此，而反教人为？"

先生曰："吁！子来前。夫大木为杗[50]，细木为桷[51]，欂栌侏儒[52]，椳闑扂楔[53]，各得其宜，施以成室者，匠氏之工也[54]。玉札丹砂[55]，赤箭青芝[56]，牛溲马勃[57]，败鼓之皮[58]，俱收并蓄，待用无遗者，医师之良也[59]。登明选公[60]，杂进巧拙[61]，纡馀为妍[62]，卓荦为杰[63]，校短量长，惟器是适者，宰相之方也〔64〕。昔者孟轲好辩,孔道以明,辙环天下〔65〕,卒老于行;荀卿守正,大论是弘,逃谗于楚,废死兰陵〔66〕。是二儒者,吐辞为经,举足为法〔67〕,绝类离伦〔68〕,优入圣域〔69〕,其遇于世何如也?今先生学虽勤而不繇其统〔70〕,言虽多而不要其中〔71〕,文虽奇而不济于用,行虽修而不显于众。犹且月费俸钱,岁靡廪粟〔72〕。子不知耕,妇不知织,乘马从徒,安坐而食。踵常途之促促〔73〕,窥陈编以盗窃〔74〕。然而圣主不加诛,宰臣不见斥,非其幸欤?动而得谤,名亦随之〔75〕。投闲置散,乃分之宜。若夫商财贿之有亡〔76〕,计班资之崇庳〔77〕,忘己量之所称〔78〕,指前人之瑕疵。是所谓诘匠氏之不以杙为楹〔79〕,而訾医师以昌阳引年,欲进其豨苓也〔80〕。"

【注释】

〔1〕进学:使学业有进步。解:古代文体名,以辨释疑惑,解剥纷难为主,属论辩类。

〔2〕国子先生:作者自谓,韩愈于元和七年(812)为国子博士。中国封建时代的教育管理机关和最高学府是国子监,又称作国学、太学、国子学,国子博士为国子监的教员。

〔3〕馆:学馆,学舍。

〔4〕"业精于勤"四句:谓学业因勤奋而精深,也会由于戏玩而荒废;德行因慎思而完善,也会由于随意而亏损。嬉,戏乐,游玩。

〔5〕治具:治理国家的策略、法令。毕张:全部得以施行。

〔6〕登崇:举荐推尊。畯良:又作俊良,指优秀的人才。

〔7〕"占小善者"二句:谓拥有些许长处的人大都会被选录,以专攻一种经书而著称的无不被任用。小善,犹小技,小的长处。率,一概,都。名一艺,指以专攻一种经书而著称的人。按:儒家六种经书又称作六艺,

参见韩愈《师说》注〔20〕。庸,通"用"字。

〔8〕爬罗剔抉:搜罗发掘,挑拣选择,指搜罗人才。

〔9〕刮垢磨光:涤除污垢,磨之使有光泽,指培养人才时磨砺而使之高尚纯洁。

〔10〕有司:古代设官分职,各有专司,故称主管的官吏或官府为有司。

〔11〕既:至,及。此处指结束。

〔12〕百家:指学术上的各种派别。

〔13〕记事者:以记述事实经过为主的文体,指史籍一类的著作。提要:摘出要领。

〔14〕纂言者:指论说之类的著作。玄:深奥,玄妙。

〔15〕贪多务得:贪求多而志在必得。

〔16〕细大不捐:小的大的都不舍弃。

〔17〕焚膏油:点燃油灯。继晷:谓夜以继日。晷,日影。

〔18〕兀兀:犹矻矻,勤勉的样子。穷年:全年,一年到头。

〔19〕抵排:抵制排斥。异端:古代儒家称其他学说、学派为异端。

〔20〕攘斥:排斥。

〔21〕补苴(jū):缝补,填补。罅(xià)漏:裂缝和漏穴,疏漏。

〔22〕张皇:显扬,使光大。幽眇(miǎo):精深微妙。

〔23〕坠绪:行将绝灭的学说,此指衰落不振的儒学。

〔24〕独旁搜而远绍:谓独自广泛地搜讨,远承古代圣贤的学说。

〔25〕百川:比喻各种学说,包括不纯的儒家之言。

〔26〕回狂澜于既倒:谓阻止各种学说的泛滥,使之统一于儒家的思想,使得曾经如同汹涌波涛的儒家思想在即将破碎消逝时重新回归。

〔27〕沉浸:浸渍在水中,多比喻潜心于某种事物或处于某种境界及思想活动中。酴郁:浓厚馥郁。

〔28〕含英咀华:比喻欣赏、体味或领会诗文的精华。

〔29〕规:取法。姚姒:指虞舜和夏禹,相传舜为姚姓、禹为姒姓。此指《尚书》中的《虞书》《夏书》。

〔30〕浑浑:广大貌。

〔31〕周诰:《尚书·周书》中有《大诰》、《康诰》、《酒诰》、《召诰》、《洛诰》等篇,此指《周书》。殷盘:《尚书》中有《盘庚》篇。按:商为上古朝代,商汤灭夏所建,都亳,中经几次迁都,盘庚时迁殷(今河南安阳),因亦称殷。

〔32〕佶(jí)屈聱(áo)牙:形容文辞艰涩难读。

〔33〕《春秋》:儒家六经之一,编年体史书,相传为孔子据鲁史修订而成。叙事极简,字寓褒贬。

〔34〕《左氏》:指《左氏春秋》,汉代改称《春秋左氏传》,简称《左传》。相传为春秋末年左丘明为解释孔子的《春秋》而作,是儒家重要经典之一。浮夸:谓文辞铺张华美。

〔35〕《易》:儒家六经之一,《周易》或《易经》,是今存最古老的占卜著作。

〔36〕《诗》:儒家六经之一,为中国最早的诗歌总集。收入自西周初年至春秋中叶大约五百多年的诗歌。西汉时被尊为儒家经典,始称《诗经》。葩:华美。

〔37〕《庄》、《骚》:即《庄子》和屈原《离骚》。

〔38〕太史所录:指司马迁《史记》,原名《太史公书》。

〔39〕子云:扬雄(前53—18),字子云,西汉人。少好学,博览群书,长于辞赋。成帝时任给事黄门郎。王莽时任大夫,校书天禄阁。是继司马相如之后西汉最著名的辞赋家。相如:司马相如(前179—前127),字长卿,西汉人。景帝时为武骑常侍。工辞赋,为汉赋的代表作家,代表作有《子虚赋》等。

〔40〕同工异曲:比喻人不同,而辞章或言论同样精彩,或做法虽不同,而效果却一样。

〔41〕闳其中:谓内容博大精深。肆其外:谓文辞波澜壮阔。

〔42〕通于方:通晓道术,也指通晓为政之道。

〔43〕左右具宜:即左右逢源之意,谓学问工夫到家后,则处处皆得益。也泛指做事得心应手。

〔44〕跋前踬（zhì）后：即跋胡疐（zhì）尾。《诗·豳风·狼跋》："狼跋其胡，载疐其尾。"后以"跋胡疐尾"喻进退两难。

〔45〕动辄得咎：谓做事常常获罪或受到责怪。辄，就。咎，罪过，过失。

〔46〕南夷：古代指南方的少数民族，又指南方边远的地区。按：韩愈于贞元十九年（803）由监察御史贬为阳山（今属广东）令。阳山地处南方荒僻之地，故云。

〔47〕冗不见治：谓因闲散而政绩不佳。冗，闲散，又指驽下，庸劣。见，通"现"，表现。

〔48〕命与仇谋：谓命运就像是与仇敌作对。

〔49〕头童齿豁：头秃齿缺，形容衰老。童，山无草木曰童。

〔50〕栋（máng）：屋的正梁。

〔51〕桷（jué）：方形的椽子。

〔52〕欂栌（bó lú）：柱上承托栋梁的方形短木，即斗拱。侏儒：指梁上短柱。

〔53〕椳（wēi）：承托门轴的门臼。闑（niè）：古代门中央所竖短木。扂（diàn）：门闩。楔（xiē）：门两边的木柱。

〔54〕匠氏之工：谓得力于木匠的精心设计。

〔55〕玉札：植物名，即地榆，也叫玉豉，可药用。又为药名，玉泉的别名。丹砂：即朱砂，矿物名，色深红，可作药用。

〔56〕赤箭：天麻的别名，可药用。青芝：又名龙芝，可药用。

〔57〕牛溲：即牛尿，旧云可治水肿。又为车前草的别名，可药用。马勃：一名屎菰，生于湿地及腐木的菌类，可入药。

〔58〕败鼓之皮：年久败坏的鼓皮，旧说可治虫毒。

〔59〕医师之良：谓体现了医师的高明。

〔60〕登明：进用贤明的人。

〔61〕杂进巧拙：谓聪明和笨拙的人都能被录用。

〔62〕纡馀：形容人有才气，从容不迫。

〔63〕卓荦：超绝出众。

〔64〕宰相之方:谓宰相的用人策略。

〔65〕辙环:谓周游各地。辙,车轮的痕迹。

〔66〕"荀卿守正"四句:《史记·孟子荀卿列传》云:"齐人或谗荀卿,荀卿乃适楚,而春申君以为兰陵令。春申君死,而荀卿废,因家兰陵。……著数万言而卒,因葬兰陵。"荀卿,详韩愈《原道》注〔61〕。守正,恪守正道。

〔67〕"吐辞为经"二句:谓著书立说,成为经典,一举一动,都可以为后人取法。

〔68〕离伦:犹绝伦,独一无二。

〔69〕圣域:圣人的境界。

〔70〕繇:通"由"。

〔71〕要:求。中:要害。

〔72〕靡:浪费。廪粟:公家库藏的粮食,又指公家供给官吏和在校学员的粮食。

〔73〕踵:追逐、跟随。常途:平常的道路,常规。促促:拘谨小心貌。又指劳苦不安貌。

〔74〕陈编:古籍,古书。

〔75〕"动而得谤"二句:谓一有所作为,就遭到诽谤,名声也随之受损。

〔76〕财贿:财货、俸禄。亡:通"无"。

〔77〕班资:官阶和资格。崇庳(bēi):又作崇卑,高低,高下。

〔78〕忘己量之所称:忘记自己的器量与职位是否相称。

〔79〕诘:责备,质问。杙(yì):一头尖的短木,木桩。楹:厅堂的前柱。

〔80〕訾:诋毁,指责。昌阳:菖蒲别名。昌,通"菖"。多年生草本植物,生在水边。引年:延长年寿。豨苓(xī líng):菌类植物,可入药。

【评析】

　　"进学解"就是对如何增进学业的辩析。这篇文章是散体

25

赋,采用了问答体的形式,托以自嘲。文章开宗明义:"业精于勤,荒于嬉;行成于思,毁于随。"说明勤奋对于学业增进、品行涵养的重要性,如此,在仕途上得到重用的机会就会增多。

文章主要是由两大部分组成:一是学生对老师的责难,二是老师为自己的辩解。责难部分详细地论述了老师如何勤于学业,因此学问广博、品行高尚,结果却是有志不能施展。借学生之口,倾诉了自己仕途的坎坷和生活的悲惨,处处不顺,事事难成,动辄得咎之感,令人寒心。不仅是仕途的坎坷,生计也是拙劣,以至于"冬暖而儿号寒,年丰而妻啼饥。头童齿豁,竟死何裨",生存的艰难,处境的凄苦,叹老嗟卑,几多辛酸,尽在不言中。辩解部分意在说明人各有命,如同建筑房屋,需要多种木料,至于如何搭建,使得每块木料处在应有的位置上,发挥各自的作用,这是工匠的职责。又如配制中药,每种草药都有各自治病的功效,至于合成一副药,如何配制,以达到治病的最佳效果,这是医生的职责。而士大夫在官场中,能承担何种职位,这是宰相智慧的体现。表面上是说目前的处境,是自己能力本该如此,是命中注定的,各安本分,这没什么不妥的。

文中责难部分句句是驳,辩解部分句句是解,真真假假,虚虚实实。表面上是责备自己,实际上赞誉自己。骨子里却也满是埋怨,自己的能力与职位不匹配,大材小用,不得尽其才。《新唐书》本传云执政者读了这篇文章后,"奇其才",因而提拔了他,升职为比部郎中、史馆修撰,进而为考功知制诰、中书舍人。说明了这篇文章写作技巧的高妙,以退为进,扬人抑己,正话反说,行文很是得体。文中骈散结合,对偶排比,整饬华美,然不流于古板,而是气韵贯注,满是生机。又用语精警,其中不少已为成语,如爬罗剔抉、刮垢磨光、贪多务得、细大不捐、含英咀华、佶屈聱牙、同工异曲、跋前踬后、动辄得咎、头童齿豁、绝类离伦等，至今仍为世人所习用。

圬者王承福传[1]

圬之为技，贱且劳者也。有业之其色若自得者，听其言约而尽问之。

王其姓，承福其名，世为京兆长安农夫[2]。天宝之乱[3]，发人为兵[4]，持弓矢十三年，有官勋，弃之来归，丧其土田，手镘衣食[5]，馀三十年。舍于市之主人[6]，而归其屋食之当焉[7]。视时屋食之贵贱，而上下其圬之佣以偿之[8]，有馀，则以与道路之废疾饿者焉。

又曰：“粟，稼而生者也；若布与帛，必蚕绩而后成者也[9]。其它所以养生之具，皆待人力而后完也，吾皆赖之。然人不可遍为，宜乎各致其能以相生也。故君者，理我所以生者也[10]；而百官者，承君之化者也[11]。任有小大，惟其所能，若器皿焉。食焉而怠其事，必有天殃，故吾不敢一日舍镘以嬉。夫镘，易能可力焉，又诚有功，取其直[12]，虽劳无愧，吾心安焉。夫力，易强而有功也；心，难强而有智也[13]。用力者使于人，用心者使人，亦其宜也[14]。吾特择其易为而无愧者取焉。嘻！吾操镘以入贵富之家有年矣。有一至者焉，又往过之，则为墟矣[15]。有再至、三至者焉，而往过之，则为墟矣。问之，其邻或曰：‘噫！刑戮也。’或曰：‘身既死，而其子孙不能有也。’或曰：‘死而归之官也。’吾以是观

27

之,非所谓食焉怠其事而得天殃者邪？非强心以智而不足、不择其才之称否而冒之者邪？非多行可愧、知其不可而强为之者邪？将贵富难守、薄功而厚飨之者邪〔16〕？抑丰悴有时、一去一来而不可常者邪〔17〕？吾之心悯焉。是故择其力之可能者行焉。乐富贵而悲贫贱,我岂异于人哉？”

又曰：“功大者,其所以自奉也博。妻与子,皆养于我者也。吾能薄而功小,不有之可也。又吾所谓劳力者,若立吾家而力不足,则心又劳也。一身而二任焉,虽圣者不可能也。”

愈始闻而惑之,又从而思之,盖贤者也,盖所谓“独善其身”者也〔18〕。然吾有讥焉,谓其自为也过多,其为人也过少。其学杨朱之道者邪〔19〕？杨之道,不肯拔我一毛而利天下〔20〕,而夫人以有家为劳心〔21〕,不肯一动其心以畜其妻子〔22〕,其肯劳其心以为人乎哉？虽然,其贤于世之患不得之而患失之者〔23〕。以济其生之欲,贪邪而亡道以丧其身者〔24〕,其亦远矣。又其言有可以警余者,故余为之传而自鉴焉。

【注释】

〔1〕圬（wū）：同“杇”,抹子,涂抹墙壁的工具。又指涂饰墙壁,粉刷。

〔2〕京兆长安：唐代都城,今陕西西安。京兆,汉代京畿的行政区域,为三辅之一。在今陕西西安以东至华州之间,后因以称京都。

〔3〕天宝之乱：唐玄宗天宝十四年（755）冬,平卢、范阳、河东三镇节度使安禄山等起兵反叛,史称安史之乱,代宗广德元年（763）才平定。安

史之乱是唐朝由盛而衰的转折点。天宝,唐玄宗年号。

〔4〕人:即"民"字,系避唐太宗李世民的讳。

〔5〕手镘:以手持镘,谓作泥水工。镘(màn),瓦工抹墙用的抹子。又引申为涂抹、粉刷。

〔6〕市:唐代长安城有东、西二市,为商业、手工业所在地。

〔7〕归其屋食之当:指付与租房和饮食相当的钱。归,通"馈",赠送,此指偿还。

〔8〕上下:此指增减。佣:雇佣的报酬,工钱。

〔9〕绩:缉麻,把麻析成细缕捻接起来。

〔10〕"理我"句:谓是管理我们生存的人。

〔11〕承君之化者:是遵承君主的命令教化百姓的人。

〔12〕直:通"值"。

〔13〕"夫力"四句:谓从事体力劳动的人是易于勉强并且能干得出色,从事脑心劳动的人却难以勉强并更有智慧。

〔14〕"用力"三句:《孟子·滕文公上》云:"劳心者治人,劳力者治于人。治于人者食人,治人者食于人,天下之通义也。"韩氏文意出于此。

〔15〕墟:故城,废址。

〔16〕飨:通"享",享受,享有。

〔17〕丰悴(cuì):谓荣枯。

〔18〕独善其身:《孟子·尽心上》:"穷则独善其身,达则兼济天下。"谓困顿时善待自己,得志时为社会做贡献。

〔19〕杨朱:详韩愈《原道》注〔17〕。

〔20〕"杨之"二句:《孟子·尽心上》:"杨子取为我,拔一毛而利天下,不为也。"《韩非子·显学》:"今有人于此,义不入危城,不处军旅,不以天下大利易其胫一毛……轻物重生之士也。"一毛,一根毛,比喻细小、轻微的事物。

〔21〕夫(fú)人:那人,此指王承福。

〔22〕畜(xù):养育。

〔23〕"其贤"句:语出《论语·阳货》,云:"子曰:鄙夫可与事君也与

哉？其未得之也，患得之；既得之，患失之。苟患失之，无所不至矣。"患不得之而患失之，即患得患失。

〔24〕亡道：即无道，谓荒淫失政。

【评析】

王承福本是一个农户，安史之乱爆发，被征入伍，建立功勋，却弃甲归田。回到家后，田地没有了，以从事泥瓦工作谋生。韩愈为王承福立传，借以警悟世人，这是作者的意图所在。

王承福的话是传文的主体部分，要点有三：其一，职业是多样的，掌握一种技艺，对生存来说是十分必要的，也是切实可行的。靠自己的劳动获取报酬，也会心安理得。其二，职业的选择因人而异，不是说什么都能胜任的。所谓"用力者使于人，用心者使人"，即从事脑力劳动的与从事体力劳动的是有差别的，劳心者指统治阶层，劳力者指从事各种体力工作的人，王氏认为自己是适宜从事体力劳动的人。其三，不同的职业，其风险指数是不同的。王承福云曾去贵富人家干活，有去过一次的，或去过多次的，再经过时，均已变成了废墟。之所以如此，是因为官场的风险代价是颇高的。以上三点，就王承福的观点而言，职业的选择往往是利益与风险共存，把风险降至最低，既能维持生计，又能保全性命，这才是精明的选择。在韩愈看来，王氏是个极端的利己主义者，王氏不愿成家，以为有妻子与孩子，就会有生存的压力，因此视妻儿为累赘。韩愈并不认可王氏的人生观，但认为王氏能保全自己，比起那些患得患失的人，还是有值得肯定的一面。

传记一般是记事为主，本篇却是以记言为主。作者借此警示世人，名为传记，实为寓言。

蓝田县丞厅壁记[1]

　　丞之职所以贰令，于一邑无所不当问。其下主簿、尉[2]，主簿、尉乃有分职。丞位高而逼[3]，例以嫌不可否事[4]。文书行[5]，吏抱成案诣丞[6]，卷其前，钳以左手[7]，右手摘纸尾，雁鹜行以进[8]，平立，睨丞曰[9]："当署。"丞涉笔占位署，惟谨。目吏，问："可不可？"吏曰："得。"则退，不敢略省[10]，漫不知何事[11]。官虽尊，力势反出主簿、尉下。谚数慢[12]，必曰："丞。"至以相訾謷[13]。丞之设，岂端使然哉[14]？

　　博陵崔斯立[15]，种学绩文，以蓄其有。泓涵演迤，日大以肆[16]。贞元初[17]，挟其能，战艺于京师[18]，再进再屈于人[19]。元和初[20]，以前大理评事言得失黜官[21]，再转而为丞兹邑。始至，喟曰："官无卑，顾材不足塞职[22]。"既嗼不得施用[23]，又喟曰："丞哉！丞哉！余不负丞，而丞负余。"则尽枿去牙角[24]，一蹾故迹[25]，破崖岸而为之[26]。

　　丞厅故有记，坏漏污，不可读。斯立易桷与瓦[27]，墁治壁[28]，悉书前任人名氏。庭有老槐四行，南墙巨竹千梃[29]，俨立若相持[30]，水㶁㶁循除鸣[31]。斯立痛扫漑，对树二松，日哦其间。有问者，辄对曰："余方有公事，子姑去。"考功郎中、知制诰韩愈记。

【注释】

〔１〕蓝田:今属陕西省。壁记:指嵌在墙上的碑记,唐封演《封氏闻见记·壁记》云:"朝廷百司诸厅皆有壁记,叙官秩创置及迁授始末,原其作意,盖欲著前政履历,而发将来健羡焉。"州县官署也有壁记。

〔２〕"丞之职"三句:唐制,京城周围的各县称畿县,设有县令、丞、主簿、尉各一人。按蓝田县为畿县之一。县令为一县行政长官,丞为副职,主簿主管文书、办理事务。尉多为武职,主管治安等。贰令,辅佐正职官员,又为县丞的别称。

〔３〕逼:逼迫,威胁,迫近。

〔４〕例以嫌不可否事:谓据旧规惯例,因避嫌而不可对事务作出肯定或否定。

〔５〕文书行:谓公文将要颁布发行。

〔６〕案:指官府处理公事的文书、成例和狱讼判定的结论等。诣:前往,到。

〔７〕钳以左手:谓左手像钳子似的握紧。

〔８〕雁鹜行以进:似雁鹜依次行走那样而进前。鹜,野鸭。

〔９〕睨:斜着眼,斜视。

〔10〕省:了解。

〔11〕漫:全然。

〔12〕谚数慢:世俗所谓闲散的官职。谚,俗语。数,数落。慢,散慢。

〔13〕訾謷(zǐ áo):诋毁。

〔14〕端:本。

〔15〕崔斯立:字立之,又字行坚,博陵(今河北定州)人。曾官大理评事,为蓝田县令。

〔16〕"种学绩文"四句:谓求学作文如同耕种纺织一样辛勤,以涵养自己的德行,学问渊博如水一般深广,文章气势流转绵长,每天都更加宏大恣肆。泓涵,水深广貌,比喻学问渊博。演迤(yǐ),谓文章气势流转绵长。

〔17〕贞元:唐德宗年号(785—805)。

〔18〕战艺:校艺,指参加科举考试。

〔19〕于:原空缺,据《四部丛刊》本补。

〔20〕元和:唐宪宗年号(806—820)。

〔21〕黜官:贬降官职。

〔22〕塞职:勉强称职。

〔23〕噤:谓不能出声或不许做声。

〔24〕枿(niè):树木砍伐后留下的根株。又指树木砍伐后新芽萌生。牙角:牙齿和角。此比喻锋芒。

〔25〕一蹑故迹:完全按照昔日做县丞的旧例。

〔26〕崖岸:比喻锐气和棱角。

〔27〕桷(jué):方形的椽子。

〔28〕墁(màn):涂抹,粉饰。

〔29〕梃:竿状物计量单位。

〔30〕俨立若相持:谓昂头站立,像彼此对峙。

〔31〕漍(guó)漍:水流声。除:台阶。

【评析】

这是篇壁记文,开篇就强调县丞职位的重要性,仅次于县令,“于一邑无所不当问”,这是县丞的职责所在。而事实上却不是如此,由于县丞职位较高,就会有对县令造成威胁的嫌疑。为了避嫌,县丞凡事不置可否,惟命是从。实际上徒有其名,成了一个摆设。小吏的刁猾,县丞的窝囊,活灵活现,成为一幅世俗的官场图。后文以崔斯立任蓝田县丞为证,说明这种现象不是偶然的,崔斯立“余不负丞,而丞负余”一句,写出了有志之士不能施展才能的无奈和悲哀。

壁记的内容,按常规的写法,应该是记述县丞所在官署的建置,罗列历代任职者的名姓,以见沿革变化。作为厅壁记,这篇文章在写法上却属于变体,文中是以人物的事迹为主要内容,这是一种创新。文中详细地记述了崔斯立的遭际,以游戏之笔写出县丞处境的尴尬和难言之隐,为崔斯立的不幸抱屈,沉痛悲抑。前半写普遍存在的现象,后半以个案为例,点面结合,摹写细腻,生动传神。

答 李 翊 书^[1]

六月二十六日,愈白李生足下^[2]:

生之书辞甚高,而其问何下而恭也^[3]?能如是,谁不欲告生以其道?道德之归也有日矣,况其外之文乎?抑愈所谓望孔子之门墙而不入于其宫者^[4],焉足以知是且非邪^[5]?虽然,不可不为生言之。

生所谓立言者是也^[6],生所为者与所期者甚似而几矣^[7],抑不知生之志蕲胜于人而取于人邪^[8]?将蕲至于古之立言者邪?蕲胜于人而取于人,则固胜于人而可取于人矣;将蕲至于古之立言者,则无望其速成,无诱于势利。养其根而俟其实,加其膏而希其光^[9]。根之茂者其实遂^[10],膏之沃者其光晔^[11]。仁义之人,其言蔼如也^[12]。

抑又有难者,愈之所为,不自知其至犹未也。虽然,学之二十馀年矣。始者非三代两汉之书不敢观^[13],非圣人之志不敢存,处若忘,行若遗^[14],俨乎其若思^[15],茫乎其若迷。当其取于心而注于手也^[16],惟陈言之务去^[17],戛戛乎其难哉^[18]!其观于人,不知其非笑之为非笑也。如是者亦有年,犹不改,然后识古书之正伪与虽正而不至焉者[19],昭昭然白黑分矣,而务去之,乃徐有得也。当其取于心而注于手也,汩汩然来矣[20],其观于人也,笑之则以为喜,誉之则以为忧,以其犹有人之说者存也[21]。如是者亦有年,然后浩乎其沛然矣[22]。吾又惧其杂也,迎而距之[23],平心而察之,其皆醇也,然后肆焉[24]。虽然,不可以不养也[25],行之乎仁义之途,游之乎《诗》、《书》之源,无迷其途,无绝其源,终吾身而已矣。

气,水也;言,浮物也[26]。水大,而物之浮者大小毕浮,气之与言犹是也。气盛,则言之短长与声之高下者皆宜[27]。虽如是,其敢自谓几于成乎?虽几于成,其用于人也奚取焉[28]?虽然,待用于人者其肖于器邪[29]?用与舍属诸人。君子则不然,处心有道,行己有方[30],用则施诸人,舍则传诸其徒,垂诸文而为后世法。如是者,其亦足乐乎?其无足乐也。

有志乎古者希矣。志乎古,必遗乎今[31]。吾诚乐而悲之,亟称其人[32],所以劝之,非敢褒其可褒而贬其可贬也。问于愈者多矣,念生之言不志乎利,聊相为言之。愈白。

【注释】

〔1〕李翊(yì):唐德宗贞元十八年(802)进士。

〔2〕白:告语。足下:古代下称上或同辈相称的敬词。

〔3〕下:居人之下,谦让。

〔4〕"望孔子"句:《论语·子张》:"子贡曰:譬诸宫墙也,赐之墙也及肩,窥见室家之好;夫子之墙也数仞,不得其门而入者,不见宗庙之美、百官之富,得其门者或寡矣。"喻与圣人相比,学问和水平相距甚远。宫,室。

〔5〕焉:疑问代词。相当于"怎么"、"哪里"。

〔6〕立言:指著书立说,又泛指写文章。《左传·襄公二十四年》:"大上有立德,其次有立功,其次有立言,虽久不废,此之谓不朽。"

〔7〕几:及,达到。

〔8〕蕲(qí):祈求。

〔9〕"养其根"二句:谓培育树的根本而等待结出果实,添加灯的油而希望更光亮。俟,等待。膏,特指灯油。

〔10〕遂:生长,生育。

〔11〕晔(yè):闪光貌。

〔12〕蔼如:和气可亲的样子。

〔13〕三代:夏、商、周三朝。

〔14〕"处若忘"二句:谓静处的时候像是忘记做什么似的,行走的时候像是遗落什么东西似的。

〔15〕俨:恭敬庄重,庄严。

〔16〕"当其"句:谓心有所得并用手写出来时。

〔17〕陈言:陈旧的言词。

〔18〕戛(jiá)戛:艰难貌。

〔19〕虽正而不至焉者:虽然纯正但仍有不完善之处。

〔20〕汩(gǔ)汩:水急流貌,比喻文思源源不断或说话滔滔不绝。

〔21〕"以其"句:谓仍然有他人的非议存在的原故。

〔22〕"然后"句:谓思潮浩大充沛。

〔23〕距:通"拒"。

〔24〕肆:谓放手去抒写。

〔25〕养:谓对德行与学识的涵养。

〔26〕"气"四句:谓文气,如同是水;言辞,如同水上的浮物。气,指文

气,文章的气势。

〔27〕"气盛"句:谓文气强盛,那么言辞的多少与声调的高下都会和谐。

〔28〕奚:疑问词,犹何、何处。

〔29〕肖于器:谓像对待一般的器物一样。

〔30〕"处心有道"二句:谓心生意念要符合儒家学说的要求,立身行事要有原则。处心,居心,存心。行己,谓立身行事。

〔31〕"志乎古"二句:谓有志于向古圣贤看齐,必然会被今人遗忘。

〔32〕亟(qì):屡次,一再。

【评析】

　　这是篇书信体文论,信中劝勉李翊要做到"处心有道,行己有方"。围绕着这个话题,韩愈多方面阐述了文章写作的要点:其一,品行要端正。就是要以儒家的道德准则和思想理念涵养品行,品行纯正,文章的思想内容才能纯粹。要写好文章,首先要学会做人,不断完善自己的品行。"养其根而俟其实,加其膏而希其光。根之茂者其实遂,膏之沃者其光晔",品行涵养的高低关系到文章写作的好坏,急于求成是难以达到目的的。其二,思想要纯粹。韩愈提出文以载道,其中的"道"就是指儒家的道统思想,以儒家思想为主导,"非圣人之志不敢存",写出的文章才能思想内容纯正。其三,取径要正确。六朝以来,文章内容贫弱空泛,风格纤巧靡丽。入唐以来,未能摆脱六朝文风的影响。韩愈提倡复兴古文,旨在改变这种不良的文风,同时也便于儒家道统思想的宣扬及传播。"非三代两汉之书不敢观","游之乎《诗》、《书》之源,无迷其途,无绝其源",只有取径正确,才不至于走弯路。其四,文笔要创新。"惟陈言之务去",是兼有思想与文辞两方面的创新,不因袭陈词滥调,是韩愈的理想追求,行文要出奇出新,其为世人喜欢与接受的魅力也就会提高。

文中善用比喻,以水与浮物作比喻,强调文气与言辞的关系。文气可体现出作家的精神气质,是因人而异的,之所以会这样,就在于平日的涵养功夫高低多少有别。思想、品德、学识等方面的修养,决定着文气的呈现,文如其人。孟子云"善养吾浩然之气",韩愈的养气之说,是自此而来的。所谓气盛言宜,是指作者的道德学识修养高,说出的话就能恰当,更有分量,其影响力也就强。文中肯定了李翊文章的功夫已经纯熟,但德行学养方面有待完善。韩愈以自己写文章的甘苦体验,强调立志、用意、取径、出新等是写好文章的基础。

应科目时与人书[1]

月日,愈再拜[2]:天池之滨[3],大江之濆[4],曰有怪物焉,盖非常鳞凡介之品汇匹俦也[5]。其得水,变化风雨,上下于天,不难也。其不及水,盖寻常尺寸之间耳[6],无高山大陵、旷途绝险为之关隔也[7],然其穷涸不能自致乎水,为猵獭之笑者[8],盖十八九矣。如有力者,哀其穷而运转之,盖一举手一投足之劳也。然是物也,负其异于众也,且曰烂死于沙泥,吾宁乐之;若俯首帖耳[9],摇尾而乞怜者[10],非我之志也。是以有力者遇之,熟视之若无睹也,其死其生固不可知也。今又有有力者当其前矣,聊试仰首一鸣号焉,庸讵知有力者不哀其穷[11],而忘一举手一投足之劳而转之清波乎?其哀之,命也;其不哀之,命也;知其在命而且鸣号之者,亦命也。

愈今者实有类于是,是以忘其疏愚之罪[12],而有是说焉,阁下其亦怜察之。

【注释】

〔1〕科目:指唐代以来分科选拔官吏的名目。

〔2〕再拜:敬词,旧时用于书信的开头或末尾。

〔3〕天池:海。

〔4〕溃(fén):水边,涯岸。

〔5〕常鳞凡介:谓普通的水族。鳞,鱼类。介,指有甲壳的虫类或水族。匹俦(chóu):同类。

〔6〕寻常:古代长度单位,八尺为寻,一丈六尺为常。比喻短或小。

〔7〕旷途:远路,长途。关隔:阻隔。

〔8〕穷涸:枯竭,干涸。猿獭:獭属,居水中,食鱼。

〔9〕俯首帖耳:形容走兽驯服的样子,后亦以喻驯服。

〔10〕摇尾乞怜:狗摇尾巴向主人乞求爱怜,比喻装出可怜相向人讨好。

〔11〕庸讵:岂,何以,怎么。

〔12〕疏愚:粗疏笨拙,懒散愚昧。

【评析】

这是篇干谒文,即有求于别人帮助自己。一题作《与韦舍人》。全文由比喻体构成。《周易·乾》:"云从龙,风从虎。"文中的怪物即指龙而言,用以自喻,说明自己绝非平凡之物。如在大海中,可"变化风雨,上下于天,不难也",无往而不畅。而如今却处于"穷涸"中,需有力者相助,否则就会"烂死于沙泥"中,不能仰首鸣号,得意逞能。

干谒,免不了有媚态,至有俯首帖耳,摇尾乞怜,极写科场中诸考生的丑陋表现,文中如此云云,或也是指自己的言行难免会引发这方面的嫌疑,是自警?还是自嘲?这是一方面,另一方面是面对才能非凡者所处的窘境,有权有势者不肯伸手相助,熟视无睹,极写科场中主考官的冷漠。

韩愈是充满自负的,而走上仕途之路前的坎坷又让他满是忧伤。韩愈于德宗贞元二年(788)至京师参加进士科考试,连考四次,于贞元八年才考中进士。按条例规定,考取进士后,还必须参加吏部博学宏辞科考试,即科目选,被录取后才能走上仕途。韩愈应博学宏词科,凡三试均未成功,其间流连京师,三上宰相书,均无所成。十六年冬,第四次参加吏部考试,通过铨选,被任命为国子监四门博士,本文当作于第三次应博学宏词科未果后。他不想听天由命,求有力者相助,或许是一种较为切实的选择。

这篇短文发端以喻体突起,以龙自喻,强调自己的非凡。倾诉求助之意,溢于言表,行文却吞吐伸缩,委婉多姿,有无限波折。

送孟东野序[1]

大凡物不得其平则鸣[2]。草木之无声,风挠之鸣;水之无声,风荡之鸣。其跃也或激之,其趋也或梗之,其沸也或炙之[3]。金石之无声,或击之鸣。人之于言也亦然,有不得已者而后言。其歌也有思,其哭也有怀,凡出乎口而为声者,其皆有弗平者乎?乐也者,郁于中而泄于外者也,择其善鸣者而假之鸣[4]。金、石、丝、竹、匏、土、革、木八者[5]，物之善鸣者也。维天之于时也亦然，择其善鸣者而假之鸣。是故以鸟鸣春，以雷鸣夏，以虫鸣秋，以风鸣冬，四时之相推敚[6]，其必有不得其平者乎？

其于人也亦然。人声之精者为言[7]，文辞之于言，又其精也，尤择其善鸣者而假之鸣。其在唐虞[8]，咎陶、禹[9]，其善鸣者也，而假以鸣。夔弗能以文辞鸣[10]，又自假于《韶》以鸣[11]。夏之时，五子以其歌鸣[12]。伊尹鸣殷[13]，周公鸣周[14]，凡载于《诗》、《书》六艺[15]，皆鸣之善者也。周之衰，孔子之徒鸣之，其声大而远。《传》曰："天将以夫子为木铎[16]。"其弗信矣乎？其末也，庄周以其荒唐之辞鸣[17]。楚，大国也，其亡也，以屈原鸣[18]。臧孙辰、孟轲、荀卿[19]，以道鸣者也；杨朱、墨翟、管夷吾、晏婴、老聃、申不害、韩非、慎到、田骈、邹衍、尸佼、孙武、张仪、苏秦之属[20]，皆以其术鸣[21]。秦之兴，李斯鸣之[22]。汉之时，司马迁、相如、扬雄[23]，最其善鸣者也。其下魏、晋氏，鸣者不及于古，然亦未尝绝也。就其善者，其声清以浮，其节数以急，其辞淫以哀，其志弛以肆[24]，其为言也乱杂而无章，将天丑其德，莫之顾邪？何为乎不鸣其善鸣者也？

唐之有天下，陈子昂、苏源明、元结、李白、杜甫、李观[25]，皆以其所能鸣。其存而在下者，孟郊东野始以其诗鸣，其高出魏、晋，不懈而及于古[26]。其它浸淫乎汉氏矣[27]，从吾游者，李翱、张籍[28]，其尤也。三子者之鸣，信善矣。抑不知天将和其声而使鸣国家之盛邪？

抑将穷饿其身、思愁其心肠而使自鸣其不幸邪？三子者之命则悬乎天矣。其在上也奚以善[29]？其在下也奚以悲？东野之役于江南也[30]，有若不释然者[31]，故吾道其命于天者以解之。

【注释】

〔1〕孟郊(751—814)：字东野，唐湖州武康(今浙江德清县)人。早年隐居嵩山，两试进士不第。唐德宗贞元十二年(796)考中进士，任溧阳县尉，不久弃官去。后得到河南尹郑馀庆举荐，任职河南。宪宗元和九年，郑馀庆再度招他前往兴元府任参军，偕妻赴任，行至阌乡县，暴疾而卒。

〔2〕不得其平：指遭遇不公平的对待。

〔3〕"其跃也"三句：谓水流飞跃时或是受到激荡，疾奔时或是受到阻塞，沸腾时或是受到火烧。趋，疾行，奔跑。

〔4〕"择其"句：选择其中善于歌唱的并借助于其歌唱来表达。假，凭借，依靠。

〔5〕"金、石"句：中国古代乐器由八种不同质材所制，金指钟、镈，石指磬，丝指琴、瑟，竹指管、箫，匏指笙，土指埙，革指鼓、鼗(táo)，木指柷(zhù)、敔(yǔ)。

〔6〕推敓：推移的意思。敓即"夺"字。

〔7〕人声之精者为言：谓人声音中的精华部分就是语言。

〔8〕唐虞：唐尧与虞舜的并称，也指尧与舜的时代。参见韩愈《原道》注〔59〕。

〔9〕咎陶(gāo yáo)：即皋陶，舜之贤臣。又作咎繇。咎，通"皋"。相传舜时人，掌管刑法，以正直闻名天下。禹：详韩愈《原道》注〔43〕。

〔10〕夔：人名，相传舜时乐官。

〔11〕《韶》：虞舜时乐曲名。

〔12〕五子以其歌鸣：夏朝第二位国君太康，无德失国，太康的五个弟

弟追述大禹的告诫而作《五子之歌》，以示哀悼。

〔13〕伊尹：商汤时大臣，名伊，一名挚，尹是官名。相传生于伊水，故名。是汤妻陪嫁的奴隶，后助汤伐夏桀。殷：即商朝。详韩愈《进学解》注〔31〕。

〔14〕周公：详韩愈《原道》注〔43〕。

〔15〕六艺：此指儒家的六经。详韩愈《师说》注〔20〕。

〔16〕"天将"句：《论语·八佾》云："仪封人请见，曰：'君子之至于斯也，吾未尝不得见也。'从者见之。出曰：'二三子何患于丧乎？天下之无道久矣，天将以夫子为木铎。'"木铎，以木为舌的大铃，铜质，古代宣布政教法令时，巡行振鸣以引起众人的注意。

〔17〕庄周：即庄子（前369—前286），姓庄名周，字子休，战国时宋国蒙（今河南商丘东北）人，道家学说的主要创始人之一。荒唐：广大，漫无边际。《庄子·天下》云："以谬悠之说，荒唐之言，无端崖之辞，时恣纵而不傥，不以觭见之也。"

〔18〕屈原：名屈平，字原，战国末期楚国丹阳（今湖北秭归）人。事楚怀王，屡遭排挤，襄王时听信谗言而被流放，最终投汨罗江而死。屈原创立了"楚辞"文体，著有《离骚》、《九歌》等。

〔19〕臧孙辰：鲁孝公之后，僖伯曾孙。僖伯字子臧，后因为氏。事庄、闵、僖、文四公，为正卿。谥曰文，故称文仲。

〔20〕杨朱：详韩愈《原道》注〔17〕。墨翟：详韩愈《原道》注〔17〕。管夷吾：即管仲（？—前645），名夷吾，史称管子。春秋时期，辅佐齐桓公成为第一霸主，著有《管子》一书。晏婴：即晏子（？—前500），字仲，春秋时夷维（今山东高密）人。历任齐灵公、齐庄公、齐景公三朝的卿相，辅政长达五十馀年。老聃：详韩愈《原道》注〔8〕。申不害：即申子（约前385—前337），战国时期韩国著名的思想家，在韩为相十九年。韩非：即韩非子，战国晚期韩国人，韩王室诸公子之一，战国法家思想的集大成者。著有《韩非子》一书。眘到：即慎到（约前395—约前315），先秦赵国人。长期在齐国稷下讲学，宣讲法家思想。田骈：又称陈骈，战国时齐国人。本学黄老，与慎到齐名。曾讲学稷下，雄于辩才。邹衍：战国末期齐国人，阴阳家学

派创始者,是稷下学宫著名学者。尸佼:即尸子,战国时期魏国曲沃人,一说是山东人。明于刑名之术,著有《尸子》一书。孙武:字长卿,春秋时期齐国人。著有《孙子兵法》十三篇,被誉为兵学圣典。张仪(? —前 310):战国时期魏国大梁人,为纵横家鼻祖,曾两次为秦相,两次为魏国国相。苏秦(? —前 317):字季子,战国时期洛阳人,是与张仪齐名的纵横家。曾身佩六国相印,进军秦国。

〔21〕术:思想,学说。

〔22〕李斯(? —前 208):楚国上蔡(今属河南)人。官至秦国丞相。

〔23〕司马迁:字子长,西汉夏阳(今陕西韩城南)人。任太史令,因替李陵败降之事辩解而受宫刑,后任中书令。著有《史记》。

〔24〕"其声"四句:谓声音清淡而轻浮,节奏繁密而急促,文辞靡丽而哀婉,意志松懈而放纵。数(shuò),屡次,繁多。淫,过度。弛,松懈。

〔25〕陈子昂(661—702):字伯玉,唐代梓州射洪(今属四川)人。睿宗文明元年(684)进士,仕武则天朝为麟台正字、右拾遗。苏源明:初名预,字弱夫,唐代京兆武功(今属陕西)人。工文辞,有名天宝间。肃宗时,擢知制诰,官终秘书少监。元结(719—772):字次山,号漫叟、聱叟,唐鲁山(今属河南)人。玄宗天宝十二载(753)进士及第。代宗时,任道州刺史,调容州,加封容州都督充本管经略守捉使。李白(701—762):字太白,号青莲居士,出生于剑南道之绵州(今四川绵阳),一说生于西域碎叶城。天宝初至长安,供奉翰林,不久遭谗去职,人称"诗仙"。杜甫(712—770):字子美,自号少陵野老,唐代巩县(今属河南)人。历官左拾遗、华州司功参军、工部侍郎。人称"诗圣",与李白齐名。李观(766—794):字元宾,其先为陇西人,后家江东。举进士,明年中博学宏辞,官太子校书郎。

〔26〕"不懈"句:谓勤奋刻苦可追配古人。

〔27〕浸淫:濡染,沉浸。

〔28〕李翱(772—836):字习之,唐代陇西成纪(今甘肃秦安)人,一说赵郡人。德宗贞元十四年(798)进士,官至山南东道节度使。著有《复性书》、《李文公集》。张籍(768—约 830):字文昌,唐代和州乌江(今安徽和县乌江镇)人。受韩愈荐为国子博士,迁水部员外郎,又迁主客郎中、国子

司业。所作乐府诗与王建齐名,并称张王乐府。

　〔29〕善:欣羡。按:《四部丛刊》本此字作"喜"。

　〔30〕役于江南:指为溧阳尉,溧阳属江南道。

　〔31〕释然:释怀,开怀。

【评析】

　"不平则鸣"是说遇到不公正的待遇,就要发出不满的呼
声,这个成语即出自此文。文章一开篇就提出"不平则鸣"的口
号,表达了对孟郊处境不顺的理解和体谅。孟郊四十六岁考中
进士后,于德宗贞元十六年(800)至洛阳参加铨选,选为溧阳
(今属江苏)县尉,任内常于佳山水处流连终日,吟诗为乐,不理
公务,以假尉代之,被分半俸,意甚不乐。贞元十八年,孟郊至京
城,将返归溧阳,韩愈作此序赠别,时韩氏为国子监四门博士。
韩愈与孟郊为忘年之交,此文意在开导孟郊,化解其郁积,当然
劝慰孟氏,也是自勉。

　韩愈认为孟郊富有文才,但仕途不顺,沉沦下僚,就在于不
善于表现自己。因此在"不平则鸣"的基础上,又有针对性地提
出了"善鸣"的主张,就是善于表达自己的诉求,并能得到善意
的回应。文中引述大量的例子论说,有自然界呈现的,如草木和
水借助于风而表现出其风采,春夏秋冬四季各借助于外物而呈
现出不同的景象;也有人世间表现的,如历数古今自鸣不平的前
贤时彦,说明"不平则鸣"无处不在,无时不有。自然万物善鸣,
那么作为万物灵长的人,应该是更善于鸣者,如此才能有所成,
名播千古,流芳后世。不过"鸣"不单是呐喊叫嚣,在"鸣"不平
时,不但要善于倾诉自己遭受的不公待遇,更重要的是能得到别
人的赏识,并能获得外力的帮助和支持,直至可"使鸣国家之
盛",即能施展鸿图,为国效力,不负自己的才华。

文章立意在"善鸣"二字上,从自然万物的善鸣说到古今人物的善鸣,从历代善鸣的人物说到当代善鸣的人物,全文六百多字,"鸣"字就有出现了三十九次。一个"鸣"字,将自然万物、历史人文中各种善鸣不平的表现编织成文,构思新颖,机轴独抒。行文起伏跌宕,雄奇灵变。

送董邵南序[1]

燕、赵古称多感慨悲歌之士[2]。董生举进士,连不得志于有司[3]。怀抱利器[4],郁郁适兹土[5]。吾知其必有合也,董生勉乎哉!

夫以子之不遇时[6],苟慕义强仁者皆爱惜焉[7],矧燕、赵之士出乎其性者哉[8]?然吾尝闻风俗与化移易,吾恶知其今不异于古所云邪[9]?聊以吾子之行卜之也[10],董生勉乎哉!

吾因子有所感矣,为我吊望诸君之墓[11],而观于其市,复有昔时屠狗者乎[12]?为我谢曰:"明天子在上,可以出而仕矣。"

【注释】

〔1〕董邵南:寿州安丰(今安徽寿县)人,与韩愈交谊颇深。

〔2〕"燕、赵"句:《史记·刺客列传》:"荆轲既至燕,爱燕之狗屠及善击筑者高渐离。荆轲嗜酒,日与狗屠及高渐离饮于燕市。酒酣以往,高渐离击筑,荆轲和而歌于市中,相乐也,已而相泣,旁若无人者。"燕、赵,指战国时燕、赵二国,此泛指其所在地区,即今河北省北部及山西省西部一

带。感慨,谓情感激愤。

〔3〕有司:主管考试的官员。

〔4〕利器:锋利的武器,比喻杰出的才能。

〔5〕郁郁:忧伤、愁闷的样子。

〔6〕子:代词,表示第二人称,相当于"您"。又古代对男子的尊称或美称。

〔7〕慕义:倾慕仁义。强仁:勉力行仁。

〔8〕矧(shěn):况且,而且。

〔9〕恶(wū):疑问代词,相当于"何"、"安"、"怎么"。

〔10〕卜:选择,推断。

〔11〕望诸君:《史记·乐毅列传》云:"赵封乐毅于观津,号望诸君。"按:乐(yuè)毅,子姓,乐氏,名毅,字永霸。战国后期拜燕上将军,受封昌国君,辅佐燕昭王振兴燕国,报了强齐伐燕之仇。

〔12〕屠狗:宰狗。后亦泛指出身低微者,或位卑的豪杰之士。

【评析】

据韩愈《嗟哉董生行》一诗,知董邵南(一作召南)早年隐居读书,躬耕垄亩间。序文所作,是董邵南离开故乡,求取功名之时。

首先叙说燕、赵自古以来多正义之士,董邵南去那里,一定会有人赏识他,一定可以施展抱负,不虚此行。其次指出因时代的变迁,昔日推崇和赏识正义之士的习俗难以寻觅,今非昔比。言下之意是说董邵南此去燕、赵,未必能遇到知音。最后是说董邵南要是到了燕、赵之地,如果遇到了英雄豪杰,就请他们出来效力朝廷。言下之意是说董邵南如今去燕、赵之地,肯定不会得志的。因为如果有正义之士,他们不会不明辨是非,留在藩镇割据之地,苟且偷生。

唐代初年在重要的州设都督府,玄宗时又在边境设置十节度使,通称藩镇。各藩镇掌管着一个地区的军政,兼管民政、财政,形成地方割据,常与朝廷对抗。中唐以来,河北一带藩镇割据的局面仍然存在。董邵南要去的燕、赵之地,河北即为其领域。董邵南没有考中进士,内心苦闷,就想去燕、赵之地,希望寻找施展才华的机会。韩愈认为燕、赵之地仍被怀有异心的藩镇掌控着,担心董邵南去那里,急于功名,恐怕会误入歧途,造成难以弥补的遗恨。想劝他不要去,却又不便明言。因此言辞委婉含蓄,命意沉痛。

　　序文虽然只有短短的一百五十馀字,感慨古今,劝讽论理,托意高远。用笔顿挫,极尽吞吐变幻之妙。

送 区 册 序[1]

　　阳山[2],天下之穷处也[3]。陆有丘陵之险,虎豹之虞[4]。江流悍急[5],横波之石[6],廉利侔剑戟[7],舟上下失势,破碎沦溺者往往有之[8]。县郭无居民[9],官无丞尉[10]。夹江荒茅篁竹之间[11],小吏十馀家,皆鸟言夷面[12]。始至,言语不通,画地为字,然后可告以出租赋[13],奉期约[14],是以宾客游从之士无所为而至[15]。

　　愈待罪于斯[16],且半岁矣。有区生者,誓言相好,自南海挐舟而来[17]。升自宾阶[18],仪观甚伟[19],坐与之语,文义卓然[20]。庄周云:“逃虚空者,闻人足音,跫然而喜矣。”[21]况如斯人者,岂易得哉?入吾室,闻

48

诗书仁义之说,欣然喜,若有志于其间也。与之嫛嘉林〔22〕,坐石矶〔23〕,投竿而渔,陶然以乐〔24〕,若能遗外声利而不厌乎贫贱也。岁之初吉〔25〕,归拜其亲,酒壶既倾,序以识别。

【注释】

〔1〕区(ōu)册:南海(今广东广州)人,喜读书,操持雅饬,下笔为词章千百言不休,自郡守以下皆重其文采。

〔2〕阳山:今广东阳山县东。

〔3〕穷处:贫瘠闭塞之地。

〔4〕虞:忧虑,忧患。

〔5〕悍急:犹湍急。

〔6〕横波:横流的水波。

〔7〕廉利:锋利。侔:齐等,相当。

〔8〕沦溺:沉没,淹没。

〔9〕县郭:县城。郭,外城,古代在城的外围加筑的一道城墙。

〔10〕丞尉:详韩愈《蓝田县丞厅壁记》注〔2〕。

〔11〕"夹江"句:谓江流穿行于荒草竹丛间。篁竹,竹丛。

〔12〕鸟言夷面:谓当地的人说话长相和中原人不一样。夷,我国古代中原地区华夏族对东部各族的总称,亦泛称中原以外的各族。

〔13〕租赋:租税。

〔14〕奉期约:执行约定的期限和条规。期约,约定共同信守的事项。

〔15〕无所为而至:谓不知到这里做什么。

〔16〕待罪:等待处分,等待处置。

〔17〕拏(ná)舟:撑船。

〔18〕宾阶:西阶,古时宾主相见,宾自西阶上,故称。

〔19〕仪观:仪表。

〔20〕卓然:卓越貌。

〔21〕"庄周云"四句:谓逃进空旷荒野里生活的人,听到行人走路的声,就欢喜得不得了。原文见《庄子·徐无鬼》,云:"夫逃虚空者,藜藋柱乎鼪鼬之径,踉位其空,闻人足音,跫然而喜矣,而况乎昆弟亲戚之謦欬其侧者乎?"后世"空谷足音"即源自此,比喻极难得的音信或言论。虚空,犹荒野,空旷无人之处。跫(qióng)然,形容脚步声。

〔22〕翳嘉林:谓坐在美好的树林下。翳,遮蔽,隐藏,隐没。

〔23〕石矶:水边突出的巨大岩石。

〔24〕陶然:喜悦、快乐貌。

〔25〕初吉:朔日,即阴历初一日。

【评析】

德宗贞元十九年(803),韩愈为监察御史。时关中大旱,京兆尹李实却封锁消息,奏报不实。韩愈上《论天旱人饥状》,反遭谗害,贬官至广东连州阳山令,序文作于贞元二十年。

前半部分极写阳山之僻陋不宜:其一,交通不便。陆路多丘陵,其中又多虎豹,有生命之忧。水路则更是艰危,多急流,水中又多锋利的坚石,船行其中,有破碎倾覆之忧。其二,言语不通。当地人不仅长相怪异,而且说话为方言土语,如鸟儿鸣叫,根本无法知晓,只好"画地为字"交流。至于外地人,没事的话,绝少想到这里。其三,居处不宜。阳山地处蛮荒一隅,人烟稀少,"官无丞尉",说明没有人想到这里做官,当然衙门的事务也是不多的。凡此种种,都说明,对一个来自中原的官吏,孤寂冷清、百般无聊之感时时萦绕。

后半部叙写区册不畏艰险,来到阳山拜见求学。这对作者来说,喜出望外,就在于:其一,知礼仪。区册为南海人,虽然也生活在蛮荒之地,但讲求礼仪,认真拜师。其二,形像正。区册"仪观甚伟",即长得英伟,与中原人无异。其三,能谈吐。区册与作者交谈,熟知诗书仁义,"文义卓然"。凡此种种,可知区册的到来,对作者来说如空谷足音,喜悦之情溢于字里行间,两人"翳嘉林,坐石矶,投竿而渔,陶然以乐",相得相知。

前半写愁情,后半写乐意,前半是抑,后半是扬。前半极写阳山的种种不便,为后半区册的到来作铺垫。行文奇古。

送高闲上人序[1]

苟可以寓其巧智[2],使机应于心[3],不挫于气,则神完而守固[4],虽外物至不胶于心[5]。尧、舜、禹、汤治天下[6],养叔治射[7],庖丁治牛[8],师旷治音声[9],扁鹊治病[10],僚之于丸[11],秋之于奕[12],伯伦之于酒[13],乐之终身不厌,奚暇外慕[14]?夫外慕徙业者[15],皆不造其堂,不哜其胾者也[16]。

往者张旭善草书[17],不治他伎,喜怒窘穷[18],忧悲愉佚[19],怨恨思慕[20],酣醉无聊,不平有动于心,必于草书焉发之。观于物,见山水崖谷,鸟兽虫鱼,草木之花实,日月列星,风雨水火,雷霆霹雳,歌舞战斗,天地事物之变,可喜可愕,一寓于书。故旭之书,变动犹鬼神不可端倪[21],以此终其身而名后世。

今闲之于草书,有旭之心哉?不得其心而逐其迹,未见其能旭也。为旭有道,利害必明,无遗锱铢[22]。情炎于中[23],利欲斗进[24],有得有丧,勃然不释[25],然后一决于书,而后旭可几也[26]。今闲师,浮屠氏[27],一死生[28],解外胶[29],是其为心必泊然无所起〔30〕,其于世必淡然无所于嗜〔31〕,泊与淡相遭,颓堕委靡〔32〕,溃败不可收拾,则其于书,得无象之然乎〔33〕? 然吾闻浮屠氏善幻,多技能,闲如通其术,则吾不能知矣。

【注释】

〔1〕高闲:乌程(今浙江吴兴)人,唐宣宗尝召入对,赐紫衣,后归湖州开元寺,终焉。工书法,好以雪川白绫书真草,为世楷法。上人:《释氏要览·称谓》引古师云:"内有德智,外有胜行,在人之上,名上人。"自南朝宋以后,多用作对和尚的尊称。

〔2〕寓其巧智:谓把巧妙的智慧寄托于某项事上。

〔3〕机:指随机应变的心计,机巧。

〔4〕神完:谓精神饱满。守固:操守坚贞。

〔5〕外物:身外之物,多指利欲功名之类。

〔6〕尧、舜、禹、汤:详韩愈《原道》注〔43〕和注〔59〕。

〔7〕养叔治射:《战国策》卷二云:"楚有养由基者,善射,去柳叶者百步而射之,百发百中。"按:养由基,嬴姓,养氏,字叔,名由基,春秋时期楚国将领。

〔8〕庖丁治牛:见《庄子·养生主》,云庖丁为文惠君(即梁惠王)宰杀支解整头牛时,技巧娴熟,文惠君赞叹其技艺绝妙,庖丁解释说他平生宰牛数千头,如今宰牛时全以神运刀,双眼所见,尽是骨节筋络,已无全牛,因此游刃有馀。宰牛的刀虽然已经用了十九年,而锋利就像在磨刀石新磨过的。庖丁,叫丁的厨师。

〔9〕师旷:春秋晋国乐师,善于辨音。《孟子·离娄上》:"师旷之聪,不以六律,不能正五音。"

〔10〕扁鹊:战国时名医,原名秦越人,渤海郡郑(今河北任丘)人,一说家于卢国(今山东长清),故又称卢医。医道精湛,擅长各科,名闻天下。秦太医令李醯自知医术不如扁鹊,使人刺杀之。《汉书·艺文志》载有《扁

鹊内经》,不传。

〔11〕僚之于丸:《庄子·徐无鬼》:"市南宜僚弄丸,而两家之离解。"熊姓,字宜僚,居市南,号市南子。丸,弹丸。

〔12〕秋之于奕:《孟子·告子上》:"奕秋,通国之善奕者也。"奕,棋。按:奕秋,名秋善棋的人。

〔13〕伯伦之于酒:刘伶,字伯伦,沛国(今安徽淮北)人。魏晋时期名士,竹林七贤之一。嗜酒不羁,好老庄之学。所撰今存有《酒德颂》。《晋书》本传:"常乘鹿车,携一壶酒,使人荷锸而随之,谓曰:'死便埋我。'其遗形骸如此。尝渴甚,求酒于其妻,妻捐酒毁器,涕泣谏曰:'君酒太过,非摄生之道,必宜断之。'伶曰:'善,吾不能自禁,惟当祝鬼神自誓耳,便可具酒肉。'妻从之,伶跪祝曰:'天生刘伶,以酒为名。一饮一斛,五斗解酲。妇儿之言,慎不可听。'仍引酒御肉,隗然复醉。"

〔14〕奚暇:哪里有空。

〔15〕徙业:谓不专心本业,见异思迁。

〔16〕"皆不"二句:谓造诣不深,不得要领。造其堂,《汉书·艺文志》:"诗人之赋丽以则,辞人之赋丽以淫。如孔氏之门人用赋也,则贾谊登堂,相如入室矣,如其不用何?"后人用登堂入室比喻学艺造诣精绝,深得师传。哜(jì),浅尝,微尝,后亦谓吃。胾(zì),切成大块的肉。

〔17〕张旭:字伯高,一字季明,吴县(今江苏苏州)人。唐玄宗开元、天宝年间在世,曾任常熟县尉,金吾长史。以草书著名,性好酒,每醉后号呼狂走,索笔挥洒,时称张颠,后世尊称为草圣。

〔18〕窘穷:窘迫穷困。

〔19〕愉佚:安逸,快乐。

〔20〕思慕:怀念,追慕。

〔21〕端倪:窥测,捉摸。

〔22〕锱铢:比喻微小的数量。锱,古代重量单位,说法不一,一般谓六铢。铢,古代重量单位,为一两的二十四分之一。锱即一两的四分之一。

〔23〕情炎于中:谓内心情感炽烈。

〔24〕利欲斗进:谓欲望在不断地争斗。

〔25〕勃然:因愤怒或心情紧张而变色之貌。

〔26〕几:及,达到。

〔27〕浮屠:佛教语,梵语 Buddha 的音译,指和尚。

〔28〕一死生:谓视死生如一。

〔29〕解外胶:谓不为外物所束缚。

〔30〕泊然:恬淡无欲貌。

〔31〕淡然:犹漠然,淡漠。

〔32〕颓堕:谓精神颓废衰惫。委靡:颓唐,不振作。

〔33〕无象:没有形迹,没有具体形象。

【评析】

　　韩愈辟佛不遗馀力,那是从意识形态角度出发思考问题的,这并不妨碍他与佛教徒的交往。高闲是位佛教徒,喜爱书法,学草书。本文是就高闲习草书一事,提出了自己的见解。其一,任何一门技艺,要做到出神入化,其先决条件是内心要喜欢,要用志专一,并能持之以恒,"乐之终身不厌",不因外在因素的干扰而改变。其二,高水平的艺术作品都是倾注了作者的真情,也就是作品不是苍白的,以书法而言,"不平有动于心,必于草书焉发之",这也是不平则鸣的意思。自然万物,人情百态,都有可能引发人的不平之感,"可喜可愕,一寓于书",也是如此。至于高闲习草书,就目前情况而言,不能精纯,存在的不足主要是用心不纯,用情不真,牵于外物,不能像张旭那样。按理说,作为一个佛教徒,不能"一死生,解外胶",达不到"其为心必泊然无所起,其于世必淡然无所于嗜",达不到忘我的境界,说明其修养尚不够。用语委婉,劝讽之意甚明。或认为韩氏用力辟佛,此文也是有此意,那是理解角度的问题,见仁见智。

祭十二郎文[1]

年月日，季父愈闻汝丧之七日[2]，乃能衔哀致诚[3]，使建中远具时羞之奠[4]，告汝十二郎之灵：

呜呼！吾少孤，及长，不省所怙，惟兄嫂是依[5]。中年兄殁南方，吾与汝俱幼，从嫂归葬河阳[6]。既又与汝就食江南[7]，零丁孤苦[8]，未尝一日相离也。吾上有三兄[9]，皆不幸早世，承先人后者[10]，在孙惟汝，在子惟吾。两世一身，形单影只[11]，嫂常抚汝指吾而言曰："韩氏两世，惟此而已。"汝时尤小，当不复记忆，吾时虽能记忆，亦未知其言之悲也。

吾年十九，始来京城，其后四年，而归视汝。又四年，吾往河阳省坟墓，遇汝从嫂丧来葬[12]。又二年，吾佐董丞相于汴州[13]，汝来省吾，止一岁，请归取其孥[14]。明年丞相薨[15]，吾去汴州，汝不果来。是年，吾佐戎徐州[16]，使取汝者始行，吾又罢去[17]，汝又不果来。吾念汝从于东，东亦客也，不可以久，图久远者，莫如西归，将成家而致汝。呜呼！孰谓汝遽去吾而殁乎？吾与汝俱少年，以为虽暂相别，终当久与相处，故舍汝而旅食京师，以求斗斛之禄[18]，诚知其如此，虽万乘之公相[19]，吾不以一日辍汝而就也[20]。

去年孟东野往[21]，吾书与汝曰："吾年未四十，而视茫茫，而发苍苍，而齿牙动摇。念诸父与诸兄皆康强而早世[22]，如吾之衰者，其能久存乎？吾不可去，汝不肯来，恐旦暮死，而汝抱无涯之戚也。"孰谓少者殁而长者存、强者夭而病者全乎？呜呼！其信然邪？其梦邪？其传之非其真邪？信也，吾兄之盛德而夭其嗣乎？汝之纯明[23]，而不克蒙其泽乎？少者强者而夭殁，长者衰者而存全乎？未可以为信也。梦也，传之非其真也？东野之书，耿兰之报，何为而在吾侧也？呜呼！其信然矣。吾兄之盛德而夭其嗣矣[24]，汝之纯明宜业其家者，不克蒙其泽矣。所谓天者诚难测而神者诚难明矣，所谓理者不可推而寿者不可知矣。虽然，吾自今年来，苍苍者或化而为白矣，动摇者或脱而落矣。毛血日益衰，志气日益微，几何不从汝而死也。死而有知，其几何离？其无知，悲不几时，而不悲者无穷期矣。汝之子始十岁，吾之子始五岁，少而强者不可保，如此孩提者[25]，又可冀其成立邪[26]？呜呼哀哉！呜呼哀哉！

汝去年书云："比得软脚病[27]，往往而剧。"吾曰："是疾也，江南之人常常有之。"未始以为忧也。呜呼！其竟以此而殒其生乎？抑别有疾而至斯乎？汝之书，六月十七日也。东野云汝殁以六月二日，耿兰之报无月日。盖东野之使者不知问家人以月日，如耿兰之报不知当言月日。东野与吾书，乃问使者，使者妄称以应之耳，其然乎？其不然乎？

今吾使建中祭汝，吊汝之孤与汝之乳母。彼有食可守以待终丧[28]，则待终丧而取以来；如不能守以终丧，则遂取以来。其馀奴婢并令守汝丧,吾力能改葬,终葬汝于先人之兆〔29〕,然后惟其所愿。

呜呼!汝病吾不知时,汝殁吾不知日,生不能相养以共居,殁不得抚汝以尽哀,敛不凭其棺〔30〕,窆不临其穴〔31〕。吾行负神明而使汝夭,不孝不慈,而不得与汝相养以生,相守以死。一在天之涯,一在地之角,生而影不与吾形相依,死而魂不与吾梦相接。吾实为之,其又何尤〔32〕?彼苍者天,曷其有极〔33〕!自今已往,吾其无意于人世矣。当求数顷之田于伊、颍之上〔34〕,以待馀年,教吾子与汝子,幸其成;长吾女与汝女,待其嫁,如此而已。呜呼!言有穷而情不可终,汝其知也邪?其不知也邪?呜呼哀哉!尚飨〔35〕。

【注释】

〔1〕十二郎:名韩老成,排行第十二,为韩愈二哥韩介的次子,过继为韩愈长兄韩会之子。

〔2〕季父:叔父,亦指最小的叔父。

〔3〕致诚:表达诚挚的情意,极其真诚。

〔4〕建中:与下文的"耿兰",当是韩愈家的仆人。羞:美味的食品,后多作"馐"。

〔5〕"不省"二句:韩愈三岁时父亲去世,由长兄韩会抚育,韩愈十一岁时,韩会被贬官至韶州(今广东韶关),不久去世,韩愈由长嫂郑氏养育成人。怙(hù),依赖,凭恃。

〔6〕河阳:今河南孟州市,河阳为韩氏祖坟所在之地。

〔7〕就食江南:韩氏有别业在长江之南的宣州(今安徽宣城),时中原兵乱,韩愈随嫂移家于此。

〔8〕零丁孤苦:谓无依无靠,孤独困苦。

〔9〕三兄:韩愈有二兄,即韩会、韩介,另一兄名不详,或早卒。

〔10〕先人:指韩愈的父亲韩云卿。

〔11〕形单影只:形容孤单。

〔12〕嫂:指老成之母郑夫人,卒于德宗贞元九年(793)九月,韩愈有《祭郑夫人文》。

〔13〕董丞相:指董晋。贞元十二年董氏以检校尚书左仆射、同中书门下平章事任宣武节度使,汴、宋、亳、颍等州观察使,十五年二月,死于汴州。其间韩愈被征召为节度推官。汴州:今河南开封市。

〔14〕孥:妻子和儿女。

〔15〕薨(hōng):死的别称,自周代始,人之死亡,有尊卑之分,“薨”以称诸侯之死。

〔16〕佐戎徐州:贞元十五年秋,韩愈在宁武节度使张建封幕下为节度推官,使府在徐州(今江苏徐州)。佐戎,协理军务。

〔17〕吾又罢去:贞元十六年五月,张建封卒,韩愈离开了徐州。

〔18〕“故舍汝”二句:贞元十七年,韩愈到京城长安,官四门博士;十九年,迁监察御史。斗斛,斗与斛,两种量器,十斗为一斛。

〔19〕万乘:万辆兵车,古时一车四马为一乘。周制,天子地方千里,能出兵车万乘,因以万乘指天子。又指能出兵车万乘的大国,此指国家。公相:指公卿、宰相一类的显官。

〔20〕辍:舍弃,离开。就:指就任,就职。

〔21〕孟东野:即孟郊,贞元十八年孟郊任溧阳(今属江苏)县尉,溧阳去宣州不远,故托孟氏寄信。

〔22〕康强:安乐强健。

〔23〕纯明:纯朴贤明。

〔24〕嗣:子孙,后代。

〔25〕孩提:年幼,又指儿童。

〔26〕冀:希望,盼望。

〔27〕软脚病:脚病名。

58

〔28〕终丧:为父母服满三年之丧,除服,称作终丧。

〔29〕兆:墓地。

〔30〕敛:给死者穿衣,入棺。

〔31〕窆(biǎn):将棺木葬入圹穴,泛指埋葬。

〔32〕尤:归咎。

〔33〕"彼苍"二句:《诗经·唐风·鸨羽》:"悠悠苍天,曷其有极?"表现了一种无可奈何的沉痛心情。

〔34〕伊、颍:二水名,均在今河南境内。

〔35〕尚飨:亦作尚享,旧时祭文的结语,表示希望死者来享用祭品的意思。

【评析】

　　这是祭祀侄儿韩老成的文章,不仅仅是局限于对韩老成去世的哀悼,人生的生离死别,仕途的酸甜苦辣,情感复杂,催人泪下:其一,家族单传之悲。封建社会,有"不孝有三,无后为大"之说。韩氏家族,在子侄辈为作者,在孙儿辈为韩老成,韩老成夭折,作者就是形单影只了。其二,离多聚少之悲。韩愈三岁而孤,由长兄韩会夫妇抚养成人,与韩老成自幼在一起,"相养以生,相守以死",这是作者愿望。而仕宦南北,两人离多聚少。自以为暂时的分别,最终还是会相聚的。谁知相聚成了奢望,成了永久的遗憾。其三,未老先衰之悲。写此文时,作者才三十六岁,而视力昏花,鬓发苍苍,齿牙动摇,能否长寿也就成了问题。其四,难以自立之悲。所谓"汝之子始十岁,吾之子始五岁,少而强者不可保,如此孩提者,又可冀其成立耶?"年少而强健的人都不能保证长寿,更何况这些小孩?家族成员多早逝的阴影时常萦绕在作者的心中,宿命论已经深深烙印在作者的骨髓中。其五,不能送终之悲。老成夭折,作者是深怀愧疚的。对其病情不能早了解,对其夭折的具体时间不能确知,以至不能为其送终。

　　文章是哭诉而成的，没有采用通行的骈体文，而是用的散体文，是祭文中的变体，避免了骈体因讲求雕饰而妨碍真情的抒写。文中或诉说，或絮叨，或长号，或哽咽，作者哭述的情态，仿佛历历在目。写生前离合，惹无限怀思；写死后冷落，起无限悲伤。字字是泪，句句是血。此外文中多用问句，或反诘，或质疑，有效地表现了作者在得知老成去世的消息后，始终处于难以置信的猜测恍惚中的情态。半信半疑，无限伤神之感，凸现于字里行间。

毛　颖　传[1]

　　毛颖者，中山人也[2]。其先明视[3]，佐禹治东方土、养万物有功，因封于卯地，死为十二神[4]。尝曰："吾子孙神明之后[5]，不可与物同，当吐而生[6]。"已而果然。明视八世孙䶅[7]，世传当殷时[8]，居中山。得神仙之术，能匿光使物[9]，窃恒娥[10]，骑蟾蜍入月[11]，其后代遂隐不仕云。居东郭者曰䨲[12]，狡而善走[13]，与韩卢争能[14]，卢不及。卢怒，与宋鹊谋而杀之[15]，醢其家[16]。

　　秦始皇时[17]，蒙将军恬南伐楚[18]，次中山，将大猎以惧楚，召左右庶长与军尉[19]，以《连山》筮之[20]，得天与人文之兆[21]。筮者贺曰："今日之获，不角不牙，衣褐之徒[22]，缺口而长须，八窍而趺居[23]。独取

其髦[24]，简牍是资[25]，天下其同书[26]，秦其遂兼诸
侯乎？"遂猎，围毛氏之族，拔其豪[27]，载颖而归，献俘
于章台宫[28]，聚其族而加束缚焉。秦皇帝使恬赐之汤
沐[29]，而封诸管城，号曰管城子，日见亲宠任事。颖为
人强记而便敏[30]，自结绳之代以及秦[31]，事无不纂
录[32]，阴阳、卜筮、占相、医方、族氏、山经、地志、字书、
图画[33]，九流百家[34]，天人之书，及至浮图、老子外国
之说[35]，皆所详悉。又通于当代之务，官府簿书[36]，
市井货钱注记[37]，惟上所使。自秦皇帝及太子扶苏、
胡亥、丞相斯、中车府令高[38]，下及国人，无不爱重。
又善随人意，正直、邪曲、巧拙，一随其人，虽见废弃，终
默不泄。惟不喜武士，然见请，亦时往。

　　累拜中书令[39]，与上益狎，上尝呼为中书君。上
亲决事，以衡石自程[40]，虽宫人不得立左右，独颖与执
烛者常侍，上休方罢。颖与绛人陈玄、弘农陶泓及会稽
褚先生友善[41]，相推致[42]，其出处必偕[43]。上召
颖，三人者不待诏辄俱往，上未尝怪焉。后因进见，上将
有任使，拂拭之[44]，因免冠谢，上见其发秃，又所摹画
不能称上意，上嘻笑曰："中书君老而秃，不任吾用，吾
尝谓君中书，君今不中书邪？"对曰："臣所谓尽心者。"
因不复召，归封邑，终于管城。其子孙甚多，散处中国夷
狄[45]，皆冒管城，惟居中山者能继父祖业。

　　太史公曰[46]：毛氏有两族，其一姬姓，文王之
子[47]，封于毛，所谓鲁、卫、毛、聃者也[48]。战国时有
毛公、毛遂[49]。独中山之族不知其本所出，子孙最为

蕃昌。《春秋》之成,见绝于孔子[50],而非其罪。及蒙将军拔中山之豪,始皇封诸管城,世遂有名,而姬姓之毛无闻。颖始以俘见,卒见任使。秦之灭诸侯,颖与有功,赏不酬劳,以老见疏,秦真少恩哉!

【注释】

〔1〕毛颖:即毛笔,此文以笔拟人,故云。颖,禾尾,带芒的谷穗。此谓毛笔头上尖锐的锋毫。

〔2〕中山:古国名,春秋末年鲜虞人所建,在今河北省定州、唐县一带,后为赵所灭。又《元和郡县图志》卷二十八"江南道·宣州溧水县"云:"中山在县东南一十五里,出兔毫,为笔精妙。"

〔3〕其先明视:《礼记·曲礼下》云:"兔曰明视。"孔颖达疏:"兔曰明视者,兔肥则目开而视明也。"

〔4〕"佐禹"三句:十二神,古代相传与十二支相应的十二个神,即子鼠、丑牛、寅虎、卯兔、辰龙、巳蛇、午马、未羊、申猴、酉鸡、戌狗、亥猪。十二支与方位的关系是:北方:子属阳水,亥属阴水。东方:寅属阳木,卯属阴木。南方:巳属阴火,午属阳火。西方:申属阳金,酉属阴金。中方:辰、戌属阳土,丑、未属阴土。即卯兔是属于东方,与四季相配,东方属春,主生万物。

〔5〕神明:天地间一切神灵的总称。

〔6〕吐而生:晋张华《博物志》卷四"物性"云:"兔舐毫望月而孕,口中吐子。旧有此说,余目所未见也。"

〔7〕䄺(nuò):兔子。

〔8〕殷:商王盘庚从奄(今山东曲阜)迁都殷,后世因称商为殷。

〔9〕匿光:隐藏其光华。又指有隐身术,在光天化日之下能使人看不见。

〔10〕恒娥:即姮娥,神话中的月中女神。《淮南子·览冥训》:"羿请不死之药于西王母,姮娥窃以奔月。"姮,本作"恒",俗作"姮",汉代因避

文帝刘恒讳,改称常娥,通作嫦娥。

〔11〕蟾蜍:《后汉书·天文志上》"言其时星辰之变"注云:"羿请无死之药于西王母,姮娥窃之以奔月……姮娥遂托身于月,是为蟾蜍。"蟾蜍即蟾蜍,后用为月亮的代称。

〔12〕郭:外城,古代在城的外围加筑的一道城墙。骏(jùn):狡兔。

〔13〕走:跑。

〔14〕韩卢:亦作"韩子卢"、"韩㹴",战国时韩国良犬,色墨。

〔15〕宋鹊:春秋时宋国良犬名,后亦泛指良犬。

〔16〕醢(hǎi):肉酱。又古代酷刑,将人剁成肉酱。

〔17〕秦始皇(前259—前210):即嬴政。秦朝开国皇帝,在位三十七年。统一中国。

〔18〕蒙恬(?—前210):姬姓,蒙氏,名恬。秦始皇时名将,传说他曾改良过毛笔。

〔19〕庶长:官爵名,春秋时秦国设置,掌握军政大权,相当于卿。商鞅变法,制定二十级爵,从第十级到第十八级,属于庶长一等。军尉:春秋时设置的军官名。

〔20〕《连山》:古《易》有三,即《连山》、《归藏》、《周易》。筮:用蓍草占卜休咎或卜问疑难的事,占卦。

〔21〕"得天"句:《易·贲》:"观乎天文以察时变,观乎人文以化成天下。"人文,指礼乐教化。按:中国古代讲天人感应,指天意与人事的交感相应,认为天能干预人事,预示灾祥,人的行为也能感应上天。

〔22〕衣褐:穿粗布衣。借指贫贱者。

〔23〕八窍:《埤雅·释兽》:"盖咀嚼者九窍而胎生,独兔雌雄八窍。"眼、耳、鼻、口为七窍,生殖孔、排泄孔合为一窍,共为八窍。趺(fū)居:踞坐,趺坐,盘腿端坐。

〔24〕髦:马颈上的长毛,泛指动物头颈上的长毛。

〔25〕简牍:古代书写用的竹木片,也泛指书写用品。

〔26〕同书:即书同文,秦始皇统一中国后,统一了文字。

〔27〕豪:通"毫",长而细的毛。

〔28〕章台宫:章台,即章华台,春秋时楚国离宫。又战国时秦宫中台名。

〔29〕汤沐:沐浴。汤,热水。

〔30〕强记:记忆力强。便(biàn)敏:多指言辞、文思等敏捷。

〔31〕结绳:《易·系辞下》:"上古结绳而治,后世圣人易之以书契。"上古没有文字,结绳以记事,后代指上古时代。

〔32〕纂录:编撰记载。

〔33〕族氏:宗族姓氏。山经:《山海经》的简称,泛指记录山脉的舆地之书。地志:专记地理情况的书。

〔34〕九流百家:泛指各学术流派。九流,先秦的九个学术流派,即儒家、道家、阴阳家、法家、名家、墨家、纵横家、杂家、农家。

〔35〕浮图:亦作"浮屠"。佛教语,指佛,也指佛教。

〔36〕簿书:记录财物出纳的簿册,也指官署中的文书簿册。

〔37〕市井:古代城邑中集中买卖货物的场所,又指街市,城邑,集镇。货钱:借债。注记:记载,记录。

〔38〕扶苏:秦始皇长子,因反对实行"焚书坑儒"等政策,被秦始皇贬到上郡监蒙恬军。秦始皇死后,赵高等人伪造诏书,逼其自杀。胡亥:即秦二世(前230—前207),嬴姓,名胡亥,是秦始皇第十八子,秦始皇出游南方病死,在赵高与李斯的帮助下,胡亥登基,世称二世皇帝。李斯:详韩愈《送孟东野序》注〔22〕。中车府令高:即赵高(?—前207),本赵国人,宦官。秦始皇死后与李斯合谋篡改诏书,立胡亥为帝。又设计陷害李斯,成为丞相。

〔39〕中书令:官名,汉武帝时以宦官担任中书,称中书令,掌传宣诏命等。

〔40〕衡石:泛指称重量的器物。衡,秤。石,古代重量单位,一百二十斤为一石。自程:自定限额,自作衡量、估计。

〔41〕绛人陈玄:陈玄为墨的别称,墨色黑,存放年代越陈越佳,故称。绛,古地名,今山西省侯马市,唐时绛县土贡有墨,故云绛人。弘农陶泓:陶泓,陶制的砚,砚中有蓄水处,故称。弘农,汉置弘农县,在今天河南灵

宝市东北黄河沿岸,唐时此地土贡有瓦砚。会稽褚先生:褚先生,此为纸的别称。古代以楮皮制纸。取"褚"音字近"楮"。会稽,古郡名,秦置,今江苏省东部及浙江省西部地。唐时会稽县(今浙江绍兴)土贡有纸。

〔42〕推致:推荐延请。

〔43〕出处:出仕和隐退。又指行进和静止。

〔44〕拂拭:提拔,赏识。

〔45〕中国夷狄:详韩愈《原道》注〔50〕和注〔51〕。

〔46〕太史公:汉司马谈为太史令,其子司马迁继之,《史记》中于文末评赞皆自称"太史公曰",此处韩愈模仿其体。

〔47〕文王:详韩愈《原道》注〔43〕。

〔48〕"所谓"句:《左传》载:僖公二十四年"周公吊二叔之不咸,故封建亲戚以蕃屏周,管、蔡、郕、霍、鲁、卫、毛、聃、郜、雍、曹、滕、毕、原、酆、郇,文之昭也。"

〔49〕毛公:西周文王子,名叔郑。成王时为三公之一的司空。毛,为其所封之采邑名。毛遂:战国时期薛国人,年轻时游赵国,为赵公子平原君赵胜的门客,自荐出使楚国,促成楚、赵合纵,声威大振。

〔50〕"《春秋》"二句:《春秋·哀公十四年》"西狩获麟"晋杜预注:"仲尼伤周道之不兴,感嘉瑞之无应,故因《鲁春秋》而修中兴之教。绝笔于'获麟'之一句,所感而作,固所以为终也。"

【评析】

这是篇小品文,是用史传的笔法为毛笔作传:其一,叙渊源。毛颖之祖因佐大禹治国有功,生得以分茅裂土,死被祭为神,属于贵胄之后。其二,说起家。秦时大将蒙恬率兵至南方攻打楚国,于中山围猎,俘获毛颖,以其富有才华,被宠信重用,封于管城,号曰管城子。其三,谈本领。毛颖记忆力强,言辞敏捷,喜撰述,天文地理,医药方术,三教九流,书画字学,无所不知,著作颇丰。其四,言仕途。毛颖善解人意,所以能左右逢源,累官至中书令。与墨、砚、纸侍奉皇上,共商国家大事,尽心尽力。其五,话结局。毛颖侍奉皇上虽谨慎小心，鞠躬尽瘁，终因年老体衰，不能胜任职位，放还管城。

文章为游戏笔墨，寓庄于谐。毛颖学富五车，才华超群，曾被帝王宠信，曾得意过，只因年老而被疏远，弃而不用，投闲退休。极写人情世态，极尽苦辣酸甜，末句"秦真少恩哉"，骂尽世态炎凉。行文虽然是寓言，却字字句句指向现实人生，借以抒写心中的郁积。作者小题大作，涉笔成趣，句句生色，字字神韵，妙绝古今。

送　穷　文〔1〕

元和六年正月乙丑晦〔2〕，主人使奴星结柳作车，缚草为船，载糗舆粮〔3〕，牛系轭下〔4〕，引帆上樯〔5〕，三揖穷鬼而告之曰："闻子行有日矣，鄙人不敢问所涂。窃具船与车，备载糗粮。日吉时良，利行四方。子饭一盂〔6〕，子啜一觞〔7〕。携朋挈俦，去故就新〔8〕。驾尘弆风〔9〕，与电争先。子无底滞之尤〔10〕，我有资送之恩。子等有意于行乎？"

屏息潜听〔11〕，如闻音声。若啸若啼，昢欻嚘嘤〔12〕。毛发尽竖，辣肩缩颈。疑有而无，久乃可明。若有言者曰："吾与子居〔13〕，四十年馀。子在孩提，吾不子愚〔14〕。子学子耕，求官与名，惟子是从，不变于初。门神户灵〔15〕，我叱我呵。包羞诡随〔16〕，志不在

66

他。子迁南荒[17]，热烁湿蒸[18]。我非其乡，百鬼欺陵[19]。太学四年[20]，朝齑暮盐[21]。惟我保汝，人皆汝嫌[22]。自初及终，未始背汝。心无异谋，口绝行语[23]。于何听闻，云我当去。是必夫子信谗，有间于予也[24]。我鬼非人，安用车船？鼻齅臭香[25]，糗粃可捐。单独一身，谁为朋俦[26]？子苟备知，可数已不？子能尽言，可谓圣智。情状既露，敢不回避？"

主人应之曰："子以吾为真不知也邪？子之朋俦，非六非四。在十去五，满七除二[27]。各有主张，私立名字。捩手覆羹[28]，转喉触讳[29]。凡所以使吾面目可憎、语言无味者，皆子之志也。其名曰智穷：矫矫亢亢[30]，恶圆喜方。羞为奸欺，不忍害伤。其次名曰学穷：傲数与名[31]，摘抉杳微[32]。高挹群言[33]，执神之机[34]。又其次曰文穷：不专一能，怪怪奇奇。不可时施，只以自嬉[35]。又其次曰命穷：影与形殊，面丑心妍。利居众后，责在人先[36]。又其次曰交穷：磨肌戛骨[37]，吐出心肝。企足以待[38]，置我仇冤。凡此五鬼，为吾五患。饥我寒我，兴讹造讪[39]。能使我迷，人莫能间。朝悔其行，暮已复然。蝇营狗苟[40]，驱去复还。"

言未毕，五鬼相与张眼吐舌，跳踉偃仆[41]。抵掌顿脚[42]，失笑相顾。徐谓主人曰："子知我名，凡我所为。驱我令去，小黠大痴[43]。人生一世，其久几何？吾立子名，百世不磨。小人君子，其心不同。惟乖于时，乃与天通。携持琬琰，易一羊皮[44]。饫于肥甘，慕彼

67

糠糜〔45〕。天下知子,谁过于予。虽遭斥逐,不忍子疏。谓予不信,请质《诗》、《书》。"

主人于是垂头丧气,上手称谢。烧车与船,延之上座。

【注释】

〔1〕送穷:旧时驱送穷鬼的一种习俗。其时日却有不同的说法,韩愈《送穷文》李翱注引《文宗备问》云:颛顼高辛(传说中上古五帝之一)时,宫中生一子,喜著衣破烂,宫中号为穷子。其后正月晦日死,宫中葬之,相谓曰:"今日送却穷子。"自此沿习成为风俗。又《岁时广记·月晦》引《图经》云:池阳风俗,以正月二十九日为穷九日,打扫屋室,清除尘秽,投之水中,谓之送穷。

〔2〕元和:唐宪宗年号,元和六年为公元811年。晦:农历每月的最后一天。

〔3〕糗(qiǔ):炒熟的米麦。又泛指干粮。舆:运载。粻(zhāng):米粮。

〔4〕轭(è):牛马拉物件时驾在脖子上的器具。又指用轭驾在牛马颈上。

〔5〕引帆上樯:谓张开船帆,树起桅杆。

〔6〕盂:盛汤浆或饭食的圆口器皿。

〔7〕啜:食,饮。觞:盛满酒的杯,亦泛指酒器。

〔8〕"携朋挈俦"二句:谓携带着伴侣,离开老友,寻找新交的朋友。挈,携带,率领。俦,伴侣。

〔9〕彍(guō):张满弩弓,此指帆在风中张满。

〔10〕底滞:滞留。尤:过失。

〔11〕屏息:屏住呼吸。

〔12〕呴欻(xū xū):象声词,形容微小飘忽的声音。嘤(yōu)嘤:低而杂的声音。

〔13〕子:详韩愈《送董邵南序》注〔6〕。

〔14〕吾不子愚:谓我没有愚弄过你。

〔15〕门神户灵:谓门户有神灵保护。

〔16〕包羞:忍受羞辱。诡随:谓不顾是非而妄随人意。

〔17〕子迁南荒:韩愈于德宗十九年(803)被贬至广东阳山县。迁,贬谪,降职。南荒,指南方荒凉僻远的地方。

〔18〕烁:热,烤。又通"铄",熔化。

〔19〕欺陵:同"欺凌"。

〔20〕太学四年:韩愈宪宗元和元年(806)至四年在国子监任职博士,国子监即太学。

〔21〕齑(jī):用醋、酱拌和切成碎末的菜或肉。此指咸菜。

〔22〕人皆汝嫌:谓别人都猜忌你。

〔23〕"心无异谋"二句:心里没有别的打算,嘴中绝没说过离开的话。

〔24〕间:离间。

〔25〕鼻齅臭香:谓鬼享受供品,只是闻其味而已,不会食用。齅(xiù),嗅,用鼻子闻。臭(xiù),香味。

〔26〕朋俦:朋辈,伴侣。

〔27〕"子之朋俦"四句:谓朋俦有五位。

〔28〕捩手覆羹:手一动就把汤羹倒翻,比喻动辄闯祸。捩(liè),拗折,扭转。

〔29〕转喉触讳:一说话或一写文章就触犯忌讳。

〔30〕矫亢:与众违异,以示高尚。

〔31〕数:技艺,技巧。

〔32〕摘抉:发掘,阐发。杳微:深奥精微。

〔33〕高挹:高姿态地酌取。

〔34〕执神之机:谓能把握神妙的机会。

〔35〕嬉:戏乐,游玩。

〔36〕"利居"二句:谓有好处落在众人之后,有责任就抢在他人之前。

〔37〕戛(jiá):敲击,刮平,研磨。

69

〔38〕企足：踮起脚跟，形容急切的样子。

〔39〕讪：毁谤，讥讽。

〔40〕蝇营狗苟：像苍蝇一样到处钻营，像狗一样苟且偷生。比喻为追求名利，不顾廉耻，不择手段。

〔41〕跳踉(liáng)：犹跳跃。偃仆：仆倒。

〔42〕抵掌：击掌，指人在谈话中的高兴神情。亦因指快谈。顿脚：即顿足，以脚踩地。多形容情绪激昂或极其悲伤、着急。

〔43〕小黠大痴：谓不过是玩弄小聪明，实在是属于大的痴愚。

〔44〕"携持"二句：谓用美玉换一张羊皮，比喻有重宝而不自贵重。琬琰(yǎn)、琬圭、琰圭，泛指美玉。比喻品德或文词之美。

〔45〕糠糜(méi)：指极其粗恶的食物。

【评析】

　　西汉著名学者扬雄曾写了《逐贫赋》一文，以主客问答的形式，表达了摆脱贫穷的迫切愿望。韩愈的这篇文章就是模仿《逐贫赋》的，作于唐宪宗元和六年(811)正月，时任国子博士。

　　文中虚构了五位穷鬼，并借五鬼之口，抒写一肚皮的牢骚与不满。这里的"穷"，是指处境的窘迫，所要送的五位穷鬼，即智慧、学问、文章、命运、友情，涵盖了人生存所必需的五种要素。韩愈自德宗贞元二年(786)至京城应试至十七年通过铨选走上仕途，其间蹭蹬十八年，选调国子监四门博士时，韩愈已近不惑之年了，加上未老先衰，家族成员短命的阴影，在文中常常提及，如《进学解》、《祭十二郎文》等，这不能不说是一种精神的负担。智慧可以说是先天的因素要多些，在这方面韩愈应该属于上品。至于学问，即知识，后天的刻苦自励和积累起重要的作用。至于文章方面，成就卓越，作者是中唐古文运动的领袖。只有在仕途方面，十分不顺，这就是命。有智慧，有才华，有学识，如果运气不佳的话，同样是可悲的。如果能有贵人相助，那么命运的改

70

变还是有可能的,这就是友情的问题。作者以戏谑的笔墨,诉说了在智慧、学问、文章、命运、友情诸方面竭尽所能,却得不到应有的回报。所谓送五穷,就是极力想摆脱目前的尴尬,也是不平则鸣的表现。

文章构思奇特,首言编织车船,献上供品,以期驱逐穷鬼。一般的常识,穷鬼当是针对物质的匮乏而言的。中间设人、鬼问答,五穷之说,娓娓道来,层层展开,方知此送穷非彼送穷,自诉其苦,实际上是自誉才德。满腹的牢骚和悲愤,以自嘲的方式表现,尤觉酸楚。末段"主人于是垂头丧气,上手称谢。烧车与船,延之上座",前倨后躬,服输和无奈,这就是命运的捉弄,是"命穷",看来是无法改变的。行文奇幻,寓庄于谐,方知原本是篇戏谑文字。

论 佛 骨 表[1]

臣某言:伏以佛者,夷狄之一法耳[2]。自后汉时流入中国,上古未尝有也。昔者黄帝在位百年[3],年百一十岁;少昊在位八十年[4],年百岁;颛顼在位七十九年[5],年九十八岁;帝喾在位七十年[6],年百五岁;帝尧在位九十八年[7],年百一十八岁;帝舜及禹年皆百岁。此时天下太平,百姓安乐寿考,然而中国未有佛也。其后殷汤亦年百岁。汤孙太戊在位七十五年[8],武丁在位五十九年[9],书史不言其年寿所极,推其年数,盖亦俱不减百岁。周文王年九十七岁,武王年九十三岁,穆王在位百年[10]，此时佛法亦未入中国，非因事佛而致然也。汉明帝时始有佛法[11]，明帝在位才十八年耳。其后乱亡相继，运祚不长[12]。宋、齐、梁、陈、元魏已下[13]，事佛渐谨，年代尤促。惟梁武帝在位四十八年[14]，前后三度舍身施佛[15]，宗庙之祭不用牲牢[16]，昼日一食，止于菜果，其后竟为侯景所逼[17]，饿死台城[18]，国亦寻灭。事佛求福，乃更得祸。由此观之，佛不足事，亦可知矣。

高祖始受隋禅[19]，则议除之。当时群臣材识不远，不能深知先王之道、古今之宜。推阐圣明[20]，以救斯弊，其事遂止，臣常恨焉。伏惟睿圣文武皇帝陛下[21]，神圣英武，数千百年已来未有伦比。即位之初，即不许度人为僧尼道士，又不许创立寺观。臣常以为高祖之志必行于陛下之手，今纵未能即行，岂可恣之转令盛也？今闻陛下令群僧迎佛骨于凤翔[22]，御楼以观，舁入大内[23]，又令诸寺递迎供养。臣虽至愚，必知陛下不惑于佛，作此崇奉以祈福祥也[24]。直以年丰人乐，徇人之心[25]，为京都士庶设诡异之观、戏玩之具耳，安有圣明若此而肯信此等事哉？然百姓愚冥[26]，易惑难晓，苟见陛下如此，将谓真心事佛，皆云："天子大圣，犹一心敬信；百姓何人，岂合更惜身命？"焚顶烧指[27]，百十为群，解衣散钱，自朝至暮，转相仿效，惟恐后时，老少奔波，弃其业次[28]，若不即加禁遏，更历诸寺，必有断臂脔身以为供养者[29]，伤风败俗，传笑四方，非细事也。

夫佛本夷狄之人，与中国言语不通，衣服殊制，口不言先王之法言[30]，身不服先王之法服[31]，不知君臣之义、父子之情。假如其身至今尚在，奉其国命，来朝京师，陛下容而接之，不过宣政一见[32]，礼宾一设[33]，赐衣一袭[34]，卫而出之于境，不令惑众也。况其身死已久，枯朽之骨，凶秽之馀，岂宜令入宫禁？孔子曰："敬鬼神而远之。"[35]古之诸侯行吊于其国，尚令巫祝先以桃茢祓除不祥[36]，然后进吊。今无故取朽秽之物，亲临观之，巫祝不先，桃茢不用，群臣不言其非，御史不举其失，臣实耻之。乞以此骨付之有司，投诸水火，永绝根本，断天下之疑，绝后代之惑，使天下之人知大圣人之所作为出于寻常万万也，岂不盛哉？岂不快哉？佛如有灵，能作祸祟，凡有殃咎，宜加臣身。上天鉴临，臣不怨悔，无任感激恳悃之至[37]，谨奉表以闻，臣某诚惶诚恐。

【注释】

　　〔1〕据《旧唐书·宪宗本纪》载：元和十四年（819）正月宪宗迎凤翔法门寺佛骨至京师，留禁中三日，然后送还寺中。王公士庶奔走施舍如恐不及，刑部侍郎韩愈上疏极陈其弊，贬潮州刺史。佛骨：即佛舍利。

　　〔2〕夷狄：详韩愈《原道》注〔51〕。

　　〔3〕黄帝：为华夏始祖之一，人文初祖，与炎帝并称为中华始祖，中国远古时期部落联盟首领。居轩辕之丘（今河南新郑西北），故号轩辕氏，居五帝之首。

　　〔4〕少昊：相传是黄帝之子，五帝之一。

　　〔5〕颛顼（zhuān xū）：相传是黄帝子昌意的后裔，居帝丘（今河南濮

73

阳),号高阳氏。

〔6〕帝喾(kù):姓姬,名俊,黄帝的曾孙,号高辛氏。帝颛顼死后,他继承帝位,为"三皇五帝"之一。

〔7〕尧:与下文舜、禹、汤、周文王、周武王,详韩愈《原道》注〔59〕、〔43〕。

〔8〕太戊:姓子名密。商第九位国王。汤五世孙,太甲孙。死后追谥为中宗。

〔9〕武丁:姓子,名昭,是商朝第二十三位国王,庙号为高宗。

〔10〕穆王:姬姓,名满,昭王之子,周王朝第五位帝王,世称"穆天子"。

〔11〕"汉明帝"句:据《四十二章经序》云汉明帝夜梦见神人,身体有金光,项有日光,飞于殿前。明日问群臣为何神,有人回答说:"臣闻天竺(今印度)有得道者,号曰佛,轻举能飞,殆将其神也。"于是明帝派遣使者至大月支国,写取佛经四十二章,于是佛教始在中国流传。汉明帝:即刘庄,字子丽,东汉光武帝刘秀第四子,初名刘阳。建武十九年立为皇太子,中元二年(57)继皇帝位。庙号汉显宗,谥号孝明皇帝。

〔12〕运祚:犹言国运祚福。

〔13〕宋、齐、梁、陈:南朝四个朝代。宋朝,共计六十年(420—479);齐朝,共计二十四年(479—502);梁朝,共计五十六年(502—557);陈朝,共计三十三年(557—589)。元魏:即北魏,共计一百四十九年(386—534)。

〔14〕梁武帝:名萧衍(464—549),字叔达。南朝梁政权的建立者,庙号高祖。

〔15〕"前后三度"句:据史书载,梁武帝于大通元年(527)、中大通元年(529)、中大同元年(546)、太清元年(547)四度舍身同泰寺为奴。舍身,佛教徒为宣扬佛法,或为布施寺院,自作苦行,谓之舍身,六朝时此风最盛。

〔16〕宗庙:古代帝王、诸侯祭祀祖宗的庙宇。牲牢:犹牲畜,此指祭祀用的供品。

〔17〕侯景(503—552):字万景,北魏怀朔镇鲜卑化羯人。后投靠东

魏丞相高欢。梁武帝太清元年率部投降梁朝,次年,侯景叛乱,起兵进攻南梁,篡位自立为皇帝。

〔18〕台城:六朝时的禁城,在今江苏南京市鸡鸣山南干河沿北。其地本三国吴后苑城,东晋成帝时改建作新宫,遂为宫城。历宋、齐、梁、陈,均为台省和宫殿所在地,因专名台城。

〔19〕高祖:即唐高祖李渊(566—635),字叔德,陇西成纪人。唐朝开国的君主。禅(shàn):即禅让,以帝位让与他人。

〔20〕推阐:阐发。圣明:英明圣哲,无所不知。封建时代称颂帝、后之词。

〔21〕伏惟:谓念及,想到。下对上的敬词,多用于奏疏或信函。谓念及,想到。睿圣文武皇帝:即唐宪宗李纯(778—820),在位十五年间,勤勉政事,励精图治,重用贤良,改革弊政,史称"元和中兴"。谥号为昭文章武大圣至神孝皇帝。

〔22〕凤翔:在今陕西宝鸡市东北。

〔23〕舁(yú):抬,扛。大内:皇宫。

〔24〕崇奉:尊崇,信仰。崇拜奉祀。

〔25〕徇人:依从他人,曲从他人。

〔26〕愚冥:愚蠢蒙昧,指愚昧的人。

〔27〕焚顶:焚香顶礼。又佛教徒焚灼头顶,表示虔诚奉佛。

〔28〕业次:生涯,职业。又指产业,资财。

〔29〕脔(luán)身:谓从身上切割下来肉。

〔30〕法言:合乎礼法的言论。又指儒家经典之言论。

〔31〕法服:根据礼法规定的不同等级的服饰。

〔32〕宣政:唐长安宫殿名,在大明宫内,凡隆重仪式,多于此举行。

〔33〕礼宾:礼敬宾客。又指司礼宾之人。

〔34〕袭:穿衣加服,衣上加衣。也专指古代盛礼时掩上敞开的外服,又泛指穿衣。

〔35〕"孔子"句:《论语·雍也》云:"子曰:务民之义,敬鬼神而远之,可谓知矣。"

〔36〕巫祝:古代称事鬼神者为巫,祭主赞词者为祝,后连用以指掌占卜祭祀的人。桃茢:桃杖与扫帚,古代用以辟邪除秽。茢(liè),苕帚,古用以扫除不祥。

〔37〕恳悃(kǔn):恳切忠诚。

【评析】

《旧唐书》全文载录了韩愈两篇文章,一是《进学解》,作者因此得以升迁。另一就是这篇文章,作者因此被贬谪到千里之外的蛮荒之地。一升一降,结果截然相反。

凤翔扶风县(今属陕西宝鸡)法门寺佛塔内藏有佛祖释迦牟尼指骨一节,每三十年开一次塔,取出佛骨,供人瞻仰。宪宗元和十四年(819)正月,值开塔之年,宪宗派遣中使迎佛骨于宫内,供养三日。这引发了狂热的礼佛风潮,上至王公贵族,下至士庶百姓,奔走施舍,如恐不及,甚至有废业破产、燃臂割肉以求供养者。韩愈时任刑部侍郎,因上奏谏阻,反对佞佛。

宪宗李纯在位十五年,前期尚能圣明果断,剪除藩镇,使国家得以重归统一,重振了唐王室的威望,世称元和中兴;但重用宦官,最终被宦官所害。这次发起迎观佛骨的事,目的仍是纳福祈寿。韩愈上书谏阻,是从维护唐王朝统治的角度出发。为了打消宪宗佞佛的念头,韩愈一开篇引证古今,论说古代帝王不信佛而长寿者比比皆是,相反东汉六朝以来,佞佛的皇帝反多短命。其次叙说迎观佛骨已经或将要造成的危害,上有所好,下必兴风作浪,"焚顶烧指","断臂脔身",荒废产业,以致伤风败俗,不利于朝廷的统治。最后,谈及中国是文明礼仪之邦,是以儒学为主导的,而佛家学说与儒家学说是不相兼容的,因此必须杜绝。《旧唐书·韩愈传》载,宪宗看了这个奏表后,大怒,说:"言我奉佛太过,我犹为容之,至谓东汉奉佛之后帝王咸致夭促,何言之乖刺也？"也就是韩愈说宪宗佞佛太过，宪宗可以原谅；但说东汉以来佞佛的君王短命，国运不长，这不等于诅咒宪宗吗？因此必欲处韩愈极刑。后得大臣们的救助，韩愈才免于一死。但还是被贬至广东为潮州刺史。

文中攻击佛法，不遗馀力。行文义正词严，淋漓酣畅。韩愈曾作《左迁至蓝关示侄孙湘》一诗，中云："一封朝奏九重天，夕贬潮州路八千。欲为圣朝除弊事，肯将衰朽惜残年。"本意是为维护唐王朝的统治，冒死进谏，谁知险遭灭顶之灾，其刚正不阿的精神还是可以感受到的，可与此文参看。

柳宗元

柳宗元(773—819),字子厚,河东(今山西永济)人。唐德宗贞元九年(793)进士,又登博学宏词科,授集贤殿正字。顺宗永贞初,参与王叔文集团政治革新,迁礼部员外郎。永贞革新失败后,贬为永州司马,后又为柳州刺史。此据《四部备要》本柳宗元《柳河东集》录文十八篇。

牛 赋[1]

若知牛乎[2]?牛之为物,魁形巨首[3]。垂耳抱角[4],毛革疏厚[5]。牟然而鸣[6],黄钟满脰[7]。抵触隆曦[8],日耕百亩。往来修直,植乃禾黍。自种自敛[9],服箱以走[10]。输入官仓,己不适口[11]。富穷饱饥[12],功用不有。陷泥蹶块[13],常在草野。人不惭愧,利满天下。皮角见用,肩尻莫保[14]。或穿缄縢[15],或实俎豆[16]。

由是观之,物无逾者。不如羸驴[17],服逐驽马[18]。曲意随势,不择处所。不耕不驾,藿菽自与[19]。腾踏康庄[20],出入轻举[21]。喜则齐鼻,怒则奋踯[22]。当道长鸣,闻者惊辟[23]。善识门户,终身不惕[24]。牛虽有功,于己何益?命有好丑,非若能力。

慎勿怨尤^{〔25〕},以受多福。

【注释】

〔1〕赋:文体名,是韵文和散文的综合体,讲究词藻、对偶、用韵。

〔2〕若:你。

〔3〕魁形:形体魁伟。

〔4〕抱角:谓牛之两角弯曲如合抱。

〔5〕毛革疏厚:谓毛疏皮厚。

〔6〕牟:牛鸣声。《说文·牛部》:"牟,牛鸣也。"

〔7〕黄钟:古之打击乐器,多为庙堂所用。又乐律十二律中的第一律。脰(dòu):颈项。

〔8〕抵触:以角相撞。隆曦(xī):谓高照的日头。此句犹言头顶着大日头。

〔9〕敛:收获。

〔10〕服箱:负载车箱。犹驾车。《诗·小雅·大东》:"睆彼牵牛,不以服箱。"孔颖达传:"服,牝服也;箱,大车之箱也。"

〔11〕不适口:谓吃不饱。适,悦乐,满足。

〔12〕富穷饱饥:谓使穷者富、饥者饱。

〔13〕蹑:踩,踏。

〔14〕肩:四足动物的前腿根部。尻(kāo):脊骨末端,臀部。

〔15〕或穿缄縢(téng):谓牛皮被缝制成品。穿,谓穿针引线。缄縢,绳索,此指绳线。

〔16〕或实俎豆:谓牛肉被盛满器皿中。俎(zǔ)豆,俎和豆。古代祭祀、宴飨时盛食物用的两种礼器,又泛指各种礼器。

〔17〕羸:衰病,瘦弱,困惫。

〔18〕服:驾乘。驽马:劣马。

〔19〕藿菽:豆叶和大豆。泛指豆类植物。

〔20〕康庄:四通八达的大道。

〔21〕轻举:轻率,随便。

〔22〕蹢:蹢躅。

〔23〕辟:退避,躲避。

〔24〕惕:畏惧,戒惧。

〔25〕尤:责备,怪罪。

【评析】

　　这篇小赋先是叙写牛之美德,形貌魁伟,冒风雨,顶烈日,辛勤耕种,至收获时,又不辞劳苦地运送至官仓。牛的付出,使穷者富,饥者饱,自己却不得温饱,不仅如此,其生命随时有可能不保,皮被人们缝制成用品,肉被用来祭祀,有功于世人却不得善终。与此相反,羸驴驽马,不能耕种,不善驾车,只因能曲从人主心意,得到宠信,在外趾高气扬,张狂跋扈。

　　宋人韩醇认为作者以牛自喻,谓:"牛有耕垦之劳,利满天下而终不得其所为,缄縢俎豆之用,虽有功于世而无益于己,彼羸驴驽马曲意从人而反得所安,终谓'命有好丑,非若能力',盖谪后感愤之辞云。"(《柳河东集》卷二)知此赋为柳宗元在贬谪之地所写。唐顺宗永贞年间,以王叔文、王伾等为代表的官僚士大夫为了打击宦官势力,革除政治积弊,进行改革,主张加强中央集权,反对藩镇割据,反对宦官专权。后因宦官俱文珍等人发动政变,幽禁顺宗,拥立太子李纯,改革以失败告终。革新运动持续一百多天,失败后,主要参与者有"二王八司马",或被赐死,或遭贬谪,柳宗元为八司马之一。

　　本文用比喻的方式,以牛自喻,羸驴驽马则比喻革新失败后得志的当权者,表达了对自己遭遇不公的愤懑之情。至于末四句:"命有好丑,非若能力。慎勿怨尤,以受多福。"意思是说人各有命,这不是自己所能左右的,因此不要怨天尤人,过好自己的馀生就行了。貌似自我宽慰,难掩不平之气。

桐叶封弟辩[1]

古之传者有言[2]，成王以桐叶与小弱弟[3]，戏曰："以封汝。"周公入贺[4]，王曰："戏也。"周公曰："天子不可戏。"乃封小弱弟于唐。

吾意不然，王之弟当封邪？周公宜以时言于王，不待其戏而贺以成之也。不当封邪？周公乃成其不中之戏[5]。以地以人与小弱者为之主，其得为圣乎？且周公以王之言不可苟焉而已[6]，必从而成之邪？设有不幸，王以桐叶戏妇寺[7]，亦将举而从之乎？凡王者之德在行之何若，设未得其当，虽十易之不为病，要于其当，不可使易也，而况以其戏乎？若戏而必行之，是周公教王遂过也[8]。

吾意周公辅成王宜以道[9]，从容优乐[10]，要归之大中而已[11]，必不逢其失而为之辞[12]。又不当束缚之，驰骤之[13]，使若牛马然，急则败矣。且家人父子尚不能以此自克[14]，况号为君臣者邪？是直小丈夫缺缺者之事[15]，非周公所宜用，故不可信。或曰封唐叔，史佚成之[16]。

【注释】

〔1〕辩：古代文体名，创始于韩愈、柳宗元。

〔2〕传：指传记、史传，记载个人或群体事迹的文字。

〔3〕"成王"句:《吕氏春秋·重言篇》:"成王与唐叔虞燕居,援梧叶以为珪而授唐叔虞,曰:'余以此封女。'叔虞喜,以告周公,周公以请曰:'天子其封虞邪?'成王曰:'余一人与虞戏也。'周公对曰:'臣闻之天子无戏言,天子言,则史书之,工诵之,士称之。'于是遂封叔虞于晋。"成王削桐叶为珪以戏封幼弟,珪即"圭"的古字,瑞玉,常作祭祀、朝聘之用。又古代封爵授土时,赐珪以为信。按:晋为唐之前,唐,西周诸侯国名,周成王封弟叔虞于唐,在今山西翼城县西。参见注〔16〕。成王,周成王(前1055—前1021)。姓姬,名诵,周武王之子,西周第二代国王,谥号成王。继位之时,年纪尚幼,由皇叔周公旦摄政,七年之后亲政,在位二十二年。小弱弟,指武王幼子唐虞叔。

〔4〕周公:详韩愈《原道》注〔43〕。按:武王崩,成王年幼,周公摄政(代国君处理国政)。

〔5〕"周公"句:谓周公把不适当的儿戏变成了既成的事实。

〔6〕苟:随便,马虎,不审慎。

〔7〕妇寺:宫中的妇女近侍和宦官。

〔8〕遂过:顺成过失,掩饰过失。

〔9〕宜以道:谓应该用正确的方法。

〔10〕优乐:嬉戏和娱乐。

〔11〕大中:《易·大有》:"大有,柔得尊位大中,而上下应之,曰大有。"后以"大中"指无过与不及的中正之道。

〔12〕"必不"句:谓必然不会一遇有过失便为此而找个开脱的理由。

〔13〕驰骤:驰骋,疾奔。犹驱使。

〔14〕自克:谓自己克服。

〔15〕小丈夫:庸俗而见识短浅的人。觖(quē)觖:耍小聪明的人。

〔16〕史佚成之:《史记·晋世家》:"唐叔虞者,周武王子,而成王弟。初武王与叔虞母会时,梦天谓武王曰:'余命女生子名虞,余与之唐。'及生子,文在其手,曰虞,故遂因命之曰虞。武王崩,成王立,唐有乱,周公诛灭唐。成王与叔虞戏,削桐叶为珪,以与叔虞,曰:'以此封若。'史佚因请择日立叔虞,成王曰:'吾与之戏尔。'史佚曰:'天子无戏言,言则史书之,礼

成之,乐歌之.'于是遂封叔虞于唐。唐在河汾之东,方百里,故曰唐叔虞。"史佚为周武王时太史,名佚。

【评析】

在这篇短文中,针对周成王戏以梧叶为珪而封幼弟叔虞的这一传说中周公的反应和表现,柳宗元从正反两方面辩论了其中的是非曲直,表达了自己的态度。

俗云天子无戏言,作为一国之君,金口玉言,这是对君主至高无上权威的肯定。成王封幼弟时,自己还年幼(或云时十三岁),由周公摄政,用君无戏言来处理这事,有小题大作之嫌。文中围绕着"当封"与"不当封"展开,重点是在"不当封"上作文章,并提出自己的看法:其一,周公不应把儿戏当真,这样会有损成王的圣明。其二,如果确有此事,周公也仅仅是借此教导成王作为君王,言行不能草率,未必真让成王履行诺言。其三,假如不是幼弟,换作他人,甚至是妇人和宦官,还要履行诺言吗?其四,君王的言行有错,就应该劝之改正,而不是将错就错,更何况是年幼君王的戏言呢?继一系列质疑之后,在末段作者对成王封幼弟这一传说的真实性表达了怀疑。因为作为圣贤,周公是个明智的人,不可能做这种事。至于末句云:"或曰封唐叔,史佚成之。"进而对《史记·晋世家》记载成王削桐叶为珪封幼弟的真实性提出了质疑。文中层层设疑,句句驳难,如剥蚕抽丝,转折顿挫,翻实为虚,而作者的态度也就明白可知了。

段太尉逸事状[1]

太尉始为泾州刺史时[2],汾阳王以副元帅居蒲〔3〕。王子晞为尚书〔4〕,领行营节度使,寓军邠州〔5〕。纵士卒无赖〔6〕,邠人偷嗜暴恶者卒以货窜名军伍中〔7〕,则肆志〔8〕,吏不得问。日群行丐取于市〔9〕,不嗛〔10〕,辄奋击折人手足,椎釜鬲瓮盎盈道上〔11〕,袒臂徐去〔12〕,至撞杀孕妇人。邠宁节度使白孝德以王故〔13〕,戚不敢言〔14〕。

太尉自州以状白府〔15〕,愿计事。至则曰:"天子以生人付公理〔16〕,公见人被暴害,因恬然,且大乱,若何?"孝德曰:"愿奉教。"太尉曰:"某为泾州,甚适〔17〕,少事,今不忍人无寇暴死,以乱天子边事。公诚以都虞候命某者〔18〕,能为公已乱〔19〕,使公之人不得害。"孝德曰:"幸甚。"如太尉请。

既署一月〔20〕,晞军士十七人入市取酒,又以刃刺酒翁,坏酿器,酒流沟中。太尉列卒取十七人,皆断头注槊上〔21〕,植市门外〔22〕。晞一营大噪〔23〕,尽甲〔24〕。孝德震恐,召太尉曰:"将奈何?"太尉曰:"无伤也,请辞于军。"孝德使数十人从太尉,太尉尽辞去,解佩刀,选老躄者一人持马〔25〕,至晞门下。甲者出,太尉笑且入曰:"杀一老卒,何甲也?吾戴吾头来矣。"甲者愕,因谕曰:"尚书固负若属邪?副元帅固负若属邪?奈何欲以乱败郭氏?为白尚书,出听我言。"

晞出见太尉,太尉曰:"副元帅勋塞天地,当务始终,今尚书恣卒为暴,暴且乱,乱天子边,欲谁归罪?罪且及副元帅,今邠人恶子弟以货窜名军籍中〔26〕,杀害人,如是不止,几日不大乱?大乱由尚书出,人皆曰尚书

84

倚副元帅,不戢士〔27〕。然则郭氏功名其与存者几何?"言未毕,晞再拜曰:"公幸教晞以道,恩甚大,愿奉军以从。"顾叱左右曰:"皆解甲散还火伍中〔28〕,敢哗者死。"太尉曰:"吾未晡食〔29〕,请假设草具〔30〕。"既食,曰:"吾疾作,愿留宿门下。"命持马者去,旦日来,遂卧军中,晞不解衣,戒候卒击柝卫太尉〔31〕。旦,俱至孝德所,谢不能,请改过,邠州由是无祸。

先是,太尉在泾州为营田官〔32〕,泾大将焦令谌取人田,自占数十顷,给与农曰:"且熟,归我半。"是岁大旱,野无草,农以告谌,谌曰:"我知入数而已,不知旱也〔33〕。"督责益急,且饥死,无以偿,即告太尉。太尉判状,辞甚巽〔34〕,使人求谕谌,谌盛怒,召农者曰:"我畏段某邪?何敢言我?"取判铺背上,以大杖击二十,垂死。舁来庭中〔35〕,太尉大泣曰:"乃我困汝〔36〕。"即自取水洗去血,裂裳衣疮〔37〕,手注善药〔38〕,旦夕自哺农者,然后食。取骑马卖,市谷代偿,使勿知。淮西寓军帅尹少荣,刚直士也,入见谌,大骂曰:"汝诚人邪?泾州野如赭,人且饥死,而必得谷,又用大杖击无罪者。段公,仁信大人也〔39〕,而汝不知敬。今段公唯一马,贱卖市谷入汝,汝又取不耻。凡为人傲天灾,犯大人,击无罪者,又取仁者谷,使主人出无马,汝将何以视天地,尚不愧奴隶邪?"谌虽暴抗〔40〕,然闻言则大愧流汗〔41〕,不能食,曰:"吾终不可以见段公。"一夕,自恨死〔42〕。

及太尉自泾州以司农征〔43〕,戒其族:"过岐〔44〕,朱泚幸致货币〔45〕,慎勿纳。"及过,泚固致大绫三百匹,太尉婿韦晤坚拒,不得命。至都,太尉怒曰:"果不用吾言。"晤谢曰:"处贱[46],无以拒也。"太尉曰:"然终不以在吾弟[47]。"以如司农治事堂[48],栖之梁木上[49]。泚反,太尉终[50],吏以告泚,泚取视,其故封识具存[51]。

太尉逸事如右。

元和九年月日[52],永州司马员外置同正员柳宗元谨上史馆。今之称太尉大节者出入,以为武人一时奋不虑死以取名天下,不知太尉之所立如是。宗元尝出入岐周邠斄间[53],过真定[54],北上马岭[55],历亭障堡戍[56],窃好问老校退卒,能言其事。太尉为人姁姁[57],常低首拱手行步[58],言气卑弱,未尝以色待物[59],人视之,儒者也。遇不可,必达其志,决非偶然者[60]。会州刺史崔公来[61],言信行直,备得太尉遗事,覆校无疑,或恐尚逸坠,未集太史氏[62],敢以状私于执事[63]。谨状。

【注释】

〔1〕段太尉:名段秀实(719—783),字成公,陇州汧阳(今陕西千阳)人。玄宗时举明经,弃去,从军,历任安西府别将、泾州刺史兼御史大夫,加封检校礼部尚书。德宗建中四年,因反对朱泚称帝遇害,追赠太尉。状:古代文体名,叙述人物生平行事的文字,汉以后多称为"行状"。而逸事状,是指专录为已有"行状"未载的事情。

〔2〕泾州:今甘肃泾县。

〔3〕汾阳王:即郭子仪(697—781),华州郑县(今陕西华州)人,祖籍山西汾阳,以武举高第入仕从军。安史之乱爆发后,任朔方节度使,收复

洛阳、长安两京,功居平乱之首,晋为中书令,封汾阳郡王,卒谥忠武。按:代宗广德二年正月,郭子仪兼关内、河东副元帅,河东节度、观察史,出镇河中。蒲:即蒲州,唐曾改为河中府(今山西永济)。

〔4〕王子晞:即郭晞(?—794),郭子仪第三子,随父征伐,屡建战功。历官御史中丞、转御史大夫,唐代宗大历中加检校工部尚书。

〔5〕邠州:今陕西彬州。

〔6〕无赖:指撒泼放刁等恶劣的行为。

〔7〕偷:浇薄,不厚道。嗜:贪求。货:此指财物。窜:掺杂,混入。

〔8〕肆志:谓随心所欲。

〔9〕丐取:强取。

〔10〕嗛(qiè):通"慊",满足,快意。

〔11〕椎(chuí):捶击的工具。用椎打击,又泛指重力撞击。釜:古炊器,敛口,圆底,或有二耳。置于灶口,上置甑以蒸煮。鬲(lì):古代一种炊器,口圆,似鼎,三足中空而曲。又指无足炊器。瓮:小口大腹的陶制汲水罐。又指盛酒浆的坛。盎:盆类盛器。

〔12〕袒臂徐去:谓袒露臂膀,不慌不忙地离去。

〔13〕白孝德(714—779):安西(治所在今新疆库车)人,本是安西胡人,少年从军,李光弼部将,累官至北庭行营节度使,又徙邠宁节度使。封昌化郡王,为太子少傅卒。邠宁:唐方镇名,治所在邠州(今陕西彬州)。

〔14〕戚:愤恚,愤怒。

〔15〕状:文体名,向上级陈述意见或事实的文书,如奏状、诉状、供状等。

〔16〕生人:谓使百姓生存。人,即民,系避太宗李世民的讳。

〔17〕甚适:谓很称职。

〔18〕都虞候:虞候为古官名,西魏始置虞候都督。唐代后期有都虞候,为军中执法的长官。

〔19〕已:停止。

〔20〕署:署理,兼摄。指代理,暂任或试充官职。

〔21〕注:附着。矟:长矛。

〔22〕植市门外:谓树立在入城大门的外边。

〔23〕噪:众口叫骂,大声喧嚷。

〔24〕尽甲:谓都穿上了铠甲。

〔25〕蹩(bì):足不能行。

〔26〕以货窜名军籍中:谓用贿赂的方法把名字混入军籍中。

〔27〕戢(jí):约束。

〔28〕火伍:古代兵制,五人为伍,十人为火。泛指队伍。

〔29〕晡(bū)食:晚餐。

〔30〕草具:粗劣的饭食。

〔31〕候卒:军中巡夜的士兵。击柝:敲梆子巡夜。

〔32〕营田:即屯田,汉以后历代政府利用兵士或召募流民于驻扎地区种田,以供军饷。

〔33〕"我知"二句:谓我只知道每年得到收成的数目而已,不管是否干旱。

〔34〕巽:同"逊"。

〔35〕舁(yú):抬,扛。

〔36〕困:使窘迫。

〔37〕衣:裹扎,包扎。

〔38〕注:附着,涂敷。

〔39〕仁信:仁爱诚实。大人:指德行高尚、志趣高远的人。

〔40〕暴抗:暴猛抗直。

〔41〕流汗:形容羞愧不安到极点。

〔42〕自恨死:谓因怨恨自己,竟然死了。

〔43〕司农:汉始置,掌钱谷之事。亦称大司农,为九卿之一。汉建安改为大农,由魏至明,历代相沿,或称司农,或称大司农。按唐设农寺。

〔44〕岐:州名,今陕西岐山县。

〔45〕朱泚(742—784):幽州昌平(今北京昌平区)人,初为幽州卢龙军节度使李怀仙部将。代宗时为幽州卢龙节度使,加同平章事。德宗时淮西节度使李希烈叛变,攻襄城。后泾原军哗变,叛军迎朱泚为主,史称

88

泾卒之变。朱泚自称大秦皇帝,次年正月,又改国号为汉。后兵败被杀。

〔46〕处贱:谓职位低下。

〔47〕弟:通"第",宅第。

〔48〕治事堂:处理公务的地方。

〔49〕栖:居住,停留。此指安置。

〔50〕"泚反"二句:德宗建中四年(783)十月,泾原节度使姚令言部下在京城哗变,德宗出奔,朱泚被拥立,召段秀实议事,秀实突然夺取象笏击朱泚,中额血溅,秀实遇害。

〔51〕封识(zhì):封缄并加标记。

〔52〕元和:唐宪宗年号。

〔53〕岐周:周朝最初建国于岐,故云。斄(tái):原为周后稷封地,秦时置县,东汉初废,故址在今陕西省武功县西南。

〔54〕真定:今河北正定县。或疑为"真宁"之误,今甘肃正宁县。

〔55〕马岭:山名,在今甘肃庆阳市西北。

〔56〕亭障:古代边塞要地设置的堡垒。堡戍:堡垒戍所。

〔57〕姁(xū)姁:平和安好貌。

〔58〕低首拱手:形容待人接物恭顺谦逊。

〔59〕以色待物:谓接人待物面色严厉。

〔60〕"遇不"三句:指段秀实决定以笏击朱泚的事不是偶然的。

〔61〕崔公:指崔能,清河武城人。元和初为蜀州刺史,转黔中观察使,贬永州刺史。官至广州刺史、御史大夫、岭南节度使。

〔62〕太史氏:指史官。

〔63〕执事:对对方的敬称,此指韩愈。

【评析】

逸事又作轶事,多为正史所不记载的事情,其间或有传闻的因素。此文中补缀段秀实逸事凡三。其一,以智勇服郭晞。郭晞为郭子仪之子,依仗其父功高位尊,放纵自己的部下胡作非为,杀人越货,扰乱民生。文中描述了段氏在解决这件事中的大智大勇,先是抓住作歹的十七个士兵,处以极刑,悬头示众。事后又亲自到郭晞军营中,面对切齿咬牙、恨不得要将自己碎尸万段的士兵,从容不迫,慷慨陈词,晓之以理,让郭晞心服口服。其二,以仁慈服焦令谌。焦令谌为富不仁,巧取豪夺,面对段氏的判状,不屑一顾,傲慢无礼,并辱打前来送状的农户。面对被责打的农户,段氏亲自为伤者清洗和包扎伤口。还把自己的坐骑卖了,买来稻谷,替农户偿还。以至焦氏得知后,羞愧而死。其三,以廉洁服朱泚。朱氏意欲收买段秀实,送绫罗锦缎三百匹,而段氏断然拒收。德宗时,朱泚被哗变的士兵拥立为帝,召段秀实议事,段氏夺取象笏击打朱泚而遇害。段氏笏击朱氏而遇害的大节,正史均有记载,而拒收绫缎,则仅见于此。

所记段太尉的三件逸事,刻画情事,详尽细密,段氏的性格也因此各有侧重。其中点画渲染,使得段氏的形象更加生动鲜明,留给人以深刻的印象。《文苑英华》卷八七一有唐德宗撰《赠太尉段秀实纪功碑》,称扬段氏功德大节,多是冠冕堂皇的话,不及此文真切感人。

对 贺 者

柳子以罪贬永州,有自京师来者,既见,曰:"余闻子坐事斥逐[1],余适将唁子[2]。今余视子之貌浩浩然也[3],能是,达矣,余无以唁矣,敢更以为贺。"柳子曰:"子诚以貌乎,则可也,然吾岂若是而无志者邪[4]?姑以戚戚为无益乎道[5],故若是而已耳。吾之罪大,会主上方以宽理人[6],用和天下,故吾得在此。凡吾之贬斥幸矣，而又戚戚焉，何哉？夫为天子尚书郎[7]，谋画无所陈[8]，而群比以为名[9]，蒙耻遇僇[10]，以待不测之诛[11]，苟人尔，有不汗栗危厉偲偲然者哉[12]？吾尝静处以思，独行以求，自以上不得自列于圣朝[13]，下无以奉宗祀、近丘墓[14]，徒欲苟生幸存[15]，庶几似续之不废[16]，是以傥荡其心[17]，倡佯其形[18]，茫乎若升高以望[19]，溃乎若乘海而无所往[20]，故其容貌如是。子诚以浩浩而贺我，其孰承之乎[21]？嘻笑之怒[22]，甚乎裂眦[23]；长歌之哀[24]，过乎恸哭[25]。庸讵知吾之浩浩非戚戚之尤者乎[26]？子休矣。"

【注释】

〔1〕坐事：因事获罪。斥逐：驱逐。

〔2〕适：正好，恰巧。唁：对遭遇非常变故者进行慰问。

〔3〕浩浩：谓胸怀开阔坦荡。

〔4〕邪：语气助词，表反诘。

〔5〕戚戚：忧惧貌，忧伤貌。

〔6〕主上：指皇帝。理人：谓治理民众。理，即治，避高宗讳而改。人，即民，避太宗讳而改。

〔7〕尚书郎：古有尚书省，为中央执行政务的总机构，长官为尚书令。下分各曹，魏晋以后尚书各曹有侍郎、郎中等官，综理职务，通称为尚书郎。作者由礼部员外郎贬谪，礼部属尚书省。

〔8〕谋画：筹谋策划。陈：陈述。

〔9〕群比以为名：谓结为朋党以博取名声，此指成为王叔文集团的成员。比，勾结。

〔10〕蒙耻遇僇：指王叔文集团革新活动失败后，作者被贬谪蛮荒之地。僇(lù)，侮辱。

〔11〕诛:惩罚,责罚。

〔12〕汗栗:因恐惧而出汗。危厉:谓惊惧不安。偲(sī)偲:互相勉励。

〔13〕列于圣朝:谓在朝廷供职。

〔14〕奉宗祀、近丘墓:祭祀祖宗,拜扫祖坟。谓免职能回故乡,与家人团聚,安享馀年。

〔15〕苟生:苟且偷生。

〔16〕"庶几"句:谓子孙后代生生不息。庶几,希望,但愿。似续,继承,继续。《诗·小雅·斯干》:"似续妣祖,筑室百堵。"毛传:"似,嗣也。"又指后嗣。

〔17〕傥荡:放浪不检点,疏放无拘检。

〔18〕倘佯:同"徜徉",闲游,徘徊。又自在纵情貌。

〔19〕茫乎:犹茫然,无所知的样子。

〔20〕溃乎:指水流散乱漫溢的样子。

〔21〕孰承之:谓谁能承受。

〔22〕嘻笑:强笑,嗤笑。

〔23〕裂眦(zì):谓因发怒而眼睛睁得极大,眼眶似乎要裂开,形容极其愤怒的神态。眦,上下眼睑的接合处。

〔24〕长歌:放声高歌。

〔25〕恸哭:痛哭。

〔26〕庸讵:岂,何以,怎么。

【评析】

这是篇自嘲性的小品文,作于贬官永州后。文中采用赋体中主客问答的方式,表达被贬谪流放的悲情苦意。

题作"对贺者",即回答向自己祝贺者的疑惑。作者是因参加永贞革新而得罪遭贬的,本意是为国为民,结果却是死罪虽免,活罪难逃,断送了仕途,怀才不遇之感尤其浓重,这在贬谪时所写的诗文中多有表露。所谓来自京城的友人,本想见面后安慰劝勉他,谁知见到作者毫无忧伤,反倒是开朗坦荡,只得向作者祝贺,祝贺作者看得开。文章的后半部是解,解说自己之所以如此的原因,向贺者表明,其所见到的只是表面现象,俗云知人知面难知心,作者此时的表现就是如此。自己是有罪之人,上不能供职朝廷,济世安民的理想成为泡影;下不能退闲故乡,以尽天伦之乐。处在这种境况中,如何又谈得起无忧无愁呢? 所谓"嘻笑之怒,甚乎裂眦;长歌之哀,过乎恸哭",透过现象看本质,不是容易做到的。用语精警,有振聋发聩的作用。

解嘲文字,古已有之,近则有韩愈《进学解》等。柳氏文虽然不及韩文洋洋洒洒,但于尺幅之中,自由挥毫,抑扬顿挫,抒写不平之感,用语较韩文更激烈犀利。

捕 蛇 者 说

永州之野产异蛇[1],黑质而白章[2],触草木尽死,以啮人,无御之者。然得而腊之以为饵[3],可以已大风、挛踠、瘘、疠[4],去死肌,杀三虫[5]。其始,大医以王命聚之[6],岁赋其二[7],募有能捕之者,当其租入[8],永之人争奔走焉。

有蒋氏者,专其利三世矣。问之,则曰:"吾祖死于是,吾父死于是,今吾嗣为之十二年,几死者数矣。"言之,貌若甚戚者[9]。余悲之,且曰:"若毒之乎[10]? 余将告于莅事者[11],更若役,复若赋,则何如?"蒋氏大戚,汪然出涕曰:"君将哀而生之乎? 则吾斯役之不幸,未若复吾赋不幸之甚也。向吾不为斯役,则久已病矣。

93

自吾氏三世居是乡,积于今六十岁矣,而乡邻之生日蹙[12]。殚其地之出[13],竭其庐之入,号呼而转徙,饥渴而顿踣[14],触风雨,犯寒暑,呼嘘毒疠,往往而死者相藉也[15]。曩与吾祖居者[16],今其室十无一焉;与吾父居者,今其室十无二三焉;与吾居十二年者,今其室十无四五焉。非死而徙尔,而吾以捕蛇独存。悍吏之来吾乡,叫嚣乎东西,隳突乎南北[17],哗然而骇者,虽鸡狗不得宁焉。吾恂恂而起[18],视其缶,而吾蛇尚存,则弛然而卧。谨食之[19],时而献焉。退而甘食其土之有,以尽吾齿[20]。盖一岁之犯死者二焉,其馀则熙熙而乐[21],岂若吾乡邻之旦旦有是哉?今虽死乎此,比吾乡邻之死则已后矣,又安敢毒耶?"

余闻而愈悲,孔子曰:"苛政猛于虎也。"[22]吾尝疑乎是,今以蒋氏观之,尤信。呜呼!孰知赋敛之毒有甚是蛇者乎?故为之说,以俟夫观人风者得焉[23]。

【注释】

〔1〕永州:今属湖南永州市。

〔2〕质:质地。章:花纹。

〔3〕腊(xī):干肉。此指制成干肉。饵:药饵。

〔4〕已:止,此指治愈。大风:即麻风病。挛踠(wǎn):手足屈曲不能伸展之病。瘘:颈肿大的病,即颈部淋巴结核。疠:恶疮,麻风。

〔5〕三虫:人体中的三种寄生虫。

〔6〕大医:即太医。

〔7〕赋:田地税,泛指赋税。此指征收或缴纳赋税。

〔8〕当其租入:谓可充抵每年应缴的租税。

〔9〕戚:忧愁;悲伤。

〔10〕毒:怨恨,憎恶。

〔11〕莅(lì)事者:管理政事的人。

〔12〕蹙:困窘,窘迫。

〔13〕殚:竭尽。

〔14〕顿踣:跌倒。

〔15〕相藉:互相枕藉,互相践踏。

〔16〕曩(nǎng):先时,以前。

〔17〕隳(huī)突:横行,骚扰。

〔18〕恂(xún)恂:谨慎畏惧的样子。

〔19〕食(sì):供养,喂养。

〔20〕齿:年齿,年龄。

〔21〕熙熙:和乐的样子。

〔22〕"孔子"二句:见《礼记·檀弓下》,云:"孔子过泰山侧,有妇人哭于墓者而哀,夫子式而听之,使子路问之,曰:'子之哭也,壹似重有忧者?'而曰:'然,昔者吾舅死于虎,吾夫又死焉,今吾子又死焉。'夫子曰:'何为不去也?'曰:'无苛政。'夫子曰:'小子识之,苛政猛于虎也。'"苛政,残酷地压迫和剥削人民的政治。指繁重的赋税、苛刻的法令。

〔23〕观人风者:即观民风者,古代设有采集民间风谣的官,职责是观察民情,了解施政得失等。

【评析】

"苛政猛于虎",这是本文的主旨所在。文中借捕蛇者的话,揭露统治者对百姓的残酷剥削。

文章一开篇即点明蛇之"毒"性之大,触草木或咬人,没有活着的可能,为下文作铺垫。接着以蒋氏为例,蒋氏三代以捕蛇为业,随时都有生命之忧。当作者提出帮他免除捕蛇之役,蒋氏竟断然否决。令人顿生疑惑,悬念已出,为下文蓄势。其后蒋氏的答复出人意外,捕蛇之役虽然有生命之虞,但一年只需冒两次险,就可安享生活。而交纳赋税的乡民,常常会受到凶悍官吏的骚扰喝斥,其结果是:与蒋氏祖父、父亲以及蒋氏本人居住在同一乡之人,分别存活下来的不到十分之一、十分之二三和十分之四五,他们不是死了,就是迁移了。与同乡交纳赋税的人相比,蒋氏已经是非常幸运的了。含泪的笑,无限的悲哀,莫过于此。

文中借捕蛇者之言说赋敛之毒,却以宁愿冒死捕蛇而得到的生存快乐表现出来,更觉悲戚。末引孔子"苛政猛于虎也"之言,说明苛政之"毒"比蛇毒性还强,规讽当权者,其用意是非常明显的。

观八骏图说[1]

古之书有记周穆王驰八骏升昆仑之墟者[2],后之好事者为之图,宋、齐以下传之。观其状甚怪,咸若蹇[3],若翔,若龙凤麒麟,若螳螂。然其书尤不经,世多有,然不足采。世闻其骏也,因以异形求之,则其言圣人者亦类是矣。故传伏羲曰牛首[4],女娲曰其形类蛇[5],孔子如倛头[6],若是者甚众。孟子曰:"何以异于人哉?尧、舜与人同耳。"[7]

今夫马者驾而乘之,或一里而汗,或十里而汗,或千百里而不汗者视之,毛物尾鬣[8],四足而蹄,龁草饮水[9],一也。推是而至于骏,亦类也。今夫人有不足为负贩者[10],有不足为吏者,有不足为士大夫者,有足为者视之,圆首横目,食谷而饱肉,绨而清[11],裘而燠^[12]，一也。推是而至于圣，亦类也。然则伏羲氏、女娲氏、孔子氏是亦人而已矣。骅骝、白义、山子之类，若果有之，是亦马而已矣，又乌得为牛、为蛇、为俱头、为龙凤、麒麟、螳螂然也哉？

　　然而世之慕骏者不求之马而必是图之似，故终不能有得于骏也，慕圣人者不求之人而必若牛、若蛇、若俱头之问，故终不能有得于圣人也。诚使天下有是图者举而焚之，则骏马与圣人出矣。

【注释】

　　〔１〕八骏：传说中周穆王驾车用的八匹骏马，能日行万里（一说三万里）。八骏之名，说法不一，据《穆天子传》载，其名为赤骥、盗骊、白义、逾轮、山子、渠黄、华骝、绿耳，均是以毛色为名号。又晋人王嘉《拾遗记·周穆王》云八骏为：一绝地，足不践土；二翻羽，行越飞禽；三名奔霄，夜行万里；四名越影，逐日而行；五名逾辉，毛色炳耀；六名超光，一形十影；七名腾雾，乘云而奔；八名挟翼，身有肉翅。

　　〔２〕周穆王：姬姓，名满，昭王之子，周朝第五代君王。曾因游牧民族戎狄不向周朝进贡，两征犬戎，获其王，并把部分戎人迁到太原（今甘肃镇原一带）。后世流传穆王西征的故事，有《穆天子传》，载穆王意欲周游天下，不恤国事，驾八骏，曾至昆仑山。昆仑：即昆仑山，在新疆、西藏之间，西接帕米尔高原，东延入青海境内，势极高峻。古代神话传说，昆仑山上有瑶池、阆苑、增城、县圃等仙境。

　　〔３〕骞（xiān）：飞起。

　　〔４〕伏羲：古代传说中的三皇之一，风姓。相传其始画八卦，教民渔猎，取牺牲以供庖厨，因称庖牺。

　　〔５〕女娲：即女娲氏，神话传说中人类的始祖。传说她与伏羲由兄妹而结为夫妇，产生人类。又传说她曾用黄土造人，炼五色石补天，断鳌足支撑四极，平治洪水，驱杀猛兽，使人民得以安居。并继伏羲而为帝。

〔6〕倛(qī)头:古代驱除疫鬼时扮神的人所戴的面具,其状狰狞可怖,后亦以指凶神。

〔7〕"孟子"三句:《孟子·离娄下》:"储子曰:'王使人瞷夫子,果有以异于人乎?'子曰:'何以异于人哉? 尧、舜与人同耳。'"按齐宣王以为孟子不同一般人,故派人问孟子。

〔8〕鬣(liè):马颈上的长毛。

〔9〕龁(hé):咬嚼。

〔10〕负贩:担货贩卖。

〔11〕绤(chī):细葛布。

〔12〕燠(yù):暖,热。

【评析】

对名人的神化,古往今来就一直没有中止过。从出生到死亡,从容貌到言行,人们神化他们仰慕的对象,意在强调这种人的不平凡处。文中借观《八骏图》而引出话题。历来描绘八骏的人多把它们画成能飞的样子,不过是强调八骏奔驰的快速。后人对八骏的神化,更多的是赋予了自己的理想。同样人们对伏羲、女娲、孔子等的神话,也是如此。之后以观察现实中所见到的马匹为例,不论是奔驰一里或十里,还是百里或千里,品性不同,优劣也就不同,八骏不过就是属于优质的马匹罢了。同理人们或经商,或仕宦,是因为能力或品行的不同,能胜任的职位也会不同。伏羲、女娲、孔子也是如此,只是较一般的人更优秀些。最后指出人们易于被神化的物象或人物超凡的表现所迷惑,反而忽略了其真实性,还原真相,这样在现实生活中发现骏马和圣贤就不难了。

圣贤是人们学习的榜样,后世对圣贤的神化,使得圣贤成了可望不可及的神仙怪物。此文意在破解对圣贤的神化,其观念的进步性是难能可贵的。文中正说反结,反说正结,破除人们的迷惑,行文曲尽波折。

种树郭橐驼传

郭橐驼,不知始何名。病偻[1],隆然伏行,有类橐驼者[2],故乡人号之驼,驼闻之曰:"甚善,名我固当。"因舍其名,亦自谓橐驼云。

其乡曰丰乐乡,在长安西[3]。驼业种树,凡长安豪富人为观游及卖果者皆争迎取养,视驼所种树,或移徙,无不活,且硕茂蚤实以蕃[4]。他植者虽窥伺效慕,莫能如也。有问之,对曰:"橐驼非能使木寿且孳也[5],能顺木之天以致其性焉尔[6]。凡植木之性,其本欲舒,其培欲平[7],其土欲故,其筑欲密[8]。既然已,勿动勿虑,去不复顾。其莳也若子[9],其置也若弃,则其天者全而其性得矣。故吾不害其长而已,非有能硕茂之也;不抑耗其实而已[10],非有能蚤而蕃之也。他植者则不然,根拳而土易[11],其培之也,若不过焉则不及。苟有能反是者,则又爱之太恩,忧之太勤。且视而暮抚,已去而复顾,甚者爪其肤以验其生枯[12],摇其本以观其疏密,而木之性日以离矣[13]。虽曰爱之,其实害之;虽曰忧之,其实仇之。故不我若也,吾又何能为哉?"问者曰:"以子之道移之官理[14],可乎?"驼曰:"我知种树而已,理非吾业也,然吾居乡,见长人者好烦其令[15],若甚怜

99

焉,而卒以祸。且暮吏来而呼曰:'官命促尔耕,勖尔植[16],督尔获[17]。蚤缫而绪[18],蚤织而缕,字而幼孩[19],遂而鸡豚[20]。鸣鼓而聚之,击木而召之[21],吾小人辍飧饔以劳吏者且不得暇[22],又何以蕃吾生而安吾性邪[23]?故病且怠若是,则与吾业者,其亦有类乎?"问者嘻曰:"不亦善夫?"吾问养树,得养人术,传其事以为官戒。

【注释】

〔1〕偻:驼背,佝偻。

〔2〕橐驼:即骆驼,谓背隆起如骆驼肉峰。

〔3〕长安:今陕西西安。

〔4〕硕茂:大而茂盛。蚤:通"早"。

〔5〕孳:生育,繁殖。

〔6〕天:指天性与生命。

〔7〕培:于植物根部堆土。又指培土修葺,加固。

〔8〕筑:捣土的杵。捣土使坚实。

〔9〕莳(shì):移栽,种植。

〔10〕实:生长,成熟。

〔11〕土易:指更换旧土。

〔12〕爪其肤:用手抠树的皮。

〔13〕离:丧失。

〔14〕官理:为官的道理。

〔15〕长人:为人君长,指统治者。又指居上位者、官长。

〔16〕勖(xù):勉励。

〔17〕获:收割庄稼。

〔18〕而:你,你们。绪:丝头。引申为丝或丝状物。

〔19〕字:乳哺,养育。

〔20〕遂:生长,养育。

〔21〕木:指木铎,以木为舌的大铃,铜质。古代宣布政教法令时,巡行振鸣以引起众人注意。

〔22〕飧(sūn):吃晚饭,又指晚饭。饔(yōng):早餐。

〔23〕蕃:生息,繁殖。

【评析】

如何治理好百姓是古代官员们回避不了的问题,以民为本,为儒家所崇信。文中柳宗元对这个问题进行了探讨。

郭橐驼其貌不扬,善于种树,经他种植的树木不仅存活率极高,而且枝叶茂盛,硕果累累,在业界口碑很好。在与郭橐驼的对话中,作者得知了培植好树木的原则:一是顺从树木生长的本性,即"其本欲舒,其培欲平,其土欲故,其筑欲密"。二是不要人为地干扰树木的生长,即"勿动勿虑,去不复顾"。若违背了这两点,就会危害树木的生长,就会得不偿失。

文章的前半部分谈如何培植好树木,后半谈治人,也就是如何养民的问题,这是文章的用意所在。其主要观点是在治理百姓时,应该以不扰民为前题。作为父母官"好烦其令",百姓疲于应对,反倒会影响正常的工作和生活,这倒是百姓的不幸。本文乍看似一篇游戏小品,末云:"吾问养树,得养人术,传其事以为官戒也。"由谑趣转成庄重。繁文缛节,是随文明不断进步而带来的不幸,其表现大概就在于天性的逐渐丧失。这是一种仍值得今人深刻反思的话题。

童 区 寄 传

柳先生曰:越人少恩[1],生男女必货视之[2],自毁齿已上[3]，父兄鬻卖以觊其利[4]，不足，则取他室，束缚钳梏之[5]。至有须鬣者力不胜[6]，皆屈为僮[7]，当道相贼杀以为俗。幸得壮大，则缚取幺弱者[8]。汉官因以为己利[9]，苟得僮，恣所为不问，以是越中户口滋耗，少得自脱，惟童区寄以十一岁胜，斯亦奇矣。

　　桂部从事杜周士为余言之[10]：童寄者，郴州荛牧儿也[11]。行牧且荛，二豪贼劫持，反接[12]，布囊其口[13]，去逾四十里之虚所卖之[14]。寄伪儿啼，恐栗为儿恒状[15]。贼易之，对饮酒醉。一人去为市[16]，一人卧，植刃道上[17]。童微伺其睡[18]，以缚背刃，力下上，得绝，因取刃杀之。逃未及远，市者还，得童大骇，将杀童，遽曰：“为两郎僮，孰若为一郎僮邪？彼不我恩也，郎诚见完与恩，无所不可。”市者良久计曰：“与其杀是僮，孰若卖之？与其卖而分，孰若吾得专焉？幸而杀彼，甚善。”即藏其尸，持童抵主人所，愈束缚牢甚。夜半，童自转，以缚即炉火[19]，烧绝之，虽疮手勿惮[20]。复取刃杀市者，因大号，一虚皆惊[21]。童曰：“我区氏儿也，不当为僮，贼二人得我，我幸皆杀之矣，愿以闻于官。”虚吏白州，州白大府[22]，大府召视，儿幼愿耳[23]。刺史颜证奇之[24]，留为小吏，不肯，与衣裳，吏护还之乡。乡之行劫缚者侧目[25]，莫敢过其门，皆曰：“是儿少秦武阳二岁[26]，而讨杀二豪[27]，岂可近邪？”

【注释】
　　〔1〕越：古代南方少数民族名。分布于长江中下游以南，部落众多，

地域极广,有百越、百粤之称。又代称广东、广西地区。此指广西柳州。

〔2〕货视之:谓像看待货物一样。

〔3〕毁齿:指儿童乳齿脱落,更生恒齿。借指七八岁时的儿童。

〔4〕觊(jì):希望,企图。

〔5〕钳梏:谓以铁箍束颈,以木械铐手,严加控制管束。

〔6〕须鬣(liè):胡须。

〔7〕僮:同"童",指未成年者。又指奴婢。

〔8〕缚:捆绑东西的绳索,指用绳索绑。幺弱:指幼儿。幺(yāo),小,细。

〔9〕汉:原作"漠",据中国书店影印世界书局 1935 年《柳河东全集》改。

〔10〕杜周士(?—822):京兆(今陕西西安)人。德宗贞元十七年进士。历官桂管从事、岭南从事,入为监察御史等。

〔11〕郴州:今属湖南。按"郴州"一作"柳州",当是。莈(ráo)牧:打草与放牧,也指打草与放牧的人,此指农户。

〔12〕反接:反绑两手。

〔13〕布囊其口:谓用布袋封住嘴。

〔14〕虚所:集市。

〔15〕恐栗:恐惧战栗。恒状:常有的状态。

〔16〕市:贸易,做买卖。也指贸易场所,集市。

〔17〕植刃道上:把刀树立在道路上。

〔18〕微伺:暗中观察。

〔19〕即:接近,靠近。

〔20〕虽疮手勿惮:谓就连手烧伤起水疱也不怕。

〔21〕一虚:全集市。

〔22〕大府:泛指上级官府。

〔23〕幼愿:年幼而谨慎老实。

〔24〕颜证:唐京兆万年人,唐德宗贞元年间为桂管防御使,又官桂州刺史、桂管观察史。

〔25〕侧目:不敢正视,形容畏惧。

〔26〕秦武阳:战国时燕国人,十二岁时犯下命案,燕太子丹找到了他,后随荆轲赴咸阳刺秦王,事败。

〔27〕讨杀:诛杀。

【评析】

　　这是一篇奇特的人物传记:其一,事件奇。越地的人寡情少恩,生下的男女不当人看,而是当货物出卖以获利,即使是亲生的也是如此。这种风俗,可谓不近人情。其二,人物奇。区寄十一岁,面对着劫持他的两个成人,聪慧不亚于成人。表面示弱,内心强大,能急中生智,摆脱困境,得以成功自救。对于一个十一岁的孩童来说,一次能自救已属难能,何况是二次呢?足见区寄是智勇双全的。其三,行文奇。一个十馀岁的孩童,无所谓经历,文中只记一事,以言行为主。记其行,两次机智设计自救,可见机灵非凡。记其言,面对将要杀他的劫盗,以利诱惑,急说:"为两郎僮,孰若为一郎僮耶?"在杀了第二个劫盗后,又大声呼救得成。区寄的形象须眉毕现。文笔甚是明快。

梓 人 传〔1〕

　　裴封叔之弟在光德里〔2〕,有梓人款其门,愿佣隙宇处焉〔3〕。所职寻引、规矩、绳墨〔4〕,家不居砻斫之器〔5〕。问其能,曰:"吾善度材,视栋宇之制〔6〕,高深、圆方、短长之宜,吾指使而群工役焉。舍我,众莫能就一宇〔7〕。故食于官府,吾受禄三倍;作于私家,吾收其直

大半焉[8]。"他日入其室,其床阙足而不能理[9],曰:
"将求他工。"余甚笑之,谓其无能而贪禄嗜货者。

其后京兆尹将饰官署[10],余往过焉,委群材[11],
会众工。或执斧斤[12],或执刀锯,皆环立向之。梓人
左持引,右执杖,而中处焉。量栋宇之任,视木之能,举
挥其杖曰:"斧。"彼执斧者奔而右。顾而指曰:"锯。"彼
执锯者趋而左[13]。俄而斤者斫,刀者削,皆视其色,俟
其言,莫敢自断者。其不胜任者怒而退之,亦莫敢愠
焉[14]。画宫于堵[15],盈尺而曲尽其制[16],计其毫
厘,而构大厦无进退焉。既成,书于上栋,曰某年某月某
日某建,则其姓氏也,凡执用之工不在列。

余圜视[17],大骇,然后知其术之工大矣,继而叹
曰:彼将舍其手艺,专其心智,而能知体要者欤?吾闻
"劳心者役人,劳力者役于人"[18],彼其劳心者欤?能
者用而智者谋,彼其智者欤?是足为佐天子、相天下法
矣[19],物莫近乎此也。彼为天下者本于人[20],其执役
者为徒隶[21],为乡师里胥[22],其上为下士,又其上为
中士,为上士,又其上为大夫,为卿,为公[23]。离而为
六职[24],判而为百役[25]。外薄四海[26],有方伯连
率[27],郡有守,邑有宰,皆有佐政[28]。其下有胥
吏[29],又其下皆有啬夫版尹以就役焉[30],犹众工之各
有执技以食力也。彼佐天子、相天下者举而加焉[31],
指而使焉,条其纲纪而盈缩焉[32],齐其法制而整顿焉,
犹梓人之有规矩绳墨以定制也。择天下之士,使称其
职;居天下之人,使安其业。视都知野,视野知国,视国

知天下[33]，其远迩细大，可手据其图而究焉，犹梓人画宫于堵而绩于成也[34]。能者进而由之，使无所德；不能者退而休之，亦莫敢愠。不衒能[35]，不矜名[36]，不亲小劳，不侵众官[37]，日与天下之英才讨论其大经[38]，犹梓人之善运众工而不伐艺也[39]，夫然后相道得而万国理矣[40]。相道既得，万国既理，天下举首而望曰："吾相之功也。"后之人循迹而慕曰："彼，相之才也。"士或谈殷、周之理者，曰伊、傅、周、召[41]，其百执事之勤劳而不得纪焉，犹梓人自名其功而执用者不列也。大哉！相乎！通是道者，所谓相而已矣。其不知体要者反此[42]，以恪勤为公[43]，以簿书为尊[44]，衒能矜名，亲小劳，侵众官，窃取六职百役之事，听听于府庭[45]，而遗其大者远者焉，所谓不通是道者也。犹梓人而不知绳墨之曲直、规矩之方圆、寻引之短长，姑夺众工之斧斤刀锯以佐其艺，又不能备其工，以至败绩用而无所成也，不亦谬欤？

或曰："彼主为室者，傥或发其私智[46]，牵制梓人之虑，夺其世守而道谋是用[47]，虽不能成功，岂其罪邪？亦在任之而已。"余曰：不然，夫绳墨诚陈，规矩诚设，高者不可抑而下也，狭者不可张而广也。由我则固，不由我则圮[48]。彼将乐去固而就圮也，则卷其术，默其智[49]，悠尔而去，不屈吾道，是诚良梓人耳。其或嗜其货利，忍而不能舍也，丧其制量，屈而不能守也，栋挠屋坏[50]，则曰非我罪也，可乎哉？可乎哉？余谓梓人之道类于相，故书而藏之。

106

梓人，盖古之审曲面势者〔51〕，今谓之都料匠云〔52〕。余所遇者，杨氏，潜其名。

【注释】

〔1〕梓人：古代木工的一种。专造乐器悬架、饮器和箭靶等。又泛指木匠、建筑工匠。

〔2〕裴封叔：名墐，字封叔，河东闻喜（今山西闻喜县）人。德宗贞元三年进士，为京兆万年县令。娶柳宗元之姊。柳宗元有《唐故万年令裴府君墓碣》。弟：通"第"。

〔3〕佣：被雇用，雇用，佣工。此指租用。隟（xì）宇：即隙宇，指坏漏的屋舍。

〔4〕"所职"句：谓从事木工职业。寻引，量度长短的工具，古代八尺为一寻。规矩，规和矩，校正圆形和方形的两种工具。绳墨，木工画直线用的工具。

〔5〕"家不"句：谓家中无刀斧等工具。居，积储，存储。斲斫，磨和砍削。

〔6〕制：体制，样式。

〔7〕宇：房屋，住所。

〔8〕直：同"值"，指酬金。

〔9〕"其床"句：谓看见他的床脚有阙而没修理。

〔10〕京兆尹：汉代管辖京兆地区的行政长官，相当于太守。后世因以称京都地区的行政长官。京兆，汉代京畿的行政区域，为三辅之一。在今陕西西安以东至华州之间，后因以称京都。

〔11〕委：储积，聚积。

〔12〕斧斤：泛指各种斧子。斤，斧头。

〔13〕趋：疾行，奔跑。

〔14〕愠：含怒，怨恨。

〔15〕宫：古代对房屋、居室的通称。堵：墙。

〔16〕盈尺：指所画房屋图形只有一尺大小。

〔17〕圜视:向四周看。

〔18〕"劳心"二句:《孟子·滕文公上》:"劳心者治人,劳力者治于人。"劳心谓从事脑力劳动的人,指统治者及各级官吏。劳力者谓从事体力劳动者,指农工商百工等。

〔19〕相:辅助,治理。

〔20〕本于人:以民为本,"人"系避太宗李世民的讳。

〔21〕执役:服役的人,工作人员。徒隶:刑徒奴隶,服劳役的犯人。又专指狱卒。

〔22〕乡师:古代每乡置有乡师一人,掌理治下乡的教育行政,并监督乡以下各级行政长官处理政务。又指地方官吏。里胥:即里长,一里之长,仿周代闾胥、里宰之制,为地方最低级的职位。

〔23〕"其上"六句:周代在国君之下设有卿、大夫、士三等,各等中又分上、中、下三级,如士分有上士、中士、下士,秦以后仍有沿用的。

〔24〕六职:古代官府设有治、教、礼、政、刑、事六种职事。又古代指司土、司木、司水、司草、司器、司货六种官职。

〔25〕判:分裂,分开。百役:指各种工役。

〔26〕外薄四海:古人以为中国四边为大海环绕,各按方位称作东海、南海、西海、北海。薄,靠近。

〔27〕方伯:殷、周时指一方诸侯之长,后泛称地方长官。汉以来之刺史,唐之采访使、观察使均称方伯。连率:即连帅,古代十国诸侯之长。

〔28〕佐政:副手,副职。

〔29〕胥吏:官府中的小吏。

〔30〕啬夫:秦制,乡置啬夫,职掌听讼、收取赋税。又汉时为小吏的一种。又指掌管币礼的官员等。版尹:掌管地方户籍的小吏。

〔31〕举而加:谓荐举他们并加给他们官职。

〔32〕盈缩:谓增减。

〔33〕"视都知野"三句:谓观察京城市民的生活就可以明白郊野百姓的生计,观察郊野百姓的生计就可以知道各诸侯国的情况,观察诸侯国的情况就可以懂得治理天下的道理。

〔34〕绩:绩效,功绩。

〔35〕衒(xuàn):沿街叫卖,夸耀。

〔36〕矜名:崇尚名声。

〔37〕"不亲小劳"二句:不亲自做微小的工作,不侵犯百官的职务。

〔38〕大经:常道,常规。

〔39〕伐:夸耀。

〔40〕理:即治,系避唐高宗李治的讳。相道:为相之道,做宰相的道理或方法。

〔41〕伊、傅、周、召(shào):分别指伊尹、傅说、周公、召公四人。伊尹:详韩愈《送孟东野序》注〔13〕。傅说(yuè)(约前1335—前1246):殷商时人,原为傅岩筑墙之奴隶,武丁梦得圣人,名曰说,求于野。得之,举以为相,国大治。周公:详韩愈《原道》注〔43〕。召公:又作"邵公""召康公",姓姬名奭(shì)。周武王的同姓宗室,曾辅助周武王灭商,被封于燕,为燕国的始祖。因最初采邑在召,故称召公或召伯。

〔42〕体要:大体,纲要。

〔43〕恪勤:恭敬勤恳。

〔44〕簿书:官署中的文书簿册。

〔45〕听(yǐn)听:斤斤计较,争辩不休。府庭:衙门,公堂。

〔46〕私智:个人的智慧,常指偏见。

〔47〕道谋:与行路之人相谋,比喻意见分歧,难于成事。

〔48〕圮(pǐ):毁坏,坍塌。

〔49〕"则卷其术"二句:谓木匠只有收起技艺,缄默自己的智慧。

〔50〕挠:弯曲,使弯曲。

〔51〕审曲面势:又作审曲面执。《周礼·考工记序》:"或审曲面执。以饬五材,以辨民器。"原指工匠做器物时审度材料的曲直,后指区别情况,适当安排营造。

〔52〕都料匠:古代称营造师,总工匠。

　　本文是为一位木工作传,对这位梓人的介绍,文中是用先抑后扬的手法。初次相见,作者询问其本事,梓人的话语充满了狂傲自信。他是一位建筑设计师,建筑物能被设计成什么形状,能否被建成使用,这是他的任务,其收入也是较丰厚的。但这毕竟是他自己的一面之辞,何况作者在他住的屋里,见所睡的床竟然有断腿,梓人竟然还说请人来修理,未免让旁人大跌眼镜,对他的话未免嗤之以鼻。以上属于抑的写法。随后,作者目睹了梓人亲自指挥京兆府官署的建造场面,看到他调动着各类工匠,指挥有序,要求严格,设计的与建成的不差分毫。对梓人的智慧与本领不由地大加赞赏,这是属于扬的写法。在行文抑扬的过程中,梓人的形象与智慧凸现于纸上。

　　文章的后半幅,作者借题发挥,以宰相与梓人作比,说明分工的重要性。孟子"劳心者治人,劳力者治于人"成为封建社会儒者论说相关话题的主要理论依据。社会的发展,建立了一套较完整的官僚体制,宰相是这一体系的顶端。如同梓人一样,安排相关人员在适当的位置,能发挥其作用,对于国家和百姓来说,这是福气。反之,如果用人不当,就会给国家和百姓带来灾难。就如同梓人指挥建筑房屋一样,如果工匠们阳奉阴违,这个建筑就有可能建不成,即使建成,也有可能垮塌的。因此说宰相要有主见,选用贤能,摈弃不才,用人的决策不是儿戏。文章前半部分详细地叙写梓人之事,句句暗伏为相之道;后半部分详细论说为相之道,句句回应梓人建房之术。末"余谓梓人之道类于相"一句,点明主旨,收束全文。

蝜蝂传[1]

　　蝜蝂者,善负小虫也。行遇物,辄持取,卬其首负之〔2〕,背愈重,虽困剧不止也〔3〕。其背甚涩,物积因不散,卒踬仆不能起〔4〕。人或怜之,为去其负,苟能行,又持取如故。又好上高,极其力不已,至坠地死。

今世之嗜取者遇货不避,以厚其室〔5〕,不知为己累也,唯恐其不积。及其怠而踬也,黜弃之〔6〕,迁徙之〔7〕,亦以病矣。苟能起,又不艾〔8〕,日思高其位,大其禄,而贪取滋甚,以近于危坠〔9〕。观前之死亡,不知戒,虽其形魁然大者也,其名人也,而智则小虫也,亦足哀夫。

【注释】

〔1〕蝜蝂(fù bǎn):一种小虫。

〔2〕卬(yǎng):"仰"的古字,向上,抬头向上。

〔3〕困剧:极端困苦。

〔4〕踬仆:跌倒。

〔5〕以厚其室:谓以此来增加家中的财富。

〔6〕黜:罢官,免职。

〔7〕迁徙:流放边远的地区。

〔8〕艾:根绝,停止。

〔9〕危坠:即危堕,从高处落下。

【评析】

这篇寓言小品借题发挥,讥讽现实。文章前半叙蝜蝂,后半说贪官,两者虽然不是同类,但习性相同:其一,贪得无厌。蝜蝂是一种善于负重的小虫,遇有东西,就往背上扔,即使超重,难以前行,仍是如此,直至累死才罢休。贪官也是如此,总想占便宜,利用权利,抓住机会就想捞,生怕手中的权利过期作废。其二,只想攀高。蝜蝂喜欢爬高，穷极其力，不达至高点不会停止，直到坠落于地摔死才罢休。贪官则以为权力越大，安全系数就越高，也就更敢胆大妄为，捞得的东西也就会越多越贵重，不过一旦恶贯满盈，灭顶之灾是免不了的。蝜蝂和贪官，一为不屑一顾的小虫，一是有权有势的高官。不是一类，却有可比性。文笔辛辣尖刻，叹世之作，骂世之文，幽默中不乏辛酸之感，冷隽中满是警醒之意。

三　戒

吾恒恶世之人不推己之本[1]，而乘物以逞[2]，或依势以干非其类，出技以怒强，窃时以肆暴[3]，然卒迫于祸。有客谈麋、驴、鼠三物，似其事，作《三戒》。

临江之麋[4]

临江之人畋得麋麑[5]，畜之入门，群犬垂涎扬尾皆来。其人怒，怛之[6]，自是日抱就犬习示之，使勿动，稍使与之戏，积久，犬皆如人意。麋麑稍大，忘己之麋也，以为犬良我友，抵触偃仆[7]，益狎。犬畏主人，与之俯仰甚善[8]，然时啖其舌[9]。三年，麋出门，见外犬在道甚众，走欲与戏，外犬见而喜且怒，共杀食之，狼藉道上[10]，麋至死不悟。

黔之驴[11]

黔无驴,有好事者船载以入,至则无可用,放之山下。虎见之,庞然大物也[12],以为神。蔽林间窥之,稍出近之,慭慭然莫相知[13]。他日,驴一鸣,虎大骇,远遁,以为且噬己也,甚恐,然往来视之,觉无异能者,益习其声。又近出前后,终不敢搏。稍近益狎,荡倚冲冒[14],驴不胜怒,蹄之。虎因喜,计之曰:"技止此耳。"因跳踉大㘎[15],断其喉,尽其肉,乃去。噫!形之庞也类有德,声之宏也类有能。向不出其技,虎虽猛,疑畏,卒不敢取,今若是焉,悲夫!

永某氏之鼠[16]

永有某氏者,畏日[17],拘忌异甚[18]。以为己生岁直子,鼠,子神也[19],因爱鼠,不畜猫犬,禁僮勿击鼠。仓廪庖厨悉以恣鼠[20],不问。由是鼠相告,皆来某氏,饱食而无祸。某氏室无完器,椸无完衣[21],饮食大率鼠之馀也。昼累累与人兼行[22],夜则窃啮斗暴[23],其声万状,不可以寝,终不厌。数岁,某氏徙居他州,后人来居,鼠为态如故。其人曰:"是阴类,恶物也[24],盗暴尤甚[25],且何以至是乎哉?"假五六猫,阖门撤瓦灌穴[26],购僮罗捕之[27],杀鼠如丘,弃之隐处,臭数月乃已^{〔28〕}。呜呼！彼以其饱食无祸为可恒也哉！

【注释】

〔1〕推己之本：推究自己的本事，谓自知之明。

〔2〕乘物：谓倚恃。

〔3〕肆暴：滥施暴力，行凶。

〔4〕临江：今江西樟树。

〔5〕畋（tián）：打猎。麋麑：幼麋。麋，哺乳动物，毛淡褐色，雄有角，角像鹿，尾像驴，蹄像牛，颈像骆驼，俗称四不像。性温顺，吃植物。

〔6〕怛（dá）：畏惧，惊恐。

〔7〕偃仆：仰翻仆地。

〔8〕俯仰：周旋。

〔9〕唺其舌：谓吐露舌头，垂涎欲滴的样子。唺（dàn），吃。

〔10〕狼藉：纵横散乱的样子。

〔11〕黔：即黔州，在今重庆彭水县。

〔12〕厐（páng）：通"庞"，高大的样子。

〔13〕慭（yìn）慭：谨慎戒备的样子。

〔14〕荡倚冲冒：摇动，偎依，冲撞，冒犯。形容虎戏弄驴子的各种状态。

〔15〕跳踉（liáng）：跳跃。大㘎（hǎn）：大声怒吼。

〔16〕永：即永州，今属湖南永州市。

〔17〕畏日：怕犯日忌。古人迷信，认为某些年、月、日不宜做某种事情，称为日忌。

〔18〕拘忌：拘束顾忌，禁忌。

〔19〕"以为"三句：生年正当子年，旧时十二地支与十二生肖相配，子年降生的生肖属鼠。直：通"值"，当着。

〔20〕仓廪：贮藏米谷的仓库。

〔21〕椸（yí）：衣架。

〔22〕累累：连续不断的样子，连接成串。

〔23〕啮(niè):咬,啃。斗暴:争斗暴虐。

〔24〕阴类:旧时认为属于阴性的物类。

〔25〕盗暴:残暴,凶暴。

〔26〕瓦:指陶制的器皿。

〔27〕购:悬赏征求,悬赏缉捕。罗捕:搜索捕捉。

〔28〕臭(chòu):臭。

【评析】

　　《蝜蝂传》是讽谕官吏不要贪得无厌,《三戒》则是警戒小人不要恃物逞强,其结果都是自取灭亡。本文是寓言小品文,指向的是如何全身远祸的问题。以官场而言,这是利害关系的角斗场,往往需要有靠山,如果恃势为所欲为,不明事理,一旦靠山出了问题,自己的结局有可能是很惨的。三则故事有较强的故事性,就在于编制故事新颖。麋鹿与群犬戏耍,毛驴与老虎对峙,群鼠与人共处,别开生面,强化了文章的可读性。至于麋鹿的幼稚无知,毛驴的轻率无能,群鼠的狂妄自大,莫不描绘得细致入微。因物肖形,绘影传神。三则小品都是比喻体寓言,采用拟人手法,寓意深刻。小序中作者就表明每则故事的主旨,内容不同,结局是相同的,其共同点就是缺乏自知之明,不知天高地厚,以至惹火烧身。《三戒》颇有小说的意味。

鞭　贾〔1〕

　　市之鬻鞭者〔2〕,人问之,其贾宜五十〔3〕,必曰五万。复之以五十,则伏而笑,以五百则小怒,五千则大怒,必五万而后可。有富者子适市买鞭〔4〕,出五万,持以夸余。视其首则拳蹙而不遂[5]，视其握则蹇仄而不植[6]。其行水者，一去一来不相承[7]。其节朽黑而无文[8]，掐之灭爪而不得其所穷[9]，举之翲然[10]，若挥虚焉[11]。余曰："子何取于是而不爱五万？"曰："吾爱其黄而泽[12]，且贾者云。"余乃召僮爨汤以濯之[13]，则遬然枯[14]，苍然白。向之黄者栀也[15]，泽者蜡也[16]。富者不悦，然犹持之三年。后出东郊，争道长乐坂下[17]，马相踶[18]，因大击，鞭折而为五六。马踶不已，坠于地，伤焉。视其内则空空然，其理若粪壤无所赖者[19]。

今之栀其貌[20]，蜡其言[21]，以求贾技于朝者，当其分则善，一误而过其分则喜，当其分则反怒[22]，曰："余曷不至于公卿[23]？"然而至焉者亦良多矣。居无事，虽过三年不害；当其有事，驱之于陈力之列以御乎物[24]，以夫空空之内、粪壤之理，而责其大击之效，恶有不折其用而获坠伤之患者乎？

【注释】

〔1〕鞭贾：卖鞭的商人。贾（gǔ），做买卖。又指开设店铺做买卖的商人。

〔2〕鬻（yù）：卖。

〔3〕贾：即"價"，同"价"。

〔4〕适：去，往。

〔5〕拳蹙（cù）：即拳局，局促不得舒展，屈曲。遂：顺，谓笔直。

〔6〕握：把柄。蹇（jiǎn）仄：犹曲屈。植：直，与横、曲、歪斜相对。

〔7〕"行水"二句：谓甩鞭子于水，漂浮水面上，甩出去，收回来，不能

连续。

〔8〕文:纹理。

〔9〕"掐之"句:谓用指甲掐,指甲都陷入,其深度不可知。

〔10〕飘(piāo):轻貌。

〔11〕若挥虚焉:谓挥动起鞭子像空无所有。

〔12〕泽:光泽。

〔13〕爚(yuè):通"瀹",放在汤中煮。用火加热。濯:洗涤。

〔14〕遨(sù):同速,迅速。

〔15〕黄者栀也:谓黄色是栀子果实染的。栀,木名,常绿灌木或小乔木,叶子对生,长椭圆形,有光泽。春夏开白花,香气浓烈,可供观赏。夏秋结果实,生青熟黄,可做黄色染料。

〔16〕泽者蜡也:谓光泽是蜡涂的。

〔17〕长乐坂:即长乐坡,在今陕西西安市郊。

〔18〕踶(dì):踢。

〔19〕"其理"句:谓纹理似屎粪泥土,无所依附。

〔20〕栀其貌:谓外表光鲜。

〔21〕蜡其言:谓粉饰言语。

〔22〕"当其分"三句:谓所给的职位与其才能相称就好,如果职位超过了其实际才能就高兴,如果职位适合其才能就生气。

〔23〕曷(hé):表示反问,相当于何、岂、难道。

〔24〕陈力:贡献、施展才力。也借指所任职位。御乎物:谓治理事务。

【评析】

这篇小品文写于作者供职于京城时。文中借所售鞭子华而不实,讽喻一些官吏金玉其外、败絮其中的本质。

一根马鞭,成本不过五十钱,却以五万出售,竟然还有人买,之所以能引起他人的购买欲,就在于这鞭子外表看起来高档。然而在关键时,这马鞭不仅不能起作用,反而断了几截,以至骑马者坠地受伤。由劣制的马鞭，引发作者对官场用人不当的思考。华而不实的人，在官场并不罕见，这类人善于伪装，衣冠楚楚、高谈阔论者比比皆是，只想往高处爬，要高官，却不管自己是否能胜任。在国家太平无事时，他们苟且偷安，享受着一切所能得到的。一旦国家出现不测，就不知如何应对，难负重任。本文意在告戒用人者，不要为表面所迷惑，任用真才实学者，于国于民，才是值得庆幸的事。

愚 溪 诗 序 [1]

灌水之阳有溪焉[2]，东流入于潇水[3]。或曰："冉氏尝居也，故姓是溪曰冉溪。"或曰："可以染也，名之以其能，故谓之染溪。"余以愚触罪，谪潇水上，爱是溪，入二三里，得其尤绝者家焉。古有愚公谷[4]，今予家是溪，而名莫定，土之居者犹龂龂然[5]，不可以不更也，故更之为愚溪。

愚溪之上，买小丘，为愚丘。自愚丘东北行六十步，得泉焉，又买居之，为愚泉。愚泉凡六穴，皆出山下平地，盖上出也，合流屈曲而南，为愚沟。遂负土累石塞其隘[6]，为愚池。愚池之东为愚堂，其南为愚亭，池之中为愚岛。嘉木异石错置，皆山水之奇者，以余故，咸以愚辱焉。

夫水，智者乐也[7]。今是溪独见辱于愚，何哉？盖其流甚下，不可以溉灌。又峻急多坻石[8]，大舟不可入

118

也,幽邃浅狭,蛟龙不屑,不能兴云雨。无以利世,而适类于余,然则虽辱而愚之,可也。

甯武子"邦无道则愚"〔9〕,智而为愚者也;颜子"终日不违如愚"〔10〕,睿而为愚者也。皆不得为真愚。今余遭有道而违于理、悖于是〔11〕,故凡为愚者莫我若也。夫然,则天下莫能争是溪,余得专而名焉。

溪虽莫利于世,而善鉴万类,清莹秀澈〔12〕,锵鸣金石〔13〕,能使愚者喜笑眷慕〔14〕,乐而不能去也。余虽不合于俗,亦颇以文墨自慰,漱涤万物〔15〕,牢笼百态〔16〕,而无所避之。以愚辞歌愚溪,则茫然而不违,昏然而同归〔17〕,超鸿蒙〔18〕,混希夷〔19〕,寂寥而莫我知也,于是作《八愚诗》于溪石上。

【注释】

〔1〕愚溪诗:即《八愚诗》,今不存。八愚,即文中提到的愚溪、愚丘、愚泉、愚沟、愚池、愚堂、愚亭、愚岛。愚溪,即冉溪,柳宗元谪居于此,改名为愚溪。

〔2〕灌水:湘江支流,发源于永州灌阳县。阳:水之北谓阳。

〔3〕潇水:源出湖南宁远县南九嶷山,至永州市西北入湘水。

〔4〕愚公谷:在山东淄博市西。汉刘向《说苑·政理》:"齐桓公出猎,逐鹿而走入山谷之中,见一老公而问之曰:'是为何谷?'对曰:'为愚公之谷。'桓公曰:'何故?'对曰:'以臣名之……臣故畜牸牛,生子而大,卖之而买驹,少年曰:"牛不能生马。"遂持驹去。傍邻闻之,以臣为愚,故名此谷为愚公之谷。'"

〔5〕龂(yín)龂:争辩的样子。

〔6〕隘:狭窄的地方。

〔7〕"夫水"二句:《论语·雍也》:"子曰:知者乐水,仁者乐山。"比

喻各有所好。

〔8〕坻(dǐ)石:水中的小块高地。

〔9〕"甯武"句:《论语·公治长》:"子曰:甯武子,邦有道则智,邦无道则愚。其智可及也,其愚不可及也。"意思是说甯武子这人,国家太平时,就聪明;国家混乱时,就装作愚笨。他的聪明别人可以做到,他的愚笨别人做不到。甯(nìng)武子,春秋时卫国大夫甯俞,谥武子。

〔10〕"颜子"句:《论语·为政》:"子曰:吾与回言,终日不违如愚。退而省其私,亦足以发,回也不愚。"意思是说我整天与颜回谈论,他从不提异议,就像愚笨的人。回去后私下反省他的言论,对我所说的有所发挥,可见颜回并不愚蠢。颜子,即颜回,十四岁即拜孔子为师,为孔子得意弟子,后世尊称为颜子。

〔11〕"今余遭"句:谓如今我遭逢政治清明,做事却违背天理,违背了这些话。有道,谓政治清明。悖,违逆;违背。是,一作"事"。

〔12〕清莹:洁净透明。秀澈:秀丽明澈。

〔13〕锵鸣:形容声音清越。

〔14〕眷慕:依念,怀念。

〔15〕漱涤:洗涤。

〔16〕牢笼:包罗,容纳。百态:各种形态。

〔17〕"茫然而不违"二句:谓与愚溪在广袤的空间遨游而相依从,不知不觉中与自然趋向同一。

〔18〕鸿蒙:又作鸿濛,宇宙形成前的混沌状态。又指迷漫广大的样子。

〔19〕希夷:谓虚寂玄妙。

【评析】

这篇诗序作于贬谪永州时,先是就命名小溪作说明。愚溪原本是无名小溪,作者因喜爱而购买了它,称之为愚溪。得到小溪后,随后又得到小丘、泉穴、沟渠、水池、厅堂、亭榭、小岛,均用"愚"字命名,遂有八愚之名,并作《八愚诗》,刻于石上,遗憾的是《八愚诗》今不存。一句"以余故,咸以愚辱焉",作者似乎感到很是愧咎。之所以用"愚"字命名,理由有三:一是位置低下,不便灌溉;二是水流湍急,多尖利石块,不便船行;三是缺少灵气,狭窄浮浅,蛟龙难以藏身,不便兴风布雨。小溪三方面的缺陷,一句"无以利世,而适类于余","虽辱而愚之,可也",愧咎感荡然无存。

　　"愚"是笨拙无用的说明,有真愚和假愚之别。文中引甯武子"邦无道则愚"和颜子"终日不违如愚",说明智者之"愚",不是真正的愚笨,不过是智者生存的策略罢了。作者自谓处清明盛世,却被废弃僻远的蛮荒之地,就在于自己"愚"不可及,装愚守拙,只不过是一种生存方式罢了。前文极力贬损小溪和自己的一无是处,是"愚"的表现。最后却又说小溪和自己并非一无是处,小溪可以鉴明万物,可以令人愉悦。自己擅长诗文,可以吟诵,借以慰藉孤寂的心灵。先抑后扬,意在为自己抱屈。

　　本文形式上是一篇诗序,内容上却是一篇山水游记。自感在官场上拙于表现,以致被贬谪蛮荒之地,满腹的冤情和牢骚,只借一"愚"字,哭诉英雄失路之感。文章以"愚"字为字眼,借题发挥,前半由不愚写愚,后半又由愚写不愚,横说竖说,转换变化,点染摹画,成一篇奇绝文章。

始得西山宴游记〔1〕

　　自余为僇人〔2〕,居是州,恒惴栗〔3〕。其隟也〔4〕,则施施而行〔5〕,漫漫而游〔6〕。日与其徒上高山,入深林,穷回溪,幽泉怪石,无远不到。到则披草而坐,倾壶而醉,醉则更相枕以卧,卧而梦,意有所极,梦亦同趣[7]。觉而起,起而归,以为凡是州之山水有异态者,皆我有也,而未始知西山之怪特[8]。

今年九月二十八日,因坐法华西亭[9],望西山,始指异之。遂命仆人过湘江[10],缘染溪[11],斫榛莽[12],焚茅茷[13],穷山之高而止。攀援而登,箕踞而遨[14],则凡数州之土壤皆在衽席之下[15]。其高下之势,岈然洼然[16],若垤若穴[17],尺寸千里。攒蹙累积[18],莫得遁隐[19]。萦青缭白[20],外与天际,四望如一。然后知是山之特出,不与培塿为类[21]。悠悠乎与灏气俱而莫得其涯[22],洋洋乎与造物者游而不知其所穷[23],引觞满酌,颓然就醉,不知日之入。苍然暮色,自远而至,至无所见,而犹不欲归。心凝形释[24],与万化冥合[25],然后知吾向之未始游,游于是乎始,故为之文以志。是岁,元和四年也。

【注释】

〔1〕西山:在永州城西五里。

〔2〕僇(lù)人:谓当加刑戮的人,后泛指罪人。

〔3〕惴栗:恐惧而战栗。

〔4〕隟:同“隙”,空闲。

〔5〕施(yí)施:缓行的样子。

〔6〕漫漫:平缓的样子。又放任,放纵。

〔7〕同趣:同一旨趣,同一情志。

〔8〕怪特:奇怪特别。

〔9〕法华西亭:即法华寺西亭,为柳宗元建,有《永州法华寺新作西

122

亭记》一文,云:"法华寺居永州,地最高……余时谪为州司马,官外常员,而心得无事,乃取官之禄秩以为其亭,其高且广,盖方丈者二焉。"

〔10〕湘江:源出广西,流入湖南,为湖南境内最大的河流。

〔11〕染溪:冉溪的别名,柳宗元后改为愚溪,在湖南永州西南。

〔12〕榛莽:杂乱丛生的草木。榛,落叶灌木或小乔木,叶子互生,圆卵形或倒卵形,春日开花,雌雄同株,雄花黄褐色,雌花红紫色。

〔13〕茅筏:茅草。筏(fá),草叶茂盛的样子。

〔14〕箕踞(jù):一种轻慢、不拘礼节的坐姿。即随意张开两腿坐着,形似簸箕。

〔15〕衽席:床褥与莞簟,泛指卧席。又指宴席,座席。

〔16〕岈:深。又指山谷。洼:深池,低凹。

〔17〕垤(dié):蚁冢,蚂蚁做窝时堆积在洞口周匝的浮土。小土堆。

〔18〕攒蹙:紧密聚集。

〔19〕遁隐:隐藏。

〔20〕萦青缭白:谓青水白云,萦绕其间。

〔21〕培塿(lǒu):小土丘。

〔22〕灏气:弥漫在天地间之气。

〔23〕洋洋:盛大的样子,广远无涯的样子。

〔24〕心凝形释:精神专注,达到忘形的境界。

〔25〕冥合:暗合。

【评析】

柳宗元贬居永州,往往寄情于山水,多有记文,代表作有"永州八记",此篇为八记之首,作于唐宪宗元和四年(809)。

前部分叙写得西山之由。自云戴罪永州,百无聊赖之馀,穷尽永州山水胜景,"凡是州之山有异态者,皆我有也"。而末句"未始知西山之怪特",把前文所云的永州美景全盘否定,引起人们对西山奇异美景的向往,悬念顿生。后部分专写西山的形胜,在西山的高点,视野开阔,身处尺幅之地,胸有千里之感,超然物外、遗世独立的豪气油然而生。"心凝形释，与万化冥合"，西山游赏，摹写情景入化，不仅仅是风光的奇异，更重要的是可令人澄怀净虑，与天地精神独往来，达到物我同一的境界。

"始得"二字统领全文。前有"未始知西山之怪特"，"未始"二字为欲擒故纵计，暗伏有出人意料的惊喜，为下文作铺垫。中间"望西山，始指异之"，"始"回应"始得"，点明西山景致的奇异，挑明惊喜。末后"然后知吾向之未始游，游于是乎始"，连用二个"始"字，宴游西山的惬意感洋溢字里行间。

钴鉧潭西小丘记[1]

得西山后八日，寻山口西北道二百步[2]，又得钴鉧潭。西二十五步，当湍而浚者[3]，为鱼梁[4]。梁之上有丘焉，生竹树。其石之突怒偃蹇[5]，负土而出[6]，争为奇状者，殆不可数。其嵚然相累而下者[7]，若牛马之饮于溪；其冲然角列而上者[8]，若熊罴之登于山[9]。

丘之小，不能一亩，可以笼而有之。问其主，曰："唐氏之弃地，货而不售[10]。"问其价，曰："止四百。"余怜而售之，李深源、元克己时同游[11]，皆大喜，出自意外。即更取器用，铲刈秽草[12]，伐去恶木，烈火而焚之。嘉木立，美竹露，奇石显。由其中以望，则山之高，云之浮，溪之流，鸟兽之遨游，举熙熙然回巧献技[13]，以效兹丘之下。枕席而卧，则清泠之状与目谋[14]，潜潜之声与耳谋[15]，悠然而虚者与神谋，渊然而静者与

124

心谋[16]。不匝旬而得异地者二[17]，虽古好事之士或未能至焉。

噫！以兹丘之胜，致之沣、镐、鄠、杜[18]，则贵游之士争买者日增千金而愈不可得[19]。今弃是州也，农夫渔夫过而陋之，贾四百[20]，连岁不能售，而我与深源、克己独喜得之，是其果有遭乎？书于石，所以贺兹丘之遭也。

【注释】

〔1〕钴鉧：即熨斗，谓潭的形状似熨斗，故云钴鉧潭。作者写有《钴鉧潭记》一文，为"永州八记"之一。

〔2〕寻：循着。

〔3〕当：底本作"常"，据中国书店影印世界书局 1935 年《柳河东全集》改。湍：水势急而旋。浚：深。

〔4〕鱼梁：拦截水流以捕鱼的设施，以土石筑堤横截水中，如桥，留水门，置竹笋或竹架于水门处，拦捕游鱼。

〔5〕突怒：突起的样子。偃蹇：高耸的样子。

〔6〕负土：背土。

〔7〕嵚然：形容山石突出。

〔8〕冲然：突出的样子。

〔9〕罴（pí）：熊的一种，俗称人熊或马熊。

〔10〕货：卖。

〔11〕李深源：名幼清，曾任太府卿。元克己：曾任侍御史。

〔12〕铲刈：铲削芟刈。秽草：杂草，恶草。

〔13〕熙熙：和乐的样子。回：运行。

〔14〕清泠：清凉寒冷。

〔15〕潆潆：水流回旋。

〔16〕渊：深邃，深沉。

〔17〕匝:绕,环绕。

〔18〕澧、镐、鄠、杜:均古地名。澧,今陕西西安市鄠邑区;镐,今陕西西安市长安区;鄠,今陕西西安市鄠邑区;杜,今陕西西安市长安区。四地均为唐代帝都近郊豪贵们的居住地。

〔19〕贵游:指无官职的王公贵族,也泛指显贵者。

〔20〕贾:同"价"。

【评析】

此为"永州八记"之一,文中有"不匝旬而得异地者二"云云,知此文作于元和四年。

土丘虽然小,但石块丛列,突起高耸,或像牛马饮水于溪流中,或如熊罴攀登于高山,俯仰之间,姿态横生,比喻形象贴切,描绘逼真传神。以此说明小土丘看似不起眼,却是如此不平凡。在介绍小丘的特异风貌后,笔调突然一转,借他人之口,云小丘为"弃地","货而不售"已多年,难道是小丘没有特色?而一句"怜而售之",又启人疑窦。"怜"是疼爱的意思,那么小丘的可爱之处又在什么地方呢?经作者等一番清理后,"嘉木立,美竹露,奇石显",这是静态的写照;"山之高,云之浮,溪之流,鸟兽鱼之遨游,举熙熙然回巧献技",这是动态的描绘。小丘的活力油然而生。至于在小丘"枕席而卧","目谋"为小丘清凉寒冷的景象,"耳谋"为小丘潺潺的水声,"神谋"、"心谋",澄心净虑,神游八方,表达了强烈的超尘脱俗的愿望。

小丘绝世形胜,却被遗弃在穷荒僻壤之中,无人赏识。作者"怜而售之",这个"怜",又是同病相怜的意思。小丘的不幸,是作者怀才不遇的写照,末句"贺兹丘之遭",实际上是为自己英雄失路而感伤。以乐写悲,自导自演,变幻百出,尤觉辛酸。

至小丘西小石潭记

从小丘西行百二十步,隔篁竹[1],闻水声,如鸣佩环[2],心乐之。伐竹取道,下见小潭,水尤清冽[3]。泉石以为底,近岸,卷石底以出[4],为坻[5],为屿[6],为嵁[7],为岩。青树翠蔓,蒙络摇缀[8],参差披拂[9]。

潭中鱼可百许头,皆若空游无所依。日光下澈,影布石上,怡然不动[10],俶尔远逝[11],往来翕忽[12],似与游者相乐。

潭西南而望,斗折蛇行,明灭可见[13]。其岸势犬牙差互[14],不可知其源。

坐潭上,四面竹树环合,寂寥无人,凄神寒骨[15],悄怆幽邃[16]。以其境过清,不可久居,乃记之而去。同游者,吴武陵、龚古、余弟宗玄[17],隶而从者[18],崔氏二小生[19]:曰恕己,曰奉壹。

【注释】

〔1〕篁竹:竹名。又指竹丛。

〔2〕佩环:玉质佩饰物。

〔3〕清冽:清澄而寒冷,清凉。

〔4〕卷石底以出:谓底部的石块卷曲而出。

〔5〕坻(chí):水中小洲或高地。

〔6〕屿(yǔ):小岛。

〔7〕嵁(kān):悬崖峭壁。

〔8〕蒙络:蒙盖连接,笼罩。

〔9〕参差:不齐貌。披拂:吹拂,飘动。

〔10〕怡然:安适自在貌,喜悦貌。

〔11〕俶(chù)尔:犹倏尔,忽然。

〔12〕翕忽:犹倏忽,急速的样子。

〔13〕"斗折蛇行"二句:谓溪流像北斗星一样曲折,又如蛇一样蜿蜒地前行,或隐或现。

〔14〕差互:交错,错杂。

〔15〕凄神:谓触景生情,引起凄凉情绪。

〔16〕悄怆:忧伤,凄凉。

〔17〕吴武陵(?—835):初名侃,江西信州人。宪宗元和二年进士,拜翰林学士。太和初,为太学博士,后出为韶州刺史。龚古:行迹不详。宗玄:柳宗元的堂弟。

〔18〕隶:隶属,附属。

〔19〕崔氏:即崔简(772—812),字子敬,博陵人。柳宗元姊夫。德宗贞元五年进士,历任山南西道节度掌书记、刑部员外郎、连州刺史。元和五年,转永州刺史。元和七年正月卒于骧州。其子崔处道、崔守讷护丧北上,不幸溺死。此文中云恕己、奉壹,不知是否即崔处道、崔守讷。小生:指新学后进。

【评析】

此为"永州八记"之一,善于体物绘景是这篇游记小品的特色。其一,写石潭:"泉石以为底,近岸,卷石底以出,为坻,为屿,为嵁,为岩。"摹写石潭的结构,如刀刻一般,棱角分明,精细逼真,给人以深刻的印象。其二,写游鱼:"鱼可百许头,皆若空游无所依。日光下澈,影布石上,怡然不动,俶尔远逝,往来翕忽,似与游者相乐。"写鱼儿行游之妙,体物精微,出神入化。其三,写潭流:"斗折蛇行,明灭可见。其岸势犬牙差互,不可知其源。"流水细长曲折,穿行于怪石之间。

《庄子·秋水》载："庄子与惠子游于濠梁之上,庄子曰:'鯈鱼出游从容,是鱼之乐也。'惠子曰:'子非鱼,安知鱼之乐?'庄子曰:'子非我,安知我不知鱼之乐?'惠子曰:'我非子,固不知子矣;子固非鱼也,子之不知鱼之乐全矣。'"这是一段非常有趣的对话,说明知心的不易。柳氏写游鱼的一节文字,结云"似与游者相乐"云云,当用《庄子》文意。游山玩水,看似消闲游乐,表面的潇洒,难掩贬谪时期的孤怀苦心。

小石城山记

自西山道口径北[1],逾黄茅岭而下有二道:其一西出,寻之无所得;其一少北而东[2],不过四十丈,土断而川分,有积石横当其垠[3]。其上为睥睨梁欐之形[4],其旁出堡坞[5],有若门焉,窥之正黑[6],投以小石,洞然有水声[7],其响之激越[8],良久乃已。环之可上,望甚远,无土壤而生嘉树美箭[9],益奇而坚,其疏数偃仰[10],类智者所施设也。

噫!吾疑造物者之有无久矣,及是愈以为诚有。又怪其不为之于中州[11],而列是夷狄[12],更千百年不得一售其伎[13],是固劳而无用,神者傥不宜如是[14],则其果无乎?或曰:"以慰夫贤而辱于此者。"或曰:"其气之灵,不为伟人,而独为是物,故楚之南少人而多石。"是二者,余未信之。

〔1〕西山:详柳宗元《始得西山宴游记》注〔1〕。

〔2〕少:稍,略。

〔3〕垠(yín):边,界。

〔4〕睥睨(pì nì):城墙上锯齿形的短墙,女墙。梁栭(lì):房屋的栋梁。

〔5〕堡:土石筑的小城,堡垒。坞:小型的城堡。

〔6〕正黑:纯黑色。

〔7〕洞然:穿透的样子,清楚明了的样子。

〔8〕激越:高亢清远。

〔9〕箭:指箭竹,竹的一种,高近丈,节间三尺,坚劲,可制箭。

〔10〕疏数:稀疏和密集。

〔11〕中州:指中原地区,广义的是指整个黄河流域,狭义的是指今河南一带。此指前者,宋以前中国统治的领域主要是在中原地区。

〔12〕夷狄:详韩愈《原道》注〔51〕。

〔13〕更:经历。伎:技艺,才能。此指美景。

〔14〕傥:同"倘",或许,也许,假如。

【评析】

  小石城山,即似城墙般绵延的石山,形状似女墙,似栋梁,似城堡,有门,鬼斧神工,天然精巧。更出奇的是"无土壤而生嘉树美箭",竹木或疏散,或密集,或偃卧,或高仰,姿态横生,点缀其间,一派生机盎然,小石城山的魅力和神秘感油然而生。借题发挥,是永州八记的共同点。本文也是如此,"以慰夫贤而辱于此者",借山水以自遣,不遇的惆怅,失路的悲伤,这种思绪总是飘忽字里行间。

  永州八记大体由两块组成,一是以西山为中心的辐射,有钴鉧潭,有小土丘,有小石潭。一是以袁家渴为中心的辐射,有石渠,有石涧。作为永州八记的最后一篇,本文又回到了对西山风光延伸的描绘，这个风光不是水，而是石山，回应首篇西山，似有收束这一系列游记的意图。

答韦中立论师道书[1]

二十一日，宗元白：辱书云欲相师[2]，仆道不笃[3]，业甚浅近，环顾其中[4]，未见可师者。虽常好言论，为文章，甚不自是也。不意吾子自京师来蛮夷间[5]，乃幸见取。仆自卜固无取[6]，假令有取，亦不敢为人师。为众人师且不敢，况敢为吾子师乎？

孟子称"人之患在好为人师[7]"，由魏、晋氏以下，人益不事师。今之世不闻有师，有辄哗笑之[8]，以为狂人。独韩愈奋不顾流俗，犯笑侮[9]，收召后学，作《师说》，因抗颜而为师[10]。世果群怪聚骂，指目牵引[11]，而增与为言辞[12]。愈以是得狂名，居长安[13]，炊不暇熟，又挈挈而东[14]，如是者数矣。屈子赋曰："邑犬群吠，吠所怪也。"[15]仆往闻庸蜀之南[16]，恒雨少日，日出则犬吠，余以为过言[17]。前六七年，仆来南，二年冬，幸大雪，逾岭被南越中数州[18]，数州之犬皆苍黄吠噬[19]，狂走者累日，至无雪乃已，然后始信前所闻者。今韩愈既自以为蜀之日，而吾子又欲使吾为越之雪，不以病乎？非独见病，亦以病吾子。然雪与日岂有过哉？顾吠者，犬耳。度今天下不吠者几人，而谁敢衒怪于群目，以召闹取怒乎[20]？

仆自谪过以来[21]，益少志虑[22]。居南中九年[23]，增脚气病[24]，渐不喜闹，岂可使呶呶者早暮咈吾耳、骚吾心[25]？则固僵仆烦愦[26]，逾不可过矣。平居望外，遭齿舌不少[27]，独欠为人师耳。抑又闻之古者重冠礼[28]，将以责成人之道，是圣人所尤用心者也，数百年来，人不复行。近有孙昌胤者[29]，独发愤行之，既成礼，明日造朝至外廷[30]，荐笏言于卿士曰[31]："某子冠毕。"应之者咸怃然[32]。京兆尹郑叔则怫然曳笏却立[33]，曰："何预我邪？"廷中皆大笑，天下不以非郑尹而快孙子[34]，何哉？独为所不为也，今之命师者大类此。

吾子行厚而辞深[35]，凡所作皆恢恢然有古人形貌[36]，虽仆敢为师，亦何所增加也？假而以仆年先吾子[37]，闻道著书之日不后，诚欲往来言所闻，则仆固愿悉陈中所得者。吾子苟自择之，取某事去某事，则可矣。若定是非以教吾子，仆材不足，而又畏前所陈者，其为不敢也决矣。吾子前所欲见吾文，既悉以陈之，非以耀明于子，聊欲以观子气色诚好恶何如也。今书来，言者皆大过，吾子诚非佞誉诬谀之徒[38]，直见爱甚故然耳。

始吾幼且少，为文章以辞为工。及长，乃知文者以明道[39]，是固不苟为炳炳烺烺[40]，务采色、夸声音而以为能也[41]。凡吾所陈，皆自谓近道，而不知道之果近乎？远乎？吾子好道而可吾文，或者其于道不远矣。故吾每为文章，未尝敢以轻心掉之[42]，惧其剽而不留也[43]；未尝敢以怠心易之[44]，惧其弛而不严也；未尝敢以昏气出之[45]，惧其昧没而杂也[46]；未尝敢以矜气作之[47]，惧其偃蹇而骄也[48]。抑之欲其奥，扬之欲其明，疏之欲其通，廉之欲其节。激而发之欲其清，固而存之欲其重[49]。此吾所以羽翼夫道也[50]。本之《书》以求其质，本之《诗》以求其恒，本之《礼》以求其宜，本之《春秋》以求其断，本之《易》以求其动[51]。此吾所以取道之原也。参之穀梁氏以厉其气[52]，参之《孟》、《荀》以畅其支[53]，参之《老》、《庄》以肆其端[54]，参之《国语》以博其趣[55]，参之《离骚》以致其幽[56]，参之太史以著其洁[57]，此吾所以旁推交通而以为之文也[58]。凡若此者，果是邪？非邪？有取乎？抑其无取乎？吾子幸观焉，择焉，有徐以告焉。苟亟来以广是道[59]，子不有得焉，则我得矣，又何以师云尔哉？取其实而去其名，无招越、蜀吠怪，而为外廷所笑，则幸矣！宗元白。

【注释】

〔1〕韦中立：宪宗元和十四年进士。

〔2〕辱：谦词，犹承蒙。

〔3〕仆道不笃：谓道行不深厚。

〔4〕环顾其中：谓全面考察自己。

〔5〕吾子：对对方的敬爱之称，一般用于男子之间。蛮夷：古代对四方边远地区少数民族的泛称，亦专指南方少数民族。

〔6〕仆：自称的谦词。卜：推断，预料。

〔7〕"人之"句：见《孟子·离娄上》。

〔8〕哗笑：哗然取笑。

〔9〕笑侮:嘲笑戏弄。

〔10〕抗颜:犹正色,谓态度严正。

〔11〕指目:手指而目视。牵引:牵制;株连,连累。

〔12〕增与为言辞:谓添油加醋地非议着。

〔13〕长安:今陕西西安。

〔14〕挈(qiè)挈:急切的样子。

〔15〕"屈子"三句:《楚辞·怀沙》云:"邑犬之群吠兮,吠所怪也。"此喻贤能俊士的言行往往会引起世俗人的不理解,从而引起众人的诋毁诽谤。

〔16〕庸蜀:泛指四川,庸、蜀均古国名,庸在川东夔州一带,蜀在成都一带。

〔17〕过言:过分夸大、过于激切的言论。

〔18〕岭:指五岭,大庾岭、越城岭、骑田岭、萌渚岭、都庞岭的总称,位于今江西、湖南、广东、广西四省之间,是长江与珠江流域的分水岭。南越:亦作南粤,古地名,今广东、广西一带。

〔19〕苍黄:匆促,慌张。

〔20〕"而谁敢"二句:谓有谁敢在众人面前衔耀怪异的事情以招惹吵闹和愤怒呢?

〔21〕谪过:因罪过而被贬谪。

〔22〕志虑:精神,思想。

〔23〕南中:指川南和云贵一带,又指岭南地区。泛指南方,南部地区。

〔24〕脚气病:双脚软弱无力,亦称软脚病。

〔25〕呶(náo)呶:多言,喋喋不休。咈(fú):违背,违逆。骚:骚扰,又忧愁。

〔26〕烦愦:心烦意乱。

〔27〕齿舌:口舌,非议。

〔28〕冠礼:古代男子二十岁举行的加冠之礼,表示成人。

〔29〕孙昌胤:唐玄宗天宝年间进士。

〔30〕造朝:进谒,朝觐。外廷:亦作外庭,国君听政的地方,对内廷、禁中而言。

〔31〕荐笏:即插笏,古代君臣朝见时均执笏,用以记事备忘,不用时插于腰带上。又引申指朝见。荐,通"搢",插。笏,古代臣子朝见君时所执的狭长板子,用玉、象牙、竹木制成,也叫手板,后世惟品官执之。乡士:乡绅。

〔32〕怃(wǔ)然:怅然失意的样子。又惊愕的样子。

〔33〕京兆尹:汉代京畿的行政区域,为三辅之一。在今陕西西安以东至华州之间,后因以称京都。郑叔则(722—792):郑州荥阳人,未冠以明经擢第,以银青光禄大夫转京兆尹,贬永州长史,拜信州刺史。佛(fèi)然:愤怒的样子。却立:后退站立。

〔34〕怏:勉强,强求。

〔35〕行厚:德行笃厚。

〔36〕恢恢:宽宏大度的样子。

〔37〕假而:假如。

〔38〕佞誉:曲意赞美。诬谀:以不实之词奉承人。

〔39〕明道:阐明治道,阐明道理。

〔40〕炳炳烺烺:文采鲜明的样子。

〔41〕采色:颜色绚丽,此指文饰色彩。

〔42〕掉:弄,卖弄。

〔43〕剽(piāo):轻浮,浅薄。不留:谓缺乏含蓄。

〔44〕易:轻视。

〔45〕以昏气出之:谓以昏乱的思想表达。

〔46〕昧没:犹隐晦。

〔47〕以矜气作之:谓以自大的态度作文。

〔48〕偃蹇(yǎn jiǎn):高耸的样子。此指骄傲,傲慢。

〔49〕"抑之欲其奥"六句:谓约束是想使文章写得深奥,张扬是想使文章写得明快,疏通是想要文章写得通畅,精简是想使文章写得有节次。激扬而奋发是想使文章清新,凝炼而厚积是想使文章典重。固,凝重。

存,积聚。

〔50〕羽翼:比喻辅佐,维护。

〔51〕"本之《书》"五句:以《尚书》为根本以追求质朴的文风,以《诗经》为根本以追求永恒的情理,以《礼》为根本以追求言行的得体,以《春秋》为根本以追求是非的评断,以《易经》为根本以追求万物的变动。

〔52〕穀梁氏:字元始,战国时鲁人。著《穀梁传》,与《左传》、《公羊传》同为解说《春秋》的书。厉:"砺"的古字,粗磨石,此指磨砺。

〔53〕支:支脉,谓《孟子》、《荀子》为宣扬儒家经典的支流。

〔54〕端:即端崖、端涯,边际。《庄子·天下》:"荒唐之言,无端崖之辞。"谓行文不受拘束。

〔55〕《国语》:是中国最早的一部国别史著作。记录了周朝王室和鲁国、齐国、晋国、郑国、楚国、吴国、越国等诸侯国的历史。博其趣:扩充文章的情趣。

〔56〕《离骚》:是战国时期楚国诗人屈原的代表作,是中国古代诗歌史上最长的一首浪漫主义的抒情诗。致其幽:极尽文章的幽微。

〔57〕太史:指司马迁。详韩愈《送孟东野序》注〔23〕。著(zhù)其洁:显扬文章的简洁。著,卓著,明显。

〔58〕旁推:由此及彼地推论。交通:交相通达。

〔59〕亟(qì):屡次,一再。

【评析】

韩愈《师说》一文说明了教师存在的必要性;在这封信里,柳宗元阐明了为师之道的重要性。

信中以孟子云"人之患在好为人师"为引子,说明好为人师是人的本性。魏、晋以来,"好为人师"的风气难觅其踪,如有,反倒被世人看成怪异的事,责难讥讽,不一而足。而世人的态度,如群犬狂吠,往往是不明就里,瞎凑热闹的多。世俗嘲讽好为人师者,也不过是如此,大惊小怪,附庸折腾,造谣生事,惟恐天下不乱。自己如冒天下之大不韪,抗颜为师,难道不会遭到如同韩愈一样的围攻和非议吗？信中又以孙昌胤特立独行，招致世人的嗤议为例，说明世人多是固步自封，世俗的偏见往往会成为杀人无形的刀子。同时作者也结合自身修学的过程及心得，说明为人之师不是件容易的事，想成为他人之"师"，自己先得有资本。具体而言是以儒家经典著作为学习的根本，涵养德行，端正文风。再参以先秦诸子文章，以及《国语》、《离骚》、《史记》等著作，用以增强文章的情趣和文采。

文中前半谈的是"名"的问题，后半讲的是"实"的问题，所谓名实是否相称的话题。前半辞"师"之名，是因为世风日下，师道得不到尊重，公然为人之师，怕引火烧身，可能会得不偿失。后半示"师"之实，强调师道不可废弃。末云"取其实而去其名"，说明作者并不忌讳为人之师，去其虚名，而得其实，同样可达到目的。文章围绕着为人之师的"名"与"实"作文章，展开论述，行文曲折顿挫，论说酣畅淋漓。

欧阳修

欧阳修(1007—1072),字永叔,号醉翁,晚号六一居士,吉州永丰(今江西永丰县)人。宋仁宗天圣八年(1030)进士。历官翰林学士、枢密副使、参知政事,卒谥文忠。此据《四部备要》本欧阳修《欧阳文忠公全集》录文十七篇,又据《四部备要》本欧阳修《新五代史》录《五代史伶官传序》一文。

秋 声 赋

欧阳子方夜读书[1],闻有声自西南来者[2],悚然而听之[3],曰:"异哉!"初淅沥以萧飒[4],忽奔腾而砰湃[5],如波涛夜惊,风雨骤至。其触于物也,铮铮铮铮[6],金铁皆鸣[7],又如赴敌之兵衔枚疾走[8],不闻号令,但闻人马之行声。余谓童子:"此何声也?汝出视之。"童子曰:"星月皎洁,明河在天[9]。四无人声,声在树间。"

余曰:噫嘻,悲哉!此秋声也,胡为而来哉[10]?盖夫秋之为状也:其色惨淡,烟霏云敛[11];其容清明,天高日晶[12];其气栗冽[13],砭人肌骨[14];其意萧条,山川寂寥。故其为声也,凄凄切切,呼号愤发[15]。丰草绿缛而争茂[16],佳木葱茏而可悦[17]。草拂之而色变,木遭之而叶脱。其所以摧败零落者[18]，乃其一气之馀烈[19]。夫秋，刑官也[20]，于时为阴[21]；又兵象也[22]，于行为金[23]。是谓天地之义气[24]，常以肃杀而为心[25]。天之于物，春生秋实[26]，故其在乐也，商声主西方之音，夷则为七月之律[27]。商，伤也，物既老而悲伤；夷，戮也，物过盛而当杀。

嗟乎！草木无情，有时飘零。人为动物，惟物之灵，百忧感其心，万事劳其形，有动于中，必摇其精[28]。而况思其力之所不及，忧其智之所不能。宜其渥然丹者为槁木[29]，黝然黑者为星星[30]，奈何以非金石之质欲与草木而争荣？念谁为之戕贼[31]，亦何恨乎秋声？"

童子莫对，垂头而睡。但闻四壁虫声唧唧，如助余之叹息。

【注释】

〔1〕欧阳子：作者自谓。

〔2〕西南来：《太平御览》卷九《易纬》云："立秋，凉风至。"注："西南方风。"按：古人以四季配四方，即春、夏、秋、冬依次配东、南、西、北，秋属西方。

〔3〕悚然：惶恐不安的样子，肃然恭敬的样子。

〔4〕淅沥：象声词，形容雪霰、风雨、落叶等的声音。萧飒：形容风雨吹打草木发出的声音。

〔5〕砰湃：象声词，形容水流汹涌、暴雨等声。

〔6〕铮（cōng）铮：象声词，形容金属等物相撞击声。铮铮：象声词，常形容金、玉等物的撞击声。

〔7〕金铁皆鸣：谓声音如金铁齐鸣。

〔8〕衔枚：横衔枚于口中，以防喧哗或叫喊。枚，形如筷子，两端有

带,可系于颈上。

〔9〕明河:天河,银河。

〔10〕胡为:何为,为什么。

〔11〕烟霏云敛:云烟弥漫聚集。

〔12〕日晶:太阳明亮。

〔13〕栗冽:寒冷。

〔14〕砭(biān):古代治病用的石针,指用石针刺穴治病,引申为刺。

〔15〕愤发:奋发,发怒。

〔16〕绿缛:形容草木繁茂。

〔17〕葱茏:形容草木青翠而茂盛。

〔18〕摧败:折损,损坏。

〔19〕"乃其"句:谓就是凭借它一时气势的馀威。

〔20〕刑官:掌刑法的官吏。按:《周礼》有秋官,为六官之一,掌刑狱。与后代刑部相当,唐武则天曾一度改刑部为秋官。

〔21〕于时为阴:古代以四时配阴阳,春夏为阳,秋冬为阴。

〔22〕兵象:战争的征象。

〔23〕于行为金:古人以五行配四季,即木、火、土、金、水五行依次配春、夏、季夏、秋、冬四季,秋属金。

〔24〕义气:谓刚正之气。

〔25〕肃杀:严酷萧瑟的样子,多用以形容深秋或冬季的天气和景色。

〔26〕春生秋实:谓春天生长,秋天结果。

〔27〕"商声"二句:《礼记·月令》:"孟秋之月……其音商,律中夷则。"孟秋即七月。按:古人以五音配四季,即角、徵、宫、商、羽依次配春、夏、季夏、秋、冬四季,秋属商音。夷则,十二律之一,十二律为古乐十二调,包括阴律六吕,阳律六律,夷则为阳律的第五律。

〔28〕"有动"二句:谓心中有感动,必然会搅乱他的精神。

〔29〕渥然丹者:即渥丹,润泽光艳的朱砂,多形容红润的面色。渥,沾湿,光润,光泽。

〔30〕黟然黑者:即黟黑,青黑色,漆黑。星星:头发花白的样子。晋

140

左思《白发赋》："星星白发,生于鬓垂。"又借指白发。

〔31〕戕贼:摧残,破坏。

【评析】

宋玉《九辩》有"悲哉,秋之为气"云云,悲秋成了历代文学作品中的一个母题。秋天的来到,意味着生命活力渐渐地逝去,以至终结,因而带给人们的多是悲伤。

秋声是无形的,文中分别从秋色、秋容、秋气、秋意四个方面描绘了秋声的悲情惨状。天人感应,为古人所认同。秋天草本凋零,生命的气息行将终结,因此死刑安排在秋天,发动战争也在秋天。秋天代表着悲伤,秋声意味着悲哀。所以一到秋天,悲秋的情感就油然而生,自伤衰老,就成了人之常情。"渥然丹者为槁木,黟然黑者为星星",红润的面容变得憔悴,乌黑的头发变得苍白。不同的是草木有枯有荣,可以周而复始,人却不能这样,所以哀伤是难以避免的。

文中模写秋声极尽变幻,先虚写,后实写,一虚一实,穷尽秋声的物态情状。首段童子的无心作答,末段童子的酣睡不应。童子的天真烂漫,对"悲秋"的无意识,与作者的叹老嗟衰形成强烈的反差,谐趣横生。至于末句以"虫声唧唧",点明秋声,收束全文,无穷的惆怅,又归结到悲秋之上。

赋是古代的一种文体,讲求文采和韵律,是兼有诗与散文性质的。先秦有骚体赋,两汉有辞体赋,六朝有骈体赋,唐有律体赋。至北宋则有散体赋,称文赋,也就是用散文的句式来写赋,但仍行以韵律,读来琅琅有味,这是欧阳修等人开创的。

憎 苍 蝇 赋

苍蝇,苍蝇,吾嗟尔之为生。既无蜂虿之毒尾[1],

又无蚊虻之利觜[2]。幸不为人之畏,胡不为人之喜[3]。尔形至眇,尔欲易盈[4]。杯盂残沥,砧几馀腥[5]。所希秒忽,过则难胜[6]。苦何求而不足,乃终日而营营[7]。逐气寻香,无处不到。顷刻而集,谁相告报。其在物也虽微,其为害也至要。

若乃华榱广厦[8],珍簟方床[9]。炎风之燠[10],夏日之长。神昏气蹙[11],流汗成浆。委四支而莫举[12],眊两目其茫洋[13]。惟高枕之一觉[14],冀烦歊之暂忘[15]。念于尔而何负,乃于吾而见殃。寻头扑面,入袖穿裳。或集眉端,或沿眼眶。目欲瞑而复警,臂已痹而犹攘[16]。于此之时,孔子何由见周公于仿佛,庄生安得与蝴蝶而飞扬[17]。徒使苍头丫髻[18],巨扇挥飏[19]。咸头垂而腕脱[20],每立寐而颠僵[21]。此其为害者一也。

又如峻宇高堂[22],嘉宾上客[23]。沽酒市脯[24],铺筵设席。聊娱一日之馀闲,奈尔众多之莫敌。或集器皿,或屯几格[25]。或醉醇酎[26],因之没溺[27]。或投热羹,遂丧其魄。谅虽死而不悔[28],亦可戒夫贪得。尤忌赤头,号为景迹[29]。一有沾污,人皆不食。奈何引类呼朋,摇头鼓翼。聚散倏忽[30],往来络绎。方其宾主献酬[31],衣冠俨饰[32];使吾挥手顿足,改容失色。于此之时,王衍何暇于清谈[33],贾谊堪为之太息[34]。此其为害者二也。

又如醯醢之品[35],酱齑之制[36]。及时月而收藏,谨瓶罂之固济[37]。乃众力以攻钻,极百端而窥觊[38]。

至于大臠肥牲[39]，嘉肴美味。盖藏稍露于罅隙[40]，守者或时而假寐[41]，才稍怠于防严，已辄遗其种类。莫不养息蕃滋，淋漓败坏。使亲朋卒至[42]，索尔以无欢[43]；臧获怀忧[44]，因之而得罪。此其为害者三也。

是皆大者，馀悉难名。呜呼！止棘之诗[45]，垂之六经[46]。于此见诗人之博物比兴之为精[47]，宜乎以尔刺谗人之乱国，诚可嫉而可憎。

【注释】

〔1〕虿（chài）：蝎子一类的毒虫。

〔2〕虻（méng）：昆虫名，种类很多，吮吸人、畜的血液。觜（zuǐ）：鸟嘴，泛指形状或作用像嘴的东西。

〔3〕胡：为什么。

〔4〕"尔形"二句：谓形体极其细小，食欲容易满足。尔，你。

〔5〕砧几馀腥：谓砧板几案上残馀带有腥气的食物。

〔6〕"所希"二句：谓希望得到的极其少，过多反而消受不了。杪（miǎo）忽，极小的量度单位，多形容甚少，甚微。

〔7〕营营：象声词。《诗·小雅·青蝇》："营营青蝇，止于樊。"朱熹集传："营营，往来飞声，乱人听也。"又指劳而不知休息，忙碌。

〔8〕华榱（cuī）：雕画的屋椽。广厦：高大的房屋。

〔9〕珍簟：精美的竹席。方床：卧榻。

〔10〕燠（yù）：暖，热。

〔11〕蹙：促急，紧迫。

〔12〕委：随顺，顺从。四支：即四肢。

〔13〕眊（mào）：眼睛失神，视物不清。引申为眼睛眯缝。茫洋：迷芒貌。

〔14〕高枕：枕着高枕头，谓无忧无虑。

〔15〕烦歊（xiāo）：炎热。

143

〔16〕痹:中医指风、寒、湿侵袭肌体导致肢节疼痛、麻木、屈伸不利的病症。攘:排斥,抵御。

〔17〕"孔子"二句:谓难以入睡,故无梦。《论语·述而》:"子曰:甚矣,吾衰也;久矣,吾不复梦见周公。"周公,详韩愈《原道》注〔43〕。又《庄子·齐物论》:"昔者庄周梦为胡蝶,栩栩然胡蝶也,自喻适志与,不知周也;俄然觉,则蘧蘧然周也。不知周之梦为胡蝶与?胡蝶之梦为周与?周与胡蝶则必有分矣,此之谓物化。"

〔18〕苍头:指奴仆。丫鬟:谓梳着丫形发髻,借指童仆。

〔19〕飚:(向上)飞,亦指遁去。

〔20〕咸:皆,都。

〔21〕寐:睡,入睡。颠僵:跌倒。

〔22〕峻宇:高大的屋宇。高堂:高大的厅堂,借指华屋。

〔23〕上客:尊客,贵宾。

〔24〕脯:干肉,干制的果仁和果肉。

〔25〕屯:聚集,积聚。几格:又称几阁,橱架。

〔26〕醇酎(zhòu):味厚的美酒。

〔27〕没溺:沉没。

〔28〕谅:确实,委实。

〔29〕"尤忌"二句:清厉荃《事物异名录·昆虫上·蝇》:"《酉阳杂俎》:蝇赤头者号为景迹。"景迹为赤头蝇的别名。

〔30〕倏忽:顷刻,指极短的时间。

〔31〕献酬:谓饮酒时主客互相敬酒,泛指斟饮。

〔32〕俨:恭敬庄重,庄严。

〔33〕王衍(256—311):字夷甫,琅邪临沂(今属山东)人。西晋重臣,喜谈庄老,为玄学清谈领袖,历任中书令、尚书令、司空、司徒、太尉等。清谈:谓魏晋时期崇尚老庄,空谈玄理的风气,亦称玄谈。清谈重心集中在有无、本末之辨,始于三国魏何晏、夏侯玄、王弼等,至晋王衍辈而益盛,延及齐梁不衰。

〔34〕贾谊(前200—前168):河南洛阳人。西汉初文人,少有才名,

144

文帝时任博士,迁太中大夫,受大臣周勃、灌婴排挤,谪为长沙王太傅。三年后回京,不久亡。在长沙时,渡湘水,作赋以吊屈原。善辞赋,以《吊屈原赋》、《鵩鸟赋》最有名。

〔35〕醯醢(xī hǎi):用鱼肉等制成的酱,因调制肉酱必用盐醋等作料,故称。

〔36〕臡(ní):有骨的肉酱,亦泛指肉酱。

〔37〕"谨瓶罂"句:谓认真封好器皿的口。瓶,盛器,多用于盛水、酒、粟等。罂,古代盛酒或水的瓦器,小口大腹,较缶为大,亦有木制者。又泛指小口大腹的瓶。固济,粘结。

〔38〕窥觊(jì):犹觊觎,谓非分的希望或企图。

〔39〕胾(zì):切成大块的肉。

〔40〕罅隙:缝隙,裂缝。

〔41〕假寐:和衣打盹。

〔42〕卒:突然,后多作"猝"。

〔43〕索尔:索然,空乏貌,引申为无兴味。

〔44〕臧获:古代对奴婢的贱称。

〔45〕止棘之诗:《诗经·小雅·青蝇》:"营营青蝇,止于棘。谗人罔极,交乱四国。"谓嗡嗡叫的苍蝇,落在酸枣树上。进谗言的人喋喋不休,搅乱天下。棘,酸枣树,落叶灌木或乔木,枝上有刺。果实较枣小,味酸。核仁可入药,有健胃、安眠等作用。罔极,无穷尽。谓谗人之言不止。四国,四方邻国,也泛指四方,天下。

〔46〕六经:详韩愈《师说》注〔20〕。

〔47〕博物:通晓众物。比兴:《诗》六义中"比"和"兴"的并称。比,以彼物比此物;兴,先言他物,以引起所咏之辞。比兴为中国古典诗歌创作传统的两种表现手法。

【评析】

宋人叶梦得《避暑录话》卷下云:"欧阳文忠滁州之贬,作《憎蝇赋》。晚以濮庙事,亦厌言者屡困不已,又作《憎蚊赋》。"

欧阳修庆历三年(1043)为右正言知制诰,范仲淹、韩琦、富弼等人推行庆历新政,欧氏成为其中一员,因守旧派的阻挠,新政失败。庆历五年,范、韩、富等相继被贬,欧氏上书分辩,被贬为滁州太守。这次被贬,除因党派因素外,还有"坐言者论张氏事,责知滁州"(宋马永卿《懒真子》卷二)。张氏事,即"盗甥"一事。欧氏有外甥女张氏,为妹夫的前妻所生,妹夫去世后,其妹携孤女来归,时张氏才七岁,后嫁给了欧氏堂侄。张氏与仆人私通,事情败露,告到开封府,张氏诬供与欧阳修有染,欧氏百般辩解,终以"查无实据"了事,但名声大受损。欧氏有《滁州谢上表》(庆历五年十月),多有申辩,云自己为谏官时,"论议多及于贵权,指目不胜于怨怒",即得罪了不少权贵,"攻臣之人,恶臣之甚。苟罹纤过,奚道深文"。这些人借题发挥,小题大做,罗织罪名,造谣中伤,手段卑劣,无所不用其极。"苟令谗巧之愈多,是速倾危于不保",就是自己处境十分危险的写照。

《憎苍蝇赋》一文,就是影射这些人的。苍蝇是令人厌恶的东西,"其在物也虽微,其为害也至要",虽然看起来微不足道,危害却是十分严重的。其危害主要有三。其一,使人不能安稳入眠。炎热夏天,本来入睡就不易,而苍蝇"寻头扑面,入袖穿裳。或集眉端,或沿眼眶",即使有"苍头丫鬟,巨扇挥飚",仍是效果不佳。其二,使人不能安享美味。普通百姓家不用说,即使是豪门大宅,美味佳肴,也是难逃脱苍蝇的追逐,"引类呼朋,摇头鼓翼。聚散倏忽,往来络绎",围攻群聚,无所不用其极,"一有沾污,人皆不食"。看到这,就是山珍海味,也会令人作呕的。其三,败坏人们的储藏。人们储藏食物时是讲究密封和防范的,但苍蝇还是"乃众力以攻钻,极百端而窥觑",只要找到破绽,就"遗其种类","养息蕃滋",即产卵其中,繁衍子孙,给人带来无穷的烦恼。最后引《诗经·小雅·青蝇》一诗,以苍蝇比作进谗言的小人,指出这些人如苍蝇一样总是纠缠在身边,害人害物,令人不快,令人憎恶。英宗治平三年(1066),在论给英宗生父濮安懿王加尊号是用"皇伯"还是用"皇考"时,朝臣出现争议,欧阳修被诋为"首开邪议"之人,又有"谤其私从子妇者"(宋司马光《涑水记闻》卷十六),即云欧氏与其媳妇有染,作者"厌言者屡困不已"。又作《憎蚊赋》,此赋今不见存,当与《憎苍蝇赋》一样,"谤谗始作,大喧群口而可惊"(《滁州谢上表》),想摆脱,却不能,表达了难以应付造谣者的困惑与痛苦。

这篇小赋是比喻体,摹写苍蝇的形态及种种表现,纤毫必现,所谓"赋体物而浏亮(浏亮即清楚明朗意)",托物言志,极言小人乱政误国的危害。

朋 党 论[1]

臣闻朋党之说自古有之,惟幸人君辨其君子小人而已[2]。大凡君子与君子以同道为朋[3],小人与小人以同利为朋[4],此自然之理也。

然臣谓小人无朋,惟君子则有之,其故何哉?小人所好者,禄利也;所贪者,财货也。当其同利之时,暂相党引以为朋者[5],伪也。及其见利而争先,或利尽而交疏,则反相贼害,虽其兄弟亲戚不能相保。故臣谓小人无朋,其暂为朋者,伪也。君子则不然,所守者,道义;所行者,忠信;所惜者,名节。以之修身,则同道而相益;以之事国[6],则同心而共济,终始如一,此君子之朋也。故为人君者,但当退小人之伪朋,用君子之真朋,则天下治矣。

尧之时[7]，小人共工、讙兜等四人为一朋[8]，君子八元、八凯十六人为一朋[9]。舜佐尧[10]，退四凶小人之朋，而进元、凯君子之朋，尧之天下大治。及舜自为天子，而皋、夔、稷、契等二十二人并列于朝[11]，更相称美，更相推让，凡二十二人为一朋，而舜皆用之，天下亦大治。《书》曰：“纣有臣亿万，惟亿万心；周有臣三千，惟一心。”[12]纣之时，亿万人各异心，可谓不为朋矣，然纣以亡国；周武王之臣三千人[13]，为一大朋，而周用以兴。后汉献帝时，尽取天下名士囚禁之，目为党人[14]。及黄巾贼起，汉室大乱，后方悔悟，尽解党人而释之，然已无救矣[15]。唐之晚年，渐起朋党之论[16]。及昭宗时，尽杀朝之名士，或投之黄河，曰：“此辈清流，可投浊流。”[17]而唐遂亡矣。

夫前世之主能使人人异心不为朋，莫如纣；能禁绝善人为朋[18]，莫如汉献帝；能诛戮清流之朋，莫如唐昭宗之世，然皆乱亡其国。更相称美推让而不自疑，莫如舜之二十二臣，舜亦不疑而皆用之，然而后世不诮舜为二十二人朋党所欺[19]，而称舜为聪明之圣者，以辨君子与小人也。周武之世，举其国之臣三千人共为一朋，自古为朋之多且大，莫如周，然周用此以兴者，善人虽多而不厌也[20]。夫兴亡治乱之迹，为人君者，可以鉴矣。

【注释】

〔1〕朋党：指同类的人以恶相济而结成的集团，后指因政见不同而

148

形成的相互倾轧的宗派。

〔2〕幸:希望,期望。

〔3〕以同道为朋:谓因志同道合而结交成为朋友。

〔4〕以同利为朋:以共同的利益而结交成为朋友。

〔5〕党引:结党互为援引。

〔6〕以之事国:谓凭借这参与国家事务。

〔7〕尧:详韩愈《原道》注〔59〕。

〔8〕共工、谨兜:旧传尧时有四臣子共工、谨兜、三苗、鲧,并称为"四凶",被流放于幽州。谨兜,一作"驩兜"。

〔9〕八元:古代传说高辛氏有才子八人,即伯奋、仲堪、叔献、季仲、伯虎、仲熊、叔豹、季狸,忠肃共懿,宣慈惠和,天下之民谓之"八元"。元,善的意思,言其善于事。八凯:亦作"八恺",相传古代高阳氏的八个才子,即苍舒、隤敳、梼戭、大临、尨降、庭坚、仲容、叔达,齐圣广渊,明允笃诚,天下之民谓之"八恺"。恺,和的意思,言其和于物。

〔10〕舜:详韩愈《原道》注〔59〕。

〔11〕皋:即皋陶。详韩愈《送孟东野序》〔9〕。夔:相传舜时人,掌管音乐。稷:相传舜时人,掌管农事。契(xiè):传说为商朝祖先,舜时佐禹治水有功,任为司徒。

〔12〕"《书》曰"五句:《尚书·周书·泰誓上》云:"受有臣亿万,惟亿万心;予有臣三千,惟一心。"纣,商代最后一个君主的谥号,一作受,亦称帝辛,相传是个暴君。

〔13〕周武王:详韩愈《原道》注〔43〕。

〔14〕"后汉"三句:据《后汉书·党锢列传》,东汉桓帝时宦官专权,士大夫李膺、陈蕃等联合太学生郭泰、贾彪等,抨击宦官集团,被诬结为朋党,李膺等二百馀人遭捕,后虽释放,但终身不许做官。灵帝时,李膺等重新起用,与大将军窦武谋诛宦官。事败,膺等百馀人被杀,陆续被处死、流徙、囚禁达六七百人,史称党锢之祸。此处误作汉献帝时事。按:献帝名刘协(181—234),字伯和,汉朝最后一位皇帝。

〔15〕"及黄巾贼起"五句:《后汉书·党锢列传》:"中平元年,黄巾贼

起,中常侍吕强言于帝曰:'党锢久积,人情多怨,若久不赦宥,轻与张角合谋,为变滋大,悔之无救。'帝惧其言,乃大赦党人,诛徙之家皆归故郡。其后黄巾遂盛,朝野崩离,纲纪文章荡然矣。"黄巾,指东汉灵帝中平元年(184),张角所领导的农民起义军,因头包黄巾而得名。

〔16〕"唐之"二句:唐穆宗至宣宗年间,宦官专权,反对宦官的大都遭到排挤打击,如"永贞革新"中的"二王八司马"。而依附宦官的则有牛、李两派,即以牛僧孺为代表的庶族地主和以李德裕为首的世家大族,双方势不两立,互相倾札,争吵不休,始于宪宗,止于宣宗,延续近四十年,史称"牛李党争"。

〔17〕"及昭"四句:《资治通鉴·唐纪八十一》载:昭宣帝天祐二年六月,敕裴枢、独孤损、崔远、陆扆、王溥、赵崇、王赞等赐自尽,时朱全忠聚枢等及朝士贬官者三十馀人于白马驿,一夕尽杀之,投尸于河。初,李振屡举进士,竟不中第,故深疾搢绅之士,言于全忠曰:"此辈常自谓清流,宜投之黄河,使为浊流。"全忠笑而从之。按:昭宣帝指哀帝,为唐代最后一位皇帝。文中误作昭宗。清流,比喻德行高洁负有名望的士大夫。浊流,比喻品格卑污或出身下贱之人。

〔18〕善人:有道德的人,善良的人。

〔19〕诮(qiào):责备,嘲笑,讥刺。

〔20〕厌:满足。

【评析】

据宋人李焘《续资治通鉴长编》卷一百四十八记载:庆历四年四月,仁宗问大臣:"自昔小人多为朋党,亦有君子之党乎?"范仲淹回答说:"苟朋而为善于国家,何害也?"也就是说如果对国家对百姓有益,君子也可结为朋党。仁宗庆历年间,杜衍、富弼、韩琦、范仲淹等执政,欧阳修时为谏官,欲尽革除弊政,共致天下太平。石介作《庆历圣德诗》,言进用贤能、辞退奸邪之不易,奸臣是指夏竦、王拱辰等。夏竦等忌恨在心,因与其同党造谣,视杜衍、范仲淹及欧阳修等为党人,阴谋陷害贤能,先后排斥馆职名士十三人,杜、富、韩、范不安,相继离开京城,到外地任职。内侍蓝元震又上疏,言蔡襄称范仲淹、欧阳修、尹洙、余靖为四贤,四人又引蔡襄以为同列,结为朋党,占据要职,迷误国家。针对这种情况,欧阳修写了多篇文章,如《唐六臣传论》、《论杜衍、范仲淹等罢政事状》、《朋党论》等,《朋党论》就是探讨这个话题的。

文中观点鲜明,指出"小人无朋,惟君子则有之",意思是说小人没有真心的朋友,而君子却有,这是翻新出奇之论。作为一国之君,最忌讳臣子们结为朋党,小人们往往利用这一点搬弄是非,而君子们也极力回避,生怕被人视作结党营私,反而造成被动。为了增强说服力,文中援引史实来说明,君子结为朋党,同心同德,可使政治清明,国家强盛,如尧、舜、周武王统治时。小人结为朋党,各怀异心,会使国家陷入混乱,招致灭亡,如商纣王、汉献帝、唐昭宗统治时。所以国家的盛衰与兴亡,在于君主如何用人。任用君子,有利于统治基业的长久;误用小人,就会把国家引入歧途,祸国殃民。仁宗在位四十馀年,经济繁荣,社会安定,是北宋的太平盛世。庆历年间,已进入了统治的后期,不良风气,诸般弊病,日渐积累,仁宗起用范仲淹等进行改革,最终还是失败了。仁宗后,北宋出现的新党、旧党之争,旧党中之蜀党、洛党、朔党之争,直至北宋灭亡,如同东汉和唐代末年的情形。这恐怕不是仁宗所能料想到的。

文章不说君子无朋,反说君子有朋;不说朋党不可用,反说朋党有可用,这就是其新颖处。反复论述,酣畅委婉。

怪 竹 辩

谓竹为有知乎?不宜生于庑下[1]。谓为无知乎?

乃能避槛而曲全其生^{〔2〕}。

其果有知乎？则有知莫如人。人者，万物之最灵也，其不知于物者多矣。至有不自知其一身者，如骈拇枝指、悬疣附赘^{〔3〕}，皆莫知其所以然也。以人之灵而不自知其一身，使竹虽有知，必不能自知其曲直之所以然也。

竹果无知乎？则无知莫如枯草死骨，所谓蓍龟者是也^{〔4〕}。自古以来大圣大智之人，有所不知者，必问于蓍龟而取决，是则枯草死骨之有知，反过于圣智之人所知远矣。以枯草死骨之如此，则安知竹之不有知也？遂以蓍龟之神智而谓百物皆有知，则其他草木瓦石叩之，又顽然皆无所知^{〔5〕}，然则竹未必不无知也。

由是言之，谓竹为有知，不可；谓为无知，亦不可；谓其有知无知，皆不可。知然后可，万物生于天地之间，其理不可以一概。谓有心然后有知乎，则蚓无心^{〔6〕}；谓凡动物皆有知乎，则水亦动物也。人兽生而有知，死则无知矣；蓍龟生而无知，死然后有知也。是皆不可穷诘^{〔7〕}，故圣人治其可知者^{〔8〕}，置其不可知者^{〔9〕}，是之谓大中之道^{〔10〕}。

【注释】

　〔1〕庑：堂下周围的走廊、廊屋。泛指房屋。

　〔2〕曲全：犹言委曲求全。

　〔3〕"如骈拇"句：《庄子·骈拇》："骈拇枝指，出乎性哉而侈于德；附赘县疣，出乎形哉而侈于性。"谓并生在一起的脚趾和多生的手指，是出于自然本性，却超出了其应得；附生在身上的肉瘤，是形体上突出的部分，

却超过了其本性。骈拇,谓脚之大拇指与第二指相连合为一指。骈,并连。枝指,谓手之大拇指傍枝生一指成六指。后以骈拇枝指比喻多馀无用之物。附赘县疣,附生在皮肤上的小瘤,比喻多馀无用之物。赘,即赘疣,指附生于体外的肉瘤。县,即悬。疣,皮肤病名。病原体是一种病毒。症状是皮肤上出现跟正常的皮肤颜色相同的或黄褐色的突起,一个或多个,表面干燥而粗糙,不疼不痒,好发于面部和手背。

〔4〕蓍龟:古人以蓍草与龟甲占卜凶吉,因以指占卜。

〔5〕顽然:愚钝无知貌。

〔6〕蚓无心:宋李昉等《太平御览》卷九百四十七引郭景纯《蚯蚓赞》曰:"蚯蚓土精,无心之虫。"

〔7〕穷诘:追问,深究。

〔8〕治:攻读,研究。

〔9〕置:搁置,放下。

〔10〕大中:指无过与不及的中正之道。中正即得当,不偏不倚。

【评析】

本文作于仁宗康定元年(1040),谈如何为人处世的话题。围绕着"有知"和"无知"展开。人是万物之灵,但人不是万能的。如同怪竹,若其懂得生存的道理,就不应该生长在人居住的地方,这样有可能遭到人们的残害,而生长在远离尘世的地方,反倒能保全一生。作为万物之灵的人,应该明白这个道理。《庄子·山木》:"庄子行于山中,见大木,枝叶盛茂,伐木者止其旁而不取也。问其故,曰:'无所可用。'庄子曰:'此木以不材得终其天年。'夫子出于山,舍于故人之家,故人喜,命竖子杀雁而烹之。竖子请曰:'其一能鸣,其一不能鸣,请奚杀?'主人曰:'杀不能鸣者。'明日弟子问于庄子:'昨日山中之木以不材得终其天年,今主人之雁以不材死,先生将何处?'庄子笑曰:'周将处夫材与不材之间。'材与不材之间,似之而非也,故未免乎累。"山上的树木以不成材得免于被砍伐,友人家的雁以不能鸣叫(即不成材意)被宰。成材,难免被砍伐;不成材,难免被宰杀;处于材与不材之间,似之而非,也不免受累。欧氏之文,或受庄子寓言的启发。谓竹有知,不可,因为生长在人居住的地方,使自己处于危险境地;谓竹无知,也不可,如同枯草死骨,竹枯死后,人们也可用来占卜,预知吉凶,说明竹还是有知的;谓竹有知又无知,这标准又如何评判,也不可。做人之难,也是如此。无才,别人不会瞧你一眼,又怎么会有机会;有才,就会锋芒毕露,难免招人嫉妒陷害,也不行。处于才与不才之间,这分寸又如何把握呢?

左也不是,右也不是,看样子只有不左不右可供选择,儒家信奉的中庸之道,大概是符合这一选择的,无过无不及的处世哲学,或成为封建文人及官僚不二的选择。

泷 冈 阡 表[1]

呜呼!惟我皇考崇公卜吉于泷冈之六十年[2],其子修始克表于其阡[3],非敢缓也,盖有待也。

修不幸,生四岁而孤。太夫人守节自誓,居穷,自力于衣食,以长以教[4],俾至于成人。太夫人告之曰:"汝父为吏,廉而好施与[5],喜宾客,其俸禄虽薄,常不使有馀,曰:'毋以是为我累。'故其亡也,无一瓦之覆、一垄之植以庇而为生[6],吾何恃而能自守邪?吾于汝父知其一二,以有待于汝也。自吾为汝家妇,不及事吾姑^[7]，然知汝父之能养也。汝孤而幼，吾不能知汝之必有立^[8]，然知汝父之必将有后也。吾之始归也^[9]，汝父免于母丧方逾年^[10]，岁时祭祀，则必涕泣曰：'祭而丰，不如养之薄也。'间御酒食^[11]，则又涕泣曰：'昔常不足，而今有馀，其何及也。'吾始一二见之，以为新免于丧适然耳^[12]。既而其后常然，至其终身未尝不然。吾虽不及事姑，而以此知汝父之能养也。汝父为吏，尝夜烛治官书^[13]，屡废而叹^[14]。吾问之，则曰：'此死狱也，我求其生不得尔。'吾曰：'生可求乎？'曰：'求其生而不得，则死者与我皆无恨也，矧求而有得邪^[15]？以其有得，则知不求而死者有恨也。夫常求其生，犹失之死，而世常求其死也^[16]。'回顾乳者剑汝而立于旁^[17]，因指而叹曰：'术者谓我岁行在戌将死^[18]，使其言然，吾不及见儿之立也，后当以我语告之。'其平居教他子弟常用此语^[19]，吾耳熟焉，故能详也。其施于外事，吾不能知，其居于家，无所矜饰^[20]，而所为如此，是真发于中者邪！呜呼！其心厚于仁者邪！此吾知汝父之必将有后也，汝其勉之。夫养不必丰，要于孝，利虽不得博于物^[21]，要其心之厚于仁。吾不能教汝，此汝父之志也。"修泣而志之，不敢忘。

先公少孤力学，咸平三年进士及第^[22]，为道州判官^[23]，泗、绵二州推官^[24]，又为泰州判官^[25]，享年五十有九，葬沙溪之泷冈^[26]。太夫人姓郑氏，考讳德仪，世为江南名族。太夫人恭俭仁爱而有礼^[27]，初封福昌县太君^[28]，进封乐安、安康、彭城三郡太君^[29]，自其家少微时，治其家以俭约，其后常不使过之，曰："吾儿不能苟合于世[30]，俭薄所以居患难也[31]。"其后修贬夷陵[32]，太夫人言笑自若，曰："汝家故贫贱也，吾处之有素矣，汝能安之，吾亦安矣。"

自先公之亡二十年，修始得禄而养。又十有二年，列官于朝，始得赠封其亲[33]。又十年，修为龙图阁直学士、尚书吏部郎中，留守南京[34]，太夫人以疾终于官舍，享年七十有二。又八年，修以非才入副枢密[35]，遂参政事[36]，又七年而罢。自登二府[37]，天子推恩[38]，褒其三世[39]，故自嘉祐以来[40]，逢国大庆，必加宠锡[41]。皇曾祖府君[42]，累赠金紫光禄大夫、太师、中书令；曾祖妣，累封楚国太夫人。皇祖府君，累赠金紫光禄大夫、太师、中书令兼尚书令；祖妣，累封吴国太夫人。皇考崇公，累赠金紫光禄大夫、太师、中书令兼尚书令；皇妣，累封越国太夫人。今上初郊[43]，皇考赐爵为崇国公，太夫人进号魏国。

于是小子修泣而言曰：呜呼！为善无不报，而迟速有时，此理之常也。惟我祖考积善成德，宜享其隆，虽不克有于其躬，而赐爵受封，显荣褒大[44]，实有三朝之锡命[45]，是足以表见于后世而庇赖其子孙矣[46]。乃列其世谱，具刻于碑。既又载我皇考崇公之遗训[47]、太夫人之所以教而有待于修者，并揭于阡。俾知夫小子修之德薄能鲜[48]，遭世窃位[49]，而幸全大节，不辱其先者，其来有自。

熙宁三年岁次庚戌四月辛酉朔十有五日乙亥[50]，

男推诚保德崇仁翊戴功臣、观文殿学士、特进、行兵部尚书、知青州军州事兼管内劝农使、充京东东路安抚使、上柱国、乐安郡开国公，食邑四千三百户、食实封一千二百户〔51〕，修表。

【注释】

〔1〕泷(shuāng)冈：在江西永丰县南凤凰山上，欧阳修葬其父母于此，并为文镌于阡表。阡表：即墓表，犹墓碑，因其竖于墓前或墓道内，表彰死者，故称。阡，坟冢，坟墓。

〔2〕皇考崇公：欧阳修的父亲名观，字仲宾，追封崇国公。皇考，对亡父的尊称。卜吉：占卜选择风水好的葬地等。

〔3〕克：能够。

〔4〕"太夫人"四句：苏辙《欧阳文忠公神道碑》云："公妣郑氏，追封韩国太夫人，公讳修，字永叔。生四岁而孤，韩国守节自誓，亲教公读书，家贫，至以荻画地学书。"太夫人，指欧阳修的母亲郑氏。以长以教，谓抚养和教育我们。

〔5〕施与：给予，以财物周济人。

〔6〕"无一"句：谓没有房屋可住，没有田地可耕。垄，田埂，田间稍稍高起的小路。植，种植。

〔7〕姑：丈夫的母亲，婆婆。

〔8〕立：存在，生存。

〔9〕归：古代谓女子出嫁。

〔10〕免于母丧：谓为母守孝三年期满。

〔11〕御：使用，应用。

〔12〕适然：偶然，当然。

〔13〕治官书：谓审读案卷。治，整理，研究。官书，官府的文书。

〔14〕屡废而叹：时常放下卷宗而叹息。

〔15〕"求其"三句：谓不能寻求免他一死的方法，只求得死刑犯和我

157

都没有遗憾,何况经过寻求可以得到免死的方法呢?按:《汉书·刑法志》:"今之听狱者,求所以杀之;古之听狱者,求所以生之。与其杀不辜,宁失有罪。"刿,况且,而况。

〔16〕世常求其死:谓世俗常常是希望他们被处死。

〔17〕剑:一作"抱"。

〔18〕岁行在戌:古人认为木星约十二年运行一周天,其轨道与黄道相近,因将周天分为十二分,称十二次。木星每年行经一次,即以其所在星次来纪年,故称岁星。又古人用天干地支纪年,每年岁星所值的星次与其干称为岁次。此谓岁星经行适在戌年,按:欧阳修死于真宗大中祥符庚戌(1010)。

〔19〕平居:平日,平素。

〔20〕矜饰:矜夸修饰。

〔21〕博于物:谓普遍施惠于万物。

〔22〕咸平:宋真宗年号。咸平三年为公元 1000 年。

〔23〕道州:今湖南道县。

〔24〕泗、绵二州:泗州即今安徽泗县。绵州即今四川绵阳市。

〔25〕泰州:今江苏泰州市。

〔26〕沙溪:在今江西永丰县南凤凰山北。

〔27〕恭俭仁爱:谦逊勤俭,宽仁慈爱。

〔28〕福昌:今河南宜阳县。太君:封建时代官员母亲的封号。宋代群臣之母的封号有国太夫人、郡太夫人、郡太君、县太君等称呼。

〔29〕乐安:今山东博兴县。安康:今陕西石泉县。彭城:今江苏徐州市。

〔30〕苟合:附合,迎合。

〔31〕俭薄:犹言微薄、俭朴。患难:艰险困苦的处境。

〔32〕夷陵:今湖北宜昌东南。

〔33〕赠封:古代朝廷对官员家属赐以爵位和称号。

〔34〕南京:北宋时置有四京,即东京开封府、西京河南府、南京应天府、北京大名府。宋大中祥符七年,因应天府为太祖赵匡胤旧藩,建为南

158

京,在今河南商丘市南。按宋制:四京各置留守一人,以知府兼任。欧阳修于皇祐二年知应天府兼南京留守司事。

〔35〕副枢密:为枢密副使,为最高军事长官。

〔36〕政事:即参知政事,为副宰相。

〔37〕二府:宋代称中书省和枢密院为二府。

〔38〕推恩:帝王对臣属推广封赠,以示恩典。

〔39〕褒:嘉奖,称赞。此指赠封。

〔40〕嘉祐:宋仁宗年号。

〔41〕宠锡:帝皇的恩赐。

〔42〕府君:旧时对已故者的敬称,多用于碑版文字。

〔43〕今上:指宋神宗赵顼(xū)。郊:古帝王祭祀天地,冬至祭天于南郊,夏至瘗(yì)地于北郊。

〔44〕褒大:称扬而使之光大。

〔45〕三朝:指宋仁宗、英宗、神宗。锡命:天子有所赐予的诏命。

〔46〕表见:显扬,显现。庇赖:庇荫,庇护。又指受庇护。

〔47〕遗训:前人留下或死者生前所说的有教育意义的话。

〔48〕德薄能鲜:德行浅薄,能力不够。

〔49〕遭世:遇到好时势。窃位:谓才德不称,窃取名位。

〔50〕熙宁:宋神宗年号。熙宁三年即公元 1070 年。朔:旧历每月初一。

〔51〕食邑:靠封邑租税生活。指古代君主赐予臣下作为世禄的封地,唐宋时亦作为一种赐予宗室和高级官员的荣誉性加衔。

【评析】

墓表,是记录死者生平的传记文章。本文所记为作者的父亲,称颂先人的美德,表达自己不负所寄,是作者的意图所在。

文章前半叙述父亲的美德:其一,廉洁。仕宦不显达,去世时,没有给后人留下丝毫的田产,是因为父亲相信自己的后人能生存下去。其二,仁厚。父亲审阅死刑犯案卷时,谨慎对待,不

159

草菅人命,尽心尽力,犯人无怨恨,彼此也就无遗憾。其三,孝顺。"夫养不必丰,要于孝","祭而丰,不如养之薄也",即养育父母,不必苛求衣食方面的丰盛,关键是要孝顺,与其父母去世后祭祀时供品丰盛,不如父母在世的时候供养清贫。其四,负责。为官时,俸禄不丰,又喜欢救济人,却能养活家人,这是责任感的体现。

"有待"是文章的主旨,即父亲对自己的期待。父亲去世时,自己还是幼孩,能否成人,还是个未知数;成人后能否事业有成,这又是一个问号。"以有待于汝也"、"汝孤而幼,吾不能知汝之必有立,然知汝父之必将有后也",殷切的希望,这是"有待"的写照,父亲就是自己的榜样。要做到"有待",就要"能养"。孝顺父母,供养家人,有责任感,是基本要求。文章的后半部是作者对父亲"有待"的回应,自己勤奋学习,考中进士,官至参知政事(即宰相),官位的显达,光宗耀祖,不仅"能养",而且实现了父亲的遗愿,可以告慰先灵了。

前半叙述父亲的美德,不事藻饰,如泣如诉,纯以真情实意写出。父亲去世时,作者还是幼孩,对父亲的言行所知是不多的。文中借母亲拉家常的话,称赞父亲的善行和美德,也就顺理成章了,手法是奇特的。后半写光宗耀祖,父亲去世后的六十年,作为儿子才为之立碑,回应前文"能养"和"有待",以见自己不负父母的期望。这些都与其他人的撰写方式不同。

丰 乐 亭 记

修既治滁之明年夏[1],始饮滁水而甘,问诸滁人,得于州南百步之近。其上丰山[2]，耸然而特立[3]；下则幽谷，窈然而深藏[4]；中有清泉，滃然而仰出[5]。俯仰左右，顾而乐之，于是疏泉凿石，辟地以为亭，而与滁人往游于其间。

滁于五代干戈之际[6]，用武之地也。昔太祖皇帝尝以周师破李景兵十五万于清流山下[7]，生擒其将皇甫晖、姚凤于滁东门之外[8]，遂以平滁。修尝考其山川，按其图记[9]，升高以望清流之间，欲求晖、凤就擒之所，而故老皆无在者。盖天下之平久矣，自唐失其政，海内分裂，豪杰并起而争，所在为敌国者何可胜数。及宋受天命[10]，圣人出而四海一[11]，向之凭恃险阻，刬削消磨[12]，百年之间，漠然徒见山高而水清[13]，欲问其事，而遗老尽矣[14]。

今滁介于江、淮之间[15]，舟车商贾四方宾客之所不至[16]，民生不见外事[17]，而安于畎亩衣食以乐生送死[18]，而孰知上之功德、休养生息、涵煦百年之深也[19]？修之来此，乐其地僻而事简，又爱其俗之安闲，既得斯泉于山谷之间，乃日与滁人仰而望山，俯而听泉，掇幽芳而荫乔木[20]，风霜冰雪，刻露清秀[21]，四时之景无不可爱。又幸其民乐其岁物之丰成而喜与予游也[22]，因为本其山川，道其风俗之美，使民知所以安此丰年之乐者，幸生无事之时也。夫宣上恩德以与民共乐，刺史之事也[23]，遂书以名其亭焉。庆历丙戌六月日，右正言知制诰知滁州军州事欧阳修记。

【注释】

〔1〕滁：即安徽滁州。按：欧阳修仁宗庆历五年(1045)贬知滁州。

〔2〕丰山：在滁州清流县西南五里，欧阳修于此建丰乐亭。

〔3〕特立：独立，挺立。

〔4〕窈然：深远貌，幽静貌。

〔5〕滃(wěng)然：水沸涌的样子。

〔6〕五代：指后梁、后唐、后晋、后汉、后周。

〔7〕太祖：即宋太祖赵匡胤(927—976)，祖籍河北涿州。投后汉枢密使郭威幕下，屡立战功。郭威称帝，建立后周，赵匡胤任禁军军官，周世宗时官至殿前都点检。发动陈桥兵变，黄袍加身，代周称帝，建立宋朝，定都开封。在位十六年。李景：即南唐中主李璟(916—961)，字伯玉，原名李景通，徐州人。因避后周信祖(郭璟)讳而改名李景，庙号元宗。清流山：即清流关山，在滁州清流县西二十二里。南唐置关，地势险要，宋太祖破皇甫晖、姚凤于此。

〔8〕皇甫晖(？—956)：魏州(今河北大名)人，南唐大将。姚凤：南唐大将。

〔9〕图记：又作图经，即方志，详细记载一地的地理沿革、风俗物产、人物仕宦、名胜古迹以及诗文著作等的史书。

〔10〕天命：古以君权为神授，统治者自称受命于天，谓之天命。

〔11〕圣人：君主时代对帝王的尊称，此指宋太祖。

〔12〕"向之"二句：指割据称霸，自立为王者，或被铲除，或被兼并。划(chǎn)削，削除，铲除。消磨，消耗，磨灭。

〔13〕漠然：寂静貌。又广无涯际貌。

〔14〕遗老：指前朝老人或旧臣。也指改朝换代后仍然效忠前朝的老年人。

〔15〕江、淮：长江和淮河。淮河源出河南桐柏山，东流经河南、安徽等至江苏入洪泽湖，由洪泽湖流出三河经高邮湖由江都县三江营入长江。

〔16〕舟车：谓乘船、乘车旅行。亦借指旅途。

〔17〕民生不见外事：谓百姓谋生也不见外出做事的。

〔18〕畎亩:田地,田野。乐生送死:谓快乐地供养活着的人,并能为死去的人送终。

〔19〕休养生息:指在国家大动荡或大变革以后,减轻人民负担,安定生活,以恢复元气。涵煦:滋润养育。

〔20〕乔木:高大的树木。

〔21〕刻露:犹毕露。

〔22〕丰成:丰收。

〔23〕刺史:汉时所置,隋唐时改称刺史为太守。

【评析】

欧阳修因拥赞范仲淹等人革新,受到牵连,被降职,知滁州。这篇文章写于宋仁宗庆历六年(1046)知滁州时,全文围绕着"丰乐"二字作文章,作为父母官,使百姓安居乐业,是作者最大的愿望。

首先交待建亭的原委,暗示给亭子命名的本意。因饮水甘甜,经询问得知水的产地在丰山,其地清幽雅致,"顾而乐之","丰"、"乐"二字已隐含其中。又凿开石块,引出清泉,修建亭子,"与滁人往游其间",与民同乐之意又隐含其中。而用"丰乐"命名,是再恰当不过的了。借题发挥,则是后文着意要表达的。滁州百姓能生活安逸,这是政治清明的说明,也是作为父母官的作者之政绩的体现,但作者却归功于天子。抚今追昔,说明今天滁州百姓能安逸是来之不易的,理由有二。其一,滁州自晚唐以来,历五代十国,为兵家必争之地,自宋太祖翦灭诸侯国,天下一统,百姓安居乐业,滁州也不例外,这是就大的方面而言。其二,从小的方面而言,滁州地处偏僻,不是商贸重镇,因此少有外来的干扰,而本地的百姓也是少见外出,政务不多,易于治理,所以政绩颇著,这是政通人和的体现。使百姓知是天子的恩德,归功于皇帝,这是文章的主要意图所在,很有饮水思源的意思。

构筑亭台，本是文人韵事，此文名义上是记建亭之事，却能小题大作，围绕着国计民生而阐述论说，思想内涵由此变得厚重正大，"宣上恩德"和"与民共乐"，点明用意，居安思危，体现高尚的思想境界。

醉翁亭记

环滁皆山也[1]，其西南诸峰，林壑尤美[2]。望之蔚然而深秀者[3]，琅邪也[4]。山行六七里，渐闻水声潺潺而泻出于两峰之间者[5]，酿泉也[6]。峰回路转[7]，有亭翼然临于泉上者[8]，醉翁亭也。作亭者谁？山之僧曰智仙也[9]。名之者谁？太守自谓也。太守与客来饮于此，饮少辄醉，而年又最高，故自号曰醉翁也。醉翁之意不在酒，在乎山水之间也。山水之乐，得之心而寓之酒也。

若夫日出而林霏开[10]，云归而岩穴暝，晦明变化者，山间之朝暮也。野芳发而幽香，佳木秀而繁阴[11]，风霜高洁[12]，水清而石出者，山间之四时也[13]。朝而往，暮而归，四时之景不同，而乐亦无穷也。

至于负者歌于途，行者休于树，前者呼，后者应，伛偻提携[14]，往来而不绝者，滁人游也。临溪而渔[15]，溪深而鱼肥；酿泉为酒，泉香而酒洌[16]，山肴野蔬杂然而前陈者[17]，太守宴也。宴酣之乐，非丝非竹[18]，射者中[19]，弈者胜，觥筹交错[20]，起坐而喧哗者，众宾欢也。苍颜白发,颓然乎其间者〔21〕,太守醉也。

已而夕阳在山,人影散乱,太守归而宾客从也。树林阴翳〔22〕,鸣声上下,游人去而禽鸟乐也。然而禽鸟知山林之乐而不知人之乐,人知从太守游而乐,不知太守之乐其乐也。醉能同其乐,醒能述以文者,太守也。太守谓谁?庐陵欧阳修也。

【注释】

〔1〕滁:即滁州(今属安徽)。

〔2〕林壑:山林涧谷。也指隐居之地。

〔3〕蔚然:草木茂密的样子。

〔4〕琅邪(yá):即琅琊,山名,在滁州西南,西晋伐吴,琅邪王司马伷曾率兵驻此,故名。

〔5〕潺潺:水流貌,流水声。

〔6〕酿泉:一作让泉,泉极清洌,汲者争则竭,让则涌,故名。

〔7〕峰回路转:谓山势曲折,道路随之迂回。

〔8〕有亭翼然:亭子的边檐像展开的翅膀一样。

〔9〕智仙:琅琊山琅琊寺僧人。

〔10〕林霏:树林中的云气。

〔11〕繁阴:即繁荫,浓密的树荫,树荫浓密。

〔12〕风霜高洁:风力劲急而霜色皓洁。

〔13〕四时:四季。

〔14〕伛偻(yǔ lǚ):特指脊梁弯曲,驼背。此指老人。提携:牵扶,携带,照顾。此指小孩。

〔15〕渔:捕鱼。

〔16〕洌:清澄。

〔17〕山肴野蔬:谓山珍野味和蔬菜。

〔18〕丝、竹:分别指弦乐器和管乐器。

〔19〕射者:指投壶之类的游戏娱乐,古代宴会礼制,宾主依次用矢投向盛酒的壶口,以投中多少决胜负,负者饮酒。

〔20〕觥(gōng)筹交错:酒器和酒筹交互错杂,形容宴饮尽欢。觥筹,酒器和酒令筹。

〔21〕颓然:倒下貌。

〔22〕阴翳:树木枝叶繁茂成阴。

【评析】

欧阳修被贬谪至滁州,时年三十九岁,正是大有作为之时,在滁州,很有英雄无用武之地之叹,很有杀鸡焉用牛刀之感。其内心的苦闷在《醉翁亭记》中得以流露。

前半部分围绕着醉翁亭的构建与命名作文章。亭在琅邪山,亭下有泉,泉水自两山间泻出。"峰回路转,有亭翼然",亭的形态,呼之欲出,一"翼"字,不见亭之全面,掩映在草木山峰间,而亭之灵动活现可以想见。亭被命名醉翁,是作者所为,自豪,自信,难以掩饰。"醉翁之意不在酒,在乎山水之间也",醉翁亭之所以可人,就在于自然风光的醉人。春夏秋冬,四季风光不同。朝暮阴晴,一日景象多变。陶醉于滁州的山水之美,是作者极力想淡化仕途失意而由此带来不快的感受。如果说前半部分是描绘自然风光的醉心,后半部分则是叙写人情世态的醉心,"负者歌于途,行者休于树",写百姓之乐,是政通人和的说明。至于太守宴请宾客。杯酒交错,投壶对弈,宾客在尽情地喧闹歌呼。"苍颜白发,颓然乎其间者,太守醉也",点明"醉翁"二字,陶然自得之态鲜明可绘。不仅是太守乐、随从乐,还有游人乐、禽鸟乐,以见物我同一。

据宋人记载,作者自云此文为最得意之作。文是纪游散文,却杂用赋体,全文用二十一个"也"字,层层推进,精心构撰,在体制方面颇有创新的意识。记山、记泉、记亭、记游、记宴、记人事、记鸟禽,看似散漫杂乱,都是为了说明"太守之乐其乐也"。以乐写忧,有明线,有暗线。明写太守之游乐,为自己治理滁州出现政治清明、百姓安逸的景象而高兴。暗写其忧愁之情,作者贬谪滁州,年近四十,却是"苍颜白发",心老可知。醉翁之号,源自醉酒,是陶醉,也是麻痹。有"乐其乐"处,自然也有免不了乐不起来的因素。

相州昼锦堂记[1]

仕宦而至将相,富贵而归故乡,此人情之所荣而今昔之所同也。盖士方穷时,困阨闾里[2],庸人孺子皆得易而侮之[3],若季子不礼于其嫂[4],买臣见弃于其妻[5],一旦高车驷马[6],旗旄导前而骑卒拥后[7],夹道之人相与骈肩累迹[8],瞻望咨嗟[9],而所谓庸夫愚妇者奔走骇汗[10],羞愧俯伏[11],以自悔罪于车尘马足之间[12]。此一介之士得志当时而意气之盛,昔人比之衣锦之荣者也[13]。

惟大丞相卫国公则不然[14]。公,相人也,世有令德[15],为时名卿。自公少时已擢高科[16],登显仕[17],海内之士闻下风而望馀光者[18],盖亦有年矣。所谓将相而富贵,皆公所宜素有,非如穷阨之人侥幸得志于一时[19],出于庸夫愚妇之不意[20],以惊骇而夸耀之也。然则高牙大纛不足为公荣[21],桓圭衮冕不足为公贵[22]。惟德被生民而功施社稷[23],勒之金石[24],

播之声诗以耀后世而垂无穷[25]，此公之志。而士亦以此望于公也，岂止夸一时而荣一乡哉？

公在至和中，尝以武康之节来治于相[26]，乃作昼锦之堂于后圃。既[27]，又刻诗于石以遗相人。其言以快恩仇、矜名誉为可薄，盖不以昔人所夸者为荣[28]，而以为戒，于此见公之视富贵为如何，而其志岂易量哉？故能出入将相，勤劳王家，而夷险一节[29]。至于临大事，决大议，垂绅正笏[30]，不动声气，而措天下于泰山之安[31]，可谓社稷之臣矣。其丰功盛烈所以铭彝鼎而被弦歌者[32]，乃邦家之光[33]，非闾里之荣也。余虽不获登公之堂，幸尝窃诵公之诗，乐公之志有成，而喜为天下道也，于是乎书。尚书吏部侍郎、参知政事欧阳修记。

【注释】

〔1〕相州昼锦堂：为韩琦知相州（今河南安阳）时在居第所建。《史记·项羽本纪》："项王见秦宫室皆以烧残破，又心怀思欲东归，曰：'富贵不归故乡，如衣绣夜行，谁知之者？'"意思是说穿着锦绣衣裳在夜间出行，比喻虽然居高官显位，却不能使人看到自己的荣耀和富贵。堂取名据此。按：韩琦（1008—1075），字稚圭，自号赣叟，相州安阳（今属河南）人。仁宗天圣二年（1024）进士。任枢密使，拜同中书门下平章事，为右仆射，封魏国公。神宗立，拜司空兼侍中，出知相州、大名府等地，卒谥忠献。著有《安阳集》。

〔2〕困阨：困苦危难。闾里：里巷，平民聚居地。

〔3〕庸人孺子：谓凡夫俗子和小孩。

〔4〕"季子"句：战国时洛阳人苏秦之事。《战国策·秦一》载苏秦早年外出，游说秦惠王，黄金耗尽，穷困而归，家人皆耻笑之，"妻不下纴，嫂不为炊，父母不与言。苏秦喟叹曰：'妻不以我为夫，嫂不以我为叔，父母

168

不以我为子,是皆秦之罪也。'"后佩六国相印,途经洛阳,"父母闻之,清宫除道,张乐设饮,郊迎三十里。妻侧目而视,倾耳而听。嫂蛇行匍伏,四拜,自跪而谢,苏秦曰:'嫂何前倨而后卑也?'嫂曰:'以季子之位尊而多金。'苏秦曰:'嗟乎!贫穷则父母不子,富贵则亲戚畏惧,人生世上,势位富贵盖可忽乎哉?'"或云苏秦字季子,或云嫂呼小叔为"季子"。

〔5〕"买臣"句:朱买臣,字翁子,汉会稽(今浙江绍兴)人。《汉书·朱买臣传》云:家贫,卖薪自给,行歌诵书,妻初亦负载相从,久以为羞,求去,买臣道云:"我年五十当富贵,今已四十馀矣,女(即汝,下同)苦日久,待我富贵,报女功。"妻恚怒曰:'如公等,终饿死沟中耳,何能富贵?'"妻不从,听之去。后被任命为会稽太守:"上谓买臣曰:'富贵不归故乡,如衣绣夜行,今子何如?'……会稽闻太守且至,发民除道,县吏并送迎,车百馀乘。入吴界,见其故妻、妻夫治道,买臣驻车,呼令后车载其夫妻到太守舍,置园中,给食之,居一月,妻自经死。"

〔6〕高车驷马:指显贵者所乘的车。高车,高大的车,贵显者所乘。驷马,指贵者所乘的驾四匹马之车,表示地位显赫。

〔7〕旗旄:装饰牦牛尾于杆首的旌旗,军将所建。

〔8〕骈肩累迹:形容人多拥挤。骈肩,并肩,肩挨着肩。累迹,足踵相接,形容人群拥挤。

〔9〕瞻望:仰望,仰慕。

〔10〕骇汗:因惊恐、惶惧而流汗。

〔11〕俯伏:俯首伏地,多表示恐惧屈服或极端崇敬。

〔12〕车尘马足:谓车马奔波,比喻人世俗事。

〔13〕衣锦:穿锦绣衣裳,谓显贵。此衣锦还乡意,指富贵后回故乡,含有向亲友乡里夸耀之意。

〔14〕大丞相卫国公:英宗治平年间韩琦被封为卫国公。

〔15〕令德:美德。

〔16〕高科:科举高第。按:韩琦中进士时才十七岁,名在第二。

〔17〕显仕:高官,显宦。

〔18〕闻下风而望馀光者:谓闻风钦拜,并受其美德影响的人。

〔19〕穷阨(è):即穷厄,穷困,困顿。

〔20〕"出于"句:谓得到超出凡夫愚妇意想之外的富贵。

〔21〕高牙大纛(dào):大将的牙旗,也泛指居高位者的仪仗。牙,牙旗。纛,古时军队或仪仗队的大旗。

〔22〕桓圭:古代帝王与公、侯、伯、子、男五等诸侯于朝聘时各执玉圭以为信符。圭有六种,表不同的爵秩等级,桓圭为公爵所执。衮冕:衮衣和冕,古代帝王与上公的礼服和礼冠。

〔23〕"德被"句:谓恩德惠及到百姓和功业施展于国家。被,覆盖,延及。社稷,古代帝王、诸侯所祭的土神和谷神。又代指国家。社,土神;稷,谷神。

〔24〕勒:指刻在金石上。金石:指古代镌刻文字、颂功纪事的钟鼎碑碣之属。

〔25〕声诗:乐歌。

〔26〕"公在"二句:宋仁宗至和二年(1055)二月,韩琦以武康军节度使知相州。

〔27〕既:指建成。

〔28〕"其言"二句:韩琦《安阳集》卷二有《昼锦堂》,其中云:"所得快恩仇,爱恶任骄狷。其志止于此,士固不足羡。兹予来旧邦,意弗在矜衒。以疾而量力,惧莫称方面。抗表纳金节,假守冀乡便。"恩仇,恩与仇,偏指仇怨。矜,自夸,自恃。

〔29〕夷险一节:谓太平和艰险的时候都能保持一致的节操。

〔30〕垂绅:大带下垂。

〔31〕泰山:在山东中部,为五岳之一,古称东岳。古代帝王常在泰山举行封禅大典。又比喻安定稳固。

〔32〕盛烈:盛大的功业。彝鼎:泛指古代祭祀用的鼎、尊、罍等礼器。弦歌:古代传授《诗》学,配以弦乐歌咏,故云。

〔33〕邦家:国家。

【评析】

韩琦返归故乡相州任职有三次,仁宗至和二年(1055)二月,因疾病自请改知相州,凡一年多。神宗熙宁元年(1068)七月,复判相州,不到三个月,即转知河北大名府。因反对王安石变法,于熙宁六年二月又还判相州。昼锦堂创制于韩琦至和初知相州时,十年后,欧阳修撰此文,时在英宗治平二年(1065)。

首句"仕宦而至将相,富贵而归故乡",点明题意。衣锦还乡,自古以来,就为古人所推崇仰慕。文中以苏秦、朱买臣为例,说明穷困潦倒时,即使最亲近的人如父母妻子等也会冷落你,抛弃你。一旦得志,衣锦还乡,父母妻嫂侧目而视,倾耳而听。"贫穷则父母不子,富贵则亲戚畏惧",这是人性的悲哀,亲人尚且如此,更何况外人呢?这就是现实。前倨后卑,世态炎凉,由此可知。衣锦还乡,不仅是夸耀乡人,还关系到一个人的尊严。但第一段末却云:"此一介之士,得志当时,而意气之盛。"笔锋一转,又对衣锦还乡作出否定,这是先扬后抑的写法。如果把韩琦返归故乡,并命堂名曰"昼锦"的意思等同于苏秦和朱买臣的所作所为,未免流于世俗的见识,有损韩琦的品格。在后文中,作者指出韩琦功盖天地,不是衣锦还乡、夸耀乡人者所能匹敌的。韩琦与范仲淹同以防御西夏的大将而著称,声望颇著,时云:"军中有一韩,西贼闻之心骨寒;军中有一范,西贼闻之惊破胆。"这是就武的方面而言。仁宗至和三年(1056),韩氏自相州召还,拜枢密使、同中书门下平章事、集贤殿大学士,官至宰相,这是就文的方面。仁宗无后,接班人就成了问题,而这又关系到国家的命运。"临大事,决大议……而措天下于泰山之安",就是针对这事而言的。在确立英宗和神宗为接班人这一方面,韩琦是起到重要作用的。韩琦一生,历经仁宗、英宗和神宗三朝,出将入相,辅佐三朝,确立二帝,"德被生民而功施社稷",这是苏秦、朱买臣不可比拟的。其功德足可以勒之金石,流芳百世,而不仅仅是夸耀乡人。欧氏在文中强调的是荣华富贵不是炫耀个人得失的资本，而更应把这看作为国为民努力工作的动力，饮水思源，就不会迷失。

五代史伶官传序[1]

呜呼！盛衰之理，虽曰天命，岂非人事哉[2]？原庄宗之所以得天下[3]，与其所以失之者，可以知之矣。

世言晋王之将终也[4]，以三矢赐庄宗[5]，而告之曰："梁[6]，吾仇也；燕王[7]，吾所立；契丹与吾约为兄弟[8]，而皆背晋以归梁[9]。此三者，吾遗恨也[10]。与尔三矢[11]，尔其无忘乃父之志[12]？"庄宗受而藏之于庙。其后用兵，则遣从事以一少牢告庙[13]，请其矢，盛以锦囊，负而前驱[14]，及凯旋而纳之[15]。

方其系燕父子以组[16]，函梁君臣之首[17]，入于太庙[18]，还矢先王，而告以成功，其意气之盛，可谓壮哉！及仇雠已灭[19]，天下已定，一夫夜呼，乱者四应[20]，仓皇东出，未及见贼，而士卒离散，君臣相顾，不知所归，至于誓天断发，泣下沾襟[21]，何其衰也！岂得之难而失之易欤[22]？抑本其成败之迹而皆自于人欤[23]？

《书》曰："满招损，谦受益。"[24]忧劳可以兴国，逸豫可以亡身[25]，自然之理也。故方其盛也，举天下之豪杰莫能与之争[26]；及其衰也，数十伶人困之[27]，而身死国灭，为天下笑。夫祸患常积于忽微，而智勇多困于所溺^{〔28〕},岂独伶人也哉？作《伶官传》。

【注释】

〔1〕 五代史：欧阳修撰有《五代史记》，后世为区别于薛居正等官修的五代史，称为《新五代史》，凡七十四卷，记载了自后梁开平元年（907）至后周显德七年（960）共五十三年的历史。五代，五个朝代，指后梁、后唐、后晋、后汉、后周。

〔2〕 人事：人之所为，人力所能及的事。

〔3〕 原：推究本原。庄宗：即李存勖（885—926），新城（今山西代县）人。本姓朱邪氏，908年继晋国王位，923年在魏州称帝，国号唐，史称后唐，为后唐庄宗，三年后死于兵变。

〔4〕 晋王：即李克用（856—908），李存勖之父，沙陀部人。本姓朱邪氏，其父受唐帝之赐改姓李。唐末将领，封晋王，李存勖建后唐时，追尊为后唐太祖。

〔5〕 矢：一种古兵器，即箭，以木或竹制成。

〔6〕 梁：此指后梁太祖朱全忠，与李克用同为军阀，后反目成仇。

〔7〕 燕王：即刘仁恭（？—914），河北深州人。燕将，曾归附李克用，李待之甚厚，上表朝廷，任命刘仁恭为卢龙节度使。后刘仁恭依违于朱全忠及李克用之间，李克用死后，朱全忠封刘氏为燕王。

〔8〕 “契丹”句：朱全忠欲篡夺唐王朝，李克用派人去契丹求援，契丹主阿保机率兵三十万，与李相会，约为兄弟，李赠以大量金帛，希望共同举兵攻打朱全忠。阿保机返回后即背约，约朱氏共同灭李。

〔9〕 归：归顺。

〔10〕 遗恨：到死还感到悔恨。又指事情已过去但还留下的悔恨。

〔11〕 尔：你。

〔12〕 乃：你。

〔13〕 从事：官名，汉以后三公及州郡长官皆自辟僚属，多以从事为称。少牢：旧时祭礼的牺牲，牛、羊、豕俱用叫太牢，只用羊、豕二牲叫少牢。

〔14〕负而前驱:谓让人背着装有箭的锦囊走在前面。

〔15〕及凯旋而纳之:谓取胜后,再把箭交还太庙收藏。

〔16〕"方其"句:天祐十一年(914),唐庄宗攻克范阳,俘掳了刘仁恭父子。组,组练,组带,用丝编的绳索。

〔17〕"函梁"句:公元923年,唐庄宗率兵攻破后梁都城。梁末帝朱瑱命臣属将己杀死,庄宗让人将朱瑱首级藏于太庙。函,用木匣封装。

〔18〕太庙:帝王家的祖庙。

〔19〕仇雠:仇人,冤家对头。

〔20〕一夫:此指贝州军士皇甫晖作乱事。

〔21〕"君臣"四句:《旧五代史·唐书·庄宗纪八》载:庄宗逃难中,至石桥,置酒野次,悲啼不乐,谓元行钦等诸将曰:"今日俾予至此,卿等如何?"元行钦等百馀人垂泣而奏曰:"臣本小人,蒙陛下抚养,位极将相,危难之时不能立功报主,虽死,无以塞责,乞申后效,以报国恩。"于是百馀人皆援刀截发置须于地,以断首自誓,上下无不悲号。

〔22〕得之难而失之易:谓得到天下艰难而失去天下容易。

〔23〕"抑本"句:谓考察庄宗成败的事迹却都是源自人为造成的呢?本,探究,推原。

〔24〕"《书》曰"三句:语出《尚书·大禹谟》,比喻自满会招致损失,谦虚能得到益处。谦,不足,减损。

〔25〕"忧劳"二句:谓忧患劳苦可以使国家兴盛,安逸享乐可以招致自身的灭亡。逸豫,犹安乐。

〔26〕举:皆,全。

〔27〕"数十"句:《新五代史·伶官传》云:庄宗好俳优,又知音,能谱曲,常常亲自与俳优杂戏于庭,伶人由此得以重用。其中有伶人郭从谦,因军功而为官,后于宫中作乱,庄宗被乱兵射中,以至伤重而亡。伶人,古代指从事音乐表演的人,后泛指演艺人员。

〔28〕"夫祸患"二句:谓祸害忧患常常是由微不足道的事积累而形成的,大智大勇的人多是被自己所溺爱的人或物所连累。忽微,古代极小的度量单位名,比喻极其细微的东西。

174

　　本文是《新五代史》之"伶官传"前的一篇序文。作者开宗明义,提出了"盛衰之理,虽曰天命,岂非人事哉"的论点,即国家的盛衰,虽说是天意,难道不是人为造成的吗?随后以"盛"、"衰"二字为纲,紧扣中心论点,展开论述。文中以唐庄宗为例,当其强盛时,俘虏燕王父子,得到梁王君臣首级,实现父王的遗愿,其功业也达到了顶峰,这是"盛"的表现。及其志满意骄,放纵昏庸,宠信伶人,以至天下大乱,最终死于伶人之手,为天下人所耻笑,这是"衰"的表现。基于此,作者提出了"忧劳可以兴国,逸豫可以亡身",强调"人事"的重要。人为的作用,是国家兴亡盛衰的关键,作为君主,尤其应如此。此外,防微杜渐,也不能忽视。作为一国之君,些小的失策,对国计民生而言,有可能就会酿成大的危害。全文篇幅不长,用笔却抑扬顿挫,义正词严,旗帜鲜明,具有很强的说服力和感染力。

释秘演诗集序[1]

　　予少以进士游京师[2],因得尽交当世之贤豪,然犹以谓国家臣一四海[3],休兵革[4],养息天下[5],以无事者四十年。而智谋雄伟非常之士无所用其能者,往往伏而不出,山林屠贩必有老死而世莫见者[6],欲从而求之,不可得。其后得吾亡友石曼卿[7]。曼卿为人廓然有大志[8],时人不能用其材,曼卿亦不屈以求合,无所放其意[9],则往往从布衣野老酣嬉淋漓[10],颠倒而不厌[11]。予疑所谓伏而不见者,庶几狎而得之,故尝喜从曼卿游,欲因以阴求天下奇士[12]。

浮屠秘演者,与曼卿交最久,亦能遗外世俗[13],以气节相高,二人欢然无所间。曼卿隐于酒,秘演隐于浮屠,皆奇男子也。然喜为歌诗以自娱,当其极饮大醉、歌吟笑呼,以适天下之乐,何其壮也!一时贤士皆愿从其游,予亦时至其室。十年之间,秘演北渡河[14],东之济、郓[15],无所合,困而归。曼卿已死,秘演亦老病,嗟夫!二人者,予乃见其盛衰,则余亦将老矣。

夫曼卿诗辞清绝[16],尤称秘演之作,以为雅健[17],有诗人之意。秘演状貌雄杰[18],其胸中浩然,既习于佛,无所用,独其诗可行于世,而懒不自惜。已老,胠其橐[19],尚得三四百篇,皆可喜者。曼卿死,秘演漠然无所向[20],闻东南多山水,其巅崖崛岉[21],江涛汹涌,甚可壮也,遂欲往游焉,足以知其老而志在也。于其将行,为叙其诗,因道其盛时,以悲其衰。庆历二年十二月二十八日,庐陵欧阳修序。

【注释】

〔1〕秘演:山东人,能诗,有集二卷。

〔2〕"予少"句:欧阳修于仁宗天圣八年(1030)进京参加礼部考试。

〔3〕臣一:臣服而统一。

〔4〕兵革:兵器和甲胄的总称,泛指武器军备,此指战争。

〔5〕养息:保养休息。

〔6〕屠贩:屠者贩夫,也指地位低微的人。此指智谋雄伟之士隐居不仕,以屠者贩夫的身份生活。

〔7〕石曼卿(992—1040):名延年,字曼卿,宋城(今河南商丘)人。

176

进士,历官大理评事、馆阁校勘、大理寺丞等。工诗,善书法,著有《石曼卿诗集》。

〔8〕廓然:远大貌。

〔9〕放其意:谓实现他的意愿。放,释放,传播。

〔10〕布衣:借指平民。古代平民不能衣锦绣,故称。酣嬉淋漓:形容恣意嬉戏,至于极点。

〔11〕颠倒而不厌:谓即使麻烦不断也不在乎。颠倒,错乱,混乱。

〔12〕阴求:暗中寻求。

〔13〕遗外:超脱,鄙弃。

〔14〕河:黄河。

〔15〕济:即济州,今山东巨野县。郓:即郓州,今山东郓城县。

〔16〕清绝:形容美妙至极,清雅至极。

〔17〕雅健:典雅刚健。

〔18〕雄杰:雄伟特出。

〔19〕胠(qū):从旁撬开。橐(tuó):口袋。

〔20〕漠然:茫然,无所知觉貌。

〔21〕崛峍(lù):高峻的样子。

【评析】

在撰写此序的同一年稍前,欧阳修曾撰有《本论》三篇,其中力主辟佛,就像当年的韩愈。不过这并不影响他与僧人的来往。

文章开篇一段文字,从虚处着笔,指出古今豪杰非凡之士多有不得志者,或隐伏山林,或混迹市井,慷慨悲歌,以寄寓其不遇之感。释秘演即其一,能认识秘演,不是因为他是佛教徒,而是由于他是一个"奇"士。欧氏主辟佛,两人相识的可能性很小,所以写秘演,却由好友石曼卿引出。石氏有才智,却落魄潦倒,言行奇伟,作者"喜从曼卿游,欲因以阴求天下奇士"。秘演与石曼卿交往最久,品味相投,"曼卿隐于酒,秘演隐于浮屠",形迹不同,却都是奇男子。秘演与石氏是同类人,作者才得以结识秘演。序中所谈不及佛学义理,只谈秘演为人的品性与才艺等,不重形迹,或是有所顾忌,写法也较特别。文中秘演是主,石曼卿是宾,以"盛"与"衰"为字眼,叙写二人的遭际,因与秘演交往毕竟有限,写其人之"奇",是从与石氏的交往推测其人的,写石氏,即是写秘演,石氏为旁衬,因此自始自终,笔墨都是游走于二人之间,点染铺垫,悲二人失志,叹知音难觅。

集古录目序[1]

物常聚于所好,而常得于有力之强。有力而不好,好之而无力,虽近且易,有不能致之。象犀虎豹,蛮夷山海杀人之兽[2],然其齿角皮革可聚而有也。玉出昆仑流沙万里之外[3],经十馀译乃至乎中国[4]。珠出南海,常生深渊,采者腰絙而入水[5],形色非人,往往不出,则下饱蛟鱼[6]。金矿于山,凿深而穴远,篝火糇粮而后进[7],其崖崩窟塞[8],则遂葬于其中者,率常数十百人。其远且难,而又多死祸,常如此。然而金玉珠玑世常兼聚而有也,凡物好之而有力,则无不至也。

汤盘、孔鼎、岐阳之鼓[9],岱山、邹峄、会稽之刻石[10],与夫汉、魏已来圣君贤士桓碑、彝器、铭、诗、序、记[11],下至古文、籀、篆、分、隶诸家之字书[12],皆三代以来至宝,怪奇伟丽[13],工妙可喜之物,其去人不远,其取之无祸。然而风霜兵火,湮沦磨灭[14],散弃于山崖墟莽之间未尝收拾者[15]，由世之好者少也。幸而有好之者，又其力或不足，故仅得其一二而不能使其聚也。

夫力莫如好，好莫如一[16]。予性颛而嗜古[17]，凡世人之所贪者皆无欲于其间，故得一其所好于斯。好之已笃[18]，则力虽未足，犹能致之。故上自周穆王以来[19]，下更秦、汉、隋、唐、五代，外至四海九州[20]，名山大泽，穷崖绝谷，荒林破冢，神仙鬼物，诡怪所传，莫不皆有，以为《集古录》。以谓转写失真，故因其石本轴而藏之[21]，有卷帙次第而无时世之先后，盖其取多而未已，故随其所得而录之。又以谓聚多而终必散，乃撮其大要[22]，别为《录目》，因并载夫可与史传正其阙谬者[23]，以传后学，庶益于多闻。

或讥予曰："物多则其势难聚，聚久而无不散，何必区区于是哉[24]？"予对曰："足吾所好，玩而老焉可也。象犀金玉之聚，其能果不散乎？予固未能以此而易彼也。"庐陵欧阳修序。

【注释】

〔1〕《集古录》：即《集古录跋尾》，欧阳修编，为现存最早的金石学著作，凡十卷。为家藏金石铭刻拓本所作题跋的汇集，收录周秦至五代金石文字跋尾四百馀篇。其中碑刻跋尾占绝大多数，铜器铭文仅二十多篇。内容多偏重于史事的评论，目的在于补正史传之阙谬，以传后学。因跋尾是随题随录，无一定次序，所以《集古录》仅有卷帙次第而未按拓本时代先后排列。后世刻本对原书次序进行了调整，将拓本按时代先后加以排列，并且在每条标题之下，注明原来卷帙的次第。与《集古录》并行的还有《集古录目》一书，是神宗熙宁二年欧阳修命其子欧阳棐编录的。由于《集古

179

录》只收录四百多篇有题跋的拓本,大多数无跋尾的拓本未收录在内。《集古录目》则包括了欧阳修家藏的金石拓本,达一千种之多,弥补了这一缺憾。该书体例是仅列碑刻撰书人名姓氏、官位、事实以及立碑年月,而不作任何考证评论。

〔2〕蛮夷:古代对四方边远地区少数民族的泛称。

〔3〕昆仑:山名,在新疆、西藏之间,势极高峻,多雪峰、冰川。流沙:沙漠,沙常因风吹而流动,故称。

〔4〕经十馀译:谓经过十馀种不同语言的国家或地区。

〔5〕绠(gēng):粗绳索。

〔6〕"形色"三句:谓形容气色憔悴,往往不能活着出水,只有为蛟鱼饱腹了。蛟鱼,传说中的人鱼。蛟,通"鲛"。又指鲨鱼。

〔7〕篝火:此指用竹笼罩着的火。糇粮:食粮,干粮。

〔8〕崖崩窟塞:山崖崩塌,洞窟堵塞。

〔9〕汤盘:相传为商汤沐浴时所用之盘,上刻有铭文为戒。《礼记·大学》:"汤之盘铭曰:'苟日新,日日新,又日新。'"孔鼎:相传为孔子七世祖正考父庙中的鼎,刻有铭文。《左传·昭公七年》:"及正考父佐戴、武、宣,三命兹益共,故其鼎铭云:'一命而偻,再命而伛,三命而俯。循墙而走,亦莫余敢侮。饘于是,鬻于是,以糊余口。'其共也如是。"岐阳之鼓:即石鼓文,东周初秦国刻石文字,形略像鼓,共有十个,上刻籀文四言诗十首,记述秦国国君的游猎情况。唐代初期在岐山之南(今陕西凤阳)出土了九个,北宋皇祐年间又得一枚。阳,山之南曰阳。

〔10〕"岱山"句:秦始皇东游岱山(即山东泰山)、邹峄山(在今山东邹城市东南)、会稽山(在今浙江绍兴)等处时,均刻有石碑以记功德。

〔11〕桓碑:指墓碑。彝器:古代宗庙常用的青铜祭器的总称,如钟、鼎、尊、罍、俎、豆等。铭:古代文体的一种,常刻于碑版或器物,或称功德,或用自警。

〔12〕古文:上古的文字,泛指甲骨文、金文、籀文和战国时通行于六国的文字。籀:即籀文,古代书体的一种,又称"籀书"、"大篆",春秋、战国间通行于秦国,与篆文近似,石鼓文是这种字体的代表。篆:即篆书,是大

篆、小篆的统称。大篆指甲骨文、金文、籀文、六国文字,它们保存着古代象形文字的特点。小篆也称秦篆,是秦国的通用文字,是大篆的简化字体,在汉文字发展史上,它是大篆至隶、楷之间的过渡。分:即八分,又称楷隶,字体似隶而体势多波磔,相传为秦时上谷人王次仲所造。隶:即隶书,又称汉隶,起源于秦朝,由程邈整理而成,在东汉时期达到顶峰。字体庄重,略微宽扁,横画长而直画短,呈长方形。

〔13〕伟丽:壮美,宏伟壮丽。

〔14〕湮沦:沦落,埋没。

〔15〕墟莽:废墟榛莽,荒野。

〔16〕"夫力"二句:谓实力强大的不如喜好的,喜好的不如用心专一的。

〔17〕颛(zhuān):愚昧。

〔18〕笃:坚实,专一。

〔19〕周穆王:详韩愈《论佛骨表》注〔10〕。

〔20〕四海九州:指全中国。四海,古以中国四境有海环绕,各按方位为"东海"、"南海"、"西海"和"北海"。亦泛指天下。九州,古代分中国为九州,说法不一。后以"九州"泛指天下,全中国。

〔21〕石本:石刻的拓本,用纸覆在碑帖或金石等器物的文字或花纹上,用墨或其他颜色打出其文字、图形来的印刷品。轴:卷起。

〔22〕撮其大要:谓给它们撰写提要。撮,摘取,摄取。

〔23〕阙谬:缺漏和错误。

〔24〕区区:形容一心一意。又谓奔走尽力。区,通"驱"。

【评析】

《集古录》(即《集古录跋尾》)是部金石学著作,凡十卷,为作者家藏金石铭刻拓本所作题跋的汇集,凡四百馀篇。后欧氏又命其子欧阳棐编《集古录目》一书,载家藏的金石拓本一千多种的名目,此篇就是为《集古录目》所作的序文。

文章论说天下无难聚之物,因有嗜好,就会用心搜集。金银珠宝,鸟兽鱼虫,草木花卉,都可能为人喜爱。不过有些东西,要想得到它,就得有实力,有财力,有能力。越是珍稀的,越是难得,就会有人因此而冒险,付出的代价就越高,甚至有以牺牲生命为代价而求得之。与贪求金银珠宝的人不同,作者嗜求的是金石碑刻及其拓片,这些东西为世俗人所不屑。由于金石之物多是被遗弃在深山悬崖、废墟草莽之间的,或经风霜兵火,破损磨灭,历经劫难,得以保存下来,可谓不幸中的万幸。欧氏《集古录跋尾》是现存最早的金石学著作,由此可知金石碑刻之文在当时及其以前被人们冷落的现实。欧阳棐《集古录目记》引欧阳修话云:"吾集录前世埋没缺落之文,独取世人无用之物而藏之者,岂徒出于嗜好之僻而以为耳目之玩哉?"金石碑刻是极有价值的文献载体,"可与史传正其阙谬者",也就是史书所载有缺漏和错误的地方,可用金石碑刻所载订正。欧阳修不仅是一代名臣,一代文坛领袖,还是有名的史学家,编撰有《新唐书》、《新五代史》等。史书的编纂需要客观征实,金石碑刻所载属于信史的范畴,由此也可见欧阳修作为一位史学家所拥有的非凡眼光。末尾,作者又提出了天下无不散之物的看法,得失聚散,有时不是人们所能掌控的,金石器物就是如此,用语言文字记载其名目,序跋提要,编纂成书,至少在实物多不存的情况下,可为后人提供不少有价值的信息;其文献性、历史性以及艺术性,是不言而喻的。

文章前用"聚",后用"散",有聚则有散,有分就有合,二字为全文词眼。欧阳棐《集古录目记》云:"分散零落数千百年而后聚于此,则亦可谓难矣。其聚之既难,则其久也又将遂散而无传,宜公之惜乎此也。"《集古录》所采,上自周穆王以来,下历秦、汉、隋、唐、五代,外至四海九州,名山大川,僻壤穷乡等,多达千馀种,所谓聚集之难,为作者心得之言。

梅圣俞诗集序[1]

予闻世谓诗人少达而多穷[2]，夫岂然哉？盖世所传诗者，多出于古穷人之辞也。凡士之蕴其所有而不得施于世者，多喜自放于山巅水涯外，见虫鱼草木、风云鸟兽之状类，往往探其奇怪，内有忧思感愤之郁积，其兴于怨刺[3]，以道羁臣寡妇之所叹[4]，而写人情之难言，盖愈穷则愈工。然则非诗之能穷人，殆穷者而后工也。

予友梅圣俞少以荫补为吏[5]，累举进士，辄抑于有司[6]，困于州县凡十馀年。年今五十，犹从辟书，为人之佐[7]。郁其所畜[8]，不得奋见于事业。其家宛陵[9]，幼习于《诗》，自为童子，出语已惊其长老。既长，学乎六经仁义之说[10]，其为文章简古纯粹，不求苟说于世[11]，世之人徒知其诗而已。然时无贤愚，语诗者必求之圣俞，圣俞亦自以其不得志者，乐于诗而发之。故其平生所作，于诗尤多，世既知之矣，而未有荐于上者。昔王文康公尝见而叹曰[12]："二百年无此作矣。"虽知之深，亦不果荐也。若使其幸得用于朝廷，作为雅颂[13]，以歌咏大宋之功德，荐之清庙[14]，而追商、周、鲁颂之作者[15]，岂不伟欤？奈何使其老不得志而为穷者之诗？乃徒发于虫鱼物类、羁愁感叹之言[16]，世徒喜其工，不知其穷之久而将老也，可不惜哉？

圣俞诗既多，不自收拾。其妻之兄子谢景初惧其多而易失也[17]，取其自洛阳至于吴兴已来所作[18]，次为十卷。予尝嗜圣俞诗，而患不能尽得之，遽喜谢氏之能类次也，辄序而藏之。其后十五年，圣俞以疾卒于京师[19]，余既哭而铭之[20]，因索于其家，得其遗稿千馀篇，并旧所藏，掇其尤者六百七十七篇[21]，为一十五卷。呜呼！吾于圣俞诗论之详矣，故不复云。庐陵欧阳修序。

【注释】

〔1〕梅圣俞：即梅尧臣（1002—1060），字圣俞，世称宛陵先生，宣州宣城（今属安徽）人。以荫补河南主簿。仁宗皇祐三年（1051）赐同进士出身，为太常博士。以欧阳修荐，为国子监直讲，官至尚书都官员外郎。著有《宛陵先生集》。

〔2〕穷：不得志。

〔3〕兴：为《诗》六义之一，托物兴辞，先言他物以引起所咏之词的一种写作手法。即因物感触，言在于此而意寄于彼。怨刺：讽刺。

〔4〕羁臣：被贬谪的官吏。

〔5〕少以荫补为吏：梅尧臣以叔父梅询为官得到的恩荫而补官。荫补：即恩荫，古代遇朝廷庆典，官员子孙承恩入国子监读书并入仕。此制始于宋初，是汉、唐门荫法的扩充。

〔6〕辄抑于有司：谓总是受阻于考官。有司，官吏，古代设官分职，各有专司，故称。

〔7〕"困于"四句：梅尧臣曾为桐城、河南、河阳三县主簿，知建德、襄阳县令，任监湖州盐税、忠武等军节度判官等，均在京城外任较低职位的官吏。五十岁才考中进士，至五十五岁任国子监直讲前，在地方为官，主簿、判官等均为佐吏。辟书，征召的文书。

〔8〕郁其所畜：谓富有智慧和才能。郁，繁茂貌。畜，怀藏。

〔9〕宛陵:宣城(今属安徽)旧名。

〔10〕六经:详韩愈《师说》注〔20〕。

〔11〕说:通"悦",取悦于人之意。

〔12〕王文康:即王曙(?—1034),字晦叔,河南人。第进士,策贤良方正,历官秘书省著作佐郎、枢密使、同中书门下平章事,卒谥文康。

〔13〕雅颂:《诗经》据内容和乐曲分为风、雅、颂三类,雅乐为朝廷所用乐曲,颂为宗庙祭祀所用乐曲。故雅颂又指盛世之乐、庙堂之乐。

〔14〕清庙:即太庙,古代帝王的宗庙。

〔15〕"而追"句:《诗经》"颂"由商颂、周颂、鲁颂三部分组成,为配乐的歌词,祭祀时所用。

〔16〕羁愁:旅人的愁思。

〔17〕谢景初(1020—1084):字师厚,号今是翁,富阳县人。初以父荫为太庙斋郎,仁宗庆历六年甲科及第,授大理评事,出知馀姚县。按景初为谢绛之子,梅尧臣的妻子是谢绛的妹妹。

〔18〕"取其"句:梅尧臣仁宗天圣九年任河南主簿,在洛阳;庆历二年至四年在吴兴任湖州监税。吴兴,今浙江湖州。

〔19〕京师:国都。

〔20〕哭而铭之:欧阳修撰有《梅圣俞墓志铭》。

〔21〕掇(duō):选取。

【评析】

梅尧臣的成就主要体现在诗歌的创作方面,称扬梅氏诗歌成就的非凡,成为本文的核心,探究梅氏能如此的原因,视角独特。

"穷"和"工"是文章论说的基石,"予闻世谓诗人少达而多穷,夫岂然哉?盖世所传诗者,多出于古穷人之辞也"。这里的"穷"指仕途的困厄不顺。开篇就提出了一个命题,即人生越是多波折,经历人世间酸甜苦辣就越多,对人生的感悟就越深刻,作品中体现出的思想情感就更有深度,其作品感人的力度就会增强,这不是生活条件优渥的人所能做到的,所以说"愈穷则愈工"。又言"非诗之能穷人,殆穷者而后工也",梅圣俞就是这类人的代表,年至五十,仍然奔波于下僚,这就是"穷"的说明,是不得志的表现,诗歌成为他释放愁郁之情的工具。仕途上的不幸仅仅是激发其诗歌创作的动力之一,而涵养与积累则是梅氏诗歌成就卓越的另一原因,自幼习诗,至老不辍,艺术上得以达成,诗歌因此为世人推崇。"穷"赋予其诗歌以感动人心的思想情感,"工"则是勤于写作、勇于创新,以及有个性特点、充满魅力的说明。

韩愈在《送孟东野序》云孟郊以诗著称于世,却穷愁潦倒,"抑不知天将和其声而使鸣国家之盛邪?抑将穷饿其身、思愁其心肠而使自鸣其不幸邪?"也就是仕途上的不幸,往往会成就其在创作方面的成功。同样,欧氏于文中为梅氏仕宦不偶而悲伤,又为他诗歌方面的卓越成就而讴歌。

送徐无党南归序[1]

草木鸟兽之为物,众人之为人,其为生虽异,而为死则同,一归于腐坏、澌尽、泯灭而已[2]。而众人之中有圣贤者,固亦生且死于其间,而独异于草木鸟兽众人者,虽死而不朽,逾远而弥存也[3]。其所以为圣贤者,修之于身,施之于事,见之于言,是三者所以能不朽而存也[4]。

修于身者,无所不获;施于事者,有得有不得焉;其见于言者,则又有能有不能也。施于事矣,不见于言,可也。自《诗》、《书》、《史记》所传其人，岂必皆能言之士哉？修于身矣，而不施于事，不见于言，亦可也。孔子弟子有能政事者矣，有能言语者矣[5]，若颜回者，在陋巷，曲肱饥卧而已，其群居则默然终日如愚人[6]。然自当时群弟子皆推尊之，以为不敢望而及，而后世更百千岁亦未有能及之者。其不朽而存者，固不待施于事，况于言乎？

予读班固《艺文志》、唐《四库书目》[7]，见其所列，自三代、秦、汉以来，著书之士多者至百馀篇，少者犹三四十篇，其人不可胜数，而散亡磨灭，百不一二存焉。予窃悲其人，文章丽矣，言语工矣，无异草木荣华之飘风，鸟兽好音之过耳也[8]。方其用心与力之劳，亦何异众人之汲汲营营而忽焉以死者[9]，虽有迟有速，而卒与三者同归于泯灭，夫言之不可恃也盖如此。今之学者莫不慕古圣贤之不朽，而勤一世以尽心于文字间者，皆可悲也。

东阳徐生少从予学为文章[10]，稍稍见称于人。既去，而与群士试于礼部[11]，得高第[12]，由是知名。其文辞日进，如水涌而山出[13]。予欲摧其盛气而勉其思也[14]，故于其归，告以是言，然予固亦喜为文辞者，亦因以自警焉。

【注释】

〔1〕徐无党（1024—1086）：初名光，永康（今属浙江）人。仁宗皇祐五年（1053）省试第一，赐进士出身。初任郡教授，升著作郎，任政和殿学

士。曾经跟从欧阳修学古文。

〔2〕澌尽:消亡。

〔3〕逾远:犹遥远。

〔4〕三者:即三立,谓立德、立功、立言。语本《左传·襄公二十四年》:"大上有立德,其次有立功,其次有立言,虽久不废,此之谓不朽。"意指人生在世,当树立德业、建立功绩、著书立说,为三项不朽的事业。

〔5〕言语:指词章,文辞著作。

〔6〕"若颜"四句:《论语·公冶长》:"子曰:贤哉!回也。一箪食,一瓢饮,在陋巷,人不堪其忧,回也不改其乐。贤哉!回也。"又《论语·为政》:"子曰:吾与回言,终日不违如愚。退而省其私,亦足以发,回也不愚。"又《论语·述而》:"饭疏食饮水,曲肱而枕之,乐亦在其中矣。不义而富且贵,于我如浮云。"颜回,详柳宗元《愚溪诗序》注〔10〕。曲肱,弯着胳膊作枕头,后世用以比喻清贫而闲适的生活。

〔7〕班固《艺文志》:即《汉书·艺文志》。班固(32—92),字孟坚,东汉扶风安陵(今陕西咸阳)人。编著有《汉书》,前后历时二十馀年。唐《四库书目》:具体不详,据前人记载,唐有《唐四库搜访图书目》一卷、《开元四库书目》四十卷等。四库,古代宫廷藏书之所。又中国古代图书分类的名称,古人将群书分为甲、乙、丙、丁或经、史、子、集四类,又称"四部"。

〔8〕"无异"二句:谓无异于草木茂盛和花开,犹如飘风扫过一样的短暂,又似鸟兽美妙的声音飘过双耳一样难以持久。

〔9〕汲汲营营:匆匆往来的样子。

〔10〕东阳:今浙江金华东阳市。

〔11〕礼部:官署名,管理国家的典章制度、祭祀、学校、科举和接待四方宾客等事之政令。

〔12〕高第:经过考核,成绩优秀,名列前茅。常指科举中式。

〔13〕"其文"二句:谓文章每天都在进步,如同泉水奔涌而山峰显露。

〔14〕勉其思:勉励他思考。

【评析】

　　《左传·襄公二十四年》引穆叔话有"立德"、"立功"、"立言"之说,这就是被古人推崇的三不朽,文章就是围绕着三不朽展开论说的。首先,指出人与草木鸟兽等其它生物之所以不同,就在于人在精神上有追求,人的肉体可以灭亡,而精神却可以永存。完善德行,建功立业,著书立说,这些都属于精神层面的追求。古代圣贤,之所以能名垂千古,就在于他们在"三立"方面有不凡的建树。其次,指出能在"三立"方面都有所建树,并不是人人能做到的,能做到在某一方面有建树,未尝不能名垂不朽,孔门弟子也是如此。据《史记·仲尼弟子列传》载:孔子弟子"受业身通者七十有七人",德行方面突出的有颜渊、闵子骞、冉伯牛、仲弓,政事方面突出的有冉有、季路,言语方面突出的有宰我、子贡,文学方面突出的有子游、子夏。就"立德"而言,只要个人有心,不论穷厄或通达,涵养和完善德行就有可能,如颜回就是如此。而"立功"、"立言"略有不同,既需要主观的才分和努力,也受客观因素的制约。其三,专就"立言"而论。著书立说,相对于"立德"、"立功"而言,似乎是最容易达成的,实则不然。著书立说者大有人在,而能传世于永远却寥寥无几。作品或散佚不存,这才是不幸,"勤一世以尽心于文字间者,皆可悲也",多少是为已逝去的人悲伤。

　　这是篇送人序文,徐无党曾跟从作者学古文,富有才华,中高第,年少气盛,想在"立言"方面能不朽。而作者指出"立言"不如"立功","立功"不如"立德","立德"是最高境界。"予欲摧其盛气而勉其思",即欲抑制徐无党的锐气,诚勉他努力在道德方面不断完善。劝勉后学,旁敲侧击,作者的用意是很清楚的。

六一居士传

六一居士初谪滁山[1]，自号醉翁。既老而衰且病，将退休于颍水之上[2]，则又更号六一居士。客有问曰："'六一'何谓也？"居士曰："吾家藏书一万卷，集录三代以来金石遗文一千卷，有琴一张，有棋一局，而常置酒一壶。"客曰："是为五一尔，奈何？"居士曰："以吾一翁老于此五物之间，是岂不为六一乎？"客笑曰："子欲逃名者乎[3]？而屡易其号，此庄生所诮畏影而走乎日中者也，余将见子疾走大喘渴死而名不得逃也[4]。"居士曰："吾固知名之不可逃，然亦知夫不必逃也。吾为此名，聊以志吾之乐尔。"客曰："其乐如何？"居士曰："吾之乐可胜道哉！方其得意于五物也，太山在前而不见[5]，疾雷破柱而不惊，虽响九奏于洞庭之野[6]，阅大战于涿鹿之原[7]，未足喻其乐且适也。然常患不得极吾乐于其间者，世事之为吾累者众也[8]，其大者有二焉：轩裳珪组劳吾形于外[9]，忧患思虑劳吾心于内，使吾形不病而已悴，心未老而先衰，尚何暇于五物哉？虽然，吾自乞其身于朝者三年矣，一日天子恻然哀之[10]，赐其骸骨[11]，使得与此五物皆返于田庐，庶几偿其夙愿焉[12]，此吾之所以志也。"客复笑曰："子知轩裳珪组之累其形，而不知五物之累其心乎？"居士曰："不然，累于

190

彼者,已劳矣,又多忧;累于此者,既佚矣,幸无患〔13〕。吾其何择哉?"于是与客俱起,握手大笑曰:"置之,区区不足较也〔14〕。"

已而叹曰:夫士少而仕,老而休,盖有不待七十者矣〔15〕,吾素慕之,宜去一也;吾尝用于时矣,而讫无称焉〔16〕,宜去二也;壮犹如此,今既老且病矣,乃以难强之筋骸〔17〕,贪过分之荣禄,是将违其素志而自食其言,宜去三也。吾负三宜去,虽无五物,其去宜矣,复何道哉?熙宁三年九月七日,六一居士自传。

【注释】

〔1〕滁山:即滁州。当地多山,故称。

〔2〕"将退"句:指颍州,今安徽阜阳市。欧阳修在仁宗皇祐元年知颍州,称赏颍州的西湖美景,就有晚年退休于此的打算。英宗治平四年由参知政事出知亳州(今属安徽),曾便道经过颍州,构建房屋,准备退居。颍水,源出河南登封市嵩山西南,东南流至安徽寿县正阳关入淮河。

〔3〕逃名:逃避声名而不居。

〔4〕"此庄"二句:《庄子·渔父》:"人有畏影恶迹而去之走者,举足愈数而迹愈多,走愈疾而影不离身,自以为尚迟,疾走不休,绝力而死。不知处阴以休影,处静以息迹,愚亦甚矣。"意思是说有人害怕自己的身影,讨厌自己的足迹,为了抛弃它们,就跑起来。但是跑得越快,足迹越多,影子跟得越紧,但他以为自己跑得还不够快,于是拼命地奔跑不止,终于力竭而死。他不知道,只要呆在阴暗的地方静止不动,足迹和影子就没了,这真是太愚蠢了。此指解决问题不能抓住要害,反受其累。

〔5〕太山:即泰山。详欧阳修《相州昼锦堂记》注〔31〕。

〔6〕"虽响"句:《庄子·至乐》:"《咸池》、《九韶》之乐,张之洞庭之野。"又《庄子·天运》:"帝张《咸池》之乐于洞庭之野。"九奏,古代行礼奏

乐九曲。洞庭,广阔的庭院。

〔7〕"阅大"句:《庄子·盗跖》:"然而黄帝不能致德,与蚩尤战于涿鹿之野,流血百里。"涿鹿,地名,故城在今河北省涿鹿县南。一说是山名。

〔8〕"世事"句:谓尘世间的事务需要我烦劳的太多。

〔9〕轩裳:犹车服,借指官位爵禄。珪组:玉圭与印绶,引申指爵位官职。

〔10〕恻然:哀怜貌,悲伤貌。

〔11〕赐其骸骨:赐还骸骨,谓恩许退休。

〔12〕夙愿:平素的心愿。

〔13〕"累于彼"六句:谓被爵位官职牵累的,已经感到疲劳了,又多烦忧;被五种事务牵累的,已经享受其安逸,侥幸没有忧患。

〔14〕"置之"二句:谓不必再提,此事微不足道,不足以较真。区区,小,少。形容微不足道。

〔15〕不待七十:古代官员正常退休的年龄是七十岁,称致仕,始于周王朝。作此文时,欧阳修六十四岁。

〔16〕讫无称焉:谓最终没有值得称赞的业绩。

〔17〕筋骸:犹筋骨,引申指身体。

【评析】

六一居士,这是作者新取的别号。文中采用赋体中主客对话的形式,对新取的别号进行解读。"六一"所指,即藏书一万卷,集录三代以来金石遗文一千卷,琴一张,棋一局,酒一壶,另加一老翁自己。琴、棋、书、画,被称作"文人四友",是古代文人士大夫修身养性应具备的基本技能和素质。至于酒,更是人们借以张扬豪情、抒写情志的媒介。文中重点是解读自己取名的原因,"聊以志吾之乐尔",一个字,就是"乐",为即将到来的退休而欢呼。在官场,"形不病而已悴,心未老而先衰",身心憔悴是常有的事,未老先衰,已成为事实,又怎么会有闲暇的时间享受自在的生活呢?退休闲居,不需为爵位官职等身外之物而烦劳焦心,"吾之乐可胜道哉",一句话,这是最大的快乐。仁宗皇祐元年(1034)作者知颍州,时年二十八岁,已有晚年退休于此的打算。英宗治平四年(1067),作者六十一岁,由参知政事出知亳州(今属安徽),曾经过颍州,构建房屋,准备退居。古代官员到了七十岁,因体衰或多病,是可以辞去官职的,这就称作致仕。写此文时为神宗熙宁三年(1070),作者六十四岁,二年后即去世。以写这篇文章的时间来看,离七十还有数年,就有了退休的打算,可见倦于官场,早早脱身,这是真心所在。

本文是个人小传,采用赋体主客问答的形式。客人不断地追问,递阶式地上升;主人的回答,是一一地化解。

答吴充秀才书[1]

修顿首白先辈吴君足下[2]:前辱示书及文三篇,发而读之,浩乎若千万言之多,及少定而视焉,才数百言尔。非夫辞丰意雄、霈然有不可御之势[3],何以至此?然犹自患伥伥莫有开之使前者[4],此好学之谦言也。修材不足用于时,仕不足荣于世,其毁誉不足轻重,气力不足动人,世之欲假誉以为重,借力而后进者[5],奚取于修焉[6]?先辈学精文雄,其施于时,又非待修誉而为重、力而后进者也。然而惠然见临,若有所责,得非急于谋道[7],不择其人而问焉者欤?

夫学者未始不为道,而至者鲜焉,非道之于人远也,学者有所溺焉尔。盖文之为言,难工而可喜,易悦而自足^{〔8〕}，世之学者往往溺之，一有工焉，则曰："吾学足矣。"甚者至弃百事不关于心，曰："吾文士也，职于文而已。"此其所以至之鲜也。昔孔子老而归鲁，六经之作^{〔9〕}，数年之顷尔。然读《易》者如无《春秋》，读《书》者如无《诗》^{〔10〕}，何其用功少而至于至也？圣人之文虽不可及，然大抵道胜者，文不难而自至也。故孟子皇皇不暇著书^{〔11〕}，荀卿盖亦晚而有作^{〔12〕}，若子云、仲淹^{〔13〕}，方勉焉以模言语^{〔14〕}，此道未足而强言者也。后之惑者，徒见前世之文传，以为学者文而已，故愈力愈勤而愈不至，此足下所谓"终日不出于轩序^{〔15〕}，不能纵横高下皆如意"者，道未足也。若道之充焉，虽行乎天地、入于渊泉，无不之也。

先辈之文浩乎需然，可谓善矣。而又志于为道，犹自以为未广，若不止焉，孟、荀可至而不难也。修学道而不至者，然幸不甘于所悦而溺于所止，因吾子之能不自止，又以励修之少进焉，幸甚^{〔16〕}！幸甚！修白。

【注释】

〔1〕吴充（1021—1080）：字冲卿，建州浦城（今属福建）人。仁宗景祐五年（1053）进士，历官国子监直讲、集贤校理、枢密使、同中书门下平章事。

〔2〕顿首：磕头。书简表奏用语，表示致敬，常用于结尾。先辈：唐代同时考中进士的人相互敬称先辈。又是对文人的敬称。

〔3〕辞丰意雄：辞意丰厚雄奇。需然：盛多浓重。

〔4〕"然犹"句：谓然而来信中依旧说自己无所适从，担心没有人开导，使自己能进步。伥（chāng）伥，无所适从的样子。

〔5〕"假誉"二句:谓借助别人的名声以自重,借助他人的势力而后升迁。

〔6〕奚:犹何,为何。

〔7〕谋道:探求事理和道义等,谓用心于学。

〔8〕"难工"二句:谓难于精工并令人喜欢,容易取悦于人而自我满足。

〔9〕"昔孔子"二句:谓孔子不得志,赋闲居家,以整理文献为务,其中儒家的六经就是在此时整理订正的。《庄子·天运》记载孔子对老聃说:"丘治《诗》、《书》、《礼》、《乐》、《易》、《春秋》六经,自以为久矣,孰知其故矣?"按《史记·儒林列传》云:"孔子闵王路废而邪道兴,于是论次《诗》、《书》,修起《礼》、《乐》,适齐闻《韶》,三月不知肉味,自卫返鲁,然后乐正,雅颂各得其所。世以混浊莫能用,是以仲尼干七十餘君无所遇,曰:'苟有用我者,期月而已矣。'西狩获麟,曰:'吾道穷矣。'故因史记作《春秋》,以寓王法,其辞微而指博,后世学者多录焉。"

〔10〕"然读"二句:谓创作中,行文立意要出新,有自己的面目,不师承因袭,应避免受他人文风的影响。李翱《答朱载言书》云:"创意造言,皆不相师。故其读《春秋》也如未尝有《诗》也,其读《诗》也如未尝有《易》也,其读《易》也如未尝有《书》也,其读屈原、庄周也如未尝有六经也。"

〔11〕孟子:详韩愈《原道》注〔60〕。皇皇:惶恐的样子,彷徨不安的样子。皇,通"惶"。

〔12〕荀卿:详韩愈《原道》注〔61〕。

〔13〕子云:即扬雄,曾模拟《易》作《太玄》,模拟《论语》作《法言》等,参见韩愈《原道》注〔61〕。仲淹:即王通(584—617,一说生于580),字仲淹,隋绛州龙门(今山西河津)人,卒后,门弟子私谥为文中子。曾拟《论语》作《中说》。

〔14〕"方勉"句:谓勉力模拟前人的言语编撰著作。

〔15〕轩序:指住宅。轩,栏杆。序,堂屋的东西墙。

〔16〕幸甚:书信中惯用语,表示殷切希望之意。

文以载道,为唐、宋古文家所推崇,只是从不同的角度对这一主张解说而已。应当看到,他们并不排斥文章。在这篇书信里,欧阳修提出了"大抵道胜者,文不难而自至也"的主张,能学习儒家学说,涵养深厚的人,其文章就不难自然天成。

文中重点就道与文的关系进行阐明,道是指儒家的道统思想。指出当今学者只注重追求文章的精工,而忽视对道统思想的涵养。一旦文章精工,也就心满意足了,"甚者至弃百事不关于心",也就是缺乏责任感,之所以如此就在于儒家思想的缺失。儒家思想涵养达到一定的深度,思想内容就能纯粹,文章的写作也会自然天成。文中举历史上儒家为例,从正反两方面论证。大儒如孟轲、荀卿,一生忙于宣扬和实践儒家的思想学说,并不在意著书立说。至于大儒如扬雄模拟《易》作《太玄》、模拟《论语》作《法言》,王通模拟《论语》作《中说》,二人刻意模拟,反倒没有了自己的思想,其书也不见传诵,甚至有失传者。同为大儒,所言或垂范千古,或湮没无闻,一正一反,意在劝诫吴充写文章,不能急于求成,要"志于为道",即在儒道方面仍需完善,这样才有可能写好文章。

祭尹师鲁文[1]

维年月日,具官欧阳修谨以清酌庶羞之奠[2],祭于亡友师鲁十二兄之灵[3],曰:

嗟乎师鲁!辩足以穷万物,而不能当一狱吏[4];志可以狭四海,而无所措其一身。穷山之崖,野水之滨,猿猱之窟,麋鹿之群,犹不容于其间兮,遂即万鬼而为邻。

嗟乎师鲁!世之恶子之多,未必若爱子者之众,何其穷而至此兮,得非命在乎天而不在乎人?方其奔颠斥逐,困厄艰屯。举世皆冤,而语言未尝以自及;以穷至死[5],而妻子不见其悲忻[6]。用舍进退[7],屈伸语默[8],夫何能然?乃学之力。至其握手为诀,隐几待终[9],颜色不变,笑言从容。死生之间,既已能通于性命;忧患之至,宜其不累于心胸[10]。自子云逝,善人宜哀。子能自达,予又何悲?惟其师友之益,平生之旧,情之难忘,言不可究。

嗟乎师鲁!自古有死,皆归无物,惟圣与贤,虽埋不没。尤于文章,焯若星日[11],子之所为,后世师法,虽嗣子尚幼[12],未足以付予,而世人藏之,庶可无于坠失。子于众人,最爱予文,寓辞千里[13],侑此一樽[14],冀以慰子,闻乎不闻。尚飨[15]!

【注释】

〔1〕尹洙(1001—1047):字师鲁,河南(今河南洛阳)人,世称河南先生。仁宗天圣二年(1024)进士,历任河南府户曹参军、太子中允、经略判官等,累至右司谏,知渭州,兼领泾原路经略公事。

〔2〕具官:即具位,唐、宋以后,官吏在奏疏、函牍或其他应酬文字上,常把应写明的官职爵位写作“具位”,表示谦敬。清酌:古代祭祀所用的清酒。庶羞:即庶馐,多种美味。

〔3〕十二兄:尹洙排行十二,故云。

〔4〕“不能”句:欧阳修《尹师鲁墓志铭》云:“初师鲁在渭州,将吏有违其节度者,欲按军法斩之而不果。其后吏至京师,上书讼师鲁以公使钱

197

贷部将,贬崇信军节度副使,徙监均州酒税。"按:范仲淹因指责丞相而贬饶州,尹洙上疏自言与仲淹义兼师友,当同获罪,后为其部吏诬讼,于是被贬为崇信军节度掌书记,监郢州酒税。

〔5〕"方其"五句:谓在仕途上奔波受挫,被排斥驱逐,困苦艰难,世人都为他抱屈,而自己从不提及,以至困顿至死。按:欧阳修《尹师鲁墓志铭》云:"师鲁凡十年间三贬官,丧其父,又丧其兄,有子四人,连丧其三。女一,适人,亦卒。而其身终以贬死。"艰屯,艰难。

〔6〕悲忻:即悲欣。

〔7〕用舍:指被任用或不被任用。进退:出仕和退隐,去就。

〔8〕屈伸:进退。语默:说话或沉默,比喻指出仕或隐居。

〔9〕隐几:靠着几案,伏在几案上。

〔10〕"死生"四句:谓死生之间,已经能彻悟生命的意义;忧患之极,理应不会牵挂于心中。

〔11〕焯(zhuō):明彻,照耀。

〔12〕嗣子:旧时称嫡长子。

〔13〕寓辞千里:尹洙卒于仁宗庆历七年,八年归葬洛阳,而欧阳修撰墓志铭、祭文是在八年,时知扬州,故有千里之说。

〔14〕侑:劝,多用于酒食、宴饮。

〔15〕尚飨:又作"尚享",旧时用作祭文的结语,表示希望死者来享用祭品的意思。

【评析】

尹洙是欧阳修的好朋友,文中从三方面表达自己的悲悼之情。其一,为尹洙含冤屈死而悲伤。尹氏胸怀开朗,擅长言辞,却因将吏诬奏,被贬官而卒。据《宋史》本传载:部将孙用由军校补边,自京城贷息钱(即有息贷款),到官后没法还钱,尹洙爱惜孙氏才能可用,担心他触犯法律而被免职,就借公使钱(类似如今的单位的招待费)代为偿还,事后又以为自己曾归还了借款。尹洙曾得罪将吏董士廉等,后董氏进京上书,控告尹洙挪用

198

公使钱不还,面对这种状况,尹氏是无法为自己辩白洗冤的,因此断送了前途,被贬徙监均州酒税,不久患病而亡,卒年才四十七。其二,为尹洙达于生死而哀悼。尹氏仕途坎坷,却能不以得失为怀。不论是被起用,还是被罢官;不论是出仕,还是隐居,都能淡然处之,可见学养的深厚,能看透生死这一关,非智者达人不能如此。其三,为尹洙声名不朽而企盼。尹洙是北宋古文运动的先驱,"尤于文章,焯若星日",也就是其文章若日月星辰,耀人眼目,可为"后世师法",可垂范后世。本文为友人过早的弃世而深感遗憾,为友人所取得的成就而高兴。

与高司谏书[1]

修顿首再拜白司谏足下[2]:某年十七时,家随州[3],见天圣二年进士及第榜[4],始识足下姓名。是时予年少,未与人接,又居远方,但闻今宋舍人兄弟与叶道卿、郑天休数人者[5],以文学大有名,号称得人。而足下厕其间[6],独无卓卓可道说者[7],予固疑足下不知何如人也。其后更十一年,予再至京师,足下已为御史里行[8],然犹未暇一识足下之面,但时时于予友尹师鲁问足下之贤否[9],而师鲁说足下正直有学问,君子人也,予犹疑之。夫正直者,不可屈曲;有学问者,必能辨是非。以不可屈之节,有能辨是非之明,又为言事之官[10],而俯仰默默[11],无异众人,是果贤者耶?此不得使予之不疑也。

自足下为谏官来，始得相识，侃然正色[12]，论前世事历历可听[13]，褒贬是非，无一谬说。噫！持此辩以示人，孰不爱之？虽予亦疑足下真君子也。是予自闻足下之名及相识凡十有四年，而三疑之，今者推其实迹而较之，然后决知足下非君子也。

前日范希文贬官后[14]，与足下相见于安道家[15]，足下诋诮希文为人[16]，予始闻之，疑是戏言。及见师鲁，亦说足下深非希文所为，然后其疑遂决。希文平生刚正，好学通古今，其立朝有本末，天下所共知。今又以言事触宰相得罪[17]，足下既不能为辨其非辜，又畏有识者之责己，遂随而诋之，以为当黜[18]，是可怪也。夫人之性刚果懦软[19]，禀之于天[20]，不可勉强，虽圣人亦不以不能责人之必能[21]。今足下家有老母，身惜官位，惧饥寒而顾利禄，不敢一忤宰相以近刑祸，此乃庸人之常情，不过作一不才谏官尔，虽朝廷君子亦将闵足下之不能[22]，而不责以必能也。今乃不然，反昂然自得，了无愧畏[23]，便毁其贤，以为当黜，庶乎饰己不言之过。夫力所不敢为，乃愚者之不逮；以智文其过，此君子之贼也[24]。且希文果不贤邪？自三四年来从大理寺丞至前行员外郎、作待制日[25]，日备顾问，今班行中无与比者[26]，是天子骤用不贤之人？夫使天子待不贤以为贤，是聪明有所未尽[27]。足下身为司谏，乃耳目之官，当其骤用时，何不一为天子辨其不贤？反默默无一语，待其自败，然后随而非之。若果贤邪？则今日天子与宰相以忤意逐

200

贤人，足下不得不言。是则足下以希文为贤，亦不免责；以为不贤，亦不免责，大抵罪在默默尔。

昔汉杀萧望之与王章[28]，计其当时之议，必不肯明言杀贤者也，必以石显、王凤为忠臣[29]，望之与章为不贤而被罪也。今足下视石显、王凤果忠邪？望之与章果不贤邪？当时亦有谏臣，必不肯自言畏祸而不谏，亦必曰当诛而不足谏也。今足下视之，果当诛邪？是直可欺当时之人而不可欺后世也。今足下又欲欺今人，而不惧后世之不可欺邪？况今之人未可欺也。

伏以今皇帝即位已来[30]，进用谏臣，容纳言论，如曹修古、刘越虽殁[31]，犹被褒称。今希文与孔道辅皆自谏诤擢用[32]，足下幸生此时，遇纳谏之圣主如此，犹不敢一言，何也？前日又闻御史台榜朝堂，戒百官不得越职言事[33]，是可言者惟谏臣尔。若足下又遂不言，是天下无得言者也。足下在其位而不言，便当去之，无妨他人之堪其任者也。昨日安道贬官[34]，师鲁待罪[35]，足下犹能以面目见士大夫，出入朝中称谏官，是足下不复知人间有羞耻事尔。所可惜者，圣朝有事，谏官不言，而使他人言之，书在史册，他日为朝廷羞者，足下也。《春秋》之法，责贤者备[36]。今某区区犹望足下之能一言者，不忍便绝足下，而不以贤者责也。若犹以谓希文不贤而当逐，则予今所言如此，乃是朋邪之人尔[37]。愿足下直携此书于朝，使正予罪而诛之，使天下皆释然知希文之当逐[38]，亦谏臣之一效也。

前日足下在安道家,召予往论希文之事,时坐有他客,不能尽所怀,故辄布区区。伏惟幸察,不宣〔39〕,修再拜。

【注释】

〔1〕高司谏:高若讷(997—1055),字敏之,本并州榆次(今属山西)人,徙家卫州(今属河南)。第进士,补彰德军节度推官,官至参知政事,为枢密使。司谏,主管督察吏民过失,选拔人才。唐门下省的谏官有补阙、拾遗。宋太宗端拱初改补阙为左右司谏,掌讽谕规谏。元以后废。

〔2〕再拜:详韩愈《应科目时与人书》注〔2〕。

〔3〕随州:今属湖北。按:作者四岁时,父亲去逝,时叔父欧阳晔任随州推官,因与母亲迁居于随州。

〔4〕天圣:宋仁宗年号,天圣二年为公元1024年。

〔5〕宋舍人兄弟:即宋庠和宋祁兄弟。宋庠(996—1066),初名郊,字伯庠,入仕后改名庠,更字公序。安州安陆(今属湖北),后徙居开封雍丘(今河南杞县)。乡试、会试、殿试均第一,连中三元,官至兵部侍郎同平章事,卒谥元献。宋祁(998—1061),字子京,天圣二年进士,历官翰林学士、工部尚书、翰林学士承旨。卒谥景文。与兄宋庠并有文名,时称"二宋"。叶道卿:即叶清臣(1000—1049),字道卿,乌程(今浙江湖州)人。天圣二年榜眼。历任光禄寺丞、太常丞、同修起居注,权三司使。郑天休:即郑戬(992—1053),字天休,吴县(今江苏苏州)人。天圣二年进士一甲第三名。官龙图阁学士知开封府,历枢密副使、陕西四路都总管。

〔6〕厕:杂置,参与。

〔7〕卓卓:特立出众的样子。

〔8〕里行:唐代设置,宋代因之。有监察御史里行、殿中里行等,皆非正官。

〔9〕尹师鲁:详欧阳修《祭尹师鲁文》注〔1〕。

〔10〕言事:古代专指向君王进谏或议论政事,此谓谏官。

〔11〕俯仰:形容沉思默想。

〔12〕侃然:刚直的样子。正色:谓神色庄重、态度严肃。

〔13〕历历:清晰貌。

〔14〕范希文:即范仲淹(989—1052),字希文,祖籍邠州(今陕西彬州),先人迁居吴县(今江苏苏州)。真宗大中祥符八年(1015)登进士第,官至枢密副使、参知政事等。

〔15〕安道:即余靖(1000—1064),字安道,号武溪,韶州曲江(今广东韶关)人。天圣二年进士,历官集贤校理、右正言、集贤院学士,以尚书左丞知广州,卒谥襄。

〔16〕诋诮:指责嘲弄,毁谤讥讽。

〔17〕"今又"句:指范仲淹以言事得罪宰相吕夷简事。

〔18〕黜:贬降,罢退,放逐。

〔19〕懦软:软弱。

〔20〕禀:领受,承受。

〔21〕责人之必能:谓责令他人必须能做到。

〔22〕闵:同"悯"。

〔23〕愧畏:惭愧和畏惧。

〔24〕"夫力"四句:谓有能力却不敢作为,就连愚笨的人也不如;用智慧文饰自己的过错,这是虚伪的君子。

〔25〕"自三四"句:范仲淹于仁宗天圣二年至六年为大理寺丞,景祐二年为尚书吏部员外郎。前行,唐、宋制,尚书省六部分前行、中行、后行三等。待制,官名,唐置;宋因其制,于殿、阁均设待制之官,典守文物,位在学士、直学士之下。

〔26〕班行:朝班的行列,朝官的位次。此指朝官或朝廷。

〔27〕聪明:特指君主的视听。

〔28〕"昔汉"句:萧望之,字长情,兰陵(今山东枣庄)人。西汉宣帝、元帝倚重的大臣。据《汉书·萧望之传》载:弘恭、石显在宣帝时就任中书,萧望之反对宦官专权,请撤换弘恭、石显的中书令。弘、石二人便诬告望之与周堪、刘更生结为朋党,潜毁大臣皇戚,专擅权势,为臣不忠,诬上

不道。望之下狱,被迫饮鸩自尽。王章,字仲卿,泰山钜平(今山东泰安)人。刚直敢言。据《汉书·王章传》与《汉书·元后传》载:汉元帝初,擢左曹中郎将,与御史中丞陈咸相善,共毁中书令石显,为显所陷,章免官。成帝立,为谏大夫,时帝舅大将军王凤辅政,章虽为凤所举,非议凤专权,言凤不可任用,为凤所陷,罪至大逆,死于狱中。

〔29〕石显:字君房,济南(今山东章丘)人。西汉元帝时佞臣,为中书令,贵幸倾朝。先后潜杀萧望之、京房、贾捐之等。王凤:汉元帝皇后王政君之兄。元帝即位,以王凤为大司马、大将军、领尚书事秉政。

〔30〕今皇帝:指宋仁宗。

〔31〕曹修古(?—1033):字述之,建州建安(今福建建瓯)人。大中祥符元年进士。历任秘书丞、监察御史、殿中侍御史。与殿中侍御史郭劝、杨偕,推直官段少连,遇事弹劾无所阿避,当时号称"四御史"。因上言触怒太后,被贬官。刘越:字子长,河北大名人。进士出身,仁宗时为秘书丞,卒赠右司谏。

〔32〕孔道辅(987—1040):字原鲁,曲阜(今属山东)人。大中祥符四年进士及第。历任太常博士、右谏议大夫、御史中丞等。仁宗明道二年与范仲淹以谏阻废郭皇后而遭贬谪。

〔33〕"前日"二句:据宋人李焘《续资治通鉴长编》卷一百十八载:范仲淹言事无所避,大臣权幸多忌恶之。时吕夷简执政,进者往往出其门,仲淹言任用官员不应全由宰相作主,忤怒夷简,以仲淹越职言事,荐引朋党,离间君臣,"侍御史韩渎希夷简意,请以仲淹朋党榜朝堂,戒百官越职言事,从之"。时为仁宗景祐三年,范仲淹为天章阁待制权知开封府,四月,范氏被罢官,出知饶州。御史台,掌管监察、弹劾官员之职。榜,告示。

〔34〕安道贬官:范仲淹贬官,余靖上书谏阻,被罢官,监筠州酒税。

〔35〕师鲁待罪:范仲淹贬官,尹洙上书云非,被罢官,监唐州酒税。

〔36〕"《春秋》"二句:孔子修订《春秋》的义法,对贤者求全责备。

〔37〕朋邪:朋比为奸,与奸邪小人结为朋党。

〔38〕释然:疑虑消除貌。

〔39〕不宣:常用于书信末,谓不一一细说。

【评析】

本文作于仁宗景祐三年(1036),时范仲淹因言事罢官知睦州,余靖、尹洙论救,相继遭到贬斥。欧阳修上书高若讷,责备他身为谏官,是非不分。

文中围绕着高氏能否履行职责、是否称职展开。作为一名谏官,就应履行职责,辨识贤能与奸邪,进贤人,退小人,这是基本职责。在皇帝或宰臣言行方面有过错时,沉默不语是不对的,混淆是非更是不对的。而高氏却不是这样的,范仲淹因得罪宰相被贬官,身为谏官的高氏,"惧饥寒而顾利禄,不敢一忤宰相以近刑祸",因为贪恋官位,竟然诋毁。事后,"反昂然自得,了无愧畏",不仅无愧咎之心,反倒文过饰非,落井下石。文中以汉时石显、王凤诬杀萧望之与王章为例,说明贤人被诬或枉杀,是有可能的。但是非曲折,公道自在人心。高氏不敢站出来,而是躲在后面,察言观色,见风使舵,陷贤能于不义之中,不过是掩耳盗铃,自欺欺人的行为罢了。信中怒斥高氏言行为人不耻,身任监察御史,却"俯仰默默,无异众人",作为谏官,不能仗义直言,这就是失职,这不是智能的低下,而是人品的低劣,这是朝廷的耻辱。至于末后言"若犹以谓希文不贤而当逐,则予今所言如此,乃是朋邪之人尔。愿足下直携此书于朝,使正予罪而诛之,使天下皆释然知希文之当逐,亦谏臣之一效也",大义凛然,敢于担当。据《宋史》本传载,高氏看了信后,"以其书奏,贬修夷陵令",可见作者对写信给高氏由此可能受到的打击是有心理准备的。

欧氏在信中数落高氏的品行,慷慨陈辞,磊砢不平,虽然感慨激愤,但行文却有法度,条理清晰。在写法上,说表现,断是非,先扬后抑。写这篇文章时,欧阳修才三十岁。年少气盛,讥讽嘲谑,怒骂成文,咄咄逼人,锋芒毕露,是其早期文章的特点,与其后来行文多纡徐婉曲大不相同。

记旧本韩文后

予少家汉东[1],汉东僻陋[2],无学者。吾家又贫,无藏书,州南有大姓李氏者,其子尧辅颇好学[3]。予为儿童时,多游其家,见有弊筐贮故书在壁间,发而视之,得《唐昌黎先生文集》六卷,脱落颠倒[4],无次序[5],因乞李氏以归。读之,见其言深厚而雄博[6],然予犹少,未能悉究其义,徒见其浩然无涯若可爱[7]。

是时,天下学者杨、刘之作,号为时文[8],能者取科第[9],擅名声,以夸荣当世,未尝有道韩文者。予亦方举进士,以礼部诗赋为事,年十有七,试于州,为有司所黜[10]。因取所藏韩氏之文复阅之,则喟然叹曰:"学者当至于是而止尔。"因怪时人之不道,而顾己亦未暇学,徒时时独念于予心,以谓方从进士干禄以养亲[11],苟得禄矣,当尽力于斯文,以偿其素志。后七年举进士及第[12],官于洛阳[13],而尹师鲁之徒皆在[14],遂相与作为古文[15],因出所藏昌黎集而补缀之[16],求人家所有旧本而校定之。其后天下学者亦渐趋于古,而韩文遂行于世,至于今盖三十馀年矣,学者非韩不学也,可谓盛矣。

呜呼！道固有行于远而止于近[17]，有忽于往而贵于今者，非惟世俗好恶之使然，亦其理有当然者。而孔、孟惶惶于一时[18]，而师法于千万世。韩氏之文没而不见者二百年，而后大施于今，此又非特好恶之所上下[19]，盖其久而愈明，不可磨灭，虽蔽于暂而终耀于无穷者，其道当然也[20]。

予之始得于韩也，当其沉没弃废之时，予固知其不足以追时好而取势利，于是就而学之，则予之所为者，岂所以急名誉而干势利之用哉？亦志乎久而已矣。故予之仕于进不为喜、退不为惧者，盖其志先定，而所学者宜然也。

集本出于蜀，文字刻画颇精于今世俗本，而脱缪尤多[21]，凡三十年间，闻人有善本者[22]，必求而改正之，其最后卷秩不足，今不复补者，重增其故也[23]。予家藏书万卷，独《昌黎先生集》为旧物也。呜呼！韩氏之文之道，万世所共尊，天下所共传而有也，予于此本，特以其旧物而尤惜之。

【注释】

〔1〕汉东：欧阳修幼孤，随母亲往随州依叔父欧阳晔，唐代设有随州汉东郡。参见欧阳修《与高司谏书》注〔3〕。

〔2〕僻陋：谓地处僻远，风俗粗野。

〔3〕尧辅：原有注云："尧，一作彦。"李尧（彦）辅，生平不详。

〔4〕脱落颠倒：谓原书前后颠倒，且有缺页。

〔5〕次序：原有注云："序，一作第。"次第，即次序，顺序。

〔6〕雄博：宏伟博大。

〔7〕浩然无涯:谓韩氏文章汪洋恣肆,博大精深。浩然,正大豪迈貌。又指浩然之气,谓正气,正大刚直之气。

〔8〕"天下"二句:指以杨亿、刘筠为代表的西昆体诗文。北宋初以杨亿、刘筠、钱惟演等为代表的一批文人,作诗宗法唐代温庭筠、李商隐,好用僻典丽辞,相为唱和,编成合集,名《西昆酬唱集》,遂称之为西昆体。杨亿(974—1020),字大年,建州浦城(今属福建)人。宋太宗淳化年间进士,授秘书省正字,任翰林学士兼史馆修撰,官至工部侍郎。卒谥文。著有《武夷新集》、《杨文公谈苑》等。刘筠,字子仪,大名(今属河北)人。真宗咸平年间进士,官至翰林承旨兼龙图阁直学士。时文,时下流行的文体。唐宋时指律赋,明清时特指八股文。

〔9〕取科第:谓科举考试考中。

〔10〕有司:官吏,古代设官分职,各有专司,故称。黜:摈弃。

〔11〕干禄:求禄位,求仕进。

〔12〕举进士及第:欧阳修于宋仁宗天圣八年(1030)考中进士。

〔13〕官于洛阳:指任西京(今河南洛阳)留守推官。

〔14〕尹师鲁:详欧阳修《祭尹师鲁文》注〔1〕。

〔15〕古文:原指先秦两汉以来用文言写的散体文,相对六朝骈体而言。

〔16〕补缀:泛指修补,补充辑集。

〔17〕道:即韩愈提出的儒家道统,参见韩愈《原道》。

〔18〕"而孔、孟"句:谓孔子与孟子为宣扬其政治主张,辛苦奔波于诸侯国,均不得志,退而以著述为能。惶惶,匆遽,匆忙急促。

〔19〕"非特"句:谓韩愈的文章并不因人们的好恶而决定其价值的高低。

〔20〕其道当然:谓韩氏文中宣扬的儒家道统思想也是应当如此。

〔21〕脱缪:即脱谬,脱漏、错误。

〔22〕善本:珍贵优异的古代图书刻本或写本。

〔23〕"其最后"三句:谓对韩氏文集有残缺的,不再配补,是为了保存原貌的原故。重,慎重,引申为不轻易,难。

208

【评析】

欧阳修是北宋古文运动的领袖,北宋古文运动是与中唐古文运动一脉相承的,在这篇跋文中,可知欧阳氏倡导古文的原由。文中述说韩氏文集旧本的不同寻常,就在于意义的非凡:其一,童年时,得到了旧本韩愈文集,"脱落颠倒,无次序",即残缺错乱比较严重,作者因而乞得,视为珍宝。阅读之,"未能悉究其义",大概学识有限,但韩氏文章中所具有的浩然之气、宏伟之力却感染着作者。其二,成年时,是开始猎取功名的年代,作者年十七在随州应试,因赋不合官韵,落选。因取所藏韩氏文集,阅读之,对韩氏文章生仰慕之情。其三,登第后,宋仁宗天圣八年(1030),作者考中进士,时二十四岁,授将仕郎试秘书省校书郎充西京留守推官,《宋史》本传云:"擢甲科,调西京推官,始从尹洙游,为古文,议论当世事,迭相师友。"西京即今河南洛阳。按:尹洙,字师鲁,尹氏为北宋古文运动的先驱,欧阳氏立志古文,与尹氏的影响是分不开的。二人志同道合,校补韩氏文集,宣扬古文。其四,中年后,本文写于中进士后三十馀年,大概在仁宗嘉祐年间(1060—1064)或稍后。嘉祐二年(1057)欧阳修知贡举,"时士子尚为险怪奇涩之文,号太学体,修痛排抑之,凡如是者辄黜……场屋之习,从是遂变"(《宋史》本传)。通过科举考试,提倡平实朴素的文风,在欧阳修锐意改革的努力下,以太学体为代表的不良文风遭到重创,古文得以风行。跋文中对此着墨不多,只以"至于今盖三十馀年矣,学者非韩不学也,可谓盛矣",韩氏文章随着古文运动而盛行于世。

文中有二条线:一是介绍韩氏文集的来源及其珍藏,一是抒写对韩氏文集在不同时间段的感悟。作者所得为蜀刻本,脱谬尤多,三十馀年间,虽闻有善本,也校补错讹脱漏,但对其缺佚的卷帙并不想配补,一段非同寻常情感的寄托,不想改变,不仅仅是怀旧而已。

苏　洵

苏洵（1009—1066），字明允，眉州眉山（今属四川）人。年二十七始发愤为学。宋仁宗庆历七年（1047）举进士及茂才异等，皆不中。嘉祐初重游京城，经欧阳修等荐举，除秘书省校书郎，后为文安县主簿。此据《四部备要》本苏洵《嘉祐集》录文十篇。

六　国　论[1]

六国破灭，非兵不利，战不善，弊在赂秦。赂秦而力亏[2]，破灭之道也。

或曰：“六国互丧，率赂秦耶[3]？”曰：不赂者以赂者丧。盖失强援，不能独完，故曰弊在赂秦也。

秦以攻取之外，小则获邑，大则得城。较秦之所得与战胜而得者其实百倍，诸侯之所亡与战败而亡者其实亦百倍，则秦之所大欲、诸侯之所大患固不在战矣。思厥先祖父暴霜露、斩荆棘以有尺寸之地[4]，子孙视之不甚惜，举以予人，如弃草芥，今日割五城，明日割十城，然后得一夕安寝。起视四境，而秦兵又至矣。然则诸侯之地有限，暴秦之欲无厌，奉之弥繁[5]，侵之愈急，故不战而强弱胜负已判矣。至于颠覆[6]，理固宜然。古人云：

"以地事秦,犹抱薪救火,薪不尽,火不灭[7]。"此言得之。

"齐人未尝赂秦,终继五国迁灭[8],何哉?"与嬴而不助五国也[9]。五国既丧,齐亦不免矣。燕、赵之君始有远略,能守其土,义不赂秦。是故燕虽小国而后亡,斯用兵之效也。至丹以荆卿为计[10],始速祸焉。赵尝五战于秦,二败而三胜,后秦击赵者再,李牧连却之[11]。洎牧以谗诛,邯郸为郡[12],惜其用武而不终也。且燕、赵处秦革灭殆尽之际[13],可谓智力孤危,战败而亡,诚不得已。向使三国各爱其地,齐人勿附于秦,刺客不行,良将犹在,则胜负之数、存亡之理,当与秦相较,或未易量。

呜呼!以赂秦之地封天下之谋臣,以事秦之心礼天下之奇才[14],并力西向,则吾恐秦人食之不得下咽也。悲夫!有如此之势,而为秦人积威之所劫[15],日削月割,以趋于亡,为国者无使为积威之所劫哉!

夫六国与秦皆诸侯,其势弱于秦,而犹有可以不赂而胜之之势,苟以天下之大,下而从六国破亡之故事,是又在六国下矣。

【注释】

〔1〕六国:指齐、楚、燕、赵、魏、韩六国。

〔2〕赂秦而力亏:谓用土地财货贿赂秦国而招致国力亏损。

〔3〕率:都,一概。

〔4〕厥:代词,其,表示领属关系。

〔5〕弥:益,更加。

〔6〕颠覆:颠坠覆败,灭亡。

〔7〕"以地"四句:见《史记·魏世家》,为苏代对魏王所云。

〔8〕迁灭:犹灭亡。

〔9〕嬴:秦国姓嬴,后作为秦国或秦王朝的代称。

〔10〕丹:即燕太子丹(? —前226),姬姓,燕氏,名丹。战国末年燕王喜的太子。曾派荆轲刺秦王,失败,被燕王喜斩首献给秦国。荆卿:即荆轲(? —前227),姜姓,庆氏,战国末卫国人。受燕太子丹之托入刺秦王,事不成,被秦王拔剑所杀。

〔11〕李牧(? —前229):嬴姓,李氏,名牧,战国时赵国人。为名将,战功显赫,后赵王中了秦国的离间计,听信谗言,不久李牧遇害,三个月后赵国灭亡。

〔12〕邯郸:为赵国都城,今属河北省。

〔13〕革灭:消灭,灭亡。

〔14〕礼:礼遇。

〔15〕积威:强大的威势。

【评析】

　　此文为所著《权书》十篇之一,题原无"论"字,此为笔者所增:苏洵《上仁宗皇帝书》(嘉祐三年十二月一日)云:"翰林学士欧阳修奏臣所著《权书》、《衡论》、《几策》二十二篇,乞赐甄录。"知作于仁宗嘉祐初年。文中分析了六国之所以灭亡的原因就在于"赂秦",殊不知秦国的目的就是灭掉诸侯国,贿赂秦国,为秦国瓦解六国联盟、各个击破提供了方便,这才是症结所在。具体来说有二:一是子孙不肖。对于祖先披荆斩棘,才得到的尺寸土地,六国"子孙视之不甚惜,举以予人,如弃草芥",秦国之所以取胜,多是巧取豪夺的结果。二是君主昏庸。齐国没有贿赂秦国却也被灭亡,其原因就在于帮助秦国而不援助五国,五国被灭,齐国失去了后援。至于燕国以荆轲之计行刺秦始皇,加速了亡国的时间。赵国在"二败而三胜"的情况下,听信谗言,诛杀大将,以至被灭。

《权书叙》云:"《权书》,兵书也。"知为讨论战事的书。又苏洵《上张文定公书》云:"近所著《机策》一篇、《权书》十篇,凡二万言,虽不知王公大人可以当其意否?而自谓尽古今之利害,复皆易行,而非迂阔浮诞之言也。"知作者是有强烈针对性的,是就辽和西夏不断骚扰给北宋造成被动这一状况有感而发,其功利性也是很明显的。北宋时期对外的战争,主要是与辽和西夏,自宋太宗太平兴国四年(979)起,至真宗景德元年(1004),北宋与辽交战二十馀年,虽然最终北宋取胜,缔结了澶渊之盟,但仍然是以北宋向辽每年输银十万两、绢二十万匹为条件的。自太平兴国七年(982)与西夏开战至仁宗庆历四年(1044)双方议和,宋每年赐给夏绢十三万匹、银五万两、茶三万斤。宋与辽和西夏数十年的战争,最终不仅在失地的收复与边疆的拓展方面无所建树,而且每年还要无偿地向辽和西夏输入大量的银两和布帛,北宋时期形成的积弱积贫局面与此有关。末段云云,其用意是有强烈针对性的,文中处处说六国的不是,笔笔却指刺时事,借古讽今,表达了悯时忧国之情。

春 秋 论[1]

赏罚者,天下之公也;是非者,一人之私也[2]。位之所在[3],则圣人以其权为天下之公[4],而天下以惩以劝[5];道之所在[6],则圣人以其权为一人之私,而天下以荣以辱[7]。周之衰也,位不在夫子,而道在焉。夫子以其权是非天下，可也。而《春秋》赏人之功，赦人之罪，去人之族，绝人之国，贬人之爵，诸侯而或书其名，大夫而或书其字[8]，不惟其法，惟其意[9]，不徒曰此是此非，而赏罚加焉，则夫子固曰："我可以赏罚人矣。"赏罚人者，天子、诸侯事也。夫子病天下之诸侯、大夫僭天子、诸侯之事而作《春秋》[10]，而己则为之，其何以责天下？

位，公也；道，私也。私不胜公，则道不胜位[11]。位之权得以赏罚，而道之权不过于是非。道在我矣，而不得为有位者之事，则天下皆曰位之不可僭也如此。不然，天下其谁不曰道在我？则是道者，位之贼也[12]。曰："夫子岂诚赏罚之邪？徒曰赏罚之耳，庸何伤[13]？"曰："我非君也，非吏也，执途之人而告之曰某为善，某为恶，可也。"继之曰："某为善，吾赏之；某为恶，吾诛之，则人有不笑我者乎？"夫子之赏罚何以异此？然则何足以为夫子？何足以为《春秋》？曰："夫子之作《春秋》也，非曰孔氏之书也，又非曰我作之也，赏罚之权不以自与也。"曰："此鲁之书也，鲁作之也。有善而赏之，曰鲁赏之也；有恶而罚之，曰鲁罚之也。"何以知之？曰："夫子系《易》，谓之《系辞》[14]；言孝，谓之《孝经》[15]。皆自名之，则夫子私之也。而'春秋'者，鲁之所以名史而夫子托焉，则夫子公之也。公之以鲁史之名，则赏罚之权固在鲁矣。《春秋》之赏罚自鲁而及于天下，天子之权也。"鲁之赏罚不出境，而以天子之权与之，何也？曰："天子之权在周，夫子不得已而以与鲁

214

也。"武王之崩也[16]，天子之位当在成王[17]，而成王幼，周公以为天下不可以无赏罚[18]，故不得已而摄天子之位以赏罚天下[19]，以存周室。周之东迁也[20]，天子之权当在平王[21]，而平王昏，故夫子亦曰天下不可以无赏罚。而鲁，周公之国也[22]。居鲁之地者，宜如周公不得已而假天子之权以赏罚天下[23]，以尊周室，故以天子之权与之也。然则假天子之权宜如何？曰："如齐桓、晋文可也[24]。"夫子欲鲁如齐桓、晋文，而不遂以天子之权与齐、晋者[25]，何也？齐桓、晋文阳为尊周，而实欲富强其国。故夫子与其事而不与其心[26]，周公心存王室，虽其子孙不能继，而夫子思周公而许其假天子之权以赏罚天下，其意曰有周公之心而后可以行桓、文之事，此其所以不与齐、晋而与鲁也。夫子亦知鲁君之才不足以行周公之事矣。顾其心以为今之天下无周公，故至此，是故以天子之权与其子孙，所以见思周公之意也。

吾观《春秋》之法皆周公之法，而又详内而略外[27]，此其意欲鲁法周公之所为，且先自治而后治人也，明矣。夫子叹礼乐征伐自诸侯出[28]，而田常弑其君，则沐浴而请讨[29]，然则天子之权，夫子固明以与鲁也。子贡之徒不达夫子之意[30]，续经而书"孔丘卒"，夫子既告老矣，大夫告老而卒不书，而夫子独书[31]。夫子作《春秋》以公天下，而岂私一孔丘哉？呜呼！夫子以为鲁国之书，而子贡之徒以为孔氏之书也欤！

迁、固之史有是非而无赏罚[32]，彼亦史臣之体〔33〕，宜尔也。后之效夫子作《春秋》者，吾惑焉。《春秋》有天子之权，天下有君，则《春秋》不当作；天下无君，则天子之权吾不知其谁与？天下之人乌有如周公之后之可与者？与之而不得其人则乱，不与人而自与则僭，不与人、不自与而无所与则散。呜呼！后之《春秋》，乱邪？僭邪？散邪？

【注释】

〔1〕《春秋》：鲁国史书的专名，是中国现存最早的一部编年体史书，相传为孔子据鲁史修订而成。所记起于鲁隐公元年，止于鲁哀公十四年，凡二百四十二年。叙事极其简略，用字寓褒贬。

〔2〕"赏罚者"四句：谓施行赏与罚，属于天下公道的体现；表达是与非，属于个人私心的反映。

〔3〕位：指职位。

〔4〕权：即权衡，原指称量物体轻重的器具，此喻权力。

〔5〕以惩以劝：谓或得以惩罚邪恶，或用来劝勉向善。

〔6〕道：指公道。

〔7〕以荣以辱：谓或得以荣耀，或因此陷入耻辱。

〔8〕"而《春秋》"七句：谓孔子撰写《春秋》一书，通过措词用字的方式，表达对人物或事件的是非评判，寓褒贬于其中。

〔9〕"不惟"二句：谓不是只考虑行文的法则，而是考虑字词的用意所在。

〔10〕僭（jiàn）：超越本分，冒用在上者的职权、名义行事。

〔11〕"私不"二句：谓私心不能胜于公道，那么公道就不能胜于职位。

〔12〕位之贼：谓会对职位造成危害。

〔13〕庸：岂，难道。

〔14〕"夫子"二句：《易》有《系辞上传》和《系辞下传》，辞传为周文王所作，系谓系属于卦爻之下者，即今存的经文，传则为孔子传述文王之意，

216

故曰"系辞传"。按:古代卜筮之书有《连山》、《归藏》、《周易》三种,合称"三《易》",今仅存《周易》,简称《易》。其中《上彖》、《下彖》、《上象》、《下象》、《上系》、《下系》、《文言》、《说卦》、《序卦》、《杂卦》十篇,相传为孔子所作,总称"十翼"。

〔15〕《孝经》:儒家经典之一,传说是孔子所作。

〔16〕武王:即周武王。详韩愈《原道》注〔43〕。

〔17〕成王:即周成王。详柳宗元《桐叶封弟辩》注〔3〕。

〔18〕周公:详韩愈《原道》注〔43〕。

〔19〕摄:辅佐,代理。

〔20〕周之东迁:指周平王东迁事,西周灭亡,诸侯拥立太子宜臼为王,是为周平王。因旧都镐京曾发生过地震受损,又受到戎、狄等外患的威胁,平王即位后第二年(前770),将国都迁至雒邑,是为东周。

〔21〕平王:周平王(约前781—前720),姬姓,名宜臼,东周第一代国君。公元前770年至前720年在位。

〔22〕"而鲁"二句:周武王封弟周公旦于曲阜,曰鲁,故地在今山东兖州东南至江苏沛县、安徽泗县一带。

〔23〕假:凭借,依靠。

〔24〕齐桓:即齐桓公(?—前643),姜姓,名小白。春秋时齐国国君,为春秋五霸之一。晋文:即晋文公(前697—前628),姬姓,名重耳,春秋时期晋国国君,为春秋五霸之一。

〔25〕遂:如愿,顺从。

〔26〕与:称赞,赞扬。

〔27〕详内而略外:谓修史书,记录事件时有内外详略之别,内指鲁国的历史事件,外指其他诸侯国及边地少数民族国家的事件。《春秋公羊传》云:"春秋内其国而外诸夏,内诸夏而外夷狄,王者欲一乎天下,曷为以外内之辞言之?"注云:"内其国者,假鲁以为京师也;诸夏,外土诸侯也。"

〔28〕"夫子"句:《论语·季氏》:"孔子曰:天下有道,则礼乐征伐自天子出;天下无道,则礼乐征伐自诸侯出。"礼乐,礼节和音乐,古代帝王常用兴礼乐为手段以求达到尊卑有序、远近和合的统治目的。

〔29〕"而田常"二句：《左传》载哀公十四年六月甲午："齐陈恒弑其君壬于舒州，孔丘三日斋，而请伐齐，三。公曰：'鲁为齐弱久矣，子之伐之，将若之何？'对曰：'陈恒弑其君，民之不与者半。以鲁之众加齐之半，可克也。'公曰：'子告季孙。'孔子辞。退而告人曰：'吾以从大夫之后也，故不敢不言。'"田常，春秋时齐国大臣，妫（guī）姓，陈氏，名恒。因避汉文帝刘恒讳称他为田常，亦称田成子。

〔30〕"子贡"句：据《史记·仲尼弟子列传》载：田常想搞乱齐国，以便取代齐君，就以讨伐鲁国作借口。孔子听说此事，就谓门人弟子谁可出使齐国阻止，子路、子张等请行，孔子不许。子贡请行，孔子答应了。子贡至齐，劝田常不要讨伐鲁国，否则会引起齐国君臣对其野心的警觉，不利于达到目的。又建议田常讨伐吴国，自己可作使者，田常同意了。子贡至吴，却游说吴王讨伐齐国。又受吴王之命出使越国游说越王助其伐齐。事后又游说晋国君主防备吴国。结果是吴国伐齐得胜，却被晋国打败，吴国随后被越国灭掉。子贡这次出使，游说诸国，保存了鲁国，使齐国动乱，吴国灭亡，晋国强大，而越国成了霸主。不过这是礼乐征伐自诸侯出的体现，故云"子贡之徒不达夫子之意"。

〔31〕"续经"四句：《春秋左传》晋杜预注云："仲尼既告老去位，犹书卒者，鲁之君臣宗其圣德，殊而异之。"据《春秋》体例，现任卿者书其卒，致仕而卒者不书。孔子以鲁大夫致仕而卒，《春秋》书之，有违体例，但是例外。又注云："孔子作《春秋》终于'获麟'之一句，《公羊》、《穀梁》经是也。弟子欲记圣师之卒，故采《鲁史记》以续夫子之经，而终于此。"按《春秋》记事起于鲁隐公元年，至鲁哀公二十七年春，而鲁哀公十六年四月孔子卒。孔子所撰止于鲁哀公十四年春西狩获麟，其后则为孔子弟子采录《鲁史记》而续写的。大夫，周代在国君之下有卿、大夫、士三等，各等中又分上、中、下三级，后因以大夫为任官职者之称。

〔32〕迁、固之史：指司马迁著的《史记》和班固著的《汉书》。

〔33〕史臣：即史官，主管文书、典籍，并负责修撰前代史书和搜集记录当代史料的官员。

【评析】

此为《六经论》之一，春秋是鲁国史书，相传孔子曾修订过。经学家认为孔子在用字时必寓褒贬，后世遂称曲折而寓含褒贬的文字为"春秋笔法"。

文章以"赏罚"和"是非"为立论之根，这又是基于褒贬而来的，有褒贬，就会有"赏罚"之行和"是非"之观。所谓"赏罚者，天下之公也；是非者，一人之私也"，指出了二者的标准是不一的。赏和罚，是天下公道的体现；是与非，是个人私心的反映。问题是孔子修订《春秋》时用到了赏和罚，未免叫人质疑：其一，孔子修订的《春秋》所用的"春秋笔法"是出于公道呢？还是源自私心呢？因为赏罚是天子、诸侯的权力，孔子凭什么能对人物作出赏罚呢？孔子有是非评断的见解，但没有赏罚的权力。其二，孔子是"病天下之诸侯、大夫僭天子、诸侯之事而作《春秋》"，就是对乱臣贼子越权越礼的行为极其痛恨，而孔子对人物作出的赏罚，也是越权越礼的行为，这样做，他又凭什么能责备天下的人呢？针对这些疑问，文中指出：孔子修订的《春秋》，是记载鲁国历史的著作，而鲁国为周公的封地，周公是属于周王室的裔脉，因此在礼乐征伐出自诸侯的时代，孔子以周王室后裔的名义对人物作出赏罚的评判，是采用周公旦使用的方法，对鲁国的事详细地记载，对诸侯国及边地少数民族国家的事记载的就简略，这是合适的，不存在僭越，不属于以私心是非观定夺。之所以会有疑问，就在于对孔子修订的《春秋》一书性质的误解。这种误读始于孔子的弟子，云"夫子以为鲁国之书，而子贡之徒以为孔氏之书"，即孔子认为《春秋》是鲁国的史书，需秉持公心，因此是非观应遵循"周公之法"，也就是基于周王室的治国理念，而孔子的学生子贡等人不能明白孔子的用意，却把《春秋》当作孔子自己的书了。如写成"孔丘卒"，依鲁国法规，"大夫告老而卒,不书",却于孔子去世后如此书写,这是私心的体现,这是与孔子编写《春秋》"以公天下"的理念相反的。文章有较强的思辨性,见识独特,观点鲜明。

管 仲 论[1]

管仲相桓公[2],霸诸侯,攘戎狄[3],终其身,齐国富强,诸侯不叛。管仲死,竖刁、易牙、开方用,桓公薨于乱[4],五公子争立,其祸蔓延,讫简公[5],齐无宁岁。

夫功之成,非成于成之日,盖必有所由起;祸之作,不作于作之日,亦必有所由兆。则齐之治也,吾不曰管仲,而曰鲍叔[6];及其乱也,吾不曰竖刁、易牙、开方,而曰管仲。何则?竖刁、易牙、开方三子,彼固乱人国者,顾其用之者,桓公也。夫有舜,而后知放四凶[7];有仲尼,而后知去少正卯[8]。彼桓公何人也?顾其使桓公得用三子者,管仲也。仲之疾也,公问之相,当是时也,吾以仲且举天下之贤者以对,而其言乃不过曰"竖刁、易牙、开方三子,非人情,不可近"而已[9]。

呜呼!仲以为桓公果能不用三子矣乎?仲与桓公处几年矣,亦知桓公之为人矣乎?桓公声不绝乎耳,色不绝乎目,而非三子者,则无以遂其欲[10]。彼其初之所以不用者,徒以有仲焉耳[11]。一日无仲,则三子者可以弹冠相庆矣[12]。仲以为将死之言可以絷桓公之手足邪[13]?夫齐国不患有三子而患无仲,有仲,则三子者,三匹夫耳[14]。不然,天下岂少三子之徒?虽桓公幸而听仲诛此三人,而其馀者,仲能悉数而去之邪?呜呼!仲可谓不知本者矣。因桓公之问,举天下之贤者以自代,则仲虽死,而齐国未为无仲也,夫何患三子者?不言可也。

五霸莫盛于桓、文[15],文公之才不过桓公,其臣又皆不及仲。灵公之虐不如孝公之宽厚[16],文公死,诸侯不敢叛晋。晋袭文公之馀威,得为诸侯之盟主者百有馀年。何者?其君虽不肖,而尚有老成人焉。桓公之薨也[17],一乱涂地[18]。无惑也,彼独恃一管仲,而仲则死矣。夫天下未尝无贤者,盖有臣而无君者矣。桓公在焉,而曰天下不复有管仲者,吾不信也。仲之书有记其将死论鲍叔、宾胥无之为人[19],且各疏其短[20],是其心以为是数子者皆不足以托国,而又逆知其将死[21],则其书诞谩不足信也[22]。

吾观史鳅以不能进蘧伯玉而退弥子瑕,故有身后之谏[23]。萧何且死,举曹参以自代[24],大臣之用心固宜如此也。夫国以一人兴,以一人亡,贤者不悲其身之死而忧其国之衰,故必复有贤者而后可以死,彼管仲者,何以死哉!

【注释】

〔1〕管仲(前725—前645):姬姓,管氏,名夷吾,字仲,谥敬,春秋齐国颍上(今属安徽)人。少时丧父,老母在堂,生活贫苦。曾与鲍叔牙合伙经商,后到齐国,经鲍叔牙力荐,为齐国丞相,辅佐齐桓公成为春秋时期第

一霸主。

〔2〕桓公：详苏洵《春秋论》注〔24〕。

〔3〕戎狄：详韩愈《原道》注〔52〕。

〔4〕"管仲死"三句：《史记·齐太公世家》载："管仲病，桓公问曰：'群臣谁可相者？'管仲曰：'知臣莫如君。'公曰：'易牙如何？'对曰：'杀子以适君，非人情，不可。'公曰：'开方如何？'对曰：'倍亲以适君，非人情，难近。'公曰：'竖刁如何？'对曰：'自宫以适君，非人情，难亲。'管仲死，而桓公不用管仲言，卒近用三子，三子专权四十二年。"齐桓公病重，听说易牙、竖刁假传君命作乱，后悔未听管仲之言，桓公后被活活饿死。桓公死后，诸子争夺君位，宫中大乱，桓公的尸体停放在床上六七十天，无人收殓，以至腐烂生蛆。经过这场内乱，齐国的霸业开始衰落。竖刁，一作竖刀，春秋时齐桓公近臣，官为寺人。负责掌管内侍及女宫的戒令，是有史记载最早的宦官。易牙，一作狄牙，雍人，名巫，又叫雍巫。春秋时齐桓公近臣，官为寺人，精于烹调。传说曾烹其子为羹以献桓公。开方，姬姓，春秋时卫懿公的庶长子，仕于齐，为齐桓公宠臣。

〔5〕齐简公：姜姓，吕氏，名壬，齐悼公之子，公元前484年至前481年在位。

〔6〕鲍叔：即鲍叔牙（？—前644），姒姓，鲍氏，颍上（今属安徽）人。春秋时齐国大夫，管仲好友。后来管仲侍奉齐襄公的儿子公子纠，鲍叔牙侍奉公子纠的弟弟公子小白。齐国内乱，管仲随公子纠出奔鲁，鲍叔牙随公子小白出奔莒。小白返国，继承君位，公子纠被杀，管仲被囚。鲍叔牙推荐管仲当作宰相，时人誉为"管鲍之交"。

〔7〕四凶：参见欧阳修《朋党论》注〔8〕。

〔8〕"有仲尼"二句：少正卯（？—前496），春秋时鲁国的大夫。他和孔丘都开办私学，彼此间存在利益竞争。后孔丘任鲁国大司寇，代理宰相，上任后七日，以少正卯为"小人之桀雄"，品性恶劣，有惑众造反的能力，就把少正卯诛杀，暴尸三日。

〔9〕"而其"句：参见注〔4〕。

〔10〕遂：如愿，顺从。

〔11〕徒:但,仅,只。

〔12〕弹冠相庆:《汉书·王吉传》:"吉与贡禹为友,世称'王阳在位,贡公弹冠',言其取舍同也。"本谓王吉(王阳)、贡禹友善,王吉做官,贡禹也准备出仕。后用弹冠相庆指互相庆贺,多用作贬义。

〔13〕絷(zhí):拴住马足,引申为拴缚。

〔14〕匹夫:古代指男性平民,亦泛指常人。

〔15〕五霸:即春秋五霸。具体所指不一,一指齐桓公、宋襄公、晋文公、秦穆公和楚庄王,一说是齐桓公、晋文公、楚庄王、吴王阖闾、越王勾践,一说是齐桓公、晋文公、秦穆公、楚庄王、吴王阖闾。

〔16〕灵公:即晋灵公,姬姓,名夷皋。公元前620年至前607年在位,即位时年尚幼,即好声色。宠任屠岸贾,荒淫无道。孝公:即齐孝公(?—前633),姜姓,吕氏,名昭。春秋时齐国国君,桓公之子,公元前642年至前633年在位。

〔17〕薨(hōng):死的别称。自周代始,人之死亡,有尊卑之分,以"薨"称诸侯之死。

〔18〕涂地:惨死,遭受残害。谓彻底败坏而不可收拾。

〔19〕"仲之书"句:《管子·戒第》载管仲病,桓公前往探视,询问能使国家安定的继任者,管仲回答说:"鲍叔之为人,好直而不能以国诎;宾胥无之为人也,好善而不能以国诎。"宾胥无:又作宾须无,春秋时齐国大夫,曾与管仲、鲍叔牙等辅助齐桓公称霸。

〔20〕疏:分条记录或分条陈述,阐释。

〔21〕逆知:预知,逆料。

〔22〕诞谩:欺诈,荒诞虚妄。

〔23〕"吾观"二句:《孔子家语·困誓》云蘧(qú)伯玉贤能而卫灵公不能任用,弥子瑕不成器而反被任用,史鱼多次进谏,灵公却不听从。史鱼病,临终时,对其子说,吾在卫国朝廷上,不能让君主进用蘧伯玉,辞退弥子瑕,这是我作为臣子却不能匡正君主的过错。活着的时候不能匡正君主的过错,死后就无法完成葬礼。我死后,你把我的尸体停放在房中,我就心满意足了。"他的儿子照他说的做了,孔子听了,认为史鱼是以尸进

谏,可谓忠直之士。史鳅(qiū),即史鱼,字子鱼,名佗,春秋时卫国大夫。卫灵公时任祝史,负责卫国对社稷神的祭祀。蘧瑗,字伯玉,谥成子。春秋时卫国人,以贤德闻名诸侯,孔子与其私交友善。弥子瑕,晋士,姓姬,名牟,字子瑕,曾出仕卫国,为将军。

〔24〕"萧何"二句:《史记·萧相国世家》:"及何病,孝惠自临视相国病,因问曰:'君即百岁后,谁可代君者?'对曰:'知臣莫如主。'孝惠曰:'曹参何如?'何顿首曰:'帝得之矣,臣死不恨矣。'"萧何(前257—前193),沛丰邑人。秦末辅佐刘邦起义,汉高祖时为相国,高祖死后,他辅佐惠帝。曹参(?—前190),字敬伯,汉泗水沛(今江苏沛县)人,西汉开国功臣,继萧何后为相。

【评析】

孔子云"微管仲,吾其被发左衽矣"(《论语·宪问》),认为如果没有管仲,汉族人都会披散头发,左开衣襟,成为野蛮人了。可见孔子对管仲其人的评价,已上升至关系到民族存亡的层面。管仲辅佐齐桓公,提出了"尊王攘夷"的主张,即尊崇周王的权力,抵御外族的入侵,使齐成为春秋五霸之首。这篇文章是翻案之笔,一反前人对管仲的赞誉,对管仲其人提出了质疑,核心观点就是管仲不能荐贤以自代,致使自己死后,桓公重用小人,以至于齐国大乱。

文章剖析了管仲不能善后的原因在于:管仲能为齐国宰相,得力于鲍叔的荐举,齐国称霸,鲍叔的功劳不可否认。反观管仲临终时,面对桓公的求问,回答却模棱两可,不能荐举贤能,致使桓公重用小人。另外,管仲与桓公相处有年,了解桓公的为人。管仲在时,易牙之类的小人无机会引诱桓公;管仲死,三人得势,可以"遂其欲",致使齐国陷于动乱。这种局面的出现,管仲是难辞其咎的。作者认为管仲不能举贤自代,仍是私心在作怪。否则,有贤能在,即使管仲死了,三子也得不到重用。文章末段云:"一国以一人兴,以一人亡,贤者不悲其身之死而忧其国之衰。"这是文章的主旨所在,说明作为贤能的权臣,生前能使国家昌盛富强,死前要安排好后事,这关系到国家的兴亡。管仲不能善后,缺乏政治家的战略眼光,结果遗患无穷。

文章论辩色彩极浓,翻新破旧,立论高妙,精辟警策,表达了强烈的使命感。苏洵有《辨奸论》一文,其中云:"凡事之不近人情者,鲜不为大奸慝,竖刁、易牙、开方是也。"据说此文是针对王安石发难的。《管仲论》所言或与此有关联,看似论古,或为刺今。

上欧阳内翰第一书[1]

内翰执事[2]:洵布衣穷居[3],尝窃有叹[4],以为天下之人不能皆贤,不能皆不肖。故贤人君子之处于世,合必离,离必合。往者天子方有意于治[5],而范公在相府[6],富公为枢密副使[7],执事与余公、蔡公为谏官[8],尹公驰骋上下[9],用力于兵革之地[10]。方是之时,天下之人,毛发丝粟之才纷纷然而起[11],合而为一。而洵也,自度其愚鲁无用之身[12],不足以自奋于其间,退而养其心,幸其道之将成,而可以复见于当世之贤人君子[13]。不幸道未成,而范公西,富公北[14],执事与余公、蔡公分散四出[15],而尹公亦失势,奔走于小官[16]。洵时在京师,亲见其事,忽忽仰天叹息[17],以为斯人之去,而道虽成,不复足以为荣也。既复自思,念

225

往者众君子之进于朝,其始也,必有善人焉推之,今也亦必有小人焉间之[18]。今之世无复有善人也,则已矣,如其不然也,吾何忧焉?姑养其心,使其道大有成而待之,何伤?退而处十年,虽未敢自谓其道有成矣,然浩浩乎其胸中若与曩者异[19]。而余公适亦有成功于南方[20],执事与蔡公复相继登于朝[21],富公复自外入为宰相[22],其势将复合为一,喜且自贺,以为道既已粗成,而果将有以发之也。既又反而思其向之所慕望爱悦之而不得见之者,盖有六人,今将往见之矣。而六人者已有范公、尹公二人亡焉,则又为之潸然出涕以悲[23]。呜呼!二人者不可复见矣,而所恃以慰此心者,犹有四人也,则又以自解。思其止于四人也,则又汲汲欲一识其面以发其心之所欲言[24]。而富公又为天子之宰相,远方寒士未可遽以言通于其前,余公、蔡公远者又在万里外,独执事在朝廷间,而其位差不甚贵,可以叫呼扳援而闻之以言[25],而饥寒衰老之病又痼而留之,使不克自至于执事之庭[26]。夫以慕望爱悦其人之心[27],十年而不得见,而其人已死,如范公、尹公二人者,则四人者之中,非其势不可遽以言通者,何可以不能自往而遽已也[28]?

执事之文章,天下之人莫不知之,然窃自以为洵之知之特深愈于天下之人。何者?孟子之文,语约而意尽,不为巉刻斩绝之言[29],而其锋不可犯。韩子之文[30],如长江大河,浑浩流转[31],鱼鼋蛟龙[32],万怪惶惑[33],而抑遏蔽掩不使自露[34],而人自见其渊然之光[35],苍然之色,亦自畏避,不敢迫视。执事之文,纡徐委备[36],往复百折,而条达疏畅[37],无所间断,气尽语极[38],急言竭论[39],而容与间易[40],无艰难劳苦之态。此三者,皆断然自为一家之文也。惟李翱之文[41],其味黯然而长,其光油然而幽[42],俯仰揖让[43],有执事之态。陆贽之文[44],遣言措意[45],切近的当[46],有执事之实。而执事之才又自有过人者,盖执事之文非孟子、韩子之文,而欧阳子之文也。夫乐道人之善而不为谄者,以其人诚足以当之也。彼不知者,则以为誉人以求其悦己也。夫誉人以求其悦己,洵亦不为也,而其所以道执事光明盛大之德而不自知止者,亦欲执事之知其知我也。

虽然,执事之名满于天下,虽不见其文,而固已知有欧阳子矣。而洵也不幸堕在草野泥途之中,而其知道之心又近而粗成[47],而欲徒手奉咫尺之书自托于执事[48],将使执事何从而知之、何从而信之哉?洵少年不学,生二十五岁始知读书,从士君子游。年既已晚,而又不遂刻意厉行[49],以古人自期。而视与己同列者皆不胜己,则遂以为可矣。其后困益甚[50],然后取古人之文而读之,始觉其出言用意与己大别。时复内顾,自思其才则又似夫不遂止于是而已者,由是尽烧曩时所为文数百篇,取《论语》、《孟子》、韩子及其它圣人、贤人之文,而兀然端坐[51],终日以读之者七八年。方其始也,入其中而惶然,博观于其外,而骇然以惊。及其久也,读之益精,而其胸中豁然以明,若人之言固当然者,然犹未敢自出其言也。时既久，胸中之言日益多，不能自制，试出而书之，已而再三读之，浑浑乎觉其来之易矣[52]，然犹未敢以为是也。近所为《洪范论》、《史论》凡七篇，执事观其如何？嘻！区区而自言，不知者又将以为自誉，以求人之知己也。惟执事思其十年之心如是之不偶然也而察之。

【注释】

〔1〕欧阳内翰：即欧阳修，曾做翰林学士，以掌内制，故称内翰。

〔2〕执事：对对方的敬称。

〔3〕穷居：谓隐居不仕。

〔4〕窃：私下，私自，多用作谦词。

〔5〕天子：指宋仁宗。

〔6〕范公：指范仲淹。详欧阳修《与高司谏书》注〔14〕。

〔7〕富公：指富弼（1004—1083），字彦国，洛阳人。仁宗庆历三年任枢密副使，与范仲淹等共同推行庆历新政。至和二年为宰相，神宗熙宁二年再度为相，因反对王安石变法，出判亳州。

〔8〕"执事"句：欧阳修庆历三年三月知谏院。余公，即余靖（1000—1064），字安道，号武溪。韶州曲江（今属广东韶关）人。仁宗天圣二年进士。历官集贤校理、史馆修撰、集贤院学士等。按：庆历三年三月余靖为右正言，谏院供职。蔡公，即蔡襄（1012—1067），字君谟，福建仙游人。天圣八年进士，历官馆阁校勘、翰林学士、端明殿学士等。按：庆历三年四月蔡襄为秘书丞，知谏院。

〔9〕"尹公"句：谓尹洙到处奔波。尹公，即尹洙（1001—1047），字师鲁，河南（今河南洛阳）人，人称河南先生。庆历初以太常丞知泾州，又以右司谏知渭州。驰骋，纵马疾驰，奔驰，追逐。

〔10〕兵革：兵器和甲胄的总称。指战争。

〔11〕毛发丝粟：形容极其微小。

〔12〕愚鲁:愚蠢粗鲁。

〔13〕"退而"三句:谓隐退而涵养自己的心志,有幸德行有成,可以被当代的贤人君子礼遇。

〔14〕"范公"二句:庆历四年六月,夏竦进谗言,范仲淹出京为陕西、河东宣抚使。七月,富弼出京为河北宣抚使。

〔15〕"执事"句:庆历四年十月蔡襄出知福州,次年五月余靖出知吉州,八月欧阳修出知滁州。

〔16〕"尹公"二句:庆历初,夏竦上奏言尹洙擅自发兵,贬徙通判濠州。后改知泾州、渭州、庆州、晋州、潞州等。后被指控擅用公使钱贷,又贬监均州酒税,后病死南阳。

〔17〕忽忽:失意的样子。

〔18〕间:离间。

〔19〕浩浩:谓胸怀开阔坦荡。

〔20〕"余公"句:仁宗皇祐四年余靖以广西安抚使平定侬智高之乱。

〔21〕"执事"句:仁宗至和元年九月,欧阳修还京任翰林学士。同年,蔡襄迁龙图阁学士知开封府。

〔22〕"富公"句:富弼于仁宗至和二年六月拜同中书门下平章事、集贤殿大学士。

〔23〕潜然:流泪貌,亦谓流泪。

〔24〕汲汲:心情急切貌。

〔25〕扳援:攀附,挽留,援引。

〔26〕克:能够。

〔27〕慕望:仰慕。

〔28〕遽已:马上终止。

〔29〕巉刻:形容言词尖刻。斩绝:形容语气锋芒毕露,不留馀地。

〔30〕韩子:即韩愈。

〔31〕浑浩:水势盛大貌。流转:流畅圆转。

〔32〕鼋(yuán):大鳖,俗称癞头鼋。

〔33〕惶惑:疑惧,疑惑。

〔34〕抑遏:抑制,遏止。蔽掩:含蓄。

〔35〕渊:深邃,深沉。

〔36〕纡馀:文章曲折有致。委备:详尽完备。

〔37〕条达:条理通达,畅达。疏畅:通畅,流畅。

〔38〕气尽语极:谓竭尽语气。

〔39〕急言竭论:谓言辞激切,论说透彻。急言,激切的言辞。

〔40〕容与间易:谓行文从容不迫,用语简率平易。

〔41〕李翱:详韩愈《送孟东野序》注〔28〕。

〔42〕"其味"二句:谓意味凝重而悠长,光彩浓重而幽渺。黯然,黑貌,比喻衰落,没有生气。油然,盛兴貌。

〔43〕俯仰:周旋,应付。揖让:禅让,让位于贤。

〔44〕陆贽(754—805):字敬舆,嘉兴(今属浙江)人。大历八年进士,中博学宏辞、书判拔萃科,官至翰林学士、宰相。

〔45〕遣言:遣词。措意:指诗文的立意。

〔46〕切近:贴近,相近。的当:恰当,稳妥。

〔47〕知道:谓通晓天地之道,深明人世之理。

〔48〕咫尺:周制八寸为咫,十寸为尺。形容微小,不足道。

〔49〕厉行:砥砺操行。

〔50〕困:困惑。

〔51〕兀然:静止的样子。

〔52〕浑浑:广大貌。又滚滚,大水流貌。

【评析】

　　古代中国,贤人君子是理想人格的最高目标,文中指出当今贤人君子有六人,即范仲淹、富弼、余靖、蔡襄、尹洙、欧阳修,均为自己久已仰慕愿见者,只是没机会。又以"贤人君子之处于世,合必离、离必合",到了京城,六人中死的死,活着的或到外地任职,只有欧阳氏在京城,以此说明这次寻求拜见欧氏,并非刻意而为,显得如此顺其自然。既有与五位贤人君子不能相见之"离"的遗憾，又有与欧氏见面之"合"的幸运。

赞美欧氏，不是着眼于政事，而是从文章方面入手。指出其文特点就在于行文从容不迫，用语自然平易，曲折有致，条理通达，没有艰难劳苦之态。说明自己是深知欧氏的。又由深知欧氏为文的特点进而谈及深知欧氏其人，指出他人知欧氏之名，多是附和影从。作者自许为欧氏知音，是因为对欧氏文章的熟知。之所以能做到这一点，就在于自己学识的深厚，自云二十五岁始知读书，以古人自期，苦读十年，说明自己因文章以深知欧氏，同时更希望欧氏能通过自己上呈的习作，了解自己。

文章以"离"与"合"为线，表达了求欧氏相助的心态，信中强调的是二人间的文字之交，是君子之交，是对离合之"合"意的暗示，很有人生得一知己足矣的意思。行文迂曲周折，神足气完。

苏氏族谱亭记[1]

匹夫而化乡人者[2]，吾闻其语矣。国有君，邑有大夫[3]，而争讼者诉于其门[4]；乡有庠，里有学[5]，而学道者赴于其家[6]。乡人有为不善于室者，父兄辄相与恐曰："吾夫子无乃闻之？"呜呼！彼独何修而得此哉？意者其积之有本末，而施之有次第耶[7]？

今吾族人犹有服者不过百人[8]，而岁时蜡社[9]，不能相与尽其欢欣爱洽，稍远者至不相往来，是无以示吾乡党邻里也[10]，乃作《苏氏族谱》，立亭于高祖墓茔之西南[11]，而刻石焉。既而告之曰："凡在此者，死必赴。冠[12]，娶妻，必告。少而孤，则老者字之[13]；贫而无归，则富者收之。而不然者，族人之所共诮让也[14]。"

岁正月，相与拜奠于墓下[15]，既奠，列坐于亭。其老者顾少者而叹曰："是不及见吾乡邻风俗之美矣。自吾少时，见有为不义者，则众相与疾之[16]，如见怪物焉，栗焉而不宁[17]，其后少衰也，犹相与笑之。今也则相与安之耳，是起于某人也。夫某人者，是乡之望人也[18]，而大乱吾俗焉。是故其诱人也速，其为害也深。自斯人之逐其兄之遗孤子而不恤也，而骨肉之恩薄；自斯人之多取其先人之赀田而欺其诸孤子也[19]，而孝弟之行缺[20]；自斯人之为其诸孤子之所讼也，而礼义之节废；自斯人之以妾加其妻也[21]，而嫡庶之别混[22]；自斯人之笃于声色[23]，而父子杂处，谨哗不严也[24]，而闺门之政乱；自斯人之渎财无厌[25]，惟富者之为贤也，而廉耻之路塞。此六行者，吾往时所谓大惭而不容者也，今无知之人皆曰：'某人何人也，犹且为之。'其舆马赫奕[26]，婢妾靓丽[27]，足以荡惑里巷之小人[28]；其官爵货力[29]，足以摇动府县；其矫诈修饰言语[30]，足以欺罔君子[31]。是州里之大盗也，吾不敢以告乡人，而私以戒族人焉，仿佛于斯人之一节者，愿无过吾门也。"予闻之惧而请书焉，老人曰："书其事而阙其姓名，使它人观之，则不知其为谁。而夫人之观之，则面热内惭，汗出而食不下也。且无彰之，庶其有悔乎？"予曰：

232

"然。"乃记之。

【注释】

〔1〕族谱:记载宗族或家族谱系的书册。

〔2〕"匹夫"句:谓平民百姓可以改变乡里的风俗。

〔3〕大夫:周代在国君之下有卿、大夫、士三等,各等中又分上、中、下三级,后因以大夫为任官职者之称。

〔4〕争讼:因争论而诉讼。

〔5〕"乡有"二句:《礼记·学记》:"古之教者,家有塾,党有庠,术有序,国有学。"均为古代的学校。

〔6〕学道:学习道艺,即学习儒家的学说,如仁义礼乐之类。

〔7〕"意者"二句:谓大概是他们素养积累有始有终,而做事情有条理。次第,次序,顺序。

〔8〕服:指五服,古代以亲疏为差等的五种丧服,即斩衰、齐衰、大功、小功、缌麻。也指高祖、曾祖、祖、父、自身五代。

〔9〕蜡社:泛指祭祀。蜡,祭名,古代称祭百神为"蜡",祭祖先为"腊",秦汉以后统称"腊"。社,古代谓土地神,引申为祀社神的节日,即社日。古代一年有两社日,即春社、秋社。

〔10〕乡党:周制,一万二千五百家为乡,五百家为党,泛称家乡。也指同乡,乡亲。

〔11〕墓茔:墓地。茔,葬地,坟墓。

〔12〕冠:古代男子到成年则举行加冠礼,叫作冠,一般是在二十岁。

〔13〕字:乳哺,养育。

〔14〕诮让:责问。

〔15〕拜奠:跪拜祭奠。

〔16〕疾:厌恶,憎恨。又非难,毁谤。

〔17〕栗焉:栗然,恐惧貌,瑟缩貌。栗,通"慄"。

〔18〕望人:有声望的人士。

〔19〕赀:通"资",货物,钱财。

〔20〕孝弟：又作孝悌，孝顺父母，敬爱兄长。

〔21〕"自斯人"句：自从此人把妾看得比妻子还要重要。斯，此。

〔22〕嫡庶：指正妻与妾。

〔23〕笃：固。

〔24〕谯哗：喧哗。

〔25〕渎：通"黩"，贪求。

〔26〕赫奕：显赫的样子，美盛的样子。

〔27〕靓丽：艳丽。

〔28〕荡惑：迷惑。

〔29〕货力：财货及人力。

〔30〕矫诈：虚伪诡诈。

〔31〕欺罔：欺骗蒙蔽。

【评析】

《四书》之《大学》有所谓齐家、治国、平天下，意指只有管理好家族（或家庭）事务，才能进一步谈论治理好国家，才能使天下黎民百姓安定。可见古代中国，是个宗族观念十分强烈的社会。

"匹夫而化乡人"，开篇即强调作为普通人，应该有责任感，这样做才能促使家族和睦，由此而感染邻里乡村，促进社会风气的改善。接着说明撰写此文的用意，指出苏氏同宗有服的族人不过百人，每年祭祀之日，并不能相聚，极尽亲人间的欢欣、关爱与融洽。至于关系稍微疏远的，以至不相往来。亲情的淡漠，是有违于社会伦理要求的，也无法向乡亲邻里作示范。因此立石刻碑，昭示宗族。文中也探究风俗变化的原因，借老人的话，叙说早年乡里风俗良好，人们坚守规范，自律自觉。如今却大不如前，淳厚的风气难觅，究其根源，是乡里有位名望较高的人的所做所为"大乱吾俗焉"，使美好的风俗荡然无存。文中列举了此人六大罪状：骨肉之恩薄、孝弟之行缺、礼义之节废、嫡庶之别混、闺门之政乱、廉耻之路塞，在纲常礼教等方面有亏欠。

据宋末元初人周密《齐东野语》卷十三"老苏族谱记"载程公许言，云苏洵《族谱亭记》中所云某人为其妻之兄弟，"盖苏与其妻党程氏大不咸"，即与姻亲程氏极其不和。苏洵有《自尤》诗，序云幼女嫁于程之才，不得宠于公婆，因病而弃之不顾，以至于死。按：程之才为苏轼母成国太夫人程氏之侄，苏洵以为程氏太没人性，以至幼女年十八就过早地弃世了，因此极其怨恨程氏。此借撰写族谱亭记讽谕同乡的人，并告诉同族的人引以为诫。

彭州圆觉禅院记[1]

人之居乎此也，其必有乐乎此也。居斯乐[2]，不乐，不居也。居而不乐，不乐而不去，为自欺，且为欺天。盖君子耻食其食而无其功，耻服其服而不知其事[3]，故居而不乐，吾有吐食脱服以逃天下之讥而已耳。天之畀我以形[4]，而使我以心驭也[5]。今日欲适秦，明日欲适越，天下谁我御[6]？故居而不乐，不乐而不去，是其心且不能驭其形，而况能以驭他人哉？

自唐以来，天下士大夫争以排释老为言，故其徒之欲求知于吾士大夫之间者，往往自叛其师以求容于吾[7]，而吾士大夫亦喜其来，而接之以礼。灵师、文畅之徒[8]，饮酒食肉以自绝于其教。呜呼！归尔父子，复尔室家[9]，而后吾许尔以叛尔师。父子之不归，室家之不复，而师之叛，是不可以一日立于天下。传曰："人臣无外交。"[10]故季布之忠于楚也，虽不如萧、韩之先觉，而比丁公之贰则为愈[11]。

予在京师，彭州僧保聪来求识予甚勤。及至蜀，闻其自京师归，布衣蔬食以为其徒先[12]，凡若干年，而所居圆觉院大治。一日，为予道其先师平润事，与其院之所以得名者，请予为记。予佳聪之不以叛其师悦予也，故为之记曰：彭州龙兴寺僧平润讲《圆觉经》有奇[13]，因以名院。院始弊葺[14]，润之来，始得隙地，以作堂宇[15]。凡更二僧，而至于保聪，聪又合其邻之僧屋若干于其院以成。是为记。

【注释】

〔1〕彭州：今属四川。

〔2〕斯：此。

〔3〕"盖君子"二句：谓作为君子，以饱食食物而其间未有付出为可耻，以身着衣服而不知纺织之事为可耻。

〔4〕畀(bì)：给予，付与。

〔5〕驭：控制，制约。

〔6〕谁我御：即谁御我，谓谁能控制我。御，控制，约束以为用。

〔7〕求容于吾：谓祈求儒者容纳。按：作者为儒者，"吾"有此意。

〔8〕灵师、文畅：均唐代僧人，韩愈分别有诗赠二人。《送灵师》一诗其中云："灵师皇甫姓，胤胄本蝉联。少小涉书史，早能缀文篇。中间不得意，失迹成延迁。逸志不拘教，轩腾断牵挛。围棋斗白黑，生死随机权。六博在一掷，枭卢叱回旋。战诗谁与敌，浩汗横戈鋋。饮酒尽百盏，嘲谐思逾鲜。有时醉花月，高唱清且绵。四座咸寂默，杳如奏湘弦。"又《送文

畅师北游》一诗其中云："昔在四门馆，晨有僧来谒。自言本吴人，少小学城阙。……酒场舞闺姝，猎骑围边月。开张箧中宝，自可得津筏。从兹富裘马,宁复茹藜蕨。"

〔9〕"归尔"二句：谓令佛教徒还俗，与父子、妻子团圆。尔，你，你们。室家，夫妇，又泛指家庭或家庭中的人，如父母、兄弟、妻子等。

〔10〕"传曰"二句：《礼记·郊特牲》："诸侯之庭，为人臣者无外交，不敢贰君也。"

〔11〕"故季布"三句：谓季布忠于项羽，虽然不及萧何、韩信先知先觉，弃楚归汉，但比起丁公作贰臣而言要强得多。按：《史记·季布栾布列传》载云：季布，楚人，以任侠有名。楚项羽使将兵，多次围困汉王刘邦。及项羽灭，刘邦赦免了季布。丁公为季布母弟，为楚将，也曾追逐窘迫的刘邦。及项羽灭，丁公谒见刘邦，刘邦云："丁公为项王臣不忠，使项王失天下者，乃丁公也。"于是斩了丁公，云："使后世为人臣者无效丁公。"楚，项羽曾自立为西楚霸王，都下邳，六年后国除。萧、韩，即萧何、韩信。萧何，详苏洵《管仲论》注〔24〕。韩信（约前231—前196），淮阴（今属江苏）人。秦末投奔项羽，未得到重用，萧何向刘邦荐举，刘邦拜韩信为大将军。汉四年，韩信被拜为相国，又被立为齐王，次年十月，会师垓下，围歼楚军，项羽自刎。汉朝建立后被告发谋反，贬为淮阴侯，后吕后与相国萧何合谋，借口韩信谋反而诱斩之，夷其三族。贰，不专一，怀有二心。愈，贤，胜过。

〔12〕"布衣"句：谓保聪衣食简朴，做其徒弟的表率。

〔13〕《圆觉经》：《大方广圆觉修多罗了义经》的简称，佛教大乘之经典。内容是佛为文殊、普贤等十二位菩萨宣说如来圆觉的妙理和观行方法，是唐、宋、明以来教、禅各宗盛行讲习的经典。

〔14〕葺：修理、修建房屋。

〔15〕堂宇：殿堂的顶棚，亦指殿堂。

【评析】

　　本文作于作者闲居故乡时。作者认为作为出家人，信仰是很重要的。出家的因素涉及到方方面面,能否坚定信仰,既有内在原因,也有外来因素。

佛道兴起于汉朝,中唐以来,国家由盛转衰,大批男性劳动力出家,农田荒废,对经济造成的危害是不言而喻的,也威胁着王朝统治的根基。所以韩愈提出了"人其人,火其书,庐其居"(《原道》),即使出家的佛徒道士还俗成为普通的百姓,焚烧佛道著作,把寺庙道观改成民居。如果说这是外来因素对出家人的信仰的影响,那么还有自身的原因,即出家的动机是什么?动机不纯,信仰就会出问题,貌合神离,大有人在。如唐代的灵师、文畅等,虽然是出家人,贪嗜鱼肉酒色,不亚于世俗人。到了宋代,这类人依然有,他们不能耕种,不知蚕桑,却衣食无忧。也就是不事生产,却耗费着大量社会物质资源,不以为耻,反以为荣,借佛道外衣,行世俗快乐之事,这就是本文锋芒所指处。

作者以为,作为出家人,动机要纯,信仰要坚定,才不会贪图享受,才会事业有成,并乐于为所信仰的事业而真诚地付出。就如同僧人保聪,布衣蔬食,不欺天,不自欺,达到"天之畀我以形,而使我以心驭也",达到身心的自由,不为世俗的功利情欲所羁绊。

木假山记[1]

木之生,或蘖而殇[2],或拱而夭[3]。幸而至于任为栋梁则伐,不幸而为风之所拔,水之所漂。或破折,或腐。幸而得不破折,不腐,则为人之所材,而有斧斤之患[4]。其最幸者,漂沉汩没于湍沙之间[5],不知其几百年,而其激射啮食之馀[6],或仿佛于山者,则为好事者取去,强之以为山,然后可以脱泥沙而远斧斤。而荒江之濆[7],如此者几何不为好事者所见,而为樵夫野人所薪者何可胜数[8],则其最幸者之中又有不幸者焉。

予家有三峰,予每思之,则疑其有数存乎其间[9]。且其蘗而不殇,拱而不夭,任为栋梁而不伐,风拔水漂而不破折,不腐;不破折,不腐,而不为人所材,以及于斧斤;出于湍沙之间,而不为樵夫野人之所薪,而后得至乎此,则其理似不偶然也。

然予之爱之,则非徒爱其似山,而又有所感焉;非徒爱之,而又有所敬焉。予见中峰魁岸踞肆[10],意气端重[11],若有以服其旁之二峰[12]。二峰者,庄栗刻峭[13],凛乎不可犯[14],虽其势服于中峰,而岌然决无阿附意[15]。吁!其可敬也夫,其可以有所感也夫。

【注释】

〔1〕苏轼诗《木山》叙云:"吾先君子尝蓄木山三峰,且为之记与诗。"

〔2〕蘗(niè):草木砍伐后长出的新芽,指开端,萌生。殇:未至成年而死。

〔3〕拱:指两手或两臂合围的径围。此指拱木,径围大如两臂合围的树,泛指大树。

〔4〕"则为"二句:谓会被人们视作木材,难免有遭斧头砍伐的祸患。斧斤,泛指各种斧子。

〔5〕汩(gǔ)没:淹没,埋没,湮灭。湍:水势急而旋,又急流的水。

〔6〕激射:喷射,冲击。啮食:侵蚀。

〔7〕濆(fén):水边,涯岸。

〔8〕所薪者:谓用作木柴。

〔9〕数:指命数,犹命运。

〔10〕魁岸:魁梧高大,奇伟不凡。踞肆:山势雄伟恣肆的样子。

〔11〕意气端重:神色端庄凝重。

〔12〕服:使顺服。

〔13〕庄栗:庄重,庄严。刻峭:高峻,挺拔。

〔14〕凛乎:凛然,严肃,令人敬畏的样子。或形容表示敬重或惊恐的神态。

〔15〕岌:高耸。阿附:依附。

【评析】

苏轼《木山》诗叙云:"吾先君子尝蓄木山三峰,且为之记与诗。诗人梅二丈圣俞见而赋之,今三十年矣。而犹子千乘又得五峰,益奇,因次圣俞韵,使并刻之其侧。"诗作于哲宗元祐三年(1088),知苏洵此文作于仁宗嘉祐四年(1059)。苏洵得到似三座山峰的木头,友人梅尧臣赋诗云:"空山枯楠大蔽牛,霹雳夜落鱼凫洲。"又云:"左右两峰相连翼,尊奉君长无慢尤。苏夫子见之惊且喜,买于溪叟凭貂裘。"知木头为楠木,沉埋于水边沙泥之中,苏洵是从溪边一老叟手中买得。

元李存《俟庵集》卷十三《两峰楼记》云:"昔苏老尝记木假山者三,中以自况,而傍以况子也。"也就是说苏洵喜欢并敬仰木假山之三峰,是因为从中品味出了他与二子的品性。中峰端庄伟岸,有正人君子的气概,是作者本人的象征。旁边的二座山峰挺拔坚毅,傲然不驯,有个性,是自己二个儿子的写照。《庄子·外篇·山木》有材与不材的寓言,有将要处于材与不材之间的感慨(参见欧阳修《怪竹辩》"评析")。苏洵这篇文章的立意或受此启示,也是一篇寓言小品,寄寓了作者的思想理念,表达了一种生存理念和技巧。即关于幸与不幸。树木的生长,或未生成既夭折,或长成大木遭损坏,或被砍伐作栋梁,或沉埋泥土腐朽,凡此种种,均属短命的,这就是不幸的。至于木假山,历经百千年的沉埋,奇型异样,得天地滋润,成自然造化,赢得了作者的青睐,视为珍玩,获得了重生,这是幸运的。知子莫如父,苏轼、苏辙兄弟二人有个性,但个性强,往往会得罪人,招来忌妒。文中或借木假山警示,提出了如何处世的原则。

仲兄字文甫说[1]

洵读《易》至"涣"之六四曰[2]:"涣其群,元吉[3]。"曰:嗟夫!群者,圣人所欲涣以混一天下者也[4]。盖余仲兄名涣,而字公群,则是以圣人之所欲解散涤荡者以自命也[5],而可乎?他日以告,兄曰:"子可无为我易之[6]?"洵曰:"唯[7]。"既而曰:"请以'文甫'易之,如何?"

且兄尝见夫水之与风乎?油然而行[8],渊然而留[9],渟洄汪洋[10],满而上浮者,是水也,而风实起之。蓬蓬然而发乎大空[11],不终日而行乎四方,荡乎其无形,飘乎其远来,既往而不知其迹之所存者,是风也,而水实形之[12]。今夫风水之相遭乎大泽之陂也[13],纡馀委蛇[14],蜿蜒沦涟[15],安而相推,怒而相凌[16],舒而如云,蹙而如鳞[17],疾而如驰,徐而如绵[18],揖让旋辟[19],相顾而不前。其繁如縠[20],其乱如雾,纷纭郁扰[21],百里若一。汩乎顺流[22],至乎沧海之滨,滂薄汹涌[23],号怒相轧[24],交横绸缪[25],放乎空虚,掉乎无垠[26]，横流逆折[27]，溃旋倾侧[28]，宛转胶戾[29]。回者如轮，萦者如带[30]，直者如燧[31]，奔者如焰，跳者如鹭，跃者如鲤，殊状异态，而风水之极观备矣。故曰"风行水上，涣"[32]，此亦天下之至文也[33]。

然而此二物者岂有求乎文哉？无意乎相求，不期而相遭而文生焉。是其为文也，非水之文也，非风之文也，二物者非能为文而不能不为文也。物之相使而文出于其间也[34]，故此天下之至文也。今夫玉，非不温然美矣[35]，而不得以为文；刻镂组绣[36]，非不文矣，而不可与论乎自然。故夫天下之无营而文生之者[37]，唯水与风而已。

昔者君子之处于世，不求有功，不得已而功成，则天下以为贤；不求有言，不得已而言出，则天下以为口实[38]。呜呼！此不可与他人道之，唯吾兄可也。

【注释】

〔1〕仲兄：苏洵《族谱后录下篇》云："先子讳序，字仲先，生于开宝六年，而殁于庆历七年。娶史氏夫人，生子三人：长曰澹，次曰涣，季则洵也。"知仲兄即苏涣（1001—1062），初字公群，更字文甫。宋仁宗天圣二年（1024）进士乙科，授宝鸡主簿，终提点利州路刑狱，累赠太中大夫。

〔2〕《易》：古代卜筮之书，有《连山》、《归藏》、《周易》三种，合称"三《易》"，今仅存《周易》，简称《易》。涣：卦名，六十四卦之一。六四：爻名。

〔3〕"涣其群"二句：孔颖达正义云："能为群物散其险害，故曰涣其群。"又云："能散群险，则有大功，故曰元吉。"涣，离散。元吉，大吉，洪福。

〔4〕混一：齐同，统一。

〔5〕解散：离散，分散。也指文体摆脱旧的束缚。涤荡：荡洗，清除。

〔6〕"子可"句：谓可否为我更换字。可无，可否。

〔7〕唯(wěi):应答声。

〔8〕油然:盛兴貌。

〔9〕渊然:深邃貌,深沉貌。

〔10〕淳(tíng)洄:水回旋不前貌。

〔11〕蓬蓬:茂盛、蓬勃的样子。大空:即太空。

〔12〕水实形之:谓风本无形,是通过水而显现的。

〔13〕大泽:大湖沼,大薮泽。陂(bēi):堤防,堤岸。

〔14〕纡馀:迂回曲折。委蛇(yí):绵延屈曲貌。

〔15〕沦涟:水波,微波。又指水波起伏。

〔16〕"安而相推"二句:谓平静时水相互推动,波涛怒起时互相欺压。

〔17〕"舒而如云"二句:谓舒展时如云彩,收缩时如鳞片。

〔18〕绹(hú):旋绕的线。

〔19〕揖让:宾主相见的礼仪。旋辟:犹逡巡。形容恭敬之状。又指来回走动。

〔20〕縠(hú):绉纱。

〔21〕纷纭:杂乱貌。郁扰:丛杂而乱。

〔22〕汩(yù):疾行。

〔23〕滂薄:水势盛大貌。

〔24〕轧(yà):侵凌,压倒,胜过。

〔25〕交横:纵横交错。绸缪:纠缠。

〔26〕"放乎空虚"二句:谓大水时而如奔流于空旷的原野中,时而又如落在无底的深渊里。

〔27〕逆折:水流回旋貌。

〔28〕溃旋:水势汹涌,水流回旋。倾侧:偏斜,倾斜。

〔29〕胶戾:回环曲折。

〔30〕萦:回旋缠绕。

〔31〕燧:古代取火用具,木燧,按季节用不同的木料制成,钻以取火。

〔32〕"故曰"句:《周易·涣》:"象曰:风行水上,涣。"孔颖达正义云:"风行水上涣者,风行水上,激动波涛,散释之象,故曰风行水上涣。"参见注〔3〕。

243

〔33〕 至文:谓礼制的规定极其完备。喻最好或极好的文章。文,指礼的形式。

〔34〕 使:致使,让。

〔35〕 温然:温和貌,和润貌。

〔36〕 刻镂:雕刻,极力描摹和修饰。组绣:华丽的丝绣服饰。

〔37〕 无营:无所谋求。

〔38〕 口实:谓经常议论、诵读的内容。引申为定论。

【评析】

古人有名,还有字。《礼记·檀弓上》云:"幼名,冠字,五十以伯仲,死谥,周道也。"孔颖达正义曰:"始生三月而加名,故云幼名也;冠字者,人年二十,有为人父之道,朋友等类不可复呼其名,故冠而加字。"也就是生下来三月,父亲为取名。成人(男二十岁,女十五岁)后,不便直呼其名,需另取一与本名涵义相关的别名,称之为字,以表其德,凡人相敬而呼,必称其表德之字,后因称字为表字,因此一个人的名与字之间意思是有关联的。

苏涣,初字公群,改字文甫,所取名与字,是据《周易·涣》"风行水上,涣"而来。后人有风行水上自然成文(一作"纹")的说法,即出此,谓风吹过水面,自然形成波纹。常用以比喻自然流畅,不矫揉造作。文章的中心部分,即是对这种观点的阐发,指出水之所以能呈现出千姿百态,就得力于风的作用。风是无形的,却通过作用于水,显示其伟力。水与风不期而遇,可成就大自然最美丽、最壮观的景观,为"天下之至文"。诗文的抒写,书画的创作,其道理也是如此。同样,为人处事,建功立业,也应持有这种态度,不刻意,不做作,有付出,一定会有结果,当然是向理想的方向推进。

文中形容风情水态,博喻排比,极尽摹写形容之能,骇人眼目。

244

名 二 子 说

轮、辐、盖、轸[1]，皆有职乎？车而轼[2]，独若无所为者。虽然，去轼，则吾未见其为完车也。轼乎，吾惧汝之不外饰也[3]。

天下之车，莫不由辙[4]，而言车之功者，辙不与焉。虽然，车仆马毙[5]，而患亦不及辙。是辙者，善处乎祸福之间也。辙乎，吾知免矣[6]。

【注释】

〔1〕轸：车后横木，一说为车厢底部四面的横木。

〔2〕轼：古代设在车箱前供立乘者凭扶的横木。

〔3〕"吾惧"句：谓担忧锋芒外露，不知含蓄些。

〔4〕辙：车轮碾过的痕迹。

〔5〕车仆(pū)马毙：车子倒下，马也毙命。

〔6〕"辙乎"二句：谓车迹能免于祸患。

【评析】

文章作于仁宗庆历七年(1047)。为孩子取名，一般都寓有寄意，这篇文章凡八十七字，体现了深厚的父爱。

苏轼、苏辙名都有"车"字旁。车子是陆地上行走的交通工具，一部车子是由多种部件构造组合而成，缺一不可。轼的重要性似乎不及其他部件，但缺了轼，"则吾未见其为完车"，强调轼的作用，不是可有可无的。又凡车运行，都会留有痕迹，不论行走多远,车子的各部件都有付出,论功行赏,"辙"是不在其中的。当然,车毁人亡,祸患也牵连不到"辙","善处乎祸福之间",知"辙"是能免于灾患的。

写这篇短文时,苏轼十一岁,苏辙八岁。还属于孩童少年,苏洵据两个儿子的性格,用与车有关的词语取名,苏洵的用意当然是希望自己的孩子一生平安。儒者崇尚中庸之道,作为一种处世哲学,不求偏倚,而是以中和为目标。苏洵强调"轼"的作用,从某种程度上是希望儿子日后为人处世不要偏激,"吾惧汝之不外饰",苏轼才华横溢,难免会锋芒毕露,恃才傲物,如此会招惹忌恨,带来麻烦,所以希望其言行能含蓄些,能趋向中和。至于苏辙为人要温和些,既不激进,也不消极,《老子》云:"祸兮福之所倚,福兮祸之所伏。"所谓"善处乎祸福之间",涉及生存的哲理,既能保护自己,又能兼济天下,善于处于两个极端的中部,应该懂得物极必反、否极泰来的道理。

文字不多,极尽曲折,作为父亲的拳拳之心,心理是很复杂的。一方面希望儿子们能在仕途上有所作为,光宗耀祖;另一方面又希望他们能一帆风顺,不要因自身性格的原因而惹出是非,招致祸患。苏轼、苏辙日后仕途的波折,也印证了老父的担忧,知子莫如父,在苏氏父子身上是清楚的。

送石昌言使北引[1]

昌言举进士时,吾始数岁,未学也。忆与群儿戏先府君侧[2],昌言从旁取枣栗啖我[3],家居相近,又以亲戚故[4],甚狎[5]。昌言举进士,日有名。吾后渐长,亦稍知读书,学句读、属对、声律[6],未成而废。昌言闻吾废学[7],虽不言,察其意,甚恨[8]。后十馀年昌言及第第四人,守官四方,不相闻。吾以壮大,乃能感悔[9],摧折复学[10]。又数年,游京师,见昌言长安[11],相与劳苦[12],如平生欢。出文十数首,昌言甚喜,称善。吾晚学无师,虽日为文,中甚自惭。及闻昌言说,乃颇自喜。今十馀年,又来京师,而昌言官两制[13],乃为天子出使万里外强悍不屈之虏庭[14],建大旆[15],从骑数百,送车千乘[16],出都门,意气慨然,自思为儿时见昌言先府君旁,安知其至此?

富贵不足怪,吾于昌言独有感也。丈夫生不为将,得为使,折冲口舌之间[17],足矣。往年彭任从富公使还[18],为我言:"既出境,宿驿亭[19],闻介马数万骑驰过[20],剑槊相摩[21],终夜有声,从者怛然失色[22]。及明,视道上马迹,尚心掉不自禁[23]。"凡虏所以夸耀中国者多此类。中国之人不测也,故或至于震惧而失辞[24],以为夷狄笑[25]。呜呼!何其不思之甚也。昔者奉春君使,冒顿壮士健马皆匿不见,是以有平城之役[26]。今之匈奴,吾知其无能为也,孟子曰:"说大人者藐之。"[27]况于夷狄?请以为赠。

〔1〕石扬休(995—1057):字昌言,眉州眉山(今属四川)人。仁宗景祐五年进士,授同州观察推官,历官刑部员外郎知制诰、同判太常寺等,迁工部郎中,未及谢,卒。

〔2〕先府君:指苏序(973—1047),字仲先,苏洵为其第三子。

〔3〕唊:吃。使某人吃。

〔4〕"又以"句:苏序的幼女嫁给石扬言,石扬言与石扬休为兄弟辈。

〔5〕狎:接近,亲近。

〔6〕句读:指文辞休止和停顿处。文辞语意已尽处为句,未尽而须停顿处为读。书面上用圈(".")、点("、")来标志。属对:诗文对仗。声律:指语言文字的声韵格律。

〔7〕废学:荒废学业,中止学习。

〔8〕恨:遗憾。

〔9〕感悔:受到触动而悔改。

〔10〕摧折:犹言虚心屈己。

〔11〕长安:古都城名,今陕西西安,唐以后常用作都城的代称。

〔12〕劳苦:慰劳。

〔13〕两制:内制和外制的合称,指翰林学士和中书舍人。

〔14〕"乃为"句:仁宗嘉祐元年八月石昌言以刑部员外郎知制诰为契丹国母生辰使。

〔15〕建大旆:此指旄节,为古代使臣所持的符节,用作信物。旆,古代旌末状如燕尾的垂旒,泛指旌旗。

〔16〕千乘(shèng):兵车千辆,古以一车四马为一乘。

〔17〕折冲:交涉,谈判。

〔18〕彭任:字有道,四川广安军岳池人,庆历初随富弼使辽。富公:详苏洵《上欧阳内翰第一书》注〔7〕。

〔19〕驿亭:驿站所设的供行旅止息的处所。古时驿传有亭,故称。

〔20〕介马:披甲的战马。

〔21〕剑槊相摩:刀剑长矛相互碰撞。

〔22〕怛然:惊惧的样子。

〔23〕心掉:心里颤动。

〔24〕失辞:言辞失当。

〔25〕夷狄:详韩愈《原道》注〔51〕。

248

〔26〕"昔者"三句：刘敬，原名娄敬，西汉初齐国卢人。见刘邦，力陈都城不宜建洛阳而应在关中，遂定都长安。赐娄敬姓刘，拜为郎中，号奉春君。汉高祖七年出使匈奴，认为不可击匈奴，刘邦非但不听，反将他拘押广武。刘邦先到平城，主力未至，冒顿单于倾全国之兵，乘刘邦巡视白登之际，将刘邦团团围住。陈平解白登之围后，高祖复归至广武，特赦刘敬，封二千户，为建信侯。冒顿（mò dú），西汉初年匈奴单于（汉时匈奴君长的称号），姓挛鞮。秦二世元年弑父自立，建立军政制度，西汉初年，经常侵扰边地。平城，今山西大同市。

〔27〕"孟子"二句：《孟子·尽心下》："说大人，则藐之，勿视其巍巍然。"说（shuì），劝说别人听从自己的意见。藐，轻视。

【评析】

苏轼跋云："右嘉祐元年九月十九日先君送石昌言北使文一首，其字则轼年二十一时所书与昌言本也。"知作于仁宗嘉祐元年（1056）九月十九日。前半部分记见石氏的情景，两次是在故乡，一是年幼，一是长大稍知读书；两次是在京城，一是二十七岁折节读书时，一是嘉祐元年四十八岁时。四次见石氏，由此说明对其人其事是了解的。而后半部分重在就石氏出使契丹为国母生辰使一事生发议论，因石扬休的遭际，发表感慨："丈夫生不为将，得为使，折冲口舌之间，足矣。"表达出强烈的责任感、使命感，这同宋与辽、夏的和战纷争是有关联的。

按：辽国（907—1125）是五代十国时以契丹族为主体建立的，宋真宗景德元年（1004），辽大军入侵，真宗畏惧，欲迁都南逃，在宰相寇准的坚持下，真宗亲自至澶州（今河南濮阳）督战，宋军士气大振，击败辽军前锋，辽提出了议和的要求。双方和约订立，不过宋每年贡辽岁币银十万两、绢二十万匹，双方各守疆界，互不骚扰，成为兄弟邻邦，并互派使者贺正旦及生辰。1031年圣宗去世，长子耶律宗真即位，为辽兴宗。时辽国已日益衰落,而兴宗连年征战,多次征伐西夏,逼迫宋朝多交纳岁币。又宋朝因不承认西夏李元昊建国称帝,与西夏爆发了长达三年的战争,其中有三川口、好水川、定川等三次大规模战役,都以宋军失败而告终。辽国趁北宋内外交困之际,又欲南下侵宋。宋朝早已有备,派富弼与辽方使节谈判,并达成协议,在澶渊之盟规定赠辽岁币基础中,再增加岁币银十万两、绢十万匹,以了结这次索地之争。其中岁币是宋方"纳"给辽方的,不是赠送的。宋仁宗委曲求全,予以应允。文中有"往年彭任从富公使还"云云,即与此有关。又云:"凡虏所以夸耀中国者多此类。中国之人不测也,故或至于震惧而失辞,以为夷狄笑。"这是屈辱,是国耻。

"今之匈奴,吾知其无能为也,孟子曰:'说大人者藐之。'况于夷狄?"对宋王朝屈从契丹表达不满,此文的旨意在于劝说当权的人,应当在战略上藐视敌人,不能有丝毫的畏惧心理。在战略上的示弱,就已经输掉了整个战争,也就出现宋人取胜了却仍然是以无偿贡纳银绢为代价的可悲境地。

曾　巩

曾巩(1019—1083),字子固,建昌军南丰(今江西南丰县)人,后居临川。宋仁宗嘉祐二年(1057)进士及第,通判越州,历知齐州、福州、明州等,官至中书舍人。卒,追谥为文定。此据《四部备要》本曾巩《南丰先生元丰类稿》录文十篇。

唐　论

成康殁而民生不见先王之治[1],日入于乱,以至于秦,尽除前圣数千载之法。天下既攻秦而亡之,以归于汉,汉之为汉更二十四君,东西再有天下,垂四百年[2],然大抵多用秦法。其改更秦事,亦多附已意,非放先王之法而有天下之志也[3]。有天下之志者,文帝而已。然而天下之材不足,故仁闻虽美矣,而当世之法度亦不能放于三代[4]。汉之亡,而强者遂分天下之地。晋与隋虽能合天下于一[5],然而合之未久而已亡,其为不足议也。

代隋者唐,更十八君,垂三百年[6]。而其治莫盛于太宗之为君也[7],诎已从谏[8],仁心爱人,可谓有天下之志。以租庸任民[9],以府卫任兵[10],以职事任官[11],以材能任职,以兴义任俗[12],以尊本任众[13]。

赋役有定制[14]，兵农有定业，官无虚名，职无废事。人习于善行，离于末作[15]。使之操于上者要而不烦[16]，取于下者寡而易供[17]。民有农之实而兵之备存，有兵之名而农之利在[18]，事之分有归而禄之出不浮[19]，材之品不遗而治之体相承[20]。其廉耻日以笃，其田野日以辟。以其法修则安且治，废则危且乱，可谓有天下之材。行之数岁，粟米之贱，斗至数钱。居者有馀蓄，行者有馀资，人人自厚[21]，几致刑措[22]，可谓有治天下之效。夫有天下之志，有天下之材，又有治天下之效，然而不得与先王并者，法度之行[23]，拟之先王，未备也。礼乐之具[24]，田畴之制[25]，庠序之教[26]，拟之先王，未备也。躬亲行阵之间，战必胜，攻必克，天下莫不以为武，而非先王之所尚也。四夷万里[27]，古所未及以政者，莫不服从，天下莫不以为盛，而非先王之所务也。太宗之为政于天下者，得失如此。

由唐虞之治五百馀年而有汤之治[28]，由汤之治五百馀年而有文武之治[29]，由文武之治千有馀年而始有太宗之为君。有天下之志，有天下之材，又有治天下之效，然而又以其未备也，不得与先王并而称极治之时[30]。是则人生于文武之前者，率五百馀年而一遇治世；生于文武之后者，千有馀年而未遇极治之时也。非独民之生于是时者之不幸也，士之生于文武之前者，如舜禹之于唐[31]，八元八凯之于舜[32]，伊尹之于汤[33]，太公之于文武[34]，率五百馀年而一遇。生于文武之后千有馀年，虽孔子之圣、孟轲之贤而不遇，虽太宗

252

之为君而未可以必得志于其时也,是亦士民之生于是时者之不幸也。故述其是非得失之迹,非独为人君者可以考焉,士之有志于道而欲仕于上者可以鉴矣。

【注释】

〔1〕成康:周成王与周康王的并称。周成王,详柳宗元《桐叶封弟辩》注〔3〕。周康王,姬姓,名钊,周成王之子,西周王朝第三任君主。周成王至周康王时期,天下安定,刑措不用,史称成康之治。

〔2〕"汉之为汉"三句:西汉自刘邦称帝(前206)起至王莽代汉(8)止,历十二帝。因都城长安(今陕西西安)在东汉国都洛阳的西面,故称西汉,又称前汉。东汉自汉光武帝刘秀建武元年(25)起至汉献帝刘协延康元年(220)止,历十二帝。因都城洛阳在汉旧都长安之东,故称东汉,也称后汉。两汉共历二十四帝,凡四百馀年。

〔3〕放:通"仿",仿效,模拟。

〔4〕"有天下"五句:《史记·孝文本纪》末云:"孔子言:'必世然后仁,善人之治国百年,亦可以胜残去杀。'诚哉是言!汉兴,至孝文四十有馀载,德至盛也。廪廪乡改正服封禅矣,谦让未成于今,呜呼!岂不仁哉?"文帝,刘恒(前202—前157),即位后,励精图治,兴修水利,废除肉刑,百姓富裕,天下小康。与其子汉景帝统治时期被合称为文景之治。仁闻,仁爱的名声。

〔5〕晋:公元265年,司马炎代魏称帝,国号晋,都洛阳,史称西晋,先后灭蜀和吴,统一中国。公元316年为前赵所灭。共四帝,历五十二年。317年,司马睿即位建康,史称东晋,420年为刘裕所灭,共十一帝,历一〇四年。与西晋合称两晋。隋:公元581年杨坚(隋文帝)代北周称帝,建立隋朝,589年灭陈,统一中国。604年太子杨广(隋炀帝)杀父自立,暴虐无道,618年国亡于唐。

〔6〕唐:李渊及其子李世民所建(618—907)。共历二十一帝,享国二百八十九年。

〔7〕太宗:李世民(598,一说599—649),祖籍陇西成纪,唐朝第二位

皇帝。唐朝建立后,官居尚书令、右武候大将军,受封为秦国公,后晋封为秦王,在唐朝的建立与统一过程中立下赫赫战功。在位二十三年,年号贞观,庙号太宗,葬于昭陵。

〔8〕诎(qū):冤枉,委屈。

〔9〕租庸:古代交纳谷帛的税制。按:唐代有租庸调,对受田、课丁、征派三种赋役的并称,导源于北魏到隋代的租、调、力役制度。凡丁男授田一顷,岁输粟二斛、稻三斛,谓之租。岁输绢二匹,绫、绝二丈,布加五之一,绵三两,麻三斤,非蚕乡则输银十四两,谓之调。役人力,岁二十日,闰加二日,不役者日纳绢三尺,谓之庸。有事而加役二十五日者免调,三十日租调皆免。唐玄宗开元末年均田制破坏,这种赋役制度渐不适用,安史之乱后,为两税法所代替。任:役使。

〔10〕府卫:指北周、隋、唐的府兵制,府兵轮流宿卫京师,故亦称府兵为府卫。

〔11〕职事:职务,职业。

〔12〕兴义:崇尚道义。

〔13〕尊本:谓重视农业。唐吴兢《贞观政要》卷八"论务农第三十"云:"贞观二年太宗谓侍臣曰:凡事皆须务本,国以人为本,人以衣食为本,凡营衣食以不失时为本。"

〔14〕赋役:赋税和徭役的合称。赋指按户口征收的税,徭役是指古代官方规定的平民(主要是农民)成年男子在一定时期内或特殊情况下所承担的一定数量的无偿社会劳动。一般有力役、军役和杂役。

〔15〕末作:古代以农为本,以工商业为末。

〔16〕上者:指官吏。

〔17〕下者:指百姓。

〔18〕"民有农"二句:府兵制是起于西魏,行于北周和隋,兴于唐初的一种兵制。唐初整顿成为兵农合一的军事制度,府兵终身服役,平时从事农耕,征发时自备兵器资粮,定期宿卫京师,戍守边境。至唐玄宗天宝八年(749)已名存实亡。备,设备,装备。

〔19〕"事之"句:谓不同的事务有专门的人负责,这样俸禄的开支就

254

不会超额。指官员职位无虚设。

〔20〕材之品不遗:谓按不同等级录用人材,没有遗漏。品,等级,等第。

〔21〕自厚:犹自重。

〔22〕刑措:一作刑错,置刑法而不用。

〔23〕法度:法令制度。

〔24〕具:器物。

〔25〕田畴:泛指田地。

〔26〕庠序:古代的地方学校,后亦泛称学校。

〔27〕四夷:古代华夏族对四方少数民族的统称。又泛指外族、外国。

〔28〕唐虞:详韩愈《送孟东野序》注〔8〕和《原道》注〔59〕。汤:详韩愈《原道》注〔43〕。

〔29〕文武:指周文王、周武王。详韩愈《原道》注〔43〕。

〔30〕极治:谓政治修明,社会升平。

〔31〕禹:详韩愈《原道》注〔43〕。唐:指唐尧。

〔32〕八元八凯:详欧阳修《朋党论》注〔9〕。

〔33〕伊尹:详韩愈《送孟东野序》注〔13〕。

〔34〕太公:又作大公,即姜尚,名望,姓吕,字子牙,又称吕尚。因是齐国始祖而称"太公望",俗称姜太公,辅佐文王,又辅佐周武王灭商。

【评析】

　　本文题曰"唐论",实际上只是论唐太宗李世民一朝,李世民即位之后,对内以文治天下,百姓休养生息,国泰民安,史称"贞观之治"。文中分析"贞观之治"局面的形成,就在于条规完善,法制健全,"法修则安且治,废则危且乱",意思是说法规是立国的根本,有了法规,治世就有了依据。唐太宗"诎己从谏,仁心爱人",在任用人才、安定民生、文治武功等方面,成绩卓越,是三代以来难得一见的圣明君主,所以唐以后言太平盛世,必言"贞观之治"。宋司马光《资治通鉴》卷一百九十三云:"元年,关中饥,米斗直绢一匹。二年,天下蝗;三年,大水。上勤而抚之,民虽东西就食,未尝嗟怨。是岁天下大稔,流散者咸归乡里,米斗不过三四钱,终岁断死刑才三十九人。东至于海,南极五岭,皆外户不闭,行旅不赍粮,取给于道路焉。"知贞观之初的三年,因天灾,民生艰危。太宗勤政,官吏务实,局面好转,粮食丰收,物产富足,道不拾遗,夜不闭户,奠定了唐王朝统治的百年基业。当然,文中也指出,太宗与上古三代等也有不能媲美处,如法度、农田、教育、武功,以及安抚四方少数民族、使之归顺等方面。

《宋史·王安石传》云:"熙宁元年四月始造朝入对,帝问为治所先,对曰:'择术为先。'帝曰:'唐太宗何如?'曰:'陛下当法尧舜,何以太宗为哉?尧舜之道至简而不烦,至要而不迂,至易而不难,但末世学者不能通知,以为高不可及尔。'"前人或谓此文作于宋神宗熙宁年间,与王安石变法有关。则曾氏文当作于熙宁中,借古讽今,文中论太宗治国的得与失,上下千年,纵横豪迈,条理清楚,主次分明。

战国策目录序[1]

刘向所定《战国策》三十三篇[2],《崇文总目》称十一篇者阙[3]。臣访之士大夫家,始尽得其书,正其误谬,而疑其不可考者,然后《战国策》三十三篇复完。

叙曰:向叙此书,言周之先,明教化,修法度,所以大治[4]。及其后,谋诈用[5],而仁义之路塞,所以大乱。其说既美矣,卒以谓此书,战国之谋士度时君之所能行[6]，不得不然，则可谓惑于流俗，而不笃于自信者也[7]。

夫孔、孟之时，去周之初已数百岁，其旧法已亡，旧俗已熄久矣。二子乃独明先王，以谓不可改者，岂将强天下之主以后世之不可为哉[8]？亦将因其所遇之时、所遭之变而为当世之法，使不失乎先王之意而已。二帝三王之治[9]，其变固殊，其法固异，而其为国家天下之意，本末先后，未尝不同也，二子之道如是而已。盖法者，所以适变也，不必尽同；道者，所以立本也，不可不一。此理之不易者也，故二子者守此，岂好为异论哉？能勿苟而已矣。可谓不惑乎流俗，而笃于自信者也。

战国之游士则不然[10]，不知道之可信，而乐于说之易合[11]，其设心注意[12]，偷为一切之计而已[13]。故论诈之便而讳其败，言战之善而蔽其患[14]。其相率而为之者，莫不有利焉，而不胜其害也；有得焉，而不胜其失也。卒至苏秦、商鞅、孙膑、吴起、李斯之徒[15]，以亡其身，而诸侯及秦用之者，亦灭其国，其为世之大祸明矣。而俗犹莫之寤也[16]，惟先王之道因时适变，为法不同，而考之无疵[17]，用之无弊，故古之圣贤未有以此而易彼也。

或曰："邪说之害正也，宜放而绝之[18]，则此书之不泯，其可乎？"对曰：君子之禁邪说也，固将明其说于天下，使当世之人皆知其说之不可从，然后以禁则齐[19]，使后世之人皆知其说之不可为，然后以戒则明，岂必灭其籍哉？放而绝之，莫善于是。是以孟子之书，有为神农之言者，有为墨子之言者，皆著而非之[20]。至于此书之作，则上继《春秋》，下至楚、汉之起，二百四十五年之间，载其行事，固不可得而废也。

此书有高诱注者二十一篇[21]，或曰二十二篇，《崇文总目》存者八篇，今存者十篇。

【注释】

〔1〕《战国策》：是一部国别体史书，又称《国策》。据汉刘向《战国策》叙，此书又有《国策》、《国事》、《短长》、《事语》、《长书》、《修书》等称呼，编撰者不是同一人，成书也不是在同一时间。刘向去其重复，得三十三篇，又以为此书是战国游士们为所辅之国谋划策略，应该称作《战国策》，名称就这样确定了下来。书中包括东周一、西周一、秦五、齐六、楚四、赵四、魏四、韩三、燕三、宋卫合为一、中山一，计十二国之事。记事起于战国初年，止于秦灭六国，约二百四十年的历史。后有注本，分成三十三卷。

〔2〕刘向(约前77—前6)：原名更生，字子政，沛郡(今江苏徐州沛县)人。西汉经学家、目录学家、文学家。官任光禄大夫、中垒校尉，领校秘书。

〔3〕《崇文总目》：北宋仁宗时诏翰林学士王尧臣等编，凡六十六卷，著录经籍共三千四百馀部。

〔4〕大治：谓政治修明，局势安定。

〔5〕谋诈：阴谋诡计。

〔6〕度：思量，揣度。

〔7〕笃：固。

〔8〕"岂将"句：谓难道是想要用后世不可能达成的事来强求当时天下的君主吗？

〔9〕二帝：唐尧、虞舜。三王：夏禹、商汤、周文王(或周武王)。

〔10〕游士：指战国时的说客。

〔11〕合:谓合纵,又作合从。战国时,苏秦游说六国诸侯联合拒秦。秦在西方,六国地处南北,故称合从。

〔12〕设心:用心,居心。

〔13〕偷:苟且。一切:权宜,临时。

〔14〕"故论"二句:谓游说时用机诈的便利而忌讳失败,争相宣称交战的好处而掩盖其中的隐患。

〔15〕苏秦(?—前284):字季子,洛阳(今属河南)人,战国时期人。师从鬼谷子,后游说列国,提出合纵六国以抗秦的策略,最终组建合纵联盟,兼佩六国相印,使秦十五年不敢出函谷关。商鞅(?—前338):战国时卫国国君的后裔,姬姓,故称为卫鞅,又称公孙鞅。后因战功封于商十五邑,号为商君,又称之为商鞅。商鞅通过变法使秦国富裕强大,史称商鞅变法。孙膑(bìn):齐国人,孙武的后代,大致与商鞅、孟轲同时。曾与庞涓同学兵法,庞涓忌其才能,骗之至魏国,处以膑刑(即去膝盖骨),故称孙膑。后协助齐将田忌,设计大败魏军。著有《孙膑兵法》。吴起:战国时期卫国左氏人,历仕鲁、魏、楚三国,著有《吴子》,为中国古代著名的兵书。李斯(约前284—前208):战国末年楚国上蔡人。秦朝丞相,协助秦始皇帝统一天下。秦二世时,为赵高所忌,腰斩于市。

〔16〕寤:醒悟,觉醒。

〔17〕疢:蔽,阻塞。

〔18〕宜放而绝之:谓应该废弃而杜绝。

〔19〕禁则齐:谓禁止邪说,统一人们的思想。

〔20〕"是以"四句:《孟子·滕文公上》载楚人许行,"为神农之言",主张人人要亲自参加劳作,提出"贤者与民并耕而食,饔飧而治",孟子反对许行主张,说明了社会分工的必然性。神农,即炎帝,三皇五帝之一。传说三岁知稼穑,为农业的发明者,医药之祖。有为墨子之言者,《孟子·滕文公上》又载有墨家名夷之的人求见孟子一事,孟子对墨家主张兼爱、薄葬的学说加以驳斥。墨子,详韩愈《原道》注〔17〕。

〔21〕高诱:东汉涿郡(今河北涿州)人。曾任司空掾、濮阳令、监河东。

259

【评析】

《战国策》主要记述了战国时期游说之士的政治主张和言行策略,没有统一的体例,是相互独立的单篇。至宋时,此书已有缺佚,曾巩作了订补,并撰写序文。文中曾巩着重论述了两点。其一,对刘向序文观点的评议。刘向序中称,周王朝自文王、武王时,推崇道德礼义,讲求孝悌厚道。春秋时,周王室衰微,虽然有五霸争战,周王室的统治仍可维系。战国时,周王室的权威进一步被削弱,诸侯国各自为政,僭越称王,相互吞灭,道德伦理灭绝。在这种背景下,宣扬周文王、武王治国思想的儒者孟子、荀卿等遭到冷落,而"游说权谋之徒见贵于俗",即谋士如苏秦、张仪等人,游说诸侯,合纵连横,其间只务机诈,不讲诚信。曾巩认为刘向剖析《战国策》一书反映的当时谋士机诈之心的社会原因、时代因素等是很有道理的,对刘氏云道德仁义因此泯灭,却不敢苟同。指出当时虽然奸诈之心蜂起,依然有人宣扬道德仁义,如孔子、孟子等。指出:"盖法者,所以适变也,不必尽同;道者,所以立本也,不可不一。"也就是说治国的方法可以因时代的不同而改变,而以先王的仁义道德思想贯穿始终是没变的。诸侯国如秦用奸诈之计夺取了天下,但国运短促,就在于统治的政策中缺乏仁慈。曾巩从维护封建统治的角度审视这个问题,是有理有据的。其二,关于禁毁《战国策》的说法。有人认为《战国策》宣扬机诈谋略,有违于儒家的仁义道德之说,应当禁毁其书。曾巩认为大可不必,并认为《战国策》可作为反面教材,使人们更清楚地明白其中的是非,从中吸取教训,这是一方面。另一方面,《战国策》不仅仅是记载战国策士之言,也可从中感受到其间二百四十五年间的历史,也就是其中的史学文献价值。

仁宗嘉祐五年(1060),曾巩因欧阳修的推荐入史馆,校勘群书,整理完毕后,多撰有目录序,今曾氏文集存十一篇,《战国策》为其中之一。在诸序文中阐发先王圣明之心,是其根本,本篇提出法变道不变,也是从维护儒家的道统思想出发的。持论纯正,有条有理,而行文朴质,从容舒缓。

南齐书目录序

《南齐书》八纪、十一志、四十列传[1],合五十九篇,梁萧子显撰[2]。始,江淹已为《十志》[3],沈约又为《齐纪》[4],而子显自表武帝[5],别为此书,臣等因校正其讹谬,而叙其篇目曰:

将以是非得失、兴坏理乱之故而为法戒[6],则必得其所托,而后能传于久,此史之所以作也。然而所托不得其人,则或失其意,或乱其实,或析理之不通,或设辞之不善[7]。故虽殊功韪德非常之迹[8],将暗而不章,郁而不发[9],而梼杌嵬琐奸回凶慝之形可幸而掩也[10]。

尝试论之,古之所谓良者,其明必足以周万事之理[11],其道必足以适天下之用,其智必足以通难知之意,其文必足以发难显之情,然后其任可得而称也[12]。何以知其然也?昔者唐虞有神明之性[13],有微妙之德[14],使由之者不能知[15],知之者不能名,以为治天下之本。号令之所布,法度之所设,其言至约,其体至备[16],以为治天下之具,而为至典者推而明之[17],所记者,岂独其迹也?并与其深微之意而传之。小大精粗,无不尽也;本末先后,无不白也。使诵其说者如出乎其时,求其旨者如即乎其人[18],是可不谓明足以周万事之理、道足以适天下之用、知足以通难知之意、文足以发难显之情者乎?则方是之时,岂特任政者皆天下之士哉[19]?盖执简操笔而随者[20],亦皆圣人之徒也。

两汉以来,为史者去之远矣。司马迁从五帝三王既没数千载之后[21],秦火之馀[22],因散绝残脱之经以及传记百家之说[23],区区掇拾以集[24],著其善恶之迹,兴废之端,又创己意,以为本纪、世家、八书、列传之文,斯亦可谓奇矣。然而蔽害天下之圣法[25],是非颠倒而采摭谬乱者[26],亦岂少哉?是岂可不谓明不足以周万事之理、道不足以适天下之用、智不足以通难知之意、文不足以通难显之情者乎?

夫自三代以后[27],为史者如迁之文,亦不可不谓隽伟拔出之材、非常之士也[28]。然顾以谓明不足以周万事之理、道不足以适天下之用、智不足以通难知之意、文不足以发难显之情者,何哉?盖圣贤之高致[29],迁固有不能纯达其情,而见之于后者矣,故不得而与之也。迁之得失如此,况其它邪?至于宋、齐、梁、陈、后魏、后周之书,盖无以议为也。

子显之于斯文,喜自驰骋,其更改破析、刻雕藻缋之变尤多[30],而其文益下,岂夫材固不可以强而有邪?数世之史既然,故其事迹暧昧,虽有随世以就功名之君,相与合谋之臣,未有赫然得倾动天下之耳目、播天下之口者也。而一时偷夺倾危、悖礼反义之人〔31〕,亦幸而不暴著于世〔32〕,岂非所托不得其人故也？可不惜哉！

盖史者,所以明夫治天下之道也,故为之者亦必天下之材,然后其任可得而称也,岂可忽哉？岂可忽哉？

【注释】

〔1〕《南齐书》:据《梁书·萧子恪传》附子显传,萧子显编著有《齐书》六十卷。后人为了区别萧子显的《齐书》和唐初李百药的《齐书》,称前者为《南齐书》,后者为《北齐书》。纪:中国古代史书的一种体裁,专记帝王的事迹及有关大事。志:记事的著作,特指史书中述食货、职官、礼乐、地理、兵刑等篇章。列传:中国古代纪传体史书中列叙历史人物事迹的传记。

〔2〕萧子显(489—537):字景阳,梁南兰陵(今江苏常州)人。历任太子中舍人、国子祭酒、侍中、吏部尚书等职。

〔3〕江淹(444—505):字文通,济阳考城(今河南商丘)人。历仕南朝宋、齐、梁三代。曾为建安吴兴县令,齐时为尚书驾部郎、骠骑参军事等。

〔4〕沈约(441—513):字休文,吴兴武康(今浙江德清)人。历仕宋、齐、梁三朝。在宋仕记室参军、尚书度支郎。著有《晋书》、《宋书》、《齐纪》。

〔5〕表:启奏,上奏章给皇帝。武帝:即梁武帝萧衍(464—549),字叔达,梁朝政权的建立者,卒谥为武帝,庙号高祖。

〔6〕兴坏:盛衰,成败。理乱:治理与动乱。法戒:楷式和鉴戒。

〔7〕设辞:陈词,措辞。

〔8〕趱(wěi)德:犹美德。

〔9〕"将暗而不章"二句:谓将要晦暗而不会显明,阴沉而不能发光。暗,晦暗,不亮。郁,幽暗貌。

〔10〕梼杌(táo wù):传说中的凶兽名,又传说为远古的恶人"四凶"

之一,后泛指恶人。嵬(wéi)琐:险诈奸邪。奸回:奸恶邪僻。凶慝(tè):凶残邪恶,亦指凶残邪恶的人。

〔11〕周万事之理:谓全面地知道万事万物的道理。

〔12〕任可得而称:谓责任可明确并相称。

〔13〕唐虞:详韩愈《送孟东野序》注〔8〕。神明之性:神圣贤明的本性。

〔14〕微妙之德:精微奥妙的德行。

〔15〕由:奉行,遵从。

〔16〕其体至备:谓体制极其完备。

〔17〕至典:一作"二典",指《尚书》中的《尧典》和《舜典》。

〔18〕"使诵"二句:谓诵读书中所言,如同生活在那个时代;探求书中的旨意,如同与他们在一起。

〔19〕任政:执政。

〔20〕执简:手持简册。

〔21〕五帝:上古传说中的五位帝王,说法不一:1.黄帝(轩辕)、颛顼(高阳)、帝喾(高辛)、唐尧、虞舜。2.太昊(伏羲)、炎帝(神农)、黄帝、少昊(挚)、颛顼。3.少昊、颛顼、高辛、唐尧、虞舜。4.伏羲、神农、黄帝、唐尧、虞舜。三王:指夏、商、周三代之君,所指不一:1.夏禹、商汤、周武王。2.夏禹、商汤、周文王。3.商汤、周文王、周武王。

〔22〕秦火之馀:指秦始皇时焚书一事。始皇三十四年,博士齐人淳于越反对郡县制,要求根据古制,分封子弟。丞相李斯加以驳斥,主张禁止百姓以古非今,以私学诽谤朝政。始皇采纳了李斯的建议,下令焚烧《秦记》以外的列国史记,对于私家藏《诗》、《书》等也限期交出烧毁,有敢言《诗》、《书》的处死,以古非今的灭族,禁止私学,这就是所谓的焚书。

〔23〕散绝残脱:谓残缺的书。散绝,谓皮绳断绝,竹简散乱毁损。古时以竹简写书,用皮绳串连,年久则绳断简散。传记:文体名,记载人物事迹的文字。百家:指学术上的各种派别。

〔24〕区区:形容一心一意。

〔25〕圣法:圣人的法则。也指皇帝所制定的法令,即封建时代的

264

国法。

〔26〕采撷(zhí):选取,掇拾。

〔27〕三代:指夏、商、周。

〔28〕隽伟:优美而宏伟,卓异非凡。拔出:特出。

〔29〕高致:高尚或高雅的情致、格调。

〔30〕破析:剖析。刻雕:描摹,藻饰。藻缋(huì):修饰。

〔31〕"而一时"句:谓一时暗中夺取倾覆、违背礼义的人。

〔32〕暴著:显露,昭著。

【评析】

　　萧子显为南朝齐皇室后裔,十三岁时,萧齐王朝被萧衍取代,是为梁朝。萧齐王朝前后只有二十三年,是南朝宋、齐、梁、陈中最短命的王朝。萧衍即梁武帝,他对萧子显的才华颇赏识。得梁武帝的允许,萧子显编纂《南齐书》,凡六十卷,今存五十九卷。

　　在这篇序文中,曾巩就萧子显的《齐书》,提出了编撰史书应遵循的原则:首先,编撰史书的人必须是称职的。史书是记录历史人物和事件的,其中所持的是非得失、兴衰成败等观点,可供后人借鉴。如果不能做到客观公正,就会混淆事实,措辞失误,好坏不分。萧子显为萧齐皇朝的宗室,又得到梁武帝的宠信,编撰《南齐书》时,落笔就会有顾忌,如对祖父萧道成取代宋朝的篡夺之事,闪烁其词。对萧衍取代齐的合理性,也有违心之言。虚美隐恶,有歪曲史实之处。"子显之于斯文,喜自驰骋,其更改破析、刻雕藻缋之变尤多",也就是不论是从客观因素,还是从主观意识等方面来看,萧子显是不适合编写齐国史书的,说明这部书先天就存在着局限性。其次,提出了优秀史书的标准。文中"其明必足以周万事之理"四句云云,也就是说:明晰足以全面地知道万事万物的道理,法则足以适宜全天下人的使用,智能足以通达难以知晓的意旨,文笔足以阐发难以显明的情感。这四点,曾氏是以正统的儒家思想来审视的。曾氏认为司马迁《史记》虽有创始之功,但在这四个方面未能尽善。班固《汉书·司马迁传》云所撰《史记》:"是非颇缪于圣人,论大道则先黄老而后六经,序游侠则退处士而进奸雄,述货殖则崇势利而羞贱贫,此其所蔽也。"序文云"蔽害天下之圣法,是非颠倒而采摭谬乱",也是这个意思。

据唐代史学家刘知几的说法,《齐书》编成于梁武帝天监年间(502—519),是萧子显三十岁以前完成的,既有先天的不足,又有人为的因素。曾氏是从经学家的解度来看待史书编写的,旗帜鲜明,大气凛然。

李白诗集后序[1]

《李白诗集》二十卷,旧七百若干篇,今九百若干篇者,知制诰常山宋敏求字次道之所广也[2]。次道既以类广白诗,自为序,而未考次其作之先后[3]。余得其书,乃考其先后而次第之[4]。

盖白蜀郡人[5],初隐岷山[6]。出,居襄汉之间[7]。南游江淮[8],至楚观云梦[9]。云梦许氏者,高宗时宰相圉师之家也[10],以女妻白,因留云梦者三年。去,之齐鲁[11],居徂徕山竹溪[12]。入吴[13]。至长安[14],明皇闻其名[15],召见,以为翰林供奉。顷之,不合去。北抵赵、魏、燕、晋[16],西抵岐邠[17],历商於[18],至洛阳,游梁最久[19]。复之齐鲁,南浮淮泗[20],再入吴,转徙金陵,上秋浦浔阳[21]。天宝十四载,安禄山反,明年明皇在蜀[22],永王璘节度东南[23],白时卧庐山[24],璘迫致之。璘军败丹阳[25],白奔亡,至宿松[26],坐系浔阳狱[27]。宣抚大使崔涣与御史中丞宋若思验治白[28],以为罪薄宜贳[29]。而若思军赴河南,遂释白囚,使谋其军事,上书肃宗[30],荐白材可用,不报。是时白年五十有七矣。乾元元年[31],终以污璘事长流夜郎[32],遂泛洞庭[33],上峡江[34],至巫山[35],以赦得释。憩岳阳、江夏[36],久之,复如浔阳,过金陵,徘徊于历阳、宣城二郡[37]。其族人阳冰为当涂令[38],白过之,以病卒,年六十有四,是时宝应元年也[39]。其始终所更涉如此[40],此白之诗书所自叙可考者也。

范传正为白墓志[41],称:"白偶乘扁舟,一日千里,或遇胜景,终年不移。"则见于白之自叙者,盖亦其略也。旧史称白山东人[42],为翰林待诏,又称永王璘节度扬州,白在宣城谒见,遂辟为从事[43]。而新书又称白流夜郎[44],还浔阳,坐事下狱[45],宋若思释之者。皆不合白之自叙,盖史误也。

白之诗连类引义[46],虽中于法度者寡[47],然其辞闳肆隽伟[48],殆骚人所不及[49],近世所未有也。旧史称白有逸才,志气宏远,飘然有超世之心[50],余以为实录。而新书不著其语,故录之,使览者得详焉。

【注释】

〔1〕李白:详韩愈《送孟东野序》注〔25〕。

〔2〕宋敏求(1019—1079):字次道,赵州平棘(今河北赵县)人。仁宗宝元二年(1039)进士,历任馆阁校勘、集贤校理、工部郎中。英宗治平中同修起居注、知制诰。神宗熙宁中除史馆修撰、集贤院学士,加龙图阁直学士。著有《春明退朝录》。广:扩大,补充。

〔3〕考次:查考编次。

〔4〕次第:次序,顺序。此指编次。

〔5〕蜀郡:秦灭古蜀国,始置蜀郡,汉仍其旧,辖境包有今四川省中部大部分,治所在成都。

〔6〕岷山:在四川省北部,绵延四川、甘肃两省边境,为长江、黄河分水岭。

〔7〕襄:襄阳,位于湖北西北部,因地处襄水之阳而得名,汉水穿城而过。汉:汉水,亦称汉江,发源于陕西汉中市。

〔8〕江淮:长江和淮河,又泛指长江与淮河之间的地区。按:淮河,源出河南省桐柏山,东流经河南、安徽等省,至江苏省入洪泽湖,最终入长江。

〔9〕云梦:古代大湖泊,大致包括湖北的江汉平原,及其部分丘陵山地。汉魏之前所指云梦范围并不很大,晋以后把洞庭湖都包括在内。

〔10〕高宗:即李治(628—683),字为善,唐朝第三位皇帝,在位三十三年。圉(yǔ)师:即许圉师,安陆(今属湖北)人,进士。高宗显庆中,历黄门侍郎、同中书门下三品,兼修国史。龙朔中四迁为左相。有子许文思。圉师的孙女,嫁李白为妻。

〔11〕之:往,到。齐鲁:指今山东。

〔12〕徂徕山:在山东泰安东南。

〔13〕吴:泛指我国东南一带,即今江苏南部和浙江北部。

〔14〕长安:古都城名,在今陕西西安西北,唐以后诗文中常用作都城的通称。

〔15〕明皇:即唐玄宗李隆基(685—762),唐睿宗李旦第三子,故又称李三郎,在位四十五年,因安史之乱退位为太上皇,为唐朝极盛时期的皇

帝。卒谥至道大圣大明孝皇帝。

〔16〕赵、魏、燕、晋：相当于今天的山西、陕西、河北、辽宁、河南诸省所在地域。

〔17〕岐（qí）：在今陕西省。邠（bīn）：在今陕西省。

〔18〕商於（wū）：古代秦楚边境地域名。

〔19〕梁：在今河南省。

〔20〕泗：古水名，源于今山东省泗水县东，四源并发，故名。其至徐州东北流入淮河。

〔21〕秋浦：今安徽贵池。浔阳：今江西九江。

〔22〕"天宝"三句：唐玄宗天宝十四年（755）十二月，藩镇将领安禄山与史思明背叛唐朝，发动叛乱，玄宗逃往四川，这场战乱历时八年，至代宗宝应元年（763）二月才平定，史称"安史之乱"，唐王朝因此而由盛转衰。安禄山（703—757），营州（今辽宁朝阳）人。本姓康，名轧荦山。后其母改嫁突厥将军安波注之兄延偃，冒姓安氏，名禄山。为唐代藩镇割据势力之一，安史之乱中，建立燕政权，年号圣武。

〔23〕李璘：初名李泽，唐玄宗第十六子。开元十三年受封永王，二十四年改名李璘。天宝十四年，安禄山在范阳反叛，李璘被任命为山南节度使，后跟随唐玄宗逃往蜀地。唐肃宗在灵武登基称帝，李璘为山南东路、岭南、黔中、江南西路四道节度使，江陵郡大都督，坐镇江陵。肃宗至德年间，传言李璘有割据一方的意图，肃宗派人责问征讨，内战遂开，李璘率兵进至当涂，攻占丹阳，后兵败被擒遭杀。

〔24〕庐山：在江西九江市南，耸立于鄱阳湖、长江之滨。又名匡山、匡庐。相传周代有匡姓七兄弟结庐隐居于此，故名。

〔25〕丹阳：今属江苏镇江。

〔26〕宿松：在今安徽西南。

〔27〕坐系浔阳狱：谓李白因受永王璘反叛罪牵连被捕入浔阳狱。坐，犯罪，判罪。浔阳，江西省九江市的古称，因古时流经此处的长江一段被称为浔阳江，而县治在长江之北，即浔水之阳而得名。

〔28〕崔涣（707—769）：博陵（今河北安平）人。曾任亳州司功参军、

269

巴西太守。安史之乱时拜相,任黄门侍郎、同平章事,后奉命辅佐唐肃宗,授江淮宣谕选补使等。卒,追赠太子太傅,谥号元。按:崔涣巡抚江南,补授官吏,时李白因永王李璘案系狱,夫人宗氏奔走求援,崔涣也极力搭救,李白得以出狱。李白有《狱中上崔相涣》、《系寻阳上崔相涣三首》、《上崔相百忧章》等诗。宋若思:汾州(今山西汾阳)人,宋之问侄。历监察御史、御史中丞充置顿使、起居郎等。李白有《中丞宋公以吴兵三千赴河南军次寻阳脱余之囚参谋幕府因赠之》、《陪宋中丞武昌夜饮怀古》等诗。验治:查验处治。

〔29〕贳(shì):赦免,宽纵。

〔30〕肃宗:即李亨(711—762),玄宗第三子,开元二十六年被立为太子。安史之乱爆发后,李亨即位,尊玄宗为太上皇。在位仅六年,庙号肃宗,葬建陵。

〔31〕乾元元年:为公元758年,乾元为肃宗年号。

〔32〕夜郎:汉时中国西南地区古国名,在今贵州西北部及云南、四川二省部分地区。

〔33〕洞庭:即洞庭湖,古称云梦、九江和重湖,处于长江中游荆江南岸,因湖中洞庭山(即今君山)而得名。跨岳阳、汨罗、湘阴、常德等地,其流由岳阳城陵矶注入长江。

〔34〕峡江:长江自重庆奉节瞿塘峡以下,至湖北宜昌,称为峡江。

〔35〕巫山:在四川、湖北两省边境,北与大巴山相连,形如"巫"字,故名。长江穿流其中,形成三峡。

〔36〕岳阳:古称巴陵、岳州,位于长江中游,在湖南境内。江夏:今属湖北武汉。

〔37〕历阳:今安徽和县。宣城:在今安徽东南部。

〔38〕阳冰:即李阳冰,字少温,谯郡(今安徽亳州)人。约生于唐玄宗开元年间,历缙云令、当涂令,官至国子监丞、集贤院学士。工书法,尤精小篆。

〔39〕宝应元年:为公元762年,宝应为代宗年号。

〔40〕更涉:经历。

270

〔41〕范传正:字西老,南阳顺阳(今河南淅川)人。唐德宗贞元十年进士。授集贤殿校书郎、渭南尉,拜监察殿中侍御史,擢为宣歙观察使,拜光禄卿,以风恙卒,赠左散骑常侍。著有《西陲要略》。按:范氏撰《唐左拾遗翰林学士李公新墓碑》,即李白墓志,其文今存。

〔42〕旧史:指后晋刘昫等编撰《旧唐书》,李白传见卷一百九十下《文苑下》。

〔43〕辟(bì):征召,荐举。

〔44〕新书:指欧阳修编撰《新唐书》,李白传见卷二百二《文艺中》。

〔45〕坐事:因事获罪。

〔46〕连类:连缀同类事物。引义:引用义理。

〔47〕中于法度:谓符合规范。法度,规范,规矩,格式。

〔48〕闳肆:宏伟恣肆。隽伟:隽秀伟丽。

〔49〕骚人:诗人,文人。

〔50〕飘然:高远貌,超脱貌。

【评析】

作者得到了宋敏求类编的《李白诗集》,只是宋氏未对诗作进行编年,曾巩认为这是缺憾,因此为之编年,并为之考核。

序文的主体部分是排比考核李白的生平及行迹,唐宋人编撰记载李白生平的,主要有李阳冰《草堂集序》、范传正《唐左拾遗翰林学士李公新墓碑》,以及《旧唐书》和《新唐书》等,这些篇章或多或少记录了李白的一些行迹。曾氏认为其中记载或语焉不详,或与李白诗文自叙不符,因此有必要辩正。如第三段中,对新、旧《唐书》所载的辩误,《旧唐书》有二:其一云"旧史称白山东人"。《旧唐书》云李白为山东人,检杜甫《苏端薛复筵简薛华醉歌》诗有"汝与山东李白好"云云,又元稹《唐故工部员外郎杜君墓系铭》云:"时山东人李白亦以奇文取称,时人谓之李杜。"知《旧唐书》是据唐人说法。按:李白《与韩荆州书》云:

"白陇西布衣,流落楚汉。"这种说法多见于唐人载述,如李阳冰《草堂集序》云陇西成纪人。又:"神龙之始逃归于蜀,复指李树而生。"又魏颢《李翰林集序》云:"白本陇西,乃放形,因家于绵,身既生蜀……"又范传正《唐左拾遗翰林学士李公新墓碑》云:"公名白,字太白,其先陇西成纪人……神龙初,潜还广汉,因侨为郡人。"知李白祖籍为陇西,生于蜀。曾巩即采用生于蜀的说法。其二云"又称永王璘节度扬州,白在宣城谒见,遂辟为从事"。曾巩认为李白是在江西庐山入永王李璘幕的,而不是在安徽宣城。《新唐书》有一,云:"新书又称白流夜郎,还浔阳,坐事下狱,宋若思释之者。"曾巩认为下狱事在流夜郎前,《新唐书》记载有误。按:宋晁公武《郡斋读书志》卷四上载有《李翰林集》二十卷,云:"右唐李白太白也,白旧集十卷,唐李阳冰序。咸平中乐史别得白歌诗十卷,凡歌诗七百七十六篇,又纂杂著为别集十卷。宋次道治平中得王文献及唐魏万所纂白诗,又裒唐类诗洎刻石所传者通李阳冰、乐史集共一千一篇、杂著六十五篇,曾子固乃考其先后而次第之……予按:杜甫诗亦以白为山东人,而苏子瞻尝恨白集为庸俗所乱,则白之自序亦未可尽信,而以为史误。近蜀本又附入左绵邑人所裒曰白隐处少年所作六十篇,尤为浅俗。白天才英丽,其辞逸荡隽伟,飘然有超世之心,非常人所及,读者自可别其真伪也。"知南北宋时关于李白行迹、作品等一直存在着真伪,仍有待梳理与辨识。

李白是有唐一代的伟大诗人,其诗歌成就是人所共知的,文中只是在末尾论及其诗,主要篇幅是就李白的生平行迹考辩论说,以此昭示曾氏本人的用力之处。

赠黎安二生序

赵郡苏轼[1],余之同年友也[2]。自蜀以书至京师遗余^[3]，称蜀之士曰黎生、安生者。既而黎生携其文数十万言，安生携其文亦数千言，辱以顾余^[4]。读其文，诚闳壮隽伟^[5]，善反复驰骋^[6]，穷尽事理，而其材力之放纵，若不可极者也。二生固可谓魁奇特起之士^[7]，而苏君固可谓善知人者也。

顷之，黎生补江陵府司法参军^[8]，将行，请予言以为赠。余曰："余之知生，既得之于心矣，乃将以言相求于外邪？"黎生曰："生与安生之学于斯文，里之人皆笑以为迂阔^[9]，今求子之言，盖将解惑于里人^[10]。"余闻之，自顾而笑。夫世之迂阔，孰有甚于予乎？知信乎古，而不知合乎世；知志乎道，而不知同乎俗。此余所以困于今而不自知也。世之迂阔，孰有甚于予乎？今生之迂，特以文不近俗，迂之小者耳，患为笑于里之人。若余之迂大矣，使生持吾言，而且重得罪，庸讵止于笑乎^[11]？然则若余之于生，将何言哉？谓余之迂为善，则其患若此。谓为不善，则有以合乎世，必违乎古；有以同乎俗，必离乎道矣。生其无急于解里人之惑^[12]，则于是焉，必能择而取之。遂书以赠二生，并示苏君，以为何如也？

【注释】

〔1〕赵郡苏轼：苏轼的远祖苏味道为唐时赵州栾城（今属河北）人，古称地方中为众人所仰望的贵显家族为郡望，称赵郡即是就苏轼家族的郡望而言。

〔2〕同年：古代科举考试同榜录取人之间的互称。

〔3〕遗：给予，馈赠。

〔4〕辱:谦词,犹承蒙。

〔5〕闳壮:犹雄健。隽伟:同俊伟,卓异壮伟。

〔6〕反复驰骋:谓行文善于反复论说,纵横驰骋。

〔7〕魁奇:杰出,特异。特起:特出,杰出。

〔8〕江陵府:今湖北荆州市。

〔9〕迂阔:不切合实际。

〔10〕解惑:解除疑惑。

〔11〕庸讵:岂,何以,怎么。

〔12〕其:如果。

【评析】

　　曾巩与苏轼兄弟为同科进士。仁宗嘉祐二年(1057)四月,苏轼母程夫人病故,苏洵父子奔丧,返回四川故里,嘉祐四年十月苏轼启程还京。所谓苏轼"自蜀以书至京师遗余,称蜀之士曰黎生、安生者"云云,苏轼信作于丁母忧时,曾氏文也当作于此时。

　　黎、安二生的困惑是在文章方面。北宋前期太学体风靡一时,太学体具有险怪艰涩的特点。嘉祐二年欧阳修知贡举,对太学体痛加排抑,凡有时誉的,黜落殆尽,场屋之习为之一变。曾氏作此文时,太学体的影响力还未消除。文中引录黎氏之言,谈到为文的苦恼,就是针对太学体而言的。黎、安二生崇尚古文,却被时人嘲笑。在曾氏来看,黎、安二生的困惑表面上是作古文不符合时文的要求,实质上是人品的反映,文如其人,至少有一定的道理。黎、安二生只看到了表象,而忽略了实质,所以陷入困惑。文章以"迂阔"为字眼,指出之所以会如此,是由于坚守儒道,不谐俗,不苟同。黎、安二生能文,遵守古训。在娴习太学体的学子们看来,自然是格格不入的。曾氏以为黎、安二生只是文风不谐于俗,而自己不仅是文章不谐俗,为人处世也莫不是如此。云："知信乎古，而不知合乎世；知志乎道，而不知同乎俗。"这里的"古"、"道"，是指三代古朴的世风和儒家道统的思想。坚信古道，就不能同流合污，处事不能遂意，仕途不能得志，才有"世之迂阔，孰有甚于予乎"的感慨。迎合世俗，必然是违背古道的；苟同时学，必然会背离于儒家的道统。曾氏借此表达了自己的信念。曾巩是个纯儒，其言行多有迂阔处，曾氏不便直接点明，而是以自身为例，有开导黎、安二生之意。

王安石《赠曾子固》一诗云："曾子文章众无有，水之江汉星之斗。挟才乘气不媚柔，群儿谤伤均一口。吾语群儿勿谤伤，岂有曾子终皇皇。借令不幸贱且死，后日犹为班与扬。"对曾氏的为人品行、文章成就是赞赏有加的，对曾氏不容于世俗、坎坷多舛表达了叹惋。

送江任序[1]

均之为吏[2]，或中州之人用于荒边侧境、山区海聚之间[3]，蛮夷异域之处[4]，或燕、荆、越、蜀、海外万里之人用于中州[5]。以至四遐之乡相易而往[6]，其山行、水涉、沙莽之驰，往往则风霜、冰雪、瘴雾之毒之所侵加，蛟龙、虺蜴、虎豹之群之所抵触[7]，冲波急湫、隤崖落石之所覆压[8]。其进也，莫不籯粮举药[9]，选舟易马，力兵曹伍而后动[10]，戒朝奔夜[11]，变更寒暑而后至。至则宫庐器械、被服饮食之具，土风气候之宜，与夫人民谣俗、语言习尚之务，其变难遵，而其情难得也〔12〕。则多愁居惕处〔13〕，叹息而思归。及其久也，所习已安，所蔽已解，则岁月有期，可引而去矣〔14〕。故不得专一精思修治具〔15〕，以宣布天子及下之仁，而为后世可守之法也。

或九州之人各用于其土〔16〕，不在西封〔17〕，在东境。士不必勤，舟车舆马不必力，而已传其邑都〔18〕，坐其堂奥〔19〕，道途所次〔20〕，升降之倦〔21〕，凌冒之虞〔22〕，无有接于其形，动于其虑。至则耳目口鼻百体之所养〔23〕，如不出乎其家；父兄六亲故旧之人朝夕相见〔24〕，如不出乎其里。山川之形，土田市井风谣习俗辞说之变，利害、得失、善恶之条贯〔25〕，非其童子之所闻，则其少长之所游览；非其自得，则其乡之先生老者之所告也。所居已安，所有事之宜，皆已习熟。如此，能专虑致职事，以宣上恩，而修百姓之急。其施为先后，不待旁咨久察〔26〕，而与夺损益之几已断于胸中矣〔27〕，岂累夫孤客远寓之忧而以苟且决事哉〔28〕？

临川江君任为洪之丰城〔29〕，此两县者，牛羊之牧相交〔30〕，树木果蔬五谷之垄相入也〔31〕，所谓九州之人各用于其土者，孰近于此？既已得其所处之乐，而厌闻饫听其人民之事〔32〕，而江君又有聪明敏急之材〔33〕、廉洁之行，以行其政，吾知其不去图书议论之适〔34〕、宾客之好，而所为有馀矣。盖县之治，则民自得于太山深谷之中，而州以无为于上〔35〕，吾将见江西之幕府无南向而虑者矣〔36〕。于其行，遂书以送之，南丰曾巩叙。

【注释】

〔1〕江任:临川(今江西抚州)人,仁宗庆历二年(1042)进士。

〔2〕均之为吏:谓同样是为官。

〔3〕中州:古豫州(今河南省一带),地处九州之中,称为中州,又指中原地区。海聚:海边的村落,多指边远荒僻的区域。

〔4〕蛮夷:古代对四方边远地区少数民族的泛称,亦专指南方少数民族。

〔5〕燕、荆、越、蜀:相对于中原地区而言的四边地区。燕,古国名,在今河北北部和辽宁西端。荆,古国名,春秋时楚国的旧称,疆域由湖北、湖南为主。越,古国名。建都会稽(今浙江绍兴)。蜀,今四川一带。

〔6〕四遐:指四方极远之处。

〔7〕虺(huǐ)蜴:蜥蜴。

〔8〕洑(fú):漩涡。隤(tuí):崩颓,坠下。

〔9〕籯(yíng):箱笼等类盛器,又置筷匕的盛器。

〔10〕"力兵"句:谓身强力壮的士兵与随从紧随其后。

〔11〕戒朝:犹戒晨、戒旦,报晓警睡。

〔12〕"其变难遵"二句:谓随着不同的地方而变化,令人难以遵从,而其中的民情一时也难以了解。

〔13〕多愁居惕(tì)处:谓整日里生活在愁闷恐慌之中。

〔14〕"则岁月"二句:谓任职期限到了,又要引退离开。

〔15〕治具:治国的措施。

〔16〕九州:古代分中国为九州,说法不一。后以"九州"泛指天下,全中国。

〔17〕封:疆域,分界,领地。

〔18〕传:移动,转移。邑都:都城,都市。此指治所。

〔19〕堂奥:厅堂和内室。奥,室的西南隅。

〔20〕次:留宿,停留。

〔21〕升降之倦:谓仕宦升降中的疲惫。

〔22〕凌冒之虞:谓凌风霜、冒酷暑的担忧。

277

〔23〕百体:人体的各个部分。

〔24〕六亲:历来说法不一,如云父、子、兄、弟、夫、妇,或云父、母、兄、弟、妻、子等。

〔25〕"利害"句:谓形势的便利与险要、名利的得到与失去、世人的赞扬与贬斥等有序地出现。

〔26〕旁咨:咨询旁人。

〔27〕与夺:赐予和剥夺,奖励和惩罚。几:隐微,多指事物的迹象、先兆。

〔28〕"岂累夫"句:谓难道会被忧愁仕宦在远方而成孤独的寓客所连累,并因草率的决定而败坏事务吗?

〔29〕洪:指洪州,今江西南昌。丰城:今属江西。

〔30〕"牛羊"句:《左传·僖公四年》云:"君处北海,寡人处南海,唯是风马牛不相及也。"意思是说齐、楚两地相离甚远,即使是马、牛走失,也不会进入对方的地界,此反用其意。

〔31〕垄:田埂,成行种植农作物的土埂。

〔32〕厌:吃饱,满足。饫(yù):足,饱。

〔33〕敏急:一作"敏给",犹敏捷。

〔34〕去:舍弃。

〔35〕无为:道家主张清静虚无,顺应自然,称之无为。儒家主张选能任贤,以德化人,亦称之无为。

〔36〕幕府:本指将帅在外的营帐,后亦泛指军政大吏的府署。此指江西最高长官,按江西首府为洪州。

【评析】

　　这篇序文谈仕宦的得失,分前后两部分。前半强调在外地仕宦多有不便。其一,危险性。去外地任职,少不了要跋山涉水,随时会遭遇到恶劣的气候或虫蛇虎豹的威胁,甚至会遇到溺水、崩石等灭顶之灾。其二,不适性。到了任职地,不至于有衣食之忧,但又会遇到风俗人情、饮食习惯的不适,会给工作的开

278

展带来麻烦,难以得心应手。其三,去留性。时间稍长,才适应,却又任期将到,即将离任而去。不能专心尽力地处理事务,施惠百姓,这是进退两难的问题。后半谈论在故乡为官诸种便利。其一,无奔波之苦,不必劳师动众,没有因升职或降级的疲惫感,也没有凌风霜、冒酷暑的担忧。其二,有亲情至爱的温馨,乡土人情、风俗习惯、善恶利害,自孩童时就已熟悉,工作起来就顺利多了。其三,免去花较多的精力在先期的熟悉和体察等工作上,就会有更多的时间专心致力于本职工作,急百姓所需,造福于乡里。

　　文中指出吏治的勤劳与否,与在他乡还是在故里有着重要的关系,这种现象很普遍,却很少被重视。委派官吏到某地为官,如能考虑这方面的因素,能做到既合理又合情。曾氏以此为话题,分析如何充分地发挥官吏的作用,激发官吏的潜能。前半说在外地为官的弊端,是为后半大谈在故里为官的好处做铺垫,前为宾,后为主。

寄欧阳舍人书[1]

　　巩顿首再拜舍人先生[2]:去秋人还,蒙赐书及所撰先大父墓碑铭[3],反复观诵,感与惭并[4]。

　　夫铭志之著于世[5],义近于史,而亦有与史异者。盖史之于善恶无所不书,而铭者[6],盖古之人有功德、材行、志义之美者[7],惧后世之不知,则必铭而见之。或纳于庙,或存于墓,一也。苟其人之恶,则于铭乎何有?此其所以与史异也。其辞之作,所以使死者无有所憾[8]，生者得致其严[9]。而善人喜于见传，则勇于自立；恶人无有所纪，则以愧而惧。至于通材达识[10]，义烈节士，嘉言善状[11]，皆见于篇，则足为后法。警劝之道[12]，非近乎史，其将安近[13]？

　　及世之衰，人之子孙者，一欲褒扬其亲而不本乎理，故虽恶人，皆务勒铭以夸后世[14]。立言者既莫之拒而不为[15]，又以其子孙之所请也，书其恶焉，则人情之所不得，于是乎铭始不实。后之作铭者，常观其人，苟托之非人，则书之非公与是，则不足以行世而传后。故千百年来，公卿大夫至于里巷之士，莫不有铭，而传者盖少，其故非他，托之非人、书之非公与是故也。然则孰为其人而能尽公与是欤？非畜道德而能文章者无以为也[16]。盖有道德者之于恶人，则不受而铭之，于众人则能辨焉。而人之行，有情善而迹非，有意奸而外淑[17]，有善恶相悬而不可以实指，有实大于名，有名侈于实[18]。犹之用人，非畜道德者，恶能辨之不惑、议之不徇[19]？不惑不徇，则公且是矣。而其辞之不工，则世犹不传，于是又在其文章兼胜焉。故曰非畜道德而能文章者无以为也，岂非然哉？

　　然畜道德而能文章者，虽或并世而有，亦或数十年或一二百年而有之。其传之难如此，其遇之难又如此。若先生之道德文章，固所谓数百年而有者也。先祖之言行卓卓[20]，幸遇而得铭，其公与是，其传世行后无疑也。而世之学者每观传记所书古人之事，至其所可感，则往往慕然不知涕之流落也[21]，况其子孙也哉？况巩也哉？其追睎祖德而思所以传之之繇[22]，则知先生推一赐于巩而及其三世，其感与报，宜若何而图之？抑又思若巩之浅薄滞拙[23]，而先生进之，先祖之屯蹶否塞以死[24]，而先生显之，则世之魁闳豪杰不世出之士[25]，其谁不愿进于门？潜遁幽抑之士[26]，其谁不有望于世？善谁不为？而恶谁不愧以惧？为人之父祖者，孰不欲教其子孙？为人之子孙者，孰不欲宠荣其父祖[27]？此数美者，一归于先生。

既拜赐之辱，且敢进其所以然。所谕世族之次[28]，敢不承教而加详焉。愧甚，不宣，巩再拜。

【注释】

〔1〕欧阳舍人：宋仁宗庆历七年（1047）欧阳修任起居舍人。

〔2〕顿首载拜：旧时书信中常用作向对方表示敬意的客套语。按：在此书信之前，曾氏还写有《上欧阳舍人书》等，所以"载拜"意指为两次或两次以上次数所写的书信。顿首，磕头。又书简用语，表示致敬，常用于结尾。载拜，再拜，拜了又拜，表示恭敬。又作敬词，旧时用于书信的开头或末尾。载，通"再"。

〔3〕先大父：指曾巩祖父曾致尧（947—1012），字正臣，抚州南丰人。宋太宗太平兴国八年（976）进士，官至礼部郎中，改吏部郎中。

〔4〕感与惭并：谓感激与惭愧之情并存。

〔5〕铭志：刻于墓石的文辞。

〔6〕铭：记载，镂刻。又文体的一种，古代常刻于碑版或器物，或以称功德，或用以自警。

〔7〕材行：才质行为。志义：犹志节。

〔8〕以：底本无，据中华书局整理本《曾巩集》补。

〔9〕严：尊敬，尊重。

〔10〕通材:即通才,指学识广博兼备多种才能的人。达识:富于才干识见,也指富于才干识见的人。

〔11〕嘉言善状:谓美好的言行和事迹。

〔12〕警劝:警戒劝勉。

〔13〕"非近乎史"二句:谓不是近似于史书的写法,难道要近似什么呢?

〔14〕勒铭:镌刻铭文,此指刻石立碑。

〔15〕立言:指著书立说,泛指写文章。

〔16〕畜道德:有道德涵养。

〔17〕"而人"三句:谓就人们的行为来说,有情态友善而行迹恶劣的,有用意奸诈而外表美善的。

〔18〕"有实"二句:有实际表现胜过于名声的,有名声超过于实际表现的。侈,超过。

〔19〕议之不徇:议论时不徇私情。

〔20〕卓卓:特立,高超出众。

〔21〕盅(xì):伤心的样子。

〔22〕睎(xī):希望,仰慕。繇:通"由",原因。

〔23〕滞拙:迟钝笨拙,多用作谦辞。

〔24〕屯蹶:艰难困顿。否塞:闭塞不通,犹困厄。

〔25〕魁闳:形容器宇不凡,气量宏大。不世:非一世所能有,罕有,多指非凡。

〔26〕潜遁:秘密逃走,指隐居之士。幽抑:犹郁抑。

〔27〕宠荣:犹尊荣。

〔28〕世族:原谓先世有功之官族,后泛称世家大族为世族。

【评析】

　　曾巩的祖父名致尧,字正臣,欧阳修撰有《尚书户部郎中赠右谏议大夫曾公神道碑》,其中有"庆历六年夏,其孙巩称其父命以来请,曰愿有述,遂为之"云云,这篇文章是曾氏的回信。

282

宋仁宗庆历八年(1048)闰正月欧阳氏转起居舍人徙知扬州,本文当作于其后不久。

　　文中探究了墓碑志铭撰写的特点及要求,指出神道碑或墓志铭作为一种文体,是记录传主一生行迹的,主要是颂扬传主美德善行的,使去逝的人没有遗憾,活着的人得以表达敬重之心。同时可起到警戒劝勉、垂范后世的作用。可是后世人心不古,凡去世者不论善恶,多会有墓碑志铭,就会出现回避或隐去恶行、虚美矫情的情况。这就与撰写者的人品相关联,一般被请托撰写的人,多是有名声或有一定地位者,更多的是希望其往好处写,虚美隐恶就成为可能。撰写者不能心存公正,所写也不能传之永久,大概公道自在人心。除能秉持公心外,还要有文采,也有助于墓碑志铭的久远流传。

　　文中作者层层推进,步步夯实,最后回到欧阳修身上,指出欧阳氏为文坛领袖,德行与文章为世人推崇,把祖父的墓碑志铭托付给他撰写,这是第一大荣幸。同理,祖父的美德由欧氏的文章能流芳后世,这是曾氏的荣耀,这是第二大荣幸。文中一方面对欧氏推重赞美,表达了感恩之情,又在看似不经意间,把祖父的德行颂扬了一通。前者是用直笔,后者是用曲笔,行文迂徐含蓄,不卑不亢,可谓精心构制,用心良苦。

墨 池 记

　　临川之城东[1],有地隐然而高[2],以临于溪,曰新城。新城之上,有池洼然而方以长[3],曰王羲之之墨池者[4],荀伯子《临川记》云也[5]。羲之尝慕张芝[6],临池学书,池水尽黑,此为其故迹,岂信然邪?方羲之之不可强以仕,而尝极东方[7],出沧海,以娱其意于山水之间,岂有徜徉肆恣而又尝自休于此邪[8]?

羲之之书晚乃善,则其所能,盖亦以精力自致者,非天成也。然后世未有能及者,岂其学不如彼邪?则学固岂可以少哉?况欲深造道德者邪[9]?

墨池之上,今为州学舍。教授王君盛恐其不彰也[10],书"晋王右军墨池"之六字于楹间以揭之[11],又告于巩曰:"愿有记。"推王君之心,岂爱人之善,虽一能不以废,而因以及乎其迹邪[12]?其亦欲推其事以勉其学者邪?夫人之有一能,而使后人尚之如此[13],况仁人庄士之遗风馀思被于来世者如何哉[14]?庆历八年九月十二日曾巩记[15]。

【注释】

〔1〕临川:今江西抚州。

〔2〕隐然而高:谓隐约隆起。

〔3〕洼:低陷,凹下。

〔4〕王羲之(303—361):字逸少,号澹斋,琅琊临沂(今属山东)人,后迁居会稽山阴(今浙江绍兴)。善书法,有"书圣"之称。曾任右军将军,世称"王右军"。

〔5〕荀伯子(378—438):南朝宋颍川颍阴(今河南许昌)人,官至司徒左长史,东阳太守。

〔6〕张芝:字伯英,东汉人。勤学好古,淡于仕进。善章草。

〔7〕极东方:谓到了东部的海边。

〔8〕徜徉:安闲自得的样子。肆恣:放纵而不受约束。

〔9〕深造道德:谓在道德方面有深厚的造诣。

284

〔10〕教授:学官名,宋代除宗学、律学、医学、武学等置教授传授学业外,各路的州、县学均置教授,掌管学校课试等事,位居提督学事司之下。王盛:宋神宗时人,为抚州教授。

〔11〕楹:厅堂的前柱。

〔12〕"虽一"二句:谓即使是一技之长也不会废弃,并因此而连及其人的遗迹。

〔13〕尚:仰慕。

〔14〕庄士:端正之士,正人君子。遗风馀思:前代遗留下来的风尚情思。

〔15〕庆历:宋仁宗年号。庆历八年即公元 1048 年。

【评析】

有关王羲之墨池的遗迹,古来有多种说法,如浙江之会稽(今绍兴)、台州、温州,江西南康(今庐山)、抚州等。本文提到的临川新城之墨池,即为抚州。当地人认为这是王羲之练习书法的遗址所在,曾巩不以为然,以为不能据"临池学书,池水尽黑"这一点,就认为与王羲之有关。理由是王羲之弃官后退居会稽,活动于浙东,怎么会同时出现在江西东部呢?何况称墨池者,除王羲之外,还有晋张芝、唐张旭等。不过探讨抚州墨池的主人是否为王羲之,并不是文章的目的所在。

文中以所谓临川"墨池"为引子,在"学"字上大做文章,即如何勤学苦练的问题。墨池所在之地为抚州州学舍所在之地,州学教授王盛请曾氏撰写记文,虽然墨池不是王羲之练习书法的地方,但在"学"这一字上是相关联的。借题发挥,是曾氏用意所在,也就是借此勉力学子勤奋苦学。除了强调勤于学外,文中又进一步强调道德的自我完善。王羲之在书法上造诣颇深,成为影响千古一代的书法大家,同时在人品方面也是超逸卓越的,属于仁人庄士。学王羲之,是品学兼有,这是作者的用心所在。

由传说中王羲之墨池，谈到勤学的问题，进而强调道德的修养，横说竖说，立论高远，主题也在不断地升华。小题大作，尺幅之间，极尽变幻之能事。

秃 秃 记

秃秃，高密孙齐儿也[1]。齐明法[2]，得嘉州司法[3]。先娶杜氏，留高密。更绐娶周氏[4]，与抵蜀[5]。罢归，周氏恚齐绐[6]，告县，齐赀谢得释[7]。授歙州休宁县尉[8]，与杜氏俱迎之官。再期[9]，得告归[10]，周氏复恚，求绝，齐急曰："为若出杜氏[11]。"祝发以誓[12]，周氏可之。

齐独之休宁[13]，得娼陈氏[14]，又纳之。代受抚州司法[15]，归间周氏[16]，不复见，使人窃取其所产子，合杜氏、陈氏，载之抚州。明道二年正月至[17]，是月，周氏亦与其弟来，欲入据其署，吏遮以告齐。齐在宝应佛寺受租米[18]，趋归，捽挽至庑下[19]，出伪券曰："若佣也[20]，何敢尔？"辨于州，不直[21]。周氏诉于江西转运使，不听。久之，以布衣书里姓联诉事，行道上乞食。萧贯守饶州[22]；驰告贯。饶州，江东也[23]，不当受诉。贯受不拒，转运使始遣使祝应言为覆[24]，周氏引产子为据。齐惧子见事得[25]，即送匿旁方政舍。又惧，则收以归，搤其咽下[26]，不死，陈氏从旁引儿足倒持之，

286

抑其首瓮水中[27]，乃死秃秃也。召役者邓旺，穿寝后垣下为坎[28]，深四尺，瘗其中[29]，生五岁云。狱上更赦，犹停齐官，徙濠州[30]，八月也。

庆历三年十月二十二日[31]，司法张彦博改作寝庐[32]，治地，得坎中死儿。验问知状者，小吏熊简对如此。又召邓旺诘之，合狱辞，留州者皆是，惟杀秃秃状盖不见。与予言而悲之，遂以棺服敛之[33]，设酒脯奠焉，以钱与浮图人升伦[34]，买砖为圹[35]，城南五里张氏林下，瘗之，治地后十日也。

呜呼！人固择于禽兽夷狄也[36]。禽兽夷狄于其配合孕养，知不相祸也，相祸，则其类绝也久矣。如齐，何议焉？买石刻其事，纳之圹中，以慰秃秃，且有警也。事始末，惟杜氏一无忌言。二十九日，南丰曾巩作。

【注释】

〔1〕高密：今属山东。

〔2〕明法：古代察举人才及科举取士的科目名称，唐、宋科举都有明法科，主要考试关于法令的知识。

〔3〕嘉州：今四川乐山市。

〔4〕绐：欺诳。

〔5〕蜀：四川。

〔6〕恚（huì）：愤怒，怨恨。

〔7〕赀（zī）：货物，钱财。

〔8〕歙州休宁：今安徽休宁。

〔9〕期（jī）：时间周而复始，分别指一周年，一个月或一整天。此指一年。

〔10〕告归：旧时官吏告老回乡或请假回家。

〔11〕出:即七出,古代社会丈夫遗弃妻子的七种条款。《孔子家语·本命解》云七出为:不顺父母,无子,淫僻,嫉妒,恶疾,多口舌,窃盗。

〔12〕祝发:断发。

〔13〕之:往,至。

〔14〕娼:妓女。

〔15〕代:指卸去职务,由新官接任。抚州:今属江西。

〔16〕间:离间,分离。

〔17〕明道:宋仁宗年号。明道二年即公元1033年。

〔18〕租米:旧时向官府交纳的田赋。

〔19〕捽(zuó)挽:揪拉。

〔20〕若佣也:你只是佣人。

〔21〕不直:不以之为是,不信任。

〔22〕萧贯:字贯之,江西新喻人。登真宗大中祥符年进士第,仁宗初官太常丞,出知洪、饶二州。迁兵部员外郎,召试知制诰,未及试而卒。饶州:今江西鄱阳县。

〔23〕江东:北宋时饶州属江南东路。

〔24〕祝应言:浙江江山人。仁宗天圣五年(1027)进士,官节度使。

〔25〕见:通“现”。

〔26〕搤(è):捉住,掐住。

〔27〕抑其首瓮水中:谓把秃秃的头按进装满水的罐子中。抑,向下压。

〔28〕穿寝后垣下为坎:谓在寝室的后墙穿破了个洞,在洞下面挖了个坑。

〔29〕瘗(yì):埋葬。

〔30〕徙:贬谪,流放。濠州:今安徽凤阳。

〔31〕庆历:宋仁宗年号。庆历三年即公元1043年。

〔32〕张彦博:字文叔,蔡州汝阳人。为袁州判官。年未三十,曾向曾巩问学。寝庐:住房。

〔33〕遂以棺服敛之:谓给秃秃穿上衣服,装进棺材。

〔34〕浮图:一作浮屠,指和尚。

〔35〕圹(kuàng):墓穴。

〔36〕"人固"句:古代持"禽兽夷狄"观念的人认为汉族独贵,瞧不起其他少数民族,视同禽兽,故云。夷狄,详韩愈《原道》注〔51〕。

【评析】

本文作于仁宗庆历三年(1043)十月二十九日,时曾巩二十五岁。记文的主人公是个五岁的小男孩,名秃秃,被生父孙齐活活溺死。文中记秃秃短暂的一生,表达了对禽兽不如官员的恶劣行径的控诉。

孙齐是明法科出身,也就是学法律的。历任嘉州司法、休宁县尉、抚州司法,司法是主管刑法的,县尉是负责治安的。但孙齐的所做所为,却都是违法的,如骗婚娶妻,先娶杜氏,又骗娶周氏。在周氏得知受骗,告到官府,却被孙齐行贿得以免责。当周氏提出分手,孙氏又以休妻为誓,骗得了周氏的同意。在与周氏分手后,却又设法偷走了周氏和他的儿子秃秃。在周氏讨要秃秃时,孙氏又拿出伪造的证据,诬告周氏为家里的佣人。当事情要败露时,孙齐为了掩盖罪行,保住名声,竟弄死自己的儿子,手段是极其恶劣的。先是扼住秃秃的咽喉,没有死,又倒拎着秃秃的双足,把小孩的头按进装满水的罐子中,溺死了秃秃。然后胡乱挖了个坑,将秃秃埋了进去。

孙氏的行为令人发指,按理说,一个五岁的小孩子本无多少值得可写的,何况与作者又无亲无故。作者想写的实际上是孙齐,孙齐是知法执法的官员,知法犯法,溺杀亲子,手段极其卑鄙残忍,为人伦之大哀。曾巩是儒道的坚守者,在儒者来看,这是不仁不义的,是应当受到谴责的。曾氏写这篇传记,其目的就是"以慰秃秃,且有警也",警示官吏的意图是十分明确的。

文中述说孙齐的言行，以事实为本，详实可靠，把孙齐的丑恶行径刻画得入木三分，有理有据，朴质遒劲，浩然之气充溢于字里行间。

道 山 亭 记

　　闽[1]，故隶周者也[2]，至秦开其地，列于中国[3]，始并为闽中郡[4]。自粤之太末[5]，与吴之豫章[6]，为其通路。其路在闽者，陆出则阸于两山之间[7]，山相属无间断[8]。累数驿乃一得平地[9]，小为县，大为州。然其四顾，亦山也。其途或逆坂如缘絙，或垂崖如一发，或侧径钩出于不测之溪上[10]，皆石芒峭发[11]，择然后可投步。负戴者虽其土人，犹侧足然后能进；非其土人，罕不踬也[12]。其溪行，则水皆自高泻下，石错出其间，如林立，如士骑满野，千里下上，不见首尾。水行其隙间，或衡缩蟉糅[13]，或逆走旁射[14]，其状若蚓结，若虫镂，其旋若轮，其激若矢[15]。舟沂沿者[16]，投便利，失毫分，辄破溺[17]。虽其土长川居之人，非生而习水事者，不敢以舟楫自任也[18]，其水陆之险如此。汉尝处其众江淮之间而虚其地[19]，盖以其陿多阻[20]，岂虚也哉？

　　福州治候官[21]，于闽为土中[22]，所谓闽中也。其地于闽为最平以广，四出之山皆远[23]，而长江在其南[24]，大海在其东。其城之内外皆涂[25]，旁有沟，沟通潮汐[26]，舟载者昼夜属于门庭[27]。麓多桀木[28]，而匠多良能[29]，人以屋室巨丽相矜[30]。虽下贫必丰其居[31]，而佛、老子之徒，其宫又特盛。城之中三山，西曰闽山，东曰九仙山，北曰粤王山，三山者鼎趾立。其附山，盖佛、老子之宫以数十百，其瑰诡殊绝之状[32]，盖已尽人力。

光禄卿、直昭文馆程公为是州[33]，得闽山嶔崟之际[34]，为亭于其处。其山川之胜，城邑之大，宫室之荣，不下簟席而尽于四瞩[35]。程公以谓在江海之上，为登览之观，可比于道家所谓蓬莱、方丈、瀛州之山[36]，故名之曰道山之亭。闽以险且远，故仕者常惮往。程公能因其地之善，以寓其耳目之乐，非独忘其远且险，又将抗其思于埃壒之外[37]，其志壮哉！

程公于是州以治行闻[38]，既新其城，又新其学，而其馀功又及于此[39]。盖其岁满，就更广州[40]。拜谏议大夫，又拜给事中、集贤殿修撰，今为越州。字公辟，名师孟云。

【注释】

〔1〕闽：古代民族名，生活于今浙江南部和福建一带，后因称福建为闽。

〔2〕也：原作"七"，据中华书局整理本《曾巩集》改。

〔3〕中国：详韩愈《原道》注〔50〕。

〔4〕闽中郡：今福建福州市。

〔5〕粤：古代民族名，居今江苏、浙江、福建、两广一带，总称百粤。又指地名，古称百粤人所居地区。太末：今浙江龙游县。

〔6〕吴:五代时十国之一,辖有今江苏、安徽、江西、湖北等省的一部分,后为南唐所取代。豫章:今江西南昌。

〔7〕阨(è):阻塞。

〔8〕相属:相接连。

〔9〕驿:计算驿路长度的单位,两个驿站之间路程为一驿。按:驿站为古时供传递文书、官员来往及运输等中途暂息、住宿的地方。

〔10〕"其途"三句:谓道路有的沿山坡向上,如同攀缘在粗绳上,有的沿着垂直的悬崖,如同一根丝发,有些狭窄的小路会从难以测知的溪流上方突然冒出。坂:斜坡,山坡。组:粗绳索。

〔11〕石芒:又作"石铓",山石的尖端。峭发:陡峭突出。

〔12〕踬:跌倒,绊倒。

〔13〕衡缩:犹纵横。蟉(liú)糅:盘曲混杂的样子。

〔14〕逆走旁射:谓水流倒流或向两旁激射。

〔15〕"其状"四句:谓形状像盘结的蚯蚓,又像镂刻的图案。水流旋转若飞轮,激射若箭矢。虫镂,指房屋或器物上涂饰镂刻的图案纹饰。

〔16〕泝:即"溯"字,逆水而上。

〔17〕"投便利"三句:谓要迎合水的便利处,如果有丝毫的失误,船会破碎,人会溺死。

〔18〕舟楫:指行船。

〔19〕"汉尝"句:谓汉朝时把闽地的人安置在江淮间,闽地就显得空虚了。

〔20〕陿(xiá):狭隘,狭窄。

〔21〕治:古代指王都或地方官署所在地。候官:清以后通作"侯官",县名,西晋置,后世或改称闽县,或称闽侯,即今福州市。

〔22〕土中:四方的中心地区。

〔23〕四出:向四面延伸,从四处长出。

〔24〕长江:指闽江,是福建省最大的河流,注入东海。

〔25〕涂:同"途",道路。

〔26〕潮汐:在月球和太阳引力的作用下,海洋水面周期性的涨落现

象。白昼称潮,夜间称汐,总称潮汐。一般每日涨落两次,也有涨落一次的。外海潮波沿江河上溯,又使江河下游发生潮汐。

〔27〕属:继续,联接。

〔28〕桀木:高大的树。

〔29〕良能:天赋之能。

〔30〕相矜:互相夸耀。

〔31〕下贫:极穷,也指极穷的人。

〔32〕瑰(guī)诡:奇异。

〔33〕程公:即程师孟(1015—1092),字公辟,吴县(今江苏苏州)人。宋仁宗景祐元年(1034)进士,历任桂州通判、河东提点刑狱等。神宗熙宁元年九月,以光禄卿出知福州,熙宁三年六月,移知广州。

〔34〕嶔崟(qīn yín):高大,险峻。

〔35〕簟席:竹席,指坐席。

〔36〕蓬莱、方丈、瀛州:均为传说中海上神山名。

〔37〕抗:举,立。埃壒(ài):尘土,尘世。

〔38〕治行:为政的成绩,也指为政有成绩。又指施政的措施。

〔39〕馀功:空馀的时间。

〔40〕就更广州:谓改知广州。

【评析】

　　道山亭,仅仅是一座新建的亭子,文中涉及此亭的文字不多,而以"道山"为引子,为程师孟写心。"程公以谓在江海之上,为登览之观,可比于道家所谓蓬莱、方丈、瀛州之山,故名之曰道山之亭。"道山,传说中的仙山。文中只是就"道山"二字,生发无限遐想,而道山亭如同在电影镜头的推移下,逐步展露出来。

　　开篇写闽地,极言福建地处偏僻,极写水、陆交通险恶不便,不是本地的人,"罕不踬也"。闽地空旷,人气不旺。对外地人来说,不是令人向往之地。其次写福州。闽地多山峰,福州治候

293

官,在闽地最为平展广阔。闽地多珍贵木材,又多良工巧匠,所以福州民居建筑极尽奇巧,佛寺道观的构造也极尽奢华。优质的木材、高超的技艺、精致的建筑,说明闽地还是令人神往的。最后写道山亭。程师孟在福州,重新修葺城墙,修缮学校。于空闲的时候,又建了这个亭子,在此观览眺望,福州"山川之胜,城邑之大,宫室之荣",尽收眼底。置身于仙境般的福州,超脱之感油然而生,倦于宦海之心昭然可知。《宋史》本传云程氏以政事跻显,以恬退告老,知不是汲汲于功名者。

文章前半极言闽地僻远,多有不便,是不值得外地人向往的。后半却论说福州如同仙境,令人留连。前为宾,后为主,先抑后扬,很有层次感。

王安石

王安石（1021—1086），字介甫，号半山，临川（今江西抚州）人。宋仁宗庆历二年（1042）进士。历官节度判官公事、翰林学士、参知政事等，神宗时前后两度为相，推行变法。卒谥文。此据《四部备要》本王安石《临川先生文集》录文十六篇。

本朝百年无事札子

臣前蒙陛下问及本朝所以享国百年、天下无事之故[1]，臣以浅陋[2]，误承圣问[3]，迫于日晷[4]，不敢久留，语不及悉，遂辞而退。窃惟念圣问及此[5]，天下之福，而臣遂无一言之献，非近臣所以事君之义，故敢昧冒而粗有所陈[6]。

伏惟太祖躬上智独见之明[7]，而周知人物之情伪[8]，指挥付托必尽其材，变置施设必当其务[9]，故能驾驭将帅，训齐士卒[10]，外以扞夷狄[11]，内以平中国[12]。于是除苛赋，止虐刑，废强横之藩镇[13]，诛贪残之官吏，躬以简俭为天下先[14]，其于出政发令之间，一以安利元元为事[15]。太宗承之以聪武[16]，真宗守之以谦仁[17]，以至仁宗、英宗[18]，无有逸德[19]，此所以享国百年而天下无事也。

仁宗在位历年最久,臣于时实备从官[20],施为本末[21],臣所亲见,尝试为陛下陈其一二,而陛下详择其可,亦足以申鉴于方今[22]。伏惟仁宗之为君也,仰畏天,俯畏人,宽仁恭俭[23],出于自然,而忠恕诚悫终始如一[24],未尝妄兴一役,未尝妄杀一人。断狱务在生之[25],而特恶吏之残扰[26],宁屈己弃财于夷狄[27],而终不忍加兵。刑平而公,赏重而信,纳用谏官、御史[28],公听并观[29],而不蔽于偏至之谗[30],因任众人耳目拔举疏远[31],而随之以相坐之法[32]。盖监司之吏[33],以至州县,无敢暴虐残酷,擅有调发以伤百姓[34]。自夏人顺服[35],蛮夷遂无大变,边人父子夫妇得免于兵死,而中国之人安逸蕃息以至今日者[36],未尝妄兴一役,未尝妄杀一人,断狱务在生之,而特恶吏之残扰,宁屈己弃财于夷狄而不忍加兵之效也,大臣贵戚、左右近习莫敢强横犯法[37],其自重慎[38],或甚于闾巷之人,此刑平而公之效也。募天下骁雄横猾以为兵[39],几至百万,非有良将以御之,而谋变者辄败;聚天下财物,虽有文籍委之府史,非有能吏以钩考[40],而断盗者辄发,凶年饥岁,流者填道[41],死者相枕[42],而寇攘者辄得[43],此赏重而信之效也。大臣贵戚、左右近习莫能大擅威福,广私货赂[44],一有奸慝[45],随辄上闻,贪邪横猾虽间或见用[46],未尝得久,此纳用谏官御史,公听并观,而不蔽于偏至之谗之效也。自县令京官以至监司台阁[47],升擢之任虽不皆得人,然一时之

296

所谓才士,亦罕蔽塞而不见收举者,此因任众人之耳目,拔举疏远,而随之以相坐之法之效也。升遐之日[48],天下号恸[49],如丧考妣[50],此宽仁恭俭出于自然,忠恕诚悫终始如一之效也。

然本朝累世因循末俗之弊,而无亲友群臣之议,人君朝夕与处,不过宦官女子,出而视事又不过有司之细故[51],未尝如古大有为之君,与学士大夫讨论先王之法,以措之天下也。一切因任自然之理势,而精神之运有所不加,名实之间有所不察[52]。君子非不见贵,然小人亦得厕其间[53];正论非不见容,然邪说亦有时而用。以诗赋记诵求天下之士[54],而无学校养成之法;以科名资历叙朝廷之位[55],而无官司课试之方[56]。监司无检察之人,守将非选择之吏。转徙之亟[57],既难于考绩[58];而游谈之众[59],因得以乱真。交私养望者多得显官[60],独立营职者或见排沮[61],故上下偷惰[62],取容而已[63]。虽有能者在职,亦无以异于庸人。农民坏于徭役而未尝特见救恤[64],又不为之设官以修其水土之利;兵士杂于疲老而未尝申敕训练[65],又不为之择将而久其疆场之权[66];宿卫则聚卒伍无赖之人[67],而未有以变五代姑息羁縻之俗[68];宗室则无教训选举之实,而未有以合先王亲疏隆杀之宜[69]。其于理财大抵无法,故虽俭约而民不富,虽忧勤而国不强。赖非夷狄昌炽之时,又无尧汤水旱之变[70],故天下无事,过于百年,虽曰人事,亦天助也。盖累圣相继,仰畏天,俯畏人,宽仁恭俭,忠恕诚悫,此其所以获天助也。

伏惟陛下躬上圣之质[71]，承无穷之绪，知天助之不可常恃，知人事之不可怠终，则大有为之时正在今日。臣不敢辄废将明之义[72]，而苟逃讳忌之诛。伏惟陛下幸赦而留神，则天下之福也。取进止[73]。

【注释】

〔1〕陛下：指神宗。享国：犹享世，谓王朝统治的年代。

〔2〕浅陋：见闻狭隘，见识贫乏。

〔3〕圣：古之王天下者，亦为对帝王或太后的极称。

〔4〕日晷（guǐ）：古代测日影定时刻的仪器，由晷盘和晷针组成。此指时光。

〔5〕窃：私下，私自，多用作谦词。

〔6〕昧冒：犹冒昧，冒犯。

〔7〕太祖：详欧阳修《丰乐亭记》注〔7〕。

〔8〕情伪：真假，真诚与虚伪。

〔9〕变置：改立，另行设立。施设：安排，措施。

〔10〕训齐：训练整治。

〔11〕扞（hàn）：抵抗，抵御。夷狄：详韩愈《原道》注〔51〕。

〔12〕中国：详韩愈《原道》注〔50〕。

〔13〕强横：骄横跋扈，强硬蛮横。藩镇：唐代初年在重要各州设都督府，睿宗时设节度大使，玄宗时又在边境设置十节度使，通称藩镇。各藩镇掌管一个地区的军政，后来权力逐渐扩大，兼管民政、财政，掌握全部军政大权，形成地方割据，常与朝廷对抗。

〔14〕简俭：俭省。

〔15〕安利：安息休养。元元：百姓。

〔16〕太宗：即赵光义（939—997），宋朝的第二位皇帝。本名赵匡义，因避太祖讳改名光义，即位后改名炅（jiǒng），在位二十二年。

〔17〕真宗：即赵恒（968—1022），宋朝第三位皇帝，初名赵德昌，后改

298

赵元休、赵元侃,在位二十五年。谦仁:谦和仁慈。

〔18〕仁宗:即赵祯(1010—1063),宋朝第四位皇帝,初名赵受益,在位四十二年。英宗:即赵曙(1032—1067),原名赵宗实,后改名赵曙,是北宋第五位皇帝,在位五年。

〔19〕逸德:犹失德。

〔20〕实备从官:王安石曾直集贤院、同修起居注,为皇帝的近侍。

〔21〕施为本末:谓措施自始至终的过程。

〔22〕申鉴:引为借鉴。

〔23〕恭俭:恭谨谦逊,恭谨俭约。

〔24〕忠恕:儒家的一种道德规范。忠,谓尽心为人;恕,谓推己及人。诚悫(què):诚朴,真诚。

〔25〕断狱:审理和判决案件。

〔26〕残扰:谓凶残和扰民。

〔27〕"宁屈"句:仁宗庆历二年辽国屯兵边境,声称南侵,宋遣使求和,每年输辽岁币增加十万两银、十万匹绢。庆历四年与西夏求和,每年赐银、绢、彩、茶共二十五万五千。

〔28〕纳用:采用。

〔29〕公听并观:谓听取众人的意见,并能观察其真伪。

〔30〕偏至:偏颇而趋于极端。

〔31〕"因任"句:谓依据众人的所见所闻,选拔推举人才。因任,依据,顺应。拔举,选拔推荐。疏远,不亲近,指不亲近的人。

〔32〕相坐:一人有罪,连坐他人。此指荐举失实,受连带处分。

〔33〕监司:负有监察之责的官吏。宋朝各路分设安抚、转运、提点刑狱、提举常平四司,总称为监司。

〔34〕调发:征调,征发,调遣。

〔35〕夏人顺服:庆历三年正月西夏主赵元昊请和,宋、夏停战,参见注〔27〕。

〔36〕蕃息:滋生,繁衍。

〔37〕强横:骄横跋扈,强硬蛮横,亦指骄横跋扈、强硬蛮横的人。

299

〔38〕重慎:慎重。

〔39〕骁(xiāo)雄:勇猛雄武。横猾:强横刁猾。

〔40〕钩考:探求考核。

〔41〕流者填道:谓道路上满是流浪的人。

〔42〕相枕:彼此枕藉,极言其多。

〔43〕寇攘:劫掠,侵扰。

〔44〕货赂:财物,犹贿赂。

〔45〕奸慝(tè):奸恶的人。又指奸恶的心术或行为。

〔46〕贪邪:贪婪奸邪。

〔47〕台阁:汉时指尚书台,后亦泛指中央政府机构。

〔48〕升遐(xiá):升天,又帝王去世的婉辞。

〔49〕号恸:号哭哀痛。

〔50〕考妣:父母的别称。

〔51〕细故:细小而不值得计较的事。

〔52〕名实:名称与实质、实际,名誉与事功。

〔53〕厕:杂置,参与。

〔54〕诗赋:为唐、宋时代考试的科目之一。

〔55〕科名:科举考试制度所设的类别名目。

〔56〕课试:考核官吏的政绩。

〔57〕亟(qì):屡次,一再。

〔58〕考绩:按一定标准考核官吏的成绩。

〔59〕游谈:闲谈,清谈。又指言谈浮夸不实。

〔60〕交私:暗中勾结。养望:培养虚名。

〔61〕营职:履行职责,从事本职工作。排沮:排斥抑制。

〔62〕偷惰:即偷堕,苟且怠惰。

〔63〕取容:讨好别人以求自己安身。

〔64〕徭役:古代封建统治阶级强制农民承担的一定数量的无偿劳动。救恤:救济抚恤。

〔65〕申敕:告诫,敕命,宣示诏令。

〔66〕疆埸(yì):田界,边界,边境。

〔67〕宿卫:在宫禁中值宿,担任警卫。卒伍:泛指军队,行伍。古代军队编制,五人为伍,百人为卒。

〔68〕五代:详欧阳修《五代史伶官传序》注〔1〕。羁縻(mí):笼络,怀柔。

〔69〕隆杀:犹尊卑、厚薄、高下。杀,减。

〔70〕尧汤水旱:据《尚书·虞书·尧典》载尧时洪水浩浩滔天,汹涌奔腾,漫上山陵。又据《墨子·七患》引《殷书》云商汤时大旱五年。

〔71〕上圣:犹至圣,指德智超群的人。

〔72〕将明:谓人臣奉行王命,明辨国事。

〔73〕取进止:古代奏疏末所用的套语,犹言听候旨意,以决行止。

【评析】

据宋人彭百川《太平治迹统类》卷十三"神宗任用安石"条记载:熙宁元年四月,诏新除翰林学士的王安石越次入对,神宗问:"当今治理国家最先考虑的应是什么?"王安石说:"治国首先应该考虑的是方法的选择。"神宗又曾问王安石:"祖宗守护天下达百年能无大的变动,粗致太平,是用了什么方法呢?"王安石退朝后就写了这篇奏章,知本文作于神宗熙宁元年(1068)四月。

文章的前半盛赞仁宗的为人,诸如:恭谨谦逊,忠恕真诚;刑罚平等公正,赏赐厚重,讲求诚信;选任官员,虚心听取众人的意见;选拔推举人才,择优录取,对官员荐举失实,要受连带的处分。同样,仁宗朝也引发出诸般问题:吏治方面,正人君子受到排挤打压,品行不端者反到得到重用;科举方面,内容以诗赋记诵为主,不切实用;农田水利方面,农户因赋税而负担过重,官府又不能为百姓着想;用兵方面,士兵中夹杂老弱病残,禁军中满是无赖之徒,外不能有效地防御和抵抗,内不能有效地约束,兵不精,将不良;理财方面,法规不健全,民不富,国不强。本文大旨在于富国强兵之术,对仁宗以来积累的诸般蔽端有所警醒,这也是王安石日后变法的根源。自宋王朝建立,到仁宗谢世,为一百又一年。仁宗在位四十一年,其统治时期就占了近半。仁宗之后为英宗,英宗之后为神宗,英宗在位仅有四年,可忽略不计。神宗登基,仁宗朝的影响力依然强势,因此仁宗一朝就成了文中论述的焦点。一方面,仁宗朝成就了北宋的太平盛世。另一方面,至太宗朝,积累的各种矛盾也日益突出,集中体现在“三冗”方面:冗员、冗兵、冗费。官僚机构庞大而臃肿,兵士多而不精,军队、官员的激增导致财政开支的增加,修建寺观、僧道供养等,又使得本就拮据的政府财政更加入不敷出,最终形成北宋积贫积弱的局面。这就是本文重点要论述的。

全文纲举目张,一气呵成,立论雄阔,见识卓越,有很强的忧患意识。

伯 夷 论[1]

事有出于千世之前,圣贤辩之甚详而明,然后世不深考之,因以偏见独识,遂以为说,既失其本,而学士大夫共守之不为变者,盖有之矣,伯夷是已。

夫伯夷,古之论有孔子、孟子焉,以孔、孟之可信而又辩之,反复不一,是愈益可信也。孔子曰:不念旧恶,求仁而得仁,饿于首阳之下,逸民也[2]。孟子曰:伯夷非其君不事,不立恶人之朝,避纣居北海之滨,目不视恶色,不事不肖,百世之师也[3],故孔、孟皆以伯夷遭纣之

302

恶，不念以怨，不忍事之，以求其仁，饿而避，不自降辱[4]，以待天下之清，而号为圣人耳[5]。然则司马迁以为武王伐纣，伯夷叩马而谏，天下宗周而耻之，义不食周粟，而为《采薇》之歌[6]。韩子因之，亦为之颂，以为微二子，乱臣贼子接迹于后世[7]，是大不然也。

夫商衰，而纣以不仁残天下，天下孰不病纣？而尤者，伯夷也。尝与太公闻西伯善养老[8]，则往归焉。当是之时，欲夷纣者[9]，二人之心岂有异邪？及武王一奋，太公相之，遂出元元于涂炭之中[10]，伯夷乃不与[11]，何哉？盖二老所谓天下之大老[12]，行年八十馀，而春秋固已高矣。自海滨而趋文王之都[13]，计亦数千里之远，文王之兴以至武王之世，岁亦不下十数，岂伯夷欲归西伯而志不遂乃死于北海邪？抑来而死于道路邪？抑其至文王之都而不足以及武王之世而死邪？如是而言，伯夷其亦理有不存者也。且武王倡大义于天下，太公相而成之，而独以为非，岂伯夷乎？天下之道二：仁与不仁也。纣之为君，不仁也；武王之为君，仁也。伯夷固不事不仁之纣以待仁而后出，武王之仁焉，又不事之，则伯夷何处乎？

余故曰：圣贤辩之甚明，而后世偏见独识者之失其本也。呜呼！使伯夷之不死，以及武王之时，其烈，岂独太公哉？

【注释】

〔1〕伯夷：姓墨，名允，字公信。伯，长也；夷，谥。与弟叔齐均商末

孤竹君之子。按：叔齐名智，字公达，伯夷之弟，齐亦谥。

〔2〕"不念"四句：《论语·公冶长》："子曰：伯夷、叔齐不念旧恶，怨是用希。"又《述而》："（子贡）入曰：'伯夷、叔齐，何人也？'曰：'古之贤人也。'曰：'怨乎？'曰：'求仁而得仁，又何怨？'"又《季氏》："齐景公有马千驷，死之日，民无德而称焉。伯夷、叔齐饿于首阳之下，民到于今称之，其斯之谓与？"又《微子》："逸民伯夷、叔齐、虞仲、夷逸、朱张、柳下惠、少连，子曰：'不降其志，不辱其身，伯夷、叔齐与？'"首阳，山名，一称雷首山，相传为伯夷、叔齐采薇隐居处。按：首阳山，或云在今山西省永济市南。逸民，指遁世隐居的人。

〔3〕"伯夷"六句：《孟子·公孙丑上》："孟子曰：伯夷非其君不事，非其友不友，不立于恶人之朝，不与恶人言。"又《离娄上》："孟子曰：伯夷辟纣，居北海之滨，闻文王作兴，曰：'盍归乎来？'"又《万章下》："孟子曰：伯夷目不视恶色，耳不听恶声。非其君不事，非其民不使。治则进，乱则退。"又《告子下》："孟子曰：居下位，不以贤事不肖者，伯夷也。"又《尽心下》："孟子曰：圣人，百世之师也，伯夷、柳下惠是也。"纣，详欧阳修《朋党论》注〔12〕。北海，古代泛指北方最远僻之地。又指渤海。

〔4〕降辱：屈身受辱。

〔5〕圣人：指品德最高尚、智慧最高超的人。

〔6〕"然则"五句：司马迁《史记·伯夷列传》云："武王已平殷乱，天下宗周。而伯夷、叔齐耻之，义不食周粟，隐于首阳山，采薇而食之，及饿且死，作歌，其辞曰：'登彼西山兮，采其薇矣。以暴易暴兮，不知其非矣。神农虞夏忽焉没兮，我安适归矣。于嗟徂兮，命之衰矣。'遂饿死于首阳山。"武王，即周武王，详韩愈《原道》注〔43〕。叩马，勒住马。叩，通"扣"。宗周，指周王朝，因周为所封诸侯国之宗主国，故称。

〔7〕"韩子"四句：韩愈《伯夷颂》云："士之特立独行，适于义而已。不顾人之是非，皆豪杰之士，信道笃而自知明者也。一家非之，力行而不惑者鲜矣；若至于一国一州非之，力行而不惑者，盖天下一人而已矣；若至于举世非之而不惑者，则千五百年乃一人而已耳。若伯夷者，穷天地，亘万世而不顾者也。昭乎日月不足以为明，崒乎泰山不足以为高，巍乎天地

304

不足以为容。当殷之亡,周之兴,微子贤也,抱祭器而去之。武王、周公,圣也,率天下之贤士从天下之诸侯而攻之,未尝有非之者也。彼伯夷、叔齐,乃独以为不可。殷既灭矣,天下宗周,彼二子乃独耻食其粟,饿死而不顾,由是而言,夫岂有求而为哉?信道笃而自知明也。今世之为士者,一凡人誉之,则自以为有馀;一凡人沮之,则自以为不足。夫彼独非圣人自是如此。夫圣人,乃万世之标准也。余故曰:若伯夷者,特立独行,穷天地,亘万古而不顾者也。虽然,微二子,乱臣贼子接迹于后世矣。"微,不是,没有。二子,指伯夷、叔齐。接迹,足迹前后相接,形容人多。

〔8〕"尝与"句:《孟子·离娄上》:"孟子曰:伯夷辟纣,居北海之滨,闻文王作兴,曰:'盍归乎来?'吾闻西伯善养老者,大公辟纣,居东海之滨,闻文王作兴,曰:'盍归乎来?'"太公,详曾巩《唐论》注〔34〕。西伯,指周文王,纣王命为西方诸侯之长,得专征伐,故称,参见韩愈《原道》注〔43〕。

〔9〕夷:讨平。

〔10〕元元:庶民,百姓。涂炭:泥淖和炭灰,借指陷入灾难的人民。

〔11〕与:允许,许可。

〔12〕大老:德高望重的老人。

〔13〕文王之都:文王欲灭商纣王,将都城从周原(今陕西岐山北)迁往丰(今陕西西安)。

【评析】

据《史记·伯夷列传》等载:伯夷,为商末孤竹国(今河北卢龙西一带)人,有弟亚凭、叔齐。孤竹国君为商王室的后裔,孤竹君想让叔齐继承王位,等到孤竹君去世,叔齐让位于长兄,伯夷认为这有违父命,就逃离躲避,叔齐不肯继位,也流亡逃避。听说周文王善待老人,俩人就由北部的海滨奔往西部,谁知刚到,文王已去世,正遇到周武王率兵讨伐商纣王。伯夷和叔齐以为武王在父亲死后不葬就发动战争,这是不孝;又以从属国的身份讨伐君主,这是不仁。于是力谏不止,武王不听,灭掉了商朝。伯夷、叔齐认为作周王朝的臣子是耻辱,就不吃周王朝的粮食,隐居在首阳山,采集野菜,以至被饿死。据说临终前,唱了一首歌,其中云:"以暴易暴兮,不知其非矣。神农虞夏忽焉没兮,吾安适归矣。"认为周武王用武力取代商纣王,是用另一种暴力手段改变一种暴力局面,神农、虞舜、夏禹统治时以仁德取信天下的时代一去不复返了。也就是说伯夷、叔齐反对的不是商王朝被推翻,而是仁政不再出现。仁政是为后世儒者所推崇的一种治国理想。伯夷与叔齐兄弟二人,既被当作高蹈不仕的隐者被后世看重,又被认为是志向高洁的人,成为千百年来的榜样。

文中引述了两方面的观点。其一,是孔子与孟子的看法。认为伯夷是仁义之士,行为端正,不苟且于乱世,以等待清平之世的出现,再有所作为。其二,是司马迁与韩愈的看法。司马迁《史记·伯夷列传》中认为武王讨伐纣王,伯夷劝谏,义不食周粟。韩愈在《伯夷颂》一文中,也有同感。认为如果没有伯夷、叔齐二人,那些不守臣道、心怀异志的人就会在后世不断地出现。王安石肯定了孔子、孟子的观点,却认为司马迁与韩愈的看法是极其不对的。理由是:一是商纣王不仁道,天下人共怨愤,伯夷是突出者,对于像武王这样的仁君,伯夷应该是拥护的,又怎么会劝阻武王讨伐纣王呢?二是伯夷、叔齐投奔周文王,就如同姜太公一样,认为文王是有仁德的君子,是想在文王处有所作为。从这个角度出发,王安石认为伯夷、叔齐不食周粟,饿死首阳山只是个传说,这是其一;要不就是伯夷此人根本不存在,这是其二;要不就是伯夷在武王即位前就死了,这是其三。

文章有破有立,翻案之说是王安石行文的一大特色,如咏王昭君诗,对成说提出自己的看法,不是为了标新立异,只是表达自己的想法而已。对成说的否定,对偏见的否定。独具只眼,显示出卓识远见。

原　过[1]

天有过乎？有之，陵历斗蚀是也[2]。地有过乎？有之，崩弛竭塞是也[3]。天地举有过[4]，卒不累覆且载者何[5]？善复常也[6]。人介乎天地之间[7]，则固不能无过，卒不害圣且贤者何？亦善复常也。故太甲思庸[8]，孔子曰"勿惮改过"[9]，扬雄贵迁善[10]，皆是术也。

予之朋有过而能悔，悔而能改，人则曰是向之从事云尔[11]，今从事与向之从事弗类，非其性也。饰表以疑世也[12]，夫岂知言哉？天播五行于万灵[13]，人固备而有之，有而不思则失，思而不行则废。一日咎前之非[14]，沛然思而行之[15]，是失而复得、废而复举也。顾曰非其性[16]，是率天下而戕性也[17]。且如人有财，见篡于盗[18]，已而得之，曰非夫人之财，向篡于盗矣，可欤？不可也，财之在己固不若性之为己有也。财失复得，曰非其财，且不可。性失复得，曰非其性，可乎？

【注释】

〔1〕原：推究本原。

〔2〕陵历：谓星辰超越本来轨道而进入他星轨道，常指日蚀、月蚀现象。斗蚀：一种天文现象，谓星体相互遮掩。

〔3〕崩弛：塌毁。竭塞：谓水流枯竭堵塞。

307

〔4〕举:都。

〔5〕覆且载:《礼记·中庸》:"天之所覆,地之所载。"即天覆地载,形容范围至大至广。

〔6〕善复常:谓易于恢复常态。

〔7〕介:居间,处于二者之间。

〔8〕太甲思庸:《尚书·太甲》:"太甲既立,不明,伊尹放诸桐。三年,复归于亳,思庸。伊尹作《太甲》三篇。"孔颖达疏:"太甲既立,为君不明居丧之礼,伊尹放诸桐宫,使之思过。三年复归于亳都,以其能改前过,思念常道故也。"太甲,子姓,名至。商汤嫡长孙,太丁之子,商朝第四位君主。庸,常道。

〔9〕"孔子曰"句:《论语·学而》:"过,则勿惮改。"惮,畏难,畏惧。

〔10〕"扬雄"句:扬雄《法言·学行》:"是以君子贵迁善,迁善也者,圣人之徒与!"扬雄:详韩愈《原道》注〔61〕。迁善,去恶为善,改过向善。

〔11〕从事:行事,办事。参与做(某种事情),致力于(某种事情)。

〔12〕饰表:修饰外表,装饰表面。

〔13〕"天播"句:《孔子家语·五帝》:"天有五行,水、火、金、木、土,分时化育,以成万物。"五行,即水、火、木、金、土。中国古代称构成各种物质的五种元素,古人常以此说明宇宙万物的起源和变化。万灵,众生灵,人类。

〔14〕咎:责怪,追究罪责。

〔15〕沛然:盛大貌,感动貌。

〔16〕顾:却,反而。

〔17〕戕(qiāng):残害,损伤。

〔18〕篡:用强力夺取。

【评析】

这篇短文是探究过错之本原,指出有过错是难免的,即使如天、地,也是如此。就天象而言,会有星辰错位脱轨或碰撞;就地貌而言,会有山崩地裂、水流枯竭或堵塞。但这都是暂时的过失,不久后天象地貌恢复常态,万物生机依然。《易·说卦》云:"是以立天之道曰阴与阳,立地之道曰柔与刚,立人之道曰仁与义。兼三才而两之,故《易》六画而成卦。"古代遂有天、地、人为三才之说,天地都会有过错,何况作为万物之灵的人呢?有错能改,说明其本性原本就是好的。儒者有性善、性恶之说。前者认为人生之初其性是善良的,其说见于孟轲,《孟子·告子上》云:"人性之善也,犹水之就下也,人无有不善,水无有不下。"后者认为人性本来是恶的,必须以礼义刑罚治之,才能使之改恶从善,其说见于荀况,《荀子·性恶》云:"人之性恶,其善者伪也。"孟子、荀子的说法是对立的,却都是一种先验的人性论。王安石的观点是与孟子相同的,是力主人性向善的。全文字数不多,却抑扬顿挫,富于变化。

读孟尝君传[1]

世皆称孟尝君能得士,士以故归之,而卒赖其力以脱于虎豹之秦[2]。嗟乎!孟尝君特鸡鸣狗盗之雄耳,岂足以言得士?不然,擅齐之强,得一士焉,宜可以南面而制秦[3],尚何取鸡鸣狗盗之力哉?夫鸡鸣狗盗之出其门,此士之所以不至也。

【注释】

〔1〕孟尝君:妫姓,田氏,名文,战国四公子之一。齐国宗室大臣,齐宣王时任宰相,封于薛,权倾一时。广招宾客,以食客三千闻名。

〔2〕"而卒"句:据《史记·孟尝君列传》载:齐愍王二十五年,孟尝君

至秦国,秦昭王任命他为宰相,随即因谗言而被免职。昭王把孟尝君囚禁起来,图谋杀掉他。孟尝君就派人求见昭王的宠妾,她索要孟尝君的白色狐皮裘,可皮裘早已献给了昭王。有宾客善于装狗叫而盗窃东西,在夜晚钻进秦宫中的仓库,取出了献给昭王的那件狐白裘,献给了宠妾。宠妾在昭王前说情,昭王便释放了孟尝君。孟尝君获释后,快迅逃离。昭王后悔,得知他已经逃走,立即派人追捕。逃至函谷关,按照法规,鸡叫时才能放人出关,有客学鸡鸣,天下的鸡均鸣叫,孟尝君得以出关。

〔3〕南面:古代以坐北朝南为尊,所以帝王诸侯见群臣,或卿大夫见僚属,均是面向南而坐。

【评析】

孟尝君与赵国平原君赵胜、楚国春申君黄歇、魏国信陵君魏无忌,一同被称作战国四公子,他们都是以尊贤重士而著称的。据《史记·孟尝君列传》载:孟尝君所封之地名薛,门客达数千人,无论贵贱,一视同仁。秦昭王囚禁孟尝君,想杀掉他。后得门客中狗盗鸡鸣之徒的帮助,得以逃脱,回到了齐国,为齐相。后有人向齐愍王进谗言,说孟尝君将叛乱。孟尝君就托言生病,返回封地养老。魏昭王曾一度召他为相。齐襄王即位,门客冯驩(或作冯谖、冯煖)设狡兔三窟之计,使得孟尝君返回齐国为相,老死于封地。孟尝君在数次危难中,因门客的计策,得以化险为夷。王安石认为孟尝君供养门客数千人,是多而不精,不能说是真得天下贤能人士,这是文章的核心论点。孟尝君曾在多国做过相,并没有见到这些门客在治国大政方面有突出的表现,否则孟尝君也不至于多次陷于被动,遭人谗毁。"鸡鸣狗盗之出其门,此士之所以不至也",这就涉及另一个话题,孟尝君选择门客,没有高标准,鸡鸣狗盗之徒的手段是为人不耻的,而却收留,说明了他在识人方面至少是缺乏睿智的。

本文仍然是翻案法,说明了王安石眼光的锐利。文章不长,于尺幅之中三言两语,表明了自己的观点,宛转多折,笔力简洁,抑扬吞吐,可见其执拗的特性。

伤 仲 永

金溪民方仲永[1],世隶耕[2]。仲永生五年,未尝识书具[3],忽啼求之,父异焉,借旁近与之,即书诗四句,并自为其名。其诗以养父母收族为意[4],传一乡秀才观之[5]。自是指物作诗立就,其文理皆有可观者[6]。邑人奇之,稍稍宾客其父[7],或以钱币乞之,父利其然也[8],日扳仲永环谒于邑人[9],不使学。予闻之也久,明道中从先人还家[10],于舅家见之[11],十二三矣。令作诗,不能称前时之闻。又七年,还自扬州[12],复到舅家,问焉,曰泯然众人矣[13]。

王子曰:仲永之通悟[14],受之天也。其受之人也,贤于材人远矣[15]。卒之为众人,则其受于人者不至也。彼其受之天也,如此其贤也,不受之人,且为众人。今夫不受之天,固众人,又不受之人,得为众人而已邪?

【注释】

〔1〕金溪:今属江西。

〔2〕世隶耕:谓世代从事耕种。

〔3〕书具:书写工具,文具。

〔4〕收族:谓以上下尊卑、亲疏远近之序团结族人。

〔5〕秀才:唐、宋间凡应举者皆称秀才,又泛指读书人。

〔6〕文理：文辞义理，文章条理。

〔7〕稍稍：渐次，逐渐。

〔8〕父利其然：谓其父贪图这样的好处。

〔9〕扳：援引，挽引。环谒：四处求见。

〔10〕明道：宋仁宗年号（1032—1033）。先人：王安石的父亲，名王益，字舜良，宋真宗祥符八年进士，官至尚书都官员外郎，娶妻徐氏、吴氏，生子七人，王安石为第三子。

〔11〕舅家：王安石舅家吴氏，居金溪。

〔12〕"又七"二句：仁宗庆历三年，王安石自扬州回临川省亲。

〔13〕泯然：消失净尽的样子。

〔14〕通悟：通敏，通达聪慧。

〔15〕材人：指经后天培养而成材的人。

【评析】

　　方仲永是个早慧的小孩，五岁能作诗，指物立成，不仅有一定的道理，还富有文采。其父就把他当作摇钱树，不使学。作者见到方仲永时，他已经十二三岁了，令作诗，已是名不符实了。又过了七年，询问得知，方仲永已经成为一个普通的人了。王安石就方仲永这件事，谈到的是孩子教育的问题。认为天赋不高，就是一个普通人，后天再不接受教育，就连普通人还不如。作者意在强调，对于早慧的孩子，天赋固然是一种优势，但后天的教育更重要。文章劝学的意图极其明显，但表达却宛转切至。

同学一首别子固〔1〕

　　江之南有贤人焉，字子固，非今所谓贤人者，予慕而友之。淮之南有贤人焉，字正之〔2〕，非今所谓贤人者，予慕而友之。二贤人者,足未尝相过也,口未尝相语也,辞币未尝相接也[3],其师若友岂尽同哉?予考其言行,其不相似者何其少也!曰学圣人而已矣。学圣人,则其师若友必学圣人者。圣人之言行岂有二哉?其相似也适然[4]。

予在淮南[5],为正之道子固,正之不予疑也[6]。还江南,为子固道正之,子固亦以为然。予又知所谓贤人者既相似,又相信不疑也。

子固作《怀友》一首遗予,其大略欲相扳以至乎中庸而后已[7],正之盖亦常云尔。夫安驱徐行[8],辅中庸之庭而造于其堂[9],舍二贤人者而谁哉?予昔非敢自必其有至也,亦愿从事于左右焉尔,辅而进之,其可也。

噫!官有守,私有系[10],会合不可以常也,作《同学一首别子固》以相警且相慰云。

【注释】

〔1〕同学:同师受业的人。子固:即曾巩。

〔2〕"淮之"二句:孙侔(1019—1084),字正之,又字少述,吴兴(今浙江湖州)人。仁宗庆历、皇祐间与王安石、曾巩游,客居江淮间,屡荐不就。淮,即淮河。详欧阳修《丰乐亭记》注〔15〕。

〔3〕辞币:指书信与财礼。

〔4〕适然:偶然,当然。

〔5〕淮南:指淮河以南、长江以北的地区,今特指安徽省的中部。

〔6〕正之:底本作"子固",据上海人民出版社 1974 年出版《王文公文集》改。

〔7〕"子固"二句:曾巩有《怀友一首寄介卿》一文,其中云:"予少而学,不得师友,焦思焉而不中,勉勉焉而不及,抑其望圣人之中庸而未能至者也。……自得介卿,然后始有周旋傲恳摘予之过而接之以道者,使予幡然其勉者有中,释然其思者有得矣,望中庸之域其可以策而及也,使得久相从居与游,予知免于悔矣。"按:介卿即王安石,字介甫,时在扬州为幕僚。遗(wèi),给予,馈赠。扳,即"攀"。相扳,即相互援引。中庸,儒家的政治、哲学思想,主张待人、处事不偏不倚,无过无不及。

〔8〕安驱:缓步徐行。

〔9〕"辅中"句:即升堂入室,《论语·先进》:"由也升堂矣,未入于室也。"原比喻学习所达到的境地有程度深浅的差别。后用以称赞在学问或技艺上的由浅入深,渐入佳境。辅(lìn),车轮辗过,此谓经过。

〔10〕"官有守"二句:谓为官有职守,私心有牵挂。

【评析】

此文作于仁宗庆历三年(1043),王安石二十三岁。韩愈《答李翊书》云:"有志乎古者希矣,志乎古必遗乎今。"曾巩就是这样的一个人,其言行在世人的眼里看来是属于另类的,是与俗世格格不入的,曾巩和孙侔均属这类人。人心不古,世风日下之感,不言而喻。曾巩赠王安石的书信,文集中不存。宋人吴曾《能改斋漫录》卷十四录其文,其中云:"圣人之于道,非思得之,而勉及之。"立志于做一个纯儒,向圣贤看齐,是要勤奋努力的。庆历二年王安石考中进士后不久,有《送孙正之序》一文,其中云:"正之行古之道,又善为古文,予知其能以孟、韩之心为心而不已者也。"次年又写了这篇文章,遵从古道,善为古文,在这方面,曾、孙二人是同类。文中表达的思想纯正,推崇圣贤,一派正气,寄情高远,古朴真挚。

答司马谏议书[1]

　　某启：昨日蒙教，窃以为与君实游处相好之日久[2]，而议事每不合，所操之术多异故也[3]。虽欲强聒[4]，终必不蒙见察[5]，故略上报，不复一一自辨。重念蒙君实视遇厚[6]，于反复不宜卤莽[7]，故今具道所以，冀君实或见恕也。

　　盖儒者所争，尤在于名实[8]，名实已明，而天下之理得矣。今君实所以见教者，以为侵官、生事、征利、拒谏[9]，以致天下怨谤也[10]。某则以谓受命于人主[11]，议法度而修之于朝廷，以授之于有司[12]，不为侵官；举先王之政，以兴利除弊，不为生事；为天下理财，不为征利；辟邪说，难壬人[13]，不为拒谏。至于怨诽之多[14]，则固前知其如此也。

　　人习于苟且非一日[15]，士大夫多以不恤国事、同俗自媚于众为善。上乃欲变此[16]，而某不量敌之众寡，欲出力助上以抗之，则众何为而不汹汹然[17]？盘庚之迁，胥怨者，民也[18]，非特朝廷士大夫而已。盘庚不为怨者故改其度，度义而后动[19]，是而不见可悔故也。如君实责我以在位久，未能助上大有为以膏泽斯民[20]，则某知罪矣。如曰今日当一切不事事[21]，守前所为而已，则非某之所敢知。无由会晤，不任区区向往之至。

【注释】

〔1〕司马谏议:即司马光(1019—1086),字君实,号迂夫,陕州夏县(今山西夏县)人,世称涑水先生。任翰林学士兼侍读学士、右谏议大夫等。哲宗即位,高太皇太后听政,召入京主国政,任尚书左仆射、兼门下侍郎,数月间尽废新法,罢黜新党。卒赠太师、温国公,谥文正。王安石行新政,司马光竭力反对,与安石在帝前争论,强调祖宗之法不可变,又写有《与王介甫书》三封信,抨击时政,不遗馀力。王安石此文便是回信。

〔2〕游处:交游,来往。

〔3〕"所操"句:谓是彼此持有的主张多有不同的原故。

〔4〕强聒:唠叨不休。

〔5〕蒙:敬词,承蒙,即受到意。

〔6〕重(zhòng)念:犹再思。视遇:看待。

〔7〕反复:指书信往来。卤莽:即鲁莽。

〔8〕名实:名称与实质,或实际。

〔9〕侵官:超越权限而侵犯其他官员的职权。此指王安石添设新的机构。生事:制造事端,惹事。司马光以为变法是扰民。征利:取利。此谓王安石设法生财,与民争利。司马光《与王介甫第三书》云:"今之散青苗钱者,无问民之贫富,愿与不愿,强抑与之,岁收其什四之息,谓之不征利,光不信也。"按:青苗法,又称常平给敛法、常平敛散法,为王安石新法之一。其法是以官府所积钱粮为本,在春夏两季青黄不接时出贷给民户,春贷夏收,夏贷秋收,每期收息二分。本意是减轻百姓负担,以缓和民间高利贷盘剥的现象,同时增加政府的财政收入。王安石认为这是"为天下理财",不算是取利于百姓。不过因在施行中弊端百出,如出现强制借贷,豪强盘剥等现象,这不是王安石变法的初衷,或是执行者的过错。拒谏:拒绝规劝。此谓王安石拒绝听反对者的意见。

〔10〕怨谤:怨恨非议。

〔11〕人主:人君,君主。

〔12〕有司:官吏,古代设官分职,各有专司,故称。

〔13〕壬人:奸人、佞人。指巧言谄媚、不行正道的人。

〔14〕怨诽:怨恨,非议。

〔15〕苟且:只图眼前,得过且过。又敷衍了事。

〔16〕上:指宋神宗赵顼。

〔17〕汹汹:形容声音喧闹,指争吵。

〔18〕"盘庚"三句:《尚书·盘庚上》:"盘庚五迁,将治亳殷,民咨胥怨。"盘庚,姓子,名旬,商代第二十位国王。商汤最早建都在亳,至盘庚登基,一共五次迁都。为了改变社会不安定的局面,盘庚决心再次迁都至殷(今河南安阳小屯村),但民众恋故居,不愿意搬迁,怨恨非议,吵闹喧嚷,盘庚作文告警示。胥怨,相怨。

〔19〕度(duó):图谋,考虑。

〔20〕膏泽:滋润作物的雨水,比喻施恩惠。

〔21〕事事:治事,做事。

【评析】

宋神宗熙宁二年(1069)二月,王安石为参知政事,开始进行变法,引起保守派的不满,纷纷上书指责贬损。次年,司马光先后写了三封信,长达数千言,对王安石变法中的诸般措施多有非议,要求终止改革,恢复旧的体制,这是王安石的回信,对司马氏的指责一一给予驳斥,王安石或据理力争,或征引史实,说明自己的所为是名与实相符的,不是出于猎取名声的胡闹。所谓"不为侵官"、"不为生事"、"不为征利"、"不为拒谏"以及"不见可悔",以五个"不"字作答,认为是出于为国家谋利,不是私心作怪,充满了自信。

这封信不长,行文却有特色。其一,外柔内刚。因政见决然不同,两人是针锋相对的,但在措词方面,表面上用语极其客气,骨子里却是丝毫不妥协的,绵里藏针,令人生畏。其二,理足气盛。对司马光的指责,诸如侵官、生事、征利、拒谏以及招致天下人怨谤这五条罪状,王安石一一驳斥,态度坚决,不容质疑。

上 人 书

　　尝谓文者,礼教治政云尔[1]。其书诸策而传之人[2],大体归然而已[3]。而曰"言之不文,行之不远"云者[4],徒谓"辞之不可以已也"[5],非圣人作文之本意也。

　　自孔子之死久,韩子作[6],望圣人于百千年中,卓然也。独子厚名与韩并[7],子厚非韩比也,然其文卒配韩以传,亦豪杰可畏者也。韩子尝语人以文矣,曰云云[8],子厚亦曰云云[9],疑二子者,徒语人以其辞耳,作文之本意不如是其已也。孟子曰:"君子欲其自得之也,自得之,则居之安;居之安,则资之深;资之深,则取诸左右逢其原[10]。"孟子之云尔,非直施于文而已,然亦可托以为作文之本意[11]。

　　且所谓文者,务为有补于世而已矣;所谓辞者,犹器之有刻镂绘画也。诚使巧且华,不必适用;诚使适用,亦不必巧且华。要之以适用为本,以刻镂绘画为之容而已。不适用,非所以为器也;不为之容,其亦若是乎?否也。然容亦未可已也,勿先之,其可也。

　　某学文久,数挟此说以自治[12],始欲书之策而传之人,其试于事者,则有待矣。其为是非邪?未能自定也。执事^[13],正人也,不阿其所好者,书杂文十篇献左右,愿赐之教,使之是非有定焉。

【注释】

〔１〕治政:治理政事。

〔２〕策:古代用以记事的竹、木片,编在一起,称作策。此借指书简、簿册。

〔３〕"大体"句:谓使得重要的义理得以在文章中体现罢了。大体,重要的义理,有关大局的道理;大要,纲领。

〔４〕"而曰"句:《左传·襄公二十五年》载:"仲尼曰:《志》有之:'言以足志,文以足言。不言,谁知其志?言之无文,行而不远。'"谓言语没有文采,就不会流传得太久。

〔５〕"徒谓"句:《左传·襄公三十一年》载:"晋侯见郑伯,有加礼厚其宴,好而归之。乃筑诸侯之馆,叔向曰:'辞之不可以已也,如是夫?'子产有辞,诸侯赖之,若之何其释辞也。"谓文辞是不可以废弃的。

〔６〕韩子:指韩愈。

〔７〕子厚:即柳宗元。

〔８〕"韩子"二句:韩愈《答尉迟生书》云:"夫所谓文者,必有诸其中。……体不备不可以为成人,辞不足不可以为成文。"又《题哀辞后》云:"愈之为古文,岂独取其句读不类于今者邪?思古人而不得见,学古道则欲兼通其辞,通其辞者,本志乎古道者也。"

〔９〕"子厚"句:柳宗元《杨评事文集后序》云:"文之用,辞令褒贬,导扬讽谕而已。虽其言鄙野,足以备于用,然而阙其文采,固不足以竦动时听,夸示后学,立言而朽,君子不由也。"又《答韦中立论师道书》云:"始吾幼且少,为文章以辞为工。及长,乃知文者以明道,是固不苟为炳炳烺烺,务采色、夸声音而以为能也。"

〔10〕"君子"七句:见《孟子·离娄下》,其中首句作"君子深造之以道,欲其自得之也"。居之安,谓儒家的道存之于心而不失去。资,蓄积,蓄藏。左右逢原,谓学问工夫到家后,则触处皆得益。

〔11〕"非直"二句：谓不仅仅用于文章的写作而已，还可以视作写文章的本意所在。

〔12〕自治：修养自身的德性。

〔13〕执事：主管其事，有职守之人。又为对对方的敬称。

【评析】

　　文以载道，或文以明道，是唐宋古文运动的主要理论主张。用儒家的思想维系人心，强化和巩固封建的统治，是其出发点。这是就意识形态层面上思考的，具体又涉及两方面的问题。其一，撰写文章的目的。韩愈等认为文章主要是宣扬儒家思想的，王安石直接说"有补于世"、"适用为本"，偏重于文章的实用性和功利性，这与他的政治改革思想是合拍的。与开篇云"尝谓文者，礼教治政云尔"并不抵触，强调文章的教化作用，是明道思想的高度体现。时代不同，教化的内容和目的也会有变化。其二，使用辞采的动机。所谓"诚使巧且华，不必适用；诚使适用，亦不必巧且华"，王氏立意是在于文章的适用性方面，不赞成喧宾夺主，反对刻意雕琢，这是事出有因的。韩愈、柳宗元均是强调思想内容为主，但并不否认辞采。孔子云"言之无文，行而不远"，说明文采在文章传播中的重要作用。王氏强调适用，是有其政治意图的，所以侧重点是不同的。

度支副使厅壁题名记[1]

　　三司副使，不书前人名姓。嘉祐五年[2]，尚书户部员外郎吕君冲之始稽之众史[3]，而自李纮已上至查道[4]，得其名；自杨偕已上[5]，得其官；自郭劝已下[6]，又得其在事之岁时[7]。于是书石而镵之东壁[8]。

夫合天下之众者,财;理天下之财者,法;守天下之法者,吏也。吏不良,则有法而莫守;法不善,则有财而莫理。有财而莫理,则阡陌闾巷之贱人皆能私取予之势[9],擅万物之利[10],以与人主争黔首而放其无穷之欲[11],非必贵强桀大而后能如是[12]。而天子犹为不失其民者,盖特号而已耳[13]。虽欲食蔬衣敝,憔悴其身,愁思其心,以幸天下之给足而安吾政,吾知其犹不得也。然则善吾法,而择吏以守之,以理天下之财,虽上古尧、舜犹不能毋以此为先急[14],而况于后世之纷纷乎?

三司副使,方今之大吏,朝廷所以尊宠之甚备。盖今理财之法,有不善者,其势皆得以议于上而改为之,非特当守成法,呰出入[15],以从有司之事而已。其职事如此[16],则其人之贤不肖,利害施于天下,如何也?观其人,以其在事之岁时,以求其政事之见于今者[17],而考其所以佐上理财之方,则其人之贤不肖与世之治否,吾可以坐而得矣,此盖吕君之志也。

【注释】

〔1〕度支使:职掌财政收支的官员。宋有户部使、度支使、盐铁使,总领国内财赋,称三司。度支使下设副使、判官。神宗元丰后并废,事权仍归户部。

〔2〕嘉祐:宋仁宗年号,嘉祐五年为公元1060年。

〔3〕吕冲之:吕景初,字冲之,开封酸枣(今河南延津)人。以父荫试秘书省校书郎,举进士,历官户部员外郎、度支副使、吏部员外郎,擢天章阁待制、知谏院,以病卒。稽:考核,查考。

〔4〕李纮:字仲纲,宋州楚丘(今河南商丘)人。进士及第,历官试秘书省校书郎、三司度支副使、刑部郎中,进龙图阁直学士、知秦州。查道(955—1018):字湛然,歙州休宁(今安徽休宁)人。太宗端拱初举进士高第。历官著作佐郎、刑部员外郎,为工部员外郎,充度支副使。

〔5〕杨偕(980—1049):字次公,坊州中部(今陕西黄陵)人。举进士,历官殿中侍御史、度支副使、右谏议大夫,以尚书工部侍郎致仕。

〔6〕郭劝:字仲褒,郓州须城(今山东东平县)人。历任左谏议大夫、度支副使、太常博士等。

〔7〕在事:居官任事,指主持其事的官员。

〔8〕镵(chán):凿,雕刻。

〔9〕阡陌:田界。闾巷:里巷。

〔10〕擅万物之利:谓据有万物的利处。

〔11〕黔首:古代称平民,老百姓。

〔12〕贵强:谓地位尊贵,性格刚强。桀大:杰出伟大。

〔13〕"而天子"二句:谓天子没有失去民众,大概是由于特别的名号罢了。

〔14〕尧、舜:详韩愈《原道》注〔59〕。

〔15〕出入:支出与收入。

〔16〕职事:职务,职业,任职。

〔17〕"观其人"三句:谓观察其人,要依据他在任时,访求他所做的仍然施惠于今人的政事。

【评析】

本文作于宋仁宗嘉祐五年(1060)。这年正月王安石被召入京,为三司度支判官。从文中可知王安石的治国理念,三司关系到国计民生,其重要性就在于以下几个方面。其一,"合天下之众者,财。"三司主管天下财赋,国之富强与否,民之安生与否,财赋的支撑是其保障。其二,"理天下之财者,法。"要使国家财赋的收入得以不断地增长,维持或不断地达到新的平衡,法规条文的制定是其保障。其三，"守天下之法者，吏。"这是关键，官吏能守法，并能依法行事，国家财富的增收与合理的被运用，就有了保障。反之，当财赋成为个人私心猎取的对象时，就会危害到国库的收入，这是不利于统治政权稳定的。文章高屋建瓴，从战略的角度说明三司的重要性，替国家理财，关乎国泰民安，责任重大是不言而喻的。

文章思路清晰，逻辑性强，笔力矫捷，波澜激荡，给人以震撼力，以天下为己任，使命感极强，忧患意识也是较明显的。

君 子 斋 记

天子、诸侯谓之君[1]，卿、大夫谓之子[2]。古之为此名也，所以命天下之有德，故天下之有德通谓之君子。有天子、诸侯、卿、大夫之位而无其德，可以谓之君子，盖称其位也；有天子、诸侯、卿、大夫之德而无其位，可以谓之君子，盖称其德也。位在外也，遇而有之，则人以其名予之，而以貌事之[3]。德在我也，求而有之，则人以其实予之，而心服之。夫人服之以貌而不以心，与之以名而不以实，能以其位终身而无谪者，盖亦幸而已矣[4]。故古之人以名为羞，以实为慊[5]，不务服人之貌，而思有以服人之心。非独如此也，以为求在外者，不可以力得也，故虽穷困屈辱，乐之而弗去，非以夫穷困屈辱为人之乐者在是也，以夫穷困诎辱不足以概吾心为可乐也已[6]。

河南裴君主簿于洛阳[7]，治斋于其官，而命之曰君子。裴君岂慕夫在外者而欲有之乎？岂以为世之小人众而躬行君子者独我乎？由前则失己，由后则失人[8]，吾知裴君不为是也，亦曰勉于德而已。盖所以榜于其前[9]，朝夕出入观焉，思古之人所以为君子而务及之也。独仁不足以为君子，独智不足以为君子，仁足以尽性[10]，智足以穷理[11]，而又通乎命，此古之人所以为君子也。虽然，古之人不云乎"'德辑如毛'，毛犹有伦"[12]，未有欲之而不得也。然则裴君之为君子也，孰御焉？故余嘉其志而乐为道之。

【注释】

〔1〕诸侯：古代帝王所分封的各国君主，在其统辖区域内，世代掌握军政大权，但按礼要服从王命，定期向帝王朝贡述职，并有出军赋和服役的义务。后世喻指掌握军政大权的地方长官。

〔2〕卿：西周、春秋时天子、诸侯都有卿，分上、中、下三等。秦、汉时期三公以下设有九卿。为高级官员。大夫：职官名，周代国君之下有卿、大夫、士三等，各等中又分上、中、下三级。

〔3〕"位在外也"四句：谓职位属于外在的东西，不期而遇却拥有它，人们给予的只是个名称，而且是表面上的应付。

〔4〕"能以"二句：谓能够凭借外在的职位终身为官却不被贬谪的人，大概也是侥幸罢了。

〔5〕慊（qiè）：满足，满意。

〔6〕诎（qū）辱：委屈和耻辱。慨：系念。

〔7〕河南：县名，今河南洛阳。主簿：唐、宋时主簿为低级官吏，掌文书簿籍之类。

〔8〕"由前"二句：如果说裴君治君子斋是因为"慕夫在外者"，就会

324

失去自己的本来面目；若是认为"世之小人众而躬行君子者独我"，就会失去他人的拥戴。

〔9〕榜：牌匾，匾额。此指题写匾额。

〔10〕尽性：儒家谓人性中包含天理，唯至诚之人，才能发挥人和物的本性，使各得其所。

〔11〕穷理：穷究事物的道理。

〔12〕"古之"句：《礼记·中庸》："《诗》曰：'德輶如毛。'毛犹有伦，上天之载，无声无臭，至矣。"按语出《诗经·大雅·烝民》，云："人亦有言，德輶如毛。民鲜克举之，我仪图之。"谓德行轻如鸿毛，却很少有人能注意修养，我（指吉甫）却心想能完善自己的德行。輶，轻车，此指轻的意思。伦，类。

【评析】

"君子"一词多见于先秦典籍中，指君主与贵族等，他们都是有政治地位的人，是百姓的楷模，他们必须是品德可嘉者。至孔子，"君子"被赋予更多的内涵，多与"小人"对举，作为理想人格的塑造和追求，为后来儒者所推崇与践行。

文中就后世"君子"在名与实之间的反差和错位现象，表达自己的见解。世风日下，有职位的权贵们无德行却仍可称作君子，是因为他们有权有势；有德行的权贵们没有职位，却仍然可称之为君子，这是就他们的德行而言。就这二种情况来说，"君子"只是一种称号罢了，其原有的内涵已经模糊了。王安石在这里要说明的是，不要刻意追慕"君子"这一称呼，而要重视自我品德的涵养，因为"君子"这一名称是外在的，称你为"君子"，你未必是真正的君子，贵在名实相符。做一个真正的君子，必须让人口服心服，而不是仅靠外在的名声地位博得所谓的尊敬。真心为君子，不应在意外界的是非论断，这样，即使处"穷困屈辱"中，也不会动摇或改变自己的初衷。

文中就"君子"二字,合说,分说,正论,反论,说明做一个真正的君子,是靠自我的修行,而不是外来的影响。这是对裴氏的劝勉,也是作者理想和信念的反映。

芝 阁 记

祥符时,封泰山[1],以文天下之平[2],四方以芝来告者万数。其大吏,则天子赐书以宠嘉之[3];小吏若民,辄锡金帛[4]。方是时,希世有力之大臣穷搜而远采[5],山农野老攀缘狙杙[6],以上至不测之高,下至涧溪壑谷,分崩裂绝,幽穷隐伏[7],人迹之所不通,往往求焉。而芝出于九州四海之间[8],盖几于尽矣。

至今上即位[9],谦让不德[10],自大臣不敢言封禅,诏有司以祥瑞告者皆勿纳,于是神奇之产,销藏委翳于蒿藜榛莽之间[11],而山农野老不复知其为瑞也。则知因一时之好恶而能成天下之风俗,况于行先王之治哉?

太丘陈君学文而好奇[12],芝生于庭,能识其为芝,惜其可献而莫售也[13],故阁于其居之东偏[14],掇取而藏之[15],盖其好奇如此。

噫!芝,一也,或贵于天子,或贵于士,或辱于凡民,夫岂不以时乎哉?士之有道,固不役志于贵贱[16],而卒所以贵贱者,何以异哉?此予之所以叹也。皇祐五年十月日记。

【注释】

〔1〕"祥符"二句:宋真宗大中祥符元年(1008)封泰山。封,即封禅,古代帝王祭天地的大典。在泰山上筑土为坛,报天之功,称封;在泰山下的梁父山上辟场祭地,报地之德,称禅。

〔2〕文:文饰。

〔3〕宠嘉:荣耀华美。

〔4〕锡:赐予恩宠或财物。

〔5〕希世:迎合世俗。

〔6〕狙杙(yì):系猴的木桩。语本《庄子·人间世》:"宋有荆氏者,宜楸柏桑。其拱把而上者,求狙猴之杙者斩之。"后世谓猴缘木,形容行动矫捷。

〔7〕幽穷:谓幽僻之至。隐伏:潜伏,隐藏。

〔8〕九州四海:详欧阳修《集古录目序》注〔20〕。

〔9〕今上:指宋仁宗。

〔10〕不德:即丕德,大德。

〔11〕委翳:萎谢。蒿藜:蒿和藜,泛指杂草、野草。榛莽:杂乱丛生的草木。

〔12〕太丘:今河南永城。

〔13〕莫售:不能出售,指不能实现自己的愿望。

〔14〕东偏:东边。

〔15〕掇:拾取。

〔16〕役志:用心。

【评析】

宋真宗赵恒在位初期,任用贤臣,尚能勤政。自从与辽国订立澶渊之盟后,北宋赢得了一段较为和平的时期,经济达到繁荣。后期的真宗任用王钦若、丁谓为宰相,二人常以天书符瑞之说荧惑朝野,真宗沉溺其中。一时间举国上下争言祥瑞,竞献赞颂,文武百官等又连续联名上表,请求真宗封禅,于是东封泰山,西祀汾阳,一时粉饰太平之风盛行。文章第一段所言,就是这种时代背景的反映。芝草为菌类植物,生长于枯木上,古人以为瑞草,认为服之可以成仙,所以称作灵芝。上有所好,下必效焉,于是"芝出于九州四海之间,盖几于尽矣",上下的疯狂,这时灵芝可谓身价高贵。至宋仁宗赵祯即位,不信邪说,祥瑞之说不再风行,灵芝的身价一落千丈,被弃置在荒野中,即使普通人也不把它当回事。

这是篇比喻体文章,文章通过灵芝在真宗、仁宗两朝被追奉与遭冷落的不同遭遇,抒写了荣衰难测,以及对人生得志与失意的感慨。太丘陈君家的庭院生有灵芝,"惜其可献而莫售",不遇之感可知。是有感于陈君的不遇呢?还是寄寓作者的仕途感慨呢?文章作于仁宗皇祐五年(1053),时作者三十三岁,为舒州通判,尚未通达,然"士之有道,固不役志于贵贱",即士夫立身于世,行己有方,本不在意于职位的高贵与低贱,然而职位的高贵与低贱却关系能否成就伟业,这又是不能忽视的。

文章名为记述文,实则为议论文,表面是论说灵芝的幸与不幸,实际上是谈士人的遇与不遇,巧于构思,敏于感发。

游褒禅山记[1]

褒禅山亦谓之华山,唐浮图慧褒始舍于其址[2],而卒葬之,以故,其后名之曰褒禅。今所谓慧空禅院者,褒之庐冢也[3]。距其院东五里,所谓华山洞者,以其乃华山之阳名之也[4]。距洞百馀步,有碑仆道,其文漫灭[5],独其为文犹可识,曰花山。今言华如华实之华

328

者,盖音谬也。其下平旷,有泉侧出,而记游者甚众,所谓前洞也。由山以上五六里,有穴窈然[6],入之甚寒,问其深,则其好游者不能穷也,谓之后洞。余与四人拥火以入,入之愈深,其进愈难,而其见愈奇。有怠而欲出者曰:“不出,火且尽。”遂与之俱出。盖予所至,比好游者尚不能十一,然视其左右,来而记之者已少,盖其又深,则其至又加少矣。方是时,予之力尚足以入,火尚足以明也。既其出,则或咎其欲出者[7],而予亦悔其随之而不得极夫游之乐也。

于是予有叹焉,古人之观于天地、山川、草木、虫鱼、鸟兽,往往有得,以其求思之深而无不在也。夫夷以近[8],则游者众;险以远,则至者少。而世之奇伟瑰怪非常之观[9],常在于险远,而人之所罕至焉。故非有志者,不能至也;有志矣,不随以止也,然力不足者,亦不能至也;有志与力而又不随以怠,至于幽暗昏惑[10],而无物以相之[11],亦不能至也。然力足以至焉,于人为可讥,而在己为有悔。尽吾志也,而不能至者,可以无悔矣,其孰能讥之乎?此予之所得也。

余于仆碑,又以悲夫古书之不存,后世之谬其传而莫能名者,何可胜道也哉?此所以学者不可以不深思而慎取之也。

四人者:庐陵萧君圭君玉、长乐王回深父、余弟安国平父、安上纯父[12],至和元年七月某日临川王某记。

【注释】

〔1〕褒禅山:在安徽含山县北。

〔2〕浮图:详韩愈《毛颖传》注〔35〕。慧褒:唐太宗贞观年间高僧。

〔3〕庐冢:古代为表示对父母或尊长的孝敬,会在墓旁建筑茅舍以便守墓。

〔4〕阳:山的南面曰阳。

〔5〕漫灭:磨灭,模糊难辨。

〔6〕窈然:深远的样子,幽深的样子。

〔7〕咎:责怪,追究罪责。

〔8〕夷:平坦。

〔9〕瑰怪:形容事物、景象奇特、怪异。

〔10〕昏惑:昏乱,迷糊困惑。

〔11〕相:辅助。

〔12〕萧君圭:名君圭,字君玉,庐陵(今江西吉安)人,行迹不详。王回:字深父,长乐(今属福建)人。仁宗嘉祐二年进士,为卫真县主簿,治平中以忠武军节度推官知南顿县,命下而卒,王安石撰其墓志。安国:王安国(1028—1074),字平甫,安石胞弟。神宗熙宁元年进士。历任西京国子监教授、著作佐郎、秘阁校理。安上:王安上,字纯父,安石胞弟。历官右赞善大夫、权三司使等。

【评析】

  本文写于宋仁宗至和元年(1054)。前半写游褒禅山,重点是写游后洞一事,"有怠而欲出者曰:'不出,火且尽。'遂与之俱出"。正是为这一举动,造成作者的无限遗憾。因为后洞偏僻险要,人迹罕至,景致的奇特与神秘感就越突出,作者等所走的路程,"比好游者尚不能十一",也就是洞中的神奇景观等于没见到。"方是时,予之力尚足以入,火尚足以明也","予亦悔其随之而不得极夫游之乐也",王安石这时三十四岁,正是年富力强的时候,因胆怯而中止,一是不能善始善终,二是缺乏主见。这不是外在因素造成的,这种遗憾,不是一二句就能了结的,由此追悔不及。后半部分专就所留下的遗憾发表见解，认为要想看到奇伟瑰怪的景象，必须是人迹罕至的地方，人不能穷尽天下自然奇观，但可以在能力许可的条件下，尽可能多争取些，少留些遗憾。有求知的欲望，才有创新的可能。另外探秘寻幽，不是人人都能做到的。有主观的努力，也有客观的制约，如果连主观的能动性都不够，半途而废，要想达到目的，何啻说梦？主观的放弃，不能归咎于他人。尽力了，不能达目的，有遗憾，不需为事后的追悔买单。

　　文章前半叙事，后半议论，有详有略。游慧空禅院、石碑、前洞等，为游客常到之处，略写。后洞，为游人罕至之处，详写。其间议论生发，思想敏锐，对今人很富有启迪。

慈溪县学记[1]

　　天下不可一日而无政教，故学不可一日而亡于天下。古者井天下之田[2]，而党庠、遂序、国学之法立乎其中[3]，乡射饮酒、春秋合乐、养老劳农、尊贤使能、考艺选言之政[4]，至于受成、献馘、讯囚之事[5]，无不出于学。于此养天下智、仁、圣、义、忠、和之士[6]，以至一偏、一伎、一曲之学[7]，无所不养。而又取士大夫之材行完洁[8]，而其施设已尝试于位而去者[9]，以为之师。释奠释菜[10]，以教不忘其学之所自；迁徙逼逐[11]，以勉其怠而除其恶。则士朝夕所见所闻，无非所以治天下国家之道。其服习必于仁义[12]，而所学必皆尽其材。

一日取以备公卿、大夫、百执事之选[13]，则其材行皆已素定，而士之备选者，其施设亦皆素所见闻而已，不待阅习而后能者也[14]。古之在上者，事不虑而尽，功不为而足，其要如此而已，此二帝三王所以治天下国家而立学之本意也[15]。

后世无井田之法，而学亦或存或废，大抵所以治天下国家者不复皆出于学，而学之士群居族处，为师弟子之位者，讲章句、课文字而已[16]。至其陵夷之久[17]，则四方之学者废而为庙，以祀孔子于天下，斫木抟土[18]，如浮屠、道士法[19]，为王者象[20]，州县吏春秋帅其属释奠于其堂，而学士者或不预焉，盖庙之作出于学废，而近世之法然也。

今天子即位若干年[21]。颇修法度，而革近世之不然者[22]。当此之时，学稍稍立于天下矣。犹曰州之士满二百人乃得立学，于是慈溪之士不得有学，而为孔子庙如故，庙又坏不治。今刘君在中言于州[23]，使民出钱将修而作之，未及为而去，时庆历某年也[24]。后林君肇至[25]，则曰："古之所以为学者，吾不得而见；而法者，吾不可以毋循也。虽然，吾之人民于此不可以无教。"即因民钱作孔子庙，如今之所云，而治其四旁，为学舍讲堂其中[26]，帅县之子弟，起先生杜君醇为之师[27]，而兴于学。

噫！林君，其有道者耶？夫吏者，无变今之法而不失古之实，此有道者之所能也。林君之为，其几于此矣[28]。林君固贤令，而慈溪小邑，无珍产淫货以来四方游贩之民[29]，田桑之美有以自足，无水旱之忧也。无游贩之民，故其俗一而不杂；有以自足，故人慎刑而易治[30]。而吾所见其邑之士亦多美茂之材[31]，易成也。杜君者，越之隐君子[32]，其学行宜为人师者也。夫以小邑得贤令，又得宜为人师者为之师，而以修醇一易治之俗[33]，而进美茂易成之材，虽拘于法，限于势，不得尽如古之所为，吾固信其教化之将行而风俗之成也。

夫教化可以美风俗，虽然，必久而后至于善。而今之吏，其势不能以久也，吾虽喜，且幸其将行，而又忧夫来者之不吾继也，于是本其意以告来者。

【注释】

〔1〕慈溪：今属浙江省。

〔2〕井天下之田：即井田制，相传为古代的一种土地制度，以方九百亩为一里，划为九区，形如"井"字，故名。中间区域为公田，外围的八区为私田，八家均私百亩，同养公田。公事毕，然后治私事。从春秋时起，井田制日趋崩溃，逐渐被封建生产关系所取代。

〔3〕"而党庠"句：《礼记·学记》："古之教者，家有塾，党有庠，术有序，国有学。"注云："术当为遂声之误也。"又《孟子·滕文公上》："夏曰校，殷曰序，周曰庠，学则三代共之。"即校、序、庠均指学校，是不同时代的称呼。党庠，指古代乡学。党，古代一种地方基层组织，五家为邻，五邻为里，五百家为党。遂序，指县学。遂，古代统辖五县的行政区划。《周礼·地官·遂人》："五鄙为县，五县为遂。"国学，指国家设立的学校。

〔4〕乡射：古代射箭饮酒的礼仪。乡射有二：一是州长春秋于州序（州的学校）以礼会民习射，一是乡大夫于三年大比贡士之后，乡大夫、乡老与乡人习射。合乐：谓诸乐合奏。劳农：劝勉农耕。考艺：考查学问和技能。《周礼·地官·乡大夫》："正月之吉，受教法于司徒，退而颁之于其

乡吏,使各以教其所治,以考其德行,察其道艺。"选言:择言,措辞。

〔5〕受成:接受已定的谋略。《礼记·王制》:"天子将出征……受命于祖,受成于学。"献馘(guó):古时出战杀敌,割取左耳,以献上论功。馘,古代战争中割取所杀敌人或俘虏的左耳以计数献功。

〔6〕"于此"句:《周礼·地官·大司徒》:"以乡三物教万民而宾兴之,一曰六德:知、仁、圣、义、忠、和。"

〔7〕一偏:一个部分,片面。偏于一个方面的。伎:各种技艺。曲:指曲学,囿于一隅之学。

〔8〕材行:才质行为。完洁:(道德)清正纯备。

〔9〕施设:实施,安排,措置。

〔10〕释奠:古代在学校设置酒食以奠祭先圣先师的一种典礼。《礼记·文王世子》:"凡学,春官释奠于其先师,秋冬亦如之。凡始立学者,必释奠于先圣先师。"释菜:古代入学时用芹藻之类的东西祭祀先圣先师的一种典礼。

〔11〕迁徙:流放边远地区。逼逐:驱逐。

〔12〕服习:从事熟习。

〔13〕公卿:三公九卿的简称,又泛指高官。百执事:各类官员。

〔14〕阅习:训练演习。

〔15〕二帝三王:指唐尧、虞舜、夏禹、商汤、周文王(或周武王)。参见韩愈《原道》注〔43〕和注〔59〕。

〔16〕章句:剖章析句,经学家解说经义的一种方式。课:讲习,学习。

〔17〕陵夷:由盛到衰;衰颓,衰落。

〔18〕抟土:指抟土作人,即泥塑。抟,捏之成团,聚集。

〔19〕浮屠:佛教语,梵语音译,指和尚。

〔20〕为王者象:谓把孔子雕塑成君王的状貌。象,即像。

〔21〕今天子:即宋仁宗。

〔22〕"革近世"句:谓革除近世不兴建学校的弊端。

〔23〕刘在中:一作刘居中,行迹不详。

〔24〕庆历:宋仁宗年号。

334

〔25〕林肇:字公权,闽人。仁宗景祐五年进士,庆历中知慈溪,神宗熙宁三年以尚书屯田员外郎知吴江。

〔26〕讲堂:儒师讲学的堂舍。

〔27〕杜醇:慈溪人。经明行修,不求闻达,孝友称于乡里,耕桑钓牧以养其亲。

〔28〕其几于此矣:谓差不多可以称得上这种人吧。

〔29〕淫货:奢侈工巧的物品。游贩:往来贩卖。

〔30〕慎刑:谓用刑审慎。

〔31〕美茂:隽美博洽。

〔32〕越:古国名,建都会稽(今浙江绍兴)。春秋时兴起,战国时灭于楚。代称浙江或浙东地区,也专指绍兴一带。

〔33〕醇一:即醇壹,纯一,纯正。

【评析】

据宋人罗濬《宝庆四明志》卷十六载,林肇于仁宗庆历五年(1045)知慈溪县。又同卷"县学"云:"庆历八年令林肇徙建于县治之东南一里,鄞县宰王公安石记之,贻书招邑之宿学杜醇为诸生师。"知文章作于仁宗庆历八年。

"天下不可一日而无政教,故学不可一日而亡于天下",开宗明义,说明教育的重要性。自古以来,统治者就重视教育,乡里、州县、国家都建立有学校。进入封建制社会,井田制废弃,由官府设置的学校或存或废,"大抵所以治天下国家者不复皆出于学",所言针对的是选人制度。秦汉以来,世袭和察举等成为主要形式。魏晋时门阀制度的出现,选人成为权贵手中的工具。而私塾教育的兴起,延续了学校教育的功能,官府的学校则演化成为孔庙,体制的改变,以致学校教育的弱化,人才的选择与任用就成了问题。

宋仁宗在位期间,学校教育逐渐恢复。但仍有规定,学生满二百人才可以建立学校,慈溪县未能达标,仍然把孔庙当作学堂用来教育学子。由于孔庙已败坏,林肇知慈溪时,立志于复兴学校教育,用百姓捐赠的钱修缮孔庙,设置学舍讲堂于其中,延聘老师,慈溪县学校教育得以再现。慈溪县小,"拘于法,限于势",不能兴建学校。林肇尽其所能,修复孔庙,延请教师,教育学子。当然,作者的忧患意识依然存在:"今之吏,其势不能以久也,吾虽喜,且幸其将行,而又忧夫来者之不吾继也,于是本其意以告来者。"一则为林氏能复兴教育而高兴,又为林氏将任满而继任者能否延续而担忧。教育关系到国家的选才,关系到国富民强,不能因条规束缚而无所作为,因地制宜,未尝无补,从中也反映了王氏务实的态度。

送孙正之序[1]

时然而然,众人也;己然而然,君子也[2]。己然而然,非私己也,圣人之道在焉尔。夫君子有穷苦颠跌[3],不肯一失诎己以从时者[4],不以时胜道也[5]。故其得志于君,则变时而之道若反手然,彼其术素修而志素定也[6]。时乎杨、墨,己不然者,孟轲氏而已[7];时乎释、老,己不然者,韩愈氏而已[8]。如孟、韩者,可谓术素修而志素定也,不以时胜道也,惜也不得志于君,使真儒之效不白于当世[9],然其于众人也卓矣。呜呼!予观今之世,圆冠峨如,大裾襜如[10],坐而尧言,起而舜趋[11],不以孟、韩之心为心者,果异众人乎?

予官于扬〔12〕，得友曰孙正之。正之行古之道，又善为古文，予知其能以孟、韩之心为心而不已者也。夫越人之望燕为绝域也〔13〕，北辕而首之〔14〕，苟不已，无不至。孟、韩之道去吾党岂若越人之望燕哉？以正之之不已而不至焉，予未之信也。一日得志于吾君，而真儒之效不白于当世，予亦未之信也。正之之兄官于温〔15〕，奉其亲以行，将从之，先为言以处予。予欲默，安得而默也？庆历二年闰九月十一日。

【注释】

〔1〕孙正之：孙侔（1019—1084），字少述，初名处（一作虔），字正之，吴兴人。与王安石、曾巩游，名倾一时。早孤，事母尽孝，志于禄养。尝举进士不中，及母病革，自誓终身不求仕，客居江淮间，士大夫敬畏之。神宗元丰三年除通直郎致仕。有诗四千篇、杂文三百篇。

〔2〕"时然"四句：谓时俗认为如此是对的就如此去做，这是普通的人；自己认为如此是对的就如此去做，这是君子。

〔3〕颠跌：困顿挫折。

〔4〕诎（qū）：折服，屈服。

〔5〕不以时胜道：谓不会因时俗的观点而替代自己坚守的道德原则。

〔6〕"变时"二句：谓改变时俗而使之趋向圣人的道就会易如反掌，那是君子一向的学术修养和坚定的志向。

〔7〕"时乎"三句：谓如同当年的杨朱和墨翟，为时俗观点的代表，认为他们不对的，也只有孟轲一人罢了。按：《孟子·滕文公下》："圣王不作，诸侯放恣，处士横议，杨朱、墨翟之言盈天下，天下之言不归杨则归墨。杨氏为我，是无君也；墨氏兼爱，是无父也。无父无君，是禽兽也。杨、墨之道不息，孔子之道不著，是邪说诬民，充塞仁义也，仁义充塞，则率兽食人。人将相食，吾为此惧。间先圣之道，距杨、墨，放淫辞，邪说者不得

337

作。"杨、墨即杨朱和墨翟。详韩愈《原道》注〔17〕。孟轲,详韩愈《原道》注〔60〕。

〔8〕"时乎"三句:指唐韩愈排斥佛、老一事,参见《原道》、《论佛骨表》等。

〔9〕真儒:真正的儒者,犹大儒。

〔10〕"圆冠"二句:谓戴着高耸的圆形官帽,穿着前后摆动整齐的衣服。襜(chān)如,(衣服前后摆动)整齐的样子。

〔11〕"坐而"二句:《荀子·非十二子篇》:"禹行而舜趋,是子张氏之贱儒也。"杜甫《朝献太清宫赋》:"尧步舜趋,禹驰汤骤。"

〔12〕予官于扬:仁宗庆历二年(1042)三月王安石登进士第,签书淮南判官。

〔13〕越:古国名,建都会稽(今浙江绍兴),此处用以代指浙江或浙东地区。燕:古国名,周代诸侯国,在今河北省北部和辽宁省西端。

〔14〕北辕:车向北驶,又指北行。

〔15〕温:指浙江温州。

【评析】

本文作于庆历二年(1042)九月十一日,作者在扬州。这年三月王安石登进士第,签书淮南判官。孙正之与曾巩一样,都属于纯儒,又都与作者为好友,在《同学一首别子固》中,作者就曾将二人一并叙录,云二人同治圣人之学。而在这篇文章中,又专讲二人如何传播圣人之道。圣人之道即孔孟之学,亦即儒家学说。"时然而然,众人也;己然而然,君子也",坚持主张,有主见,是成就事业的必要条件。其前提是不能有违于儒家思想学说。君子处世,难免会有坎坷,不会因一时的不顺,而改变自己的初衷,"不以时胜道也",说的就是这个意思。文中前半部分探讨在逆境中如何坚守儒家学说,后半部分则是劝勉孙正之。在友人失意南归时,文中以越人去燕为喻,云"苟不已,无不至"，更多的是鼓励和劝勉。孙氏虽然不得志于时，但作者坚信孙氏"能以孟、韩之心为心而不已者"，孙氏是一位真儒，会执着于自己的信念，若得志，致力于改变时俗而使之趋向圣人的道，实践其理想，其间蕴含的变革思想是明确的。

祭欧阳文忠公文[1]

夫事有人力之可致，犹不可期[2]，况乎天理之溟漠[3]，又安可得而推？惟公生有闻于当时，死有传于后世，苟能如此足矣，而亦又何悲？如公器质之深厚[4]，智识之高远，而辅学术之精微[5]，故充于文章，见于议论，豪健俊伟，怪巧瑰琦[6]。其积于中者，浩如江河之停蓄[7]；其发于外者[8]，烂如日星之光辉；其清音幽韵[9]，凄如飘风急雨之骤至；其雄辞闳辩[10]，快如轻车骏马之奔驰。世之学者无问乎识与不识，而读其文，则其人可知。

呜呼！自公仕宦四十年，上下往复[11]，感世路之崎岖[12]，虽屯邅困踬、窜斥流离[13]，而终不可掩者，以其公议之是非[14]。既压复起，遂显于世。果敢之气，刚正之节，至晚而不衰。方仁宗皇帝临朝之末年，顾念后事[15]，谓如公者，可寄以社稷之安危[16]。及夫发谋决策[17]，从容指顾[18]，立定大计[19]，谓千载而一时。功名成就，不居而去[20]。其出处进退[21]，又庶乎英魄灵气，不随异物腐散[22]，而长在乎箕山之侧与颍水之湄〔23〕。然天下之无贤不肖且犹为涕泣而歔欷〔24〕，而况朝士大夫平昔游从〔25〕，又予心之所向慕而瞻依〔26〕。

呜呼！盛衰兴废之理，自古如此。而临风想望，不能忘情者，念公之不可复见，而其谁与归？

【注释】

〔1〕欧阳文忠公：即欧阳修。

〔2〕"夫事"二句：谓生死之事，虽然可有人为的作用，但还是很难预料的。按欧阳修《删正黄庭经序》云："盖命有长短，禀之于天，非人力之所能为也。"王氏或就此进一步阐明。

〔3〕天理：自然法则，天性。溟漠：幽晦难明。

〔4〕器质：资质，才识。

〔5〕精微：精深微妙。

〔6〕瑰琦：瑰丽奇异。

〔7〕停蓄：停留蓄积。

〔8〕外者：指文章议论。

〔9〕幽韵：幽深的韵味。

〔10〕闳辩：雄辩，宏伟的议论。

〔11〕上下往复：指官职的升降和进退。

〔12〕世路：人世间的道路，指一生处世行事的历程。也指宦途。

〔13〕屯邅（zhūn zhān）：处境艰难。困踬（zhì）：受挫，颠沛窘迫。窜斥：贬逐。

〔14〕公议：按公利标准而议论，公众共同的评论。

〔15〕顾念后事：指死后继承帝位的事。

〔16〕社稷：古代帝王、诸侯所祭的土神和谷神。旧时又代指国家。社，土神；稷，谷神。

〔17〕发谋：定谋略，出主意。

〔18〕指顾：指点顾盼，又犹指挥。

〔19〕立定大计:指立英宗事。欧阳修曾两度上疏劝仁宗选立太子。按:仁宗无子,以太宗曾孙为子,赐名曙。仁宗病故,时欧阳修为参知政事,协助皇后主持国事,召赵曙即位,即英宗。

〔20〕不居而去:英宗即位后不久,欧阳修多次上表请求退休。

〔21〕出处:出仕和隐退。

〔22〕"又庶"二句:欧阳修《祭石曼卿文》:"生而为英,死而为灵。其同乎万物生死而复归于无物者,暂聚之形;不与万物俱尽而卓然其不朽者,后世之名。"腐散,腐烂消散。

〔23〕"而长"句:谓欧阳修致仕后退居颍州。相传尧时,贤者许由曾隐居箕山之下,颍水之阳,后因以箕山、颍水指隐居者或隐居之地。

〔24〕歔欷:悲泣,抽噎,叹息。

〔25〕游从:交往,又指结交的人。

〔26〕向慕:向往,思慕。瞻依:瞻仰依恃,表示对尊长的敬意。

【评析】

　　王安石未知名时,曾巩携带王氏所写的文章给欧阳修看,欧阳氏为之延誉,又推荐王氏为谏官。王安石为宰相,实行变法,当时的名流如欧阳修、司马光、苏轼等都提出了不同程度的反对意见。对此,王安石很是厌恶,其中欧阳氏知不合,上书乞求退休,人请挽留,王安石对神宗说欧阳氏这种人"在一郡则坏一郡,在朝廷则坏朝廷,留之安用?"(元陈桱《通鉴续编》卷八)神宗就答应了。熙宁四年(1071)六月,欧阳修以太子少师观文殿学士致仕,次年闰七月即去逝。在这种背景下,王安石写了这篇祭文,其心情的复杂是不言而喻的。

　　文中不谈与欧氏私人间的情意,只是专就舆论方面对欧氏的评价进行阐发和说明,主要有三点。其一,品性与节操。为人厚道,见识卓越,行事果敢,气节刚正,这是对欧阳修人品的赞美。其二,学识与文章。学识精微,议论豪迈。文章内涵丰厚,行文恣肆自然，富有文采。其三，政绩与功业。立朝有气节，得到仁宗的倚重，在"立定大计"方面，为确定继位者起了作用，建千载伟业，却能于功成名就时不居而去。王安石与欧阳修有师友之谊，在文中还是表达了敬重之意。前文云："夫事有人力之可致，犹不可期，况乎天理之溟漠，又安可得而推？"后文云："其出处进退，又庶乎英魄灵气，不随异物腐散，而长在乎箕山之侧与颖水之湄。"政见的不同，并不影响作者对欧氏高尚人品的仰慕，所谓"公生有闻于当时，死有传于后世"，表达了对欧阳氏永垂不朽的赞誉。其中表达了对欧阳氏学识文章、气节功业、进退大节的钦佩，这些也是作者努力追求的，所以有"又予心之所向慕而瞻依"云云，表达对欧阳氏的怀思。行文堂堂正正，磊落光明。

泰州海陵县主簿许君墓志铭[1]

君讳平，字秉之，姓许氏。余尝谱其世家[2]，所谓今泰州海陵县主簿者也。君既与兄元相友爱称天下[3]，而自少卓荦不羁[4]，善辨说，与其兄俱以智略为当世大人所器[5]。宝元时朝廷开方略之选[6]，以招天下异能之士，而陕西大帅范文正公、郑文肃公争以君所为书以荐[7]，于是得召，试为太庙斋郎，已而选泰州海陵县主簿。贵人多荐君有大才，可试以事，不宜弃之州县。君亦常慨然自许，欲有所为，然终不得一用其智能以卒。噫！其可哀也已。

士固有离世异俗[8]，独行其意，骂讥、笑侮[9]、困辱而不悔，彼皆无众人之求而有所待于后世者也，其龃龉固宜[10]。若夫智谋功名之士窥时俯仰[11]，以赴势物之会而辄不遇者[12]，乃亦不可胜数。辩足以移万物而穷于用说之时，谋足以夺三军而辱于右武之国[13]，此又何说哉？嗟乎！彼有所待而不悔者，其知之矣。

君年五十九，以嘉祐某年某月某甲子葬真州之扬子县甘露乡某所之原[14]。夫人李氏。子男：瓌，不仕；璋，真州司户参军；琦，太庙斋郎；琳，进士。女子五人，已嫁二人：进士周奉先，泰州泰兴县令陶舜元[15]。铭曰：

有拔而起之，莫挤而止之。鸣呼许君！而已于斯[16]，谁或使之？

【注释】

〔1〕泰州海陵县：今属江苏省。主簿：唐宋时为初事之官，其职责为主管文书，办理事务。

〔2〕"余尝"句：王安石撰有《许氏世谱》，今存集中。

〔3〕兄元：许元（989—1057），字子春，宣城人。逊子。以父荫为泰州军事推官，迁国子博士，历知扬、越、秦三州。生平详欧阳修《许公墓志铭》等。

〔4〕卓荦（luò）：超绝出众。

〔5〕器：器重，重视。

〔6〕宝元：宋仁宗年号（1038—1040）。方略：权谋，策略。又指兵书。

〔7〕范文正公：即范仲淹，详欧阳修《与高司谏书》注〔14〕。郑文肃公：即郑戬（992—1053），字天休，吴县（今江苏苏州）人。仁宗天圣二年进

士,累官至枢密副使,为吏部侍郎,拜奉国军节度使。卒赠太尉,谥文肃。

〔8〕离世:超脱世俗。

〔9〕笑侮:嘲笑戏弄。

〔10〕龃龉:不顺达,多指仕途。

〔11〕俯仰:周旋,应付。

〔12〕势物:犹权利。

〔13〕三军:军队的通称。右武:崇尚武功。

〔14〕真州:今江苏仪征。

〔15〕泰州泰兴县:今属江苏省。

〔16〕已:止。

【评析】

　　为怀才不遇者抱屈的文字,多见于王安石的文章中。此文也是如此。许平为人孝悌友爱,卓荦不群,富有口才,擅谋略,有名于天下。然而仕途仅止于一县主簿,"终不得一用其智能以卒"。究其原因,就在于"彼皆无众人之求而有所待于后世者也",即许平之类的人不像众人那样媚求于权贵,"窥时俯仰",以取高官,这是因他们有更高的追求。所谓"有所待于后世",即以儒道自期,如同前《同学一首别子固》、《送孙正之序》中的曾巩、孙正之,坚守儒道,不合流俗,难免会有英雄失路之感。

　　作为一篇墓志铭,许平的仕途经历很简单,没多少可写的。文中只是从其怀才不遇上生发,首段云"不宜弃之州县",中段云"辩足以移万物而穷于用说之时,谋足以夺三军而辱于右武之国",末段云"而已于斯,谁或使之"。文章不长,反复致意,意在强调许平有非凡之才,堪当重任,却无权贵者出手相助,只是屈才当一小小县城的主簿,为许平不能大用而悲叹。作为一篇人物传记,却是以议论为主,行文跌宕,起落无端。讥刺世风,对比鲜明,感慨悲愤之情溢于字里行间。

苏　轼

苏轼(1037—1101),字子瞻,号东坡居士,眉州眉山(今属四川)人,苏洵长子。宋仁宗嘉祐二年(1057)进士。授大理评事,签书凤翔府判官。任杭州通判,知密州、徐州。神宗元丰二年(1079)因"乌台诗案"责授黄州团练副使,本州安置。哲宗时为礼部郎中,除起居舍人,迁中书舍人、翰林学士知制诰、知礼部贡举。后被贬惠州,再贬昌化军。此据《四部备要》本苏轼《东坡七集》录文十六篇,又据中华书局整理本《苏轼文集》录《记承天夜游》一文。

赤　壁　赋[1]

壬戌之秋[2],七月既望[3],苏子与客泛舟,游于赤壁之下[4]。清风徐来,水波不兴。举酒属客[5],诵明月之诗[6],歌窈窕之章[7]。少焉,月出于东方之上,徘徊于斗牛之间[8],白露横江,水光接天。纵一苇之所如[9],凌万顷之茫然。浩浩乎如冯虚御风,而不知其所止;飘飘乎如遗世独立,羽化而登仙[10]。于是饮酒乐甚,扣舷而歌之[11]。歌曰:"桂棹兮兰桨[12],击空明兮泝流光[13];渺渺兮予怀,望美人兮天一方[14]。"客有吹洞箫者[15]，倚歌而和之[16]，其声呜呜然，如怨如慕，如泣如诉，馀音袅袅[17]，不绝如缕。舞幽壑之潜蛟[18]，泣孤舟之嫠妇[19]。

苏子愀然[20]，正襟危坐[21]，而问客曰："何为其然也？"客曰："'月明星稀，乌鹊南飞'，此非曹孟德之诗乎[22]？西望夏口[23]，东望武昌[24]，山川相缪[25]，郁乎苍苍[26]，此非孟德之困于周郎者乎[27]？方其破荆州[28]，下江陵[29]，顺流而东也，轴舻千里[30]，旌旗蔽空，酾酒临江[31]，横槊赋诗[32]，固一世之雄也，而今安在哉？况吾与子渔樵于江渚之上[33]，侣鱼虾而友麋鹿，驾一叶之扁舟[34]，举匏尊以相属[35]。寄蜉蝣于天地[36]，眇沧海之一粟[37]。哀吾生之须臾[38]，羡长江之无穷。挟飞仙以遨游，抱明月而长终。知不可乎骤得，托遗响于悲风[39]。"

苏子曰："客亦知夫水与月乎？逝者如斯，而未尝往也；盈虚者如彼，而卒莫消长也[40]。盖将自其变者而观之，则天地曾不能以一瞬；自其不变者而观之，则物与我皆无尽也，而又何羡乎？且夫天地之间，物各有主，苟非吾之所有，虽一毫而莫取。惟江上之清风与山间之明月，耳得之而为声，目遇之而成色，取之无禁，用之不竭，是造物者之无尽藏也[41]，而吾与子之所共适[42]。"

客喜而笑，洗盏更酌[43]。肴核既尽[44]，杯盘狼籍[45]，相与枕藉乎舟中[46]，不知东方之既白。

【注释】

〔1〕赤壁:即赤鼻矶,在今湖北省黄冈市城西北江滨,因山形截然如壁而有赤色,又称赤壁。按:孙权与刘备联军大破曹操之地在今湖北武昌西赤矶山,一云在湖北蒲圻西的赤壁山,但不是黄冈的赤鼻矶。

〔2〕壬戌:宋神宗元丰五年(1082)。

〔3〕既望:指农历十六日。望,农历十五日。

〔4〕苏子:苏轼自谓。

〔5〕属客:为客斟酒,劝客进酒。

〔6〕明月之诗:据说曹操率百万雄师,在赤壁与孙权决战。是夜明月皎洁,在大江之上置酒设乐,欢宴诸将。酒酣,曹操于船头横槊赋《短歌行》,慷慨而歌,表达了渴望招纳贤才、建功立业的愿望,其中有"明明如月,何时可掇""月明星稀,乌鹊南飞。绕树三匝,何枝可依?山不厌高,海不厌深。周公吐哺,天下归心"。

〔7〕窈窕之章:《诗·周南·关雎》:"窈窕淑女,君子好逑。"窈窕,娴静的样子,美好的样子。又《诗·陈风·月出》:"月出皎兮,佼人僚兮。舒窈纠兮,劳心悄兮。"窈纠,形容步履舒缓,体态优美。

〔8〕斗牛:二十八宿中的斗宿和牛宿。

〔9〕一苇:一只小船,如一片苇叶,极言其小。如:往,去。

〔10〕"浩浩乎"四句:谓广阔无边,像凌空驾御着风儿前行,而不知会在什么地方停留,飘飞着犹如离开了尘世,无所依傍,飞腾着就像神仙似的。浩浩,水盛大的样子。冯虚,凌空,腾空。冯,同凭(凴),凭借,依凭。遗世,超脱尘世,避世隐居。羽化,飞升成仙。

〔11〕舷:船的边沿,又指船的两侧。

〔12〕桂棹兰桨:桂木制成的櫂,兰木制成的桨。

〔13〕空明:空旷澄澈。泝(sù):逆水而上。

〔14〕"渺渺"二句:谓我怀思悠远,仰慕贤明的人啊天各一方。美人,品德美好的人。

〔15〕"客有"句:宋胡仔《苕溪渔隐丛话·后集》卷二十八引苏轼话云:"黄州西,山麓斗入江中,石色如丹,传云曹公败处,所谓赤壁者,或曰非也。……今日李委秀才来,因以小舟载酒,饮于赤壁下。李善吹笛,酒

酣作数弄,风起水涌,大鱼皆出山上,有栖鹘,亦惊起,坐念孟德、公瑾如昨日耳。"吹洞箫者或指李委。按:李委字公达。又苏轼有诗《次韵孔毅甫久旱已而甚雨三首》其三云:"不如西州杨道士,万里随身惟两膝。""杨生自言识音律,洞箫入手清且哀。"或又指吹箫者为杨道士,即杨生,名世昌,字子京,四川绵竹武都山道士。洞箫,管乐器,简称箫。古代的箫以竹管编排而成,称为排箫。排箫以蜡蜜封底,无封底者称洞箫。后称单管直吹、正面五孔、背面一孔者为洞箫。洞箫发音清幽凄婉。

〔16〕倚歌而和:倚照歌声而吹曲。

〔17〕袅袅:悠扬婉转。

〔18〕幽壑:深渊。

〔19〕嫠(lí)妇:寡妇。

〔20〕愀(qiǎo)然:容色改变的样子,忧愁的样子。

〔21〕正襟危坐:整理好衣服,端正地坐着,形容严肃或拘谨。

〔22〕"月明"三句:参见注〔6〕。曹操(155—220):字孟德,东汉末年谯(今安徽亳州)人。建安元年迎献帝都许(今河南许昌东),挟天子以令诸侯,逐渐统一了中国北部,官至丞相,子曹丕称帝,尊为武帝。

〔23〕夏口:位于汉水下游入长江处,因汉水自沔阳以下古称夏水,故名。故址在今湖北武汉市黄鹄山上。

〔24〕武昌:今湖北鄂州。

〔25〕缪(liáo):通"缭",缠绕。

〔26〕郁乎苍苍:树木茂密苍翠。

〔27〕"此非"句:指汉献帝建安十三年(208)吴国周瑜在赤壁击溃曹操大军之事。周郎,即周瑜(175—210),字公瑾,东汉末庐江舒县人。随孙策平定江东,孙权时以中护军与长史张昭共掌众事。建安十三年联合刘备集团,于赤壁大败曹军,由此奠定了三分天下的基础,后拜偏将军领南郡太守。

〔28〕荆州:今湖北襄阳一带。

〔29〕江陵:今湖北荆州市。

〔30〕轴舻:船舵和船头,指代船只。

〔31〕酾(chī)酒:斟酒。

〔32〕横槊:横持长矛,形容气概豪迈。

〔33〕渔樵于江渚:谓在江上捕鱼、在洲中砍柴。

〔34〕扁舟:小船。

〔35〕匏(páo)尊:匏制的酒樽,亦泛指饮具。

〔36〕蜉蝣:虫名,幼虫生活在水中,成虫褐绿色,有四翅,生存期极短。相属:互相劝酒,向人敬酒。

〔37〕"眇沧海"句:谓渺小得就像沧海中的一粒粟米。

〔38〕须臾:片刻,短时间。

〔39〕"知不可"二句:谓知道这种想法不可能马上实现,在悲风中,把情感寄托于箫声中。

〔40〕"逝者"四句:谓时光逝去如同流水一般,而流水本身却从来没有消失过;圆缺如同月亮一样,而月亮本身最终并没有增加或削减。逝者如斯,语出《论语·子罕》:"子在川上曰:'逝者如斯夫! 不舍昼夜。'"后用以谓光阴如流水一去不返。逝,底本作"道",据《四部丛刊》本改。斯,指流水。盈虚,指月亮的圆缺。消长,增减,盛衰。

〔41〕无尽藏:无穷无尽的宝藏。

〔42〕适:底本作"食",据《四部丛刊》本改。

〔43〕更酌:重新酌酒。

〔44〕肴核:肉类和果类食品。

〔45〕杯盘狼籍:杯盘等放得乱七八糟,形容宴饮已完毕或即将完毕时的情景。

〔46〕枕藉:枕头与垫席。指物体纵横相枕而卧,言其多而杂乱。

【评析】

这是一篇文赋。中秋月圆,常常给人以美好的遐想。泛游长江,"白露横江,水光接天",上下白茫茫一片,为月夜泛舟江水增添了神秘感。文中借泛舟长江,营造出一个仙境,如冯虚御风、羽化登仙,表达了向往自由、追慕解脱、求得自在的企望。

"渺渺兮予怀,望美人兮天一方",醒来时的孤独苦闷之感,尤觉浓重;而"如怨如慕,如泣如诉"的洞箫乐曲声,渲染了人生悲苦之情调,为下文的质疑问答作铺垫。

借主客问答的形式申诉自己的主张,是汉赋中常用的方法。文中先借客人的发问,谈永恒与短暂的话题。黄州赤鼻矶被误认作周瑜打败曹军的赤壁。赤壁之战是三国时期著名的战役,作者借题发挥,说明强大的并不是永恒的。想当初,曹操率领百万大军,结果却被弱小者击败,表达了无常之感。至于"寄蜉蝣于天地,眇沧海之一粟",感叹人生的短促,个体的渺小。"哀吾生之须臾,羡长江之无穷。挟飞仙以遨游,抱明月而长终",有感于人生的短暂,而奢求达到永恒。不过,这种永恒只是一种理想,在现实世界中,是难以达成的。其后又借主人的回答,论变与不变的道理。文中以流水和月亮的圆缺作喻,说明变与不变只是相对的。"自其变者而观之,则天地曾不能以一瞬;自其不变者而观之,则物与我皆无尽也",说明变是时刻在发生着的事,而不变似乎又有其存在的空间,意在说明永恒存在的可能。这就是"取之无禁,用之不竭"的山川之景,自然风光,让人可以摆脱功名利禄的束缚,由此而达到自在的永恒。

作者因乌台诗案而被贬谪至黄州,乌台诗案是北宋时发生的一场文字狱(参见苏辙《为兄轼下狱上书》),时作者四十四岁。苏轼于神宗元丰三年二月至黄州,四年后离开黄州,此文作于元丰五年。自从这件事发生后,苏轼的人生观发生了质的变化,早年的用世之心弱化,虚幻之感成为主导。文章借主客问答,抒写人生如寄的感慨。全文由现实转入虚幻,又由虚幻回到现实,颇能引起后人的深思。

后 赤 壁 赋

是岁十月之望[1],步自雪堂[2],将归于临皋[3]。二客从予过黄泥之坂[4],霜露既降,木叶尽脱。人影在地,仰见明月,顾而乐之,行歌相答。已而叹曰:"有客无酒,有酒无肴,月白风清,如此良夜何[5]?"客曰:"今者薄暮[6],举网得鱼,巨口细鳞,状似松江之鲈[7],顾安所得酒乎?"归而谋诸妇,妇曰:"我有斗酒,藏之久矣,以待子不时之须[8]。"

于是携酒与鱼,复游于赤壁之下。江流有声,断岸千尺[9],山高月小,水落石出。曾日月之几何,而江山不可复识矣。予乃摄衣而上[10],履巉岩[11],披蒙茸[12],踞虎豹[13],登虬龙[14],攀栖鹘之危巢[15],俯冯夷之幽宫[16],盖二客不能从焉。划然长啸[17],草木震动,山鸣谷应,风起水涌,予亦悄然而悲[18],肃然而恐,凛乎其不可留也[19]。反而登舟[20],放乎中流,听其所止而休焉。时夜将半,四顾寂寥[21],适有孤鹤横江东来,翅如车轮,玄裳缟衣[22],戛然长鸣[23],掠予舟而西也。

须臾客去,予亦就睡,梦二道士羽衣翩跹过临皋之下[24],揖予而言曰:"赤壁之游乐乎?"问其姓名,俯而不答[25]。"呜呼!噫嘻!我知之矣。畴昔之夜[26],飞鸣而过我者,非子也耶?"道士顾笑,予亦惊悟[27],开户视之,不见其处。

【注释】

〔1〕是岁:即宋神宗元丰五年(1082),与前一篇为同年所作。

〔2〕雪堂:苏轼《雪堂记》云:"苏子得废圃于东坡之胁,筑而垣之,作堂焉,号其正曰雪堂。堂以大雪中为之,因绘雪于四壁之间,无容隙也。起居偃仰,环顾睥睨,无非雪者。"苏轼在黄州,寓居临皋亭,在东坡筑雪堂。故址在今湖北省黄冈市东。

〔3〕临皋:即临皋亭,在黄冈县南长江边,苏轼曾寓居于此。

〔4〕黄泥坂:在黄冈县东。坂,斜坡,山坡。

〔5〕"如此"句:谓如何打发这美好的夜晚呢?

〔6〕薄暮:傍晚,太阳快落山的时候。

〔7〕鲈:生活在近岸浅海,夏秋进入淡水河川后,肉更肥美,尤以松江所产最为名贵。

〔8〕须:一作"需",意思相通。

〔9〕断岸:江边绝壁。

〔10〕摄衣:提起衣襟。

〔11〕巉岩:险峻的山岩。

〔12〕蒙茸:指葱茏丛生的草木。

〔13〕踞虎豹:谓坐在形状似虎豹一样的石块上。

〔14〕虬龙:传说中的一种龙,此喻盘屈的树枝。

〔15〕鹘:即鹰隼,飞得很快,善于袭击其他鸟类。危巢:高树上的鸟巢。

〔16〕冯(píng)夷:传说中的黄河之神,即河伯,泛指水神。

〔17〕划然:象声词。长啸:撮口发出悠长清越的声音,古人常以此述志。

〔18〕悄然:忧伤的样子。

〔19〕凛:畏惧。

〔20〕反:同"返"。

〔21〕寂寥:寂静无声,冷落萧条。

〔22〕玄裳:黑色的下衣,此指鹤的尾羽。缟衣:白绢衣裳,比喻洁白的羽毛。

〔23〕戛(jiá)然:象声词。

〔24〕"梦二道士"句:古代有道士化鹤的传说,常见有二。其一,晋陶潜《搜神后记》载:丁令威,辽东人,学道于灵虚山,后化为鹤。一日,返回辽东,在城门华表柱栖息。时有少年举弓箭欲射之,鹤即起飞,徘徊空中而鸣叫道:"有鸟有鸟丁令威,去家千年今始归。城郭如故人民非,何不学仙冢累累。"于是高飞冲天而去。其二,唐薛用弱《集异记》载:天宝十三年(754)重阳日,唐玄宗打猎,时云间有孤鹤翱翔徘徊,玄宗以箭射之,鹤中箭,缓缓降落,在离地大约一丈远的样子,突然腾飞向西南逝去。益州(今四川成都)城西十五里有明月道观,有一位自称青城山道士徐佐卿的人,一年中只来这三四次,逗留或三五天,或十天。一日忽自外至,精神委靡,云行山中,偶然为飞箭射中,后来知这根箭即为玄宗所射。二,一本作"一"。羽衣,以羽毛织成的衣服,常称道士或神仙所著衣为羽衣。又代指道士。翩跹,飘逸飞舞的样子,常用以形容轻盈的舞姿。

〔25〕俛:屈身,低头。同"俯"。

〔26〕畴昔:往日,从前。

〔27〕惊悟:犹惊醒,睡梦中受惊而醒过来。

【评析】

　　这篇文赋和前篇写于同一年,前篇作于秋季,此篇作于冬季。按:苏轼有《李委吹笛》诗,序云:"元丰五年十二月十九日,东坡生日,置酒赤壁矶下,踞高峰,俯鹘巢,酒酣,笛声起于江上。客有郭、古二生,颇知音,谓坡曰:'笛声有新意,非俗工也。'使人问之,则进士李委,闻坡生日,作新曲曰《鹤南飞》以献。呼之使前,则青巾紫裘,腰笛而已。既奏新曲,又快作数弄,嘹然有穿云裂石之声,坐客皆引满醉倒。委袖出嘉纸一幅,曰:'吾无求于公,得一绝句足矣。'坡笑而从之。"此诗与赋中所云情事相同,知这次夜游的时间为苏轼生日。"二客"当指郭、石二生。按:郭生名遘,字兴宗,汾阳人。古生名耕道,新平人。

再次夜游赤壁,说明前次夜游给作者留下的印象是极其深刻的,毕竟如临仙境般的夜游是作者极力想摆脱尘世烦恼的反映。"山高月小,水落石出",描摹冬天景色的萧条冷落,逼真如绘。"曾日月之几何,而江山不可复识矣",前后泛舟赤壁,虽然都是月圆之夜,但季节的交替,自然景象的变幻,人的思想情感也会因此波动。前半叙写攀登树枝,独自探幽览胜,无所顾忌,或只是想放纵一下自己。"放乎中流,听其所止而休焉",随缘任运,至少这是一种放弃,放弃先前的理想,放弃曾经的执着,对于一位曾经怀有致君尧舜理想的人,这种反差是令人心酸的,人生虚幻之感油然而生。后半以孤鹤掠舟而去,梦见道士,化实为虚。文章借道士化鹤的传说,很有庄子化蝶的味道,物我两忘,即认为宇宙间的一切事物,如生死寿夭,是非得失,物我有无,都应当等量齐观。这样就不会有失落感,就不会因失落而产生喜怒悲欢。道士化鹤一事,作天外奇想,人生虚幻的意味很浓。文中从实处落笔,于虚处发挥,虚虚实实,灵动万分。

省试刑赏忠厚之至论[1]

论曰:尧、舜、禹、汤、文、武、成、康之际[2],何其爱民之深、忧民之切,而待天下之以君子长者之道也。有一善从而赏之,又从而咏歌嗟叹之,所以乐其始而勉其终[3];有一不善从而罚之,又从而哀矜惩创之[4],所以弃其旧而开其新。故其吁俞之声[5]，欢休惨戚[6]，见于虞、夏、商、周之书[7]。

成、康既没，穆王立[8]，而周道始衰[9]。然犹命其臣吕侯而告之以祥刑[10]，其言忧而不伤，威而不怒，慈爱而能断，恻然有哀怜无辜之心[11]，故孔子犹有取焉。《传》曰："赏疑从与，所以广恩也。罚疑从去，所以慎刑也。"[12]当尧之时，皋陶为士[13]，将杀人，皋陶曰"杀之"三。尧曰"宥之"三。故天下畏皋陶执法之坚，而乐尧用刑之宽。四岳曰："鲧可用。"尧曰："不可，鲧方命圮族。"既而曰："试之。"[14]何尧之不听皋陶之杀人，而从四岳之用鲧也？然则圣人之意，盖亦可见矣。《书》曰："罪疑惟轻，功疑惟重。与其杀不辜，宁失不经。"[15]呜呼！尽之矣。可以赏，可以无赏，赏之，过乎仁；可以罚，可以无罚，罚之，过乎义。过乎仁，不失为君子；过乎义，则流而入于忍人[16]。故仁可过也，义不可过也。古者赏不以爵禄，刑不以刀锯[17]。赏以爵禄，是赏之道行于爵禄之所加，而不行于爵禄之所不加也；刑以刀锯，是刑之威施于刀锯之所及，而不施于刀锯之所不及也。先王知天下之善不胜赏，而爵禄不足以满也[18]；知天下之恶不胜刑，而刀锯不足以裁也。是故疑则举而归之于仁，以君子长者之道待天下，使天下相率而归于君子长者之道，故曰忠厚之至也。

《诗》曰："君子如祉，乱庶遄已。君子如怒，乱庶遄沮[19]。"夫君子之已乱[20]，岂有异术哉？时其喜怒而无失乎仁而已矣。《春秋》之义，立法贵严，而责人贵宽,因其褒贬之义以制赏罚,亦忠厚之至也。谨论。

【注释】

〔1〕省试:唐、宋时由尚书省礼部主持举行的考试,又称礼部试,后称会试。

〔2〕尧、舜、禹、汤、文、武:详韩愈《原道》注〔59〕和注〔43〕。成、康:周成王与周康王并称,史称其时天下安宁,刑措不用,故用以称至治之世。参见柳宗元《桐叶封弟辩》注〔3〕和曾巩《唐论》注〔1〕。

〔3〕勉其终:谓勉力事情有好的结局。

〔4〕惩创:惩戒,惩治。

〔5〕吁俞:即吁咈都俞。《书·尧典》:"帝曰:'吁!咈哉!'"又《益稷》:"禹曰:'都!帝,慎乃在位。'帝曰:'俞!'"吁,不同意;咈,反对;都,赞美;俞,同意。本以表示尧、舜、禹等讨论政事时发言的语气,后用以赞美君臣间论政的和洽。

〔6〕欢休:欢乐。

〔7〕虞、夏、商、周之书:参见韩愈《进学解》注〔29〕和注〔31〕。

〔8〕穆王:详韩愈《论佛骨表》注〔10〕。

〔9〕周道:周代治国之道。

〔10〕吕侯:周穆王时大臣,穆王命他作刑书,布告天下,号称《吕刑》,因吕侯又称甫侯,所以《吕刑》又叫《甫刑》,是中国较早的刑法。祥刑:谓善用刑罚。

〔11〕恻然:哀怜貌,悲伤貌。

〔12〕"传曰"五句:《尚书·虞书》:"罪疑惟轻,功疑惟重。"《传》云:"刑疑附轻,赏疑从重,忠厚之至与。"传,解说,注释。

〔13〕"当尧"二句:《尚书·虞书》:"帝曰:皋陶,蛮夷猾夏,寇贼奸宄,汝作士,五刑有服。"《传》:"士,理官也。五刑:墨、劓、剕、宫、大辟。"知为虞时之事,而非尧时之事。士,古代指掌管刑狱的官员。

〔14〕"四岳"七句:《尚书·尧典》:"帝曰:'咨!四岳,汤汤洪水方割,荡荡怀山襄陵,浩浩滔天,下民其咨,有能俾乂?'佥曰:'於,鲧哉,'帝

曰：'吁咈哉！方命圯族。'"四岳，相传为共工的后裔，因佐禹治水有功，赐姓姜，封于吕，并使为诸侯之长。一说四岳为尧之臣羲和四子，分掌四方之诸侯。鲧，传说为中国古代部落酋长名，号崇伯，禹之父。曾奉尧命治水，因筑堤堵水，九年未治平，被舜杀死在羽山。方命，违命，抗命。圯族，毁害族类。

〔15〕"《书》曰"五句：见《尚书·虞书》。不经，不合常法。

〔16〕忍人：残忍的人，硬心肠的人。

〔17〕刀锯：刀和锯，古代刑具。《国语·鲁语上》："中刑用刀锯。"韦昭注："割劓用刀，断截用锯。"又代指刑罚。

〔18〕满：一本作"劝"。

〔19〕"君子"四句：见《诗经·小雅·巧言》，不过原诗前两句在后两句之后。祉，喜欢。遄，疾速。沮，终止。

〔20〕已：止。

【评析】

这是一篇参加科举考试的文章，作于宋仁宗嘉祐二年（1057）。谈的是关于面对刑罚与恩赏时，如何能做到宅心忠厚。《尚书·大禹谟》云"罪疑惟轻，功疑惟重"，是这篇文章立论的根本。

文中指出尧、舜等之所以能成为圣君明主，之所以天下太平，就在于赏罚分明，百姓口服心服。至于刑罚或奖赏尺度把握的问题，云："可以赏，可以无赏，赏之，过乎仁；可以罚，可以无罚，罚之，过乎义。"指出仁慈之心是可以过分的，而道义之行是不可以过分的。过于仁慈，不失为君子；过于讲求道义，就会成为残忍的人。最后以春秋笔法"立法贵严，责人贵宽"，说明制定法令条例要严格，责备别人要宽恕，在法制与人制方面进行平衡。总而言之，要以仁慈为归，不脱以礼义治天下的儒家思想。

文章征引史实，议论出入古今，显示了极强的思辨性。为了使论点具有说服力,苏轼以皋陶执法"曰'杀之'三"、尧却"曰'宥之'三"一事为例,说明宽以待人的重要性。据宋人笔记等记载,欧阳修锐意革除文章弊端,梅尧臣为考官,看到此文,很是赏识,但不知"杀之三"、"宥之三"的出处,就问苏轼。苏轼回答说:"不过是想当然罢了,何必要有出处呢?"即虽然查之无据,但言之成理,这大概就是苏轼的行文风格,即使是无中生有,也会让人觉得处处在理。

书吴道子画后[1]

知者创物,能者述焉,非一人而成也[2]。君子之于学,百工之于技,自三代历汉至唐而备矣。故诗至于杜子美[3],文至于韩退之[4],书至于颜鲁公[5],画至于吴道子,而古今之变、天下之能事毕矣[6]。道子画人物,如以灯取影,逆来顺往[7],旁见侧出[8],横斜平直,各相乘除[9],得自然之数[10],不差毫末。出新意于法度之中,寄妙理于豪放之外[11],所谓游刃馀地[12],运斤成风[13],盖古今一人而已。余于他画或不能必其主名,至于道子,望而知其真伪也。然世罕有真者,如史全叔所藏[14],平生盖一二见而已。元丰八年十一月七日书。

【注释】

〔1〕吴道子(680?—759):又名道玄,阳翟(今河南禹州)人。曾任

358

兖州瑕丘县尉，不久即辞职。后流落洛阳，从事壁画创作。唐玄宗开元年间以善画被召入宫廷，历任供奉、内教博士等。尤精于画佛道、人物。

〔2〕"知者"三句：谓有智慧的人创造事物，有能力的人善于继承，世界不是哪一个人所能成就的。

〔3〕杜子美：即杜甫。详韩愈《送孟东野序》注〔25〕。

〔4〕韩退之：即韩愈，中唐古文运动的开创者。

〔5〕颜鲁公：即颜真卿（709—784?），字清臣，唐京兆万年（今陕西西安）人。唐玄宗开元年间中进士，历官监察御史、平原太守、吏部尚书，封鲁郡公，人称颜鲁公。为杰出书法家，其书法人称颜体。

〔6〕能事：所擅长之事。

〔7〕逆来顺往：逆向描来，顺笔而往。

〔8〕旁见侧出：谓从侧面或不同的角度表现出来。

〔9〕乘除：衡量。

〔10〕数：规律，必然性。

〔11〕"出新"二句：谓在法规的范围内创造出新意，寄托精妙的道理于豪迈无拘束的笔端之外。法度，法规，格式。妙理，精微的道理。

〔12〕游刃馀地：典出《庄子·养生主》"庖丁解牛"，详韩愈《送高闲上人序》注〔8〕。后以游刃有馀谓观察事物透彻，技艺精熟，运用自如。

〔13〕运斤成风：典出《庄子·徐无鬼》，云郢地有人把白色粘土涂抹在鼻尖上，粘土薄得像苍蝇的翅膀。他就让一位匠人砍削掉这一块小白点，匠人挥动斧子，快得像一阵风，很轻快地砍过去，削去了白泥，而且没有伤到鼻子。后以"运斤成风"形容技术的高妙。

〔14〕史全叔：河内人，行迹不详。

【评析】

这篇短文作于神宗元丰八年（1085），借观吴道子画，提出了自己的文艺观，也就是"出新意于法度之中，寄妙理于豪放之外"。任何一门艺术，经过一定时期的发展，就会逐渐完善，达到定型，就如同至杜子美、韩退之、颜鲁公、吴道子，诗、文、书、画创作的艺术技巧已经十分完善成熟了，这就面临着一个问题，即突破创新。"法度"就是已经成熟定型的规则或范式，时间久了，就成了传统，而传统往往会成为创新发展的阻碍。"出新意于法度之中"，就是如何突破现有的体制，要想超越，就得勇于创新，也就是要突破传统。"妙理"，是指精微的道理，也就是创新中形成的新理念、新思想。"寄妙理于豪放之外"，就意味着不受约束，突破传统的框架，有新的进步。苏轼本人就是这样做的，宋人曾季狸在《艇斋诗话》中说："东坡之文妙天下，然皆非本色，与其他文人之文、诗人之诗不同。文非欧、曾之文，诗非山谷之诗，四六非荆公之四六，然皆自极其妙。"也就是说苏轼的各类文体不仅具有强烈的反传统性，而且都能给人以耳目一新的感觉，这固然是他才华横溢的表现，也是勇于创新的结果。

书蒲永昇画后[1]

古今画水多作平远细皱，其善者不过能为波头起伏，使人至以手扪之，谓有窪隆，以为至妙矣[2]。然其品格特与印板水纸争工拙于毫厘间耳[3]。

唐广明中[4]，处士孙位始出新意[5]，画奔湍巨浪，与山石曲折，随物赋形[6]，尽水之变，号称神逸。其后蜀人黄筌、孙知微皆得其笔法[7]。始，知微欲于大慈寺寿宁院壁作湖滩水石四堵，营度经岁[8]，终不肯下笔。一日，仓皇入寺，索笔墨甚急，奋袂如风[9]，须臾而成，作输泻跳蹙之势[10]，汹汹欲崩屋也。知微既死，笔法中绝五十馀年。

近岁成都人蒲永昇嗜酒放浪,性与画会。始作活水,得二孙本意[11],自黄居寀兄弟、李怀衮之流,皆不及也[12]。王公富人或以势力使之,永昇辄嘻笑舍去;遇其欲画,不择贵贱,顷刻而成。尝与余临寿宁院水作二十四幅,每夏日挂之高堂素壁,即阴风袭人,毛发为立。永昇今老矣,画亦难得,而世之识真者亦少。如往时董羽、近日常州戚氏画水[13],世或传宝之,如董、戚之流,可谓死水,未可与永昇同年而语也。元丰三年十二月十八日夜,黄州临皋亭西斋戏书。

【注释】

〔1〕蒲永昇:成都人。性嗜酒,善画。

〔2〕窐(wā)隆:高下不平,凹凸貌。

〔3〕印板:用以印刷的底板,有木板、金属板等。又谓用印板印刷。毫厘:毫、厘均是微小的量度单位,比喻极微细。

〔4〕广明:唐僖宗年号(880—881)。

〔5〕孙位:唐会稽(今浙江绍兴)人,后改名遇,号会稽山人。僖宗皇帝车驾幸蜀,位扈从,自京入蜀,居成都。性情疏野,襟抱超然,好饮酒,常与禅僧道士往还。有道术,兼工书画。《宣和画谱》卷二"张南本"云:"尤喜画火,火无常体,世俗罕有能工之者,独南本得之。时孙位以画水得名,世之论画水火之妙者独推二子。盖水几于道而火应于神,非笔端深造理窟,未易于形容也。"宋董逌(yōu)《广川画跋》卷二《书孙白画水图》云:"唐人孙位画水必杂山石,为惊涛怒浪,盖失水之本性而求假于物以发其湍瀑,是不足于水也。"元汤垕《画鉴》:"蜀人画山水人物,皆以孙位为师,龙水尤位所长者也。世言孙位画水,张南本画火,水火本无情之物,二公深得其理。尝见孙位水官图,鱼龙出没于海涛,神鬼变灭于云汉,览之凛凛然,真杰作也。"

〔6〕随物赋形:谓针对客观事物本身的不同形态给予形象生动的描绘。

〔7〕黄筌(903?—965):字要叔,成都(今属四川)人。历仕前蜀、后蜀,官至检校户部尚书兼御史大夫。入宋,任太子左赞善大夫。为西蜀宫廷画家。孙知微:字太古,眉州(今属四川)人。五代至北宋时画家。

〔8〕营度:谋划,构思。

〔9〕奋袂:挥动衣袖,常用来形容奋发或激动的状态。

〔10〕输泻:谓水流泻。跳蹙:形容水势汹涌奔腾。

〔11〕二孙:指孙位、孙知微,均擅长画水。

〔12〕黄居寀(933—993?):字伯鸾,五代成都(今属四川)人。五代十国黄筌季子,与父同仕后蜀,为翰林待诏。擅绘花竹禽鸟。李怀衮:成都人。学黄筌,工画花卉翎毛,亦善山水。

〔13〕董羽:字仲翔,毗陵(今江苏常州)人。口吃,语不能出,故有哑子之名。善画龙鱼,尤长于海。常州戚氏:当指戚化元、戚文秀等。戚化元,毗陵人,家世画水,化元兼工鱼龙图。宋李廌《德隅斋画品》之《归龙入海图》云:"毗陵戚化元所作,笔力峥嵘,善作风浪,起伏之势,令人心目眩漾。一龙蜿蜒翔于水上,然先后之浪皆匀,未有翻涌喷薄之形。云气虽从然,不自水出。予见而知之,曰此非游龙出海图,乃归龙入海图也,因以名之。"戚文秀,宋郭若虚《图画见闻志》卷四:"戚文秀,工画水,笔力调畅。尝观所画《清济灌河图》,旁题云:中有一笔长五丈,既寻之,果有所谓一笔者,自边际起通贯于波浪之间,与众毫不失次序,超腾回折,实逾五丈矣。"

【评析】

宋郭若虚《图画见闻志》卷四云:"蒲永昇,成都人。性嗜酒放浪,善画水。人或以势力使之,则嘻笑舍去,遇其欲画,不择贵贱。苏子瞻内翰尝得永昇画二十四幅,每观之,则阴风袭人,毛发为立。子瞻在黄州临皋亭,乘兴书数百言,寄成都僧惟简,具述其妙,谓董、戚之流为死水耳。"注云:"惟简住大慈寺胜相院,其书刻石在焉。"知此文即是寄惟简者。

文中就蒲永昇画水,提出如何能呈现出"活水",而避免有"死水"之感。蒲氏之前,有孙位、黄筌、孙知微、黄居寀、李怀衮等,均是以善于画水者而著称,但所画均称不上"活水"。至蒲永昇,"始作活水",这就在于观赏其所画水,有"阴风袭人,毛发为立"之感,有置身于实地实境之中的感觉,不仅仅是视觉的效果。文中云孙位"画奔湍巨浪,与山石曲折,随物赋形,尽水之变"者,宋郭熙编《林泉高致集》"山水训"云:"山得水而活,水得山而媚。"可知山与水的密切关联,不过孙位等画水更多是属于形似,而蒲氏画水是达到了神似,重在遗貌取神,绘出了水的精神,凸现出水的气质与活力。苏轼《与鞠持正》二首之一云:"两日薄有秋气,伏想起居佳胜。蜀人蒲永昇临孙知微水图四面,颇为雄爽。杜子美所谓'白波吹素壁'者,愿挂公斋中,真可以一洗残暑也。"知虽然是秋天,暑热仍未退去,观蒲氏画,顿生凉意,与此文所评蒲氏画水之意相同。孙位等画水偏重绘形,蒲氏画水重在写意,这大概就是"死水"与"活水"的差别所在。

日　喻

生而眇者不识日[1],问之有目者,或告之曰:"日之状如铜盘。"扣盘而得其声,他日闻钟,以为日也。或告之曰:"日之光如烛。"扪烛而得其形[2],他日揣籥[3],以为日也。日之与钟、籥亦远矣,而眇者不知其异,以其未尝见而求之人也。道之难见也甚于日[4],而人之未达也,无以异于眇。达者告之,虽有巧譬善导,亦无以过于盘与烛也。自盘而之钟,自烛而之籥,转而相之,岂有既乎〔5〕？故世之言道者，或即其所见而名之，或莫之见而意之，皆求道之过也。

然则道卒不可求欤？苏子曰："道可致而不可求。"何谓致？孙武曰："善战者致人，不致于人。"〔6〕孔子曰："百工居肆，以成其事，君子学以致其道。"〔7〕莫之求而自至，斯以为致也欤！南方多没人〔8〕，日与水居也，七岁而能涉，十岁而能浮，十五而能没矣。夫没者，岂苟然哉〔9〕？必将有得于水之道者，日与水居，则十五而得其道。生不识水，则虽壮〔10〕，见舟而畏之。故北方之勇者问于没人，而求其所以没，以其言试之河，未有不溺者也。故凡不学而务求道，皆北方之学没者也。

昔者以声律取士〔11〕，士杂学而不志于道；今者以经术取士〔12〕，士求道而不务学。渤海吴君彦律〔13〕，有志于学者也，方求举于礼部〔14〕，作《日喻》以告之。

【注释】

〔1〕眇：两眼失明，指盲人。

〔2〕扪：抚摸。

〔3〕籥：古管乐器，有吹籥、舞籥两种。吹籥似笛而短小，三孔；舞籥长而六孔，可执作舞具。

〔4〕道：宇宙万物的本原、本体。指事理，规律。又指政治主张或思想体系，此指儒家的思想或学说。

〔5〕既：穷尽。

〔6〕"孙武"三句：见《孙子·虚实篇》。孙武，字长卿，春秋齐国乐安（今山东惠民）人，是吴国将领。著有《孙子兵法》十三篇。

〔7〕"孔子"四句：见《论语·子张》，原文作"子夏曰"。肆，作坊，集市。

〔8〕没人:能潜水的人。

〔9〕苟然:随随便便。

〔10〕壮:男子三十为壮,即壮年。后泛指成年。

〔11〕声律:语言文字的声韵格律,此指诗赋,唐至北宋前期科举考试的内容之一。

〔12〕经术:经学,以儒家经典为研究对象的学问。王安石当政,科举考试内容改诗赋为经术。

〔13〕吴彦律:即吴管(1052—1114),字彦律,渤海(今山东阳信县)人。历官秘书省正字、通判永宁军、迁朝奉郎。

〔14〕举:指科考中选。礼部:隋唐以后为六部之一,管理典章制度、祭祀、学校、科举和接待四方宾客等事。

【评析】

本文题目一作《日喻说》,写于宋神宗元丰元年(1078)十月,时苏轼任徐州太守。有名吴彦律者,打算参加科举考试,苏氏作此文以示。

文中云"昔者以声律取士,士杂学而不志于道","声律取士"是指重诗赋的进士科考试,"不志于道"是指读书人不能致力于儒家思想的学习。这是针对进士科考试存在的不足而言。文中又云"今也以经术取士,士求道而不务学",这是针对三舍法取士存在的不足而言的,即读书人只知寻求义理空谈之学,却不知务实,对三舍法存在的弊端提出了自己的看法。按:神宗熙宁二年(1069),王安石为参知政事,实行变法,其中包括科举制度的改革。进士科重诗赋,明经科专记诵,王安石认为不利于造就人才,因此创立太学生三舍法,为王安石"新政"之一。其法分太学为外舍、内舍、上舍,别生员为三等而置之。生员在舍主要是习读儒家经典,以纠正进士科偏重文辞的不足。最后按科举考试法,分别规定其出身并授以官职,而成绩优异者不经过科举考试也可直接授以官职。

为了有效地申明自己的观点,文中运用了两则比喻。其一,以盲者寻究太阳的情状作喻,说明寻求"道"(事物的规律)并非易事。如同盲人未见过太阳,只是听了别人的介绍,凭借感知,就下了定论,得出太阳声如铜盘、形如蜡烛的谬论。也就是说凡不是亲眼见到的,是难以得出正确结论的,仅凭道听途说,是会犯错误的。其二,以南方与北方习潜水者作喻,说明了解和掌握事物的规律,应该通过学习而达成。也就是说"道"是可以得到的,但"道可致而不可求",不能强求,但可通过后天的学习而获取。就如同学习潜水,南方的人善于潜水,就在于他们自幼便熟习水性,溺死的可能性很低。北方人则不同,自幼不习水性,如果贸然潜水,必死无疑。前一比喻强调的是不能盲目,后一比喻强调的是实践的重要性。两则比喻虽各有偏重,但务实却是一致的。意在告诫学子在学习中,既不要盲从,也不要务虚。要以儒家思想统率自己,身体力行,避免俗学追求枝叶而脱离根本的毛病。比喻形象生动,强化了文章的说服力。

喜 雨 亭 记

亭以雨名,志喜也。古者有喜,则以名物,示不忘也。周公得禾,以名其书[1];汉武得鼎,以名其年[2];叔孙胜狄,以名其子[3]。其喜之大小不齐,其示不忘一也。

余至扶风之明年[4],始治官舍,为亭于堂之北。而凿池其南,引流种树,以为休息之所。是岁之春,雨麦于岐山之阳[5]，其占为有年[6]。既而弥月不雨，民方以为忧。越三月乙卯乃雨[7]，甲子又雨[8]，民以为未足。丁卯大雨[9]，三日乃止。官吏相与庆于庭，商贾相与歌于市，农夫相与忭于野[10]。忧者以乐，病者以愈，而吾亭适成。

于是举酒于亭上，以属客而告之曰[11]："五日不雨，可乎？"曰："五日不雨，则无麦。""十日不雨，可乎？"曰："十日不雨，则无禾。"无麦无禾，岁且荐饥[12]，狱讼繁兴，而盗贼滋炽，则吾与二三子虽欲优游以乐于此亭，其可得耶？今天不遗斯民，始旱而赐之以雨，使吾与二三子得相与优游而乐于此亭者，皆雨之赐也，其又可忘耶？

既以名亭，又从而歌之，曰："使天而雨珠，寒者不得以为襦[13]；使天而雨玉，饥者不得以为粟。"一雨三日，繄谁之力[14]？民曰太守，太守不有；归之天子，天子曰不然；归之造物，造物不自以为功；归之太空，太空冥冥[15]，不可得而名，吾以名吾亭。

【注释】

〔1〕"周公"二句：《尚书·周书·微子之命》："唐叔得禾，异亩同颖，献诸天子，王命唐叔归周公于东，作《归禾》。周公既得命禾，旅天子之命，作《嘉禾》。"按：禾生长奇异，古人以之为吉祥的征兆。周公，详韩愈《原道》注〔43〕。

〔2〕"汉武"二句：《史记·孝武本纪》载：汉武帝元狩七年夏六月中于汾水上得宝鼎，改年号为元鼎元年（前116）。汉武，汉武帝刘彻（前156—前87），西汉第七位皇帝。

〔3〕"叔孙"二句:据《春秋左传》载:文公十一年十月甲午,叔孙得臣败狄于咸,获长狄侨如,名其三子,因名宣伯曰侨如,以旌其功。

〔4〕扶风:古郡名,旧为三辅之地,今陕西凤翔。

〔5〕雨:如雨落下。岐山:在今陕西岐山县境。阳:山之南曰阳。

〔6〕有年:丰年。

〔7〕乙卯:三月八日。

〔8〕甲子:三月十七日。

〔9〕丁卯:三月二十日。

〔10〕忭(biàn):高兴。

〔11〕属客:为客斟酒,劝客(进酒)。

〔12〕荐饥:连年灾荒,连续灾荒。

〔13〕襦:短衣,短袄。襦有单、复,单襦则近乎衫,复襦则近袄。

〔14〕繄(yī):语气助词。

〔15〕冥冥:渺茫的样子。

【评析】

　　本文作于宋仁宗嘉祐七年(1062),时为作者到凤翔府签判任职的第二年。喜雨亭位于凤翔府城东北。官府建一座亭子,本来就是一件寻常的事,作者却在命名曰"喜雨"一事上大做文章,使本来平淡无奇的事情,显得如此庄重。

　　首先点明以"雨"命名的用意。"亭以雨名,志喜也",是为了纪念一件令人愉悦的事。文中引据史书所载,指出周公得到奇异的禾穗用来命名所写的篇章、汉武帝得到宝鼎用来命名年号、叔孙得臣打败了长狄侨如并用他的名字来为儿子取名,说明这是人之常情。看似波澜不惊、顺理成章,却为下文张势作态。其次,叙写以"雨"命名亭子的原因。久旱不雨,农户愁眉不展,谁知天随人愿,竟然是大雨接连下了几天,"官吏相与庆于庭,商贾相与歌于市,农夫相与忭于野。忧者以乐,病者以愈",这不仅仅是农夫的福音。而且是所有凤翔人的福音。"喜"字呼之欲出,而"吾亭适成"一句,时间恰巧,为命名"喜雨"找到了充分的理由。

翻空生新,这是苏轼行文的特点。随后的文字中采用主客问答体的形式,说明了及时雨的重要性。其中设想了不雨,就会出现一系列不幸:不雨粮食就会欠收,欠收就会出现饥饿,饥饿就会出现盗贼之事,盗贼之事频频发生,社会就不会安宁。作为百姓的父母官们,如你我之辈就不可能在新建的亭子中优游自得,而如今所有的好处,都是得"雨"之恩赐,这能不令人喜乐吗?"未雨先民而忧,既雨后民而喜"(蔡铸《古文评注补正》卷九),不脱以民为本的思想。至于末段作歌纪喜,说明一方社会的安宁,百姓的幸福,有赖地方父母官的治理,但太守不可居功,因此归功于天子,归功于造物,归功于太空,又都是虚而不实的。而用来命名亭子,不仅可以纪功,而且可以流芳千古。化实为虚,又由虚归实,颇有老庄思想的意味。

文章看似游戏笔墨,却寓庄于谐,以小见大。命名亭子,本是微不足道的小事,作者却借此引发出无限的话题,分写,合写,倒写,顺写,实写,虚写,掀起无限的波澜。

超 然 台 记

凡物皆有可观,苟有可观,皆有可乐,非必怪奇玮丽者也[1]。铺糟啜漓皆可以醉[2],果蔬草木皆可以饱,推此类也,吾安往而不乐?

夫所为求福而辞祸者,以福可喜而祸可悲也[3]。

人之所欲无穷,而物之可以足吾欲者有尽。美恶之辨战乎中,而去取之择交乎前,则可乐者常少而可悲者常多,是谓求祸而辞福。夫求祸而辞福,岂人之情也哉?物有以盖之矣[4]。彼游于物之内而不游于物之外,物非有大小也,自其内而观之,未有不高且大者也。彼挟其高大以临我,则我常眩乱反复[5],如隙中之观斗,又乌知胜负之所在?是以美恶横生而忧乐出焉,可不大哀乎?

余自钱塘移守胶西[6],释舟楫之安而服车马之劳[7],去雕墙之美而蔽采椽之居[8],背湖山之观而行桑麻之野[9]。始至之日,岁比不登[10],盗贼满野,狱讼充斥,而斋厨索然[11],日食杞菊,人固疑余之不乐也。处之期年[12],而貌加丰,发之白者日以反黑。余既乐其风俗之淳,而其吏民亦安予之拙也。于是治其园圃,絜其庭宇[13],伐安丘、高密之木,以修补破败,为苟完之计[14]。而园之北因城以为台者旧矣,稍葺而新之[15],时相与登览,放意肆志焉。南望马耳、常山[16],出没隐见[17],若近若远,庶几有隐君子乎?而其东则卢山[18],秦人卢敖之所从遁也[19]。西望穆陵[20],隐然如城郭,师尚父、齐桓公之遗烈[21],犹有存者。北俯潍水[22],慨然太息,思淮阴之功[23],而吊其不终[24]。台高而安,深而明,夏凉而冬温,雨雪之朝,风月之夕,余未尝不在,客未尝不从。撷园蔬[25],取池鱼,酿秫酒[26],瀹脱粟而食之[27],曰:“乐哉!游乎?”

方是时,余弟子由适在济南[28],闻而赋之,且名其台曰超然,以见余之无所往而不乐者,盖游于物之外也。

【注释】

〔１〕玮丽:华美。

〔２〕铺(bū)糟啜漓:《楚辞·渔父》:"众人皆醉,何不铺其糟而歠其酾?"比喻屈志从俗,随波逐流。铺,饮。啜,饮。漓,薄酒。

〔３〕祸:底本作"福",误,据中国书店影印1936年世界书局出版的《苏东坡全集》(即《东坡七集》)本改。

〔４〕盖:遮蔽。

〔５〕眩乱:迷惑,昏乱。

〔６〕"余自"句:神宗熙宁七年(1074)九月苏轼由杭州通判移知密州。钱塘,今浙江杭州。胶西,汉置胶西郡,或胶西国,治所在高密(今山东高密),宋改称安丘。按:安丘,今山东潍坊市。高密,今山东胶州市。

〔７〕舟楫:指船只。

〔８〕雕墙:饰以浮雕、彩绘的墙壁,指华美的屋室。采椽:栎木或柞木椽子,此指茅屋。

〔９〕湖山之观:指杭州西湖。

〔10〕岁比:即比岁,连年。登:成熟,丰收。

〔11〕斋厨:斋室与厨房。索然:空乏的样子。

〔12〕期(jī)年:一年。

〔13〕絜:通"洁"。庭宇:房舍,又指庭院。

〔14〕苟完:大致完备。

〔15〕葺:修理、修建。

〔16〕马耳:山名,在今山东诸城市西南,山高百丈,上有两石并举,望齐马耳,故名。常山:在县南二十里,祷雨常应,故曰常山。

〔17〕见:通"现"。

〔18〕卢山:在县东南三十里,秦博士卢敖隐居于此,因名。

〔19〕卢敖:即卢生,秦代博士,本齐国(一说燕国)方士。曾为秦始皇寻求长生仙药,始皇赏赐甚厚,进为博士。后见始皇专横失道,遂避难隐遁,居于故山。秦始皇搜捕未得而罢,故山后改名卢山。

〔20〕穆陵：即穆陵关，在县北一百二十里，在大岘山上。

〔21〕尚父：指周吕望，意为可尊敬的父辈。姓姜，名尚，字子牙，其先祖封于吕，子孙从封地改姓，故名吕尚。后遇西伯侯姬昌，礼聘他为专管军事的"师"。姬昌死，儿子姬发继为西伯侯，尊吕尚为"师尚父"。参见曾巩《唐论》注〔34〕。齐桓公：详苏洵《春秋论》注〔24〕。遗烈：前人遗留的业迹，也指前人遗留的烈节、风操。

〔22〕潍水：源出箕屋山东北，达密州，今称潍河，在山东省东部。

〔23〕"思淮阴"句：据《史记·淮阴侯列传》载：韩信伐齐，项羽派大将龙且率兵二十万救援，两军在潍水对阵，韩信夜间于潍水上流堆土袋造堰塞水，决堰淹龙且军，龙且被杀。淮阴，指淮阴侯韩信。

〔24〕"而吊"句：参见苏洵《彭州圆觉禅院记》注〔11〕。

〔25〕撷：摘取，采摘。

〔26〕秫（shú）：粱米、粟米之黏者，多用以酿酒。

〔27〕瀹（yuè）：浸渍；煮。脱粟：糙米，只去皮壳、不加精制的米。

〔28〕"余弟"句：时苏辙任齐州掌书记，齐州在今山东济南。

【评析】

宋神宗熙宁七年（1074），苏轼由杭州通判移知密州，此文作于到密州的第二年。前半申明超然之意。有超然之心，无往而不乐。要达到超然，必然能游于物之外。人之所以感觉不幸福，就是欲望太多，其原因就在于"游于物之内而不游于物之外"，也就是不能超然物外，为物欲所迷惑，就有可能"求祸而辞福"。后半叙说之所以追慕超然的原因。作者在京为官时乞补外，得通判杭州，三年任满，时胞弟苏辙在山东济南任职，苏轼想靠着胞弟近些，得旨移知密州。初到密州，面临的问题不少。如年成不好，百姓衣食难安，治安就出现了问题。而"处之期年，而貌加丰，发之白者日以反黑"，经一年的治理，密州的情况得以改观，作者也是容光焕发，这是得之于精神的解放。"余既乐

372

其风俗之淳,而其吏民亦安予之拙也",这里的拙,就是大智若愚,作为父母官,不扰民,对百姓来说,就能安逸地生活,这就是幸运。作者由杭州移知密州,主动摒弃和忘怀曾经在东南大都会杭州的优越生活,这是对物欲要求的弱化,是游于物之外的积极表现。而修筑超然台,则是追求这种理想的外化。

台是依城而自然成形的,苏辙《超然台赋》云苏轼"顾居处隐陋无以自放,乃因其城上之废台而增葺之,日与其僚览其山川而乐之",知台原本就有,只是荒芜废弃;经修葺出新后,时常与朋僚相与登览,四望群山,引发思古之幽情:南有马耳、常山,出没隐现,若近若远,像有隐者居住其间;东有卢山,为秦人卢敖归隐的地方;西有穆陵关,师尚父、齐桓公的遗迹仍然保存;北边可俯视潍水,可想见淮阴侯的功勋,为其不得善终而伤痛。文中所云,是对隐者的仰慕,而对贪慕功名而不得善终如韩信的惋惜。登台可悟得求福辞祸不是"求祸而辞福"的道理,摆脱世网的羁绊,求得大自在,也就是超然物外,这是修葺土台的目的。

通篇叙说老庄超然逍遥之意,先说理,申明主旨;后叙事,说修葺土台的用意。结构严谨,寓意新厚。

宝 绘 堂 记

君子可以寓意于物,而不可以留意于物。寓意于物,虽微物足以为乐,虽尤物不足以为病[1]。留意于物,虽微物足以为病,虽尤物不足以为乐。老子曰:"五色令人目盲,五音令人耳聋,五味令人口爽。驰骋田猎,令人心发狂[2]。"然圣人未尝废此四者,亦聊以寓意焉耳。刘备之雄才也，而好结髦[3]；嵇康之达也，而好锻炼[4]；阮孚之放也，而好蜡屐[5]。此岂有声色臭味也哉[6]？而乐之终身不厌。

凡物之可喜，足以悦人而不足以移人者[7]，莫若书与画。然至其留意而不释[8]，则其祸有不可胜言者。钟繇至以此呕血发冢[9]，宋孝武、王僧虔至以此相忌[10]，桓玄之走舸[11]，王涯之复壁[12]，皆以儿戏害其国，凶其身，此留意之祸也。始吾少时尝好此二者，家之所有，惟恐其失之；人之所有，惟恐其不吾予也[13]。既而自笑曰：吾薄富贵而厚于书，轻死生而重画，岂不颠倒错缪[14]，失其本心也哉[15]！自是不复好见可喜者，虽时复蓄之，然为人取去，亦不复惜也。譬之烟云之过眼，百鸟之感耳，岂不欣然接之、去而不复念也。于是乎二物者常为吾乐，而不能为吾病。

驸马都尉王君晋卿虽在戚里[16]，而其被服礼义[17]，学问诗书，常与寒士角[18]。平居攘去膏粱[19]，屏远声色[20]，而从事于书画，作宝绘堂于私第之东，以蓄其所有，而求文以为记。恐其不幸而类吾少时之所好，故以是告之，庶几全其乐而远其病也。熙宁十年七月二十二日记。

【注释】

〔1〕尤物：指珍奇之物。

〔2〕"五色"五句：见老子《道德经》第十二章。五色，青、赤、白、黑、黄五种颜色，古代以此五者为正色。五音，中国古代五声音阶中的五个音

级,即宫、商、角、徵、羽。唐以后又名合、四、乙、尺、工。五味,指酸、甜、苦、辣、咸五种味道。田猎,打猎。

〔3〕"刘备"二句:《三国志·蜀志·诸葛亮传》裴松之注引《魏略》云:"备性好结髦,时适有人以髦牛尾与备者,备因手自结之。亮乃进曰:'明将军当复有远志,但结髦而已邪?'备知亮非常人也,乃投髦而言曰:'是何言与?我聊以忘忧耳。'"刘备(161—223),字玄德,幽州涿县(今河北涿州)人。三国时蜀汉开国皇帝,谥号昭烈皇帝,史家称为先主。髦(máo),马颈上的长毛。又泛指动物头颈上的长毛。

〔4〕"嵇康"二句:《晋书·嵇康传》:"性绝巧而好锻,宅中有一柳树,甚茂,乃激水圜之,每夏月,居其下以锻。"嵇康(223—262),字叔夜,谯国铚县(今安徽濉溪)人。三国曹魏时,娶魏武帝曹操曾孙女长乐亭主为妻,拜郎中,调中散大夫,世称嵇中散。后隐居不仕,屡拒为官,为"竹林七贤"之一,遭人构陷,被处死。

〔5〕"阮孚"二句:《晋书·阮孚传》:"初祖约性好财,孚性好屐,同是累而未判其得失,或有诣阮,正见自蜡屐,因自叹曰:'未知一生当着几量屐。'神色甚闲畅,于是胜负始分。"阮孚,字遥集,陈留尉氏(今属河南)人。避难江东,晋司马睿以为安东参军,历黄门侍郎、散骑常侍、吏部尚书,出任广州刺史,未至而卒,时年四十九。放纵不羁,酷好饮酒。屐,木制的鞋,底大多有二齿,以行泥地。

〔6〕臭(xiù):气味。

〔7〕移人:使人的精神情态等改变。

〔8〕不释:不舍弃,不能忘掉。

〔9〕"钟繇"句:唐韦续《墨薮》卷一《用笔法并口诀第八》云钟繇"见蔡伯喈笔法于韦诞坐上,自捶胸三日,其胸尽青,因呕血。太祖以五灵丹救之,得活。繇苦求之,不得。及诞死,繇令人盗掘其墓,遂得之。"钟繇(151—230),字元常,颍川(今河南许昌)人。历任尚书郎、黄门侍郎等职。曹魏时为廷尉,迁太傅,封定陵侯。卒谥成。钟繇为楷书(小楷)的创始人,被后世尊为楷书鼻祖。冢,坟墓。

〔10〕"宋孝武"句:梁萧子显《南齐书·王僧虔传》云:"孝武欲擅书

名，僧虔不敢显迹，大明世常用拙笔书，以此见容。”宋孝武，即刘骏（430—464），字休龙，小字道民。南朝宋帝，在位十一年，年号有孝建（454—456）、大明（457—464），谥号孝武皇帝，庙号世祖。王僧虔（426—485），琅邪临沂（今属山东）人，南北朝时仕刘宋、南齐，刘宋时历任武陵太守、太子舍人、吴郡太守等。因擅长书法而被当权者所欣赏。南齐时历侍中、左光禄大夫、开府仪同三司。卒赠司空，谥简穆。善音律，工真书、行书。

〔11〕“桓玄”句：《晋书·桓玄传》：“初欲饰装，无他处分。先使作轻舸，载服玩及书画等物，或谏之，玄曰：‘书画服玩既宜恒在左右，且兵凶战危，脱有不意，当使轻而易运。’众咸笑之。”按：桓玄（369—404），字敬道，小字灵宝，谯国龙亢（今安徽怀远）人。袭爵南郡公，世称桓南郡。官至相国、大将军，晋封楚王。大亨元年（403），威逼晋安帝禅位，在建康（今江苏南京）建立桓楚，改元永始。不久，刘裕举北府兵起义，桓玄败逃江陵，重整军力，被击败。试图入蜀，被益州督护冯迁杀死，时年三十六岁。走舸，轻便快速的战船。

〔12〕“王涯”句：《新唐书·王涯传》：“家书多与秘府侔，前世名书画，尝以厚货钩致，或私以官凿垣纳之，重复秘固，若不可窥者。至是为人破垣剔取奁轴金玉，而弃其书画于道，籍田宅入于官。”按：王涯（764—835），字广津，山西太原人。唐德宗贞元八年擢进士，又举宏辞。以左拾遗为翰林学士，进起居舍人。宪宗元和时，累官中书侍郎，同中书门下平章事。文宗时，为宰相，始变法，甘露之变，被禁军抓获腰斩。

〔13〕吾予：予我，给我。

〔14〕错缪：错乱，杂乱貌。

〔15〕本心：天性，天良；本意，原来的心愿。

〔16〕“驸马”句：王诜，字晋卿，山西太原人，迁居汴京（今河南开封）。神宗熙宁二年娶英宗女蜀国大长公主，拜左卫将军、驸马都尉。元丰二年受苏轼牵连贬官。擅画山水，能书，善属文。存世作品有《渔村小雪图》、《烟江叠嶂图》、《溪山秋霁图》等。戚里，帝王外戚聚居的地方，借指外戚。

〔17〕被服：负恃，信奉。

〔18〕角:角争,砥砺。

〔19〕平居:平日,平素。膏粱:肥美的食物。

〔20〕屏远:屏弃远离。

【评析】

　　本文作于宋神宗熙宁十年(1077),题一作《王君宝绘堂记》。玩物丧志,谓沉迷于所爱好的事物,会消磨或丧失远大的志向。文中开篇即提出警醒,所谓"君子可以寓意于物,而不可以留意于物。寓意于物,虽微物足以为乐,虽尤物不足以为病。留意于物,虽微物足以为病,虽尤物不足以为乐。"喜爱某种或某类东西,是人都会有的,甚至成为怪僻。问题是喜爱的情感,如何有一个度。"寓意于物",不过是借所喜爱的东西而消遣自己的情感。"留意于物",则是刻意专注所喜爱的东西,甚至因此失去理智,引火烧身。

　　苏轼认为作为人们喜爱的物件,书画"足以悦人而不足以移人",即书画可以带给人们精神的享受,但不至于改变人的精神情态等。这仅仅是在"寓意于物"这个层面,如果发展至"留意于物"这个层面,就有可能招致无数的祸患,小则"凶其身",大则"害其国",如钟繇、宋孝武、王僧虔、桓玄、王涯等,其间未尝不是玩物丧志而然。因此,对待癖爱的东西,要持有达观的态度,得之固然可喜,失之也不必伤心,"譬之烟云之过眼,百鸟之感耳",如同烟云在眼前一晃而过,百鸟的叫声在耳边一鸣而去,不失本心,那么欢乐的心态就会常住。

　　王诜为驸马,与苏轼及苏门弟子交往甚厚,后受苏轼乌台诗案牵连而贬官。能书善画,建宝绘堂,蓄藏书画,此文是应王氏之求而作。苏轼借此,或是警戒王氏,对待身外之物,即使是宠爱的东西,也不必过于留恋,得与失,是世间常有的事,因此而招致误事亡身,是不值得的。

李氏山房藏书记[1]

象犀珠玉怪珍之物[2],有悦于人之耳目而不适于用;金石草木丝麻五谷六材[3],有适于用,而用之则弊,取之则竭。悦于人之耳目而适于用,用之而不弊,取之而不竭。贤不肖之所得,各因其才;仁智之所见[4],各随其分[5]。才分不同,而求无不获者,惟书乎?

自孔子圣人,其学必始于观书。当是时,惟周之柱下史聃为多书[6],韩宣子适鲁[7],然后见《易象》与鲁《春秋》[8]。季札聘于上国,然后得闻《诗》之风雅颂[9],而楚独有左史倚相[10],能读三坟五典八索九丘[11]。士之生于是时,得见六经者盖无几[12],其学可谓难矣。而皆习于礼乐[13],深于道德,非后世君子所及。自秦汉以来,作者益众,纸与字画日趋于简便,而书益多,世莫不有,然学者益以苟简[14],何哉?

余犹及见老儒先生自言其少时欲求《史记》、《汉书》而不可得[15],幸而得之,皆手自书,日夜诵读,惟恐不及。近岁市人转相摹刻诸子百家之书[16],日传万纸,学者之于书,多且易致如此。其文词学术当倍蓰于昔人[17],而后生科举之士皆束书不观[18],游谈无根[19],此又何也?

余友李公择少时读书于庐山五老峰下白石庵之僧舍[20]。公择既去，而山中之人思之，指其所居为李氏山房，藏书凡九千馀卷。公择既已涉其流，探其源，采剥其华实[21]，而咀嚼其膏味[22]，以为己有，发于文词，见于行事，以闻名于当世矣。而书固自如也，未尝少损[23]，将以遗来者，供其无穷之求，而各足其才分之所当得，是以不藏于家而藏于其故所居之僧舍，此仁者之心也。

余既衰且病，无所用于世，惟得数年之闲，尽读其所未见之书，而庐山固所愿游而不得者，盖将老焉。尽发公择之藏，拾其馀弃以自补，庶有益乎。而公择求余文以为记，乃为一言，使来者知昔之君子见书之难而今之学者有书而不读为可惜也。

【注释】

〔1〕李常（1027—1090）：字公择，南康建昌（今江西永修）人。宋仁宗皇祐年间进士，调江州判官。神宗熙宁中为右正言，知谏院。哲宗时累拜御史中丞，出知邓州。徙成都，卒于行次。

〔2〕象犀：指象牙、犀角。

〔3〕五谷：五种谷物，所指不一，如麻、黍、稷、麦、豆，或稻、黍、稷、麦、菽，或稻、稷、麦、豆、麻。后以五谷为谷物的通称，不一定限于五种。六材：指六工制作器物所需要的各种材料，指土、金、石、木、兽、草，此泛指各种用材。

〔4〕仁智之所见：《周易·系辞上》："仁者见之谓之仁，知者见之谓之知。"比喻对同一个问题，不同的人有不同的看法。

〔5〕分：天赋。

〔6〕周之柱下史聃：指老子。《史记·老庄申韩列传》云："姓李氏，

名耳,字伯阳,谥曰聃,周守藏室之史也。"柱下,相传老子曾为周柱下史,后用以为老子或老子《道德经》的代称。又借指藏书之所。参见韩愈《原道》注〔8〕。

〔7〕韩宣子:韩起(?—前514),姬姓,韩氏,名起,谥号曰宣,史称韩宣子。春秋后期晋国卿大夫,六卿之一。

〔8〕《易象》:《周易》专用语,谓解释卦象的意义,亦指卦象。鲁《春秋》:《春秋》为古编年史的通称,鲁《春秋》相传孔子据鲁史修订而成,所记起于鲁隐公元年,止于鲁哀公十四年,凡二百四十二年。

〔9〕"季札"句:《春秋左传》载:襄公二十九年,吴公子季札聘于鲁,请观于周乐,使工为之歌《诗》之诸篇。季札(前576—前484):姬姓,寿氏,名札,春秋时吴王寿梦第四子,封于延陵(今江苏常州)。《诗》,从内容上分风、雅、颂,风是不同地区的地方音乐。风是周南、召南、邶、鄘、卫、王、郑、齐、魏、唐、秦、陈、桧、曹、豳等十五国的土风歌谣,大部分是民歌。雅是周王朝直辖地区的音乐,即所谓正声雅乐。按音乐的不同又分为《大雅》、《小雅》,除《小雅》中有少量民歌外,大部分是贵族文人的作品。颂是宗庙祭祀的舞曲歌辞,内容多是歌颂祖先的功业的,包括《周颂》、《鲁颂》、《商颂》,全部是贵族文人的作品。

〔10〕左史:周代史官有左史、右史之分,左史记行动,右史记言语。或云左史记言,右史记事。倚相:姜姓,丘氏,名倚相,春秋时楚国左史,左丘明的祖父,熟谙楚国历史,精通楚国《训典》。

〔11〕三坟五典八索九丘:均传说为中国最古的书籍。《左传·昭公十二年》:"是能读三坟五典八索九丘。"杜预注:"皆古书名。"孔安国《尚书序》:"伏羲、神农、黄帝之书谓之三坟,言大道也;少昊、颛顼、高辛、唐、虞之书谓之五典。"又:"八卦之说谓之八索,九州之志谓之九丘。"即三坟五典为三皇五帝时之书,八索是指八卦,九丘是指九州方志,一说是《河图》、《洛书》。

〔12〕六经:详韩愈《师说》注〔20〕。

〔13〕礼乐:礼节和音乐。古代帝王常用兴礼乐为手段以求达到尊卑有序、远近和合的统治目的。

〔14〕苟简:草率而简略。

〔15〕《史记》:西汉司马迁编撰,是中国历史上第一部纪传体通史,记载了上至上古传说中的黄帝时代,下至汉武帝元狩元年间共三千多年的历史。《汉书》:又称《前汉书》,东汉班固编撰,是中国第一部纪传体断代史,全书主要记述了上起西汉高祖元年(前206),下至新朝王莽地皇四年(23)共二百三十年的史事。

〔16〕诸子百家:先秦至汉初学术思想流派的总称,诸子指孔子、老子、墨子等,百家举成数言。

〔17〕文词:文章。倍蓰(xǐ):谓数倍。倍,一倍;蓰,五倍。

〔18〕束书:收起书籍,谓把书搁置一边。

〔19〕游谈无根:没有根据地信口乱说。

〔20〕庐山:在江西九江市南,耸立于鄱阳湖、长江之滨,有汉阳、香炉、五老诸峰耸峙。

〔21〕华实:花和果实,此喻书中精华。

〔22〕咀嚼(jiào):犹咀嚼,玩味。膏味:美味,此喻思想意味。

〔23〕少:稍微。

【评析】

李常是苏门弟子黄庭坚的母舅,秦观《李中丞常行状》云:"少时读书于庐山五老峰下白石庵之僧舍,后身虽出仕宦,而书藏山中如故,每得异书,辄益之,至九千馀卷,山中之人号李氏山房。"又《宋史》本传云:"少读书庐山白石僧舍,既擢第,留所抄书九千卷,名舍曰李氏山房。"云藏书均为李常所抄,当有误。李氏山房为李常早年读书之地,出仕后为其藏书之所,本文系应李常之请而为之。据清王文诰《苏诗总案》,此文作于宋神宗熙宁九年(1076)。文章从题目上看是关于藏书的,正文却是论读书这一话题。

图书刻印出版的盛行是宋以来的事,其前书籍主要是以手抄的形式存在，因此得书不易，看书更不易，"其学可谓难矣"。北宋时，"市人转相摹刻"，图书日益增多，得书也较为容易，但"后生科举之士皆束书不观"，究其原因，就在于士子们对于与科举无关的书籍很少去关注。作者在《日喻》中云"今也以经术取士，士求道而不务学"，是针对王安石三舍法取士存在的不足而言的（参见前文）。此文用意或与此有关，积累不厚，游谈无根，感慨学风不正。

文中就李氏藏书生发感慨，提出了书不贵藏而贵读的观点，李常仕宦离去，其书"不藏于家而藏于其故所居之僧舍"，意在"将以遗来者，供其无穷之求"，推测李氏藏书之意，不仅仅是说明自己能读书，而且是希望所藏能供他人读之，与他人共勉，不论其人才分如何，只要能读书，就会有所得。束书不观，这才是藏书的悲哀。小题大作，用心良苦。

文与可画筼筜谷偃竹记[1]

竹之始生，一寸之萌耳，而节叶具焉。自蜩腹蛇蚹[2]，以至于剑拔十寻者[3]，生而有之也。今画者乃节节而为之，叶叶而累之，岂复有竹乎？故画竹必先得成竹于胸中，执笔熟视，乃见其所欲画者。急起从之，振笔直遂[4]，以追其所见，如兔起鹘落[5]，少纵则逝矣。与可之教予如此，予不能然也，而心识其所以然；夫既心识其所以然，而不能然者，内外不一，心手不相应，不学之过也。故凡有见于中而操之不熟者，平居自视了然，而临事忽焉丧之，岂独竹乎？子由为《墨竹赋》以遗与可,曰:"庖丁,解牛者也,而养生者取之[6];轮扁,斫轮者也,而读书者与之[7]。""今夫夫子之托于斯竹也,而予以为有道者[8],则非耶?"子由未尝画也,故得其意而已。若予者,岂独得其意并得其法?

与可画竹,初不自贵重,四方之人持缣素而请者[9],足相蹑于其门,与可厌之,投诸地而骂曰:"吾将以为袜[10]。"士大夫传之,以为口实。及与可自洋州还,而余为徐州[11],与可以书遗余曰:"近语士大夫,吾墨竹一派,近在彭城[12],可往求之,袜材当萃于子矣。"书尾复写一诗,其略曰:"拟将一段鹅溪绢[13],扫取寒梢万尺长。"予谓与可竹长万尺,当用绢二百五十匹,知公倦于笔砚,愿得此绢而已。与可无以答,则曰:"吾言妄矣,世岂有万尺竹哉?"余因而实之,答其诗曰:"世间亦有千寻竹,月落庭空影许长。"与可笑曰:"苏子辩则辩矣,然二百五十匹,吾将买田而归老焉。"因以所画筼筜谷偃竹遗予曰:"此竹数尺耳,而有万尺之势。"筼筜谷在洋州,与可尝令予作《洋州三十咏》,《筼筜谷》,其一也。予诗云:"汉川修竹贱如蓬[14],斤斧何曾赦箨龙[15]。料得清贫馋太守,渭滨千亩在胸中[16]。"与可是日与其妻游谷中,烧笋晚食,发函得诗,失笑喷饭满案。

元丰二年正月二十日[17],与可没于陈州[18]。是岁七月七日,予在湖州曝书画[19],见此竹,废卷而哭失声[20]。昔曹孟德祭桥公文,有"车过"、"腹痛"之语[21],而予亦载与可畴昔戏笑之言者,以见与可于予亲厚无间如此也。

【注释】

　　〔1〕文与可：文同（1018—1079），字与可，号笑笑居士，人称石室先生。梓州永泰（今属四川盐亭县）人。宋仁宗皇祐元年进士，迁太常博士、集贤校理。神宗元丰初年，知洋州，又知湖州，世人称"文湖州"。与苏轼是表兄弟，擅诗文书画。筼筜谷：在洋州（今陕西洋县）北十里。筼筜，一种皮薄节长而竿高的竹子。

　　〔2〕"自蜩"句：谓竹笋壳脱落如同蝉和蛇脱皮一样。蜩，即蝉。蚹，蛇皮。

　　〔3〕寻：古代长度单位，相当于如今的八尺。

　　〔4〕振笔：奋笔，挥笔。直遂：直接达到目的，顺利获得成功。

　　〔5〕兔起鹘落：谓兔子刚出窝，鹘立即降落捕捉，极言动作敏捷。又比喻作书画或写文章下笔迅捷。鹘，鹰隼。

　　〔6〕"庖丁"三句：详韩愈《送高闲上人序》注〔8〕。

　　〔7〕"轮扁"三句：见《庄子·天道》。齐桓公在堂上读书，轮扁在堂下砍削木材制作车轮。轮扁走上前，问齐桓公说："请问您读的是什么书？"桓公说："记载圣人言论的书。"又问："圣人还在吗？"桓公说："已经死了。"轮扁说："那么您所读的，不过是古人的糟粕。"桓公就责问原由，轮扁说："以我从事的工作可知，制作轮子，榫头过于宽缓，就会松动而不牢固，太紧了，又难以进入，只有不宽不紧才行。这是得之心应之手的事，我说不清楚，但自有分寸。这种方法我不能明白无误地传给我的孩子，我年已七十了，还在制作车轮。由此知古人和他们不能言传的东西是一起消亡了，那么您读的书不就是古人留下的糟粕吗？"轮扁，制作轮子名叫扁的工匠。与，许可，同意。

　　〔8〕有道：有才艺或有道德的人。

　　〔9〕缣素：细绢，可供书画。

　　〔10〕袜：即袜材，此指缝制袜时所用的绢料。

　　〔11〕余为徐州：苏轼于神宗熙宁十年四月知徐州（今属江苏）。

384

〔12〕彭城:徐州的古称。

〔13〕鹅溪:在四川盐亭县北,亦名弥江,源自绵州,东南合于梓潼水。其地盛产绢。

〔14〕汉川:即汉川郡,亦即洋州。南郑旧置汉川郡,后魏置汉中郡,后周改汉川郡,后周梁州部领汉川郡。按洋川郡,梁属汉中郡,后周为洋川郡。

〔15〕箨龙:竹笋的异名。

〔16〕渭:即渭水,黄河最大支流,源出甘肃鸟鼠山,横贯陕西中部,至潼关入黄河。

〔17〕元丰二年:公元1079年。

〔18〕陈州:今河南周口市淮阳区。

〔19〕湖州:今属浙江,时作者为湖州太守。

〔20〕废卷:放下书,谓中止阅读。

〔21〕"昔曹"二句:《后汉书·桥玄传》:桥玄,字公祖,梁国睢阳人。初,曹操未显达时,没人知道他,曹操曾前往拜见,桥玄觉得他非同凡人,说:"今天下将乱,安生民者,其在君乎?"操常感其知遇之恩,后经过玄墓,亲自祭奠,作祭文云:"徂没之后,路有经由,不以斗酒只鸡过相沃酹。车过三步,腹痛勿怨,虽临时戏笑之言,非至亲之笃好,胡肯为此辞哉?"后世遂以"车过"、"腹痛"谓悼念亡友。按:曹操字孟德。

【评析】

　　文与可善画,以画墨竹著称,学者多效之,形成墨竹一派。苏轼留心墨戏,作墨竹,就是师法文与可的。神宗元丰二年(1079)正月,文与可殁于赴任湖州途中。同年四月,苏轼由徐州改任湖州。七月,因曝晒书画,见到了文与可所画的筼筜谷偃竹,写下了这篇文章。

　　前半部分指出文与可画墨竹之所以有特色,就在于持有独特的理念。文中借文与可的话,指出竹子自萌生成形,就"节叶具焉",也就是竹子的形状就已经完备了。如今画竹者,"乃节节而为之,叶叶而累之",也就是由局部落笔,或枝叶,或节干,最后才完成全竹的描绘,这样的话,就会有损于竹子的整体性,这是欠熟练的反映。文与可认为,一旦心中呈现出竹子的完整形象,就要抓住时机,否则稍纵即逝,成竹就不存在了。文中又引用庖丁解牛和轮扁斫轮,既说明了实践经验的可贵,又强调要善掌握事物的规律,方能熟能生巧,得心应手。"胸有成竹"这一成语,就是从这篇文章而来的。

后半部分谈到文与可对画竹一事的态度,文氏画竹不是为了名利,他对四方接踵而至的求画者表达了厌弃。遇有求画者,就说:"吾墨竹一派近在彭城,可往求之。"虽然出自谐趣之言,却也承认苏轼为墨竹派的弟子。至于文氏看到苏轼题诗有"料得清贫馋太守,渭滨千亩在胸中"云云,正值烧笋晚食,失笑喷饭满案,这当然是由于绘竹之事与"烧笋"和"馋太守"的关联,化虚为实,由实返虚,虚虚实实,富于变幻。

文中叙说文氏画竹的理念,用语庄重严谨;描述文氏画竹逸事,则诙谐风趣。其中追忆善画墨竹,叙说二人的深厚情谊,行文或庄重,或滑稽,姿态横生。

石 钟 山 记[1]

《水经》云[2]:"彭蠡之口[3],有石钟山焉。"郦元以为"下临深潭,微风鼓浪[4],水石相搏,声如洪钟"。是说也,人常疑之。今以钟磬置水中[5],虽大风浪不能鸣也,而况石乎?至唐李渤始访其遗踪[6],得双石于潭上,扣而聆之,南声函胡[7],北音清越,枹止响腾[8],馀韵徐歇，自以为得之矣。然是说也，余尤疑之。石之铿然有声者[9]，所在皆是也，而此独以钟名，何哉？

元丰七年六月丁丑[10]，余自齐安舟行适临汝[11]，而长子迈将赴饶之德兴尉[12]，送之至湖口[13]，因得观所谓石钟者。寺僧使小童持斧，于乱石间择其一二扣之，硿硿焉[14]，余固笑而不信也。至莫夜月明[15]，独与迈乘小舟至绝壁下。大石侧立千尺，如猛兽奇鬼，森然欲搏人[16]。而山上栖鹘闻人声[17]，亦惊起，磔磔云霄间[18]。又有若老人欬且笑于山谷中者，或曰："此鹳鹤也[19]。"余方心动欲还，而大声发于水上，噌吰如钟鼓不绝[20]，舟人大恐。徐而察之，则山下皆石穴罅[21]，不知其浅深，微波入焉，涵澹澎湃而为此也[22]。舟回至两山间，将入港口，有大石当中流，可坐百人，空中而多窍，与风水相吞吐，有窾坎镗鞳之声[23]，与向之噌吰者相应，如乐作焉。因笑谓迈曰："汝识之乎？噌吰者，周景王之无射也[24]；窾坎镗鞳者，魏献子之歌钟也[25]。古之人不余欺也。"

事不目见耳闻而臆断其有无[26]，可乎？郦元之所见闻，殆与余同，而言之不详。士大夫终不肯以小舟夜泊绝壁之下，故莫能知；而渔工水师虽知而不能言[27]，此世所以不传也。而陋者乃以斧斤考击而求之[28]，自以为得其实，余是以记之，盖叹郦元之简而笑李渤之陋也。

【注释】

〔1〕石钟山：在江西湖口县，有二，城南有上钟山，城北有下钟山，合

387

称双钟。下钟山以陡壁临长江,最为险要。山高均五六百尺,周十里许,其势相向,下多罅穴,水石相击,声如洪钟,故名。

〔2〕《水经》:中国古代记述水系的专著,作者或云是汉代桑钦,书中简要记述了一百三十七条主要河流的水道情况。东魏时有郦道元所注《水经》,在《水经》基础上扩充,记载的河流水道多达一千二百多条。郦道元(472?—527),字善长。范阳涿州(今河北涿州)人。历官河南尹、御史中尉等,撰《水经注》四十卷。

〔3〕彭蠡:即彭蠡湖,一说为鄱阳湖的古称,在今江西境内。

〔4〕鼓浪:鼓起波浪。

〔5〕钟磬:钟和磬,均古代乐器。

〔6〕李渤(?—831):字濬之,洛阳人。为考功员外郎,出为虔州刺史,唐穆宗长庆元年,调任江州(今江西九江)刺史。

〔7〕函胡:犹含混,模糊不清。

〔8〕枹(fú):鼓槌,又指击鼓声。

〔9〕铿然:声音响亮貌。

〔10〕"元丰"句:即元丰七年六月初九日,亦即1084年7月14日。

〔11〕齐安:宋设黄州齐安郡。临汝:今河南汝州。

〔12〕长子迈:即苏迈,字维康,苏轼长子。历任饶州德兴尉、房州军事推官、知河间县令等。德兴:即江西饶州德兴县。尉:即县尉,负责治安。

〔13〕湖口:属江西九江市,地处江西北部,长江中下游南岸,由长江与鄱阳湖唯一交汇口而得名。

〔14〕栊栊:象声词,一作硿硿。

〔15〕莫:通"暮"。

〔16〕森然:因惊恐而毛发耸立的样子。

〔17〕鹘:鸟类的一科,即鹰隼。

〔18〕磔(zhé)磔:象声词,鸟鸣声。

〔19〕鹳鹤:泛指鹤类。

〔20〕噌吰(cēng hóng):象声词,多用以形容钟鼓声。

〔21〕罅:裂缝,缝隙。

〔22〕涵澹:水激荡的样子。澎湃:波浪相互冲击。

〔23〕窾(kuǎn)坎:象声词。镗鞳:形容波涛或水浪拍击物体的声响。

〔24〕"周景"句:《左传·昭公二十一年》:"二十一年春,天王将铸无射。"杜预注:"周景王也,无射,钟名,律中无射。"为周景王时所铸的钟名,后亦泛指大钟。周景王,姓姬,名贵,东周第十二位君王,谥号景。无射(yì),古十二律之一,位于戌,故亦指阴历九月。《周礼·春官·大司乐》:"乃奏无射,歌夹钟,舞《大武》,以享先祖。"

〔25〕"魏献"句:《左传·襄公十一年》载郑国送晋悼公歌钟三十二,又女乐十六人,晋侯把一半的歌钟、女乐赐给魏绛,以感谢他为国家做出的贡献,并作乐歌唱,歌词云云。歌钟,伴唱的编钟。魏绛,姬姓,谥号为庄,史称魏庄子,春秋时晋国卿。按魏绛有子名舒,亦名荼,史称魏献子,春秋中期晋国卿大夫。此处将魏绛误作魏舒。

〔26〕臆断:凭臆测而下的决断,主观地判断。

〔27〕水师:船夫,渔夫。

〔28〕斧斤:泛指各种斧子。

【评析】

宋神宗元丰七年(1084)六月,苏轼由黄州赴汝州途经江西时作此文。文中所谈,是关于石钟山得名的原由。

本文全然是翻案之言,要翻案,就得对已知说法提出质疑,以证明成言的不合理或自相矛盾之处。其一,郦道元所云。郦氏云是水石相激,因此得名。对郦氏的说法,后人多持怀疑,把钟置于水中,大风浪都不能使钟发出声音,更何况是石头呢?水石相激之说不能成立。其二,李渤的验证。李氏扣石得声,自以为明白了石钟山得名的原理。问题是扣石铿然有声,到处都会有这种现象,不独石钟山是这样,李氏的做法过于草率浅陋。其三,寺僧的尝试。寺僧使小童持斧扣之有声,这种做法,如同李渤所做的，既可笑，又愚笨，是不可信的。来到石钟山，苏轼亲自验证，明白了之所以称作"石钟"的原因，还是水石相激，印证了郦氏所言，从而驳斥了李氏等的荒谬。

关于石钟山的得名，自古以来有两种说法，一是风水流经石洞相互激荡的结果，一是指石块形如钟状。宋徽宗建中靖国元年正月，苏轼自海南还，经过南安，司法掾吴君示旧作《石钟山记》，苏氏跋云："钱塘东南皆有水乐洞，泉流空岩，中皆自然宫商。又自灵隐下天竺而上至上天竺，溪行两山间，巨石磊磊如牛羊，其声空砮然，真若钟声。乃知庄生所谓天籁者，盖无所不在也。"也可以证实苏轼所言石钟山得名的原由。不迷信，不妄言，实事求是，这大概是本文对后世的启迪。

方山子传〔1〕

方山子，光、黄间隐人也〔2〕。少时慕朱家、郭解为人〔3〕，闾里之侠皆宗之〔4〕。稍壮，折节读书〔5〕，欲以此驰骋当世，然终不遇。晚乃遁于光、黄间，曰岐亭〔6〕，庵居蔬食〔7〕，不与世相闻，弃车马，毁冠服，徒步往来山中，人莫识也。见其所著帽，方屋而高〔8〕，曰："此岂古方山冠之遗像乎〔9〕？"因谓之方山子。

余谪居于黄，过岐亭，适见焉。曰："呜呼！此吾故人陈慥季常也，何为而在此？"方山子亦矍然〔10〕，问余所以至此者，余告之故，俯而不答，仰而笑。呼余宿其家，环堵萧然〔11〕，而妻子奴婢皆有自得之意。余既耸然异之[12]。

独念方山子少时使酒好剑,用财如粪土。前十有九年,余在岐下[13],见方山子从两骑,挟二矢,游西山,鹊起于前,使骑逐而射之,不获,方山子怒马独出[14],一发得之。因与余马上论用兵及古今成败,自谓一世豪士。今几日耳,精悍之色犹见于眉间[15],而岂山中之人哉?

然方山子世有勋阀[16],当得官,使从事于其间,今已显闻[17]。而其家在洛阳,园宅壮丽,与公侯等。河北有田,岁得帛千匹,亦足以富乐。皆弃不取,独来穷山中,此岂无得而然哉?余闻光、黄间多异人,往往阳狂垢污[18],不可得而见,方山子傥见之与?

【注释】

〔1〕方山子:陈慥,字季常,眉州(今四川青神)人,一说永嘉(今浙江温州)人。出身权贵人家,平生不仕。居于黄州(今湖北黄冈)之岐亭,信佛,自称龙丘先生,喜好宾客,蓄纳声妓。与苏轼交往密切。

〔2〕光、黄:即光州(今河南潢川)和黄州,宋时均属淮南西路。

〔3〕朱家、郭解:均以游侠著称。朱家,鲁(今山东曲阜)人,秦、汉时以任侠得名,曾大量藏匿豪士及亡命之人,以助人之急而闻名于关东。郭解,字翁伯,河内轵(今河南济源)人,为人以德报怨,后被朝廷所杀。

〔4〕闾里:里巷,平民聚居之处。

〔5〕折节:强自克制,改变平素的志节和行为。

〔6〕岐亭:镇名,在县西七十里。

〔7〕庵居蔬食:谓居住在草庵中,吃着素。

〔8〕方屋:谓帽子为方形如屋。

〔9〕方山冠:古冠名,汉代祭宗庙时乐舞人所戴之冠。

〔10〕矍然:惊惧的样子,惊视的样子。

〔11〕环堵:四周环着每面一方丈的土墙。形容狭小、简陋的居室。萧然:空寂,虚空。

〔12〕耸然:诧异的样子。

〔13〕"前十"二句:仁宗嘉祐八年(1063)苏轼任凤翔签判,时陈慥之父陈希亮为凤翔太守,苏轼得与陈慥结识,至此十九年。岐下,指陕西凤翔,境内有岐山。

〔14〕怒马:奋马。

〔15〕精悍:精明强干。

〔16〕勋阀:即勋门,建立过功勋的家族。

〔17〕显闻:显著而为世所闻知。

〔18〕阳狂:即佯狂。

【评析】

本文作于宋神宗元丰四年(1081),作者在黄州。苏轼有《岐亭五首》诗,叙云:"元丰三年正月,余始谪黄州,至岐亭北二十五里山上,有白马青盖来迎者,则余故人陈慥季常也。为留五日,赋诗一篇而去。……凡余在黄四年,三往见季常,而季常七来见余,盖相从百馀日也。七年四月,余量移汝州,自江淮徂洛,送者皆止慈湖,而季常独至九江。乃复用前韵,通为五首以赠之。"知二人初次见面在元丰三年,其后往来多次,写此文是在初次相见之后。

作者贬谪至黄州,偶遇故人陈慥,其言行及现状,出乎作者的意料。文中从三方面叙写了方山子其人其事。其一,侠士。这是少年的追求:"使酒好剑,用财如粪土。"行侠仗义,打抱不平,至少炼就了他的一身豪气。其二,儒生。这是成年的选择:折节读书,是为了猎取功名,成就一番事业,"然终不遇",事与愿违。其三,隐者。这是晚年的表现:"庵居蔬食,不与世相闻。"隐姓埋名，往来于光州、黄州之间。苏轼任凤翔签判时，陈慥之父陈希亮为太守，与陈慥得以相识，再遇于黄州，已是过了十九年的光景，其间的变化却是如此之大。就陈慥人生的三个阶段而言，文章重在写其晚年的表现。陈氏世为官宦家族，黄州的再次相遇，陈慥却成了隐者，至其家，则"环堵萧然，而妻子奴婢皆有自得之意"，与往日所居"园宅壮丽，与公侯等"形成强烈的反差，说明了物欲的淡化。陈氏前后巨大的反差，"终不遇"是其原因，不得志，看透红尘，隐姓埋名，追求精神上的超脱，在这方面，苏轼是有同感的。乌台诗案后，作者被贬至黄州，之前的用世之心荡然无存。

本文为陈慥立传，夹叙夹议，而重在写其奇。服饰奇，言行奇，思想奇，而这种种的奇，却是通过对陈慥归隐的处处质疑而体现出来的。按理说，就陈慥的家庭背景来说，他不应该成为隐者；就陈慥当年积极用世之心来说，他也不应该成为隐者；就陈慥的豪侠为人来说，他更不应该成为隐者。也就是有多种理由可以说明陈氏不应当退隐，但他却归隐了，力图从世人的视线中消失，彻底地忘怀世事。文中只就其游侠与隐沦二事上大做文章，描摹陈氏虽然身为隐者，但绝非庸人凡夫，颇有为陈氏抱憾之意。为人物作传，行文大体须庄重，而苏轼此文，却以奇诡见长。

答谢民师书[1]

轼启：近奉违[2]，亟辱问讯[3]，具审起居佳胜[4]，感慰深矣。轼受性刚简[5]，学迂材下[6]，坐废累年，不敢复齿搢绅[7]。自还海北[8]，见平生亲旧，惘然如隔世人[9]，况与左右无一日之雅[10]，而敢求交乎？数赐见临，倾盖如故[11]，幸甚过望，不可言也。

所示书教及诗赋杂文，观之熟矣。大略如行云流水，初无定质[12]，但常行于所当行，常止于不可不止，文理自然[13]，姿态横生[14]。孔子曰："言之不文，行之不远。"[15]又曰："词达而已矣。"[16]夫言止于达意，则疑若不文，是大不然。求物之妙，如系风捕景[17]，能使是物了然于心者，盖千万人而不一遇也，而况能使了然于口与手乎？是之谓词达。词至于能达，则文不可胜用矣。

扬雄好为艰深之词以文浅易之说[18]，若正言之[19]，则人人知之矣，此正所谓雕虫篆刻者[20]，其《太玄》、《法言》皆是类也[21]，而独悔于赋，何哉？终身雕虫，而独变其音节[22]，便谓之经，可乎？屈原作《离骚经》[23]，盖风雅之再变者，虽与日月争光可也[24]，可以其似赋而谓之雕虫乎？使贾谊见孔子，升堂有馀矣，而乃以赋鄙之，至与司马相如同科[25]，雄之陋，如此比者甚众，可与知者道[26]，难与俗人言也，因论文，偶及之耳。欧阳文忠公言："文章如精金美玉，市有定价，非人所能以口舌贵贱也[27]。"纷纷多言，岂能有益于左右？愧悚不已。

所须惠力法雨堂字[28]，轼本不善作大字，强作，终不佳。又舟中局迫难写，未能如教。然轼方过临江，当往游焉。或僧欲有所记录，当作数句留院中，慰左右念亲之意。今已至峡山寺〔29〕,少留即去。愈远,惟万万以时自爱,不宣。

【注释】

〔1〕谢民师:即谢举廉,字民师,江西新喻人。宋神宗元丰八年进士,为南康县令,有善政。尤工诗,著有《蓝溪集》。

〔2〕奉违:犹言离开。奉,敬词。

〔3〕亟(qì):屡次,一再。

〔4〕起居:指饮食寝兴等一切日常生活状况。

〔5〕刚简:刚直粗率。

〔6〕学迂材下:学问迂腐,材质低下。

〔7〕齿:并列,在一起。搢绅:插笏于绅带间,旧时官宦的装束,此借指士大夫。

〔8〕自还海北:指哲宗元符三年(1100)苏轼遇赦从海南岛渡海北还。

〔9〕惘然:失意的样子,迷糊不清的样子。世:三十年。

〔10〕左右:不直称对方,而称其执事者,表示尊敬。信札亦常用以称呼对方。

〔11〕倾盖如故:汉代邹阳《狱中上书自明》:"语曰:'白头如新,倾盖如故。'何则?知与不知也。"是说偶然结识的新朋友就像有深厚友谊的故交一样。倾盖,指车上的伞盖靠在一起,后指初次相逢或订交。

〔12〕定质:固定不变的性质,固定的形态。

〔13〕文理:文辞义理,文章条理。

〔14〕姿态:神情举止,容貌体态。此指诗文书画中意趣的表现。横生:洋溢,充分地表露。

〔15〕"孔子"三句:参见王安石《上人书》注〔4〕。

〔16〕"又曰"二句:见《论语·卫灵公》。

〔17〕系风捕景:比喻事情虚妄无据或难以办到。景,"影"的古字。

〔18〕扬雄:详韩愈《原道》注〔61〕。文:文饰,掩饰,遮盖。

〔19〕正言：直言，说实话。

〔20〕彫虫篆刻：扬雄《法言·吾子》："或问：'吾子少而好赋？'曰：'然，童子雕虫篆刻。'俄而曰：'壮夫不为也。'"按：彫，治玉，引申为雕刻，刻镂。虫指虫书，刻指刻符，各为一种字体。后世以雕虫篆刻比喻词章小技。

〔21〕《太玄》、《法言》：参见欧阳修《答吴充秀才书》注〔13〕。

〔22〕"而独"句：赋体文是讲究音调节奏的，而《太玄》、《法言》为散文体，没有音调节奏等方面的限制。

〔23〕"屈原"句：《离骚经》，即《离骚》，是一篇带有自传性质的长篇抒情诗，富有文采。屈原，详韩愈《送孟东野序》注〔18〕。

〔24〕"盖风"二句：《史记·屈原贾生列传》："屈平之作《离骚》，盖自怨生也。《国风》好色而不淫，《小雅》怨诽而不乱，若《离骚》者，可谓兼之矣。……推此志也，虽与日月争光可也。"按：《诗经》由风、雅、颂三类组成，是内容和乐曲分类的名称。风指国风，大抵是周初至春秋间十五个诸侯国的民间诗歌；雅指大雅、小雅，为朝廷所用的乐曲，故风雅又指《诗经》。又《诗大序》云："至于王道衰，礼仪废，政教失，国异政，家殊俗，而变风变雅作矣。"其中周南、召南二类被认为是正风，而邶至豳等十三国的作品被视作变风。而大雅、小雅中部分反映周王朝衰败的作品被视作变雅。

〔25〕"使贾谊"四句：《法言·吾子》云："诗人之赋丽以则，辞人之赋丽以淫。如孔氏之门用赋也，则贾谊升堂，相如入室矣，如其不用何？"使，原无，据《四部丛刊》本《经进东坡文集事略》补。升堂，比喻学问技艺已入门。入室，比喻学问或技艺得到师传，造诣高深。贾谊，详欧阳修《憎苍蝇赋》注〔34〕。司马相如，详韩愈《进学解》注〔39〕。

〔26〕知者：有见识的人，有智慧的人。

〔27〕"文章"三句：欧阳修《苏氏文集序》云："斯文，金玉也。"不过所云数句，不见于今存的欧氏文集中。而苏轼《答毛泽书》云："文章如金玉，各有定价，先后进相汲引，因其言以信于世，则有之矣。至其品目高下，盖付之众口，决非一夫所能抑扬。"

〔28〕惠力：寺名。按惠力寺一作慧力寺，在江西临江府清江县南二

396

里,濒江,为唐欧阳处士宅,寺创始于南唐,盛于宋。宋向子谨有《卜算子》词,序云:"中秋欲雨还晴,惠力寺江月亭用东坡先生韵示诸禅老寄徐师川枢密。"

〔29〕峡山寺:在今广东清远市,苏轼有《峡山寺》诗。

【评析】

宋哲宗元符三年(1100)苏轼自海南北归,途经广东清远县,写下了这封书信。在这篇文章里,苏轼阐述了其文学主张,主要有两点。其一,思想情感的表达,要如行云流水,"常行于所当行,常止于不可不止"。也就是说要有感而发,思想情感表达清楚了,文章就完成了,不可为文造情。其二,既要做到辞达,又要有文采。辞达是基础,是目的;文采是手段,是辅助。要辞达,并不是否定文采,要辞达,就要心与手相应。也就是心里想的,要能有效地表达出来。能有效地表达出来,文采也就具备了。文中后半以扬雄和屈原例,指出文章过于雕琢,会有损于自然意趣表达,不能做到辞达,也就流传不远,如扬雄就是为文造情。相反,屈原的《离骚》,继承了《诗经》风雅传统,既表达了真情实感,又富有文采。二人是不可同日而语的。

潮州韩文公庙碑〔1〕

匹夫而为百世师〔2〕,一言而为天下法〔3〕,是皆有以参天地之化〔4〕,关盛衰之运。其生也有自来,其逝也有所为矣〔5〕。故申、吕自岳降〔6〕,而傅说为列星〔7〕,古今所传,不可诬也。孟子曰:"吾善养吾浩然之气〔8〕。"

是气也，寓于寻常之中而塞乎天地之间，卒然遇之[9]，则王、公失其贵[10]，晋、楚失其富[11]，良、平失其智[12]，贲、育失其勇[13]，仪、秦失其辩[14]，是孰使之然哉？其必有不依形而立、不恃力而行、不待生而存、不随生而亡者矣[15]，故在天为星辰，在地为河岳，幽则为鬼神，而明则复为人。此理之常，无足怪者。

自东汉以来，道丧文弊[16]，异端并起[17]，历唐贞观、开元之盛[18]，辅以房、杜、姚、宋而不能救[19]。独韩文公起布衣，谈笑而麾之[20]，天下靡然从公[21]，复归于正，盖三百年于此矣。文起八代之衰[22]，而道济天下之溺[23]，忠犯人主之怒[24]，而勇夺三军之帅[25]，岂非参天地，关盛衰，浩然而独存者乎？

盖尝论天人之辨，以谓人无所不至，惟天不容伪。智可以欺王公，不可以欺豚鱼[26]；力可以得天下，不可以得匹夫匹妇之心。故公之精诚能开衡山之云[27]，而不能回宪宗之惑[28]；能驯鳄鱼之暴[29]，而不能弭皇甫镈、李逢吉之谤[30]；能信于南海之民[31]，庙食百世[32]，而不能使其身一日安于朝廷之上。盖公之所能者，天也；所不能者，人也。

始潮人未知学，公命进士赵德为之师[33]，自是潮之士皆笃于文行，延及齐民[34]，至于今，号称易治，信乎孔子之言"君子学道则爱人，而小人学道则易使"也[35]。潮人之事公也，饮食必祭，水旱疾疫，凡有求，必祷焉。而庙在刺史公堂之后，民以出入为艰，前守欲请诸朝作新庙，不果。元祐五年[36]，朝散郎王君涤来守是邦〔37〕，凡所以养士治民者〔38〕，一以公为师，民既悦服，则出令曰："愿新公庙者，听。"民欢趋之，卜地于州城之南七里，期年而庙成〔39〕。

或曰："公去国万里而谪于潮，不能一岁而归〔40〕，没而有知，其不眷恋于潮，审矣。"轼曰："不然，公之神在天下者，如水之在地中，无所往而不在也。而潮人独信之深、思之至，焄蒿凄怆〔41〕，若或见之。譬如凿井得泉，而曰水专在是，岂理也哉？"元丰七年〔42〕，诏封公昌黎伯〔43〕，故榜曰"昌黎伯韩文公之庙"，潮人请书其事于石，因作诗以遗之〔44〕，使歌以祀公。其词曰：

公昔骑龙白云乡〔45〕，手抉云汉分天章〔46〕，天孙为织云锦裳〔47〕。飘然乘风来帝旁，下与浊世扫粃糠〔48〕。西游咸池略扶桑〔49〕，草木衣被昭回光〔50〕。追逐李杜参翱翔，汗流籍湜走且僵〔51〕。灭没倒景不可望〔52〕，作书诋佛讥君王。要观南海窥衡湘〔53〕，历舜九疑吊英皇〔54〕。祝融先驱海若藏〔55〕，约束鲛鳄如驱羊〔56〕。钧天无人帝悲伤〔57〕，讴吟下招遣巫阳〔58〕。犦牲鸡卜羞我觞〔59〕，於粲荔丹与蕉黄〔60〕。公不少留我涕滂，翩然被发下大荒〔61〕。

【注释】

〔1〕潮州：今广东广州潮安区。韩文公：即韩愈。

〔2〕"匹夫"句：《孟子·尽心下》："孟子曰：圣人，百世之师也，伯夷、柳下惠是也。"匹夫，古代指平民中的男子，也泛指平民百姓，平常的人。

〔3〕"一言"句：《礼记·中庸》："故君子动而世为天下道，行而世为

天下法，言而世为天下则。"

〔4〕"是皆"句:《礼记·中庸》:"唯天下至诚，为能尽其性;能尽其性，则能尽人之性;能尽人之性，则能尽物之性;能尽物之性，则可以赞天地之化育;可以赞天地之化育，则可以与天地参矣。"参，罗列，并立。又同"叁"。谓人与天地并列为三。化，即化育，化生长育。

〔5〕"其生"二句:谓其降生是有来历的，其去世也是有所作为的。

〔6〕申、吕自岳降:《诗经·大雅·崧高》:"崧高维岳，骏极于天。维岳降神，生甫及申。维申及甫，维周之翰。四国于蕃，四方于宣。"意思是说巍峨的四岳高耸入云天，神灵降临于四岳，甫侯、申伯出生在人间，成为辅佐王室的栋梁，天下以他们为支柱。甫，国名，此指甫侯，亦称吕侯。封地在今河南省南阳市西。申，国名，此指申伯。封地在今河南南阳北。岳，指四岳，即东岳泰山、西岳华山、北岳恒山、南岳衡山，而加中岳嵩山为五岳。

〔7〕傅说为列星:《庄子·大宗师》云:"傅说得亡，以相武丁，奄有天下，乘东维，骑箕尾，而比于列星。"传说傅说死后，灵魂飞升至天，列于二十八宿之箕宿和尾宿之间。傅说(yuè)，殷商王武丁时宰相，本傅岩筑墙的奴隶。武丁梦得圣人，名曰说，求于野，乃得之，举以为相，国大治。

〔8〕"吾善"句:《孟子·公孙丑下》云:"我善养吾浩然之气。"浩然之气，正气，正大刚直之气。气，指主观精神。

〔9〕卒然:突然，忽然。

〔10〕王、公:天子与诸侯。

〔11〕"晋、楚"句:《孟子·公孙丑下》:"曾子曰:晋、楚之富，不可及也。"按:晋、楚曾分别为春秋五霸之一，国力富强。

〔12〕良、平:指张良、陈平二人。张良，参见苏轼《留侯论》注〔1〕。陈平(?—前178)，阳武(今河南原阳)人，西汉开国功臣之一，与张良一样，均以善智谋著称。

〔13〕贲、育:战国时勇士孟贲和夏育的并称。

〔14〕仪、秦:指张仪、苏秦二人，均以善辩著称。详韩愈《送孟东野序》注〔20〕。

400

〔15〕"其必有"句：谓其中必有不依靠外物而独立、不凭借实力而行事、不等待出生而存活、不随着去世而消亡的因素。

〔16〕道：指儒家的思想和学说。

〔17〕异端：古代儒家称其他学说、学派为异端，此主要指佛、道二家学说。

〔18〕贞观：唐太宗年号（627—649）。开元：唐玄宗年号（713—756）。

〔19〕房、杜、姚、宋：唐代的四位贤相。房玄龄（579—648），名房乔，字玄龄（一说名玄龄，字乔松），齐州临淄人，唐朝开国宰相。杜如晦（585—630），字克明，京兆杜陵人，辅佐太宗李世民夺取政权，官至宰相。姚崇（650—721），字符之，河南陕县人。历任武则天、唐睿宗、唐玄宗三朝宰相。宋璟（663—737），字广平，河北邢台和县人。开元中拜尚书右丞相。

〔20〕麾：指挥，号召。

〔21〕靡然：草木顺风而倒的样子，比喻望风回应，闻风而动。

〔22〕"文起"句：《旧唐书·韩愈传》云："常以为自魏、晋已还，为文者多拘偶对，而经诰之指归，迁、雄之气格不复振起矣，故愈所为文，务反近体，抒意立言，自成一家新语。后学之士取为师法，当时作者甚众，无以过之，故世称韩文焉。"八代，东汉、魏、晋、宋、齐、梁、陈、隋。

〔23〕"道济"句：谓宣扬儒家的思想和学说，反对佛、道二教的盛行及其对统治思想造成的危害。

〔24〕"忠犯"句：指韩愈谏唐宪宗迎佛骨事，参见韩愈《论佛骨表》一文。

〔25〕"勇夺"句：据《新唐书·韩愈传》载：唐穆宗时期，成德节度使田弘正被部下王廷凑杀了，王自任代理节度使。穆宗又派裴度率军征讨，但未成功。穆宗就委任兵部侍郎韩愈去说服王廷凑，时人以为凶多吉少，事后穆宗也后悔。韩愈至王廷凑处，大义凛然，晓以利害，以超人的胆略和智慧说了王廷凑。三军，周制，诸侯大国三军。中军最尊，上军次之，下军又次之。又古代指步、车、骑三军。此泛指军队。

〔26〕"不可"句：《易·中孚》："豚、鱼，吉，信及豚、鱼也。"按：中孚指

诚信,意思是说对豚、鱼都讲信用,就会大吉。豚,小猪,亦泛指猪。

〔27〕"故公"句:韩愈《谒衡岳庙遂宿岳寺题门楼》:"喷云泄雾藏半腹,虽有绝顶谁能穷。我来正逢秋雨节,阴气晦昧无清风。潜心默祷若有应,岂非正直能感通?须臾静扫众峰出,仰见突兀撑青空。"衡山,五岳之一,即南岳,在今湖南衡山县西。

〔28〕"而不"句:指韩愈谏迎佛骨而唐宪宗不听一事。

〔29〕"能驯"句:指韩愈被贬至广东潮阳,驱赶为害于民的鳄鱼之事。据《旧唐书·韩愈传》载:"初,愈至潮阳,既视事,询吏民疾苦,皆曰:'郡西湫水有鳄鱼,卵而化,长数丈,食民畜产将尽,以是民贫。'居数日,愈往视之,令判官秦济炮一豚一羊投之湫水,咒之曰……咒之夕,有暴风雷起于湫中。数日,湫水尽涸,徙于旧湫西六十里,自是潮人无鳄患。"

〔30〕"而不"句:据《新唐书·韩愈传》载:韩愈贬至潮州潮阳,上表谢过,宪宗欲复用之。皇甫镈平素顾忌韩愈耿直,从中作梗,于是韩愈改袁州刺史。又载云:李逢吉为宰相时,欲逐李绅,以韩愈为京兆尹兼御史大夫,以李绅为御史中丞,李绅弹劾韩愈,李逢吉以台府不协,遂罢韩愈为兵部侍郎,李绅出为江西观察史。寻,制止平息。皇甫镈,泾州临泾人。贞元间进士,历官吏部员外郎、同中书门下平章事等。李逢吉,字虚舟,系出陇西。擢进士第,历官中书舍人、拜门下侍郎、同中书门下平章事。

〔31〕南海之民:指潮州人,潮州临南海。

〔32〕庙食:死后立庙,受人奉祀,享受祭飨。

〔33〕赵德:号天水先生,海阳人,祖籍广东潮安。韩愈以潮州刺史抵任,知州学停办已久,于是就请他主持州学。

〔34〕齐民:犹平民。

〔35〕"信乎"句:见《论语·阳货》。学道,学习道艺,即学习儒家学说,如仁义礼乐之类。

〔36〕元祐:宋哲宗年号。元祐五年为公元 1090 年。

〔37〕王涤:字长源,莱州人。元祐五年知潮州。

〔38〕养士:培养人才。又指收罗、供养贤才。

〔39〕期(jī)年:一年。

〔40〕"不能"句:韩愈于宪宗元和十四年正月贬至潮州刺史,同年十月移袁州刺史,在潮州不到一年。

〔41〕焄(xūn)蒿:祭祀时祭品所发出的气味,又用指祭祀。

〔42〕元丰:宋神宗年号。元丰七年为公元 1084 年。

〔43〕昌黎伯:韩氏郡望昌黎(今河北昌黎县),伯为古代五等爵位的第三等。

〔44〕遗(wèi):给予,馈赠。

〔45〕白云乡:《庄子·天地》:"乘彼白云,游于帝乡。"后因以白云乡为仙乡。

〔46〕天章:犹天文,指分布在天空的日月星辰等。此指文章富有文采。

〔47〕天孙:织女星。又指传说中巧于织造的仙女。

〔48〕秕糠:瘪谷和米糠,比喻琐碎、无用之物。

〔49〕咸池:神话中谓太阳沐浴之处。扶桑:神话中的树名。传说日出于扶桑之下,拂其树杪而升,故指日出之处。

〔50〕衣被:穿衣盖被,比喻蒙受恩泽。

〔51〕"追逐"二句:韩愈《调张籍》诗:"李杜文章在,光焰万丈长。不知群儿愚,那用故谤伤。蚍蜉撼大树,可笑不自量。伊我生其后,举颈遥相望。夜梦多见之,昼思反微茫。"又云:"我愿生两翅,捕逐出八荒。精诚感交通,百怪入我肠。刺手拔鲸牙,举瓢酌天浆。腾身跨汗漫,不著织女襄。顾语地上友,经营无太忙。乞君飞霞佩,与我高颉颃。"李杜,即李白与杜甫。籍湜,即张籍与皇甫湜。按:张籍,字文昌,和州乌江人。韩愈为汴州进士考官,荐张籍,进士及第。又受韩愈荐为国子博士,迁国子司业。皇甫湜(777—835),字持正,睦州新安人。师从韩愈。

〔52〕"灭没"句:谓张籍与皇甫湜如倒影容易灭没。景,即"影"。

〔53〕"要观"句:韩愈贬官潮州,是途经湖南到达的。

〔54〕"历舜"句:传说舜南巡,崩于苍梧之野,葬九疑山。舜娶尧的两个女儿,即娥皇和女英。舜死,二妃往寻,死于江湘之间。九疑,山名,亦作"九嶷",在湖南宁远县南。

〔55〕祝融:帝喾时的火官,后尊为火神,命曰祝融。又指南方之神,南海之神。海若:传说中的海神。

〔56〕"约束"句:韩愈至潮州,作《祭鳄鱼文》,据说鳄鱼从此不再为害潮州。

〔57〕钧天:天的中央,古代神话传说中天帝住的地方。

〔58〕"讴吟"句:谓派遣巫阳招韩愈之魂。巫阳,古代传说中的女巫,名阳。《楚辞·招魂》:"帝告巫阳曰:'有人在下,我欲辅之。魂魄离散,汝筮予之。'"

〔59〕"犦牲"句:指祠庙中用供品祭神。犦(bào),犦牛,即犩牛,一种领肉隆起的野牛,亦名封牛、峰牛。鸡卜,古代占卜法之一,以鸡骨或鸡卵占吉凶祸福。羞,进献食物,泛指进献。

〔60〕於(wū)粲:对鲜明美好的赞叹。

〔61〕"翩然"句:韩愈《杂诗》:"翩然下大荒,被发骑骐驎。"翩然,轻快的样子。大荒,荒远的地方,边远的地区。

【评析】

宋哲宗元祐七年(1092),应潮州太守王涤之请,苏轼撰写了此文。

"匹夫而为百世师,一言而为天下法",开门见山,颂扬韩愈的非凡,指出这种人"参天地之化,关盛衰之运。其生也有自来,其逝也有所为",也就是说这种人降临人世间,关系到国家的盛衰。他们活着,是世间百姓的福气;他们去世,其精神也会造福于后世。"文起八代之衰,而道济天下之溺,忠犯人主之怒,而勇夺三军之帅",四句是对韩愈功绩的全面评价:在文学方面,倡导古文,使文章历经八代的衰落而重新振兴;在思想方面,提倡文以载道,宣传儒家的道统思想,用来拯救沉溺于佛、道学说的天下人;在政绩方面,能忠心进谏,敢于冒犯君主的威颜;又勇武果敢,大义凛然,说服了叛军的将帅。文章后半叙写潮州人的怀思,说明潮州为韩愈建碑的原由:一是韩愈生前兴学教民,潮州为蛮荒之地,韩愈建立学校,教导百姓,这是开启愚蒙,使百姓知礼仪,明是非。二是韩愈死后造福后代。潮州百姓遇到水涝干旱、瘟疫疾病等,凡到韩庙去祷告,必然会化凶为吉。韩愈曾驱赶为害于民的鳄鱼,这本身就说明韩氏的非凡,在百姓的心目中,对韩愈的神化就是个自然的事,当然也是韩氏遗爱潮州子孙万代善事的体现。

古代有三不朽之说,立德、立功、立言成为历代仁人志士心目中孜孜不倦追求的终极目标。文中前部分主要是属于立言、立功的话题,后半部叙写潮州人对韩愈的怀思,是属于立德的话题。文中赞赏韩愈作为一个职位不高的人,却敢于担当,勇于进取。与此同时,也为韩愈抱不平,所谓"不能回宪宗之惑"、"不能弭皇甫镈、李逢吉之谤"、"不能使其身一日安于朝廷之上",不能取信于宪宗皇帝,不能阻止小人的谗言,不能在朝廷尽心尽力,也就是壮志难酬。"盖公之所能者,天也;所不能者,人也",有非凡的才华,却不能施展,感叹人事的复杂。或云苏轼此文是借他人酒杯浇自己块磊,也就是作者借为韩愈抱不平,抒写自己怀才不遇的伤感。通篇有气势,有波澜,行文雄奇,立意高远。

留 侯 论[1]

古之所谓豪杰之士者,必有过人之节,人情有所不能忍者[2]。匹夫见辱[3],拔剑而起,挺身而斗,此不足为勇也。天下有大勇者[4],卒然临之而不惊,无故加之而不怒[5],此其所挟持者甚大而其志甚远也[6]。

夫子房授书于圯上之老人也[7]，其事甚怪，然亦安知其非秦之世有隐君子者出而试之，观其所以微见其意者[8]，皆圣贤相与警戒之义。世人不察，以为鬼物，亦已过矣，且其意不在书。

当韩之亡[9]，秦之方盛也，以刀锯鼎镬待天下之士[10]，其平居无罪夷灭者不可胜数[11]，虽有贲、育[12]，无所复施。夫持法太急者，其锋不可犯，而其势未可乘[13]。子房不忍忿忿之心[14]，以匹夫之力而逞于一击之间[15]。当此之时，子房之不死者，其间不能容发[16]，盖亦已危矣。千金之子不死于盗贼[17]，何者？其身之可爱，而盗贼之不足以死也。子房以盖世之才，不为伊尹、太公之谋[18]，而特出于荆轲、聂政之计[19]，以侥幸于不死，此圯上老人之所为深惜者也。是故倨傲鲜腆而深折之[20]，彼其能有所忍也，然后可以就大事，故曰："孺子可教也。"

楚庄王伐郑，郑伯肉袒牵羊以逆。庄王曰："其君能下人，必能信用其民矣。"遂舍之[21]。勾践之困于会稽而归臣妾于吴者[22]，三年而不倦[23]。且夫有报人之志而不能下人者，是匹夫之刚也[24]。夫老人者，以为子房才有馀，而忧其度量之不足，故深折其少年刚锐之气，使之忍小忿而就大谋，何则？非有平生之素，卒然相遇于草野之间，而命以仆妾之役，油然而不怪者[25]，此固秦皇之所不能惊[26]，而项籍之所不能怒也[27]。观夫高祖之所以胜而项籍之所以败者[28]，在能忍与不能忍之间而已矣。项籍惟不能忍，是以百战百胜而轻用其锋;高祖忍之,养其全锋以待其毙,此子房教之也。当淮阴破齐而欲自王,高祖发怒见于词色[29],由此观之,犹有刚强不忍之气。非子房,其谁全之?

太史公疑子房以为魁梧奇伟,而其状貌乃如妇人女子,不称其志气[30]。呜呼!此其所以为子房欤?

【注释】

〔1〕留侯:即张良(约前250—前186),字子房,汉高祖刘邦的谋臣,协助刘邦在楚汉战争中最终夺得天下,被封为留侯。

〔2〕"必有"二句:谓必然会有过人的气节,依照普通人的情理来说,这是难以忍受的。

〔3〕匹夫:详苏轼《潮州韩文公庙碑》注〔2〕。

〔4〕大勇:超乎寻常的勇敢。

〔5〕"卒然"二句:谓面对突然降临的变故却不惊慌,面对无故强加的不利却不愤怒。卒然,突然,忽然。

〔6〕挟持:指抱持的志向、才能等。

〔7〕"夫子房"句:言张良于老翁处获授《太公兵法》事,参见《史记·留侯世家》。圯(yí),桥。

〔8〕见:通"现",显现。

〔9〕韩之亡:韩为战国七雄之一,起源于三家分晋。公元前230年秦首先灭亡七国中的韩。

〔10〕刀锯:刀和锯,古代刑具,又代指刑罚。鼎镬:鼎和镬,古代两种烹饪器。又古代的酷刑,用鼎镬烹人。

〔11〕平居:平日,平素。又谓安居无事。夷灭:诛杀,消灭。

〔12〕贲、育:战国时勇士孟贲和夏育的并称。

〔13〕"夫持法"三句:谓秦国执法太严峻,锋芒不可冒犯,就情势而言,也没有可乘之机。持法,执法。

〔14〕忿忿:愤怒不平的样子。

〔15〕"以匹"句：据《史记·留侯世家》载：秦灭韩后，张良求客刺杀秦始皇，为韩国复仇。后寻得一位大力士，在秦始皇东巡至河南阳武县博浪沙时，力士以百二十斤的大铁椎击向始皇车队，误中副车，张良趁乱逃离现场。始皇大怒，大索天下，不得。

〔16〕间不容发：形容事物之间距离极小或事物很精密。此处用以比喻时间紧迫，事情危急。

〔17〕千金之子：指富贵人家的子弟。

〔18〕伊尹：详韩愈《送孟东野序》注〔13〕。太公：详曾巩《唐论》注〔34〕。

〔19〕荆轲：详苏洵《六国论》注〔10〕。聂政：战国时侠客，韩国轵（今山东济源）人，以任侠著称。据《史记·刺客列传》载：聂政因除害杀人，偕母及姊避祸齐地，以屠为业。韩大夫严仲子因与韩相侠累结仇，潜逃濮阳。闻政侠名，献巨金为其母庆寿，与政结为好友，求其为己报仇。聂政待母亡故守孝三年后，念严仲子知遇之恩，独自仗剑入韩国都城阳翟，以白虹贯日之势，刺杀侠累。因怕连累与自己面貌相似的姐姐，遂以剑自毁其面，挖眼，剖腹。

〔20〕倨傲：傲慢不恭。鲜腆：少善，谓对地位低的人无谦爱之意。

〔21〕"楚庄"六句：事见《左传·宣公十二年》，公元前597年，楚庄王率军攻打郑国，占领郑国的首都，郑襄公光着身子、牵着羊向楚庄王跪地求和，说只要不灭郑国，可以事奉楚国。楚王云："其君能下人，必能信用其民矣，庸可几乎？"就答应了求和的要求。楚庄王（？—前591），姓芈，熊氏，名侣（一作吕、旅），谥号庄。春秋五霸之一，在位二十三年。郑伯，即郑襄公（？—前587），姬姓，名坚。春秋时郑国国君，在位十八年。伯，古代分公、侯、伯、子、男五等爵位。肉袒牵羊，露体牵羊，以示降服顺从。逆，迎接。下人，居于人之后，对人谦让。

〔22〕勾践：春秋末越国国君，姓姒，名勾践。曾败于吴王夫差，屈服求和。卧薪尝胆，发愤图强，终灭吴国，为春秋五霸之一。会稽：即会稽山，在今浙江绍兴东南，相传夏禹大会诸侯于此计功，故名。《左传·哀公元年》："越子（即勾践）以甲楯五千保于会稽。"臣妾：古时对奴隶的称谓，

男曰臣,女曰妾,后亦泛指统治者所役使的民众和藩属。

〔23〕"三年"句:《国语·越语下》载:勾践降吴后,"与范蠡入宦于吴,三年而吴人遣之"。

〔24〕"且夫"二句:谓有向人报仇的志向,却不能屈尊谦让,这只是一介匹夫的刚猛。

〔25〕油然:盛兴的样子,又自然而然。

〔26〕秦皇:即秦始皇嬴政(前259—前210),嬴姓赵氏,故又称赵政,秦朝的开国皇帝,在位三十七年。

〔27〕项籍:字羽,通常被称作项羽。秦亡后自立为西楚霸王,都彭城,后在楚汉之争中,被汉将韩信围困于垓下,突围至乌江,自杀而亡。年仅三十一岁。

〔28〕高祖:汉高祖刘邦(前256—前195),西汉王朝的开国皇帝,字季。

〔29〕"当淮阴"二句:《史记·淮阴侯列传》载:汉四年,韩信降服并平定齐国,派人向汉王刘邦上书,云:"齐国狡诈多变,反复无常,南面与楚国交界,不暂时设立一个王来镇抚,局势不能稳定,希望允许我暂时做代理王。"当时汉王在荥阳被楚军围困着,韩信的使者到了,汉王打开书信一看,勃然大怒,骂道:"我在这被围困,日夜盼望你来救助,你却想自立为王!"张良、陈平暗中踩汉王的脚,并凑近汉王的耳朵说:"目前汉军处境不利,怎么能禁止韩信称王? 不如趁机册立他为王,好好地待他,让他镇守齐国,否则就有可能发生变乱。"汉王醒悟,就故意骂道:"大丈夫平定了诸侯,就做真王罢了,何必做个暂时代理王呢?"就派张良前往,册立韩信为齐王,征调他的军队攻打楚军。淮阴,即淮阴侯韩信(约前231—前196),淮阴(今江苏淮安)人,随汉祖打天下,先后被封为齐王、楚王,又被贬为淮阴侯。后遭高祖疑忌,以谋反罪处死。

〔30〕"太史"三句:《史记·留侯世家》:太史公曰:"余以为其人魁梧奇伟,至见其图,状貌如妇人好女。"太史公,司马迁自称。魁梧,高大壮实。

【评析】

　　文章开宗明义,指出自古以来,凡豪杰之士,"必有过人之节,人情有所不能忍者","卒然临之而不惊,无故加之而不怒",一个字,就能"忍"。《史记·留侯世家》载圯上老父与张良之事,一般认为张良通晓兵法是得神人相助,所以能助刘邦成功。而苏轼认为这是圯上老人意在培养张良的忍性,因此在"忍"字上做文章,文中认为张良的成功是得力于能忍。文章从正反两方面论证了这个话题。由于不能忍,张良欲逞匹夫之勇,在博浪沙想偷袭击杀秦始皇,结果失败了,侥幸不死。苏轼以为张良在"忍"方面是有欠缺的,圯上老父"以为子房才有馀,而忧其度量之不足,故深折其少年刚锐之气,使之忍小忿而就大谋"。由于能忍,如郑伯忍辱负重,取信于民,避免了郑国被灭亡。又如越王勾践卧薪尝胆,发愤图强,终于灭掉吴国,成为春秋五霸之一。末段指出在圯上老人刻意引导下,张良学会了忍,在辅佐汉高祖成就大业的同时,还引导汉高祖学会忍,最终夺取了天下。所以能忍与不能忍,这是刘邦、项羽成败的关键。

　　《论语·卫灵公》云:"小不忍则乱大谋。"文中以《论语》之言为立论的根本,借张良受书于圯上老人,围绕着"忍"与"不忍"作文章。以为圯上老人的目的是培养张良的"忍"性,这是翻空之论,说明成就大的事业,就要学会忍。

记承天夜游^[1]

　　元丰六年十月十二日夜^[2],解衣欲睡,月色入户,欣然起行。念无与为乐者^[3],遂至承天寺寻张怀民〔4〕。怀民亦未寝,相与步于中庭〔5〕。庭下如积水空明〔6〕,水中藻荇交横〔7〕,盖竹柏影也〔8〕。何夜无月,何处无竹柏,但少闲人如吾两人者耳。黄州团练副使苏某书。

【注释】

〔1〕承天:即承天寺,故址在今湖北黄冈市南。

〔2〕元丰:宋神宗年号,元丰六年为公元1080年。

〔3〕无与:犹不跟,不同。

〔4〕张怀民:张梦得,字怀民,一字偓佺,清河(今属河北)人。宋神宗元丰六年贬至黄州。参见苏辙《黄州快哉亭记》一文。

〔5〕相与:共同,一道。中庭:庭院,庭院之中。

〔6〕空明:空旷澄澈。

〔7〕藻:指藻类植物,含叶绿素和其他辅助色素的低等植物。荇:多年生水生草本植物,叶呈对生圆形,嫩时可食,亦可入药。

〔8〕竹柏:柏树的一种,又指竹与柏。

【评析】

这篇小品文作于贬谪黄州时,或题曰《记承天寺夜游》。文中记述了月夜游赏的情景。首先,交待夜游的原因。"解衣欲睡,月色入户,欣然起行",月色明媚,照在房间里如白天一般,睡意顿无,引发了出游的兴致。其次,点明夜游的地点。一人夜游,毕竟觉得缺点什么。苏轼戴罪在黄州,亲戚朋友避而远之,犹恐不及。于是至承天寺,叫上张怀民,张氏也是被贬至黄州的,共同的遭际,使得俩人同行有了可能,承天寺也顺理成章成了夜游之地。其三,庭院中赏月。这是文中的精华所在,"庭下如积水空明,水中藻荇交横,盖竹柏影也",月色如水,说明月光极其明亮,应该是月圆十分的时候,照在庭院中,澄澈灵动,树木枝条的影子,如同倒映在水中,在风儿的吹拂下,摇曳多姿,生机盎然。最后,抒发幽情远意。"但少闲人如吾两人者耳",因均是有罪之人,不能有所作为,成为百无一用的"闲人"。按:张氏贬官谪居齐安,心情是不舒畅的,苏轼曾为张氏所建的亭子命名为"快哉",意在开解张氏,也在开解自己。如今难得清闲如此,是喜?是悲?语句平淡,言外之意厚重,表面的闲情逸志难掩寂寞无聊之感。

神宗元丰三年二月苏轼至黄州,七年四月离开黄州。文作于六年十月,距离开黄州只半年左右。黄州四年多的生活,苏轼的人生观、世界观早已发生了改变。对自己来说,大有作为的时代已经不在,人生空幻若梦的味道愈见浓厚,孤独感、超脱感、无聊感、闲散感,复杂多变,在字里行间或隐或现。文字不多,以摹绘景象而著称,情因景生,寓情于景,情景交融。

苏　辙

苏辙(1039—1112)，字子由，自号颍滨遗老，苏洵次子。宋仁宗嘉祐二年(1057)进士。神宗朝为制置三司条例司属官，哲宗时召为秘书省校书郎，历官御史中丞、尚书右丞、门下侍郎等。卒谥文定。此据《四部备要》本苏辙《栾城集》录文九篇，又据《四部丛刊》本苏辙《栾城应诏集》录《六国论》一文，据中华书局整理本《苏辙集》录《为兄轼下狱上书》一文。

墨　竹　赋

与可以墨为竹[1]，视之，良竹也[2]。客见而惊焉曰："今夫受命于天，赋形于地[3]。涵濡雨露[4]，振荡风气[5]。春而萌芽，夏而解弛[6]，散柯布叶[7]，逮冬而遂[8]。性刚絜而疏直[9]，姿婵娟以闲媚[10]。涉寒暑之徂变[11]，傲冰雪之凌厉[12]。均一气于草木[13]，嗟壤同而性异。信物生之自然，虽造化其能使？今子研青松之煤[14]，运脱兔之毫[15]。睥睨墙堵[16]，振洒缯绡[17]。须臾而成，郁乎萧骚[18]。曲直横斜，秾纤庳高[19]。窃造物之潜思，赋生意于崇朝[20]。子岂诚有道者耶[21]？"

与可听然而笑曰[22]:"夫予之所好者,道也,放乎竹矣[23]。始予隐乎崇山之阳[24],庐乎修竹之林,视听漠然,无概乎予心[25]。朝与竹乎为游,莫与竹乎为朋[26],饮食乎竹间,偃息乎竹阴[27]。观竹之变也多矣,若夫风止雨霁[28],山空日出。猗猗其长[29],森乎满谷。叶如翠羽,筠如苍玉[30]。澹乎自持,凄兮欲滴。蝉鸣鸟噪,人响寂历[31]。忽依风而长啸[32],眇掩冉以终日[33]。笋含箨而将坠[34],根得土而横逸。绝涧谷而蔓延[35],散子孙乎千亿。至若丛薄之馀[36],斤斧所施。山石荦埆[37],荆棘生之。塞将抽而莫达[38],纷既折而犹持。气虽伤而益壮,身已病而增奇。凄风号怒乎隙穴,飞雪凝冱乎陂池[39]。悲众木之无赖[40],虽百围而莫支[41]。犹复苍然于既寒之后,凛乎无可怜之姿。追松柏以自偶,窃仁人之所为。此则竹之所以为竹也。始也,余见而悦之;今也,悦之而不自知也。忽乎忘笔之在手与纸之在前,勃然而兴[42],而修竹森然。虽天造之无朕[43],亦何以异于兹焉?"

客曰:"盖予闻之,庖丁,解牛者也,而养生者取之[44];轮扁,斫轮者也,而读书者与之[45]。万物一理也,其所从为之者异尔。况夫夫子之托于斯竹也,而予以为有道者,则非耶?"

与可曰:"唯,唯。"

【注释】

〔1〕与可:即文同。详苏轼《文与可画篔谷偃竹记》注〔1〕。

〔2〕良:确实,果然。

〔3〕"今夫"二句:谓竹子秉受自然之命而生长,在大地上呈现形状。

〔4〕涵濡:滋润,沉浸。

〔5〕风气:指空气和由空气流动而生的风。

〔6〕解弛:脱落,指竹笋脱壳。

〔7〕散柯布叶:枝条舒展,叶子遍布。

〔8〕遂:生长,养育。

〔9〕刚絜:即刚洁,刚强纯洁。

〔10〕婵娟:姿态美好貌。闲媚:闲雅妩媚。闲,通"娴"。

〔11〕徂(cú):始,开始。

〔12〕凌厉:雄健,锋利。

〔13〕一气:指混沌之气,古代认为是构成天地万物之本原。

〔14〕煤:制墨的烟灰,此指制墨的原料松烟。

〔15〕脱兔之毫:代指笔。

〔16〕睥睨:斜视。

〔17〕缯绡:泛指绢帛之类。

〔18〕萧骚:形容风吹树木的声音。

〔19〕庳(bēi):低矮,低下。

〔20〕"窃造物"二句:谓造物之神经过深思熟虑,日夜赋予万物以生机。崇朝,谓终朝,从天亮到早饭时,此指一整天。崇,通"终"。

〔21〕有道:有才艺或有道德,也指有才艺或有道德的人。

〔22〕听(yǐn)然:笑的样子。

〔23〕放:施展。

〔24〕阳:山之南曰阳。

〔25〕概:系念。

〔26〕莫:同"暮"。

〔27〕偃息:敛藏退息,睡卧止息。

〔28〕霁:雨止天晴。

〔29〕猗猗:美好繁盛的样子。

415

〔30〕筠:竹的青皮,竹皮。

〔31〕寂历:犹寂静,冷清。

〔32〕长啸:撮口发出悠长清越的声音,古人常以此述志。

〔33〕掩冉:披靡的样子,偃倒的样子。

〔34〕箨:竹笋皮,即笋壳。

〔35〕蔓延:如蔓草滋生,连绵不断。引申为延伸,扩展。

〔36〕丛薄:丛生的杂草。

〔37〕荦埆(què):一作"荦确",怪石嶙峋的样子。

〔38〕蹇(jiǎn):跛行,行动迟缓,此指竹子生长缓慢的样子。

〔39〕凝沍(hù):结冰,冻结。陂池:池沼,池塘。

〔40〕无赖:无所倚靠。

〔41〕百围:极言树干之粗,亦借指大树。

〔42〕勃然:兴起貌。

〔43〕无朕:没有迹象或先兆。

〔44〕"庖丁"三句:详韩愈《送高闲上人序》注〔8〕。又《庄子·养生主》:"文惠君曰:'善哉!吾闻庖丁之言,得养生焉。'"庖丁,厨师。解,用刀分割动物或人的肢体。养生,摄养身心使长寿。

〔45〕"轮扁"三句:详苏轼《文与可画筼筜谷偃竹记》注〔7〕。

【评析】

　　这篇文赋赞美了文与可所画的竹子,不仅画出竹子的形,更画出竹子的神。文与可以绘竹而著称,其成功来自对竹的热爱,甚至是痴迷:"朝与竹乎为游,莫与竹乎为朋,饮食乎竹间,偃息乎竹阴。"与竹子成朋友,不仅仅是能识别竹子,更重要的是交心,把竹子当作知心朋友看待,方能摹绘出竹子的神,即品性:"蹇将抽而莫达,纷既折而犹持。气虽伤而益壮,身已病而增奇。"写出了竹子顽强的生命力,一节一节地向上,不能畅达地生长,折断后仍然能坚挺,生气受到伤害但更加强壮,竹身已经病损却增强了奇特。写出在恶劣的气候与环境下,"犹复苍然于既寒之后,凛乎无可怜之姿。"万木凋零,竹子却是苍翠摇曳,坚毅挺拔。"追松柏以自偶,窃仁人之所为",可比拟为仁人的品性。文中以庖丁解牛、轮扁斫轮作喻,说明掌握了自然规律,就可熟能生巧,运用自然。文与可绘竹也是如此,胸有成竹这一成语,就是和文与可有关的。"万物一理",文与可之所以能画竹传神,不独是喜欢竹子,更多的是对竹子精神和品性的推崇。

文章采用主客问答体形式,开篇云"傲冰雪之凌厉",中间云"凛乎无可怜之姿",末尾云"况夫夫子之托于斯竹也",前呼后应,讴歌了竹子的孤傲和坚毅,向往和仰慕之情油然而生。

上枢密韩太尉书[1]

太尉执事[2]:辙生好为文,思之至深,以为文者,气之所形[3],然文不可以学而能,气可以养而致。孟子曰:"我善养吾浩然之气。"[4]今观其文章,宽厚宏博,充乎天地之间,称其气之小大[5]。太史公行天下,周览四海名山大川,与燕、赵间豪俊交游[6],故其文疏荡[7],颇有奇气。此二子者,岂尝执笔学为如此之文哉?其气充乎其中而溢乎其貌,动乎其言而见乎其文,而不自知也。

辙生十有九年矣,其居家所与游者,不过其邻里乡党之人[8],所见不过数百里之间,无高山大野可登览以自广。百氏之书,虽无所不读,然皆古人之陈迹,不足以激发其志气,恐遂汩没[9],故决然舍去[10],求天下奇闻壮观,以知天地之广大。过秦、汉之故都,恣观终南、嵩、华之高[11],北顾黄河之奔流,慨然想见古之豪杰。至京师,仰观天子宫阙之壮[12],与仓廪府库、城池苑囿之富且大也[13],而后知天下之巨丽。见翰林欧阳公[14],听其议论之宏辩,观其容貌之秀伟,与其门人贤士大夫游,而后知天下之文章聚乎此也。

太尉以才略冠天下,天下之所恃以无忧,四夷之所惮以不敢发[15],入则周公、召公[16],出则方叔、召虎[17],而辙也未之见焉。且夫人之学也,不志其大,虽多而何为?辙之来也,于山见终南、嵩、华之高,于水见黄河之大且深,于人见欧阳公,而犹以为未见太尉也。故愿得观贤人之光耀,闻一言以自壮,然后可以尽天下之大观,而无憾者矣。

辙年少,未能通习吏事。向之来,非有取于斗升之禄[18],偶然得之,非其所乐。然幸得赐归待选,使得优游数年之间。将归,益治其文,且学为政。太尉苟以为可教而辱教之,又幸矣。

【注释】

〔1〕韩太尉:即韩琦。详欧阳修《相州昼锦堂记》注〔1〕。

〔2〕执事:对对方的敬称。

〔3〕"以为"二句:曹丕《典论·论文》:"文以气为主。"参见韩愈《答李翊书》一文。

〔4〕"孟子"二句:参见苏轼《潮州韩文公庙碑》注〔8〕。

〔5〕"称其气"句:谓与他刚直正大的气势小大是相称的。

〔6〕"太史"三句:《史记·太史公自序》云:"二十而南游江、淮,上

会稽,探禹穴,窥九疑,浮于沅、湘,北涉汶、泗,讲业齐鲁之都,观孔子之遗风,乡射邹、峄,戹困鄱、薛、彭城,过梁、楚以归。"太史公,即司马迁。详韩愈《送孟东野序》注〔23〕。

〔7〕疏荡:放达不羁。谓声调抑扬顿挫,文气流畅奔放。

〔8〕乡党:泛称家乡。周制,一万二千五百家为乡,五百家为党。

〔9〕汨(gǔ)没:淹没,埋没。

〔10〕决然:坚决果断貌。

〔11〕终南:即终南山,又名太乙山、中南山等,简称南山,属秦岭山脉,在今陕西西安市南。嵩:即嵩山,在河南登封县北,为五岳之中岳。古称外方、太室,又名嵩高。其峰有三:东为太室山,中为峻极山,西为少室山。华:即华山,五岳之一。在陕西华阴南,北临渭河平原,又称太华山,古称西岳。

〔12〕宫阙:古时帝王所居宫门前有双阙,故称宫殿为宫阙。

〔13〕仓廪:贮藏米谷的仓库。府库:旧指国家贮藏财物、兵甲的处所。苑囿:古代畜养禽兽供帝王玩乐的园林。

〔14〕欧阳公:即欧阳修。

〔15〕四夷:指东夷、西戎、南蛮、北狄,古代华夏族对四方少数民族的统称。

〔16〕周公:详韩愈《原道》注〔43〕。召公:详柳宗元《梓人传》注〔41〕。

〔17〕方叔:周宣王时贤臣。召虎:史称召穆公,周宣王时重臣。

〔18〕斗升:斗与升,比喻少量、微薄。借指微薄的俸禄。

【评析】

　　此为干谒之文,开篇说自己善为文,"以为文者,气之所形,然文不可以学而能,气可以养而致",谈到学养的问题。孟子所云"我善养吾浩然之气",自古以来为儒者所崇尚,文中说明自己是注重学养的,而不是一个苟且之人,不是凡庸之辈,先为自己在韩太尉心中植入好的印象。

既然提到需要培养刚正之气，如何养气就成为下一话题：读万卷书，行万里路。不过万卷书"皆古人之陈迹"，也就是说埋头在故纸堆里，是没有创新动力的，"不足以激发其志气"。行万里路，亲身的见闻和感悟，所得才是自己拥有的。离开故乡蜀地，历览天下山川奇异之景，可增溢奇气豪情。而京城为天下中心，是充满机会的地方，也是游学者必去的地方。作者至京城，目的也是如此。京城也是藏龙卧虎的地方，文有欧阳修，为文章领袖。有文臣，必有武将，太尉在宋代属于军中高官，而这员武将，指的就是韩氏。"辙之来也，于山见终南、嵩、华之高，于水见黄河之大且深，于人见欧阳公，而犹以为未见太尉也"，求谒之意非常清楚。末段则点明谒见的意图。

作此文时，苏辙十九岁，少年气盛，浩然正气，贯注于字里行间。虽为干谒之文，却说得堂堂正正，无丝毫媚态。善于铺写，言在此而意在彼，行文委婉多姿，娓娓道来，层层推进，欲擒故纵之术，希望得到韩氏的帮助，昂着头说话，表明自己有才华，但需要机会，眼高一世，但决不是目空一切。说话有底气，满是自信。

黄州快哉亭记[1]

江出西陵[2]，始得平地，其流奔放肆大，南合沅、湘[3]，北合汉、沔[4]，其势益张。至于赤壁之下[5]，波流浸灌[6]，与海相若。清河张君梦得谪居齐安[7]，即其庐之西南为亭，以览观江流之胜，而余兄子瞻名之曰"快哉"。

盖亭之所见，南北百里，东西一舍[8]，涛澜汹涌[9],风云开阖[10]。昼则舟楫出没于其前,夜则鱼龙悲啸于其下,变化倏忽[11],动心骇目,不可久视。今乃得玩之几席之上[12],举目而足。西望武昌诸山[13],冈陵起伏,草木行列。烟消日出,渔夫樵父之舍皆可指数,此其所以为快哉者也。至于长州之滨[14],故城之墟,曹孟德、孙仲谋之所睥睨[15],周瑜、陆逊之所骋骛[16],其流风遗迹,亦足以称快世俗。

昔楚襄王从宋玉、景差于兰台之宫,有风飒然至者,王披襟当之曰:"快哉此风!寡人所与庶人共者耶?"宋玉曰:"此独大王之雄风耳,庶人安得共之?"[17]玉之言盖有讽焉。夫风无雌雄之异,而人有遇不遇之变,楚王之所以为乐,与庶人之所以为忧,此则人之变也,而风何与焉?士生于世,使其中不自得,将何往而非病?使其中坦然,不以物伤性,将何适而非快?今张君不以谪为患,窃会计之馀功而自放山水之间[18],此其中宜有以过人者。将蓬户瓮牖[19],无所不快,而况乎濯长江之清流、揖西山之白云、穷耳目之胜以自适也哉[20]?不然,连山绝壑,长林古木,振之以清风,照之以明月,此皆骚人思士之所以悲伤憔悴而不能胜者[21],乌睹其为快也哉?元丰六年十一月朔日赵郡苏辙记[22]。

【注释】

〔1〕黄州:今湖北黄冈。

〔2〕西陵:即西陵峡,又称巴峡,长江三峡中最长的峡,位于湖北巴东县和宜昌市之间。

〔3〕沅、湘:湖南境内的两条河流,沅指沅江,又称沅水。上游称清水江,源出贵州云雾山,自湖南黔城镇以下始名沅江,流入洞庭湖。湘指湘江,源出广西,流入湖南,为湖南境内最大的河流。

〔4〕汉:即汉水,又称汉江,为长江最长的支流。发源于陕西宁强县,流经湖北,在武汉入长江。沔:指沔水,古代也作汉水的别称。又武汉市以下的长江古代亦通称沔水。

〔5〕赤壁:指汉献帝建安十三年孙权与刘备联军大破曹操军队处,在今湖北武昌西赤矶山。一说为湖北蒲圻西之赤壁山。按:此指今湖北黄冈城西北江滨,赤鼻矶。因山形截然如壁而有赤色,也称赤壁。

〔6〕浸灌:灌溉,指淹没。

〔7〕张梦得:详苏轼《记承天夜游》注〔4〕。齐安:即黄州。

〔8〕舍:古代行军以三十里为一舍。

〔9〕涛澜:波澜,大浪。

〔10〕开阖:开启与闭合,此指风云变化。

〔11〕倏忽:顷刻,指极短的时间。

〔12〕几席:几和席,为古人凭依、坐卧的器具。

〔13〕武昌:今湖北武汉。

〔14〕长州:即长洲,水中长形陆地。

〔15〕曹孟德:即曹操。详苏轼《赤壁赋》注〔22〕。孙仲谋:即孙权(182—252),字仲谋,吴郡富春(今浙江富阳)人,三国时代东吴的建立者。睥睨(pì nì):斜视,馀光所及,状人之英雄气概。

〔16〕周瑜:详苏轼《赤壁赋》注〔27〕。陆逊(183—245):字伯言,吴县(今江苏苏州)人。三国时东吴名将,历任大都督、上大将军、丞相。曾在夷陵击败刘备所率蜀汉军,一战成名。骋骛:驰骋,奔走。

〔17〕"昔楚"八句:见宋玉《风赋》。楚襄王,芈姓,熊氏,名横。战国时楚国国君,楚怀王之子。宋玉,又名子渊,战国时鄢(今襄樊宜城)人。相传他是屈原的学生,为战国后期楚国辞赋作家。景差,芈姓,景氏,名差。战国时楚国人。与宋玉同时,以能赋见称。兰台,故址传说在今湖北钟祥市东。飒然,形容风雨声。披襟,敞开衣襟,多喻舒畅心怀。雄风,谓

强劲之风。

〔18〕会计:掌管赋税等事务。馀功:空馀的时间。

〔19〕蓬户瓮牖:用蓬草编门,以破瓮作窗,指贫穷人家的住房。

〔20〕濯清流:《孟子·离娄上》云:"有孺子歌曰:'沧浪之水清兮可以濯我缨,沧浪之水浊兮可以濯我足。'孔子曰:'小子听之,清斯濯缨,浊斯濯足矣,自取之也。'"缨指帽子,水清比喻太平盛世,水浊比喻世道混乱。这里借用此意,表达一种处世的哲学,即仕宦或隐退。西山:在武昌西。

〔21〕骚人:屈原作《离骚》,因称屈原或《楚辞》作者为骚人。后世借指文人,或诗人。思士:忧思善感之人。

〔22〕赵郡苏辙:郡望,古称郡中为众人所仰望的贵显家族,苏氏是赵郡的郡望,故云。

【评析】

文章作于神宗元丰六年(1083),苏轼撰《超然台记》,苏辙撰《快哉亭记》。台是由苏辙命名,苏轼作记;亭是由苏轼命名,苏辙作记。"快哉"是用《楚辞》之语,"超然"是用庄子之语,用词不同,而用意却是相通的。也就是在逆境中,以何种心态应对环境的变化。

张梦得贬官谪居齐安,心情理应是不舒畅的,如何开解,使之畅快,是本文用意所在。张氏于谪居处的西南建个亭子,便于"览观江流之胜",苏轼命名"快哉",意在引导张氏能想开些。如何才能达到"快哉"的境界呢? 苏辙解读有二。一是自然景观。观览江流胜景,可以拓展视野,可见山水风云变幻多端,可以体悟人生的哲理,心胸开阔,心情才得以畅快。至于"烟消日出,渔夫樵父之舍皆可指数",渔夫樵父,此指日出而作、日落而息的平凡生活,相较于勾心斗角、忧心忡忡的官场来说,平淡也是快慰人心的,"此其所以为快哉者也"。二是人文历史。黄州的赤鼻矶,传说中是三国时周瑜打败曹操的地方,具有深厚的人文历史底蕴。苏轼《念奴娇·赤壁怀古》:"遥想公瑾当年,小乔初嫁了,雄姿英发。羽扇纶巾,谈笑间、樯橹灰飞烟灭。"黄州的赤鼻矶是否为周瑜打败曹操的赤壁,这不重要,重要的是感受到事业的成功与否,先世英雄豪杰的成功为后代人所仰慕,"其流风遗迹,亦足以称快世俗",这也是一种令人愉悦的情感。苏辙对"快哉"的用意进行解读,表面上为张氏开解,实际上却指向乃兄,言在此而意在彼。

后文就"快哉"二字的出处发明。宋玉关于风之雌雄的解读,是喻指不同的人对同一处境的感受是不同的。即你觉得忧伤或快乐,别人未必如此,关键是以何种心态来应对。客观环境无所谓悲伤或喜乐,悲伤或喜乐之情的呈现,取决于个人的心态。"夫风无雌雄之异,而人有遇不遇之变",就是与人的得志与失意相关联。身处逆境中能保持一种平常心,保持一种乐观心态,不以物喜,不以己悲,那么快乐就会相伴。宦海风波难免,随遇而安的心理常在,是文章的本意所在。文中以一"快"字作线,前后贯通,说明如何能做到快意人生,而行文也是快意恣肆的。

武昌九曲亭记^{〔1〕}

子瞻迁于齐安^{〔2〕},庐于江上。齐安无名山,而江之南武昌诸山陂陁蔓延^{〔3〕},涧谷深密。中有浮图精舍^{〔4〕},西曰西山,东曰寒溪。依山临壑,隐蔽松枥^{〔5〕},萧然绝俗^{〔6〕},车马之迹不至。每风止日出,江水伏息[7]，子瞻杖策载酒，乘渔舟乱流而南[8]。山中有二三子，好客而喜游，闻子瞻至，幅巾迎笑[9]，相携徜徉而上[10]，穷山之深，力极而息，扫叶席草，酌酒相劳，意适忘反[11]，往往留宿于山上。以此居齐安三年，不知其久也。

然将适西山，行于松柏之间，羊肠九曲而获少平[12]，游者至此必息。倚怪石，荫茂木，俯视大江，仰瞻陵阜[13]，旁瞩溪谷，风云变化，林麓向背，皆效于左右。有废亭焉，其遗址甚狭，不足以席众客。其旁古木数十，其大皆百围千尺，不可加以斤斧。子瞻每至其下，辄睥睨终日[14]。一旦大风雷雨，拔去其一，斥其所据[15]，亭得以广。子瞻与客入山视之，笑曰："兹欲以成吾亭耶？"遂相与营之，亭成，而西山之胜始具，子瞻于是最乐。

昔余少年从子瞻游，有山可登，有水可浮，子瞻未始不褰裳先之[16]。有不得至，为之怅然移日。至其翩然独往，逍遥泉石之上，撷林卉，拾涧实[17]，酌水而饮之，见者以为仙也。盖天下之乐无穷，而以适意为悦。方其得意，万物无以易之。及其既厌，未有不洒然自笑者也。譬之饮食杂陈于前，要之一饱而同委于臭腐[18]，夫孰知得失之所在？惟其无愧于中，无责于外，而姑寓焉，此子瞻之所以有乐于是也。

【注释】

〔1〕九曲亭：在湖北武昌西九曲岭，为孙吴遗迹，苏轼重建。

〔2〕迁:贬谪,降职。齐安:湖北黄州。

〔3〕陂陁(pí tuó):倾斜不平貌。

〔4〕浮图:详韩愈《毛颖传》注〔35〕。精舍:道士、僧人修炼居住之所。

〔5〕枥:同"栎",树名,麻栎。

〔6〕萧然:空寂,萧条。

〔7〕伏息:隐匿形迹。

〔8〕乱流:横渡江河。

〔9〕幅巾:古代男子以全幅细绢裹头的头巾。

〔10〕徜徉:犹徘徊,盘旋往返。

〔11〕反:同"返"。

〔12〕羊肠:比喻狭窄曲折的小路。九曲:迂回曲折。

〔13〕陵阜:丘陵。

〔14〕睥睨:斜视,窥视,侦伺。

〔15〕"拔去"二句:谓连根拔去其中的一棵树,清理此树所占据的地方。

〔16〕褰(qiān)裳:撩起下裳。

〔17〕"撷林"二句:谓在林间采摘花卉,在溪涧拾取果实。撷,摘取,采摘。

〔18〕"要之"句:谓不过是为了一顿饱餐,而后全都变成腐尸。委,付托。

【评析】

武昌西山与黄州隔江相望,西山有九曲岭,九曲亭即建于此。苏轼于神宗元丰三年(1080)春至贬谪之地黄州;五年,苏辙至黄州探望苏轼,文章当写于此时。贬谪至黄州,苏轼对功名利禄的追求之心已死,超然物外之情愈见浓重,山水之乐,物外之游,超然之感,这是厌弃俗世的反映。写游武昌西山,旨在写苏轼善于逆境中寻求快乐。

九曲亭位于武昌西山地势险要处,杖策载酒,与朋友"徜徉
而上,穷山之深,力极而息,扫叶席草,酌酒相劳,意适忘反,往往
留宿于山上",苏轼常有此心安处是故乡的感觉,这是一种心
态,也是一种处世哲学。九曲亭旁有"古木数十,其大皆百围千
尺,不可加以斤斧",苏轼每至古木下,"辄睥睨终日",其用心在
此。庄子见大木,有处于材与不材之间的感慨(参见本书欧阳
修《怪竹辩》"评析")。这时的苏轼,或也有处于材与不材之间
的遐想,这是一种生存的策略,意在说明要善于保护自己,与儒
家"达则兼济天下,穷则独善其身"是不背离的。至于"亭成,而
西山之胜始具,子瞻于是最乐",说明九曲亭的构建,除了可以
与天地精神独往来外,还可以体悟生存的道理,这种快乐是得自
于回归本我。末叙说苏轼好游,"以适意为悦",乃其本性而然。

本文为苏轼写心之笔,开导解说,笔笔写苏轼善处,尤其是
在逆境中如何善于自处的问题。文中以一"乐"字作文章,却只
是在文章的末尾点出"乐"字,其他则是笔笔写九曲亭的可"乐"
之处。描述细腻,感慨深厚。

遗 老 斋 记

庚辰之冬,予蒙恩归自南荒,客于颍川[1]。思归而
不能,诸子忧之曰:"父母老矣,而居室未完,吾侪之责
也[2]。"则相与卜筑[3],五年而有成。其南修竹古柏,
肃然如野人之家[4]。乃辟其四楹[5],加明窗曲槛,为
燕居之斋[6]。

斋成,求所以名之。予曰:予,颍滨遗老也,盍以

"遗老"名之[7]？汝曹志之[8]。予幼从事于《诗》、《书》，凡世人之所能，茫然不知也。年二十有三，朝廷方求直言[9]，有以予应诏者。予采道路之言，论宫掖之秘[10]，自谓必以此获罪，而有司果以为不逊[11]。上独不许，曰："吾以直言求士，士以直言告我。今而黜之[12]，天下其谓我何？"宰相不得已，置之下第[13]。自是流落[14]，凡二十馀年。及宣后临朝[15]，擢为右司谏，凡有所言，多听纳者。不五年，而与闻国政[16]。盖予之遭遇者再，皆古人所希有，然其间与世俗相从，事之不如意者十常六七，虽号为得志，而实不然。

予闻之，乐莫善于如意，忧莫惨于不如意。今予退居一室之间，杜门却扫[17]，不与物接。心之所可，未尝不行；心所不可，未尝不止。行止未尝少不如意，则予平生之乐未有善于今日者也。汝曹志之，学道而求寡过，如予今日之处遗老斋，可也。

【注释】

〔1〕"庚辰"三句：宋哲宗元符三年（1100）正月，哲宗崩，徽宗即位，大赦天下。苏辙自循州移永州、岳州等地，授大中大夫，提举凤翔上清宫。致仕后居颍昌府。南荒，指南方荒凉遥远的地方。此指从循州移居的永州、岳州等地，被视为蛮荒之地。颍川，即颍昌，今河南许昌。

〔2〕侪：辈，类。

〔3〕卜筑：择地建筑住宅，即定居之意。

〔4〕肃然：平定安静的样子。

〔5〕楹：厅堂的前柱。又屋一列或一间为一楹。

〔6〕燕居：退朝而处，闲居。

〔7〕盍:表示反诘,犹何不。

〔8〕汝曹:你们。

〔9〕直言:直言敢谏,汉、晋以来察举科目名。

〔10〕宫掖:指皇宫。掖,掖庭,宫中的旁舍,嫔妃居住的地方。

〔11〕有司:官吏,古代设官分职,各有专司,故称。逊:谦虚,恭顺。

〔12〕黜:贬降,罢退。

〔13〕"年二十"数句:《宋史·苏辙传》云苏辙与兄轼同登进士科,又同策制举。仁宗年岁已高,苏辙担忧仁宗倦于国事,因上策极言政事得失。策入,苏辙自谓必见黜,考官司马光以置于进士第三等,考官胡宿以为出言不逊,请罢黜。仁宗曰:"以直言召人,而以直言弃之天下,其谓我何?"宰相不得已,置之下等,授商州军事推官。

〔14〕流落:穷困失意,际遇不好,无所遇合。

〔15〕宣后:即英宗之后宣仁圣烈高皇后,哲宗年幼即位,由宣仁垂帘听政,起用旧党司马光等,苏轼、苏辙等重新回朝任职。

〔16〕"不五年"二句:哲宗元祐元年(1086)苏辙召试中书舍人,后历任试户部侍郎,为翰林学士、权吏部尚书,出使契丹,还朝后任御史中丞,六年拜尚书右丞,进门下侍郎,执掌朝政。

〔17〕却扫:不再扫径迎客,谓闭门谢客。

【评析】

宋哲宗元符三年(1100)正月,苏辙自循州移永州、岳州等地,授大中大夫,提举凤翔上清宫。徽宗政和二年(1112)九月,苏辙致仕,退居颍昌府。文中云自贬谪之地返回五年后,则此文当作于徽宗崇宁四年(1105)年后不久。

开篇谈及遗老斋建造的原由及规制,重点谈命名之意。苏辙自号颍滨遗老,因此以"遗老"命名,意思是指前朝遗漏下来,被新朝遗弃不用的老家伙,多指思想保守,不思进取和变革,哀叹过去时光的人。文中叙写自己的不得志,因直言犯谏,登科时被置下等,自此失意,长达二十馀年,这是新党得势时。按:哲宗登基时年纪尚幼小，由宣仁太后垂帘听政，旧党掌权，苏辙官拜尚书右丞，进门下侍郎，执掌朝政。等到哲宗长大成人，亲自掌权，重用新党，旧党再次遭到打压。北宋自宋神宗以来，新旧党之间的争斗一直就未休止过，其结果是导致北宋的灭亡。文章的最后就如意与不如意发表议论，所谓"予闻之，乐莫善于如意，忧莫惨于不如意"，无官一身轻，虽然是极其普通的话，但其中富含着厚重的人生经验，是对官场哲学的巧妙解读。如今自己退居颍昌，"杜门却扫，不与物接。心之所可，未尝不行；心所不可，未尝不止。行止未尝少不如意，则予平生之乐未有善于今日者也"。退隐，至少能做自己想做的事，不会再有面对官场所充满的尔虞我诈、患得患失。"学道而求寡过"，从官场退隐，是为了少犯"过"，明了是非得失，这才称得上不糊涂。体悟人生，感慨深邃。

待 月 轩 记

昔予游庐山[1]，见隐者焉，为予言性命之理[2]，曰："性犹日也，身犹月也。"予疑而诘之，则曰："人始有性而已，性之所寓为身；天始有日而已，日之所寓为月。日出于东方，其出也，万物赖焉。有目者以视，有手者以执，有足者以履。至于山石草木，亦非日不遂[3]。及其入也，天下黯然[4]，无物不废，然日则未始有变也。惟其所寓，则有盈阙[5]，一盈一阙者，月也。惟性亦然，出生入死，出而生者，未尝增也，入而死者，未尝耗也，性一而已。惟其所寓，则有死生，一生一死者，身也。虽有生死,然而死此生彼未尝息也。身与月皆然,古之治术者知之[6],故日出于卯[7],谓之命;月之所在,谓之身。日入地中,虽未尝变,而不为世用,复出于东,然后物无不睹,非命而何?月不自明,由日以为明,以日之远近为月之盈阙,非身而何?此术也,而合于道,世之治术者,知其说不知其所以说也。"

予异其言而志之久矣,筑室于斯,辟其东南为小轩,轩之前廓然无障[8],几与天际。每月之望[9],开户以须月之至[10]。月入吾轩,则吾坐于轩上,与之徘徊而不去。一夕举酒延客,道隐者之语,客漫不喻[11],曰:"吾尝治术矣,初不闻是说也。"予为之反复其理,客徐悟,曰唯唯[12],因志其言于壁。

【注释】

〔1〕庐山:在江西九江市南,耸立于鄱阳湖、长江之滨。又名匡山、匡庐,相传殷周之际有匡姓七兄弟结庐隐居于此,故名。

〔2〕性命:中国古代哲学范畴,指万物的天赋和禀受,宋明以来理学家专意研究性命之学,因以指理学。

〔3〕遂:生长,养成。

〔4〕黫然:黑貌。

〔5〕盈阙:谓月亮圆缺。

〔6〕治术:此指医术。后文指驭臣治民之权术,亦泛指治理国家的方法、策略。

〔7〕卯:十二时辰之一,早晨五时至七时。

〔8〕廓然:远大貌,空旷貌。

〔9〕望:旧历每月十五日(有时为十六日或十七日),地球运行到太阳与月亮之间,当月亮和太阳的黄经相差一百八十度,太阳从西方落下,

月亮正好从东方升起之时,地球上看见的月亮最圆满,这种月相叫望。

〔10〕须:等待。

〔11〕漫:全。

〔12〕唯唯:恭敬的应答声,又应而不置可否貌。

【评析】

　　轩,一般为堂前屋檐下的平台,或以敞朗为特点的建筑物,如亭、阁、棚之类。作者于住宅东南建了一座小轩,命名为"待月"。

　　本文重在解读命名的原由,指出之所以命名为"待月",是借用所谓隐者的一段关于性命之言。隐者的解读,成为全文的主体。凡人均有性命,性如太阳,命如月亮。太阳是永恒的,万物赖其光芒以生存;月亮依赖太阳而有光亮,是有圆缺变化的。就人而言,性是天生就赋予的,寄托于每个人的身上;而人身是有命的,命是有寿夭长短的。性是形而上的,命是形而下的。性是永恒不变的,命是因人而变化的。所以人之天性如同太阳,人之命运如同月亮。天性是不变的,命运是难测的。《孟子·尽心上》:"存其心,养其性,所以事天也。夭寿不贰,修身以俟之,所以立命也。"所谓立命,谓修身养性以奉天命。性命说成为中国古代哲学的范畴之一,本指万物的天赋和禀受。宋明以来理学家专意研究性命之学,因以指理学,成为儒家思想的重要组成部分,为统治者的主导思想。隐者所言,表面是论医术,实际上是指向治国理民,所谓:"此术也,而合于道,世之治术者,知其说不知其所以说也。"所谓治术,是指驭臣治民之权术,亦泛指治理国家的方法、策略。北宋中晚期,党争此起彼伏,这就如同月亮有阴晴圆缺,对国家来说,实在是不幸的。本文大概作于作者晚年,"待月"即对月亮的期待,当然是美好的期待,是对圆满的向往,作者命名的用意就不难明白了。

子瞻和陶渊明诗集引[1]

东坡先生谪居儋耳[2],置家罗浮之下[3],独与幼子过负担渡海[4],葺茅竹而居之[5],日啖荼芋[6],而华屋玉食之念不存于胸中。平生无所嗜好,以图史为园囿、文章为鼓吹[7],至此亦皆罢去,独喜为诗,精深华妙,不见老人衰惫之气[8]。

是时辙亦迁海康[9],书来告曰:"古之诗人有拟古之作矣[10],未有追和古人者也[11],追和古人则始于东坡。吾于诗人无所甚好,独好渊明之诗。渊明作诗不多,然其诗质而实绮,癯而实腴[12]。自曹、刘、鲍、谢、李、杜诸人皆莫及也[13],吾前后和其诗凡百数十篇,至其得意,自谓不甚愧渊明。今将集而并录之,以遗后之君子,子为我志之。然吾于渊明岂独好其诗也哉?如其为人,实有感焉。渊明临终,疏告俨等:'吾少而穷苦,每以家贫东西游走,性刚才拙,与物多忤,自量为己,必贻俗患。黾俛辞世,使汝等幼而饥寒[14]。'渊明此语,盖实录也。吾今真有此病而不蚤自知[15],半生出仕,以犯世患,此所以深服渊明,欲以晚节师范其万一也[16]。"

嗟夫!渊明不肯为五斗米一束带见乡里小人[17],

433

而子瞻出仕三十馀年,为狱吏所折困〔18〕,终不能悛〔19〕,以陷于大难,乃欲以桑榆之末景〔20〕,自托于渊明,其谁肯信之?虽然,子瞻之仕,其出入进退犹可考也〔21〕,后之君子其必有以处之矣。孔子曰:"述而不作,信而好古,窃比于我老彭〔22〕。"孟子曰:"曾子、子思同道〔23〕。"区区之迹,盖未足以论士也。

辙少而无师,子瞻既冠而学成〔24〕,先君命辙师焉。子瞻常称辙诗有古人之风,自以为不若也。然自其斥居东坡〔25〕,其学日进,沛然如川之方至〔26〕,其诗比杜子美、李太白为有馀,遂与渊明比。辙虽驰骤从之〔27〕,常出其后,其和渊明,辙继之者亦一二焉。绍圣四年二月二十九日海康城南东斋引。

【注释】

〔1〕陶渊明(? —427):字元亮,又名潜。浔阳柴桑(今江西九江)人。曾任江州祭酒、建威参军、镇军参军、彭泽县令等,任彭泽县令八十多天便弃职而去,归隐田园。

〔2〕儋(dān)耳:今属海南省。

〔3〕罗浮:山名。在广东东江北岸,粤中游览胜地。

〔4〕过:即苏过(1072—1123),字叔党,号斜川居士,苏轼幼子,时人称为小坡。苏轼谪惠州、儋州,过均随行。历官监太原税、知郾城、通判定州。

〔5〕葺:用茅草覆盖房屋。又指修理、修建房屋。

〔6〕荼芋:一作荼(shú)芋,山芋,山药。

〔7〕"以图史"二句:以为阅读图书史籍,就像是在花园中游览,把写文章就当成演奏歌曲。鼓吹,即鼓吹乐,古代的一种器乐合奏曲。又指演奏乐曲。

〔8〕衰惫:衰弱疲惫。

〔9〕迁:贬谪,降职。海康:今广东徐闻县。

〔10〕拟古:仿效古人的风格形式而创作的诗文。

〔11〕追和:后人和前人的诗。和诗即依照别人或自己诗词的题材和体裁创作的诗词。

〔12〕"然其诗"句:谓诗语言看似质朴而实际上是华美,内容看似枯淡而实际上是丰腴。

〔13〕曹、刘、鲍、谢、李、杜:即曹植、刘桢、鲍照、谢朓、李白、杜甫。曹植(192—232),字子建,沛国谯(今安徽亳州)人。曹操之子,建安文学代表人物。与曹操、曹丕合称为"三曹"。刘桢(?—217),字公幹,山东东平宁阳人。建安七子之一。鲍照(415?—466),字明远,祖籍东海(今山东郯城),久居建康(今江苏南京)。任前军参军。谢朓(464—499),字玄晖,陈郡阳夏(今河南太康)人。南朝齐时著名的山水诗人,历官宣城太守,终尚书吏部郎。李白、杜甫,均详见韩愈《送孟东野序》注〔25〕。

〔14〕"吾少"八句:见陶渊明《与子俨等书》。自量,估计自己的才能和力量。黾俛(mǐn miǎn),亦作"黾勉",勉励,尽力。辞世,避世,隐居。

〔15〕蚤:通"早"。

〔16〕晚节:晚年。

〔17〕"渊明"句:《晋书·陶潜传》:"郡遣督邮至县,吏白应束带见之,潜叹曰:'吾不能为五斗米折腰,拳拳事乡里小人邪!'义熙二年,解印去县。"后用五斗米指微薄的官俸。束带,整饰衣服,表示端庄。

〔18〕狱吏:旧时掌管讼案、刑狱的官吏。折困:折挫困辱。

〔19〕悛(quān):悔改,停止。

〔20〕桑榆之末景:日落时光照桑榆树端,因以指日暮。比喻晚年,垂老之年。

〔21〕出入:指出仕(此指出京为官)、入仕(入朝为官)。进退:职位的升降,也指出仕和退隐。

〔22〕"述而"三句:见《论语·述而》。老彭,一说殷商时期贤大夫。一说为老聃(即老子)和彭祖的并称。后泛指传说中长寿者为彭祖。

〔23〕"曾子"句:见《孟子·离娄章下》。曾子,姓曾,名参,字子舆,春秋末鲁国南武城(今山东平邑)人。十六岁拜孔子为师,著述《大学》、《孝经》等。子思,名孔伋(前483—前402),字子思,孔子嫡孙。孔子的思想学说由曾参传子思,子思的门人再传孟子。后人把子思、孟子并称为思孟学派。

〔24〕冠:古代男子到成年则举行加冠礼。一般在二十岁。

〔25〕斥:贬斥,驱逐。东坡:苏轼贬谪黄州,于城东得到一块坡地,耕种居住其间,因此自号东坡居士。

〔26〕沛然:充盛貌,盛大貌。

〔27〕驰骤:驰骋,疾奔。

【评析】

文章作于绍圣四年(1097)二月十九日。苏轼谪居儋耳,可以说是其人生最背时的时刻,"葺茅竹而居之,日啖茶芋,而华屋玉食之念不存于胸中",哀莫大于心死。苏轼唱和陶氏诗,不是一二首的问题,而是"前后和其诗凡百数十篇"。据统计,苏轼唱和陶诗凡一百三十首左右。物质上的空乏,不会影响精神上的充实,"平生无所嗜好,独喜为诗"。曾几何时,苏轼因写诗反映现实,险遭灭顶之灾,尽可能回避诗歌的写作,是其一度的选择。追和古人诗作,既可"解馋",又可满足精神上需求。"吾于渊明岂独好其诗也哉? 如其为人,实有感焉",喜欢陶诗,是源自对陶氏为人的仰慕。苏轼在仕途上饱尝酸甜苦辣,之所以如此,是对功名利禄未能放下心,纠缠于官场的是非漩涡里,以至不能自拔,惹火上身。"半生出仕,以犯世患,此所以深服渊明",能在官场中做到独善其身是很难的,陶渊明是以不为五斗米折腰而为后世文人称服而仰慕的。苏轼和陶诗,"自托于渊明",是其处于困厄时,精神世界赖以寄托的表现。不仅思想情感方面向陶氏看齐,诗歌的创作风格也趋向于平淡自然。

书白乐天集后二首[1]（其一）

元符二年夏六月[2]，予自海康再谪龙川[3]，冒大暑，水陆行数千里，至罗浮[4]，水益小，舟益庳[5]，惕然有瘴暍之虑[6]。乃留家于山下，独与幼子远葛衫布被，乘叶舟，秋八月而至。既至，庐于城东圣寿僧舍，闭门索然[7]，无以终日。欲借书于居人，而民家无畜书者，独西邻黄氏世为儒，粗有简册[8]，乃得乐天文集阅之。

乐天少年知读佛书，习禅定[9]，既涉世，履忧患，胸中了然，照诸幻之空也。故其还朝为从官[10]，小不合，即舍去。分司东洛[11]，优游终老。盖唐世士大夫达者如乐天，寡矣。予方流转风浪，未知所止息，观其遗文，中甚愧之。然乐天处世不幸在牛、李党中[12]，观其平生，端而不倚[13]，非有附丽者也[14]，盖势有所至而不能已耳。会昌之初[15]，李文饶用事[16]，乐天适已七十，遂求致仕，不一二年而没。

嗟夫！文饶尚不能置一乐天于分司中耶？然乐天每闲冷衰病，发于咏叹，辄以公卿投荒僇死不获其终者自解[17]，予亦鄙之。至其闻文饶谪朱崖三绝句[18]，刻核尤甚[19]，乐天虽陋，盖不至此也。且乐天死于会昌之初，而文饶之窜在会昌末年，此决非乐天之诗，岂乐天之徒浅陋不学者附益之耶？乐天之贤，当为辨之。

【注释】

〔1〕白乐天:白居易(772—846),字乐天,晚号香山居士,河南郑州新郑人。官至翰林学士。中唐著名诗人。

〔2〕元符二年:即公元 1099 年,元符为宋哲宗年号。

〔3〕海康:今广东雷州。龙川:今广东惠阳。

〔4〕罗浮:即罗浮山,在广东惠州。

〔5〕庳(bēi):两旁高而中间低的屋舍,引申为低矮。

〔6〕惕然:畏惧的样子。瘴暍(yē):瘴毒暑气。

〔7〕索然:空乏貌,又指无兴味。

〔8〕简册:指书籍。

〔9〕禅定:佛教禅宗修行方法之一。一心审考为禅,息虑凝心为定。佛教修行者以为静坐敛心,专注一境,久之达到身心安稳、观照明净的境地,即为禅定。又谓坐禅习定。

〔10〕从官:指君王的随从、近臣。

〔11〕分司:唐、宋之制,中央官员在陪都(洛阳)任职者,称为分司。

〔12〕处世:生活在人世间,引申为参与政治或社交活动。牛、李:指唐朝以牛僧孺、李宗闵为首和以李吉甫、李德裕父子为首的两个官僚集团。牛、李党争是唐朝后期统治集团内部争权夺利的宗派斗争,又称“朋党之争”。牛党大多是科举出身,属于庶族地主,门第卑微。李党大多出身于世家大族,门第显赫。

〔13〕端而不倚:谓为人端正不偏颇。

〔14〕附丽:附着,依附。

〔15〕会昌:唐武宗年号(841—846)。

〔16〕李文饶:李德裕(787—849),字文饶,唐代赵郡赞皇(今河北赞皇县)人。曾两度为相,太和年间为相一年八个月,会昌年间为相五年七个月。

〔17〕投荒:贬谪、流放至荒远之地。僇死:受戮而死。僇,通“戮”。

〔18〕“至其”句:白居易《李德裕相公贬崖州三首》:“乐天尝任苏州日,要勒须教用礼仪。从此结成千万恨,今朝果中白家诗。”“昨夜新生黄

438

雀儿,飞来直上紫藤枝。摆头撼脑花园里,将为春光总属伊。""闲园不解栽桃李,满地唯闻种蒺藜。万里崖州君自去,临行惆怅欲怨谁。"唐宣宗即位,李德裕初贬荆南,次贬潮州,再贬崖州司户,卒于贬所。朱崖,即崖州(今海南琼山区)。

〔19〕刻核:苛刻。

【评析】

　　文中苏辙表达了对白居易晚年人生观的仰慕和认同,其关键点就是如何从官场上较安全地隐退,而不至于遭受灭顶之灾。

　　文中指出后期的白居易之所以能达观处世,就在于前期的仕宦生涯使之体悟出了仕途宦海中的是非。白居易二十九岁考中进士,先后任秘书省校书郎、盩厔尉、翰林学士、左拾遗等,创作了以《秦中吟》十首和《新乐府》五十首为代表的讽喻诗,批判现实,使权贵们或切齿,或扼腕,或变色。元和十年(815)六月,白居易四十四岁时,宰相武元衡遇刺身亡。白居易上表主张严缉凶手,被认为是越职言事,遭到诽谤,称其母亲看花坠井而亡,白氏却有"赏花"及"新井"诗,有害名教,因此被贬为江州(今江西九江)司马。贬谪江州,成为其一生的转折点:此前是"志在兼济天下",之后则逐渐转向"独善其身"。白居易自江州司马被召还后,又历任尚书司门员外郎、河南尹、太子宾客分司、太子少傅分司东都等,基本上抱着得过且过的态度,如云:"宦途自此心长别,世事从今口不言"(《香炉峰下新卜山居草堂初成偶题东壁五首》之五),"面上减除忧喜色,胸中消尽是非心"(《咏怀》),"世间尽不关吾事,天下无亲于我身。只有一身宜爱护,少教冰炭逼心神"(《读道德经》),大多是以闲适自足的心态对待人生。

　　苏辙功名之心未灭,对官场仍有留恋之意,虽遭贬斥,但不能毅然决然地离开,所以麻烦还是接踵而至。不像白氏虽然晚年身居官场,却无丝毫眷顾之心,就在于看透了官场,"小不合,即舍去",以见达观自在。白氏在《中隐》一诗中云:"大隐住朝市,小隐入丘樊。丘樊太冷落,朝市太嚣喧。不如作中隐,隐在留司官。"为了避免牛、李党争之祸,走"中隐"之路,就是不做朝官而做地方官,以地方官为隐。白氏力求外任,在任杭州和苏州刺史之后,又以太子宾客分司东都,在洛阳度过最后的十八年"似出复似处"的生活。苏轼对陶渊明的敬重,是在于后悔没有像陶氏那样及早地从官场中抽身,以至不断地招惹屈辱。苏辙对白氏的仰慕,就在于如何在官场中善于自处。二者的着眼点是不同的。

巢 谷 传

　　巢谷,字元修。父中世,眉山农家也[1]。少从士大夫读书,老为里校师[2]。谷幼传父学,虽朴而博[3]。举进士京师,见举武艺者[4],心好之。谷素多力,遂弃其旧学,畜弓箭,习骑射。久之,业成而不中第[5]。

　　闻西边多骁勇[6],骑射击刺为四方冠。去游秦凤、泾原间[7],所至友其秀杰[8]。有韩存宝者[9],尤与之善,谷教之兵书,二人相与为金石交[10]。熙宁中[11],存宝为河州将[12],有功,号熙河名将[13],朝廷稍奇之。会泸州蛮乞弟扰边,诸郡不能制,乃命存宝出兵讨之。存宝不习蛮事,邀谷至军中问焉。及存宝得罪,将就逮,自料必死,谓谷曰:"我泾原武夫,死,非所惜,顾妻子不免寒饿。橐中有银数百两,非君莫使遗之者。"谷许诺,即变姓名,怀银步行,往授其子,人无知者。存宝死,谷逃避江淮间[14],会赦,乃出。

予以乡闾故幼而识之[15],知其志节缓急可托者也。予之在朝,谷浮沉里中[16],未尝一见。绍圣初[17],予以罪谪居筠州,自筠徙雷,自雷徙循[18]。予兄子瞻亦自惠再徙昌化[19],士大夫皆讳与予兄弟游,平生亲友无复相闻者。谷独慨然自眉山诵言[20],欲徒步访吾兄弟,闻者皆笑其狂。元符二年春正月[21],自梅州遗予书曰:"我万里步行见公,不自意全,今至梅矣,不旬日必见,死无恨矣。"予惊喜曰:"此非今世人,古之人也。"既见,握手相泣,已而道平生,逾月不厌。时谷年七十有三矣,瘦瘠多病,非复昔日元修也。将复见子瞻于海南,予愍其老且病[22],止之曰:"君意则善,然自此至儋数千里[23],复当渡海,非老人事也。"谷曰:"我自视未即死也,公无止我。"留之,不可,阅其橐中,无数十钱。予方乏因,亦强资遣之[24]。船行至新会[25],有蛮隶窃其橐装以逃,获于新州[26],谷从之至新,遂病死。予闻哭之失声,恨其不用吾言,然亦奇其不用吾言而行其志也。

昔赵襄子厄于晋阳[27],知伯率韩、魏决水围之[28],城不沉者三版[29],县釜而爨[30],易子而食,群臣皆懈,惟高恭不失人臣之礼。及襄子用张孟谈计[31],三家之围解,行赏群臣,以恭为先。谈曰:"晋阳之难,惟恭无功,曷为先之?"襄子曰:"晋阳之难,群臣皆懈,惟恭不失人臣之礼,吾是以先之。"谷于朋友之义实无愧高恭者[32],惜其不遇襄子,而前遇存宝,后遇予兄弟。予方杂居南夷[33],与之起居出入,盖将终焉。虽知其贤,尚何以发之? 闻谷有子蒙,在泾原军中,故为作传,异日以授之。谷始名縠,及见之循州,改名谷云。

【注释】

〔1〕眉山:今属四川。

〔2〕校师:操练比武的教师。

〔3〕虽朴而博:虽然朴实,却是博学。

〔4〕武艺:指骑、射、击、刺等武术方面的技能。按:古代科举制度中有武科,即武举。

〔5〕中第:指科举考试及格。

〔6〕骁勇:犹勇猛。

〔7〕秦凤:宋置秦凤路,今属甘肃天水。泾原:宋置泾原路,今属甘肃平凉。

〔8〕秀杰:优异杰出。又指优异杰出之士。

〔9〕韩存宝:本羌人,少负才勇,喜功名,累立功,年未四十为四方馆使、泾原总管,经制戎卢,以奏功不实被诛。

〔10〕金石交:比喻坚贞不渝的友情。

〔11〕熙宁:宋神宗年号(1068—1077)。

〔12〕河州:今甘肃省临夏回族自治州。

〔13〕熙河:路名,宋熙宁五年置熙河路经略安抚使,治所在熙州(今甘肃临洮)。

〔14〕江淮间:指长江与淮河之间的地区。

〔15〕乡间:古以二十五家为间,一万二千五百家为乡,因以"乡间"泛指民众聚居之处。又指家乡,故里。

〔16〕浮沉:随波逐流,谓追随世俗。

〔17〕绍圣:宋哲宗年号(1094—1098)。

〔18〕"予以"三句:苏辙受苏轼乌台诗案的牵连,被贬筠州,再贬雷州,又贬循州。筠州,今江西高安市。雷,即今广东雷州。循,今广东梅州市。

〔19〕"予兄"句:绍圣元年四月因草诏得罪,贬英州(今广东英德),随后又贬建昌军司马惠州安置,绍圣四年四月再贬琼州别驾昌化军安置。惠,即今广东惠州。昌化,今海南儋州。

〔20〕诵言:公开声称,明说。

〔21〕元符二年:哲宗元符二年为公元1099年。

〔22〕愍:怜悯,哀怜。

〔23〕儋:今海南儋州。

〔24〕资遣:给资遣行。

〔25〕新会:今属广东。

〔26〕新州:今广东新兴县。

〔27〕"昔赵"句:以下史事见《战国策·赵策》。赵襄子(? —前425),名毋恤,战国时期赵国的创始人,在位三十三年,卒谥襄。晋阳,今山西太原市。

〔28〕知伯:即荀瑶(? —前453),又称知瑶、智瑶,后世多称知伯、智伯。姬姓,知(智)氏。春秋时晋国卿大夫,为晋国执政,欲灭同列为卿位的赵、魏、韩三家并取代晋国,就威胁魏、韩二家共同对赵氏,发动晋阳之战。后赵襄子派人向魏、韩陈说利害,魏、韩因与赵氏联合反攻智氏,智伯被赵襄子擒杀。

〔29〕版:量词,古代计量城墙的度量单位,每版高二尺,长八尺。

〔30〕县釜:谓架着锅烧饭,多形容野处的艰苦生活。县,同"悬"。

〔31〕张孟谈:姬姓,张氏,名孟谈。汉代司马迁为避其父司马谈的讳作张孟同。战国初赵襄子的家臣。智伯联合韩、魏进攻赵氏,赵襄子采纳了张孟谈的建议,奔守晋阳,有效地抵挡住了智、韩、魏三家发起的进攻。时张孟谈只身至韩、魏营中,暗中游说两家联赵反智,最终三家连手灭了智氏。

〔32〕高恭：又作高共，赵氏家臣。

〔33〕南夷：旧指南方的少数民族，又指南方边远地区。

【评析】

　　巢谷是个普通的人，苏辙为之作传，才得以流芳后代。文中重在记巢谷讲信用，体现在两件事上：一是与韩存宝的交往。巢谷起初习文，后弃文习武。韩存宝是武将，二人为金石之交。韩存宝得罪被逮，自料必死，以数百两银托付巢谷带给家人，巢谷不辱所托，可见其忠诚有信的品性，体现了高尚的志节。其二是与苏氏兄弟的交往。绍圣初苏氏兄弟得罪被贬谪，"士大夫皆讳与予兄弟游，平生亲友无复相闻者"，世态炎凉，人情冷暖，独巢谷自四川徒步万里拜访苏氏兄弟。可见巢氏为人古朴忠厚。见到苏辙，巢谷已七十三岁，以瘦瘠多病之身，又要到海南岛拜见苏轼，可惜病死在半途中。文中刻画巢谷的形象，主要是通过巢氏的话语体现的。"我万里步行见公，不自意全，今至梅矣，不旬日必见，死无恨矣"，"我自视未即死也，公无止我"。着墨不多，但巢氏坚毅果敢，诺必行、行必果的形象凸现出来。他讲求信义，有古人风。北宋后期，党争迭起，仕途多舛，苏氏兄弟都被卷入其中，人情冷暖，感悟尤深刻。苏辙作此传，是有感于世风日下，也未尝不是用以警世。

六　国　论

　　愚读六国世家〔1〕，窃怪天下之诸侯以五倍之地、十倍之众发愤西向，以攻山西千里之秦〔2〕，而不免于灭亡,常为之深思远虑,以为必有可以自安之计。盖未尝不咎其当时之士虑患之疏[3],而见利之浅,且不知天下之势也。

夫秦之所与诸侯争天下者,不在齐、楚、燕、赵也,而在韩、魏,秦之有韩、魏,譬如人之有腹心之疾也。韩、魏塞秦之冲而蔽山东之诸侯[4],故夫天下之所重者,莫如韩、魏也。昔者范雎用于秦而收韩[5],商鞅用于秦而收魏[6],昭王未得韩、魏之心,而出兵以攻齐之刚、寿,而范雎以为忧[7],然则秦之所忌者可以见矣。秦之用兵于燕、赵,秦之危事也。越韩过魏而攻人之国都,燕、赵拒之于前而韩、魏乘之于后,此危道也[8]。而秦之攻燕、赵,未尝有韩、魏之忧,则韩、魏之附秦故也。

夫韩、魏,诸侯之障[9],而使秦人得出入于其间,此岂知天下之势邪?委区区之韩、魏以当强虎狼之秦[10],彼安得不折而入于秦哉?韩、魏折而入于秦,然后秦人得通其兵于东诸侯,而使天下遍受其祸。夫韩、魏不能独当秦,而天下之诸侯藉之以蔽其西,故莫如厚韩亲魏以摈秦,秦人不敢逾韩、魏以窥齐、楚、燕、赵之国,而齐、楚、燕、赵之国因得以自安于其间矣。以四无事之国佐当寇之韩、魏,使韩、魏无东顾之忧而为天下出身以当秦兵,以二国委秦而四国休息于内,以阴助其急,若此可以应夫无穷,彼秦者将何为哉?不知出此,而乃贪疆场尺寸之利[11],背盟败约以自相屠灭。秦兵未出,而天下诸侯已自困矣,至使秦人得间其隙以取其国,可不悲哉!

【注释】

〔1〕世家:司马迁《史记》中用以记载侯王家世的一种传记,《史记》中《世家》三十篇,其中有齐、楚、燕、韩、赵、魏六国世家。

〔2〕山:此指崤山。在河南省洛宁县北,山分东西二崤,阪坡峻陡,为古代军事要地。

〔3〕咎:责怪,追究罪责。

〔4〕冲:交通要道。

〔5〕范雎(?—前255):又作范且,字叔,战国时魏人。与商鞅、张仪、李斯先后任秦国丞相,对秦的强大和统一天下起了重大作用。

〔6〕商鞅:详曾巩《战国策目录序》注〔15〕。

〔7〕"昭王"三句:《史记·范雎蔡泽列传》载云:昭王舅氏穰侯欲越过韩国而攻打齐国的纲、寿二邑,范雎言于昭王云:"夫穰侯越韩、魏而攻齐纲、寿,非计也。少出师则不足以伤齐,多出师则害于秦。臣意王之计欲少出师而悉韩、魏之兵也,则不义矣。今见与国之不亲也,越人之国而攻,可乎?其于计疏矣。"刚、寿,战国齐邑。刚,又作"纲"。昭王,即秦昭襄王(前325—前251),嬴姓,名则,一名稷。简称秦昭王。在位时间长久,富国强兵,奠定了秦国统一天下的基础。

〔8〕危道:危险的措施。

〔9〕障:屏障。

〔10〕委:付托。

〔11〕疆场:详王安石《本朝百年无事札子》注〔66〕。

【评析】

苏洵有《六国论》,探讨六国之所以被秦灭亡的原因,就在于贿赂秦国而招致国力亏损,最终导致被秦一一破灭。苏辙此文也是论六国破灭的原因,指出六国不能看清天下大局的发展趋势,被纵横家的言论所迷惑,迷失了自己。在战国七雄争强的时代,有合纵连横的策略,《战国策·秦策三》云:"天下之士合从,相聚于赵,而欲攻秦。"合从即合纵,是指战国时,苏秦游说六国诸侯联合拒秦。秦在西方,六国地处南北,故称合从。至于连横,是指战国时张仪游说六国共同事奉秦国。文中指出,六国与秦抗衡的关键是韩、魏二国,韩、魏二国"塞秦之冲而蔽山东之诸侯",也就是说韩、魏二国是六国中阻挡秦国东进的屏障,秦要灭六国,一统天下,必须先使韩、魏二国归顺,以免后顾之忧。其次,六国之君不明大势所在,齐、楚、燕、赵以为有韩、魏二国阻挡,可以高枕无忧,四国目光短浅,"委区区之韩、魏以当强虎狼之秦",却不愿辅助韩、魏共同抗秦,以至韩、魏不能抗击秦国的压力,只得归顺秦国。不仅如此,又"贪疆埸尺寸之利,背盟败约以自相屠灭",以至"秦兵未出,而天下诸侯已自困矣",鼠目寸光,贪小失大,这是韩、魏二国的悲剧,也是齐、楚、燕、赵四国的悲哀。

苏辙与其父苏洵论说六国破灭的原因,分别从不同的角度立论,都涉及六国不能同心同德,从而被秦国利用,各个击破。文笔犀利,富于思辨,有乃父之风。

为兄轼下狱上书

臣闻困急而呼天,疾痛而呼父母者,人之至情也。臣虽草芥之微[1],而有危迫之恳[2],惟天地父母哀而怜之。

臣早失怙恃[3],惟兄轼一人,相须为命[4]。今者窃闻其得罪逮捕赴狱,举家惊号,忧在不测。臣窃思念,轼居家在官,无大过恶,惟是赋性愚直[5],好谈古今得失,前后上章论事,其言不一。陛下圣德广大,不加谴责。轼狂狷寡虑[6],窃恃天地包含之恩,不自抑畏[7]。顷年通判杭州及知密州日[8],每遇物托兴[9],作为歌诗,语或轻发,向者曾经臣寮缴进[10],陛下置而不问。轼感荷恩贷[11],自此深自悔咎[12],不敢复有所为,但其旧诗已自传播。

臣诚哀轼愚于自信,不知文字轻易,迹涉不逊[13],虽改过自新,而已陷于刑辟[14],不可救止。轼之将就逮也,使谓臣曰:"轼早衰多病,必死于牢狱,死固分也,然所恨者,少抱有为之志,而遇不世出之主[15],虽龃龉于当年[16],终欲效尺寸于晚节[17]。今遇此祸,虽欲改过自新,洗心以事明主,其道无由。况立朝最孤,左右亲近必无为言者。惟兄弟之亲,试求哀于陛下而已。"臣窃哀其志,不胜手足之情,故为冒死一言。

昔汉淳于公得罪,其女子缇萦,请没为官婢,以赎其父。汉文因之,遂罢肉刑[18]。今臣蝼蚁之诚[19],虽万万不及缇萦,而陛下聪明仁圣[20],过于汉文远甚。臣欲乞纳在身官以赎兄轼,非敢望末减其罪,但得免下狱死为幸。兄轼所犯,若显有文字,必不敢拒抗不承,以重得罪。若蒙陛下哀怜,赦其万死,使得出于牢狱,则死而复生,宜何以报?臣愿与兄轼洗心改过,粉骨报效[21],惟陛下所使,死而后已。臣不胜孤危迫切[22],无所告诉,归诚陛下,惟宽其狂妄,特许所乞。臣无任祈天请命,激切陨越之至[23]。

【注释】

〔1〕草芥:草和芥,常用以比喻轻贱。

〔2〕危迫:犹危急。

〔3〕怙恃:依靠,凭借。此指父母。

〔4〕相须:亦作"相需",互相依存。

〔5〕愚直:愚笨而戆直。

〔6〕狂狷:狂妄褊急,书疏中常用作谦辞。也指放纵而不遵礼法的人。

〔7〕抑畏:谦抑敬畏。

〔8〕"顷年"句:苏轼于宋神宗熙宁四年通判杭州,七年知密州。

〔9〕托兴:因外物而触动感情,借外物以抒写感情。

〔10〕臣寮:同"臣僚",群臣百官。缴进:交上。

〔11〕感荷:感于承受到。恩贷:施恩宽宥,多用于帝王。

〔12〕悔咎:追悔前非。

〔13〕不逊:傲慢无礼。

〔14〕刑辟:刑法,刑律。

〔15〕不世:非一世所能有,罕有,多谓非凡。

〔16〕龃龉:上下齿不相对应。喻不顺达,多指仕途。

〔17〕晚节:晚年。

〔18〕"昔汉"六句:《史记·孝文本纪》载:太仓令淳于意有罪当刑,诏狱逮徙系长安,淳于意无男,有女五人,将行,骂其女曰:"生子不生男,有缓急,非有益也。"其少女缇萦,自伤泣,乃随其父至长安,上书,云愿没入为官婢赎父刑罪,使得自新,书奏,汉文帝怜之,为除肉刑,淳于意得免。肉刑,残害肉体的刑罚,古指墨、劓、刖、宫、大辟等,此处泛指对受审者肉体上的处罚。

〔19〕蝼蚁:比喻力量微弱或地位低微、无足轻重的人。

〔20〕仁圣:仁德圣明,亦指仁德圣明者,古代多用作称颂帝王。

〔21〕粉骨:粉身碎骨,不惜生命。

〔22〕孤危:孤立危急。

449

〔23〕隕越：颠坠，后为死的婉称，复用为上书皇帝时的套语，谓犯上而表示死罪之意。

【评析】

宋神宗元丰二年（1079）七月，太子中允权监察御史何大正、舒亶，谏议大夫李定等先后上奏表，摘取苏氏诗文，以为谤讪朝政及中外臣僚，对皇上大不恭，无所畏惮。诸人必欲置之死地而后快。苏轼七月二十八日被逮捕，八月十八日送进御史台的监狱。因多方营救，苏轼死罪得免，十二月二十四日，以检校尚书水部员外郎、黄州团练副使，谪居黄州，这件事史称乌台诗案。这是北宋时发生的一场文字狱，当时苏轼四十四岁。苏轼于元丰三年二月至黄州，四年后才离开黄州。宋周必大《二老堂诗话下》"记东坡乌台诗案"云："元丰己未，东坡坐作诗谤讪，追赴御史狱，当时所供诗案今已印行，所谓《乌台诗话》是也。……予尝借观，皆坡亲笔，凡有涂改，即押字于下，而用台印。"按：今存有宋人朋九万编《东坡乌台诗案》一卷，载苏轼御史台狱词。又有宋人周紫芝《诗谳》（一名《乌台诗案》）一卷，均录有诗，每首附有案语，多指苏轼诗讥讽或攻击所谓新法者，文中云："顷年通判杭州及知密州日，每遇物托兴，作为歌诗，语或轻发。"又："不知文字轻易，迹涉不逊。"《诗案》中就收录了此类诗作。

苏轼于神宗熙宁四年（1071）通判杭州，三年后任满，改知密州。苏轼与胞弟苏辙早年随父出蜀游学，又同年考中进士，兄弟情意极其深厚。苏辙《超然台赋》叙云："子瞻既通守余杭，三年不得代。以辙之在济南也，求为东州守，既得请高密。"高密即密州，苏辙时为齐州（今山东济南）掌书记，苏轼求得到山东为官，本意就是想和胞弟任职的地点靠得近些。文中云"臣早失怙恃，惟兄轼一人，相须为命"，也说明了兄弟二人情感的深厚。乌台诗案发生后，苏辙积极营救，此文可见一斑。苏轼有诗《狱中寄子由二首》，其一有云："圣主如天万物春，小臣愚暗自忘身。百年未满先偿债，十口无归更累人。是处青山可埋骨，他年夜雨独伤神。与君世世为兄弟，更结人间未了因。"《乌台诗案》载此诗，有苏轼题后云："予以事系御史台狱，府吏稍见侵，自度不能堪，死狱中，不得一别子由，故作诗授狱卒梁成以遗子由。"苏轼"忧在不测"，作诀别之语，悲情感人。文中苏辙也表达了对苏轼命运的关切与担忧，末后以汉代女子缇萦替父赎罪一事为例，表明心志：一是希望皇帝能宽恕苏轼，给他以改过的机会；二是自己愿意降职，为乃兄赎罪。目的只有一个，祈求苏轼能够死里逃生。

苏轼被逮入狱，政敌们粉饰穿凿，欲置其于死地的人不止一个，就连神宗也有些心动，情形可谓万分危急。行文情词迫切，拳拳之意，读后令人酸心。